SERAFINIA GABRIELLI

Let's go Jenseits[1]

oder

Venus auf der himmlischen Couch

---

[1] Aber nicht so bald!

Sämtliche Personen und Inhalte sind frei erfunden, und jede etwaige Ähnlichkeit mit lebenden Personen ist rein zufällig.

ISBN 978-3-948987-88-6

Covergestaltung: Guido Klütsch, Köln

Folgen Sie der Autorin auf Instagram: Serafinia.Gabrielli

Für Dich, V. U.,

mein geliebter Seelengefährte.

Unauslöschlich im Herzen, niemals vergessen.

Verabredet in der Ewigkeit.

Himmlisch höllische Charaktere auf Fürchtegott Dots Therapiecouch Wilma

Fürchtegott Dot höchstpersönlich, des Himmels heiß geliebtes Früchtchen

Bis vor Kurzem trieb Fürchtegott noch als ehemaliger Liverpooler Waisenjunge und ausgebuffter Nervenarzt in Nordfriesland sein Heilwesen. Der Umzug aus heiterem Himmel rauf aufs Wölkchen, über welchem bereits sein Lichtbild nebst Steckbrief schwebt, lässt ihn buchstäblich über sich selbst hinausfliegen. Wie gut, dass der Herrgott in ihm *die* furchtlose Koryphäe für seelische Leiden jedweder Couleur erkennt. So erfreut sich Früchtchens unorthodoxes Werkeln als himmlischer Therapeut schon bald großer Beliebtheit. Übrigens legt sich zuweilen sogar Fürchtegott gern mal auf seine Therapiecouch Wilma.

Therapiecouch Wilma

Die Mutter Teresa aller mehrsitzigen gepolsterten Ruhebänke und Liegemöbel. Mit ihrem gütigen Federkern und ihrem ergonomischen Sitzkomfort samt tadellos samtener Samtpolsterung mutiert sie alsbald zur beliebten Anlaufstelle für Früchtchens Patientinnen und Patienten.

Der liebe Gott, einschlägigen Kreisen als Dexter vertraut

Tapferer Held aller nördlich von Mutter Erde gelegenen Lokalitäten inklusive des Himmels. Sich hingebungsvoll um jedes Herzeleid kümmernd, balanciert unser Herrgott tagtäglich am Rande eines Nervenzusammenbruchs. Trost spenden ihm die Aussicht auf ein Sabbatical im feurigen Paradies Hotties, selbstredend ohne Adams Schlange Eva, und Therapiesondersitzungen bei seinem neusten graumelierten Schäfchen Fürchtegott Dot.

Hottie, Luzifers begabtester Sprössling

Erfolgreicher Unternehmer, Eigentümer und Hausmeister der Hölle in einer Person sowie feuriger Bewunderer des Berliner Dialekts. Als Big Buddy von Vincent van Gogh mutiert des Teufels Sohn nicht nur aufgrund seiner Hirnstamm-Aura zu einer der schillerndsten Figuren im schwitzigen Süden des Himmels.

Jesus, teurer Sohn Gottes, Repräsentant des Göttlichen
Ein kluger, tiefenentspannter Ovo-Lacto-Vegetarier mit glänzenden, zum lässigen Pferdeschwanz gebundenen Bob Marley-Dreadlocks, ausbaufähigem Talent zum Schreinern und goldigem Humor, der seinem Vater, wenn es nötig ist, hilfsbereit unter die Achselhöhlen greift.

Mercurius, römischer Gott aller diebischen Händler, von Früchtchen mütterlich auf Mercelchen getauft
Ewig junger Götterbote sowie des Himmels charmantester Schlawiner. Schenkt man zwielichtigen Quellen Glauben, soll er bereits im Säuglingsalter den Panzer einer überrumpelten Schildkröte kurzerhand zu einem Resonanzkörper umfunktioniert haben. Sein stolzes Väterchen spendierte generös ein paar Saiten dazu und fertig war die erste Leier der Weltgeschichte. Einmal in Schwung, erfand Mercurius zudem der Hirten Flöten, die Tonleiter und unser aller ABC. Fürchtegott, zu Beginn noch mit den neuen Flughilfen hadernd, kommt erst durch die schicken geflügelten Zehentrenner des Götterboten auf den Geschmack. Allmählich findet er so Gefallen an seinen eigenen Tragflächen.

Venus, römische Liebesgöttin der Anmut und der ungewöhnlich unerotischen Verführung
Anfangs vom lieben Gott als Dozentin beauftragt, Früchtchens Aversion gegen Empathie, soziales Engagement und Selbstreflexion an den Rollkragen zu gehen, mutiert Venus aufgrund ihres leicht mit einem Drillbohrer zu verwechselnden Herzens zu seiner herausforderndsten Patientin. Die freundlichste Bloggerin auf Stargram, dem sozialen Netzwerk des Himmels, kämpft täglich gegen ihre Anorexie, während sie hauptberuflich Saturn den Hof macht und auf diese Weise zu seiner Star-Stalkerin avanciert.

Freddie-Maus, Freddielein oder einfach der gutmütige, allseits verkannte Fred, unser aller Gevatter Tod
Ein warmherziges, rührend tapsiges Skelett, das selbst Verstorbene auf Anhieb lieb gewinnen. Freddie-Maus leidet zutiefst unter seinem miserablen Image und seinem wenig gewinnenden

Äußeren. Vermutlich resultiert sein trostloses Single-Dasein aus der Quersumme dieser Minuspunkte. Binnen kürzester Zeit wächst er Fürchtegott Dot inniglich ans Herz. Als beste Buddies kämpfen sie sich in jeder noch so totgefahrenen Situation Seite an Seite durchs Jenseits.

Saturn (Kronos) alias Ashley, imposanter Hüter der Zeit, Staranwalt für Scheidungsrecht, Darling aller Paragrafinnen
Saturns Vorname Ashley gereicht ihm zur Ehre. Wo er auftaucht, staubt es gewaltig. Im Himmel auch als Kronos gefürchtet, achtet er bei der Ausübung seiner Berufung penibel auf Akkuratesse. Unüberhörbar Recht und Ordnung einklagend, schreibt er sich, aus purer Eifersucht auf Venus' Follower, unter die Hornbrille, jede Herzlichkeit aus Stargram, dem sozialen Netzwerk des Himmels, zu tilgen. Die fragwürdige Auszeichnung *Drakoner des Jenseits* (drakonisch wird hier durch die erboste Venus zum Substantiv gekrönt) hat er sich redlich verdient. Venus' hartnäckige Avancen nötigen seinem nüchternen Herzen so einiges an Gefühlsschluckaufen ab und lösen ihn peu à peu vom Rockzipfel seines Eheweibs Medusa.

Medusa, Töchterchen dreier griechischer Meeresgottheiten
Als ehemals verstörende Schönheitskönigin wurde ihr in der Mythologie übel mitgespielt. Die missgünstige Pallas Athene verwandelte sie in ein Schreckgespenst mit reptilienartigem Angesicht, Schlangenhaarschopf, gewaltigen Schweinswalhauern, freudlos schuppigem Panzer, bronzenen Ellenbogen und wie Braunkohle glühenden Augen. Der Belag ihrer herausgestreckten Zunge dient Albert Einstein bis heute zum unerreichbaren Vorbild. Bedauerlicherweise nehmen sich ihre inneren Werte mehr und mehr ein Beispiel an den äußeren geschmacklosen Attributen. Medusa ist mit Saturn verheiratet, der sie ehrfürchtig Mutti nennt.

Ödipus, Spitzname Schwellfuß, spielt eine mikroskopische, aber kriegsentscheidende Rolle
In schwierigen sozialen Verhältnissen aufgewachsenes Bürschlein. Zieht es vor, über sein Elternhaus Stillschweigen zu bewahren. Die Sternlein munkeln, sein untoter Vater sei bis heute vor ihm auf der Flucht, indes seine Mutter seit der Scheidung von ihrem Sprössling unermüdlich versuche, den vermaledeiten Ehering aus dem Kaugummiautomaten endlich von ihrem Mittelfinger herunter zu bekommen. Ödipus himself wird während seiner Suche nach *the next big love* zum Schrecken sämtlicher Seniorinnen. Kein Betreutes Wohnen darf sich mehr vor ihm sicher fühlen.

Psyche, Griechenlands originellste, flatterhafte Göttin
Sie begegnet Fürchtegott erstmalig als unwiderstehliches, ihm endgültig seine Unberührbarkeit raubendes Schmetterlingswesen. Glücklicherweise beruht die liebevolle Wertschätzung auf Gegenseitigkeit. Noch bevor sein Charakter sie für ihn einnehmen kann, verfällt sie als Liebhaberin antiker Raritäten unwiderruflich seinem Meer aus Falten.

Ihr Gastspiel im Himmel haben:

Hypnos, der Gott des Schlafes

Fräulein Demokratie

Morpheus, der Gott der Träume

Otto Eduard Leopold von Bismarck-Schönhausen

Carmen, rasant feuriges Stiefmütterchen, welches mehr als nur ein Auge auf Freddie-Maus, unseren Gevatter Tod, wirft

Die einzig wahre Queen Elizabeth die II.

Diana, Princess of Wales

Napoleon Bonaparte

Jojo, unser geliebter Mond

… und viele weitere Persönlichkeiten.

Prolog

> „Erde zu Erde, Asche zu Asche, Staub zu Staub,
> hüstel, hüstel und ... aus die Maus."

„Och nö, darf denn this be true sein?", wende ich mich ent*geist*ert an die stoisch auf Gartenbänken sitzende Gemeinde. „Der Dorfpastor ist offensichtlich schon wieder bekifft. Seine Worte dürften frühestens dann zu vernehmen sein, wenn er ein Schäuflein Mütterchen Erde auf mein Grab wirft. Much too early!", rufe ich verzweifelt aus. Nach meiner zugegebenermaßen für mich eher suboptimal verlaufenen Kollision mit der Heidelberger Straßenbahn – ein ganz bezauberndes Werbebanner hatte mir, mein Köpfchen verdrehend, einen Genickbruch beschert – hänge ich nun als immaterielles Wesen am offenen Sarg ab, mustere pikiert meinen eigenen Leichnam und versuche, die Tragik in ihrer Gesamtheit zu erfassen.

„Look! What is this?", quält mich mein Verstand mit seiner Wissenslücke. Weder ihm noch mir erschließt sich, worum es hier eigentlich geht. Als Geist, oder was immer ich jetzt sein mag, geselle ich mich zu den Trauergästen und stolpere direkt über meine eigene Brut, meines Leibes Früchte. Gar nicht hinsehen mag ich: Zwilling number one führt südlich eines brutal enganliegenden Muskelshirts inklusive aufgesticktem Totenkopfmotiv Tennissocken aus. Dieses Outfit verspricht seiner glutäugigen Freundin Klothilde aber wirklich mehr, als er jemals wird halten können. Von seinen grashüpfergrünen Badelatschen bekommt mein Stilempfinden einen Weinkrampf. Und wieso kombiniert er dazu Schwiegermamas Anglerhose? Vielleicht, weil er fürchtet, durch eine Pfütze aus Tränen waten zu müssen? Zwilling number two trägt einen lilienweißen Jogginganzug, dessen Kapuze cartoonhaft mächtige, samtige Koala-Ohren verunstalten. Putzig, huldigt er doch seit seiner Geburt dem trägen Lebensstil dieser auf Eukalyptus fixierten Leckermäuler. Jedenfalls geht er total in der Rolle des nordfriesischen All-in-one-Pseudo-Regisseurs auf und filmt die gesamte Trauerchose. Alle drei Minuten reckt er seinen rechten Schnappdaumen in die Luft, glotzt eingebildet in die Kamera, fährt sich durch die Föhnfrisur und blökt: „Cool." Einmalig doof sieht das aus. Hoffentlich schneidet er die Abschiedsszenerie nicht für eine Reality Show mit. Zuzutrauen wäre ihm das. Wie makaber.

Wo ist denn nur mein Eheweib Gertrud abgeblieben, wundere ich mich. Ach, dort steht sie ja, fröhlich kichernd über das Blumenbouquet aus Kohldisteln, Karotten, Gänseblümchen und Löwenzähnen gebeugt. *Wumms*. Mit einem deftigen Klatschen schlage ich schockiert die Handflächen über meinem Kopf zusammen. Der unangemessene Grabschmuck gaukelt mir vor, ein Mümmelmann würde zu Grabe getragen. Die Trauerrede hält mein Nachfolger, Big Ulf, der aus Genf emigrierte Klempner vom Abwasserkanal gegenüber. Ich glaube, ich spinne. Den hatte ich zu Lebzeiten schon nicht gemocht, dieses Wachtelhirn. Unglamouröser könnte meine Beerdigung schwerlich über die Bühne schlappen. Und wie schlecht ich aussehe. Unsäglich deprimiert und gänzlich unfrisiert. Liebevoll gebe ich mir selbst einen Nasenstüber und flüstere: „Hey, Sweetie, höchste Zeit aufzuwachen!"

„Wenigstens meine drei Haarsträhnen hätte mir Zwilling number two – wie ist noch mal gleich dein Vorname, Bengel? – über den sonst arg kahlen Schädel drapieren können", flüstere ich in die ausgelassene Stimmung hinein. Sir, können Sie sich so etwas Nebensächliches wie den Rufnamen Ihres Erstgeborenen merken? Igitt! Meine Hornfäden stehen ab wie Antennen. Im Sarg liegt ET. Und wieso werde ich im verwaschenen Blaumann in dieser ollen Sarg-Discounterware bestattet? Womöglich, weil Schwergewicht Ulf meinem besten Smoking gerade so einiges abverlangt. Die Nähte ächzen und krächzen wie Krähen. Die Metapher passt. Hoffentlich trägt er Unterwäsche. Sonst wäre es Schweinkram. Lüstern schielt er zum Grill hinüber, von wo aus ihm ein Grüppchen Wiener Würstchen bäuchlings zuzwinkert. Dass man die nicht grillen darf, weil sich durch hohe Temperaturen gesundheitsschädigende Stoffe bilden, weiß jedes Kind. „Hau rein, Kapelle!", wünsche ich ihm im Stillen. Das heißt so viel wie „Lass es dir schmecken! Haha." Ob ich wohl zu maliziös für diese Welt war?

Auf dem Rasen, unweit der morschen Hollywoodschaukel, erspähe ich eine Armee aus zitroneneiscremefarbenen Luftballons, kecken konfettibunten Partyhütchen und mit grienenden Schlümpfen bedruckten Maxi-Girlanden. Es ist wie an Karneval, dabei haben wir Mai, o mei! Wieso wohnte ich eigentlich all die Jahre direkt neben dem Krematorium? Vielleicht aus praktischen Gründen? Damit könnte ich richtig liegen. Ein laues Lüftchen umschmeichelt meine violetten Lippen, als würde mir die Windsbraut höchstselbst neuen Odem auf eben diese hauchen wollen. „Much too late!“, murmle ich ergriffen. Ich könnte einer Depression anheimfallen. „Aber merke auf! Horch, horch!“ Aufmunternd klopfe ich mir aufs morsche Schlüsselbein. „What is that?“ Ein Schluchzer schmeichelt meiner verletzten Eitelkeit. Gerührt folge ich dem verzweifelten Laut unverstellter Trauer. „Ach, guck mal einer guck.“ Terrierdame Buttercup, mit spiegeleigelben Triefaugen und gallenschwarzer Samtschleife um den Hals – immerhinque –, erliegt der Versuchung, eine besonders schmucke Karotte aus dem Blumenbouquet ihrem Verdauungsprozess anzuvertrauen. Ihren floralen Rufnamen verdankt sie übrigens ausschließlich ihrer Leberzirrhose. Wie das Leben so spielt. Well, ein übertrieben penibler Zuschauer dieser anrührenden Szenerie könnte schlaumeiern, Buttercup schluchze nicht, sondern würge an einer zweijährigen krautigen Pflanze mit verblüffend hohem Nitratgehalt. „Gute Reise ins Nirwana!“, wünsche ich der Pflanze.

Oh no, da stehe ich nun neben einem einzigen Gepäckstück und verabschiede mich von mir selbst, respektive von meinem irdischen Sein. So wie es aussieht, nehme ich bedauernswerte Wurst aber wenigstens meine erstaunlich intakte Pelle mit. Der Abgesang wäre zum Verzweifeln, wenn, ja wenn ich den dohlenschwarzen Koffer rechter Hand meines Hühnerauges nicht als untrügerisches Zeichen dafür deuten würde, dass meine ungewöhnliche Nachspielzeit gerade erst begonnen hat. Ich sage „Bye, bye“ zu meinem Korpus, gebe mir einen letzten Schmatzer auf die gipsweiße Stirn und rezitiere ... nee, keinesfalls Goethe, ich allein zeichne verantwortlich für die mutmaßlich würdevollste Grabrede aller Zeiten. Ich und die durchscheinende Schönheit, die gleich dort hinten an der gravitätisch dreinblickenden Buche lehnt, womöglich eine meiner Musen? Öhrchen aufgesperrt:

„Die Zeit vergießt im samt'nen Kleid
gar wehmutsvolle Tränen,
des Frühlings Früchtchen* gilt allein
ihr bittersüßes Sehnen.
So lebe wohl, ein Abschiedstrank
im wilden Knospenreigen,
wo Licht in Schwermut tiefer sank,
hört Nordwind Nebel schweigen."

Ich, ein Dichter. „Lovely!", raune ich, meine Hände andächtig zum Gebet faltend. Was mich im Himmel wohl erwarten wird? Gedanken an das Fegefeuer ignoriere ich Optimist vorerst lieber. Auf Nimmerwiedersehen, liebe Erde. Ob wir uns wirklich für ewig voneinander werden verabschieden müssen?

**Erklärt sich später von allein, versprochen.*

Let's go gucken

Liebe Mylady,
lieber Sir,

hat sich eigentlich schon mal ein charmanter Schmetterling unter Ihren Rock oder Ihr Beinkleid verirrt? Nein? Unter meines bislang auch noch nicht. Ein Wölkchen hingegen sehr wohl. Präziser formuliert, ein Cirrocumulus aus Eiskristallen. „Du flauschiger, schamloser Wattebausch du, der mich frösteln lässt.“ Hey, verabreichen Sie beim Nachsprechen des Wörtleins Cirrocumulus Ihrem echauffierten Gesprächspartner ebenfalls eine Dusche aus Myriaden filigraner Speicheltropfen, die seinen Körper in einen ätherischen Mantel aus H_2O hüllen? Gratulation, dann gehören Sie höchstwahrscheinlich zur Familie der Kamele und sind ein menschliches Lama. Vermutlich punkten Sie dafür mit Geduld, Friedfertigkeit und dem Ansammeln allerfeinsten Karmas. Kein Anlass also für Schamesröte. Yep, dieses Problem ist mir vertraut. Die Sternlein erblassen und verlassen mich so oft wie möglich, wenn ich meiner Verbalisierung von Wörtern das Kommando „Feuer frei“ erteile. Das ist jedoch kein Ungemach, das Frau oder Mann not aus the Welt schaffen könnte. Mein Tipp als Mediziner Ihres Vertrauens: Entschleunigen Sie Ihr Sprechtempo. Yes, versuchen Sie, Ihre Stimme zu beruhigen. „Hush, hush a bye, Lullaby“, wie ich als britischer Nordfriese gern anzumerken pflege. Vergessen Sie nicht zu schlucken. Brav, well done! Sollten meine Tipps versagen, dann empfiehlt Ihnen Professorin Lavendel Sumpfstendelwurz ihre ureigene Kollektion von Wirkstoffpflastern. Sir, ich rede hier mitnichten von Doping. Was Sie gleich denken. Die in den Pflastern enthaltenen Pflanzenwirkstoffe übermitteln den gehorsamen Speicheldrüsen lediglich das Signal „Hey, you, stop it!“ Vor lauter Obrigkeitshörigkeit stellen die Probanden unter den Drüsen unverzüglich ihre Produktion ein. Nebenwirkungen? Eine an die Wüste Gobi gemahnende Mundschleimhaut, ein engmaschiger Schleier vor den Pupillen, auf welchen Scheherazade klugerweise verzichtet hat, oder, mein persönlicher Favorit, kurioserweise sogar eine Verschlechterung des Status quo. Well, ich sage „Liverpooler Medicine School". Was die dort alles erfinden. Prust. Nicht Marcel Proust, nur prust. Oh, sorry, jetzt ahmte ich meine potente Dot'sche Beregnungsanlage nach. Bitte, trocknen Sie sich mit meinem Taschentuch das Gesicht. I can wait. Mein kostenloser Rat, von mir für Sie: Sir, verabreden Sie sich als menschliches Lama zum ersten Date vorzugsweise an einem malerischen, wolkenverhangenen Regentag. Verzichten Sie auf einen schnöden Schirm und vertrauen Sie der Magie Ihrer Augen. Die holde Weiblichkeit liebt es, an ihrem Busen das Lügenmärchen zu nähren, in den Augen eines Mannes lesen zu können wie in einem Liebesroman. Ha! Sollten Ihre Fenster zur Seele allerdings so gefühlvoll wie die Höhlen des Grauens wirken, womöglich, weil Ihr Köpfchen emsig bemüht ist, den genügsamen Romantikquotienten eines Koboldhais in den Schatten zu stellen, empfehle ich Ihnen: „Stay with Mum. Bleiben Sie bei Mutti wohnen ..."

Moment! Gestatten Sie mir überhaupt, Sie mit Mylady und Sir anzureden? I really hope so. Ich wäre überglücklich, würden Sie mich auf meiner Reise durch die überirdischen Gefilde begleiten. Ich bin jetzt einfach mal so vermessen, hier von einer tückenlosen Win-win-Situation zu sprechen. Warum? Na, weil ich liebenswerte Gesellschaft hätte, und Sie einen soliden Einblick in das erhielten, was Sie in ... Jahren erwartet. Lassen Sie sich bitte in keiner Weise von den drei Pünktchen verrückt machen. Die können von ... bis alles bedeuten. Erweisen Sie mir also die Ehre?

Übrigens werde ich Sie, Mylady, 88 Mal mit Mylady ansprechen und Sie, Sir, 139 Mal; also mit Sir, nicht mit Mylady, Sir. Ich bin ja nicht total meschugge. Werden Ihre Nerven diese Tortur aushalten? Aber möglicherweise habe ich mich ja zu Ihren Gunsten verzählt ... Hopefully.

Hochachtungsvoll,

Ihr Fürchtegott Dot,
oder schlichtergreifend Ihr zukünftiges Lieblingsfrüchtchen

Kapitel 1

„Wo das Herz weint, spannt der Glaube den Regenschirm auf."

„Wer raunt mir diese poetischen Zeilen in meine linke Ohrmuschel?", frage ich ergriffen.

„Ich, deine Muse."

„Oh, na denn man tau, du anmutiges, durchscheinendes Dingeling. Wo bleibt bloß mein Paraplü?"

„Fürchtegott Dot! Hier ist eine Vorladung für dich." Die Christel von der Himmelspost überreicht mir eine Art Einladung. Oops, der liebe Allvater hat meinen Brief an Sie, aus dem ich Ihnen ja eben vorgelesen habe, zur Kenntnis genommen. Und nein, he is not amused. Seinem Schreiben nach zu urteilen, bin ich ihm zu cheeky, zu frech. Apropos amüsiert. Da schwelge ich doch gleich in Erinnerungen an die Queen. Great Britain, das waren noch herausfordernde Zeiten. Mein unverhofftes Glück ist es, die Queen in Hörweite wohnen zu haben. Da werden unzensierte Jugendträume wahr. „You are welcome, your Royal Highness", rufe ich euphorisch von meinem Wölkchen zu ihrem Wölkchen herüber. „Huhu, Lizzy, long time no see." Ja, lange ist es her, dass ich sie in der königlichen Soapopera ge(t)adelt habe.

„Howdy!", erwidert sie freundlich, mir huldvoll vom Nachbarwölkchen aus zuwinkend.

„Wie es mir geht? Great geht es mir. Na ja fast", antworte ich. „Yo, your himbeerrotes Kostüm harmoniert by the way vorzüglich mit your zitronenfaltergelben Gladiator-Sandalen." Sie lächelt. Mein Lob kommt aus tiefstem Herzen.

„Thank you, Darling." Wie charmant sich die Queen bedankt.

Ihr Lieblingscorgi bleckt seine gebleachten Zähne. Lächelt er mir etwa ebenfalls zu? Ich bin geblendet. Übrigens dürfte selbst einem detektivisch ungeschulteren Blick als meinem nimmerdar entgehen, dass dieser Hund kürzlich enorm viele Wiener Würstchen verspeist haben muss. Wenn ich mir so seine Körperform betrachte …

*

Jedoch, ich schweife ab, zurück zum eingangs erwähnten Wölkchen. Gerade schleicht es sich vom linken Fußknöchel aus über mein Möndchen, so nenne ich neckisch meinen Meniskus, in Richtung Oberschenkel. Brrr, ist das kalt. Wo es nur hin will? Well, die verflixte Sache mit der verbalen Kommunikation. Die liegt mir einfach nach wie vor nicht so richtig, und die Sache mit der Himmelspforte im Grunde genauso wenig. An selbige musste ich ja viel zu früh anklopfen. Dank meines Fürsprechers, dem hilfreichen Jesus, hat mich nach meinem Ableben nicht etwa Luzifer von der Straße aufgeklaubt, nein, vielmehr ein Engel mit echtem Prüfsiegel und Heiligenschein. Das habe ich logischerweise abgecheckt, da könnte sonst jeder kommen. Oh my God, war der liebe Gott anfangs schlecht auf mich zu sprechen, ja mei o mei, und das im Wonnemonat Mai, aber das sagte ich wohl bereits. Nachdem ich mich auf Erden sogar als den Schlaf ins Visier nehmender Psychiater pompös danebenbenommen hatte, wäre ich um ein Haar zum Gesellen des Teufels gekürt worden. Fegefeuer, Hitze, büßende Seelen. You know what I mean? Zum Glück mag der liebe Gott Jesus, der für mich ein versöhnliches Wörtchen aus der Bibel eingereicht hat. Deshalb drückte er noch mal eines seiner vergiss-mich-nicht-blauen Äuglein zu. Somit bin ich auf Bewährung. Wie sich das anhört.

Die freudige Nachricht indes ist: Ich, Fürchtegott Dot, bin zurück im Spiel. Welcome back, sozusagen. Wahrhaftig, es gibt eine Nachspielzeit im Himmel. Wer hätte das gedacht? Übrigens hege und pflege ich meine frühere Leidenschaft, zu gegebenem Anlass von mir selbst in der dritten Person zu sprechen, rücksichtsvollerweise nurmehr seltenst. Wenngleich sie mir einst ermöglichte, in Situationen, die mir zu sehr unter die Gänsehaut fuhren, ein wenig auf Distanz zu gehen, verwirrte sie den einen oder anderen Zeitgenossen erheblich. Unter uns: Die Ladys waren da nur unwesentlich plietscher. Ha, diese meine Leidenschaft erschuf somit das Leiden der Fehlkommunikation, wenn Mann so will. Themenwechsel. Mag sein, Sie möchten es nicht wissen, aber als Schlafforscher verehre ich sogar hier oben unbeirrbar Hypnos, den Gott des Schlummers. Früher schrieb ich regelmäßig meine Träume um und verpasste ihnen – *zack* – ein handwerklich recht passables, nüchternes Outfit. Kastrierte ich etwa meine Sehnsüchte? Vermutlich. Well, niemals hätte ich so stiefväterlich mit meinen Träumereien verfahren dürfen. Ein Engel flüsterte mir zu, alsbald würde ich in den Fächern Empathie, Liebe, Hilfsbereitschaft und so weiter und so fort nachsitzen und mir, Abbitte leistend, die Vergebung meiner Schuld regelrecht erarbeiten müssen. Himmel, versucht der Himmel mich etwa auf berührbarere Latschen zu stellen? Versuchsweise bin ich in den ersten Tagen meines überirdischen Daseins zu Morphies Gehilfen aufgestiegen, oder eher aufgeschwebt: Ich trage jetzt Flügel. Für einen ehemaligen Liverpooler Gassenjungen wie mich waren diese Flughilfen anfangs gewöhnungsbedürftig und irgendwie peinlich. Wenn Morpheus, der mächtige Gott der Träume, spitzbekommt, dass ich ihn verniedliche, gibt es tüchtig eins aufs spitze Näschen.

Tja, was soll ich berichten? Meine erste Mission im Alleinflug verlief suboptimal. Morpheus' Anordnung lautete, den großen und den kleinen Erdenkindern im Schlaf zu erscheinen. Ich sollte den Verzweifelten Mut zusprechen, den Einsamen mein schlechtes Gehör schenken, den von Venus Vergessenen (wirklich unansehnliche Kreaturen, hässlich, wie der Hades finster) vorgaukeln, es zählten nur die inneren Werte, und den Schüchternen Selbstvertrauen einflößen. Momentchen, ich genehmige mir mal eben ein Schlückchen von Heras göttlicher Muttermilch, yummy, lecker. Mylady, Sir, sollte es Sie geringfügig verwirren, dass ich hier ungeniert mehrere Religionen vermische, wie Martha Stewart ihre inbrünstig geliebten Backzutaten – eingangs die christliche Dreifaltigkeit (Jesus und Gott), jetzt die griechische Mythologie mit Hera und Morpheus auf dem Gepäckträger – haben Sie mein unbegrenztes Verständnis. Aber im Himmel wird in praxi jede Glaubensrichtung respektiert, solange Liebesgott Amor ihr Taufpate sein darf. Beautiful, isn't it? Nun ja, jedenfalls reiste ich per Anhalter auf einer herabsegelnden Sternschnuppe auf die Erde, um dort meinen ersten Schützling im (Alb)Traum heimzusuchen. Nein, Sir, nicht mit „p", das schreibt man jetzt mit „b". Hier oben ist nicht nur Mann up to date. Mein Auftraggeber bat mich, der Erdenbewohnerin verbindliche Grüße ihres vorausgeeilten Hamsters Schröder auszurichten. OMG, war das ein Spektakel. Die hochbetagte Jungfer machte mir die Hölle heiß. Aus dem Schlummer emporschreckend, jagte sie mich mit einer BH-Schleuder um den erschrockenen Nierentisch herum, nackt, wie unser aller Schöpfer sie vor hundert Jahren erschuf. Really. Sie war lediglich mit einer Betthaube ausstaffiert und, ja, dem ausgeleierten Büstenhalter. Wir drehten Runde um Runde. Wehmütig gedachte ich des Bredstedter Kreisverkehrs. Zu Lebzeiten, als ich noch in Nordfriesland wohnhaft war, lief ich im selbigen ja mit Vorliebe Rollschuh.

Offengestanden hatte ich total versäumt, den mich unsichtbar werden lassenden Nupsi zu drücken, sodass Fräulein Wilhelmine fürchtete, Räuber Hotzenplotz wäre bei ihr eingebrochen, um ihr die verjährte Unschuld zu rauben. Sir, einen Nupsi kennen Sie, oder? Ein Nupsi ist eigentlich ein Piepser und ein Piepser wiederum ist ein Pager. Aber zurück zu meiner Crimestory: Ich weiß nicht, wer vor Schreck lauter aufschrie, sie, ihre Betthaube oder ich. Alle drei krakeelten wir um die Wette wie Husumer Ferkel am Spieß. Mylady, hierbei handelt es sich um meine heiß geliebten nordfriesischen Schweinchen. Es dauerte ein geraumes Weilchen, bis ich auf der göttlichen Fernbedienung endlich das mit Sternen übersäte Knöppeken entdeckte, um auf dem Rückgrat des Windes Richtung Wolken davonzuzischen. *Wuuusch.* Hernach saß das Fräulein Wilhelmine an fünf Werktagen vor ihrer sprachlosen, vor Neid erblassenden Frauenärztin, sich ein Rezept für die Antibabypille erbetend. Am Samstag bestellte sie sich online ein herzblutrotes, amaryllisfarbenes Negligé mit dem Schriftzug „All yours“ und verzichtete künftig auf das Verriegeln der Haustür, in der trügerischen Hoffnung, mein Malheur möge sich wiederholen. Vermutlich wird sie bis an ihr Lebensende beim Seniorenkaffeeplausch mit der Fantasy-Story über den hinreißenden Schurken, dem sie im Nachhinein gern ihre Jungfräulichkeit anvertraut hätte, glänzen. Hihi, die Vergangenheit pinselt mit Goldlack.

*

Yep, hier oben ist das „Leben" in Gänsefüßen auch kein Zuckerschlecken. Stante pede wurde mir von Morpheus fristlos gekündigt. Seinen Unbill konnte ich ihm am Nussknackerkinn ablesen, welches er versnobt Richtung Norden reckte. Mit luftigem Handgepäck fand ich mich auf der Milchstraße wieder. Bei Bond, James Bond, wirkt jede Mission wesentlich gazellenhafter und erheblich ersprießlicher. Apropos Sprießen. Sollte es mir misslingen, der Himmelsmacht meine Qualitäten als Psychiater zeitnah schmackhaft zu machen, würde ich offenkundig zwischen drei Jobs wählen müssen. Eben gehe ich mit dem sich solidarisch erklärenden Jesus die Jobangebote durch. Mit wohltönender Stimme liest Jesus sie mir vor:

„Hilfsgärtner im Garten Eden! Fürchtegott, im vormals irdischen Paradies würde dir die Pflege der Buchsbäumchen obliegen."

„Diese platzen hier wie Unkraut aus dem Boden. Lovely." Ich nicke.

„Interessiert?", klopft Jesus auf den Busch.

„Obwohl mich diese Challenge an meinen aktiven Dienst im Militärkrankenhaus zurückdenken lässt – der Park dort punktete mit Laubbäumen wie sonst nur die Tropischen Regenwälder – muss ich dankend ablehnen."

„Postbote! Laut Inserat freut sich die Himmelspost allzeit über frische Aushilfskräfte", sagt Jesus.

„Frisch?", necke ich Jesus. „Hä? Witzig! No, thanks."

„Küchenjunge! Unsere Kaltmamsell sucht nach einem männlichen Diener, der in der Küche ehrenhafte Arbeiten verrichtet."

„Lieber Jesus, glaubst du etwa an die Mär *Vom Tellerwäscher zum Millionär?*"

„Bei Lichte besehen … nein."

„Nein? Genau wie ich. Darum, um Gottes willen danke, nein danke."

„Töröóö", posaunt nicht nur der in der Patsche sitzende Elefant aus den früheren Kinderbüchern meiner auf Erden zurückgelassenen Zwillinge Owen und Connor, sondern auch meine Wenigkeit, die nach einem zielführenden Lösungsansatz kramt. Übrigens wandelt meine Brut gerade quietschvergnügt im nordfriesischen Rainbüll umher und betet, ihr Herr Papa möge in Frieden ruhen. R. I. P. usw. Von wegen ruhen! Mein sieben missglückte Reanimationsversuche vor mir aufgeschlagener Minigolfsportsfreund Poodle the Bagpipe – ehemaliger Dudelsackspieler mit 'nem unruhigen Händchen für Gebrechliches und mittlerweile für die Restauration des Himmelsgewölbes zuständig – erinnert mich jetzig an meine Vorladung, ich nenne sie Audienz, bei meinem Namensvetter, dem Chef höchstpersönlich. Unangenehm hilfsbereite Type. Poodle, nicht unser Herrgott. Darum gebeten habe ich nämlich nicht. Ich muss also wahrhaftig beim lieben Gott antanzen.

*

„Allmächtiger, in Eurem Büro geht es zu wie in einem Schlaraffenland für Daunen“, schmeichle ich Kulleraugen machend.

„Die werden hier oben gehegt und gepflegt.“ Der liebe Gott nickt. „Ich sage bloß: Streichelzoo. Eine kuschelige Strato-, nein Atmosphäre verweichlicht mir den mitunter recht harten Arbeitsalltag.“

Ein Chor aus Gänsen und Enten schmettert: „Wir lobpreisen den Herrn, dem wir helfen so gern.“

„Gans nett“, stimme ich zu. „In meinen postpubertären Flegeljahren war ich als studentische Aushilfskraft dreiundzwanzig Stunden lang für den Fabrikverkauf von Daunendecken zuständig.“

„Schändlich, ich weiß.“ Verdrossen studiert der Weltenlenker meine Vita. „Hier oben schreiben wir den TIERSCHUTZ groß. Niemand sonst im Jenseits besitzt derart altruistische Eigenschaften wie dieses liebe Federvieh. Jedes bedaunte Lebewesen, ob Gans, ob Ente, steht mir höchstens vier Stunden täglich zur Seite, um sodann flugs von ihrer Kollegin abgelöst zu werden. Qualitytime sei allen gegönnt.“

„Yes!“, gebe ich zurück. „Fluffig leicht wie Erdbeer-Joghurt-Cupkakes und kuschelig wie Betty Goosefeather …“

„Wer ist jene mir unbekannte gepriesene gefederte Gans?“, möchte der Herr im Himmel wissen.

„... sind sie bei den Eskimos überaus beliebt“, beende ich zügig meinen Satz. „B. G. ist meine ehemalige Sandkastenliebe aus Old England.“

„Was du nicht sagst.“

„Betty wog so viel wie Netty, ihre Schwester. Die wiederum erinnert noch heute an die unwiderstehliche mehrstöckige Variante eines Cheeseburgers. Einst waren sie Liverpools prächtigste Exportschlager. Eine satte Woche lang war Betty meine On-Off-Liebe. Letztendlich war ich ihr leider zu hager.“

„Poor you“, tröstet mich der liebe Gott.

„Thank you. Bis heute versuche ich diese Abfuhr zu verkraften. Leider vergeblich.“

„Fürchtegott Dot, setz dich doch!“, empfiehlt der Schöpfer. „Wir sind hier nicht in der Schule, mein Junge, noch musst du nicht in der Ecke stehen.“ Oh, der Herrgott spricht Klartext.

„Pardon?“ Plötzlich umärmelt mich die Schüchternheit. Mit Redegewandtheit kann *ich* gerade nicht aufwarten.

Das hinter ihm auf und ab schreitende Häuflein Asche – ist das etwa der sagenumwobene Saturn? – grinst hämisch, als sei er die linke Hand von OMG.

„Wie darf ich dir helfen?“, fragt mich der liebe Gott.

„What? Eine gewählte Ausdrucksweise klingt anders, ich weiß“, übe ich Selbstkritik.

Der himmlische Vater lächelt milde. „Ein Vögelchen hat mir gezwitschert, die Eingewöhnung falle dir noch schwer, alle Jobangebote schlugest du in den armen Wind. Der aber kann nun als Letzter etwas dafür.“

„Hat Poodle mich etwa verpetzt?“

„Gemach, gemach, ich würde es weniger scharfzüngig formulieren. Übrigens haben Saturn und ich nichts anderes erwartet“, vertraut er mir an.

„Schule? Ich knabbere noch an Eurem Satz mit der Bildungsanstalt herum.“ *Zzzzzz.* „Ist das etwa eine Säge? Jawohl, ich höre eine Säge sägen.“ *Zzzzzz.* „Eure Exzellenz, es liegt fern meines Wesens, ketzerisch anmutig sein zu wollen oder so ähnlich, egal, aber Petrus sägt, just in diesem Momentchen, an Eurem Stuhl. Der Hierarchienneid verschont selbst Euch nicht, was?"

Der liebe Gott merkt auf. „Fürchtegott, dein Unglaube ist ja zum Fürchten. Mein Sohn Jesus hat den Stuhl eigenhändig gezimmert und es dabei mit einem Bein zu gut gemeint, Petrus kürzt es gerade auf die passende Länge."

„Ach Gottchen, spricht's Lottchen, da bin ich aber beruhigt."

„Wie bitte?"

„Eure Exzellenz", nun werde ich meinem Nachnamen Dot gerecht und komme direkt auf den Punkt, „ich habe die wohlwollenden Job-Offerten geduldig geprüft und muss mir zugestehen, dass ich weder den Blümchen noch den Briefen und dem feinsten friesischen Porzellan gleich gar nicht zuzumuten bin. Wenngleich mein Alleinflug neulich zugegebenermaßen wenig Anlass zu ausgelassenen Freudensprüngen gab – Morphie meidet mich, wo er kann – möchte ich Euch dennoch mein Bittgesuch ans Herz legen, mir noch einen Versuch zu gewähren. Ich sei, gewährt mir die Bitte, in Eurem Verein hier ... Herrje, jetzt rezitiere ich tatsächlich Schiller." Ich sammle mich kurz. „Kurzum, als Seelenklempner verstehe ich mein Handwerk, ob auf Erden oder in schwindelerregenden Höhen ..."

Der Herrgott hebt die rechte Hand. „Halte ein! Ist dir eigentlich bewusst mein Sohn, wie abfällig solch ein hässliches Substantiv klingt? Seelenklempner! Menschen sind keine Wasserrohre, geschweige denn eine Toilettenspülung."

„Äh."

„Ich bitte um Ruhe! Du erwecktest bei deiner Willkommensparade den angenehmen Eindruck, als reisest du geläutert an. Sollte ich mich so getäuscht haben?"

„Nö, das Glockengeläut habe ich vernommen, bin ich doch bei meiner Trauerfeier als ausgedienter Komparse dabei gewesen; mickrige glanzlose Veranstaltung."

„Mein Junge, wie würde es dir gefallen, dich bei uns als Seelenflüsterer einzubringen? Orpheus könnte dich zeitweilig mit seinem Engelsgesang begleiten. Poodle the Bagpipe ist der Ansicht, Nerven in Schieflage seien dein Spezialgebiet."

„Wenn Poodle das sagt. Yes, na, und ob sie das sind, das meinte ich eben, und genug Engagement brächte ich hierfür unbedingt mit."

„Ja, mein Sohn, das steht zu befürchten. Recte, in Ordnung, einen Versuch ist es wert. Aber vorher wirst du noch die Schulbank drücken, bitte vorsichtig, sie ist antik. Fräulein Venus wird dir im Unterrichtsfach *Warmherzigkeit bebalzt Empathie* Nachhilfe geben."

„Die zwei Turteltäubchen haben ein Date?", forsche ich verdutzt nach.

Sollte der Engel mit seiner nebulösen Verkündigung also recht behalten haben? „Stopp!" Meine Gedanken schleudern ein Stoppschild in die Luft. Da ist es wieder: Empathie! Dieses unschuldige Wörtlein, dieser Panther im Schafspelz, bestehend aus drei Silben, vor denen ich mein Leben lang davongerannt war. Wilson Kipsang Kiprotich, der weltbekannte Marathonläufer, ist nothing gegen mich. Oh, der Allgütige spricht noch:

„... eventuell wird es zu gegebener Zeit eine Nachschulung dieser Nachhilfe geben."

„What?"

„Bei untadeliger Führung wird dich Jüngling Mercurius in wenigen Jahren die Kunst des Unsichtbarwerdens lehren und wie du an deinem neuen Wohnort, unserem Himmel, materialisiert startest, um am Zielort, der Erde, dematerialisiert Gutes zu verrichten ..."

Aufgeregt falle ich dem Allmächtigen ins Wort. „Hat Morphie mir noch nicht vergeben?"

„Ich fürchte ...", sagt der Herrgott.

„Oh!" Ich werde abgelenkt. „Ahoi, ich freue mich, dich kennenzulernen", begrüße ich Mercurius. Aus dem Hinterhalt hervorgleitend lächelt der weltbekannte Götterbote mir aufmunternd zu.

„Die Freude ist ganz auf meiner Seite", entgegnet er höflich.

„Pst!" Mein neuer Chef fährt mit seiner Unterweisung fort. „... ohne, wie ich betone, Inkorrektheiten zu begehen. Plane vorerst bitte nur Theoriestunden ein. Fürchtegott, leider wirst du nicht bei jedem deiner späteren Einsätze auf einer Sternschnuppe anreisen können. Kostenreduzierung, du verstehst?"

„Ha, wie Gertrud und ihr übertriebener Fimmel mit dem Haushaltsbuch."

Saturn, das gestrenge Finanzgenie, mustert mich abschätzig, so von oben bis unten, wie ich es ja von meinem ehemaligen Eheweib Gertrud zur Genüge kenne. Oller Staublappen.

„Heiliges Kanonenrohr, ich, Fürchtegott Dot, ehemaliger Liverpooler Waisenjunge, werde in die hohe Kunst des Feinbeamens eingeweiht. Potz Blitz", rufe ich erregt aus. Wie bestellt blitzt und donnert es gewaltig.

„Fürchtegott Dot." Oops, mein Oberbefehlshaber klingt ungehalten. „Halte dich mit Wortspielereien zurück und bemühe um keinen Preis leichtfertig die Naturgewalten! Weitere Lehrfächer sowie für diese verantwortlichen Pädagoginnen und Pädagogen findest du auf deinem Stundenplan." Mit spendabler Geste händigt er mir selbigen aus.

„Verbindlichen Dank. Das wäre doch nicht nötig gewesen." Ich staune.

„Jeden Morgen wirst du nach dem Ausschütteln der Wassertröpfchen meine aktuell gültige Weisung empfangen."

„Wie famos, dass ich auf einem Wölkchen schlummern werde. Hurra! Donnerlittchen, die Weisung flattert mir wie Brieftäubchen um die Ohrläppchen?", hake ich wissbegierig nach.

„Ssshhh! Im Theorieunterricht darfst du deinen Dienst an der Menschlichkeit optimieren. Und bitte höre damit auf, Morpheus nachzustellen. Er möchte vorerst komplett auf dich verzichten."

„Das dachte ich mir", flüstere ich geknickt. „Also wird es vorerst wohl keine weiteren gemeinsamen Reisen mit ihm geben."

„Exakt. Fürchtegott, folge abwechslungshalber doch mal deiner eigenen Empfehlung. Ich meine jene weichherzige, die du nach deinem Tod in einem Anflug von Weisheit an einen ominösen lieben Sir gerichtet hast."

„Ha!", rufe ich aus. „Mein Moment der Schwäche plumpst mir nunmehro auf meine nackten großen Onkel. Aua! Oje, kurz nach meinem Ableben, gefühlsmäßig noch zwischen Leben und

Tod, hatte ich de facto lauthals herumgetönt, was ich in meinem Leben alles hätte besser machen wollen, sollen, müssen."

„Bemüht er hier den Konjunktiv II?" Saturn spöttelt über meinen inneren Aufruhr.

*

„Great, alright, danke." Kehrt marsch. Ich mache keinen Diener, no, dafür einen wackligen Knicks, und das ist wirklich mehr als nichts. „Puh." Lächelnd nimmt mich Jesus in Empfang. „Ruhig, Rostbrauner", redet er mir beschwichtigend zu, wie einem abgehalfterten, nordfriesischen Klepper, der nicht gleich zur Salami verarbeitet wird, sondern stattdessen für sein Gnadenbrot erst noch malochen darf. Atlas saust uns über den Weg. Er hat es eilig. „Huch, wer stützt jetzt unser Himmelsgewölbe?", erkundige ich mich mit flatterndem Herzen. Jesus lächelt und murmelt etwas von „die lieben Neulinge". Ich würde Atlas ja befragen, ob er verstehen kann, wie ich mich fühle, aber just entschwindet er hinter Jupiter.

So quecksilbrig ich mich seit meinem ausgefallenen Einstand auch aufgeführt haben mag, so abgekämpft schleiche ich an Jesu Seite zu meinem flauschigen Wölkchen. Ein Päuschen käme mir sehr gelegen. Yes, insgeheim bete ich einen Rosenkranz, dass ich den lieben Gott nicht enttäuschen werde.

Poodle the Bagpipe verspricht mir, mich um Punkt 19.30 Uhr zu wecken. „I will wück you auf!" Unmöglich klingt das. Die Theateraufführung, natürlich, die zu versäumen wäre ein Jammer. Mylady, sollte Sie die Frage quälen, weshalb Poodle Poodle heißt, so sorge ich gern für Linderung: Stellen Sie sich einen mit schottischem Akzent kläffenden Pudel vor, der obendrein, mit Gewichtsproblemen kämpfend, einen Dudelsack malträtiert. Voilà, jetzt dürften Sie Poodle the Bagpipe vor Ihrem geistigen Auge sehen. Poodle zieht jeden verfügbaren Vokal in die Länge, einem qualitativ hochwertigen Kaugummi vergleichbar, und besonders oft überbemüht er ein unschuldiges „ü". My poor ears, meine armen Lauscher.

Kapitel 2

„Die Zeit ist ein Rennpferd und ich bin ein miserabler Jockey." Solche durchgeistigten Zeilen hätte mein Hirn sich früher niemals zugetraut. Allmählich gewinne ich meine poetische Ader richtig lieb.

„Füüürchtegott, Füüürchtegott!" Ich albträume, ich bin im Himmel. Wie realistisch. „Huch." Ein lauter Platsch leitet mein Erwachen ein. „What is this?", verhöre ich mein Kopfkissen. „Poodle, bist du denn des Wahnsinns fette Beute?" Poodle knabbert listig grinsend an einem Amerikaner herum – nicht an einem Bürger der Vereinigten Staaten, nein, an einer saftigen Leckerei aus Puddingpulver mit mindestens sieben Schichten Fondant in herrlichsten Regenbogenfarben.

„Wüllst du was abhaben?"

„Nein!" Pitschenass drohen das Wölkchen und ich ihm mit erhobenen Zeigefingern.

„Du warst partout nicht aufzuwecken", verteidigt sich mein personalisierter Wecker. „Kannst du mir meine Wasserbombenattacke da etwa verdenken?" Hurtig lege ich mich trocken, um sodann flink in einen nachthimmelblauen, mit pinkfarbenen Sternen aus Strass bestickten samtenen Smoking zu schlüpfen. „Wieso muss ich jetzt an Dolly Parton denken?", interviewe ich mein Spiegelbild.

„So kann ich mich mit dir sehen lassen", belobigt mich Poodle schmatzend. Er hingegen steckt in einem geschmacklosen Ensemble aus Polyester fest.

„Pass auf, dass sich in deiner Nähe niemand einen Zigarillo anzündet", rate ich ihm. „Sonst wirst du zum Fireball."

„Glucks." Poodle nimmt mich mit Humor.

*

20.00 Uhr. Englein lüften den Vorhang aus Nebelschwaden. Das Päuschen hat mir gutgetan. Gott verhütet, dass ich mit verdrehten Äuglein einnicke, während die jenseitigen Darsteller ihr Bestes geben, um meinem niedrigen Bildungsniveau den „Erdgeist" schmackhaft zu machen. Der Chef hat mir einen vierfachen Espresso spendiert. Leider steht heuer keinesfalls Dantes „Göttliche Komödie" auf dem Spielplan.

„Amüsiere dich prächtig, mein Junge", wünscht mir Gott.

„Ich versuche, nicht zu prahlen, aber bislang hat meine Schläfrigkeit weder im Theater noch in der Oper jemals den Kürzeren gezogen", prahle ich munter drauflos.

„Der Espresso wird obsiegen", meint unser Heiliger Vater völlig überzeugt.

„Bravo", ich applaudiere. Die Vorführung ist ausverkauft, ja, sogar überbucht. Die Platzkarte für das bescheidene Plätzchen direkt an der meinem Herzen abgewandten Seite wurde versehentlich an drei Weibsbilder gleichzeitig verhökert. Das einfältige Spiel aus meiner Kindheit, das da heißt „Mein rechter, rechter Platz ist frei, ich wünsche mir (nur Gott weiß wen) ... herbei" kann gegenwärtig also nicht realisiert werden. Hier habe ich kein Mitspracherecht und muss nehmen, wer kommt. Poodle kichert. Apropos kommen: Es kommt zu tumultartigen Turbulenzen. Was für ein Theater. Die hoch betagten Weibsbilder, die Methusalem frisch wie den jungen Morgen aussehen lassen – er sitzt direkt in der Reihe vor mir – kämpfen neben mir um den besorgt dreinblickenden Stuhl. Psychologisch versiert sehe ich diesem an der Lehne an, wie sich ihm vor Unbehagen die hölzernen Fußnägel hochrollen. Mein Herz pocht durchaus für schwächere Individuen, als ich es bin, weshalb ich, für das Sitzmöbel Partei ergreifend, als eine Art Schlichter auftrete.

Unerschrocken begibt sich mein Geist in den Untiefen meines mythologischen Fundus auf Spurensuche. Wen habe ich da vor mir? Beim Stöbern wird er tatsächlich fündig: Hoppla, er stolpert über die Erinnyen. „Good evening, how nice, Sie kennenzulernen", begrüße ich die gackernden Streithühner. Das mit dem nice ist glatt gelogen, trotzdem zeige ich mich redlich bemüht, den Streit zwischen diesen Furien zu schlichten. Meine solide durchbluteten Handinnenflächen ersetzen mühelos ein Warnschild. Kraftvoll bitte ich: „Haltet ein!" Dabei ziehe ich das „a" an dessen nicht vorhandenen Ärmeln dermaßen in die Länge, als sei es in der Kochwäsche eingelaufen. Färbt Poodle etwa auf mich ab? „Wo ist die Trillerpfeife, wenn ich sie brauche?", schreie ich lauthals heraus. Ruckartig wenden sich drei furchterregende Häupter meiner Person zu. Fuchsteufelswild ob der Störung fauchen sie mich zornig im Kanon an:

„Troll dich, du Troll!"

„Pfiffige Ouvertüre." Patzig kann ich auch.

Der hinter mir in der Reihe sitzende Old moon kringelt sich vor Lachen, bis er aussieht wie ein überaus sympathischer Bagel. No Sir, not Beagle, das wäre ein kompakter Snoopy, aber nie und nimmer der von der Queen, der heißt nämlich Corgi. Im Unterschied zu mir scheint Old moon mit der griechischen Mythologie bestens vertraut zu sein. Respektvoll hält er Abstand. Die am wenigsten gebrechliche Alte der drei Furien trägt einen Schal aus Schweinsfledermausschwingen um ihren Flughundhals.

„Du musst Tisiphone sein!", rate ich beherzt.

Die Mittlere, die mir unaufhörlich mit ihrem linken, abgenagten Zeigefinger in die Leber zu stechen versucht, ist laut dem gebildeten Jesus eindeutig Alekto. Demnach dürfte die Letzte im Trio infernale Megaira sein. Aus Eifersucht auf deren Plätze beschimpft sie verängstigte Sterne: „Ihr Sitzenbleiber."

Verblüfft sehe ich mich den drei Rachegöttinnen gegenüber. Das Pack trägt depressionsgraue Gewänder und müffelt einvernehmlich nach verwesenden Blütenblättern. Mein beschwichtigender Versuch, diese weiblichen Gottheiten mit ihren eigenen, aus der Mythologie überlieferten charakterlichen Schwächen zu konfrontieren, um eine Therapie einleiten zu können, geht gewaltig nach vorne los. Und ich stehe vorne! „Autsch!" Erst als Saturn die Erinnyen mit seinem berüchtigten Wave-bye-bye-to-insects-Blick in die Knie zwingt, treten zwei von ihnen sichtlich eingeschüchtert, die hässlichen Köpfe eingezogen, den Rückzug an, während Alekto, die Siegerin, selbstbewusst platzt. Will sagen, die Unaufhörliche nimmt ihren Platz ein.

*

Nun beginnt die eigentliche Vorführung, während derer mich trotz Espressi in schöner Regelmäßigkeit Hypnos zu bezirzen versucht. Offensichtlich handelt „Der Erdgeist" vom kometenhaften Aufstieg eines freizügigen Mädchens namens Lulu, gespielt von der verführerischsten Venus, die Sie sich vorstellen können. Yep. Die zügellose Lulu verführt alles, was kreucht, und lässt es nicht mehr entfleuchen. Wann immer mich gedankenloser Szenenapplaus aus meinem Nickerchen reißt, ertappe ich mich bei einem neidischen Blick auf den Medizinalrat Dr. Goll. Rafft diesen doch eine schlagartig auftretende Malaise des Gehirns dahin, just in dem Moment, als er die flatterhafte Lulu in flagranti mit Maler Klecksel ertappt. Wilhelm Busch, Sir, do you remember? Dr. Golls kleines Zipperlein ermöglicht ihm einen rasanten Bühnenabgang. Husch, ab saust er. Glück im Unglück. Ich nutze den Applaus, um mir an dem Entschwinden des Doktors, tadellos dargestellt von Draufgänger Mars, ein Beispiel zu nehmen. Wie man die Sternlein munkeln hört, soll der in der Blüte seines Lebens agierende Mars im nächsten Theaterstück einen Fliegenpilz geben. Tja, die Kollateralschäden der Pubertät.

Mit Jesu Einverständnis („Geh mit Gott!") wanke ich, eingehakt beim Allmächtigen, schlaftrunken die Milchstraße entlang nach Hause. Das ist wieder so ein Satz, bei dem ich früher geschworen hätte, ihn im Leben nie von mir zu geben. Ach herrje, habe ich auch nicht. Stimmt ja, ich bin im Jenseits. Sachen gibts. Nun, da ich auf Mutter Erde zu denen gehöre, über die nie mehr schlecht gesprochen werden darf, tropft er mir wie Honigmilch von meinen Lippen.

In meiner neuen Homebase angekommen, klettern wir mit einer Teleskopleiter auf mein Wölkchen. Home, sweet home! „Sleep well, mein Sohn", wünscht mir mein Schöpfer, streift kuschelige Schlafsocken über meine sich genierenden Füße, reicht mir ein Becherglas heiße Lavendelmilch mit Honig und deckt mich sodann sorgfältig mit einem Schäfchen zu. Das Schäfchen stellt sich mir als Flocky vor. Es kümmert sich um eine angenehme Schlaftemperatur. Ich rolle mich wie ein entstiefelter Kater zusammen, hoch erfreut darüber, dass mir die theatralische Fortsetzung vom „Erdgeist“, das Unheil verkündende Versprechen, die Büchse der Pandora öffnen zu wollen, erspart geblieben ist. Übrigens habe ich vorhin kurz mit der holdselig Liebreizenden geplaudert. Sie versicherte mir, ihre Unart auf der Erde zurückgelassen zu haben.

Ich gähne herzhaft. Wenn ich an meinen morgigen Stundenplan denke, wird mir bänglich zumute. Hypnos schleicht sich an mich heran, und prompt werde ich noch müder. Meine Gehirnzellen indes werkeln weiter. Wird die erste Nacht als Patin für weitere Nächte zur Verfügung stehen? Ob ich wohl im Himmel endlich den Schlaf der Gerechten werde nachholen dürfen? Zu Lebzeiten war ich ein bemerkenswert miserabler Schläfer, beichte ich noch den Sternen, bevor ich, an der elysischen Matratze horchend, einschlafe.

Kapitel 3

„Das Jenseits versinnbildlicht einen Modeschöpfer, dessen Kollektion du mit Verve tragen solltest“, sporne ich mein ent*geist*ertes Spiegelbild an. Was „Verve“ heißt, Sir? Ist das Ihr Ernst? Es schmeichelt mich, halt, mir, dass Sie mich für einen Deutschlehrer halten.

„Elan oder Schwung“, zischelt mir meine Souffleuse, die Muse, ins für solcherlei Hilfe empfängliche Trommelfell. „Und bitte, unterlasse Provokationen.

„I agree. Thank you very much“, danke ich ihr.

„Good morning“, begrüße ich die strahlende Sonne. Ein neuer Tag im Himmel. Punkt 8.00 Uhr drücke ich, Fürchtegott Dot, brav wie ein Lamm die Schulbank, vorsichtig, sehr vorsichtig, und das im zarten Alter von … Oje, die Pünktchen gefallen mir bedeutend besser als die brutale Zahl an sich. Ich erlaube meinem rechten Däumchen, um mein linkes zu kreisen. Kreise sind hohlköpfige Dots, also Punkte oder, um es liebevoller auszudrücken, Punkte, die ungeduldig darauf warten, dass ich sie mit meiner neu erworbenen Fantasie ausmale. Das gefällt einem Fürchtegott. Punkte beruhigen mich. Sie erinnern mich an meinen Familiennamen *Dot*, lassen mich meine Wurzeln keinen Augenblick vergessen. Yeah, mit dieser leichten Fingerübung gelingt es mir mühelos, mich selbst zu hypnotisieren. Mein augenblickliches Schielen ist erst der Auftakt. Oh, verstohlen linse ich zu den anderen Erstklässlern hinüber: Vier Totengräber, sechs Sargträger, fünf Leichen und zwei Bestatter unterhalten sich lebhaft gestikulierend mit Thanatos, dem griechischen Gott des Todes, der mit nur einem Vertreter im lebensverneinenden Grau einer leidenschaftslosen Staubmilbe aufwartet. „Wie viele Gevatter Tode es wohl geben mag? Hätte ich noch einen Puls, würde ich mir jetzt Sorgen machen“, vertraue ich der Schulbank an. Im Gedenken an meinen geliebten Bredtstedter Kreisverkehr lasse ich weiter die Däumchen kreisen. Ich verhalte mich mucksmäuschenstill. Mittlerweile zeigt die Totenkopfuhr 8.10 Uhr an. Mit Pünktlichkeit kann meine Lehrerin, die hoch gerühmte

Venus, offensichtlich nicht punkten. Ah, da ist sie ja. Resolut wird die Tür zum Klassenzimmer von wie Speckschwarten glänzenden Bikerboots aufgetreten und ... meine Däumchen stellen abrupt ihr Kreisen ein, denn was sich jetzig ereignet, zieht zu weite Kreise, als dass meine sensiblen Däumchen es mit einer schnöden Imitation des nordfriesischen Kreisverkehrs aufarbeiten könnten. Ich, häufig um einen respektablen Spruch verlegen, heiße unsere Lehrerin mit der traditionellen Begrüßung „Grüß Gott, tritt ein, bring Glück herein!" willkommen. Normalerweise sorgt solch ein Sprüchlein bereits auf der Türschwelle für überbordende Stimmung. Der Gast freut sich, der Gastgeber weiß überhaupt nicht mehr, wohin vor lauter Frohsinn und fängt ehrerbietig an, Rhabarber-Nougat-Törtchen, Biskuitröllchen und Eierlikör aufzufahren. In meinem Liverpool aus Kindertagen gab es so etwas leider nicht. Bei Ihnen aber gewiss, Mylady, oder? Hm, diesen „Gast" hatte ich nicht erwartet. Venus trägt einen grauhörnchengrauen Umhang, kirschkernfarbene Flügel und eine bitterböse Miene zur Schau. Sie umkreist uns Erstklässler – summa summarum – wie ein bedrohlicher Mäusebussard seine nagetierischen Opfer. Im gestrigen Theaterstück wirkte sie noch so lieblich, wenngleich keineswegs gänzlich unverdorben. Von den Täubchen, der Muschelschale, dem Spiegel und dem sozialverträglichen Delfin, die Überlieferungen zufolge Venus begleiten wie Nebelschwaden den Monat November, ist keine Spur zu sehen.

„Libby, ahoi, klasse, dich bei uns zu haben!" Eine der Leichen überschlägt sich vor Wiedersehensfreude. Sogar die Totengräber, mit einer Visage wie ein Jahrhundert Graupelschauer, ringen sich ein gruseliges Lächeln ab. Sie wirken regelrecht wie muntere Spätblüher in der Nachblüte ihres Lebens. Blüte hin, Blüte her, mir wird blümerant. Ich vermag mir nicht auszumalen, wie dieses düstere Geschöpf mir Empathie und Sinn für Ästhetik eintrichtern soll. Zudem treibt mich die Unkenntnis um, wann aus Leichen Untote werden. Dass Libbylein (wieso eigentlich Libbylein?) mich wohl niemals wird leiden können, sehe ich ihr an der verrußten Nasenwarze an. Sie wirft mir abschätzige Blicke zu, während sie ungeniert mit einem Sargträger flirtet. „Ugh! What a fun party. Hihi!" Meine Nerven sind kurz vorm Durchdrehen.

„Fürchtegott!“ Wie aus heiterem Himmel taucht Morphie vor mir auf und zieht mir die Ohrläppchen lang. „Mr. Blindfisch! Was hast du hier verloren?“, verhört er mich.

„Hä?“ Mein salopper Ausruf verrät meine Verwirrtheit.

Vier Totengräber, sechs Sargträger, fünf Leichen und zwei Bestattungsunternehmer betrachten mich sensationslüstern.

„Aua, my ears. Please don't pull my Lauscher. Ich bin der neue Schüler von Venus“, raune ich Morphie zu. Rührend, wie ich ihm so vertrauensselig meinen Stundenplan unter sein imposantes Riechorgan halte.

Morphie gluckst und belehrt mich: „Mr. Blindfisch, da steht sargschwarz auf lilienweiß: Wolke sieben, nicht Wolke dreizehn.“

„Venus ist Venus“, wage ich einzuwenden.

„Was für ein Unfug. Du bist bei Signora Libitina gelandet, der römischen Herrscherin über den Tod.“

„Sieh an, deshalb deutet Thanatos unentwegt einen Diener an.“

„Ausschließlich in wenigen, nachlässigen, miserablen Überlieferungen wird sie mit Venus verglichen“, belehrt mich Morphie. „Ist dir denn nichts aufgefallen?“

„Nun ja …“

„Hier wird die Lehre von des Jenseits Schattenseite unterrichtet, zudem, wie am besten gegen die Preispolitik der Sarg-Discounter vorzugehen ist und wie man die Verwaltung der Sterberegister mit minimalst möglichem Aufwand in den Griff bekommt.“

„Aha. Das ist absolutes Neuland für mich“, gestehe ich Morpheus beklommen.

Libby und eine skelettierte Fledermaus lachen herzhaft auf. Ihr Gelächter klingt, als spielten sie mit zwei Leichen samt Sargdeckeln Topfschlagen. „Ach je, die spielen tatsächlich. Schauderhaft, wirklich schauderhaft.“

Aufatmend und still wie ein Säugetier bei Sichtung eines Mäusebussards trete ich, Libitina fest im angsterfüllten Blick, meinen Rückzug an. Hier möchte nicht einmal ein hart gesottener Fürchtegott Dot lernen, so viel steht fest.

Kapitel 4

„Der Liebe Glanz verirrte sich, du suchtest nicht, doch fandest mich, unverzeihlich liebenswert, einen Pfifferling gar wert."

Meine Muse ist in Topform. Ihr zufolge könnte die leibhaftige Venus genauso von mir denken. Ist da etwa Love in the air?

Himmel, das Elysium. Auf Wölkchen sieben geht es sehr viel weniger machiavellistisch zu als auf Wölkchen dreizehn. Selbst als Lehrerin ist Venus eine wahre Augenweide. Alle weiden sich an ihrer Anmut. Schööön. Meine frühere Lieblingsschlafschülerin, mit der ich zu Lebzeiten um ein Haar ein Techtelmechtel gehabt hätte, erhält hier nicht zu vernachlässigende Konkurrenz. Ich bekomme chilirote Bäckchen, so aufgeregt rutsche ich auf meinem Allerwertesten hin und her; eierschalenbraune Wängel-chen habe ich obendrein. Pigmentflecken, Mylady. Yes, beinahe wie aus der Rotkäppchenwerbung. Verschämt drapiere ich meine drei rostbraunen Haarsträhnen mit Spucke über mein Oberhaupt. How smart ist das denn ... Sadly, not at all. Mit über siebzig darf Mann aber ruhig so herumlaufen. Sir, sollten Sie mit Mitte dreißig schon so umherschleichen, willkommen im Klub. Bei den Aufnahmekriterien will ich mal nicht so pingelig sein.

Venus doziert heute über Mildtätigkeit.

„Was versteht ihr denn unter diesem viersilb*r*igen Wort?", fragt sie uns Neuzugänge freundlich.

„Beruhigend, dass du nicht deutsche Grammatik unterrichtest", murre ich leise. Geistesabwesend mustere ich Venus' Rundungen und vergleiche diese mit denen von Eheweib Gertrud. Mittlerweile hockt meine von der glücklichen Fügung beschwipste Witwe auf Klempner Ulf und pokert, was Ulfs Sparsau hergibt. Meine Gedanken schwofen weiter umher …

„Fürchtegott, Darling. Ich freue mich, dich als Schüler begrüßen zu dürfen." Das klingt hübsch. „Was sagt dir Mildtätigkeit?"

„Wie bitte?" Ehrlicherweise denke ich dabei an Melitta-Kaffee. Sein Jasmin/Holunder/Paprika-Aroma verlockt meine

Nasenflügel zum vorfreudigen Erbeben. Da ich ungern den Lügenbold geben will, um mein Karma nicht weiter in schwindelerregende Tiefen zu stürzen, krächze ich Unhold errötend: „Kaffee! Nee, ne?“ Alle Mitschüler amüsieren sich köstlich. „Das ist wenig solidarisch.“

Neben mir läuft Pelé, einen seiner geschätzten Fußbälle vor sich her dribbelnd. In vorauseilendem Gehorsam meldet er sich zu Wort: „Barmherzigkeit, Gnade, Nachsicht, Nächstenliebe ...“

„Da hat aber jemand eifrig seine Hausaufgaben gemacht, was?“, mische ich mich kiebig ein.

„... darf ich die Bedeutung dieser angenehm klingenden Substantive an einem Beispiel erläutern, werte Venus?“, vergewissert sich Pelé, bevor er loslegt.

„Hört, hört“, lästere ich. Nervös kaue ich an meinen Fingernägeln. Umgekehrt, also nagten diese an mir, wäre das zu Freddy Krueger-mäßig.

„Sehr gern, Pelé, nur zu.“ Anmutig lehnt sich Venus in ihrem Chefinnensessel zurück. Mit heraushängender Zunge signiert Pelé seinen Fußball. Strahlend überreicht er ihn unserer Venus. „Wenn wir ihn dem Himmelskindergarten schenkten, könnte uns dies als mildtätige Geste gedankt werden.“ Was für ein Streber. Mein rechter Daumen verliert justament den Norden seines Nagels an den Laminatboden. „Autsch.“ Ich stelle meinen linken Fuß darauf. Anmutig in ihre feingliedrigen Hände klatschend, applaudiert unsere Lehrerin.

„Hat dir meine OP etwa gefallen?“, inquiriere ich leise. Nö, das Drama um meinen rechten Daumennagel scheint sie völlig ungerührt zulassen. Sie meint Pelé. Er ist aber auch ein Netter.

*

Keine Dreiviertelstunde später erfolgt eine „Buße“ nach meinem Geschmäckle, jawohl. „Fürchtegott, ich fürchte, ich werde dir Nachhilfe geben müssen. Einzelunterricht. Was meinst du?“ Venus höchstselbst verspricht mir Förderunterricht?

„Ei der Daus, ich bin im Himmel“, rufe ich berauscht aus.

Venus lächelt. „Ich werte dies mal als Zustimmung.“

*

In dieser Nacht schlummere ich vor lauter Erregung öffentlichen Ärgernisses very wenig. Ich fantasiere von trauter Zweisamkeit mit der Göttin der Schönheit: Sie auf mir, ich auf ihr, welch ein Glück, yes, welch Pläsier. Ob Venus wohl von mir (alb)träumt? Einziger Wermutstropfen an der Romanze – Korbblütler mochte ich sowieso noch nie: Ich werde mich emotional berühren lassen müssen! Igittigitt. Allein bei der Vorstellung wird meiner Gänsehaut höchst unwohl zumute. Die erste Himmelslektion, die zugleich meine erste Himmelserektion zur Konsequenz hat, lautet: Zeig Gefühl! Das wäre ein Novum sozusagen. So ähnlich muss sich Twiggy gefühlt haben, als es hieß: Zeig her deine Beine. Im Himmel munkeln die Schwalben, früher sei sie am liebsten in geräumigen Latzhosen auf knorrigen Apfelbäumen herumgeklettert. Meine bisherige Maxime, um nicht verletzt zu werden, lautete: Beischlaf ja, Gefühle nein. Ob ich sensibel bin? Und wie! Nur ein einziges Mal hat ein Erdenmädchen mit dem Namen eines Himmelskörpers zu gleicher Zeit Feuer in meinen Lenden und in meinem Herzen entfacht, sonst gibt es in dieser Hinsicht wenig auszuplaudern. Ach ja, des Weiteren soll ich versuchen, Venus bei einem Problemchen zu helfen. Jesses, was kann eine Göttin wie sie schon für Nöte haben?

Kapitel 5

„In meinem Herzen ist für dich ein Wunder versteckt, hole es dir!“, spornt mich meine Muse an.

„Hui, du busselst mich, was das Zeug hält. Und mein Zeug hält so einiges aus, wenn ich da mein Leibchen aus verknittertem Leinen kritisch beäuge. Yeah, ich mutiere zu deinem Liebling.“

„Wie du meinst.“ Meine Muse schmunzelt.

Well, meine dröge wie Trockenobst vor sich hin trödelnden Hormone freuen sich auf den Anblick der Schaumgeborenen.

„Törööö!“, trompete ich in den halbwüchsigen Morgen hinein. No Mylady, ich habe mich nicht etwa über Nacht in den meiner Einschätzung nach auf kindlicher Entwicklungsstufe sitzen gebliebenen Elefanten aus den Bilderbuchtagen meines Erstgeborenen verwandelt. Mitnichten. Mir sickert nur soeben sonnenklar ins Bewusstsein, dass ich mir für die heranrauschende „Unterrichtsstunde“ eine dickere Haut werde zulegen müssen. Wenngleich sich meine TO-Hormone auf den Live-Gig der Schaumgeborenen freuen, wünsche ich keineswegs verführbar zu wirken. Lektion hin, Lektion her. Jawohl, ich habe vor, Lektion eins auszusitzen, um auf die eventualiter weniger gefährliche Lektion zwei zu hoffen.

O weh! Mylady setzen Sie hinter das O vor weh niemals ein h! Niemals! Das wäre, unter uns, eine völlig inkorrekte Schreibweise. Also: O weh! Nachher werde ich den Mann für gewisse Stunden geben und dafür gilt es sich unter allen Umständen zu wappnen. Da Richard Gere sich bis dato noch sträubt, in die himmlischen Gefilde einzutauchen, werde ich ihn schwerlich um Rat bitten können. Leider heißen weder ich noch der Morgen den diestägigen Abschnitt zwischen Mitternacht und Mittag taufrisch willkommen und erst recht nicht mein unausgeschlafenes Gehirn. Dieses betrachte ich seit Neuestem als Kabinett, welches an Sonntagen – Obacht! – selten jedoch an sonnigen, geschweige denn an Venustagen aus einer herausragend agierenden Ministerriege besteht. Deren Regierungschef stelle ich dar. Ja, mein Verstand lässt an Frische zu wünschen übrig, nur so ist es zu entschuldigen, dass ich am späten Vormittag in Gottes Lieblingseinkaufszentrum alteingesessene Herrenausstatter mit folgendem, respektlosem Gesuch quäle: „Gott ist gut, jeden Tag, jaja, aber führen Sie vielleicht durch Gerbung chemisch haltbar gemachte Tierhaut im Angebot? (Ich hätte mich auch einfach erkundigen können, ob Ledermäntel vorrätig sind.) Und deren Faserstruktur sollte bitte weitestgehend erhalten geblieben sein." Herrenausstatter eins, zwei und drei blicken gepeinigt. Ein Licht geht ihnen aber nicht auf. Tja, die Körperhülle, keinesfalls -fülle eines Büffels erscheint mir als ein passabler Ersatz für meine eigene fehlende Dickhäutigkeit. Venus' Vorhaben, mein Herz, ja, mein gesamtes Seelchen der Gefühlswelt zu öffnen, jagt mir Schauer des Entsetzens über mein beinahe buckelfreies Rückgrat. Vom Tag der offenen Tür halte ich rein gar nichts.

Die mit der Akquise betuchter Kundschaft betrauten Fachkräfte wirken wie Pilger auf den Spuren des Plemplemismus. Mangels eines geschulten Intellekts mit dem eintönigen Verkauf von Manschettenknöpfen (inklusive Petrus' Konterfei) überlastet, irren sie wahllos umher. Auf mein sozialverträglich vorgebrachtes Ersuchen hin, sprechen sie in schnippischem Tonfall zu mir. Yes, diese ip-, pi-Laute bringen es auf den Punkt. Sie führen sich beinahe auf, als wollte ich sie mit einem unmoralischen Angebot vom Pfad der Tugend fortlocken. Ich hingegen bin überwältigt von meiner Erleuchtung, so viel Scha(r)fsinn hätte ich mir nach so wenig Schlaf kaum zugetraut und die lammfrommen Schafsnasen gleich gar nicht. Ich sehe eben nicht aus wie ein die Lederindustrie subventionierender Herr. Umhüllend beschützt von einer abweisenden hochwertigen Lederpelle wird es der über Suchtpotential verfügenden Venus schwerer fallen, mir auf die selbige zu rücken. Ts, als ob sie das vorhätte. Allmählich werde selbst ich plemplem.

Die Theorie kommt glänzend daher stolziert und lässt die Praxis vergleichsweise ungelenk herumhumpeln. Der für meine Bedürfnisse abkommandierte Herrenausstatter Nummer drei mit dem bemerkenswert unambitionierten Vor- und Zunamen Heinrich Heinrich schleppt realiter einen Ledermantel nach dem anderen herbei. Jeder Einzelne von denen soll so viel kosten wie ein Wolkenkuckucksheim. „Zwanzig Prozent des Umsatzes fließt in die Restauration des Himmelsgewölbes, welches so einiges an Geld verschlingt", verkündet Heinrich monoton. „Ah, sogar hier oben wurden die Preise heraufgesetzt", kritisiere ich. Bei jedem Mantelexemplar schüttele ich ablehnend mein enttäuschtes Haupt – habe ich doch nur wenig Taschengeld zur Verfügung – klatsche aufmunternd in die Hände und rufe „Heda!", um neue Vorschläge aufzuscheuchen. Apropos Moneten. Die zur höchsten Güteklasse herangereiften Kommunisten unter uns haben durchgesetzt, dass jedem Himmelsbewohner von Matze höchstpersönlich – vielen vertrauter als Karl Marx – das gleiche Taschengeld ausgehändigt wird. Aber zurück zum Klatschen. Dies nützt mir wenig, da der überlastete zweifache Heinrich mit seinem Latein am Ende ist. Heinrich bringt mit letzter Kraft „Ab imo pectore, ich kann nicht mehr" über seine blutleeren Lippen, um sodann egoistisch auf dem Klappstuhl neben der Umkleidekabine zusammenzuklappen. Während er sich im Sitzen abwartend dem betulichen Prozess der zögerlich einsetzenden Reanimation hingibt, flüstert er schamhaft errötend: „Lude?"

Ich, ernsthaft in Sorge um den Geisteszustand dieses gebrechlichen Mannes, frage betont höflich und teilnahmsvoll: „Wie meinen?" Keine Reaktion. Eine willkommene Ablenkung zieht mich in ihren Bann. „Oooh, mein lieber Mann, da drüben malt ja Liebermann", rufe ich überschwänglich aus. „Huhu, Max!" Hochgestimmt winke ich dem bedeutenden deutschen Maler des Impressionismus zu und verspreche: „Bis später!" Mäxchen, seine Staffelei samt Farbpaletten zusammenraffend, eilt behänder Zehe Richtung Notausgang. Offensichtlich fasst er mein harmloses „Bis später!" als Drohgebärde auf. Empfindsamer Geist! Zurück ins Hier und Jetzt. „Was hat denn die französische Stadt Le Lude" – der offensichtlich fern von Bildung aufgewachsene Verkäufer spricht den Städtenamen peinlicherweise wie Bude nur mit einem L anstelle eines Bs aus – „mit meinem textilen Bedürfnis zu tun? He?" Energisch stupse ich Heinrich an.

Abermals bekomme ich „Lude?" entgegengenuschelt.

Ein umherhuschender pubertierender Auszubildender, ausstaffiert mit einer limettenfarbenen Krawatte, auf welcher aus Gründen der Solidarität rötlich entzündete Pünktchen herumtoben, rafft eilfertig die verschmähten Mäntel zusammen. Beispiellos setzt er sich für deren Retoure ein. Scheinbar kam er nicht umhin, unser Geplauder mit anzuhören. Engagiert greift Pimple – welche Eltern verfallen auf solch einen üblen Rufnamen? – in die verfahrene Situation ein. Hilfsbereit klärt er mich auf. „Werter Kunde, offensichtlich hält Sie mein verunsicherter Kollege für eine Person, die eine andere Person, meist eine ihren Körper anpreisende Frau, ausbeutet, einen Luden eben."

„What makes him think that?" Für eine Sekunde schwinden mir meine Sinne. „Ich, ein Zuhälter?" Schwankend wie ein Schilfrohr halte ich mich an einer mit Asteroiden übersäten Yucca-Palme fest. Diese versucht vergeblich, exotisches Flair in den verstaubten Laden zu bringen. Resigniert sieht sie dem Geschehen zu. Gemessen an dem heillosen Durcheinander, das ich verursacht habe und welches sich vornehmlich gentlemanlike über den konservativen Kröpfen abspielt, fallen meine Abschiedsworte förmlich unterkühlt aus: „So long, ihr Pappnasen. Ich werde mir gleich die obere Hälfte meines Verdauungstraktes *zuhalten*, meinen Mund ergo, um etwaige Gemeinheiten für mich zu behalten." Während ich den Rückzug antrete, spreche ich noch eine nett gemeinte Empfehlung an Pimple, den Lehrling, aus: „Dear boy, pubertäre Primäreffloreszenzen *und* erdbeerrote Pünktchen würde ich nur am 11.11. um 11.11 Uhr miteinander kombinieren. Sonst nie. Ich rate dir dringend, dich auf eines von beiden zu beschränken." Manchmal bin ich böse, fürchte ich. Ob mein Vorname daher rührt?

*

Nach dieser unerquicklichen Odyssee schlappe ich, der weltentrückte Mr. Dot, geknickt meinem angeschlagenen Selbstbewusstsein hinterher. Wir zwei Oldies steuern ein Café auf dem Uranus Boulevard an. Ein Päuschen, you know? Hier ruhen sich in wenig Privatsphäre bietenden Nischen Frauen mit einer Art sittsamem Duschvorhang vor ihren Brüsten aus. Allem Anschein nach muss dieser als Ersatz für ein Lätzchen herhalten. Selbstquälerisch starren sie in von Neonröhren umrahmte Spiegel, um kurz darauf, sichtlich verschüchtert, fahrig in Regenbogenmagazinen herumzublättern. Vor Schreck falle ich um, schrummfidebumm, lande flauschweich auf meinem untrainierten Allerwertesten und drehe erst mal 'ne Runde. Drehstühle sind eine komische Erfindung. Einmal Medizinmann, perpetuell Medizinmann. Bei dem sich mir darbietenden Drama grübele ich unweigerlich über Dysmorphophobie nach. Hierbei handelt es sich um eine Störung der Wahrnehmung des eigenen Leibes. Meine verwitwete Gattin beispielsweise leidet seit ihrer Geburt unheilbar unter einer verdrehten Sonderform eben dieser Erkrankung: Sie prahlt mit eingebildeter Attraktivität und vorgetäuschten Reizen et cetera, et cetera; aber dies ist ein zu weites Feld. Der Herr Schiller würde genervt im Grabe rotieren, läge er noch dort, sprich, sollte er jemals davon in den Verteiler gesetzt werden. Gertruds Geisteszustand ist es anzulasten, dass sie ihren Marktwert auf einen nur in ihrer Fantasie herumstehenden pompösen Thron empor wuchtet. Dies wiederum wirkt sich störend auf männliche Personen aus, die sie penetrant bedrängt, indem sie ihre sozialen Annäherungen auf unschuldiges Personal auszudehnen versucht. Als da wären? Ober, Steuerberater, Wäschereifachangestellte oder, ganz gemein, Busfahrer. Sir, die Busfahrer können doch nicht weg. Wohin sollten die wohl entfliehen? Apropos fliehen, unmittelbar vor meinem Tod war mir aufgestoßen, dass Gertruds trübe Augen beständig zu fliehen versuchten und zu diesem Behufe bereitwillig aus ihren Höhlen hervortraten. Wie unappetitlich! Gottlob, nun hat sie den deftigen Klempner im Schlepptau. Jau! Mylady, das heißt bloß jawoll, reimt sich aber so fein auf -tau.

Zurück in die Gegenwart, marsch, marsch. Hierselbst findet schätzungsweise gerade ein Gruppentherapietreffen statt. Drei Versuchen eines psychologisch ungeschulten Kellners, mir, appellierend an meinen Teamgeist, ebenfalls ein Mäntelchen anzuhängen, begegne ich höflich aber bestimmt mit einer energisch ablehnenden Geste, mit welcher ich zugleich eine anhängliche

Motte des Platzes verweise: „Huuusch." Zur Beruhigung meiner angegriffenen Nerven bestelle ich: „Only one peppermint tea, please, mit drei Stückchen Würfelzucker und einem ebenmäßig geformten Blättlein Pfefferminze", und AngelAppe mit Mercur. (Ich palavere nicht vom Angeln. Nö, ich nutze den von Engeln kreierten Instant-Messaging-Dienst. Bei Ihnen heißt der vermutlich WhataWrap, Sir.) Der geflügelte Götterbote bejubelt die Schilderung meines Schiffbruchs im Fachgeschäft, welches ausschließlich Mode und Accessoires an solche mausetoten Herren verkauft, für deren Geschmack Otto Normalverbrauchers Leiche Modell liegt, als eine geistreiche Anekdote. Geschäftstüchtig versichert er mir, ich hätte mein geniales Gehirn ohne Weiteres einem wissenschaftlichen Institut als Vermächtnis vererben können. „Aber wie sähe ich denn dann jetzt aus, so vollkommen oben ohne?", frage ich ihn neckend per Sprachnachricht. Bewundernd betrachte ich Mercurs Profilfoto. Er ist der ewige Jüngling. Ungewohnt euphorisch verschicke ich einen Umarm-Smiley an seine Adresse. Big buddys! Nach dieser Artigkeit, der unverkrampft weitere Sympathiebekundungen folgen, fühle ich mich bedeutend wohler in meiner Haut. Ich bin erfüllt von der Erkenntnis, dass wenigstens ich keine weiche Birne, sondern eine besonders bissfeste besitze. Zum Beuteltee wird als Aufmerksamkeit des Hauses anstelle einer Speisekarte ein pathologisch auf frisierte Köpfe fixiertes Fotobüchlein gereicht. Das erheitert mich. Nachsichtig verzeihe ich, dass kein Feingebäck den Tee begleitet. „Bemerkenswert einfallsreiches Café", rühme ich. Das muss ich zugeben, sogar wenn dieses zu meinem Leidwesen komplett auf die aus Filmen bekannten klassischen Kaffeehausszenen verzichtet. „Bebrillt umsehen darf sich Käte Strobel, die im Himmel als Gesundheitsministerin ihrem reinlichen Faible huldigt, hier zudem auch nicht", vertraue ich mir selbst an. Die Räumlichkeiten erscheinen mir schmuddelig. Unzählige Haarbüschel verwahrlosen anklagend auf dem Laminatboden. Eine vergeblich um Sauberkeit bemühte, völlig ausgezehrte Putte, der irgendwer einen Ring durch die Nasenscheidewand gebohrt hat, fegt den Dreck ohne erkennbare Strategie von links nach rechts. Ihr Messingring, der mir ansonsten von schwer zu bändigenden, auf saftigen Weiden grasenden Jungbullen her vertraut ist, verlockt mich um ein Haar dazu, das junge Ding an diesem wie an einer Leine zu den besonders auffälligen Schmutzflecken hinter mir her zu ziehen. Ich muss enorm an mich halten, um diesem Impuls zu widerstehen. Sichtlich schockiert bedauere ich die traurigen Gestalten mit den tropfenden Köpfchen. „Leiden Sie außerdem noch unter Trichotillomanie?", vernehme ich eine neben mir Trübsal blasende Brünette. Sie guckt wie ein weibliches Hausrind nach dem ersten Kalben und schweigt. „Was das ist? Na, krankhaftes Haareausreißen." Immer noch kein Laut. „Und Sie lassen sich freiwillig ihre klitschnassen Haare durcheinanderwuseln? Unästhetisch wirkt das", wende ich mich nun einer mir vis-à-vis sitzenden, womöglich an einem Essay für die Gesundheitsbehörde schreibenden Dame zu. „Hoppla, sind Sie etwa meine verehrte Schriftstellerin Virginia Woolf?", erkundige ich mich atemlos. „Möchten wir zwei Hübschen vielleicht einen literarischen Zirkel ins Leben rufen?" Zurückhaltung war noch nie mein Ding.

„Haha … ins Leben rufen ist lustig. Haha. Du hast Humor, Sportsfreund", lobt mich Virginia unter erfreulich melodisch klingendem Gelächter.

Nach der kurzweiligen Teepause, die meine während des Medizinstudiums gewonnenen Erkenntnisse spielerisch aufgefrischt hat, surfe ich auf einer seltenen Welle aus Zufriedenheit zum *Friseursalon* heraus. Was bin ich froh, anders zu sein als diese seltsamen Leutchen. Dass es sich um einen *Friseursalon* handelt, hätte selbst mir als beinahe Glatzenträger allmählich dämmern müssen. „Tschüsschen", rufe ich noch in die verschwiegene Runde.

Eine textile Schutzbekleidung, um Venus' Liebreiz abzuwehren, fehlt mir nach wie vor.

Kapitel 6

„Sie wird in dir eine Saite zum Klingen bringen, die dein Herz bislang nur aus Märchen kennt."

„Ach, liebe Muse, jage mir bitte keine Furcht ein."

Meine Muse klimpert doppelt: auf der Harfe und mit ihren Wimpern, die mich beinahe über das Federkleid einer zahmen Krähe poetisieren lassen. Ha, reingelegt, Sir! Auf 'ner Harfe klimpert es sich schlecht, sie ist ja kein Klavier. Sind Sie noch bei der Sache?

Aloha! Ich danke dem Allmächtigen für mein sachliches Naturell, das allerdings, ein Blick auf die Sonnenuhr untermauert meine Besorgnis, in wenigen Stunden auf eine ernst zu nehmende, göttliche Gegnerin prallen soll. Mein morgendliches Unterfangen, in einen viel zu kostspieligen Ledermantel investieren zu wollen, verwerfe ich selbstkritisch als eine Idee, die bei Sonnenschein betrachtet nicht mehr das winzigste Schlückchen Pflaumenschnaps wert scheint. Ebenso ergeht es meinem vorübergehenden Kokettieren mit einem Taucheranzug nebst aufwertendem Ensemble aus Fäustlingen, Füßlingen und einer überaus mondänen elastischen Kopfhaube aus Vulkanisaten von Naturkautschuken. Da würde Spock aus dem Staunen nicht mehr herauskommen. Diese Idee wird einsichtig der ersten hinterhergeworfen, *flopp*, sodass beide Orientierungsleitbilder einträchtig Seite an Seite davonflattern. „Bye-bye", flöte ich ihnen hinterher.

Jetzt ist Realismus gefragt. Angespornt von der vermutlich phänomenalen Lösung schlechthin, strebe ich entschlossen auf eine skandinavische Boutique zu. Ein im Schaufenster herumlungernder Wikinger verspricht auf einem Plakat den passenden Mantel für jedes dårlig vær, also Schietwetter. Höchst übermotiviert entere ich sachdienlich eingerichtete Verkaufsräume und verklickere dem schlafmützigen Kompagnon, der um keinen Trostpreis die hellste Kerze im planetarisch anmutenden Kronleuchter sein wollte: „Ich wünsche mir das gleiche, *nicht* jedoch dasselbe Regenmäntelchen, das ich über meiner Seele", ich beklopfe meine linke Brust, „zum Schutz meiner empfindsamen Gefühle bereits verlässlich wie meine nächtliche Zahnschutzschiene trage.“ Mahnend hebe ich meinen rechten Zeigefinger empor. „Der feine Unterschied ist mir wohl vertraut.“

Sir, jetzt mal Butter bei die Fische! Hundertprozentig schlüpfen Sie täglich in solch eine imaginäre Rüstung, stimmts? Ist es nicht exakt diese Rüstung, die Sie veranlasst, eine gewisse liebliche Maid stoisch links liegen zu lassen und die Sie stattdessen nach des Tages Müh und Plag in die Winkearme Ihres schimpfenden Hausdämons zurücktreibt? Sie nennen das Treue, Sir? Bingo, Sie gehören also zu den „Ich-rede-sie-mir-erträglich-Typen“. Mylady, und Sie kennen mit Sicherheit das staubresistente Sprichwort: „Du musst dir eine dickere Haut zulegen“, oder? Sind es nicht diese Worte, die Ihre rechte Hand mehrmals halbstündlich in die Fruchtbonbontüte greifen lassen? Was soll ich sagen, Psychologie liegt mir, ich weiß.

Tja, wie unerwartet erfolgt auf mein Gesuch keine Reaktion. Vielleicht würde eine kompakte Inhaltsangabe weiterhelfen. Also erkläre ich meinem Gegenüber geduldig: „Ich suche ein anfassbares, isolierendes Regenmäntelchen, das meine Physis beschützt, ergo als Pendant zu jenem Namensvetter benötigt wird, der wie bereits erwähnt, auf anerkennenswerte Weise meine Psyche gegen Liebesgefühle abschirmt ...“

„Å, jeg ...“, lautet der klägliche Versuch des Verkäufers, mir gerecht werden zu wollen.

„Bitte, lassen Sie mich ausreden! Vom Seelenmäntelchen erwarte ich, dass es mich im Alltag vor lästigen Träumen, ordinären Sehnsüchten und romantischen Hoffnungen schützt, die ohne mein Einverständnis obszöne Begierden in den Manteltaschen mit sich herumschleppen.“

„Å, jeg ...“

„Mo-ment! Vom Regenmäntelchen hingegen erbitte ich mir Schutz vor zweibeinigen Versuchungen, die meinen Körper wollen. Das ist nicht zu viel verlangt, ich habe ja nicht vor, den höchsten Hügel Skandinaviens, den ...“

„Galdhøpiggen?“

„… genau den, zu begatten oder in einem Iglu zu übersommern."

„Igloo? Wie ..."

„Wie mein Vater bei einer solchen Gelegenheit so treffend zu bemerken pflegte: Intellekt! Wo bist du? Mo-ment, weshalb eigentlich ist mein Väterchen bei meiner Begrüßung abwesend gewesen? Und wo ist meine Mutter?"

„Weiß nicht ...", gibt der Verkäufer kläglich von sich.

„Nun, wenn Sie sich bereits von meiner bescheidenen Bitte überfordert fühlen, würde Ihnen mein verblichener Vater, möge Gott ihn selig für mich aufbewahrt haben, ein deftiges ‚Na-denn-gutes-Nächtle-Marie' ans Gehirn geworfen haben."

„Jeg heter ikke Marie …"

„Ssshhh. Und ich spreche nicht gut … Dänisch."

„Norwegisch."

„Sie glauben wohl auch, mich in und auswendig zu kennen, was? Egal. Um wen konkret es sich bei dieser ominösen Marie im eigentlichen Sinne handelt, hat sich mir bis zum heutigen Tage nicht erschlossen. Jedoch, ich schweife ab", beende ich japsend meinen Monolog.

„Å ja." Das Ungemach direkt neben mir steht sich die Beine in seinen über die Outdoorhose schwappenden Bauch. Wahrhaftig, der zweisilbige Verkäufer blickt sich ungläubig nach Norden, Süden, Osten und Westen um, beinahe so, als suche er perfekt versteckte Kameras. Wobei der begriffsstutzige Tölpel eher die Ecken der überraschend prächtigen Stuckdecke bewundern sollte, in denen sich Regenschirme tragende Englein verlustieren. Gött-lich!

Mit seinen Fingern schnipsend hole ich den schmalgesichtigen Ungläubigen aus seinem Sekundenschlaf: „Heda!"

„Aua!" Der Verkäufer reibt sich seine roten Fingerchen.

Nur unter Aufbietung aller guten Manieren widerstehe ich dem natürlichen Begehren, meinem Ansprechpartner einen Klaps auf dessen Hinterkopf zu geben. Obacht! Ich darf mich nicht zu Handgreiflichkeiten hinreißen lassen. Wenngleich solch ein Klaps zuweilen das Denkvermögen ungemein ankurbelt, flüstert mir meine Intuition zu: „Einschüchterung darf keine Lösung sein!"

*

In Ermangelung jedweder Unterstützung übernehme ich das Regiment beziehungsweise die Kleiderstangen und erlöse einen klassischen Friesennerz aus purer Bedeutungslosigkeit. Mir diese wasserdichte Textilie, welche ursprünglich verweichlichte Berufsfischer vor natürlicher Nässe schützen sollte, überwerfend, marschiere ich versuchsweise unter den beifälligen Blicken der über mir herumsausenden Putten auf und ab. Der verschmähte Ledermantel gerät in Vergessenheit. Die mein Herz zögerlich im Sturm erobernde Regenschutzbekleidung – was rede ich da für 'n Quatsch? – trumpft nachhaltig auf. Hierfür hat nicht mal ein im Wasser und an Land lebendes befelltes Tierlein vorzeitig sein Leben aushauchen müssen, von einem Büffel ganz zu schweigen. Mein Vogelstraußköpfchen verliert sich bis auf Weiteres in der voluminösen Kapuze, aber die geräumigen Taschen mit ihren umfangreichen Klappen und die Frontleiste mit den blank polierten Druckknöpfen, in denen sich mein niedliches Spiegelbild bewundern lässt, gefallen mir außerordentlich. Damit werde ich Venus sicherlich auf Abstand halten können.

„Eventuell machen Sie heute den Umsatz der Woche", lasse ich den verdutzten Verkäufer an meinen Aphorismen teilhaben. Auf seinem Namensschildchen steht *Willy*. „Hey, Willy, smart beast", pöbele ich und schnipse nun mit meinen Fingern, „hier spielt die Musik! Wie Sie sehen, bestehen diese als Verschlussmittel herhaltenden Druckknöpfe aus zwei unterentwickelten, rundlichen Teilchen ..."

„Zeig her!" Willy beugt sich windschief nach vorne.

„... von denen eines mit einer suppentassenartigen Vertiefung und das andere mit einem in eben diese passenden Knöppeken versehen ist."

„Å ja ..." Willy spielt mit Vokalen wie Dirk Nowitzki mit Basketbällen.

„Diese zwei Seelenverwandten", fahre ich fort, „sind auf einander gegenüberliegenden Stoffseiten festgenäht und müssen, sich schließend, zum Vereinigen ineinandergedrückt werden. In etwa so! Drücken Sie mal tüchtig mit, Willy!" Ich lasse der schnöden Theorie die Praxis folgen. „Jeder für sich betrachtet wirkt nutzlos, ja verloren. Erst gemeinsam ergeben sie Sinn und Verstand. Right?"

„Jaså?" Willy staunt.

Ich könnte dieses lethargische Männlein schütteln wie ein norwegisches Apfelbäumchen in Lofthus. „Später möchte ich unbedingt die verständige Jane Austen verhören, ob ihr dieserart romantische Technik gefällt", versichere ich Willy. „Nun denn, lange um die heiße Rømmegrøt herumzuscharwenzeln, …"

„Unser sämiger Brei mit Moltebeeren? … Du bist ein Feinschmecker."

„… entspricht ganz meinem Naturell. Ich bin Fürchtegott Dot myself und verkörpere naturalmente den Knopf und Venus den Hohlraum, das Vakuum, na gut, die Vertiefung, die sich aufnahmebereit und sehnsüchtig nach geistreichem Füllmaterial verzehrt ..."

„Jaså?" Des Verkäufers Pupillen scheinen sich auf den Notausgang zu fixieren.

Abermals straft meine Miene nachdenklich die allwissende Sonnenuhr. Meine Gnadenfrist galoppiert davon. Keine Dreiviertelstunde mehr und ich werde auf die im Meeresschaum geborene Venus treffen.

So unerwartet wie plötzlich fährt Begierde in Willys müde Knochen. „Kan jeg den Regenmantel for deg einpacken?" Willys kaufmännische Ader an der linken Schläfenseite pocht vorfreudig. Dass er mich duzt verzeihe ich ihm. In Norwegen würde mich wohl selbst der König duzen. Unweigerlich gelange ich ins Sinnieren.

„Es widerstrebt mir gewaltig, unentgeltlich für ein Kleidungsstück Werbung zu laufen, das in den 1970er und 1980er Jahren als modische Umsetzung des Kommunismus zahllose Schmutzfinken vor kondensiertem Wasserdampf bewahrte", lasse ich ihn wissen.

„Aber die Grundstimmung des Mäntelchens, im aufmunternden Gelb einer reifen Zitrone – det minner meg om den Vogelfutter-Milchshakes liebenden Singvogel aus der Sesamstraße – sollte in letzter Instanz überzeugen." Zur Hochform auflaufend, scharwenzelt Willy um mich herum. Sein Hochdeutsch ist aus dem vorgezogenen Mittagsschläfchen zurückgekehrt.

„Fürwahr. Dieser wissbegierige Vogel feiert ebenso wie ich Geburtstag im Tierkreiszeichen der quirligen Wassermänner“, teile ich Willy mit.

„Das kann ein Zufall nicht sein“, meint Willy. „Gleichermaßen aufrecht gewachsen und von schlanker Gestalt, ähnelt er dir nicht unerheblich. Virkelig.“

„Ja, wirklich. Korrekt beobachtet. Als im Jahre 1999 in den USA eine Briefmarke mit Bibos anthropomorphem sympathischem Gesicht erschien, hatte ich zu den ersten stolzen Besitzern dieser wunderbaren Bestätigung eines postalischen Beförderungsunternehmens über die Zahlung des aufgedruckten Betrages gehört.“

„Jeg også.“

„Du auch? Ach was. Nebenbei bemerkt hatte die Bundesrepublik Deutschland etwa zeitgleich in aller Bescheidenheit ihren 50. Geburtstag gefeiert.“

„Happy Birthday, Liebes!“, wünschen W. und ich im Kanon.

Yes, ich verkörpere den Fürsprecher Bibos schlechthin. Im signifikanten Unterschied zu Venus, die aufgrund ihrer vielsagenden Schnuffeltuchaffinität kritiklos dem haarigen Samson die Treue hält. So hört Mann die Englein pokeln, wenn Mann nachts schlaflos daliegt. Was „pokeln“ ist? Mylady! Na, meine Wortkreation aus „posaunen“ und „munkeln“. Well, nur Samsons Vorliebe für Würstchen und abgebrannte Mandeln teilt Venus meines Wissens nicht. Sie bleibt als Veganerin ihren Blümchen verpflichtet, aus denen sie mit Hilfe des Allmächtigen vorher die Insekten entfernt, die eine unerwünschte Fleischeinlage liefern. Beim Betreten meines irdischen Vorgärtchens, in dem in den Sommermonaten früher unbeschwert Veilchen, Vergissmeinnicht und Chrysanthemen behütet heranwuchsen, durfte ich noch zu Lebzeiten regelmäßig an eine paradiesische Vorratskammer denken. Sir, sollten Sie sich die Frage stellen: „Ja, was schwafelt er denn da?“, kann ich Ihnen mein warmes Verständnis zusichern. Wenn ich nervös bin, verheddere ich mich in philosophischer Schwatzhaftigkeit, die bislang vergeblich ihresgleichen sucht. Deshalb steht auf meiner überirdischen To-do-Liste: Arthur Schopenhauer aufsuchen!

Um zwanzig Himmelsgulden leichter und ein *Regenmäntelchen* reicher, werfe ich dem erschöpften Verkäufer ein Kusshändchen zu und überlasse ihn wieder den Putten. Brüder im Geiste.

Kapitel 7

„Gleich gehts dir unter die Frotteeunterwäsche, du goldiger kleiner Schietbüddel!“, beteuert meine Muse, sich herzig ins Fäustchen kichernd.

„Ehrlich? Das klingt aber wenig musisch“, mokiere ich mich. „Den Kalauer hätte sogar ich hinbekommen, verehrte Freundin. Wie wäre es stattdessen mit: Gefühle sind nichts für Nichtschwimmer. Na?“

„Bravissimo“, jubelt meine Muse neidlos.

„Yeah, du mir zugeneigte Schutzgöttin der Künste applaudierst verzückt meinem Po, nee, meinem knackigen Poem. Mein Allerwertester dagegen führt, wie es sich gehört, *charme*haft verhüllt ein Schattendasein. I love Wortspiele.“

„Ich ebenso.“ Meine Muse juchzt.

Kurz darauf hocke ich, sorgfältig verpackt in meine wenig schmeichelhafte bibogelbe Neuerwerbung, im Klassenzimmer. Ich fühle mich bereit und willens, in die Schlacht zu ziehen. Mildtätigkeit, ich komme. Obwohl ich mich vom Tag leicht erschöpft fühlen müsste, durchpulst mich unter meinem Friesennerz eine unerwartete Lebendigkeit, die ich so zuvor noch nie hatte erdulden müssen. Die Akzeptanz meines Greisenalters wird mir durch dieses rätselhafte jugendliche Pulsieren in meinen brüchigen Adern deutlich erschwert. Wird man im Himmel etwa wieder jünger? Ich notiere mir diese elementare Wissenslücke für den griechischen Philosophen Sokrates.

Well, dieser reanimierte Erregungszustand erinnert mich noch am ehesten an den Biologieunterricht in der Vorschule. Eine kleine Anek*dot*e gefällig? Als Highlight vor den Sommerferien hatte der Stundenplan das Sezieren eines an und für sich noch ziemlich flott auf seinen Schwimmhäuten unterwegs gewesenen Erpels vorgesehen. Mit einem Klecks Raspberry jam taufte ich ihn auf den Namen Ervin. Einen Tag vor Ervins im Terminkalender des Klassenlehrers notierter Sollbruchstelle hatte ich ihm, dem Erpel Ervin, keinesfalls dem Klassenlehrer, eine sorgfältig bemessene Portion Doxylaminsuccinat unter die angebliche Henkersmahlzeit gemischt. Gott war ich aufgeregt.

Sir, in der Primary School ist man in der Regel höchstens fünf Jahre jung! Es mag unglaubwürdig klingen, dass die Lehrkräfte den Enterichen so junge Kinder als Sezierer zugemutet haben, aber genauso war es damals in Liverpool. Ich schwöre es auf Fiktionary, dem Schwippschwager von Wiktionary. Heute steht solch eine Gräueltat wohl nicht mehr in den Lehrplänen, oder? Back to the Enterich. Gnädigerweise verschlief Ervin durch Doxylaminsuccinat wie Schneewittchen seinen Abgang von der Schulbühne. Meine Akupunktur seiner Schwimmhäute lenkte die Bewunderung aller Zuschauer auf meine Künste, sodass niemandem auffiel, wie gleichmäßig Erpel Ervin weiteratmete. Dank der Narkose gelang es mir, Ervin ins Waisenheim zu schmuggeln, wo ich ihn mit Dot'scher Entengrütze (Porridge) wieder aufpäppelte. Durch das Antihistaminikum, welches zugleich ein starkes Sedativum ist, musste er sich in den letzten Stunden seines Schulenterich-Versuchskaninchen-Daseins nicht mal mit allergischen Reaktionen herumplagen. So viel zur These, ich sei wenig mildtätig.

Im Klassenraum wird mich der unter den Achselhöhlen zwickende Friesennerz gemeinsam mit der verinnerlichten emotionalen Unberührbarkeit davor bewahren, mich an Venus zu laben, zu erfreuen, mit ihr zu weinen oder – Gott behüte – so etwas Gefährliches wie fortschreitende Woll/ust für sie zu empfinden (der Regenmantel ist ja nicht aus Wolle). Nie zuvor waren fünfundfünfzig Himmelsgulden besser investiert worden. Im Rechnen bin ich keine Leuchte. Ist Ihnen das aufgefallen? Ein vorlautes Stimmchen in meinem unterkühlten Herzen mischt sich ungefragt ein und wispert mir zu: „Du scheinst entschlossen, das bezauberndste oder zumindest eigenwilligste Blümchen in deinem Dasein als Himmels Grünschnabel zertreten zu wollen."

„Jawohl, Venus soll sich bloß nichts einbilden. Hinfort!" Mit einer lockeren Bewegung meines linken Handgelenks schubse ich das Stimmchen zur Aortenklappe hinaus und lasse es mit einem verzerrten Leidensausdruck am Polyamidärmel herunterrutschen. *Flupp.* Ich sage gern flupp. Es macht das Leben als Zombie leichtfüßiger. You know vielleicht, what I mean, wenn Sie auch erst mal tot sind.

*

Als hätte Venus sehnlichst auf ihren Auftritt gewartet, tänzelt sie in ihrem jeder vollschlanken Mandarine die Show stehlenden Ballettkostüm zur Tür herein. Der Einzelunterricht kann beginnen. Theatralisch bleibt ihr Tutu im Türrahmen stecken. Nicht gänzlich untalentiert beginnt sie, Edvard Munchs berühmten Schreihals zu imitieren: „Uiii!"

Defensiv luge ich unter meiner großräumigen Kapuze hervor. Wachsam mit den Schulterblättern vibrierend – das Regenmäntelchen ist verflucht eng geschnitten – biete ich Venus den Platz links neben mir auf einer Schulbank an: „Setz dich da hin!" Stur ignoriert Venus meine Offerte und drapiert sich auf dem Lehrerpult, welches wenige Armlängen von mir entfernt verschämt herumsteht. Gewiss, sie ist ja auch die Chefin.

„Ach herrje, wie schaust du denn aus? Ist dein Schlafgemach undicht, regnet es durch, soll ich versuchen, einen Eimer aufzutun?", plappert sie unter dem Deckmäntelchen der Anteilnahme munter drauflos. Frech wie kein Dreikäsehoch hängt sie noch ein: „Oder hast du etwa vor, später noch angeln zu gehen, isst du gern Füsch?" hinten an.

„Fiiisch!"

„Wie?"

„Es heißt Fiiisch, um keine Gräte Füsch!", korrigiere ich sie.

„Ach so, meinetwegen."

Jetzt heißt es, ruhig Blut zu bewahren. „Ich werde mich nicht provozieren lassen", teile ich Venus mit. Was für eine Nervensäge. Meine Mundwinkel bemühend, gelingt es mir, aus den Tiefen meiner archäologischen Stätten – an diesen Orten werden Zeugnisse vergangener Mienenspiele aufbewahrt – ein seit Jahrzehnten verschüttetes Lächeln auszubuddeln. „Guck mal, ich kann sogar heiter gucken", verkünde ich. „Wie du hörst, knirscht und staubt es, aber die Mundwinkel vollführen schüchtern eine Aufwärtsbewegung."

„Und wenn schon." Venus schürzt die Lippen. „Es entspricht einem bedeutungsschweren Tatbestand, dass der Medizin lediglich ein Mundwinkelherabzieher bekannt ist, nicht aber ein

Mundwinkelheraufzieher. Um Mütterchen Natur zu überlisten, bedarf es eigentlich Botulinumtoxin", erläutert sie naseweis, in der irrigen Annahme, mich mit ihrer Klugschieterei piesacken zu können. „Bist du gebotoxt?"

„Quatsch", verneine ich gelangweilt. „Das schafft meine mimische Muskulatur allein."

„Aber gehört hast du von der Sache, oder?"

„Yep. Ich bin bislang mit dem angeborenen Musculus depressor anguli oris ausreichend gut über die Runden gekommen", verteidige ich meine groteske Mimik. Verdrossen studiere ich Venus' Erscheinungsbild. Was sich mir auf keinem vornehmen Silbertablett, sondern auf dem soliden Lehrerpult präsentiert, welches aus dem Holz einer anämischen Blutbuche getischlert ist, missfällt mir zutiefst. Laut Berufsethos muss es zwangsläufig mein Unbehagen hervorrufen. Ich presche vor. „Du trägst keinerlei Büstenhalter!"

„Wie viele trägst du denn gewöhnlich?", kontert Venus dreist.

„Pah! Deine Nachlässigkeit ist an Unfairness kaum zu überbieten", werfe ich ihr vor. „Dafür erhältst du von mir die Rote Karte, die ja bekanntlich den Platzverweis nach sich zieht. Werte Venus, du müsstest bei Lichte betrachtet – so erfordern es die Fußballregeln –, sofort das Spielfeld verlassen und dürftest in die laufende Partie überhaupt nicht mehr eingreifen."

Venus' versonnenem Blick nach zu urteilen, scheint sie mit der Überlegung zu jonglieren, ob ich sie noch alle beisammen habe. „Auweia!" Mein mir in den Rücken fallender Blick wird von ihren Knospen zur Geisel genommen. Ironischerweise verhilft mir der teilnahmsvoll um die Ecke linsende Nordwind zu einem Panoramablick über die Alpen. Erinnerungen an meine ehemalige Lieblingsschlafschülerin aus Rainbüll melden sich zu Wort, nur dass hier *ich* der Schüler bin. Im Vergleich zu mir erscheint selbst der distinguierteste Portier als ein fein besaitetes Wesen aus Haut und Gefühl. Ich hingegen erliege der Versuchung, eine rühmenswerte Vorstellung als personifizierter Eiswürfel abzuliefern. Venus versucht mir nun, die Bedeutsamkeit meiner im Koma liegenden Charaktereigenschaften Mildtätigkeit, Berührbarkeit, Empathie und Hast-du-nicht-gesehen an den Herzmuskel zu legen. Indiskret verrät ihr meine Erdenvita sämtliche Geheimnisse.

„Wieso, weshalb, warum hast du eigentlich versucht, dein Leben lang Gefühle zu (zer)denken?", horcht mich meine Lehrerin *k*(r)*atz*bürstig aus. „Miau." Von dem süßen Miezekätzchen auf ihren Armen darf ich mich nicht einwickeln lassen.

Nachlässig vibriere ich mit meinen von der zitronengelben Zwangsjacke eingeschnürten Achselhöhlen. „Wer, wie, was – wieso, weshalb, warum – frag mich nicht, summ, summ!" Mag sein, dass ich patzig klinge. Vermutlich deutet Venus' begrenztes Vokabular auf Spätfolgen eines überhöhten Sesamstraßenkonsums hin. Nach dem dritten nur angedeuteten, weil verklemmten abschließenden Vibrieren scheint Venus ihre bislang erfolglose Mission doch tatsächlich aufgeben zu wollen. Was für eine Mimose! Sie ist erschreckend rasch zu entmutigen. Was ist das? Eine Träne verläuft sich auf ihrem betörend edlen Antlitz. Jetzt versucht sie mich, das ist so klar wie Leberknödelkloßbrühe, mit der verfilzten Masche heitere Bullin, traurige Bullin aus der Balance zu bringen. Hier hat sie sich aber geschnitten: Mit einem geschlechtsreifen, unkastrierten Hausrind bin ich bestens vertraut. Erst heute Morgen habe ich ja einen verstorbenen Büffel verschmähend in die Schranken beziehungsweise an die Kleiderstange verwiesen.

*

„Themenwechsel?", schlägt mir Venus kleinlaut vor.

„Einverstanden", stimme ich ihr zu.

Sichtlich geknickt erläutert mir Venus: „Früchtchen, es ist nun mal meine mir vom lieben Gott übertragene Mission, aus dir einen mustergültigen Philanthropen zu machen."

„Good luck!", wünsche ich zuvorkommend.

Venus seufzt: „Als wärest du nicht Herausforderung genug, muss ich mich aktuell noch mit der Renovierung der Kometenbalkone herumplagen." Vorsichtig setzt sie das Kätzchen auf dem Fußboden ab.

„Who needs a comet balcony?"

Empört reißt Venus ihre auf Tuchfühlung gehenden Äuglein auf. „Ja, glaubst denn du vielleicht, Kometen können unermüdlich herumsausen? Natürlich nicht“, gibt sie sich selbst die Antwort. Sie benötigen komfortable Ruhezonen, ihre Balkone eben. Der Komet Heinrich III. beispielsweise hat für den neuen Anstrich die Farbe Lothringengrün ausgewählt.“

Es fällt mir kinderleicht, hierfür keinerlei Verständnis aufzubringen. Meine Sturheit stellt wahrhaftig einen Oberschenkelhalsbruch in den Schatten. Innerlich werfe ich eine Münze, ob ich allen Ernstes Anteilnahme heucheln oder das Sujet wie bei der Dörrobstmottenjagd von neulich niederschmettern soll. „Ha.“ Kein Ausruf des Triumphes, von wegen niederschmettern, ich touchiere die Motte höchstens. Ich probiere das Adjektiv *mitfühlend* an. „Wie darf ich mir das Malheur mit der Renovierung vorstellen? Stolpert etwas dem Plan in die Quere?“

Was ich berichtet bekomme, bringt nur geringfügig Helligkeit in die von Venus’ Zähren umrahmte Dunkelheit.

„Die …“ Ihr Schluchzen verschluckt mühelos die zum Verständnis erforderlichen Silben.

„Wer sind *die*?“, unterbreche ich sie nervös.

Venus überhört meine Eingabe. „… rennen überall herum, zerstören Dachpfannen und errichten eine Art Frühstückspension auf dem vorderen Kometenbalkon samt Apfel, Nuss und Mandelkern …“

„Halt, halt! Jetzt verfällst du aber in die unschöne Angewohnheit der Gebrüder Grimm, mir Märchen auftischen zu wollen“, rüge ich sie.

„… und auf dem hinteren Kometenbalkon verrichten sie ihr Geschäft und knabbern Vögel an“, beendet Venus ihre Anklage.

„Um Gottes willen, was für Vandalen von Malern beschäftigt Petrus denn da? Du sprichst von dieser Sorte Facharbeiter, oder?“ Widerwillig meldet sich meine Echauffiertheit zu Wort. Venus’ Mimik bleibt ernst und in ihre beinahe göttlichen Gesichtszüge malt sich hilfloses Entsetzen. Meine Nachfrage ignoriert sie geflissentlich. Schockiert rede ich mich in Rage: „So etwas gehört gemeldet. Die Himmelshandwerkskammer muss von einem barbarischen Verhalten diesen Ausmaßes unverzüglich in den Verteiler gesetzt werden." Stockend entwickele ich nun die Vorstufe einer Empfindung, welche unter verweichlichteren Gemütern gemeinhin als Mitgefühl verbreitet ist. Leichtfüßig wie Dörrobstmotten sausen Sätze hin und her. „Liebe Venus, du darfst dir ein solches Verhalten zu keiner Zeit bieten lassen!"

„Aber die gehen ja nicht weg", beklagt Venus und lacht wie verrückt.

Ich hoffe inständig, ihr hysterischer Anfall möge zügig sein Happy End finden. Krisenerprobt durch meine irdische Ehe mit Hauptmann Gertrud, entwerfe ich ad hoc einen 3-Punkte-Notfallplan.

„Liebe Venus, fahre fort wie folgt:
1. Verweise sie unverzüglich des Himmels (Mephistopheles scharrt erwartungsfroh mit den Hufen),
2. informiere die zuständigen Behörden,
3. stelle den Vandalen die angerichteten Schäden in Rechnung.

Nebenbei bemerkt, hättest du von Beginn an ausschließlich Kaffee anbieten dürfen und die für eventuelle Notdurftverrichtungen zuständige Toilette deutlicher kennzeichnen sowie darauf hinweisen müssen, dass du eine tierliebende, vegetarische Veganerin bist (vor Aufregung moppele ich doppelt) und Opfergaben auf Balkonen nicht duldest."

Angetan von meinem klaren Verstand, tätschele ich meine Großhirnrinde. Unbeeindruckt beugt sich Venus vor. Kaum traue ich meinen für Geräusche zuständigen Sinnesorganen. Meine verbindlichen Empfehlungen fallen bildlich gesprochen auf einen mit Mineralkörnern übersäten unfruchtbaren Boden. Querschlägerin Venus muss eindeutig Sand im liebreizenden Getriebe haben. Sie führt sich unverständlich renitent auf und scheint einem ausgedehnteren Lachkrampf zugeneigt. „Die gehen ja nicht weg", wiederholt sie. „Schädlingsumsiedlungsfirmen sind ausgebucht und außerdem stehen die wegen ihrer Babys bis zum Tag der Deutschen Einheit unter Schutz."

Ich rufe sie zur Räson. „Fräulein Venus, so diskriminierend habe ich mir dich nicht vorgestellt. Unsere Wolkenpolizei zu informieren, betrachte ich als absolut ausreichend. Chemische, physikalische oder biologische Maßnahmen zur Umsiedlung von Malern einzusetzen, klingt mir sehr nach Methoden der nordfriesischen Mafia. Von wem du das wohl hast?"

„Von Pluto."

„Hmmm, liebes Fräulein Venus, sollten diese Maler allerdings wider Erwarten unter Schutz stehen, ergo ein Schutzgeld abdrücken (mein „Leben" als Verstorbener ergibt wieder einen Sinn, wie lange hatte ich darauf gewartet, diese saloppe Redewendung einmal irgendwo unterbringen zu dürfen), hättest du es wirklich mit kriminellen Machenschaftlern zu tun, die sich auch noch der Hausbesetzung schuldig machten. Hab Vertrauen! Herrgotts Mühlen ma(h)len langsam, aber gerecht." Was redete ich denn da?

Trotz ihrer Schluchzer misslingt es Venus, ein hysterisches Kichern zu unterdrücken.

Ich hingegen drücke verdrießlich die Daumen, meine Lehrerin und ich mögen bitte nicht komplett der Verrücktheit anheimfallen.

Venus schnieft. „Danke, du magst richtig liegen."

„Ich sitze!"

„Mit Humor sieht alles viel fröhlicher aus. Mars' Dachdeckerkumpanen werden morgen den angerichteten Schaden sichten, um ihn zu reparieren – Poodle und Sisyphus haben ein Händchen für solcherlei Arbeiten – und ich will versuchen, die Steinmarder künftig durch hin und her wehende, mit Heras Maiglöckchenparfum getränkte Luftballons auf Abstand zu halten. So etwas riechen die nämlich höchst ungern."

„Steinmarder? Wieso Steinmarder?", forsche ich verwundert nach.

*

„Uiii!“ Unverzeihlicherweise habe ich mich ablenken lassen. Erneut wird mein Blick Geisel ihrer verzaubernden joghurtweißen Büste. Die ausgebreitet vor mir liegenden Hügel sind zwar mitnichten meine Sieben Berge – ich bin ja nicht Schneewittchen, entlocken mir dafür aber ein verdientermaßen anerkennendes „Oho“, das ich sofort in ein ausgedehntes unschuldiges Gähnen übergehen lasse. Zeitgleich gebiete ich mit meiner zur Faust geballten Hand den aus meinem Munde marschierenden Tönen Einhalt. Mich überflutende Hormone führen dazu, dass ich mich fühle, als schmachtete ich 18-jährig auf einer erblühenden Frühlingswiese. Meine Freunde, die Schmetterlinge, flattern munter um mich herum und die Vögel zwitschern herzergreifend. Frühlingsgefühle im Jenseits, das ist wider die Natur. Ja, das ist *wieder* die Natur! Allein sie bugsiert mich in solch eine missliche Lage. Ich verletze ihr natürliches Gleichgewicht, dafür würde ich bezahlen müssen. Zurück zu den von meiner Lehrerin geäußerten Sorgen. Venus als Lehrkörper zu betrachten, erleichtert mir ungemein ..., nö, leider gar nicht, den nüchternen Umgang. Wenig tapfer ertrage ich meine Leiden im Dienste der geistigen Gesundheit. Ich möchte ihr unbedingt helfen.

Klickediklick. Endlich erkenne ich sonnenklar, wo das hundeartige Raubtier begraben liegt. Der Hinweis auf die Steinmarder hat mich auf die müffelnde Fährte gelockt; solche gibt es nämlich, im Unterschied zu Stein*malern*. Venus und ich haben ein wertvolles halbes Stündlein lang mit vollem Einsatz aneinander vorbeipalavert. Ob sie mich absichtlich so hinters Starlight geführt hat? Je nun, meine Begriffsstutzigkeit maskiere ich vorbildlich. Neckisch unter meiner Kapuze hervorlinsend, vermag ich nur unter Aufbietung meines starken Willens ein ungezwungenes „Guck-guck“ zu unterdrücken. Locker aus der Hüft*art*hrose beende ich die Schmierenkomödie mit einem Zitat Erich Kästners: „Haha, das war eine lustige Verwechslung. *Der Humor ist der Regenschirm der Weisen.*“ Was exakt damit gemeint sein soll, verstehen weder Venus noch ich auf Anhieb. Der geschätzte Erich, drei Wölkchen weiter relaxend, grüßt freudig zu uns herüber. „Hallöchen, hier oben ist es überwältigend, stimmts?“, ruft er mir euphorisch zu.

„Jein“, lautet meine sybillinische Gegenbemerkung, „der Eine sagt Jo, der Andere No.“

„Für später wurde ein gewaltiges Gewitter vorhergesagt“, wende ich mich wieder Venus zu, erklärend auf mein Mäntelchen deutend, das sie tatsächlich auf Distanz hält. „Glaub nicht, ich hätte mich deinetwegen so in Schale geworfen.“ Inzwischen hält sie eine Art Sicherheitsabstand ein, hat sie sich doch freiwillig samt ihrem Lehrerpult einen halben Meter hinter die Spielfeldlinie zurückgezogen. Ich hocke regungslos herum, während ich über meine Schweißdrüsen wässriges Sekret absondere. Ich rühre mich nicht von der Stelle, sitze da wie ein Denkmal in Erwartung von Venus’ nächstem Manöver. Insgeheim überlege ich, welche Note ich für meine Glanzleistung wohl erhalten werde, da platzt meine Lehrerin fröhlich mit einer Neuigkeit heraus: „Herzlichen Glückwunsch, Früchtchen, die Vorprüfung hast du mit Bravour bestanden. Du warst hilfsbereit und ehrlich anteilnehmend an deinem Gegenüber, also an mir.“

Feurig gebe ich mir eine Kopfnuss. „Aua! Verdammt, du gibst also zu, mich bewusst hinters Sternenlicht geführt zu haben?“

„Aber ja, das gehört zur Lektion dazu.“

„Tja, ich hatte so ein Gefühl in meiner Nebenmilz, dass etwas im Argen läge. Das Resultat meiner embryologischen Fehlentwicklung ist nämlich durchaus ‚ff‘ – flunkerfühlig.“

„Du und deine Nebenmilz seid aber schlau“, lobt uns Venus. Sie scheint recht angetan zu sein von meiner anatomischen Besonderheit.

Kapitel 8

„Das Du, immergrüne Essenz meines Sehnens", raunt mir meine Muse mit blumigem Bukett ins Ohr, „oder Venus und Saturn ..."

„Venus und Saturn? Wieso das?", grübele ich.

Mylady, Venus und ich transpirieren unaufhörlich ins Klassenzimmer, während ich – gerade verliere ich ein in der anagenen Phase befindliches Haar – der Dinge haare, die da kommen. Alles ist still. Plötzlich schreitet Venus auf die Tafel zu, verneigt sich vor ihr, absolviert anmutig einen Knicks und dreht sich zu mir herum. Ihr Gesichtsausdruck kündigt einen Wetterumschwung an. Anklagend schluchzt sie:

„Er denkt, Liebe sei (v)erlernbar,
nur ein Patzer im System,
bestenfalls noch tolerierbar,
schlimmstenfalls recht unbequem.

Fakten, Zahlen, Paragrafen
geben ihm die Sicherheit,
ein solides Fundament,
das da wächst zu jeder Zeit.

Herzen schlagen wie Motoren,
funktionieren irgendwie,
unerlässliche Faktoren
für das Glück der Industrie."

„Wieso Industrie?", falle ich ihr konsterniert in die Poesie. „Was haben die Kapitalisten in deiner Lyrik zu suchen?" Venus bleibt unbeirrt.

„Wenn nur nicht die Träume wären,
Lebensziele hinterfragen ...,
schmerzverlässlich in ihm gären,
an sonst lukrativen Tagen."

Erschöpft nach Luft ringend, sinkt Venus in sich zusammen, wie ein Häufchen Elend. Unter uns, Sir, haben Sie jemals ein Häufchen Elend persönlich zu Gesicht bekommen? Die Deutschen pflegen und hegen seltsame Redensarten. Sei's drum, ich bin baff. „Hast du das etwa gereimt, gedichtet, erfunden, erdacht ...?"

„Sicher, das haben mein Herz und mein Hirn poetisiert", versichert mir die Göttin der Schönheit.

„Donnerwetter! Alle Achtung! Mann sollte darauf verzichten, sich dein Poem auf der Zunge zergehen zu lassen. Das verhagelt einem glatt den Juni. Du poetisierst über deinen Angebeteten, oder?"

„Ja." Venus verkündet aus feuchten Augen, die betrüblicherweise zur Zurückhaltung ebenso wenig taugen wie der Rest ihres Astralleibes: „Fürchtegott, ich kann nicht aufhören, zu leiden, Saturns wegen zu leiden."

„Och nöchen, ein richtiges Problem? Und das „s" hinter Saturn gehört da weg, oder? Frage vorsichtshalber die Himmelslektorin. Ach herrje!"

„Dieses Mal ist meine Verzweiflung nicht gespielt, Hand aufs Herz, und die Gouvernante der Grammatik ist mir im Moment schnurzpiepegal", versichert mir Venus. Aufgewühlt eilt sie an meine Seite und legt mir ihr rechtes feuchtes Patschhändchen auf mein völlig überrumpeltes Herz. „Oh, bist du aufgeregt?", möchte sie von mir wissen. Mein muskuläres Hohlorgan rast wie der Radrennfahrer Eddy Merckx zur besten Sendezeit. Mich tattrig erhebend, bleibe ich ihr eine Erwiderung schuldig.

„Bitte, Früchtchen, hör dir mein Elend an." Nun stehen wir dicht beieinander und ich erschnuppere, wie dufte ihre zerzausten Locken nach Mirabellenshampoo duften. „Ich sehne ihn in jeder Sekunde herbei", gesteht mir Venus, „und vor dem Schlafengehen vollführe ich vor seinem Foto, auf welchem er lässig an eine Sternschnuppe gelehnt dasitzt, einen Knicks." Zur Veranschaulichung knickst Venus anmutig mit ihren knackenden Kniescheiben ein.

„Du knickst inflationär, was?", stelle ich verblüfft fest.

Venus knickst wieder.

„Jetzt schau sich das einer an. Was machst du für Sachen? Wie ... speziell!“ Ich staune. Venus leidet unter Liebeskummer. O my God! „Allabendlich presse ich meine Nase auf Saturns papiernes Herz“, zischt sie mir erregt in die linke Ohrmuschel. „Ha!“ Sekunden später zeige ich aktiv Anteilnahme, komme endlich in Schwung, gehe mit wie selten. „Das hast du dir von verliebten Pinguinen abgeguckt. Sieh her, die watscheln dann in etwa so auf das ahnungslose Objekt ihrer Begierde zu.“ In die Hocke gehend, watschele ich plattfüßig auf und ab. „Sicher bin ich mir nicht, nagel mich nicht fest, ich glaube aber, das irgendwo auf Erden mal in einer Tierdokumentation über Papageitaucher gesehen zu haben.“

„Ach Früchtchen.“ Das Näschen kräuselnd, lässt Venus ihre espressobraunen Locken Rumba tanzen. „Wie es auch sei, ich trage sein Foto rund um die Uhr bei mir und hauche vor jedem Tischgebet: Ich liebe dich! Für heute, für immer, bis über die Ewigkeit hinaus, wo meine Tränchen dich umärmeln werden!“

„Respekt!“, keuche ich. „Das gleicht einer Punktlandung. Deine gefühlsduselige Schrotladung hat ihr Ziel erreicht!“ Ich gehe in die Knie, schluchze innerlich, während ich äußerlich wenig diskret die Schnappatmung hofiere. Allmählich schnürt mir meine Superinvestition vom Vormittag das überlebensnotwendige Gasgemisch der Erdatmosphäre ab. Ja, das wabert auch hier oben herum. Warum ich die wasserdichte Textilie aus Polyamid nicht einfach ausziehe? Mylady, ich bitte Sie. Darunter trage ich lediglich ein geripptes, keinesfalls jugendfreies Turnhemd aus kuscheligem Frottee. Ich vermeide jede körperliche Bewegung, um nicht noch stärker ins Schwitzen zu geraten, und würge ein nach London-Smog klingendes „Das wiegt schwer“ hervor.

„Wo hast du dir diese mir vertraute Beileidsbekundung ausgeliehen? Etwa aus *Der Pate VIII*?“, fragt mich Venus konsterniert. Todunglücklich schaut sie mich an. „Ich fühle mich so elendig; als würde ich mein gesamtes Dasein verwarten“, plärrt sie.

„Rezitierst du jetzt etwa Stefan Zweig?“, möchte ich von ihr wissen. „Der war ja teilweise selbst übelst drauf.“

„Nein, ich warte nur, dass der Schmerz nachlässt zu schmerzen (Mylady, zu Ihrer Information: Saturn ist mit Medusa verheiratet), ich warte, dass mich endlich des Ritters Knappe Kunibert …"

„Sag bloß, Heinz Erhardt ist in die Tragödie verwickelt?"

„… aus dem Wartesaal der Traurigkeit errettet und ich warte ..."

„Wird dir das nicht allmählich zu eintönig?", falle ich hilflos in ihr Jammertal.

„... auf die Morgendämmerung, als Ouvertüre für den Sonnenaufgang, bei dem mich mein Herzschlag daran gemahnt, vom Leben mehr zu ..."

„Lass mich raten! Erwarten?"

„Woher weißt du das?"

„Buh. Bandwurmsätze sind nicht so mein Ding", stelle ich klar. (Klingt wie ein Witz, oder? Als LeserIn denken Sie jetzt vermutlich: Dafür produziert Früchtchen aber unendlich viele davon.) „Hey, übrigens sitzen wir im Jenseits fest. Sprich nicht so vom Leben. Davon hast DU keine Ahnung!", kritisiere ich Venus. „Oh!" Die himmlische Versuchung greift, auf mich zurobbend, nach meiner Kapuze. Unbehaglich registriere ich, wie sie mir die unausgesprochene Erkundigung zuspielt, ob ich ihr Halt sein will. Da ich gerade im Begriff bin, von Grauen gepackt auf all meinen Patellen eine Flucht zu versuchen, wage ich die vernünftige These, als Stabilitätsfaktor eindeutig auszuscheiden: „Nicht mit mir!"

Zu allem Übel schleppt Venus sämtliche an Popanz Saturn gekritzelten Liebesbriefe, unglückselige Objekte des Anstoßes, in ihrem Dekolleté mit sich herum. Ihrer Mimik nach zu urteilen, scheint sie allmählich damit zu flirten, uns einander vorzustellen. Mein ätzender Gesichtsausdruck verrät so unmissverständlich wie die Etikettierung eines Glases, angefüllt mit herrlichsten Spreewaldessiggürkchen, dass zumindest mein psychisches Regenmäntelchen mich arglistig im Stich lässt. Es verdünnisiert sich. Den Italophilen unter Ihnen dürfte das salbungsvolle Sprichwort vertraut sein, das da in etwa, holprig ins Teutonische übersetzt, lautet: Freude im Herzen verleiht dem Gesicht eine ansprechende Farbe. In Anbetracht meines hoch besorgten Zustandes ist es also nicht weiter verwunderlich, mich wenig rosig aus meinem leuchtenden Mäntelchen hervorblinzeln zu sehen. Die Zeugnisse ihrer Liebe, die Venus mir eifrig vor die Kniescheiben legt, sind in unvorteilhaftes Geschenkpapier eingeschlagen. Unzählige turtelnde Planeten tummeln sich darauf. „Igittigitt!" Erst schüttelt es mich, dann schweige ich.

*

Ich rufe mich zur Ordnung: „Hey you!" Ich mag meine überraschend fortbestehende nonverbale Kommunikation nicht ungebührlich ausufern lassen. Wenigstens will ich versuchen, dieser eine einfache Delegation aus Buchstaben hinterherzuschicken. Soviel ich weiß, verkörpere ich kein Mitglied der Mafia, das einem Ehrenkodex unterliegt und sich zur Omertà verpflichtet hat. Ich kenne mich als einen selten auf den Mund gefallenen, wenig taufrischen Knaben und kann es kaum ertragen, so schlecht dazuknien. Also nehme ich die eingerostete Unterhaltung wieder auf. „Eine verflucht traurige No-Lovestory, but the sun also rises!", zitiere ich heiserer als der Esel von den Bremer Stadtmusikanten Mr. Hemingway. Dessen belehrende Art und Weise – oder ist das Nietzsche gewesen? – aus dem Film Fiesta ist an mir haften geblieben wie meine Dritten. Die Langform der schriftlichen Erzählung selbst habe ich bis heute nicht angerührt. Ich spreche von der Romanform, Sir. Anlauf nehmend rutsche ich weiter Richtung Notausgang. Meter um Meter arbeite ich mich voran.

Verschwindend geringe Sekündlein später gerät meine Philanthropie auf ihrem Jungfernflug ins Auge des Hurrikans Venus. Zeitgleich bereite ich mich automatisch aufs baldige Wegbeamen aus dieser bedrückenden Situation vor. Die Novität des Fühlens mutet zu skurril an. *Rausch, rausch.* „What could that be?", rufe ich die Geister der Luft an.

„Aufgepasst! Ich komme!", droht ein Stimmchen.

Es dauert einige Herzschläge, bis ich zu begreifen imstande bin, dass Venus just in diesem Moment wie ein emotional ausgehungertes Vögelchen an meine vom Friesennerz nur mehr unzureichend bedeckte Brust geflogen kommt. „You're welcome.“ Die Höflichkeit wahre ich. Dass sie sich physisch hingegen recht wohlgenährt an mich schmiegt, spüre ich an ihrem linken, keilförmig nach unten verlaufenden Brustbein, welches sich wie das dralle Hinterbein einer Kaschmirziege anfühlt. Um dies mit hoher Wahrscheinlichkeit verkünden zu können, muss ich sie gar nicht erst auf einer Waage abstellen.

„Wie ist es möglich, dass sich etwas Verbotenes, das ich selbstredend keineswegs begehre, so richtig anfühlt?“, wundere ich mich.

„Sicherlich spielen meine Pheromone mit deinen Botenstoffen Fangen“, hypothetisiert Venus. „Um uns herum wirbelt die harte Realität, …“

„Haha.“

„… während wir uns im windstillen Centro …“

„Du, hör mal, Frau Schaumgeborene, das C musst du schnellstmöglich aggressiv herauszischen, damit es sogar die Italiener verstehen“, falle ich ihr unsinnigerweise ins Genuschel.

„… inniglich aneinanderschmiegen“, beendet Venus ihre erotische Dissertation. „Ihr befindet euch in einem wolkenfreien, schwach windigen Bereich, in den die Kälte schwerlich einzudringen vermag“, wispert meine Muse.

*

„Also, ginge es nach mir, könnte ich mühelos bis zur Renaissance in dieser kuscheligen Pose enthaaren“, gestehe ich Venus offenzüngig.

„Oh, hast du wieder ein Haar verloren? Aber guck, jetzt spürst du auch den Odem der Geborgenheit.“ Venus wirkt selbstzufrieden.

„Apropos Renaissance. Werden Bürger des Himmels überhaupt jemals wiederauferstehen dürfen?“

„Das darf ich dir nicht verraten.“ Schelmisch legt Venus einen Zeigefinger auf ihre linke Augenbraue. Der Endzweck dieser Geste bleibt mir verborgen.

„Schade“, entgegne ich. „Well, durch deine unvorhergesehene Landung an/in/auf meinem Herzen sind die mir den Adamsapfel zudrückenden Druckknöpfe des Regenmäntelchens aufgeploppt. Peng!"

„Zeig her!" Venus unterzieht das „Peng" einer peinlichen Musterung.

„Nun verspüre ich eine bisher ungelebte Leichtigkeit", gestehe ich. „Mein Atem fließt tiefenentspannt und gelöst, nun, das zu unterzeichnen gliche einem Meineid, aber mein Kehlkopf und ich fühlen uns so sicher wie das Atmen in der Kirche, vom Würgegriff befreit. ‚Vom Eise befreit sind Strom und Bäche ...', verspricht Goethe ja jedes Jahr aufs Neue im Frühling."

„Hach ja, unser Wölfchen hat ein Händchen für selbsterfüllende Prophezeiungen", pflichtet Venus mir bei.

„Seufz! Ist Herr Geheimrat ein von mir verkanntes Genie?"

„Giggle." Aus dem Hinterhalt erklingt ein zufriedenes Glucksen von ... Goethe.

*

„Hatte ich noch vor einem Vierteljahr das Vorhandensein des Himmelsgleichen, des zum Sterben Schönen, des Phänomenalen an sich geleugnet, ja vehement abgestritten, bin ich mir heute absolut sicher, das jenseitige Dasein hält verborgenes, mich verzauberndes Wimperngeklimper der Zeit wie ein Ass im Ärmel versteckt. Oh, verliere ich mich etwa an die Lyrik?" Indigniert ersuche ich Venus um Beistand.

„Durchaus möglich. Unsere brillierenden Musen lieben es, dich zu küssen", säuselt sie.

„Eigentlich verabscheue ich Dichtung in Versform." SOS funkt mein Verstand an Mr. Fürchtegott Dot ... Verstand an Mr. Fürchtegott Dot ... „OMG, weshalb halte ich dich umschlungen?", fiepe ich verblüfft.

„Pheromone, Früchtchen, Pheromone!"

„Ich mutiere zu einer Kletterpflanze, die mithilfe ihres windenden Sprosses – ja, ich fühle mich überreizt, aber ja, es klingt irgendwie anstößig – an einer Stütze emporklettert. Als der Kletterpflanze naturgegebene Stützen dienen andere Pflanzen, bevorzugt Gräser – drollig, wie du, bedrohliche Venus – und schlanke, aufstrebende Gehölze – rank, wie ich es bin, aber ich bin ja schon die Kletterpflanze."

„Ach herrje, was für ein Kuddelmuddel." Venus staunt.

„Je nachdem in welcher Richtung sich die Pflanze um ihre Stütze schlingt, unterscheidet man Linkswinder und Rechtswinder, oder? Was meinst du, werte Venus?"

„Mhmm, du hältst mich gegen den Uhrzeigersinn eng umschlungen, weshalb du, der Botanik nach zu urteilen, unweigerlich zu den Linkswindern gehören dürftest", sinniert sie. „Führtest du ein Leben als Pflanze, dann vermutlich als Stangenbohne."

„Hilfe! Die wissenschaftliche Ablenkung versagt jämmerlich. Was haben deine Patschhändchen in den spärlichen Resten meiner Haarpracht verloren?"

„So viele Fragen." Venus räkelt sich wohlig. „Du wirkst gestresst."

Mylady, Sir, ich scheine nicht länger Herr meiner Sinne und zweifelsohne nicht bei Trost zu sein. Im Dachstübchen des Himmels, die Schulräume befinden sich im obersten Stockwerk, nehme ich Nachhilfe in Empathie, während mein übergeordnetes Ich einen gehörigen *Dachschaden* erleidet. Ist dies an Absurdität zu überbieten? Wenn ja, gebe ich Ihnen gern einen Therapietermin. Wie wäre es am …

*

„Hör her, Früchtchen", meldet sich die Göttin der sinnlichen Begierde zu Wort. „Ein kleiner Exkurs in die Astrologie sollte deiner Sachlichkeit wieder aufs Pferd helfen: Mars' Alter Ego, das am Sternenhimmel justament ein Quadrat zum Pluto deines Geburtshoroskops bildet, eignet sich als vortreffliche Rechtfertigung für dein ungebührliches Verhalten. Haha, die Nebenwirkung seines Transits zeigt sich nämlich häufig in einem Fehlverhalten, das seinen Ausdruck in einem stark triebhaften Verlangen findet und von einer disharmonischen Energieentfaltung tatkräftig gesponsert wird."

„Was für eine verfrühte Bescherung“, stelle ich fassungslos fest. „Es weihnachtet doch noch gar nicht.“

Mylady, Sir, ich bete mit Gott, dass Sie mir noch zu folgen in der Lage sind. Unter uns: Ihr „Nein, wirklich nicht!“ spräche für Ihren soliden Geisteszustand.

Ich verliere meinen Kopf und werfe gefügig den Möchtegern-Doktortitel über Bord. „Bye-bye.“ Echauffiert ordne ich meine systemlos abstehenden Härchen und verordne mir Vernunft sowie einen in der Soziologie als selbstverständlich empfundenen Maßstab für ein moralisch einwandfreies Verhalten mit einem gewaltigen Punkt unter dem warnenden Ausrufezeichen. Unsanft setze ich Venus und mich auf dem Boden der Tatsachen ab, bevor ich sie in die Seitengässchen meiner Gehirnwindungen umzuleiten versuche, was in einem Erotfall (erotischem Notfall) wie diesem an der praktischen Umsetzung zu scheitern droht.

„Dieses bezaubernde Fräulein lässt sich nicht ohne Gegenwehr als Fata Morgana abspeisen“, maunzt das dem Spektakel beiwohnende Miezekätzchen.

„Lieber Quälgeist, wusstest du, dass die Fata Morgana dem Schoß der italienischen Sprache entglitt und ursprünglich tatsächlich Fee Morgana bedeutete und irgendwie mit der Artussage liebäugelte?“, möchte ich vom Kätzchen wissen.

„Nö, was fantasierst du dir denn da zusammen?“, spottet Venus. Bei *Quälgeist* fühlt sich Venus direkt persönlich angesprochen.

„Oops, ich schweife ab“, stimme ich Venus zu. Das Kätzchen entschwindet auf Samtpfötchen. „Du jedenfalls glänzt eindeutig durch beunruhigende Präsenz.“

Beseelt brabbelnd kniet mir die bestrickende Venus mit anzüglich verrutschtem Ballettkostüm und kulant gelöstem Keuschheitsgürtel auf dem zur Lustwiese mutierten Regenmäntelchen vis-à-vis. Empört bemerke ich, wie mein weitestgehend erhaltenes Brusthaar nurmehr von dem gerippten Turnhemd mehr schlecht als recht davor bewahrt wird, sich gänzlich die Blöße zu geben, während mein rechter Schnürschuh unter dem mit Sternenstaub verzierten Lehrerpult auf dem Bauch liegt. „Willst du dich diesem etwa willig hingeben?", klage ich den Schnürschuh an.

„Wie der Herr, so 's Gescherr", kontert er unverschämt.

„Abstand, wir dürfen den Abstand unter keinen Umständen vergessen!", sopraniere ich, aufheulend wie eine Boje im Wedeler Jachthafen.

„Von wie vielen Lichtjahren Abstand sprichst du?", foppt mich Venus.

„Myriaden?", schlage ich atemlos vor. „Früher, als nordfriesischer Dorf-Psychiater, galt es, diesen Abstand pingeligst einzuhalten." Ich artikuliere meine Ermahnung in einer außergewöhnlich hohen Tonlage, die dem Insider ein Flair von Hysterie enthüllt, indes ich Venus Teile des Friesennerzes entschlossen unter ihrem Hinterteil wegziehe.

„Aua!" So überrascht wie kuhäugig kullert sie über den Teppich.

Das verbogene Kassengestell neu auf meiner Nasenspitze positionierend, verlange ich von der sichtlich weniger beschwingt guckenden Venus, die unverschämt aufsässig an ihrer schneeballweißen Lingerie herumzupft, umgehend eine Erklärung.

„What sollte denn eigentlich dieser kokette Unfug?"

„Vorhin hast du Saturns Lieblingszitat verwendet; das hat mich so sehr an ihn erinnert", wispert Venus. „Da wars um mich geschehen."

„Soso", brumme ich. „Dennoch kann ich mich keine Spur daran erinnern, dir eine Landeerlaubnis erteilt zu haben. Ausrufezeichen. *You're welcome* war lediglich als Hommage an meine feine englische Art zu verstehen."

„Wieso Ausrufezeichen?" Venus wirkt irritiert.

„Versuchst du erneut, mit deiner unschuldigen Sesamstraßenmasche zu punkten? Nein. Aus. Punkt!", beende ich die Fragerei. „Einen markanten Punkt hinter einem diesem vorauseilenden entschiedenen Aus zu setzen, dessen Vorhut ein stabiles Nein bildet, scheint mir in dieser prekären Lage das einzig Rationale", gestehe ich der Schaumgeborenen.

„Du wirst mir jetzt aber nicht gaga werden, oder?", sorgt sich Venus.

„Frag Freud! Keinesfalls darf ich mich von dir, du bestrickende Mutter aller nervenden Sägen, in ein erotisches Streitgespräch mit ungewissem amoralischen Ausgang verstricken lassen. Dem fühle ich mich nicht gewaschen. Teufel auch! Eine kalte Dusche wäre jetzt nice."

Fahrig blättere ich geschäftig in meinem Wochenplaner umher, der mir vorhin von meinem Wölkchen fürsorglich in den Brustbeutel gesteckt wurde und bestaune nebenbei mit Anteilnahme die vorletzten Zuckungen eines Maikäfers, der meinem Urteilsvermögen nach kaum mehr in der Position zu sein scheint, dem Sommer seines Lebens weitere sonnige Tage abzuschmeicheln, oder? Er ist ja längst untot. „Willkommen im Himmel!", begrüße ich ihn. Derweil hält Venus Einkehr. Einen Zuckerkringel verspeisend, verharrt sie im vermutlich eher seltenen Zustand trügerischer Stille. Wo sie das buttrige Hefeteiggebäck nur her hat? Ob sie hexen kann?

„Hier, kriegst die Hälfte ab", flötet sie großmütig und lässt ihrem Versprechen Süßes folgen. „Beruhigt die Nerven."

„Danke."

„Er ist aus der Himmelskonditorei."

„Yummy." Erfreut knabbere ich an der erlaubten Sünde.

Lässig legt sich meine Stirn in Falten. Ich lasse die kokette So-gar-nicht-Kokotte an meinem Gedankenfluss teilhaben. „Mir schwant, dass männliche, in unerfüllter Liebe dahindarbende, halbwegs intelligente Individuen in dir Hemingways Romanfigur Brett erblicken. Ich fühle mich dessen Hauptprotagonisten Jake verständnisvoll zugetan, ja, beinahe artverwandt, und mit Bestimmtheit ergeht es Saturn noch ärger. Du bist, da gibt es wenig zu deuteln, sowohl für mich als auch für deinen Angebeteten das unerreichbar verführerische Mädchen Brett. Wobei, haltet ein, Saturn verschmäht dich ja. Das tut mir so leid." Meine Unterlippe zittert vor … „OMG! Ist das etwa das berüchtigte Mitgefühl? Wohin entschwindet mein heiß geliebter Sarkasmus?", wende ich mich entgeistert an Venus.

„Vielleicht hat der endgültig genug von deinen Besitzansprüchen."

„Tja, bestünde allerdings nichtsdestotrotz Interesse, wäre der bedauernswerte Saturn durch seine eventuell herbstelnde Manneskraft …"

„Ach, hier im Himmel brodelt die tratschende Gerüchteküche regelmäßig über", unterbricht mich Venus.

„… dazu verdammt, gleichsam Jakes Schicksal zu erleiden sowie ich durch mein mir selbst auferlegtes Verbot, auf deine ‚Avancen' einzugehen und ... natürlich durch mein verfrühtes Geburtsjahr, meine Liebe. Meine Eltern haben für meine Zeugung den denkbar ungünstigsten Zeitpunkt erwischt. Wäre ich frischer ... Du bist eindeutig much too young für mich. Für Eheweib Gertrud dagegen war ich altersmäßig erstklassig adäquat."

„Apropos Gertrud", mischt sich Venus ein. „Saturn hat neulich respektlos kundgetan, seiner Meinung nach dürften allerhöchstens Schaufelbagger diesen Vornamen im Personalausweis führen."

„Tatsächlich? Gerade jetzt mag ich den Kerl doch ein klitzekleines bisschen", räume ich nachdenklich ein.

Zögerlich separiere ich mich von meinen Studien, überlasse den Marienkäfer (die Punkte verrieten ihn und ließen seine Tarnung auffliegen) seinem Schicksal – ich muss lernen loszulassen –, und erkundige mich, so distanziert wie es mir nach der Entblößung meines errötenden Turnhemdes eben möglich ist, nach den Problemen, die Venus sonst so unter ihren unlackierten Nägeln brennen: „Was kann ich als Psychiater deinem Köpfchen denn Gutes tun?" Von wegen Schüler. Ich gehe engagiert in der Rolle des weltgewandten Seelenheilers auf. Der harsche Unterton meiner hervorgestoßenen Respektlosigkeit verfehlt sein Ziel ... nicht. Der magische Frühling gehört der fabulösen Vergangenheit an. Verwundert ziehen sich die Blütenknospen unter die Obhut einer gestrengen, sich als Anstandsdame aufspielenden, rhabarberroten, grobmaschigen Strickjacke zurück. In Gedanken versunken betrachtet meine Patientin (in spe) ihre abgekauten Fingernägel.

„Früchtchen“, das klingt sweet, „schau her. In wenigen Unterrichtsstunden haben wir es über die ersehnte Ziellinie geschafft. Hurra.“

„Hipp, hipp, hurra“, jubele ich, habe allerdings keinerlei Ahnung, worum es hier gerade geht.

„Du zeigst erneut Gefühle, Früchtchen. Eben hat deine Unterlippe auf äußerst empathische Weise gezittert. Mehrmals, wie ich betonen möchte. Sah richtig knuffig aus. Mach das noch mal.“

„Nein.“

„Bitte, bitte!“

„Nein.“

„Tja, sei es wie es sei, ich bin unheimlich stolz auf mich“, brüstet sich Venus.

„Du bist stolz auf dich?“, hake ich perplex nach.

„Na klar, ich allein bin die Lehrkraft, der dieses Kunststück gelungen ist.“ Entwaffnend grinst mich meine Lehrerin an.

Ich spüre, wie pure Verzweiflung in mir aufsteigt, oder ist es das vegane Hühnerfrikassee vom Vortag? Ich bin mir unsicher. Gänsehaut, vehementes Pulsieren der Halsschlagader und ansteigender Blutdruck präsentieren sich als Begleitkumpanen. Wie sehr hatte ich mich auf weitere Sch(l)äferstündchen gefreut. Nun droht meine Schaumgeborene damit, es hiermit bewenden zu lassen.

„Das wars mit dem Unterricht?“, ächze ich. „Aus die Maus? Schon wieder? Erst mein irdisches Ende, jetzt mein Ende als Schüler. Sogar der Duden mustert den Plural von Ende mit Schrecken.“

Venus schmunzelt. „So viel zur Sesamstraße. Fängst jetzt *du* mit der Maus an?“

„Nee.“ Ich seufze. „Ich bin wohl geheilt? Erstmals mit menschlichen Zügen ausgestattet und das als nagelneuer Verstorbener? Widerspruch, dein Name ist Dot.“ Unglücklich lässt mein Kopf sich hängen.

*

Mein Hadern mit dem abrupten Ende des Unterrichts wirkt sich irgendwie interessant auf meine kognitiven Fähigkeiten aus. Mein Hirn gratuliert mir mit einem derben Sinn für Galgenhumor zu meiner gewonnenen spekulativen Behauptung. Ich hatte mit meinem Wettkampfgeist um zehn Himmelsgulden gewettet, Venus würde versuchen, mich für mein schroffes Verhalten mit Unterrichtsentzug zu bestrafen. Nichts anderes ist ihr Wegloben. Von meinem verlorenen Wetteinsatz würde ich mir ein mein Mütlein abkühlendes Spaghettieis gönnen. Huch, werde ich verrückt? Von einem verlorenen Wetteinsatz kann ich doch gar nichts ausgeben. „Pah", ein Ausruf der Geringschätzung scheint mir überfällig. „Liebe Venus, deine kindischen Spielchen firmieren unter meiner Urheberschaft. Dieses Gefühlseisbad habe ich erfunden. Aber weshalb darf es dir gestattet sein, aus jeder dritten Hautpore so erdrückend viel Liebreiz auszudünsten?" Überwältigt atme ich tief ein.

„Vielleicht weil *ich* schlichtweg wunderschöne Gene habe? Dein ‚Pah' ertrinkt in einem geführten Monolog, der sich wie ein nostalgischer Brummkreisel um meine anmutigen Attribute dreht. Mein Anblick ist für dich die erste ästhetische Darbietung seit Langem, was? Du hättest sie bis in die Ewigkeit auskosten mögen, stimmts?", schäkert Venus.

„Jetzt klingt deine Eingebildetheit, als liefe sie auf Stelzen."

„Meinst du, ich klinge gestelzt?", fragt mich Venus.

Eher bedauernd als verärgert hole ich gezwungenermaßen zum Vergeltungsschlag aus. Versuchsweise starte ich ihn mit einer Mimik, die unglückseligerweise in eine verstört wirkende Grimasse ausartet. Im euphorischen Singsang verkünde ich Venus: „Ich be-für-wor-te deinen Vorschlag, den Unterricht ein-zu-stel-len." Zur Untermalung gebe ich ein ausdrucksstark hervorgeträllertes „Ja" von mir. Da ich mich hierbei insgeheim fürchterlich aufrege, stoße ich das Ja hyperventilierend und stotternd hervor, sodass es wie das klagende Iah eines gemütskranken langohrigen, mit einer Stehmähne ausgestatteten, ponygroßen Vertreters aus der Familie der Pferde klingt. Unter den im Gebälk auf Brautschau befindlichen Putten löst es eine schockierende Unruhe aus.

Venus versucht, mich in den Arm zu nehmen.

„Früchtchen, mein Früchtchen."

„Jaaa?"

„Ist dir denn nicht klar, dass du dich über deine neu erworbene Menschlichkeit freuen darfst? Dass mein Unterricht vorüber ist, heißt nicht, dass ich dir nicht von Herzen zugetan bin. Wir sind nun Vertraute."

„Von wegen Menschlichkeit, ich bin ein Untoter, ein Zombie, a Ghost." Ergriffen winke ich ab. Völlig untalentiert versuche ich, ihr vorzugaukeln, meine Gefühle seien bloß vorgespielt gewesen.

„Komm mal her, liebes Früchtchen."

Ich kuschele mich an Venus' Busen und lasse meinen Zähren ungehemmt ihren Lauf: „huhubuh."

„Wirst schon sehen, Berührbarkeit hat ihr Gutes", tröstet mich meine neue platonische Freundin.

Indes wiegt der Abendhimmel ob meiner nur zögerlich schmelzenden Starrköpfigkeit melancholisch sein Haupt hin und her und her und hin. Dies kann er prima.

Schmusen am Busen! Venus, ich, Brüste? Wie konnte es dazu kommen? Mehrere verteidigende „Ähems" scheinen mir in dieser Lage unvermeidlich. Meine geräusperten „Ähems" dienen dazu, der verlegenen Sprechpause eine Brücke zu bauen.

„Fürchtegott, stop the Flennerei", fordert Venus mich auf. „Leg deinen früheren Zynismus samt Erdenleben ad acta und fange an, zu genießen. Ich …"

„Ähem." Ist die Rüge vollendet? Nein, Venus pausiert lediglich, um Luft zu holen.

„… nahm dir von Anfang an überhaupt nicht ab, dass mein Liebeskummer bei dir kein emotionales Erdbeben auslöst."

„Hohoho. Weshalb imitiere ich den Weihnachtsmann?"

„Höchstwahrscheinlich weil du völlig durch den Ostwind bist." Ungefragt mischt sich Mary P. ein, bevor sie vom Winde verweht wird.

„Mhm." Venus überlegt laut. „Vielleicht bist ja *du* meines Ritters edle Vorhaut, nein, Vorhut und nicht Kunibert. Was würdest du dazu sagen? Na, willst du vorantraben?"

„Wie bitte?", entsetze ich mich. „Ich war bis vor Kurzem in einer Beziehung, aus welcher Zwillinge entsprungen sind", wage ich einzuwenden. Wie hilfreich, dass mir diese stichhaltigen Argumente zur Untermauerung meiner Festung stets so verlässlich einfallen. „Gräbst du mich etwa an? Geht deine anbiedernde Bewerbung in die nächste Runde?"

„Nicht wirklich, Früchtchen", versichert mir Venus, „wenngleich ich Oldies mag und in einer Partnerschaft unheimlich zuverlässig und wenig sprunghaft bin. Für Trampoline habe ich einfach kein Faible."

„Werte Venus, du überbietest dein gesamtes bisheriges Repertoire an Flegelhaftigkeiten."

„Wärest du mein Objekt der Begierde, Früchtchen, würde ich dich nie im Stich lassen, so rein theoretisch, und stets treu an deiner Seite liegen. Ich nähme dich auch mit Alzheimer oder Demenz!"

„Mit beidem zusammen etwa nicht?", erkundige ich mich echauffiert. „Und what about Herrn Parkinson? Nein, als Trostpreis bin ich mir zu schade. Du liebst doch ausschließlich Saturn", stelle ich klar. „Es kommt für mich überhaupt nicht infrage, deinem Helfersyndrom zuliebe an irgendeinem Verlust meiner Denkfähigkeit zu erkranken." Meine kurzsichtigen Gucker blitzen bewegt hinter meinen Brillengläsern. „Das hier ist nur ein Ich-weiß-nicht-was-Geschäftsverhältnis, und vielleicht wäre es für dich ratsam, bei Liebeskummer eine andere Koryphäe aufzusuchen!", flüstere ich. Wie soll Mann denn so klar denken können? *Peng*, wenn ich mir Venus als Dartscheibe vorstelle, so trifft dieser Pfeil ins Schwarze. Oh weia, nun macht sie tatsächlich Anstalten, meinen Vorschlag in Erwägung zu ziehen, weshalb ich, dem vor einer Abfolge von Ereignissen ohne Venus mehr graust als davor, Goethes Faust Teil III als Manuskript vom Meister himself vorgelesen zu bekommen, mich genötigt fühle, ein alarmierendes „Aber glaube nicht, nicht, nicht, ... (Jetzt bin ich aufgeregt, dann hänge ich oft.), dass die Kollegen dir so viel Zeit wie ich widmen. Bei denen ist nach zwanzig Minuten Gicht im Schacht und Schicht sowieso." hinterherzuschieben. „Unter uns, holde Venus: Meine Kollegen Jung und Freud spielen hier im Himmel wohl lieber mit den Wölkchen Federball, als sich über schnödes Herzeleid ihre Köpfe zu zermartern."

„Woher willst du das wissen?", hakt Venus nach.

„Na, weil sie erst gestern versucht haben, mich als Federballersatz in ihr Match miteinzubeziehen. Von wegen Feuertaufe für den Neuankömmling oder so."

„Mmh." Die Göttin der Liebe verfällt in apartes Schweigen. „Ist es nicht irgendwie pläsierlich, dass wir so offen über alles sprechen können?", fragt sie mich unvermittelt.

„Das hast du jetzt nicht wirklich gesagt, oder? Ich fühle mich hierbei extrem unwohl." Aus einem unerfindlichen Grund stehen wir beide wie nach einem miserabel verlaufenen Date aufrecht im Klassenzimmer herum. Unvermittelt ergreift Venus meine rechte Hand, schüttelt diese wie die Windsbraut ein Apfelbäumchen im September und bittet um Vergebung. „Mir tut mein aufreizendes Benehmen leid, ehrlich. Bei unserem nächsten Wiedersehen werde ich mich noch ein bisschen mehr zurückhalten. Na klar liebe ich Saturn. Früchtchen, drück mal kräftig zu!" Diese Aufforderung gilt meinem schlaffen Händedruck.

„Heiliger Bimbam!" Nun ergreift sie mit ihren linken Griffeln meine linken Finger, sodass unsere vier Hände ein aussagekräftiges X bilden. „Steht X nicht für eine Umarmung? Existiert nicht ein Kinderspiel, bei dem die Bälger auf diese Weise eine lustige Rettungsbrücke bilden?"

„Da bin ich überfragt." Venus lächelt süß. „So ist es besser, entschuldige wegen vorhin. Hihi, ich habe mich ja nur ein wenig im Pseudofremdflirten versucht, um mich für Saturn in Bestform zu bringen."

„Höhöhö." Wir vernehmen ein geschmeicheltes Hüsteln aus dem Background.

„Bist du Saturn? Hast du uns etwa die gesamte Zeit über belauscht?", möchte ich wissen.

Das Etwas lässt sein sardonisch anmutendes Gekicher elegant in ein weiteres, abweisend klingendes Hüsteln übergehen. „Jaaa, er hat uns die gesamte Zeit über beobachtet, dieser Voyeur", rufe ich aus. „Spätestens jetzt dürfte ihm eiweißklar sein, dass er bei dir den ersten Bass singt. Ich bin höchstens ’ne Flötenpfeife. Oje.“

„Du bist mindestens meine Triangel, Früchtchen“, tröstet mich Venus. „So vielseitig, wie du bist.“

„Ach Venus, was gäbe ich jetzt für ein ausgewachsenes Ausrufezeichen. ‚Leider ist das kein Schreibstil, den ich billige‘, rügte mich die Himmelslektorin erst neulich schnippisch. Sie litt unter Schnappatmung, als sie das erste Kapitel über mein ätherisches Leben verköstigte. Hatte ich erwähnt, dass ich an meinen luftigen Memoiren schreibe?“

„Ein Tagebuch führen wir hier oben alle.“

„Well, ich fürchte, die Lektorin mag mich nicht. Hoffentlich geht es den Himmelsbewohnern da anders.“

Venus malt mit ihrem rechten Zeigefinger imaginäre senkrechte Striche nebst südlichen Pünktchen auf meinen Brustkorb. „Ich mag dich mit sieben Ausrufezeichen!!!!!!!“

Die amourösen Verwicklungen werden beendet. Aus dem Schüler wurde ein Mentor. Nachdem Venus sich einen waschechten Analysetermin, dann allerdings formvollendet auf meiner Couch Wilma, erquengelt hat, streben wir gemeinsam ein Stockwerk tiefer. Vor dem erblindenden Spiegel im Flur versuche ich, meine Haare herumzukommandieren: „Hinlegen!“

Venus kommt auf der schmalen Treppe hurtig voran. Sie legt ein beachtliches Tempo vor. Erst auf der letzten Stufe hole ich sie ein. Erneut bemächtigt sich Venus meiner rechten Hand, der bereits ein Muskelkater droht, und verabschiedet sich melodramatisch mit bebender Stimme, während sie zugleich ihre Oberlippe belutscht. So erweckt sie den unvorteilhaften Eindruck, als sei sie unterbelichtet und vermisse zudem ihre Schneidezähne. Wenn jedoch eine Sonderbelichtung zur Auswahl stünde, dann höchstens die der bedingungslosen Überbelichtung. So schönklugig, wie sie ist!

„Falls wir uns niemals mehr wiedersehen sollten, möchte ich dir herzlich für das Karrierecoaching in Sachen Liebe danken“, haucht Venus.

„Liebe? Sorry, aber ich war es nicht, der dir empfahl, Saturn ein wenig einzuheizen, indem du ihn eifersüchtig machst. Das hast du …"

„Egal, du bist ein umwerfend wunderbarer Untoter und so einmalig." Ihre Augen verführen meine Augen zu einer erotisch konnotierten Annäherung. Sexuelle Spannung schwängert die prüde Treppenhausluft. Ich versuche, den Todesstoß zu ignorieren, der mich unversehens durch einen geöffneten Knopf in meiner längst wieder angezogenen Regenjackenrüstung trifft. Meine Beine drohen zu versagen und ich halte mich am Geländer der Stairways of heaven fest. Geschwächt bringe ich ein verwirrtes, um Klarheit bemühtes „Aber du erhieltest ja soeben einen Therapietermin, wir sehen uns wieder" zustande, während Venus behände wie der junge Morgen trällernd die Treppen hinunterschwebt.

„Früchtchen hat Gefühle, Früchtchen hat Gefühle und auch noch so vüle ..."

„Na warte!" Ich krabbele hinterher. Im Laufen halten Venus' ruhelose Finger ihr Maskottchen fest umklammert: einen unterproportional hübschen abgeliebten Albatros, der laut Zeus als Glücksbringer verlässlich floppt. Der oberste olympische Chef zwitscherte mir, sie trage ihn seit Jahrhunderten bei sich. Plötzlich dreht sich der plüschige Seevogel um und grinst mich frech an. Er hat einen schmächtigen, spärlich befellten Schädel, einen Schnabel in saftigem Orange einer verschimmelten Apfelsine, auf dem sich zwei kleine festgenähte Röhren rekeln, über die in der Natur aufgenommenes Meersalz ausgeschieden werden soll – wie lächerlich ist das bitte sehr? –, ausgemergelte, schlaksig ein erstauntes O nachahmende Beine und ungelenke Flügel. Zur Krönung ziert ein altmodisches Brillengestell seinen Schnabel, welches mich auffallend stark an eine unerfreuliche Person aus meinem näheren Bekanntenkreis erinnert. Etwa an mich?

Venus' am Horizont verblassende paradiesische Anhöhen schicke ich einen letzten ungewohnten Blick stürmischen Bedauerns hinterher. Im derangierten Allgemeinzustand krieche ich unter einem Nachthimmel, der wie eine schwere, voluminöse Bettdecke auf meinem zerzausten Herzen lastet, geknickt Richtung Heimatwölkchen. Mein Regenmäntelchen hängt auf halb acht an mir herab und mein Gesichtsausdruck verrät tiefe Abscheu vor der gesamten Himmelsmischpoke, stellt sie doch sämtliche meiner charakterlichen Schwächen unerbittlich ausleuchtend an den Pranger. Ehrlicherweise gestehe ich mir ein, dass ich selten zuvor in meiner eigenen Wertschätzung so tief gesunken bin wie vorhin, als ich mich wehrte, endlich, endlich Herz zu zeigen. Von nun an gehöre ich endgültig zu den fühlenden Denkenden, auf der Erde verschrien als Homo sapiens.

Kapitel 9

„Es applaudiert die Illusion
indes der Jugend Träumereien,
als des Abschieds süßer Hohn
trunken um Vergessen freien."

Meine Muse nötigt mir Respekt ab. Was sie mir hiermit wohl anvertrauen möchte? Ob sie erahnt, wie sehr ich meiner Zeit als junger Möchtegern-Casanova hinterhertrauere? Aufseufzend zerfließt meine Muse in Myriaden von Inspirationen. Musen verlieren häufig dann ihre Gestalt, wenn Künstler zu Negativisten werden. Destruktivität mopst ihnen jede Ungezwungenheit.

Kaum hüllt der Abendstern mein kuscheliges Wölkchen in silbrigen Glanz, wenden mein Magen und ich uns unserem Abendmahl zu. Unseligerweise nimmt ein ungebetener Gast am Küchentisch Platz: der römische Kriegsgott Mars. Ich werde Zeuge, wie mir ein zu Späßen aufgelegter Halbstarker abgestandene Schelmereien des Jahrgangs „Da-lebtest-du-noch-garnicht" auftischt.

„He, Früchtchen, alles fruchtig?", bekomme ich als Ouvertüre an den Kopf geworfen.

Ich deute an, ihn mit meiner Gabel piksen zu wollen. „Willst du dich etwa als WG-Waschraum-User anbiedern? Dein ‚He' mundet mir so wenig wie die in Rotwein eingelegten tranchierten veganen Taubenbrüstlein", motze ich ihn an. Appetitlos stochere ich mit der Gabel in einer aus Edelkastanien bestehenden Sättigungsbeilage.

„Mach happa happa!", ermuntert Mars mich leutselig zur Nahrungsaufnahme.

„Würdest du die h's durch p's ersetzen, hieße es einzuschreiten", stelle ich vehement klar. „Zwei Sprösslinge reichen mir." Mit verhärmtem Stirnrunzeln beäuge ich den regsamen Jungspund. „Weißt du, per se habe ich nichts gegen dich als Person einzuwenden, solange du mit deinem Naturell, das beständig eine Spur zu laut und zu derb ausfallen dürfte, das ‚Leben' eines anderen Neuankömmlings bereicherst."

„Du bist so gemein, wie dein dir vorauseilender Ruf es vermuten ließ", lobt mich Mars bass erstaunt. „Um nichts im Himmel würde ich dich zum Papa haben wollen."

„Das wäre geklärt. Good to know. Nimmst du mir eigentlich meine kürzlich gemachte Anspielung auf deine Primäreffloreszenzen noch übel?"

„Hm."

„Übrigens litt *ich* in der Pubertät mitnichten unter Akne. Mein Gesicht war so spiegelglatt wie mein Kinn. Das Testosteron zierte sich unnötig lange. Das Babyhafte verlor sich erst in den Flitterwochen. Da wirkten sich die durch mein Eheweib Gertrud getriggerten Stresshormone, Adrenalin und Cortisol beispielsweise, recht eindrucksvoll auf die Produktion sämtlicher Talgdrüsen aus."

„Lang ist es her, wie ich sehe." Hämisch zieht Mars eine Grimasse.

„Ehrlich, ich mag dich *nicht* nicht", versichere ich ihm schnell. „Ich habe lediglich Sorge vor der Aussicht, mir mit dir einen WG-Waschraum teilen zu müssen. Petrus hat da neulich so etwas angedeutet. Notfalls wünsche ich mir zum nächsten Wiegenfest, der liebe Herr Vater möge mich anderswo unterquartieren. Deine nie endende Pubertät vor Augen würde ich mich fühlen, wie aus dem Alten Testament entschlichen."

„Das mit der WG war nur eine Verwechslung", beruhigt mich Mars. „Petrus ist mitunter ein wenig tüdelig. Sag deiner Gänsehaut, sie soll chillen und sich wieder hinfläzen."

„Puh. Meine nervöse Körperbehaarung dankt dir. Oha, ich mutiere zum extra weichgespülten Softie. Ehrlich, auf Erden war ich wesentlich resoluter und spöttischer unterwegens …"

„Die Begrifflichkeit ‚unterwegens' hast du so eben frei erfunden. Gib es zu! Forsche ruhig bei dem Gockel nach, wenn du mir nicht glaubst", rät mir Mars.

„Gockel? Meinst du etwa den Duden Konrad?"

„Papperlapapp! Ich spreche von dieser Suchmaschine Go-go-Girl ... irgendwas."

„Ach so. Einspruch, die gibt es sehr wohl. Och nö, früher ließ ich meine Umwelt in den unmöglichsten Situationen an meinem Zynismus teilhaben und heute diskutiere ich friedfertig mit dir, dem Gott des Krieges."

„Besser ist das", sagt Mars. Du hast wohl noch schwer mit der Eingewöhnung zu kämpfen."

„Du sagst es."

Zwei friedliche Minuten lang sitzen wir da und hängen unseren Gedanken nach.

„Hey, Boomer", zerreißt Mars das spinnwebfeine Gewand der Ruhe, „hast du schon einen Blick auf unsere verführerischen sexy Göttinnen geworfen?"

„Machomäßig retro", tadele ich ihn. „Nicht nur Jesus fördert den wertschätzenden Umgang mit sinnenhaften Attributen."

Mars haut mir auf das Schlüsselbein und toppt mit seinem das Lachen wiedergebenden Ausruf die Sopranstimme der jungen Maria Callas um einige Dezibel, Oktaven, Frequenzen ...

„Du klingst wie ein Frettchen, dem ein Leopard kess in die Kniekehle zwickt", stöhne ich. „Ouch! My ears! Deine schrillen Lautäußerungen werde ich künftig mit meinem noch im Stadium der Reifung befindlichen Tinnitus verwechseln oder, wenn du Jüngling dich bereits in dem um einiges erträglicheren Zustand der Mattheit befinden solltest, mit dem Quietschen von Kreide auf einer Wandtafel. Bei Vierbeinern sträubt sich in solch einem Augenblick der Wahrheit deren Fell. Bei mir hingegen benimmt sich in Ermangelung einer Haardichte von 50 bis 400 Haaren pro Quadratzentimeter meine Amygdala ausgesprochen verhaltensauffällig."

„Wovon redest du?", wundert sich Mars.

„Von meiner Amygdala. Sie ist *der* Teil meiner Hirnregion, der einer ungerösteten Mandel noch am ehesten gleicht. Ergo reagiert diese Mandel erstaunlich ausdrucksstark auf deine Art zu sprechen, welche von uns beiden, also von der Mandel und mir, einvernehmlich als eine Zufügung psychischen und physischen Leids empfunden und von der Gesamtheit meines Gehirns eindeutig als Alarm eingestuft wird."

„Das tut mir leid." Geknickt schaut Mars zu Boden.

„Ich sollte lieber gar nicht erst anfangen zu zählen, wie häufig ich beim Klang deiner durchdringenden Stimme noch erschaudern werde. Aber sicherlich überträfe die Endsumme locker meine kühlsten Träume. Bei einem simplen Orgasmus, …“

„Stopp, stopp, stopp! Wie werde ich jetzt dieses Kopfkino wieder los?“ Angewidert hält sich Mars seine Ohren zu.

„… der mir in der Studienzeit im physiologischen Sinn als ein zentralnervöser Vorgang beschrieben wurde“, fahre ich fort, „und den ich während des auf Erden absolvierten Beischlafes aufgrund der ins Unerträgliche gesteigerten, hastig ausgestoßenen spitzen Schreie meiner einstigen Gemahlin zu fürchten gelernt hatte, geriet das neuronale Feuerwerk eben dieser Gattin dermaßen außer Kontrolle, dass ich den meines Erachtens brutal überschätzten Höhepunkt einer sexuellen Vereinigung nach der gewissenhaften Zeugung meiner Sprösslinge weitestgehend einstellte.“ Atemlos ringe ich nach Luft.

„Nee, wie eklig.“ Mars schüttelt sich.

„Somit erhielt mein Hörvermögen die reelle Chance auf einen fairen regenerativen Prozess der Wiedergutmachung.“

„Igitt, all diese Details. Für dich bin ich also der Vadder dieser widernatürlichen Schallereignisse. Soll ich noch mal markerschütternd die vom Geruch abgenagter Taubenhupen geschwängerte Abendstille zerreißen?“

„Neeein“, flehe ich ihn an.

„Ey Bro, du …“

„Weshalb so plump vertraulich?“, frotzele ich.

„... ziehst so ein miesepetriges Gesichtchen. Das erinnert mich an Zeus im Jahre 1723, als er ...“

„Ich hasse es, wenn jemand mein hageres Antlitz verniedlicht.“

„Stay cool! Ich plädiere für einen Themenwechsel. Hat die verrückte Zirkusprinzessin heute als Lehrerin verkleidet bei dir im Unterricht für Randale gesorgt?“

„Es liegt klar auf dem Handteller, dass du unter quälender Eifersucht leidest! Wegen Venus!“, bringe ich unsere schlichte Konversation auf den empfindsamen Punkt. „Auf mich brauchst du aber nie und nimmer eifersüchtig zu sein.“

„Verknall dich lieber in eine der Nymphen. V. beschert nur Schurereien“, warnt mich der Kriegsgott fürsorglich vor.

„Pardon? Sprichst du von Scherereien? Venus ist doch kein Schaf.“

„Manchmal schon.“ Mars grinst hämisch. „Ich wähnte, vorhin einen trashigen pflaumenfarbigen Volant vorüberhuschen gesehen zu haben.“

„Oooh! Ich habe ihn mandarinenfarben im Herzen verwahrt. Bist du vielleicht farbenblind? Hast etwa auch du uns belauscht?“

Geflissentlich ignoriert Mars meine Erkundigungen. „Apropos Pflaume! Hättest du gern etwas Zwetschgenwasser über deinen Vanillepudding geträufelt?“ Aufdringlich rückt er mir auf die anämische Pelle.

„Danke, nein, und ich möchte dich wirklich bitten, meine neue Patientin Schrägstrich ehemalige Lehrerin nicht als geisteskrank zu betiteln.“

„Dein Wille geschehe, dann meinetwegen total überkandidelt. Ich vermute, deine Irre trägt einen Piepmatz unter ihrem Pony. Ja?“

„Das passendere Wort, nach dem du vergeblich suchtest, lautet *Triller*“, belehre ich ihn. „Wie ironisch, dass gerade du dieses in Italien beheimatete Wort so bereitwillig im Munde führst, wo la parola doch den mehrmaligen raschen Wechsel eines Tones mit dem nächsthöheren halben oder ganzen Ton bezeichnet. Als anschauliches Beispiel hierfür dient die Trillerpfeife. In deiner Ahnenreihe dürfte sie einen Ehrenplatz besetzen, du pubertierender Jüngling, du.“

„Neidisch, Früchtchen?“ Der römische Gott wirkt belustigt.

„Jetzt ignoriere ich dich für mindestens ein Minütchen.“ Schweigen. „Zudem bezieht sich ‚Triller‘ auf einen Vogelruf, welchen *du* ausgesprochen vorbildlich imitierst, und mit Pony ist hier mit ziemlicher Sicherheit kein 148 cm zwergenhaftes Pferd gemeint, sondern die Ponyfrisur als solche, und nein, Venus trägt weder einen Piepmatz noch einen Triller unterhalb ihrer ponyfreien Stirn mit sich herum. Sie führt einen überaus ansprechenden Albatros mit sich, der ihr eine Handvoll Glück bedeutet. Aber dieses Insiderwissen geht dich nun wirklich nichts an“, erwidere ich, zurecht pikiert. „Ist nicht Pluto die höhere Oktave von dir, werter Mars? Hmmm, eigentlich kannst du Jüngelchen einem leidtun – bei der Konkurrenz.“ Mir liegt noch die Spitze „Venus-ist-in-Saturn-verliebt-und-hat-für-deine-Wenigkeit-keinen-einzigen-ihrer-Reize-mehr-übrig“ auf der Zunge, ich schlucke sie aber herunter. Stattdessen rezitiere ich ... mich selbst, derweil meine Muse im Verborgenen als Souffleuse werkelt, abermals mich zum Sprachrohr erwählend. Lässig schnipse ich dem verblüfften Mars gegen seinen prächtig trainierten Kehlkopf und lege los:

„Seid Euch gewiss, göttlicher Sohn …“

„Kennst du Papi und Mami, Jupiter und Juno?“, wendet sich Mars elektrisiert an mich.

„… ja, der Tor seid Ihr in diesem Stück,
die Quitte weint: Rosen verblüh‘n,
getäuscht zeigt sich der Zukunft Glück.
Dem Winde Flora leis gesteht:
Versprochen ward sie einem Andern,
so nehmt das güldne Herz zurück,
lasst Tränenbächlein brav mäandern.
Trotz Eurer Lyrik, Eurem Sang …“

„Ey, ich singe überhaupt nicht und dichten kann ich bloß: Kuh auf Muh ...“, muckt Mars auf.

„Psst!“, mache ich und fahre fort:
„… nicht einen Tag im Sonnenjahr
hat sie gar zärtlich Euch geliebt,
drum mondenhell erblasst, Ihr Narr.
Es applaudiert die Illusion,
indes der Jugend Träumereien
als des Abschieds süßer Hohn
trunken um Vergessen freien.
Haltet Ihr Euch selbst zum Narren,
spannt Ihr Trug vor Euren Karren.“

„So, das dürfte sitzen.“ Mir ergriffen an mein Herz greifend, lasse ich mich im Schneidersitz unter den Küchentisch sinken.

Frei heraus vermute ich, sogar ein Herr Schiller dürfte bei meiner Wortkunst ein Schreibseminar beim Schüttelspeer buchen wollen. Ich spreche von William Shakespeare, Mylady.

„Stay polite!“ Bleib höflich? Mein untadeliges Benehmen spricht zu mir und beordert mich in die Gegenwart zurück. Ich setze mich wieder an den Abendbrottisch und wünsche Mars „gesegnete Mahlzeit“. Er hat ja jetzt ordentlich was zu verdauen. Nur scheinbar auf die Relikte der Taubenbrüstlein konzentriert, beäuge ich neiderfüllt seine pickelige Visage. „Wie kannst du so unverschämt frisch aussehen. Wie gern nähme ich im Tausch für die ewige Jugend deine Pusteln in Kauf.“ Keine zehn Minuten darauf sieht Mars ungewöhnlich mitgenommen aus, wie er da so sitzt und zittert, als müsse er unbedingt einen Wettbewerb auf gleichnamigem Musikinstrument gewinnen. Tropfen aus Seelenwasser kullern über seine fliegenpilzroten, mit weißen Pünktchen garnierten Wangen. Er stammelt: „Sooo etwas Niederträchtiges, mein Selbstwertgefühl Halbierendes hat sich noch keiner ge-ge-ge-traut, mir zu sagen.“

„Jo, irgendwer musste mal damit anfangen“, kontere ich, das Köpfchen bänglich eingezogen.

Mars ballt seine Pranken zu Fäusten. Er erweckt den mich aufhorchen lassenden Anschein, einen Kampf mit mir austragen zu wollen.

„Fliegengewicht“, maunze ich mit hoch erhobenen Zeigefingern. Allmählich dämmert es einigen meiner Gehirnzellen, wie verletzend ich mich aufgeführt habe. „Die Muse ist schuld!“, rechtfertige ich mich kleinlaut. Literarisch ist meine Lyrik keineswegs zu beanstanden, das steht außer Frage, aber menschlich ... Mein poliertes Gewissen flüstert mir zu: „Möglicherweise hast du dich aus Eifersucht auf Mars’ Jugend so danebenbenommen.“ Dies mag wohl sein. Mein Herz gibt mir einen Ruck. „Ich muss dich aufrichtig um Verzeihung bitten, lieber Mars. Ich war unentschuldbar grob und taktlos ... Wenngleich es der Wahrheit entspricht, dass Venus einem anderen ihre Zukunft schenkt“, versuche ich, die Situation zu befrieden. „Der bin aber wirklich nicht ich!“, beeile ich mich, ihm zu versichern.

„Huhu, huhu, ich weiß, schnief, deshalb führe ich mich ja so vorpubertär auf, schnief. Könntest du bitte mein Psychopapa sein?“ Anlehnungsbedürftig rückt mir Mars auf meine linke Hüfte.

„Allerhöchstens dein Psychiater. Etwa jetzt gleich?“, erkundige ich mich verblüfft. „Eigentlich bin ich dafür viel zu mü...“

„Ja!“

„Alright.“ Meine vorlaute Schnute hat mir ziemlich was eingebrockt. Zwei Stunden später fühlt sich Mars bedeutend besser, indes ich mich entkräftet an der Serviette festklammere, neben der sich weiterhin Essensreste die dünnen Beine in den Bauch stehen.

Mars, erleichtert durch sein *Endlich-habe-ich-mir-meinen-Liebeskummer-von-der-Seele-geredet* zeigt keinerlei Anzeichen von Erschöpfung. „Wie wäre es mit einer Edel-Pflaume aus Marzipan zur Stärkung?“, erkundigt er sich aufgeräumt in bewährt schriller Tonlage. „An der lutschtest du auf Erden immer so gern“, verrät mir ein Blick in deine Vita. „Rührend, du möchtest mir den Nachtisch schmackhaft machen.“ Aus Solidarität mit dem mir angebotenen Obst nehme ich den unterkühlten Ausdruck einer fliederfarbenen Socke an. „Om, om, om!“ Leider misslingt es diesem dreifachen Om, Körper, Geist und Seele zur Harmonie zu verführen. „Weißt du, Mars, als Schüler hatte ich im Musikunterricht eingetrichtert bekommen, eine Schneeflocke, die auf Wasser herniederschwebe, erzeuge vor dem Ertrinken einen unvorstellbar schrillen, für Menschen nicht vernehmbaren Klang. Nun wünsche ich mir innigst, du als Sopranist würdest dir vor weiterer Vertiefung unserer Bekanntschaft dieses taktvolle Ende eben jener Schneeflocke zum Vorbild nehmen.“

„Was willst du damit andeuten?“, fragt mich der Kriegsgott mit Misstrauen in der Fußnote.

„Na, dass du in deinem Redefluss ertrinken mögest. Nach endloser Plaudertherapiererei mag ich nichts mehr von dir hören. Und solltest du dir Sorgen um meinen Geisteszustand machen, versichere ich dir: Da befindest du dich in bester Gesellschaft.“ Apathisch schließe ich meine ruhebedürftigen Lider. Positive Antonyme zu meinem derzeitigen Befinden, das ich reinen Gewissens als mit der Apathie verschwägert umschreiben könnte, sind Ruhe, Pause und Stille Nacht.

„Wie gemein du bist!“ Mars schluchzt. „Deine Sorge um deinen verloren geglaubten Zynismus ist absolut unbegründet. Das sei dir versichert.“

„Wie tröstlich. Und, um noch ein letztes Mal auf Prunus domestica zurückzukommen. Danke, aber nein danke. Ich möchte keine Pflaume. Ich werde mich in mein Schlafgemach zurückziehen und dir ein erholsames restliches Nächtle wünschen“, raune ich Mars mit letzter Kraft zu. „Im Grunde wünsche ich dieses mir.“ Versuchsweise lasse ich ein halbstummes unwirsch klingendes „Halt-endlich-die-Babbn!“ über meine Zungenspitze rollen, entschließe mich aber, dieses vorzugsweise herunterzuschlucken.

„Das verdiene ich nicht“, jammert Mars.

Während meiner melancholischen Periode sehne ich die Zeit der Romantik zurück, als meinem damals jubilierenden Herzen weder eine Arteriosklerose noch eine Desillusion drohte und meine lebensbejahenden Schritte zu jedem Hahnenaufschrei einen leichtsinnigen, jedoch zuversichtlichen Schall verbreiteten. „Tja!“ Mein geständiges Tja drückt, wie im Rechtschreibwörterbuch der deutschen Sprache hervorgehoben, Nachdenklichkeit, zögernde Haltung, Verlegenheit und Resignation zugleich aus. Denn bei diesem Schwelgen in Rückbesinnungen ist zweifelsohne allein der fromme Wunsch der große Onkel des Gedankens. Den Zustand der übersprudelnden, sich vor Sehnsucht verzehrenden Gefühle hatte ich in meinen Jugendjahren aus Sicherheitsgründen vorsichtshalber übersprungen. Hüpf.

Mein Gefrierpunkt ist eindeutig vereinnahmt. Er symbolisiert eine Klippe. Ein Schritt weiter und ich würde von dieser Felsformation klipp und klirrend klar in den Abgrund des Zynismus stürzen. Sollte ich es wirklich wagen, einen Mars, meinen neuen Bro, zu verprellen? Resigniert atme ich die nach Sternenstaub duftende Sommernacht ein. Meine Güte, nun wähne ich, Sternenstaub zu erschnüffeln; was wird als Nächstes kommen? Die Verkündung, ein in Wasserstoffperoxid gebadetes, gelocktes Kindelein mit Flügeln und Heiligenschein bringe mir am Heiligabend Geschenke? Ich fürchte mich vom Zeitpunkt meiner Geburt an, als mich das unstete flackernde Licht der Welt erstmalig enervierend blendete, vor dem Ungewissen. Ereignisse, die mit einer möglichen negativen Auswirkung verknüpft scheinen, meide ich strikt. Ich sehe, ob auf Erden, ob im Himmel, sogar in einem schlichten Fahrkartenschalter einen Hochrisikofaktor. Sollte dieser nämlich einmal unfunktionstüchtig und ich deshalb ohne gültigen Fahrausweis einem öffentlichen Verkehrsmittel ausgeliefert sein, wäre dieser Zustand des Schwarzfahrens im nicht unwahrscheinlichen Fall einer Fahrscheinkontrolle so überaus beschämend für mich, dass ich mich durch eine nur geringfügig vorgetäuschte Ohnmacht unverzüglich aus dem Verkehr ziehen würde. Um dieses Risiko zu eliminieren, werde ich mir meine Jahreskarte beim Verkehrsverbund abholen, gleich morgen. Yes, Mylady, hier oben gibt es Verkehrsmittel, aber natürlich. Wir leben hier selten hinter dem Mond. Ich gebe dem schluchzenden Mars einen versöhnlichen Gute-Nacht-Kuss auf seine tränenfeuchten Wangen und werfe mich willig aber vergebens Hypnos, dem Gott des Schlafes, an den Hals: „Nimm mich!“

*

Die Ereignisse dieses Kalendertages lassen mich tief bewegt durch die Nacht gleiten. Weniger die Episode mit Mars, als vielmehr die im allerletzten Moment abgewendete körperliche Kopulation mit Venus. Sir, so ’ne Kopulation ist überwiegend körperlich, oder? Es hatte denkbar Spitz auf Knopf gestanden, demütigenderweise im wahrsten Sinne dieser albernen Redewendung. Um ehrlich zu sein, schreibe ich mir allein diesen unrühmlichen Vergleich zu. Mit meiner geradlinigen Nase und meiner ausgezehrt wirkenden Physiognomie war es mir leider misslungen, mich darauf zu bescheiden, lediglich spitz aus dem gerippten Turnhemd hervorzuschauen. Nein, zusätzlich hatte sich eine unangebrachte Erregung meiner bemächtigt – rückwirkend erröte ich schamhaft. Zurück zum Knopf. Ich hatte zwar nicht auf einem Knopf gestanden, dafür aber auf dessen pluralisierter Form Platz genommen, nämlich vereint mit Venus, und zwar auf den gefügig aufgesprungenen Knöppeken meines Regenmäntelchens, das sich uns komplizenhaft als Spielwiese angebiedert hatte. Schande über mein Haupt. Verbotenerweise galoppiere ich ungehemmt auf der schier endlosen Flirt-Trabrennbahn als Schwerenöter umher. Früher oder später würde ich in dieser Rolle aus der Rolle fallen und auffliegen. Laut meiner gelegentlich milde gestimmten inneren Stimme verkörpere ich allerhöchstens einen Tattergreis der Handelsklasse III – dies bedeutet: untere Qualität, bei der eine Frau gröbere Fehler in Kauf nehmen muss. Fraglos befinde ich mich schwer in Not. Andererseits hat Venus meinen Fehltritt ja fröhlich bejubelt und mich feierlich mit drei Regentropfen getauft. Ich bin jetzt fast ein Empath.

Eingekuschelt in meinen Tintenfisch-Pyjama hocke ich ergriffen, die Kniescheiben in den Achselhöhlen verstaut, im glänzenden Mondenschein auf meinem Wölkchen. Das geschichtsträchtige Stück hat mir Mercurius freundlicherweise aus meinem früheren, irdischen Schlafzimmer stibitzt. In wessen Auftrag? Ach, er hat selbstlos in Eigeninitiative gehandelt. Instinktiv hat er wohl geahnt, dass mich dann und wann das Heimweh quälen würde. Seufz. Klempner Ulf hätte da sowieso nicht reingepasst. Aus Erfahrung klug, trage ich in dieser Nacht einen Leibwärmer aus Merinoschafschurwolle um die sehnige Körpermitte geschlungen. Wenn ich so an meine auf Erden überstandenen Harnwegsinfekte denke ... „Ei-ei-ei." Sichtlich angestrengt bemühe ich mich, meine Gedanken nicht mit kitschigem Herzpapier einzuwickeln und sie keineswegs an Venus zu verschenken. Allerdings krönt eine bemerkenswerte Entthronisierung diesen lahmen Versuch. Beständig erblicke ich vor mir verführerische Anhöhen, dicht gefolgt von der Göttin der Schönheit. Da sich sogar die physisch absente Venus absolut unkooperativ verhält und wenig bereit zu sein scheint, sich aus meinem fantasierenden Oberstübchen, von den Lenden will ich gar nicht erst anfangen, verdrängen zu lassen, mühe ich mich redlich ab, unerfreuliche Überlegungen über sie anzustellen. Doch alles, was mein mit grobschlächtigen Gedanken attackierter Geist zu erhaschen vermag, ist quietschfideler Sonnenschein über ungetrübtem Glück. Weiter fantasierend erblicke ich mich als sympathisch vor sich hin pensionierenden untoten Herrn. Im Gesicht ein blutarmes Lachen spazieren tragend, schreite ich mit Venus unterm Arm leichtfüßig über blühende Frühlingswiesen fürbass. Für Trompeten zu schreiten, hätte unnötig eine Angstattacke an meine zurückgebliebene musikalische Gemahlin heraufbeschworen.

Dem köstlich bestückten Picknickkorb, den ich übermütig auf meinem lichten Haarkranz balanciere wie sonst nur eine ghanaische Marktfrau ihren Blumenkohl, fehlt es an nichts. Die Vöglein tschilpen unbefangen ein munteres Ständchen im Schatten junger Mädchenblüte. Ist Proust etwa mit zum Picknick eingeladen? ... nur die Vöglein tschilpen? Zu meiner nicht geringen Verwunderung gesellt sich keck Dean Martin zu uns auf die Picknickdecke, ein schwärmerisches Ständchen vorbereitend, während Venus davon tänzelt und „Oh, Fürchtegott, honey, picture you upon my liver, with tea for two and Zwiebelback, nee Zwieback, just me for you and you for me alone", tschilpt. Die englische Sprache scheint ihr thing nicht zu sein. Eigentlich handelt das vergnügte Liedchen von zwei Verliebten, einem Knie, keiner Leber und Darjeeling in ungewissen Mengenverhältnissen. Ich bin ja kein Hellseher. Während ihres Stepptanzes rührt Venus tüchtig die Werbetrommel für sich. Sie hat es auf mich abgesehen, Fürchtegott Dot, exklusiv; das ist kaum zu überhören. Dean Martin übertönt Venus mit seinem Geträller. Und ja, das traditionelle italienische aus Nudeln und Bohnen zubereitete Gericht befindet sich neben Honey ebenfalls unter den Leckereien im Picknickkorb. Oh, und an meinem verschwitzten linken Fuß kleben eine Wollsocke und ein babyblaues Babywölkchen. Übrigens geht es in Deans Song unüberhörbar um LIEBE.

Ich stöhne auf ob der Grausamkeit des Schmerzes, der die unstillbare Sehnsucht in unüberfühlbare Realität verwandelt: „Teufel auch! Venus, mit dir ist jeder Ort Elysium. Hältst du meine Hand, spielt ein Orchester aus Harfen, Schalmeien und einer weißen Celesta sanftmütige Weisen."

„Willkommen im Klub, Bro, du sentimentaler Schürzenjäger-Oldie.“ Mars, im Türrahmen stehend, kringelt sich vor Lachen. „Versteckt sich hinter Celesta so ’n klitzekleines Klavier, dessen Klang mich als Windelschelm stets von einem himmlischen Glockenspiel träumen ließ?“, möchte er von mir wissen.

Ihn ignorierend klage ich: „Einem Glockenspiel mit einem Timbre, welches die drei Ws verdient: weiblich, weich, wunderbar. Oh du Schaumgeborene!“ Gutmütig grient Mars in sich hinein.

Das Unfassbare ist geschehen: Ich reihe mich ein in die Schlange der Venus-Verehrer. Werde ich mit Saturn und Mars harte Konkurrenzkämpfe ausfechten müssen? In der Nacht erläutert mir mein fleischfarbener Herzschmerz beschwichtigend, all dies gehöre zum Menschsein dazu. Die Armee aus zu Lebzeiten verdrängten Gefühlen erobere Land zurück. Ein ganz normaler Prozess, der mich zu einem Wesen des Himmels werden lasse. Weiter entwickelte Homines sapientes als ich einer bin, integrieren dieses Brimborium bereits im zarten Alter von drei Jahren in ihren Charakter. Das Nachsitzen zieht sich wie ein aufblühender mohnroter Faden durch mein Sein oder Nichtsein als verblichener Neuankömmling. Ob das korrekt formuliert ist? Wen interessiert’s? Jetzt lästern Sie nicht: Niemanden, Sir. Dies würde meine hart erkämpften Gefühle verletzen.

Kapitel 10

„Das Wir ist die Essenz des Friedens.“ Meiner Muse Poesie entert mein Schlafgemach.

„Ja, klingt plausibel und very, very beredsam“, wertschätze ich sie.

Im Morgengrauen serviert mir der Chef einen starken Espresso, in dem Wölkchen aus Milch herumhüpfen. Beschä(u)menderweise liege ich noch im Bett.

„Thank you very much, much, much ...“ Nervös verhaspele ich mich. Mir ist dieser hohe Besuch etwas peinlich, trage ich doch zu dieser frühen Stunde von Mars geliehene Boxershorts, darüber eine seiner blauregenfarbenen Jogginghosen, mit Erdbeeren bedruckte Schlafsöckchen und mein im saftigen Ton einer appetitlichen Nektarine leuchtendes Schlafmützchen samt Bommel, während ich mit Löwenzahn Babypluto in meinen Armen herumkuschele. Yes, I love Löwenzähne. Aus diesem Grund durfte ich meinen Lieblingslöwenzahn, den ich, als hätten mich bereits damals Vorahnungen heimgesucht, zu Lebzeiten auf den Namen Pluto taufte, mit auf my heavenly journey nehmen. Was der mächtige Planet Pluto davon hält, wird sich zeigen. Wo mein Tintenfischpyjama samt Gefolge abgeblieben ist, fragen Sie sich, Mylady? Na, der hängt zum Trocknen auf der Leine. Ich habe meine Wechseljahre verschwitzt, jetzt hole ich sie nach. You know what I mean?

Unser Schöpfer zwickt mich liebevoll in die linke Wange. „So halte auch die rechte hin“, hallt es durch meinen schlaftrunkenen Schädel. Er scheint meiner Person gewogen zu sein und wirkt um einiges zutraulicher als gestern. Erleichtert aufatmend lauschen Babypluto und ich den Worten Gottes.

„Fürchtegott, mein Sohn! Du warst auf Erden ja als ein ziemliches Früchtchen verschrien. Übrigens darfst du ruhig Du zu mir sagen.“

Ich ziehe ein Schnütchen. „Wiesu denn bluuuß? Und herzlichen Dank. Nein, du hast ja recht, ehrwürdiger Vater ... Daddy!“

Mein hinter dem Urschöpfer wartender leiblicher Vater macht einen Schritt auf mich zu und nimmt mich in die Arme(e auf). Ich, Friedenssoldat des Himmlischen Heeres, vergieße ein Meer aus Tränchen, derentwegen ich mich nicht schäme. Löwenzahn Babypluto schmiegt sich an Daddys eine Seite, ich mich an seine andere. Der Himmel im Himmel. Der Liverpooler Waisenjunge, um einiges weiser geworden, ist endlich keine Waise mehr. „Mummy!" Och nö, ich kann mein Glück kaum (an)fassen. „Mummelchen, du hier, wenige Meter entfernt?" Hmmm, wenngleich Mummy koketter aussieht, als ich sie in Erinnerung festgehalten habe ... Sie trägt ein Turmgebilde aus heidekrautgrauen Haaren, knabbert französisches Gebäck und in ihrem uferlosen Dekolleté hätte ohne Weiteres eine Bussardfamilie eine geräumige 2-Raum-Wohnung möblieren können. Das Gebäck ist den Franzosen ja eher als reich mit Mandeln beschenkte Madeleine vertraut. Mummys Wiedersehensfreude scheint sich in Grenzen zu halten. Gereizt fragt sie einen hinter ihr ausdauernden Herrn auf Französisch: „Pour qui il me prend?"

„Äääh! Wofür ich dich halte? Mummelchen, ich bin es, Mäusezähnchen, dein eigen Fleisch und Blut. Gezeugt auf dem scheintoten Fischkutter, damals in Cornwall vor St. Yves!", versuche ich sie für mich zu gewinnen.

„Still! Dieses Geheimnis habe ich dir in einem rührseligen Momentchen anvertraut", rügt mich mein Vater.

„Weshalb trägst du um deinen biskuitweißen Hals solch eine seltsam anmutende Kette, die meine Knochen empfindsam frösteln lässt?", dränge ich zu erfahren. „Termini wie Galgen, Guillotine, Tod klettern mir durch meinen verwirrten Sinn."

„Muddern, Galgen?" Mein Vater kommt kaum hinterher.

„Und weshalb trägst du eine von Madeleines vollgekrümelte Bluse?", möchte ich wissen.

Nun nuschelt Mummy mit starkem österreichischen Akzent: „Nie von St. Yves gehört. Avant, gebt dem Neuzugang etwas Kuchen, er scheint mir vor Unterzuckerung schon zu halluzinieren."

Mit reichlich Verspätung dämmert es mir endlich. „Quel dommage. Wie schade. Marie Antoinette, wie … nett, bonjour.

Mein Mummelchen wäre mir aber lieber gewesen.“ Ich schmolle.

Feurig gibt ihr Begleiter, Graf Hans Axel von Fersen seinen Fersen Geld und türmt mit der gebürtigen Erzherzogin, Gott weiß wohin. Wissend verdreht der Herrgott die Augen und spoilert: „Noch zu Lebzeiten war den beiden Turteltäubchen eine Liaison nachgesagt worden.“

„Wenig diskret, o Herr im Himmel!“, tadle ich ihn.

Der Schöpfer schmunzelt amüsiert.

Och je, wieder sitze ich im Mittelpunkt.

„Min Jung! Great Britain – Nordfriesland – Jordan – Himmel, alles Stationen deines Lebens.“ Jesu Vater zeigt sich beeindruckt. „Wie viel du herumgekommen bist.“

„Ist das jetzt positiv oder negativ?“ Betreten mit meinen Flügelchen flatternd, gucke ich meinem Chef, schräg durch den lichten Pony blinzelnd, schamhaft in die neptunblauen Äugelein. Pure Gnade grüßt aus den Pupillen heraus. Ich habe nichts falsch gemacht, im Gegenteil. Gerade werde ich gepriesen. Nicht herrjemine, dafür juchhe, juchhe!

Der Allvater fährt fort: „Venus legte Zeugnis ab ...“

„Nicht nur das, sie hat sich entblättert wie eine Orchidee, aber ich bin ja keine Petze“, presche ich vor.

„... der gestrige Unterricht sei sehr zufriedenstellend verlaufen. Du zeigtest nahezu erstmals gesunde, hormonelle Reaktionen …“

„Oh!“

„… sowie wertschätzende Anteilnahme bezüglich dieser Misere zwischen ihr und Saturn. Mag dein Verstand auf Erden auch ein exzellenter Analytiker gewesen sein, hier oben sind deine Intelligenz samt erlernter Fähigkeiten nur dann von Nutzen, wenn dein Herz offensteht.“

Unhold errötend ziehe ich den Reißverschluss meiner geliehenen blauregenfarbenen Jogginghose nach oben. „So etwas gibt es auf Erden nicht. Für Mars’ MH: MachoHose bin ich viiiel zu schmächtig“, erkläre ich entschuldigend.

Der liebe Gott grinst. „Wie fühlst du dich, so verletzlich, so berührbar, so hinüber, so tot?“, erkundigt er sich anteilnehmend.

Gequält stöhne ich auf. „Wie könnt Ihr mich denn dermaßen taktlos daran erinnern, im Jenseits gestrandet zu sein?" Ich plärre wie Marky Sharky, als wir ihm in der siebten Klasse gesteckt hatten, the Easter bunny sei in Wahrheit seine Grandma. „Uaaa!" Zwei mickrige Vokale. Mehr habe ich zurzeit nicht auf Lager. „Uaaa!"

„Aufgepasst, min Jung, nun die nächste tolle Nachricht!"

„Bitte?"

„Mit sofortiger Wirkung darfst du hoch offiziell als Psychoanalytiker für uns tätig sein. Dein Stundenplan wird eingemottet. Vom Schüler zum Couchprediger."

„Hatte ich es nicht vorausgesagt? Jung und Freud sind lausig faule Burschen", stimme ich ihm begeistert zu.

„Ich würde es anders formulieren. Hier, die bisherigen Anmeldungen." Mit ausladender Geste händigt der Herrgott mir eine Liste aus, deren Ende vom Nirwana verschluckt wird.

„OMG! Die Liste ist ja länger als meine Wunschliste aus dem Jahre 1947. Damals hatte ich mir im Waisenheim so ziemlich alles gewünscht, was eine Waise entbehrt, allem voran Nestwärme."

„Ich erinnere mich."

„Meine Eltern haben mich ja als Spätchen – Mummelchens Leib wollte ich partout nicht verlassen – im Waisenhaus einquartiert. Immerhin durfte ich jedes siebte Wochenende zu Daddy in die Werkstatt. Uhuuu!" Ich berappele mich. „Psychoanalytiker, wirklich? Keine Veräppelung?"

„Keine Veräppelung", beschwört der liebe Gott.

Erlöst heule ich auf wie Plutos Schoßhund. Apropos Schoß: Tatsächlich kauere ich beim Allgütigen auf dem Schoß. „Wie konnte das passieren?", plärre ich. Um meine labile Gemütsverfassung mit Rationalität zu besänftigen, stelle ich dem Chef eine Quizfrage: „Lieber Herr im Himmel, ist dir klar, dass es deinen Schoß nur dann gibt, wenn du sitzt, nicht wenn du stehst, nicht wenn du gehst, nicht wenn du fliegst, nur wenn du sitzt?"

„Hm ..." Selbst unser aller Vater scheint eine Schwäche für Füllwörter zu haben. Das Spielchen lenkt uns beide für n' Weilchen ab, bis meine Seele der Flennerei überdrüssig ist.

Erst später wird mir klar, wie wenig ich seine Nach(t)-sichtigkeit – soeben geht der Mond auf – eigentlich verdient habe. Durchdenke ich mein Verhalten Mars gegenüber, wird mir ganz mulmig zumute. Weshalb nur hat er es unterlassen, mich beim lieben Gott anzuschwärzen? Vielleicht ja, weil meine künftigen Patienten Rache genug sein würden? Oha! Die Zeit allein wird es enthüllen.

Kapitel 11

„Unser Verstand sollte viel häufiger ein Gentleman sein und dem Herzen die Tür aufhalten."

„Hoppla, liebe Muse, du verfällst ja auf galante Ideen."

Wenn ich es richtig verstehe, möchte Pi mal Daumen etwa jeder siebte Untote hier oben rauf auf meine nagelneue Couch. Unbelievable! Und ich Naivling glaubte, hier oben sei alles in Apple-pie-Order. Gerade pflücke ich mir einen Apfel aus dem Paradies. Sir, wenn Sie selbiges später mal suchen sollten: Strikt dem Riechorgan nach, es duftet überaus himmlisch nach kandierten Früchten. Yummy! Geschmeichelt überfliege ich den Anfang der Anmeldungen. Zum ersten Mal wortwörtlich, *flatter, flatter*, ich probiere meine neuen Flügelchen aus:

1. Gevatter Tod
2. „Athene" (Oh, ihre Registrierung steht in Gänsefüßchen. Ist sie sich etwa noch unsicher?)
3. Marie-Antoinette (Mummelchens völlig unzulängliches Double)
4. Queen Elizabeth II
5. Dexter
6. Freud (was für eine Freude, lieber Herr Kollege)
7. Diana, Princess of Wales (was sie wohl über Charles ausplaudern wird?)
8. Venus
9. Carmen
10. Saturn (Ach guck, ist er vielleicht doch nicht so abgebrüht, wie er gern den Anschein zu erwecken versucht?)
11. Otto Eduard Leopold von Bismarck-Schönhausen, ein deutscher Politiker mit dem Namen eines Bandwurms

und, und, und.

Regelmäßige Besuche auf der Erde sind leider nicht eingeplant. „Also wird Mutter Erde mein Eggshellplasma eher selten zu sehen bekommen dürfen“, nuschele ich bedauernd in mich hinein. Mein „Yeah“ bleibt mir im Hals stecken. „Gemeinsam mit Mercur, der meine Kunst des Beamens verfeinern könnte, würde ich auf Erden zu gern für Furore sorgen“, vertraue ich den Apfelbäumchen an.

„Diese deine Befürchtung teile ich, mein lieber Sohn“, versichert mir Gott, sich aus dem Off heraus zuschaltend, „weshalb ich meine Pläne geändert habe.“

Oops, der Heilige Vater hat ja Löffel wie ein Langohrhase. Heimlich spekuliere ich auf die verstaubte Redensart *Ausnahmen kennen keine Regeln* oder so ähnlich. „So viele Patienten. Das ist ja allerhand! Was wurde aus R. I. P. – Rest in *Peace*? Dass ich Rentner bin, interessiert hier wohl niemanden?“, echauffiere ich mich. Mein neuer Chef verneint und verabschiedet sich aus der Telefonkonferenz. Er verschwindet mit Eirene, der griechischen Friedensgöttin, in einem seiner Konferenzräume.

*

„Jetzt ist erst mal Mittagspause“, knurrt mich mein Magen hungrig an.

„Hurra!“, pflichte ich ihm bei.

Gemeinsam entern wir die Kantine wie Gläubige die Ostermesse des Papstes. Dort sorge ich keineswegs für Furore. „Will hier noch wer auf die Couch, irgendwer?“ Wenig diskret wedele ich mit den Anmeldeformularen. Keine Reaktion. Nur Köpfe, deren Nasen eine auffallend pathologische Nähe zu den Kartoffelbreiwölkchen an vegetarischer Jägersoße über Tofu-Steak suchen, natürlich ohne Tofu, die Sojabohne hat ein Recht auf ihr PrivatLEBEN. „Wie auf Erden! Hier möchte auch niemand zugeben, den Star-Psychiater zu konsultieren. Pah!“ Mutterseelenallein nehme ich an einem der Tische Platz. „Och nö!“ Eine Tischdecke weiter schmollt ein klappriger Leidensgenosse im Karnevalskostüm, der jede gesunde Furcht vor Neonfarben überwunden zu haben scheint. Sich zu seiner Flower-Power-

Sonnenbrille und zur synthetischen Dauerwelle bekennend, macht er, als Skelett verkleidet, ziemlich offensichtlich einen auf Halloween-Hippie. Er ist der Einzige, der mir verstohlene Blicke zuwirft. Hoffentlich verguckt er sich nicht in mich. Ich stimme ein recht melodisch klingendes „Komm-doch-mal-rüber" an und klopfe aufmunternd auf die Sitzfläche neben mir. „Hopp, hopp!", lege ich noch einen nach. Schon saust er herbei und ich habe Gesellschaft. Freddie ist ein putzmunteres Kerlchen, mit dem mein Durst gleich Brüderschaft trinken möchte. Ohne Berührungsängste plaudert er aufgeweckt vor sich hin. Wahre Schauergeschichten weiß er zu erzählen. Sein Sarkasmus imponiert mir ungemein und flugs sind wir beim intimen Du gelandet. Ohne Umschweife vertraut er mir mit verschwörerischem Mienenspiel an: „Ich leide unter Thanatophobie!" Plötzlich scheint er um Jahre gealtert zu sein, keine Spur mehr von Freudenfunken.

„Du leidest unter der Angst vor dem Tod? Mensch, Freddie, wir sind hier bereits im Jenseits. Jenseits von Gut und Böse, wenn du so willst. Den Tod hast du längst hinter dir. Das Schlimmste ist überstanden", rede ich auf ihn ein, wie der Büchsensud auf den Rollmops. „Unterstützt dich dieses makabere Kostüm bei deiner Konfrontationstherapie?" Ermutigend klopfe ich ihm auf die Schulter, woraufhin seine Knochen zu klappern anfangen wie ein Liverpooler Guttersnipe – ein Straßenjunge – beim hungrigen Zähneklappern um die schäbigen Reste vom Wochenmarkt. „Tadellose Verkleidung!", lobe ich.

Seufzend outet sich mein neuer Freund: „Ich mag einfach keine Särge, keine Gräber, keine Leichen, keine Urnen, keine ..."

„Ich unterbreche nur zögernd deine lebensbejahende Aufzählung, habe aber nicht vor, von deiner Depression dahingerafft zu werden. Fred, reiß dich zusammen, alles havarieschwarzer Schnee von gestern. Überwinde deine Angst. Sieh dich nur an, das blühende Leben." Welch lausige Lüge. Lediglich seine eingefallenen Wangen scheinen bei dieser düsteren Thematik aufzuleben. „Als Werbeträger für biologisch abbaubaren Erdbeersaft würde ich dich trotzdem ungern weiterempfehlen. Wir wollen ja nicht übertreiben." Tja, was soll ich sagen? In der Kantine herrscht Totenstille. Alle schielen angespannt auf unsere öffentliche Therapiesitzung. Marie Antoinette nestelt nervös an ihrem Strick.

„... unter Autophobie leide ich außerdem“, fährt mein Tischnachbar fort.

„Der schlichte Laie könnte vermuten, du habest Angst vor dem Autofahren, aber ...“

„Weit gefehlt. Auf den Drahtesel umzusteigen, ist hier nicht die Lösung“, haucht Fred.

„Klar. Du hast wirklich Angst vor deiner eigenen Persona?“, vergewissere ich mich unnötigerweise.

„Ja und nicht nur vor der.“

„Nun hör aber auf ... Sieh dir dein spaßiges Halloweenkostüm an, du hast jede Menge Humor. Ein paar Monate zu früh, meinetwegen, aber Ende Oktober kommst du damit bestimmt groß raus, ganz groß raus. Jobbst du beim Kostümverleih? Nimm bitte endlich mal diese dämliche Dauerwellenperücke ab, ich sehe immerzu Tante Käthe vor mir“, fordere ich ihn auf. Angestachelt von meinem eigenen Leichtsinn, ziehe ich ohne langes Überlegen an seinen Hornfäden, die allerdings überraschend festsitzen.

„Autsch!“ Beleidigt wehrt sich Freddie. „Die Locken waren verdammt teuer. Gib sie mir sofort wieder zurück!“

Verdutzt starre ich auf seine blank polierte Bowlingkugel. „Du hast ja noch weniger Haare als ich.“

„Und wenn schon.“ Zu allem entschlossen, legt Fred die Flower-Power-Brille auf dem Tisch ab und entblößt mir seine aschfahlen *Augen*höhlen*ringe*. Darunter beklagt ein tief wie der Grand Canyon klaffendes Loch seine abtrünnige Nase. Schulter an Schulter mit Lots neugieriger Ex-Frau erstarre ich zur Salzsäule.

„How can this denn bitte sein?“, frage ich sie.

„Wie es aussieht, plauderst du mit Gevatter Tod höchstpersönlich, deinem ersten richtigen Patienten“, klärt mich die Ex auf.

„Mars mal ausgenommen“, äußere ich mich. „Hm, irgendwie kamst du mir ja gleich so vertraut vor“, wende ich mich an

Freddie, „wohl von meiner mickrigen Beerdigungszeremonie her."

„Undank ist des Todes Lohn." Trübsinnig starrt Freddie mich an, lautlos in der Sättigungsbeilage herumfischend. „Nun wirst sogar du mich meiden, Brutus, oder?"

Still wie ein Ophthalmologe beim Anblick einer Blindschleiche schnappe ich nach Luft. Zukünftig werde ich umsichtiger mit der Offenlegung meiner Wünsche sein. Mich ob meines Schubladendenkens schämend, tätschele ich ihm vorsichtig den Kopf. „Magst du nicht den Fiffi und die Sonnenbrille wieder aufsetzen? Sah doch eigentlich ziemlich flott aus."

„Mimimi."

„Ach du liebes Lieschen!", flüstere ich ergriffen.

„Wer? Mimimi." Gevatter Tods Schluchzerei expandiert. Was muss ich für ein fieser Möpp sein, dass ich G. T. zum Weinen bringe. Zitternd geben seine 210 Knochen Franz Liszts Totentanz zum Besten. Keiner applaudiert. Nicht einmal Liszt, der uns von schräg gegenüber bitterböse Blicke zuwerfend, sein Dessert ostentativ weit von sich schiebt. „Die Lust auf Süßes ist dir gründlich vergangen, was?", trieze ich Liszt angriffslustig. „Muttersöhnchen."

„Freddie, du musst was futtern", fordere ich den Tod eindringlich auf. Kreideweiß präsentiert sich mir mein neuer Freund. Auf dem Tisch stranden Make-up-Entferner, Wattepads und Marilyn-Monroe-Wimpern. Dahin ist das chilirote Rouge. „Weshalb schminkst du dich ab? Inzwischen erinnerst du mich an ein zweibeiniges Röntgenbild", platzt es aus mir heraus. Chronische Anorexie lautet im Stillen meine erste Diagnose. „Bitte, iss noch was", ermuntere ich ihn und stecke ihm eine Gabel zwischen die Handknochen.

„Ich habe einen rasant schnellen Stoffwechsel", klärt mein Tischnachbar mich auf. „Das hat doch alles keinen Sinn."

„Freddie-Maus, darf ich dich überhaupt Freddie-Maus nennen?", frage ich ihn beklommen.

„Von mir aus."

„Du kannst dich jetzt nicht so hängenlassen."

Gevatter Tod verteilt seine Knochen freizügig auf dem mit aprikosenfarbenen Pünktchen übersäten Tischtuch. Eigentlich liebe ich ja Pünktchen, also Dots. „Du hast eine viel zu pessimistische Weltanschauung. Absolut miserabel. Woher kommt's?", versuche ich Herr der Lage zu werden.

„... werde gemoooobbt." Mein Tischnachbar spricht mit vollem Mund. Auf meinen Rat hin, etwas zu sich zu nehmen, zerkaut er nun die Dekoration vom Dessertteller: Brombeeren. Scharlachrot tropft es aus seiner Luke. Mich schaudert es. Wie sehr hoffe ich, es möge sich beim Sabber wirklich um Rubus fruticosus im Plural handeln.

„Wieso wirst du gemobbt? Hier oben sind doch alle längst hinüber, gegangen, mausetot ..." Ich komme ins Schwadronieren.

„Marie-Antoinette hat angefangen." Mit seinen rechten Zeigefingerknöchelchen zeigt Freddie auf die Angeklagte.

„Mummelchen? Ich bin schwer enttäuscht, aber erleichtert, nicht wirklich ihrem Schoße entglitten zu sein."

Bewegt sabbert Gevatter Tod weiter Brombeersaft aufs Tischtuch. Anklagend schluchzt er: „Na ja, alle machen mich für ihr Ableben verantwortlich. Dabei ist es ja nur mein Job, fleißig abzuräumen. Huhu, huhu ..." Mylady, Sir, wenn Sie annehmen, er winke seinem Silberstreif am Horizont zu, täuschen Sie sich gewaltig. Der Ruf eines Käuzchens ist lediglich eine Ausdrucksform seines Klagelauts.

„Du bist der Kellner, nicht mehr und nicht weniger", bringe ich die Sachlage nüchtern auf den Punkt. „Wer ist dein Vorgesetzter?"

„Das steht in den Sternen." Mein neuer Kumpel plärrt, zeigt sich aber dankbar für mein Interesse. „Da gibt es den lieben Gott und die doofen Zwillinge Schicksal und Zufall, Mademoiselle Zeit und noch weitere Akteure."

„Und warum wird vornehmlich über dich so vom Lederimitat gezogen, he?"

„Anscheinend bin ich am wenigsten attraktiv. Ich bin das Opferlamm."

„Och, das hast du nun aber nett formuliert." Ich wünschte, meine Sehstärke würde stärker schwächeln, als sie es zu tun bereit ist. Kaum kann ich ihm in die leeren Höhlen schauen. „Hast du schon einmal über eine Stil- und Farbberatung nachgedacht? Wenn du meine Meinung hören willst: Ich halte dich für einen ast(e)reinen Sommertypus. Somit ist Blutrot eindeutig die falsche Farbe für dich." Energisch nehme ich ihm die Brombeeren aus der Hand. „Eine Spur von Marzipanrosa auf deinen Wangen, etwas frivoler Lidschatten hier", ich deute auf seine fehlenden Augenlider, „etwas fruchtiger Lipgloss da", wo die Lippen sein sollten, füge ich in Gedanken hinzu, „und schon siehst du aus ... wie neugeboren."

„Willst du mich verkohlen?" Skeptisch guckt Fred mich an.

„Nein."

Unter uns, Mylady, neben Freddie würde der Schrei von Edvard Munch wie das frisch ins Heute zurückgeküsste Dornröschen daherspaziert kommen.

Gevatter Tod mümmelt weiter.

„Hast du dir die Beilagen von allen in die Küche zurückwandernden Tellern zusammengesucht?", frage ich ihn. „Unser Vater, der du bist im Himmel …" Ich scheue nicht davor zurück zu beten, dass es sich nach wie vor um das Rosengewächs handelt. Es sieht *zu* gruselig aus. In dieser Nacht werde ich albträumen. „Sag irgendwas!", flehe ich ihn an.

Abrupt aufstehend, spricht der Tod zur Menge. „Hellooo, ich bin Fred und ja, ich bin liebebedürftig!"

„Denkst du, du bist in einer Selbsthilfegruppe?"

„... was ist aus den inneren Werten geworden?", treibt er seine Ansprache ohne Umschweife gen Höhepunkt. Betretenes Schweigen allüberall ... auf den Tannenspitzen ..., nein, das passt jetzt eher weniger. Überraschung. Freud und Jung nicken ergriffen und die Corgis der Queen kläffen zustimmend. Irgendwie blicken jetzt alle schuldbewusst zu Boden. Freddies Gegenüberstellung wirkt wie ein Weckruf. Neue Vitalität fährt mir durch morsche Glieder. Nun erhebe ich mich, meine Ansprache beginnend: „Liebe Gemeinde, ist es nicht unsere eigene Verletzlichkeit, unsere Endlichkeit, ja, unsere Sterblichkeit, die uns dazu verleitet, jenes mit dem Ableben einhergehende … Ungemach einzig und allein unserem lieben Tod hier in die Schuhe zu schieben?“ Salbungsvoll zeige ich mit ausladender Handbewegung auf Gevatter Tod. Ich wirke wie ein Smoothie-Maker-Verkäufer auf der Obstplantage. „Oooh, trägst du Größe 47? Allerhand!“, unterbreche ich mich selbst.

„Jaaa.“ Gevatter Tod nickt zufrieden. Saft tropft, rot wie Blut, auf die verdutzten Wölkchen.

„Freddie, lass jetzt endlich mal die Beeren in Frieden.“ Weichherzig gebe ich ihm einen Klaps auf die klapprigen Finger. Ich muss aufpassen, nicht den Silberfaden zu verlieren. „... aber sogar *seine* Schuhe sind dafür zu klein.“ Freddie stolpert über meine Füße. „Er ist es nicht, der uns krank oder gebrechlich werden lässt. Er ist nicht der Täter, er ist nur der Restaurantfachmann, der Kellner …,“

„Lieber der Oberkellner“, fällt mir Freddie ins Wort.

„… der seiner Pflicht gehorchend abräumt. Gemeinde, horchen wir auf! Wer bringt uns sicher über den Jordan, ja, ja, unser Götterbote und der Fährmann Charon sind wertvolle Komplizen, werter Franz Strauß, aber wer geleitet uns sänftengleich in diese funkelnden Sphären? Wer ist der fürchterlichste, öh, furchtloseste Reiseführer überhaupt?“

Die Frage ist rein rhetorisch gemeint, dennoch lässt unangenehm überambitioniert Friedrich Nietzsche von sich hören: „Es ist die Seele, die nach dem Lichte strebt ...“ Er wirkt verwirrt.

In Gedanken setze ich ihn oben auf die Patientenliste. „Paah, es ist unser aller Freddie!“ Ich schubse Freddie nach vorne wie einen Champi(gn)on. „Und wie sieht euer Dank aus? Pfui *Teufel.* Der Tod sollte nicht länger totgeschwiegen werden.“

„Worum gehts?“ Misstrauisch blinzelt Luzifer hinter einer prachtvollen Himmelssäule hervor, um flugs wieder zu verschwinden. „Blinder Alarm“, ruft er seinem Sohn zu.

„Unser Herzchen hier nimmt sich tapfer dessen an, was nicht mehr lebensfähig ist. Wenn ich da an meine sterblichen Überreste nach der Kollision mit der Heidelberger Straßenbahn denke ... Ästhetisch sah das nicht aus. Gemeinde, ist nicht er das eigentliche Opfer einer widerwärtig infamen Verschwörungstheorie, einer Verleumdungskampagne, einer Intrige?“ Ich bin in Hochform. Jetzt fehlen nur noch Kerzenleuchter und dass die Englein Halleluja singen. Ein liturgischer Freudengesang gäbe diesem meinem Akt der Menschlichkeit einen würdigen Rahmen. Jedoch, nur Jerry Lee Lewis grölt etwas von „Great Balls of fire“, was wiederum erneut Luzifer auf die Bühne ruft. „Abbitte, liebe Gemeinde! Abbitte ist, was uns rosenreslirosig zu Gesicht stünde“, beende ich meine preisverdächtige Ansprache.

„Ja“, jault Freddielein zustimmend.

*

Ich kämpfe mit Wolldecken. Möchte der Mob mich etwa ersticken? Und kann ich überhaupt erstickt werden, wo ich bereits tot bin? Selig höre ich den Tod lachen. Bedauerlicherweise klingt sein Lachen wie das Rasseln rostiger Erbsendosen. Erinnerungen werden wach: „Remember us“, begrüßen sie mich. Damals, vor fünfundvierzig Jahren, Erbsendosen, angebunden an meiner rostigen Ente ... Eheweib Gertrud war mit mir in die Flitterwochen abgedüst ... in die Tundra. Sentimentalitäten. Well, nun hat sie Ulf und ich habe die Hände voll zu tun, wie es aussieht. Sachen gibts. Entschlossen ringe ich die Wolldecken nieder, beifällig bemerkend, wie sich sämtliche Insassen der Kantine um Freddie versammeln, um ihn um Verzeihung zu bitten. Aufgrund fest verwurzelter Vorurteile nähert man sich seinem Skelett vorsichtshalber mit kuscheligen Materialien. Thomas Mann drückt ihm eine Pudelmütze aufs Hirn. Das lässt ihn gleich um einiges anschmiegsamer aus den tiefen Höhlen hervorgucken, und John Barbour, ein bedeutender schottischer Dichter, überreicht ihm einen aufwendig gefalteten Wickelrock. „Tja, dass Freddie so angenommen werden will, wie Thanatos ihn einst erschuf, ist wohl noch nicht zu euch vorgedrungen, Ihr Banausen!“, rufe ich dem Pöbel zu. Aber was zählt, ist die gute Absicht. „Uaaa“, bin ich müde. Todmüde. Bedauerlicherweise fühle ich mich aufgrund der anstrengenden Therapiesitzung coram publico etwas unpässlich. Der klopfende Kopfschmerz macht mir zu schaffen. Immerzu möchte ich *Herein* rufen. Treffsicher tippe ich auf Eispickelkopfschmerz. Wie aufs Stichwort winkt Lucy Walker mir zu und wünscht: „Berg Heil." 1871 erklomm sie ja als erste Frau das matte Horn. Gegenwärtig ist sie mit der Pflege der himmlischen Kronleuchter betraut. Alles dröhnt und pocht in meinem Schädel. Als der Leidensdruck zu übermächtig wird, beschließe ich, der Himmelsapotheke einen Besuch abzustatten.

Kapitel 12

„Zzz, zzz." Meine Muse schläft. Das muss auch mal sein.

„Hübsch sieht es hier aus, wie im Eldorado für Pillen. Diese prächtig schillernden Glasflakons. Ein Kirschprachtkäfer würde vor Neid erblassen und untertänigst zum Albino mutieren." Ich führe Selbstgespräche, während ich ehrfürchtig die fürstlichen Hallen der Himmelsapotheke durchschreite.

„Good afternoon, mein Name ist Dot, Fürchtegott Dot, wie ist das werte Befinden?", grüße ich freundlich.

Hygieia, eine von Asklepios' anmutigen Töchtern, schüttelt mir leutselig den kleinen Finger. Offensichtlich hat sie die altertümliche Sache mit den Traumorakeln überwunden und macht sich nun nützlich, – Mythologie, Mylady, Mythologie –, indem sie Arzneimittel in Tütchen abfüllt. Jedem das Seine.

„Tüchtig, tüchtig", würdige ich sie.

Sie strahlt mich an wie die griechische Morgensonne.

„That is utterly enchanting", schmeichele ich ihr. Meine sympathische Art hat sie offensichtlich gleich für mich eingenommen. „Ich bin vom Fach", raune ich vertrauensselig in ihr appetitliches Dekolleté, während sie mir Schafgarbentee andrehen möchte. „Denkt Ihr etwa, ich leide unter Menstruationsbeschwerden? Ts. Ich mag es mir nicht nehmen lassen, in Eigenregie ein bisschen herumzustöbern", erteile ich ihr höflich aber bestimmt eine Abfuhr.

„Aber gern", stimmt sie mir zu, „wenn Ihr Hilfe benötigt, ich bin gleich dort drüben."

„Excellent." Eingehend überprüfe ich die Schätze der antiken Apothekerschränkchen auf der Suche nach Kopfschmerztabletten oder wenigstens Peppermint Oil. Aus den Augenwinkeln stelle ich beifällig fest, dass Hygieia eine echte Naturschönheit ist. Anders als die irdischen Models trägt sie keinerlei pudrige Schichten. Natur pur. „Amazing!" Ich kniepäugele ihr zu. Während ich die beweglichen, ausschließlich fürs Sonnenbad verdunkelten Gläser meiner Sehhilfe forsch nach oben klappe – daher also hatte alles um mich herum bisher so mystisch ausgesehen – inspiziere ich geheimnisvolle Arzneimittel und Tinkturen, die sich mir katzbuckelnd anbiedern. Ich moppele doppelt und bin zweifelsohne ziemlich hinüber. Beim neunundneunzigsten Pochen meiner Migräne werde ich fündig. Mein Kennerblick bleibt an einer Tube haften, von der aus mir ein durchtriebenes Weibsbild warnende Blicke zuwirft. Neben dem Hutzelweibchen sind handschriftlich, scheinbar auf Altgriechisch, Informationen von beachtlicher Wichtigkeit vermerkt. Lesen kann ich sie nicht, ich bin ja nicht Zeus, der oberste olympische Gott, der in dieser antiken Sprachstufe eine Eins plus hat. Immerhin, die Informationen haben sich eins, zwei, drei, vier, fünf, sechs, sieben Ausrufezeichen verdient!!!!!!! „Donnerwetter!", rufe ich anerkennend aus.

„Silenzio!", faucht mich der berühmte germanische Wettergott an. Oh, Thor mahnt mich zur Zurückhaltung.

„Hast deine attraktiven Gucker und Lauscher aber überall", fauche ich schmerzgeplagt zurück.

Mmh, aus welchen teuflischen Ingredienzen diese Salbe wohl bestehen mag? Nun ja, vermutlich handelt es sich hierbei um eine Art Hexenbalsam. So etwas Ähnliches wie Leoparden-Balsam, den man auf Erden gegen Krampfadern, Überbeine und vor allem gegen hartnäckige Kopfschmerzen einzusetzen pflegt.

Ich schmeichele der Tube eine respektable Menge der moderig nach Nikotin riechenden Mixtur ab und verreibe diese kreisförmig auf meiner rechten Schläfe. Gerade bin ich dabei, ebenso meiner linken Schläfe dieses Zaubermittel nicht länger vorzuenthalten, da nähert sich mir leichtfüßig Hygieia. Hübsches Dingeling. „Very pretty!", kleide ich meine Anerkennung in Worte. Als sie registriert, womit ich mir eingehend die Zeit vertreibe und verreibe, wird sie bedeutend käsiger als die Keramikbadewanne in der Vorhalle. Ich meine jene, in der Kleopatra sonntags ihre Waden so (an)mutig in Eselsmilch badet. Hygieia schreit wie ein nordfriesisches Milchferkel um Hilfe, die in Gestalt von Asklepios himself im flatternden Kittel herangeweht kommt. Mäßig talentiert spielt er die Weiße Frau nach; allerdings mit einem schwerlich zu ignorierenden Stich ins wasserleichengrüne, den Wilkie Collins eher nicht geduldet hätte. Unliebsam zuvorkommend werde ich so an meine erste im Eierlikör Ertrunkene erinnert. Diese hatte ich während meines Studiums der Gerichtsmedizin an einem Ostersonntag obduzieren müssen. Die darin geschmacklos versteckten Ostereier wollte hinterher niemand mehr unbeschwert genießen. Nun erschrecke ich gleichfalls gar fürchterlich, sodass wir jetzt alle drei einvernehmlich kreischen, zucken und wie verrückt herumhopsen. „Ist dies in Athen ein Tanz?“, frage ich atemlos. Asklepios entwickelt ungeahntes Temperament und quält sein schluchzendes Töchterchen mit folgendem Vorwurf: „Willst du den Neuankömmling denn unbedingt vergiften und ins Nirwana befördern?“

„Good joke, wir springen doch bereits, vital wie die drei Geißlein, mitten im Jenseits herum, schrumbumm“, versuche ich mit meinem Klassiker für Aufmunterung zu sorgen. Keiner lächelt, nicht mal ansatzweise.

Ab sofort verhalte ich mich mucksmäuschenstill. Mit flatterndem Herzen gedenke ich der betagten Herren aus der Tragikomödie „Arsen und spitze Täubchen“. Die fiesen sexy Brester-Schwestern töten ihre Gäste mit Arsen, Strychnin und Zyankali, um sie Gott näherzubringen. Wie aufmerksam! Wie in der Schule hebe ich zaghaft beide kleinen Finger, um Gehör zu finden. Hierzu kommt es jedoch nicht, weil jetzt Hygieia urplötzlich eine Attacke gegen mich reitet. Erstaunlich unbehutsam packt sie mich am spärlichen Schopfe und schleift mich in die konsternierte Badewanne, um mich dort mit mindestens einer halben Flasche Ponyshampoo kräftig einzuseifen. Ich habe Mühe, Luft zu holen, und verurteile einmal mehr das Waterboarding. Asklepios, der sich mittlerweile wieder ein wenig gefasst zu haben scheint, reibt unterdessen besänftigend meine linke Ohrmuschel. Der Erfolg, Mylady? Mäßig.

Beständig wie ein Ohrwurm ruft Asklepios aus: „In Bälde ist es ausgestanden.“

„Höre nur ich die Engelein singen?“, blubbere ich verzweifelt vor mich hin. „Ist nebenan Chorprobe?“ Erstmalig in meinem Leben verspreche ich, dem Glauben des Christentums näher gerückt, als ich es jemals für notwendig befunden habe, zukünftig ein besseres Himmelslicht zu sein.

Ob ich diese Prozedur jemals überlebe? Sir, die Ironie entgeht Ihnen wohl nicht? Meinen Versprecher, der Kirche beizutreten, sollte ich mir merken, da ich diese Tortur entgegen aller Unkenrufe heil überstehe.

Die chemische Verbindung aus den Elementen Sauerstoff und Wasserstoff, welche von Norden, Süden, Osten und Westen über mich hereinbricht, weicht allmählich einer ohrenbetäubenden Stille. Sänftiglich werde ich von Asklepios mit zitternden Kniescheiben auf dem Badewannenrand abgesetzt. Wie ein Butt auf dem Schneidebrett. Patsch, da sitze ich.

„Verzeihung. Ich möchte Euch um Vergebung bitten. Meinetwegen habt Ihr so unziemlich viel erleiden müssen. Unachtsamerweise war der Giftschrank unabgeschlossen", klagt Hygieia.

„So viele sich wiederholende Vorsilben! Gift?", jaule ich entsetzt auf.

„Es tut mir ja so fürchterlich leid." In Windeseile rührt sie eine aus Kohle und Erde bestehende herrenschokoladenbraune Paste an. Misstrauisch erlaube ich ihr, diese auf meiner rechten Schläfe weiträumig, einer Umleitung zum Verwechseln ähnlich, aufzutragen.

„Gefährliches, hübsches Ding!", rüge ich sie.

Asklepios spricht mir, der ich bloß deswegen so domestiziert dasitze, weil mir zum Fliehen jedwede Energie fehlt, gut zu: „Werter Kollege, in dieser Hexensalbe ist die pulverisierte Wurzel einer Alraune enthalten, weshalb mein Töchterchen Euch ein Anti*dot*, also ein Gegenmittel, gegen das in der Salbe enthaltene Gift verabreicht. Es besteht nämlich durchaus die Gefahr, dass durch Eure an den Schläfen pergamentartig dünne Haut …"

„He! Ich bin kein Tattergreis!"

„… Bestandteile des Giftes bereits in diesem Moment Eure Blutbahn entern."

„Nein danke! Nicht wirklich, oder?" Ich höre nur Anti-*Dot*, worunter ich mir im ersten Moment ein Gegenmittel gegen meine gesamte herrliche Person Mr. Fürchtegott Dot an sich vorstelle und will – meine zukünftigen Kräfte bedarlehend – Reißaus nehmen.

Meine Gesundheitsapostel halten mich jedoch vehement mit der Versicherung fest, ich habe das Schlimmste überstanden. Ich versuche, mein Gehirn wieder in Betrieb zu nehmen und gelange nach geraumer Zeit zu dem erfreulichen Ergebnis: „Thank god, Schlimmeres als das eben Erlebte wird mir ja zu … 70 % nimmermehr zustoßen, habe ich doch höchstens zwei Möwenkleckse von der Salbe verwendet. Dank Eures blitzschnellen Einschreitens wurden die Giftstoffe sicherlich der Möwlichkeit beraubt, vollends einzuwirken, oder?"

Eine schüttelt den Kopf, der andere nickt. Es steht eins zu eins.

„Wahrscheinlich. Kohle und Erde werden ihr Übriges tun. In homöopathischen Dosen und stark verdünnt wende ich diese Salbe übrigens", so versichert mir Hygieia, „neben einem Immunserum bei Bissen der mittelasiatischen Kobra an."

„Kobras im Himmel? Ja, why denn not", spricht Früchtchen Dot.

Allesamt kauern wir ermattet auf dem Badewannenrand und klatschen einander wie nach einem gelungenen Elfmeter erleichtert in die Patschehändchen. In den kommenden Stunden achte ich akribisch auf eventuell auftretende Symptome einer Vergiftung, als da wären: Hautrötung, wüstenähnliche Schleimhäute, Heiserkeit, Pulsbeschleunigung und Pupillenerweiterung. Aber nichts dergleichen tritt ein – dem Himmel sei Dank – außer Petrus, der sein weises Haupt zur Tür hereinsteckt und zu wissen begehrt: „Mein Sohn, wie fühlen wir uns?"

„Guuut." Rührend. Welch ein Glück, dass ich Löwenzahn-Baby Pluto an der vermaledeiten Salbe nur habe schnuppern lassen. Er macht einen fidelen Eindruck, hat er sich hier oben doch gleich mit dem wunderhübschen Rosenwaldmeister angefreundet. Dieser, in Szenekreisen gefürchtet als wet fox, nasser Fuchs, ist auf Erden verpönt, weil er zum Himmel stinkt. Nanüchen, das passt ja hervorragend. Eine Freundschaft fürs Leben oder eher fürs Jenseits. Sir, denken Sie vielleicht, ich sei ein komischer Kauz? Lieben Sie Käuzchen? Zurück auf meinem Wölkchen wünsche ich mir ein potentes Nächtle und bitte Hypnos, mich nicht wieder zu übersehen. Gnädigerweise kommt er heute meinem Wunsch sogar nach. „Zzz, zzz."

Kapitel 13

„Mercur, Venus, Sterne haben Früchtchen gerne."

„Werte Muse, das hast du jetzt aber liebevoll getextet. Verbindlichsten Dank."

„Neuer Tag, neues Glück, Lebenskraft, komm, kehr zurück!" Strahlend macht mir Frau Sonne ihre Aufwartung.

„Wie zitrusfrisch du heute wieder aussiehst. Passend zu meiner Grapefruit, die ich just in diesem Moment vernasche", hofiere ich sie wie Casanova einst die Lottoscheine. (etwa 1757 rief er in Paris nämlich eine recht erfolgreiche Lotterie ins Leben.) Sir, denken Sie in Ihrem Jahrgang bloß an die tägliche Portion Vitamine. Nun, das Jüngelchen an Frau Sonnes Seite zieht mir schelmisch Grimassen und sieht eigentlich aus, als könne es ein Jackvoll bestens vertragen. Kurzer Einschub: Ich grüße alle gepfefferten Hanseaten. Ihr werdet verstehen, dass dies bedeutet, ihm gehört der knackige Po versohlt, nicht wahr. Frau Sonne aber scheint Gefallen an ihm zu finden. „Früchtchen", weshalb verniedlichen alle meinen ehrwürdigen Vornamen, „heute darf ich dir Mercurius vorstellen, unseren ewig jungen Lügenbold und Götterboten par excellence mit den genialsten Einfällen. Ich fürchte, ihr werdet euch wunderbar verstehen."

„Ich fürchte, den kenne ich schon. Habe ich schon mal gesehen", galoppiere ich fröhlich voran.

Zwinkert sie neckisch oder blendet die Sonne sich gerade selbst? Ihr Sprüchlein ist mir eine Spur zu ironisch.

„Dieses Früchtchen ist mein Freund", gesteht Mercurius. Munter reicht er mir einen Handflügel. Was das ist? Sir, ich bitte Sie, na, eine Hand mit Engelsflügel. Handfeger kennen Sie aber, oder? Nicht, dass wir beim Einmaleins der Haushaltshilfen anfangen müssen.

„Ahoi!" Freigebig reiche ich ihm Brausepulver. Unter den Wolken wie über den Wolken ein Genuss.

„Hai!", kontert der Götterbote.

„Wo?“, frage ich nur scheinbar verdutzt. „What an old-fashioned joke.“

„Nein, kein Spaß“, versichert mir Mercurius.

Verwundert drehe ich mich um. Hinter mir zittert Bertolt Brecht wie ein Wackelpeter. Sein geniales Hirn steckt in einem Hai-Kopf aus Pappmaschee. „Und dem Haifisch fehlen Zähne“, jammert er inniglich, mir eine Spendenbüchse hinhaltend.

„Ach ja, die Dreigroschenoper soll ja demnächst ins Sommerprogramm mit aufgenommen werden. Überall im Himmel bekommt man Flyer aufgenötigt, die einen zum Mitmachen ermuntern sollen“, erinnere ich mich. „Bertolt, dein erbärmlicher Hai ähnelt einer ermatteten Muräne, die von einem prachtvollen Gebiss nur träumen kann.“

„Das schmale Budget zeigt Wirkung“, wehklagt Brecht. „Zudem haben die echten Haie eine Gewerkschaft gegründet, deren Streikaufruf lautet: Wir weigern uns strikt, uns zum Affen zu machen. Hoffentlich wird die Inszenierung kein Flop.“

„Hier, nimm“, sage ich. „Ich spende dir eine Krone, die mir erst kürzlich stiften gegangen ist. Zahnlücken schmücken.“

B. bedankt sich artig, fordert aber mehr. Dies lehne ich entschieden ab; ich hänge an meinen mir verbliebenen Zähnen.

„Mercurius ...“

„Nenn mich ruhig Mercelchen.“

„What? Das erinnert mich verflixt stark an Angela! Merkel, Angela, die noch voller Tatendrang auf Erden lustwandelt. Soll neulich erst in Südtirol gesichtet worden sein.“

„Alles Roger, Morphie hat sie im Schlaf interviewt und sie schien geschmeichelt zu sein. Scheint mich sympathisch zu finden“, beruhigt mich der schlaue Götterbote.

„Okay, geritzt, Mercelchen.“ Meine trüben Sehorgane wandern zur Himmelsuhr am Rathaus, die man, egal, wo man sich gerade aufhalten mag, jederorts problemlos sehen kann. Mahnend fächert mir Mademoiselle Zeit Frischluft zu. „Oh dear, meine Therapiestunde mit Venus! In zwei Minütlein soll ich vor und Venus auf der Couch sitzen. Keineswegs aber soll Venus auf mir oder ich auf ihr sitzen. Ob ich mir das merkeln werde?“, foppe ich mich selbst. Ich schwitze. Der Schweiß rinnt in Bächlein an mir herunter. „Wenn das der liebe Gott sieht. Ich will doch mit Pünktlichkeit punkten."

„Null Poblemo, ich nehme dich jetzt einfach huckepack und beame uns auf die Couch. Mit dem Flugunterricht sind wir ja noch nicht wirklich weitergekommen. Du wirkst so angespannt, Früchtchen. Hat dich unsere Haus- und Hof-Schönheit etwa schon um ihre Wespentaille gewickelt?", möchte Mercurius von mir wissen.

„Wohl eher Hummelhüften, oder?" Verdutzt kräuselt sich meine Rübennase und schwups dreht sich alles wie ein Kreisel. *Rums, knall, peng.*

„Ich guck bedeppert, oh, wie es scheppert", rufe ich aufgewühlt aus. Marcel Reich-Ranicki würde mir nun eindringlich raten, ich möge besser dartun, was en détail gerade geschieht. Seiner Auffassung nach vermittelt die Lautsprache wenig oder gar keine Handlung. Pah! Ich hingegen denke, dass *rums, knall, peng* durchaus recht aussagekräftig klingt. Sir, was meinen Sie? Gemahnt Sie unsere Szenerie nicht auch an einen Low-Budget-Piratenfilm?

„Autsch, seid ihr des Wahnsinns magere Ausbeute?", schimpft ein harmonisch klingendes Stimmchen.

Das Beamen hat ja super funktioniert. Alle Mann liegen wir auf der ächzenden Venus, als wären wir einer Menagerie à trois nicht im Geringsten abgeneigt (Brecht und die Sonne klinken sich vornehm aus). „Sorry. How impolite. Diese animalische Ader trägt total meine Handschrift", leiste ich Abbitte. Mein Hosenboden fühlt sich an die Meuterei auf der Bounty erinnert, als uns Venus resolut auf den Boden schubst. *Rums, knall,* na? Applaus, Mylady, mit *peng* liegen Sie selten verkehrt. Begrüßenswert, dass Sie so richtig mitgehen, im Gegensatz zu Ihnen, Sir.

Ich verabschiede Mercelchen in seinen Feierabend – wie ein überspannter Pennäler kichert er vor sich hin – und rücke meine Brille zurecht. Für ein Kassengestell ohne Klasse erfüllt sie ihren Zweck tadellos. Sie verleiht mir ein distinguiertes Äußeres und klarer seh'n kann ich zudem. So, nun wende ich mich aber meiner Therapiestunde mit der Göttin der Schönheit zu.

„Meine liebe Tochter, wie kann ich Euch helfen? Von wem

habe ich mir diesen betulichen Habitus abgeguckt, von einem Kirchendiener oder von Asklepios? Von Martin Luther eher nicht." Oha! Venus bei der Beichte. Ich bin weder evangelisch noch katholisch, aber ein Atheist bin ich auch nicht. Ich bin wohl flexibel. Irgendwie fehlt mir jetzt aber trotzdem der Weihrauch.

„Nee, nee, nee, Früchtchen, ich habe dich im gerippten Turnhemd gesehen und ..., aber darüber schweigt eine Dame wie ich es gern sein würde. Das Euch dürften wir also getrost hinter uns gelassen haben."

„Hä? Untergräbst du hiermit nicht meine natürliche Autorität? Ein Psychiater, der von seiner Patientin geduzt wird. Wo gibt es denn so was?"

„Na, im Himmel", sagt Venus.

„Du lieber Himmel!"

„Ich bin die römische Göttin der Liebe und du, du bist geläutert." Von irgendwoher erklingen Kirchenglocken. „Hat mir imponiert, wie gefühlsdurchlässig du inzwischen bist. Bei Mars allerdings hast du einen herben Rückfall erlitten, munkeln die Asteroiden."

„Hüstel. Mein Kind, äh, liebe Venus, wo drückt dich denn der Schuh, nein, der Sneaker? Flottes Model. Ist das eine Sonderanfertigung? However, hoffentlich tischst du mir not again irgendein lauwarmes Herzeleid auf, wie wahnsinnig attraktiv und unwiderstehlich Herr Pumpernickel ist."

„Nichts mit Vollkornbrot aus Roggenschrot, sein Name ist Saturn." Venus bekräftigt mein Bauchgefühl. „Ich leide noch immer unter Liebeskummer ..."

„Hatte ich es doch geahnt", schneide ich ihr das Wort ab. „*An* Liebeskummer ..."

„Du etwa auch?"

„*An* Liebeskummer muss es heißen. *Unter* ist falsch. Liebeskummer ist keine Krankheit", korrigiere ich sie.

„Ist er wohl! Ich leide *unter* Liebeskummer."

„Halt, langsam! Ist dir eigentlich der Spruch ‚Show, don't tell' geläufig? Zeigen, nicht erzählen."

„Und wie der mir geläufig ist, ich bin Autorin.“ Sie nickt recht hochmütig mit ihrem erdnusskleinen Köpfchen. „Den dürfen wir hier oben aber nie gebrauchen. Sonst fühlt sich Wilhelm gleich gedisst.“

„Wilhelm? Ach ja, der Knabe mit dem Apfel und der Armbrust.“ Eine nette Legende nach meinem Geschmack. Mit Appetit beiße ich in einen rotwangigen Elstar und werfe Venus auch einen zu.

„Wo hast du den her?“, möchte sie wissen.

„Vom Baum der Erkenntnis. Der wächst im Garten Eden. Dorthin lustwandele ich mit Vorliebe zur blauen Stunde.“

„Verstehe. Danke, Früchtchen.“

„Wir werden uns langsam, Stunde um Stunde, zum Apfelkern deines Problems vorarbeiten“, verspreche ich ihr.

„Da kenne ich eine Abkürzung. Ich *liebe* Saturn. Punkt“, vertraut Venus mir unverblümt an.

„Punkt? Ich sage Punkt, ich heiße nämlich Punkt.“

„Tu, was du nicht lassen kannst, ich *liebe* Saturn so oder so“, beteuert Venus trotzig.

„Deine Geschmacksverirrung hast du ja neulich schon einmal zart angedeutet. Nun scheinst du deinen Keuschheitsgürtel restlos abgelegt zu haben. Und, erwidert er mittlerweile deine Zuneigung?“

„Früchtchen, hast du denn Tomaten auf den Ohren? Ist dir entgangen, wie sehr er mich meidet? Sooo bemüht, seinem Herzen eine Mördergrube zu schaufeln.“

Ich zucke empfindsam zusammen. „Du verwechselst alles. Auf den Augen und aus dem Herzen ...“

„Zerhackst du jetzt päpstlicher als der Papst die Tomaten?“

„Laut Konrad Duden heißt es: Werte Herrschaften, wenngleich Sie Tomaten auf den Augen haben, dürfen Sie aus Ihrem Herzen dennoch keine Mördergrube machen ...“

„Kooonrad!“ Rücksichtslos krakeelt Venus in meinen Gehörgang hinein.

Tap, tap, tap. Uns nähert sich ein blendend aussehender Herr mit beneidenswert dichtem Vollbart.

„Konrad, mein Schatz, ist diese Weisheit von dir?“ Geradeheraus fühlt ihm Venus auf den Mahlzahn. Dabei zitiert sie mich mit alberner Gestik.

„Nein, meine Tochter, das ist sie nicht. Irgendeine törichte Redewendung, mit der zu verunstalten ich mich standhaft weigere“, entgegnet der Gefragte.

Meine gekränkte Eitelkeit muckt auf. „Ach, gottverdammmich, Herr Duden darf dich also Kind, ähm, Tochter nennen ...“

„Er hat mich adoptiert, und bitte lass das Fluchen.“

„Dass du ihn soeben ‚Schatz‘ genannt hast, klingt in diesem Kontext reichlich verstörend. Habe ich etwa Lolitas Enkelin vor mir sitzen?“

„Tschüsschen.“ Konrad verdünnisiert sich prustend.

Nun sitzt wieder Venus im Fokus. „Also, Saturn liebt mich über alles, aber sein Herz wird von seinem Verstand als Geisel festgehalten. Dramatische Geschichte“, seufzt sie.

Scheinbar hält der Mann seine sieben Zwetschgen beisammen. Herzlichen Glückwunsch.

„Mein Ki..., liebes Fräulein Venus, maßt du dir wirklich an, besser über seine Gefühle im Bilde zu sein als er?“

„Unbedingt. Er ist nur etwas spröde, ja, gehemmt, weil er mit Medusa verheiratet ist. Sonst hätte er längst einen soliden Kavalierstart in meine Richtung vorgelegt.“

„Gehemmt? Na, dann hau ihn raus aus dem Hemd, haha. Ähem, gütiger Gott im Himmel!“ Ich räuspere mich verlegen. „Dieser mein Scherz war in Gänze unangebracht“, bitte ich um Nachsicht.

„Ihr Lieben ...“ Herr Gott schaut gütig vorbei und erkundigt sich: „Alles gechillt bei euch?“

„Soweit, so schlecht ...“, versucht Venus ihm die vertrackte Lage nahezubringen, aber leider muss er weiter. Im Wolkenkuckucksheim gibt es akut Probleme mit Mietnomaden.

„Stimmt ja. Verheiratet ist der Mann obendrein“, führe ich die Konversation auf die Weiden der Vernunft.

Wie beim Headbanging lässt Venus ihre espressofarbenen Locken auf und ab rocken. „Früchtchen, nun mal Butter bei die Fische! Hast du Medusa schon live in Aktion erleben müssen?“

„Mmh ...“

„Mann denkt vielleicht, sie trage Dauerwelle oder gar liebliche Naturlöckchen. Weit gefehlt. Nördlich ihres boshaften Hirns tummeln sich Schlangen: Inlandtaipane, Sandrasselottern, schwarze Mambas, Königskobras, Todesottern ... Da staunst du, was? Eines ihrer hinterhältigsten Hobbys ist es, jeden zu versteinern, der sie versehentlich nicht übersieht. Allerdings hat Dornröschens Fee-Azubine Medusas Fluch so verhunzt, dass man zumindest noch der Sprache mächtig ist. Solltest du ihr mal über den Weg schlittern, musst du: *Weiche von mir, du Getier* rufen, damit sie sich von dannen trollt.“

„So viele Schlangen … Ein Herz für Tiere hat sie ja, die Gute. Mmh, versteinern, daher sieht dein sich widerstrebender Schatz also ständig so gehetzt aus, als jage ihn irgendwer über Stock und Stein. Das ist gemein. Jetzt erklärt sich mir manches.“

Entschlossen, ihre herzaffine Hand zur Faust ballend, kopiert Venus den Schlachtruf eines italienischen Sportwagenherstellers: „Avanti!“ Auf Römisch heißt das „vorwärts“, Mylady. „Früchtchen, ich habe mir auf mein Fähnchen hier geschrieben, guck, Saturn aus dem Burgverlies, das ist jetzt symbolisch gemeint, zu befreien.“ Siegessicher wedelt Venus mit einem kleeblattgrünen Negligé vor meinem Befremden herum, einem Hauch von nichts als Geborgenheit, auf dem zu lesen steht: „Veni, vidi, amo!“

„Ich kam, ich sah, ich liebe?“

„Nicht du, ich“, korrigiert mich Venus. „Das hat Julius für mich entworfen, zusammen mit Gianni, hinreißend innovativ, oder?“

„Versaces Gianni? Bellissima. Bis auf Saturn scheinst du hier oben selbst Jedermann fest im Griff zu haben. Frag Hugo! Justament applaudieren dir nämlich beide aus dem Off heraus, hör!“ *Klatsch, klatsch.*

„Oh ja, gerade bereitet sich Jedermann auf seinen spektakulären Auftritt in der Hamburger Speicherstadt vor. Talentierte Type.“

*

„C D E F G A H Z ...", trällert Venus bedeutungsschwanger vor sich hin. Stimmt sie sich etwa ein, um mich mit einem Lied gut zu erfreuen? Sir, verstehen Sie diese keineswegs zweideutige Doppeldeutigkeit? Lied gut, Liedgut! Ich bin clever, was? Im Gegensatz zu Venus' rührendem Analphabetismus. Von wegen Analphabetismus. Prompt belehrt sie mich eines Besseren. Sie manipuliert nicht einzig die Tonleiter. Öhrchen aufgesperrt, Sir. Diese Lyrik ist allein für Sie bestimmt. Verdutzt? Na, nun spielen Sie nicht den Unwissenden.

„Wunderholde Sommermädchen,
klug, zerbrechlich, schmal wie Fädchen,
Wangen Hagebuttenrot
sind der Ratio ihr Tod ..."

Ergriffen vibriert Venus' Stimme.

„Beeep, beeep, beeep!", unterbreche ich sie vergnügt.

„Wieso beeep?" Konsterniert hält Venus inne.

„Fräuleinchen, kennst du nicht die irdischen Quizshows? Beeep steht für Einspruch."

„Etwas derart Profanes ist hier oben verpönt. Trash-TV, du verstehst?"

Beschämt zupfe ich ein Wölkchen von meinem linken Flügel. „Dann eben gleich das bewährte Stopp ..."

„Früchtchen, ich möchte jetzt bitte mit meinem Lyrikzug weiterfahren dürfen, was also ist nur in dich gefahren?"

„Ja, was nur? Töff, töff, so macht die Eisenbahn. Ein Scherz, mein Herz", entgegne ich kühn. „Nun aber zurück zum Ernst der Dichtkunst ... Sind der Ratio ihr Tod? Ernsthaft? Ist das deine Geheimwaffe, um Saturns gestrenges Herz zu erweichen?"

„Es klingt wundervoll poetisch, ja?", quäkt Venus mit schmachtendem Stimmchen.

„Bist du bereit für die nackte Wahrheit?", kontere ich ironisch.

„Vielleicht ja, vielleicht nein ..."

„Das ist wieder typisch für dich, lungert deine Sonne doch im sich nicht festlegen wollenden Tierkreiszeichen Waage herum. Also, es klingt, als wärest du die Reinkarnation der johannisbeerroten Lena, einer mörderischen Giftmischerin aus dem 19. Jahrhundert. Nur, dass du hier dein Gift verbal verabreichst mit dem blutigen Ziel, Saturns vergiss-mich-bloß-grauen Zellen in Bälde an die verstaubte Wäsche zu gehen. Du drohst ihm mit mausetotem Verstand."

Wie ein überaus talentiertes Kindergartenkind stampft Venus mit beiden Füßen gleichzeitig auf.

„Das ist jetzt mehr so als Metapher zu verstehen, wie ich bereits sagte, als Wink mit dem Ringfinger, öfter auf sein Herz zu hören", verteidigt sie sich.

„Kommt anders rüber, meine Liebe, wirklich. Aber fahr ruhig fort. Töff, töff ..." Gespannt lausche ich der Fortsetzung ihrer *Balla-balla*-Ballade.

„Blüten schmücken dunkles Haar,
was nun ist und noch nie war,
webt die Zeit gar spinnwebfein
in die Seele derer ein,
die sich schüchtern neu verlieben,
Briefe an die Holde schrieben,
Schicksals Gunst sich treu ergeben,
dankbar Daseins Fülle leben.

Wirklich, wirklich liebreizend, gell?" Mit der Buhlschaft kokettierend, buhlt Venus um Beifall.

Bravissima, Applaus, Konfetti für alle Romantiker, möchte mein softes Herz euphorisch ausrufen. Jedoch, der Verstand, er bremst. „Du rezitierst hier Goethe, oder? Dieses Gesäusel stammt aus seiner Feder, oder? Jungspund Werther und ich haben Herrn Geheimrat noch nie wirklich leiden können."

Ent*b*rüstet baut sich Venus vor mir auf. Aufreizend verrutscht ihre Oberbekleidung.

„Oooh!" Genant wende ich mich von ihr ab.

Schnell glättet Venus die erotischen Wogen. „Pah, allein mein Sehnen nach Ashley lotst solch kostbare Poesie auf meine Lippen. Lob mich doch mal!"

„Ashley? Who the fuck is denn jetzt Ashley?" Ich verliere den Überblick, werde nervös, habe Sorge, Alois Alzheimer könnte sich zum Tee anmelden wollen.

„Bitte, Früchtchen, verzichte auf diese primitive Ausdrucksweise. Damit solltest du gar nicht erst anfangen!"

„Sorry! Aber Herrgott noch mal, wer ist denn Ashley?"

„Na, Saturn natürlich. Ashley ist sein Vorname. Passender hätte ich ihn mir kaum ausdenken können. Stets führt er sich so altertümlich, putzig und gestreng auf, als wolle er alles Liebliche in Schutt und Asche legen. Irgendwie niedlich, gell?"

Diese dynamische Venus, die mühelos jeden Mann um den Verstand bringt, so er denn einen hat, entlockt sogar meiner Nebenmilz ein Schmunzeln. Ja, sogar meine Nieren lächeln entzückt, wenngleich die linke, herznahe, freimütiger strahlt als die rechte.

„Saturn heißt Ashley? Das ist ja mal ein Brüller", wundere ich mich. „Tatsächlich, er wirkt so aphrodisierend wie Asche auf zwei gebügelten Hosenbeinen. Hihi! Wertes Fräulein Venus, Sie zarte Poetin ..."

„Du zarte Poetin."

„Ich? Neeein, ich bin kein Poet, zudem bin ich ein Gentle*man* ..."

„Heda, Früchtchen, wir sind beim Du."

„Ach ja." Ein klein wenig ermüden tut sie mich jetzt schon. Dieser Elan! Saturn alias Ashley ist nicht zu beneiden. „Zugegeben, es klingt poetisch, vermag von dem fürchterlich infamen Mordplan aber mitnichten abzulenken, wenn du mich fragst", gebe ich zu bedenken.

„Du bist gemein!" Venus zieht einen (Sch)Mollmund.

„Moll passt zu deiner trüben Stimmung."

„Dann therapiere bitte umgehend das Schicksal, damit Saturn und ich ein Pärchen wie im Märchen werden. Bütte!"

„Moment." Ich gehe kurz meine Liste durch, kann jedoch keinerlei Anmeldung des Schicksals entdecken. Mademoiselle Zeit winkt mir mit ihren Zeigern huldvoll zu. „Die heutige Therapiestunde ist um, schrumbumm." Ich verabschiede Venus mit der Empfehlung, sich ein anderes Hobby zuzulegen. „Eindringlich rate ich dir davon ab, Saturn weiterhin zu stalken.“ Rührend, meine Naivität. Mylady, gewiss wundern Sie sich von Zeit zu Zeit, weshalb die Zeit hier oben als Mademoiselle hofiert wird. Nun ja, unser aller Vater und zahlreiche seiner Schäfchen sind enthusiastische Verehrer des französischen Literaten Marcel Proust, der in jeder Vollmondnacht aus seinem Zyklus „Auf der Suche nach der verlorenen Zeit“ vorliest. Ist es mir gelungen, Ihre Bildungslücke zu schließen? Très beau, das freut Marcel und mich. Glücklicherweise findet Marcel diese physikalische Größe in seinen magnifique verfassten Zeilen Nacht für Nacht wieder.

Kapitel 14

Später erwarte ich vom Jenseits eine lückenlose Erklärung für den kaum händelbaren Schlamassel auf Erden. „Tja, solche Töne habe ich noch *zu Lebzeiten* großspurig an den Spiegel gespuckt", vertraue ich meiner Muse redselig an.

„Giggle. Da wusstest du noch nicht, was dich hier oben erwartet." Vor lauter Gekichere bekommt sie Schluckauf. Aus reiner Sympathie gluckst Georg Friedrich Händel im Hinterhof in seinen nicht vorhandenen Bart.

„That sounds like ein Duett, wie nett", beweihräuchere ich die beiden mit antimikrobiell wirksamen Räucherstäbchen.

So trudeln die Tage und die Nächte durch das Jenseits und ich hintendran. Schrittweise (meinen Flügeln gönne ich just ein Päuschen) gerät mein irdisches Leben an der Seite von General Gertrud in Vergessenheit. Ich bin heilfroh, nach meinem Leben noch am Leben zu sein. Wenngleich mich dieser Widerspruch des Öfteren verzweifeln lässt. „Was um Himmels willen bin ich denn nun? Vampir, Schattengestalt, Zombie?", spreche ich auf meinem Wölkchen kniend in die Leere hinein.

„Auf jeden Fall einer, der gleich eine gehörige Tracht Prügel beziehen wird, if you don't shut up", fordert mich ein modulierter Schall, welcher der Stimme von Billy the Kid verblüffend ähnlich klingt, nachdrücklich auf. Ob er wohl gegenüber wohnt?

„Wie unhöflich!", halte ich dagegen. „Ich setze dich sofort auf die Teilnehmerliste für vier Therapie-Doppelstunden inklusive Anti-Aggressions-Training." Ich überlege weiter. „Ein Engel bin ich wohl nicht, obwohl meine Flügelchen mir überirdisches Charisma verleihen … He, ich muss doch sehr bitten, was soll das denn jetzt?" Ein Etwas umschließt mit seinen oberen Extremitäten meinen Brustkorb und presst mich fest an sein … Herz?

Kniend schmiegt sich Billy an mich. Schluchzend gesteht mir der einst in Amerika geborene gesetzlose Revolverheld: „Zu meinem gewaltigen Entsetzen rühren mich deine philosophischen Irrwege. Ich habe hier oben so verflucht nahe am Wasser gebaut."

„Ach, du wohnst nun am Wasser?", hake ich nach. „Wie nett. Nordsee, Ostsee, Atlantik oder …?"

„… deine Verzweiflung ist meine Verzweiflung, Bruder. Hier, nimm ruhig alle Glückskekse, du hast sie nötiger als ich. Sie sind frisch aus der Himmelsbäckerei. Du magst hoffentlich Spitzbuben mit Kleegelee?" Ohne meine Reaktion abzuwarten, stopft mir Billy the Kid die Taschen meines Pyjamas mit noch warmen, duftenden Leckereien voll.

„Aber ja doch. Wie überaus aufmerksam von dir", bedanke ich mich manierlich. „Das Gebäck ist mir bedeutend lieber als eine Tracht Prügel."

„Iss!"

„Hmpf." Schon zermalme ich einen Keks zwischen den Schneidezähnen. Ich revanchiere mich mit einem spitzenverzierten Taschentuch. „Da, zum Trocknen deines Seelenwassers."

„Ich danke dir. Auf bald. Ich muss jetzt zur Theaterprobe. Ich bin die Zweitbesetzung für Aschenputtels Prinz."

„Tschüsschen. Na, ist er jetzt der übelste Schurke der Westerngeschichte oder wurde er verkannt?", ersuche ich den köstlichen Gelee um die Wahrheit.

„Das wirst du allein herausfinden müssen", vertraut mir dieser diplomatisch an.

*

Wenig später mache ich mich wissbegierig auf die Socken, um den wunden Wilhelm zu konsultieren. Immerhin lustwandelt der bedeutende deutsche Philosoph Wilhelm Windelbrand, hahaha, die Windel brennt, hahaha, nee, Windelband, mir fehlt die sittliche Reife, schon ein Jahrhundert auf den Wölkchen umher. Sicherlich wird er mir beim Füllen meiner Wissenslücken mit lebenserfahrenen Antworten helfen können. Übrigens vertritt Wilhelm am Heiligabend Knecht Ruprecht, sollte dieser mal mit einem Schnüpflein zu Bette liegen. Willie ziert nämlich ein imposantes Rauschebärtchen. Ruprecht wird ja der Hang nachgesagt, periodisch mit den Falschen anzubändeln: Schnupfen, Husten, Grippe, Mumps, weshalb er öfter mal umfällt. Mich wegen seiner etwaigen masochistischen Züge sorgend, setze ich ihn in Gedanken auf meine Patientenliste. *Zack*. Well, verblühende Magnolien schenken mir die Gewissheit, dass der Mai zwar vorbei sein mag, der Dezember aber noch lange auf sich warten lassen wird. Hinfort also mit den Gedanken an Schneeflocken und Tannenzapfen.

Aller Wahrscheinlichkeit nach werde ich den wunden Wilhelm zu dieser Uhrzeit im Café *Zum Spiegel der Welt* antreffen dürfen. Treffer. Da sitzt er ja, mit seinem neckischen Bart, der fliehenden Stirn und der possierlichen Nickelbrille. „Auch hier?", wendet er sich überrascht aufblickend an mich. Den Anflug von hoher Intelligenz macht er durch seine, meine Reaktion herausfordernde Äußerung aber flunderplatt, salopp formuliert. Ist meine Existenz nicht Antwort genug?

„Frisch eingetroffen. Darf ich mich dazu gesellen?", überspiele ich galant seinen Fauxpas.

„Bitte. Ein Käffchen?"

„Warum nicht. Lieben Dank."

Vor mir sitzt ein Bonvivant. Die hochnäsigen Törtchen sprechen für sich. Saftige Blaubeerküchlein buhlen um eine Glasur aus Kirschmarmelade, Zitronenschaumkekse flirten berechnend mit Willies Schweißtropfen, ein Garant für ihre Frische und „Ah!" rufe ich aus, „Da thronen sie, die prestigeträchtigen Heidelberger Kurfürstenkugeln." Deliziöses Mohrenkopfbiskuit schläft mit einem Kern aus Nougatcréme, köstlichst umschmeichelt von Marzipan und Schokolade. „Yummy", jubele ich, beherzt zugreifend. Billys zur Hälfte verdauten Kekse schaffen Platz für Nachschub. Mylady, Sir, schmatzen Sie während des Naschens auch so gern ungeniert drauflos? Ich finde ja, nur dann, wenn man die vom Käffchen noch feuchten Lippen beim Vorgang des Kauens mit Schmackes auf- und zuklappt, eine gesunde Zunge tut ihr Übriges, sind süße Sünden ein wirklicher Genuss.

Ich imitiere die erträgliche Leichtigkeit des Seins über der Stadt, in der mich mein dramatisches Ende ereilt hat: Heidelberg! Sentimental stimme ich ein Ständchen an. „Alt-Heidelberg, du feine, du ..."

Apropos, geistert Victor von Scheffel hier irgendwo herum? Und wo steht eigentlich die Milch?

„Oh, Milan, wie ergötzlich, dich kennenzulernen." Erfreut begrüße ich den berühmten tschechisch-französischen Schriftsteller. „Milan, reichst du mir bitte mal die ..., oh ja, Schlagsahne geht auch. Ich danke dir." Ach, wie nett. Intellektuelle unter sich. „Weiltest du früher eigentlich oft in Milano, will sagen Mailand, Milan?", verhöre ich ihn freundlich.

Urplötzlich scheint sich Milan Kundera in seiner Haut nicht länger heimisch zu fühlen. Bei seinem abrupten Aufbruch geht Pechmaries Teekännchen zu Bruch. „Au revoir", raunt Milan, einen Blick auf seine klassizistische Armbanduhr werfend. „Mein himmlisches Ich erbittet sich des Seins unerträgliche Leichtigkeit zurück. Wirklich auf den Geschmack gekommen bin ich hier oben bislang noch nicht", teilt er uns desillusioniert sein bisheriges Fazit mit.

„Ah! Verstehe. Milan, du werkeltest kürzlich ja noch mit beachtlichen Geistesgaben gesegnet auf Erden herum. Sicherlich wünschst du dir sehnlichst, du würdest in zwei Stündlein in deinem Pariser Himmelbett erwachen dürfen, um festzustellen, dass dies alles ein Traum ist. Ich fürchte allerdings, Morpheus wird dir diese Transaktion niemals durchwinken."

„Transaktion?" Milan guckt verwirrt.

„Dies munkeln zumindest Aschenputtels Täubchen." Meiner Stimme Klang badet in Trübsal.

„C'est insupportable", klagt Milan.

„Das ist unerträglich? Wohl wahr, wohl wahr", stimme ich ihm zu.

Der wunde Wilhelm huldigt der Ignoranz. Griesgrämig kaut er auf einem Stachelbeerküchlein herum.

„Sauer macht nicht immer lustig, he?", funke ich ihn an.

Schweigen.

„An sich war mein Erdenleben eine Zumutung, die keine Gewerkschaft durchgewunken hätte", platze ich mit meinem Geständnis schonungslos in die ungemütliche Kaffeehausatmosphäre hinein, während ich mich mit einer Nussecke tröste. „Ist es hier oben – so Pi mal Daumen – besser, ersprießlicher, angenehmer, erfreulicher ...?" Ich verliere mich im Flirt mit den Adjektiven. „Nicht nur Milan ist ein Neuling."

Unwirsch winkt Wilhelm ab, als probiere er, einer Motte das Fürchten zu lehren. Er wirkt angespannt und hält sich alle paar Sekunden seine Hörgeräte zu.

Rundheraus diagnostiziere ich taktlos drauflos: „Willie, leidest du unter Misophonie?"

„Ruhe, bitte, Ruhe."

„Deine verminderte Geräuschtoleranz deutet klar wie Klärchen auf eine neurologische Intoleranz hin. Springst du außerdem aufs Atmen, Niesen, Husten und Räuspern an?" Zur Untermalung atme, niese, huste und räuspere ich mich, was meine Lungenflügel hergeben. Mein Forschergeist ist geweckt.

„Wer hat dich zur Himmelspforte reingelassen?", blafft Wilhelm mich erzürnt an. „Die lassen mittlerweile auch jeden durch."

Jetzt wird er aber pampig.

„Mo-ment-chen, wir sind alle Zombies! Keiner ist besser oder schlechter", rufe ich ihn zur Räson. Mein Gerechtigkeitssinn verschafft sich Gehör. „Habe ich erwähnt, dass mein irdisches Dasein eine absolute Zumu-..."

„Sei still!", fährt Willie mir zappelig in die Parade. Auf mich wirkt er unberechenbar und Maria Magdalena, der das Kaffeehaus gehört, wundert sich gleichfalls über sein Benehmen. Vorsichtig, den Abstand wahrend, reicht sie ihm fliederfarbene Johanniskrautpastillen.

„Sehr aufmerksam", lobe ich sie. „Johanniskraut stärkt ja bekanntermaßen die Psyche und fördert die Wundheilung. Passt ja vorzüglich zu deinem Familiennamen, Willie. Nur zur Anti-Baby-Pille solltest du es lieber nicht einnehmen. Haha."

Willie erhebt sich, klettert auf einen schwächlich anmutenden Biedermeierstuhl und hält mir eine Predigt. „Ich fordere dich auf, mir mehr Respekt zu zollen. Zudem muss ich dich bitten, mich mit den Schauergeschichten über Zombies zu verschonen. Auf der Stelle. Ergötze dich am Hier und Jetzt! Junger Mann."

„Veräppelst du mich?"

„Wir können die Zeiger schlecht zurückdrehen. Zerbrich dir lieber deinen Kahlkopf …"

„Wie unerzogen."

„… über bedeutsame, in Planung befindliche Ereignisse."

„Als da wären?", möchte ich von ihm hören.

Willie hüllt sich arrogant in ein Schweigen, welches vom Rauch seiner Tabakpfeife leidenschaftslos geschwängert wird.

„Er spricht vom Jahrmarkt im Herbst“, flüstert mir Maria Magdalena altruistisch zu.

„Im Himmel ist Jahrmarkt? Ja, Donnerwetter!“ Es blitzt und donnert, dass den Englein die Mandolinen in die verblühten Magnolien plumpsen. Mahnend hebt der liebe Gott seinen rechten Zeigefinger. Der hat seinen Hörsinn aber auch überall.

„Jawohl, verstanden, Chef“, zwitschere ich ihm zu. „Ich muss darauf verzichten, ständig mir nichts, dir nichts die Naturgewalten heraufzubeschwören.“ Mit der silbernen Gebäckzange mir ein paar Joghurttörtchen schnappend, mache ich unbeholfen ’nen Abflug. Dienlich sind meine Flügelchen ja schon irgendwie.

*

„Wo ist eigentlich Freddie-Maus abgeblieben?“ Mein Herz dürstet nach einem wahren Freund, der mir lauteren Herzens zugetan ist. Wer suchet, der findet. Ich klaube ihn beim Herrenfriseur auf. Dank seiner Akzeptanz der Akzeptanz schließt Gevatter Tod überraschend Frieden mit seiner Glatze und verzichtet auf Perücken, Toupets und Extensions. Sir, haben Sie vielleicht mal versucht, Extensions an einer Kanonenkugel zu befestigen? Leicht ist das nicht. Jedenfalls hat er freudestrahlend die Spendierhosen an.

„Komm, Früchtchen, sag nein zu falscher Eitelkeit und verabschiede deine drei Fusseln. Komm, ich gebe eine Runde Enthaarungscreme samt Politur aus.“

Petrus, der sich im Friseurstuhl neben ihm lümmelt, lächelt ermutigend.

„Nur über meine Leiche“, echauffiere ich mich. „Ach nee, das wäre dann ja jetzt.“ Deeskalierend tätschele ich mein restliches, sich vor Schreck kräuselndes Haupthaar. Es nieselt, wodurch es mit niedlichen Löckchen zu punkten versucht.

„Hatschi.“ Petrus niest.

„Die löwenmäulchenfarbenen Lockenwickler stehen dir vortrefflich gut zu Gesicht. Ich tippe auf eine saure Dauerwelle. Ja?

Hervorragend geeignet für feines und zugleich sprödes Haar“, lobe ich seine Wahl.

„Stimmt, danke. Hatschi.“

„Gesundheit“, wünschen Freddie und ich.

„Das wäre schön. Meine Allergie gegen die Ollen unter den Gräserpollen macht mir stetig mehr zu schaffen“, gesteht Petrus uns. „Bitte verzeiht, dass ich es deshalb so häufig von unten nach oben regnen lasse.“ Wir verzeihen.

„Sieh, Freddie!“, rufe ich. „Mademoiselle Zeit winkt mir mit ihrem Ringfinger mahnend zu. An ihrem Digitus anularis glüht der gigantische Diamant Pink Hope, Schwester vom allseits verehrten Blue Hope. Muss sie so damit angeben, dass *sie* glücklich verheiratet ist?“

„Digitally was? Verheiratet? Mit wem?“, will Freddielein wissen.

„Na, mit Cary Grant. Du siehst so verdruckst drein. Möchtest du mir vielleicht beichten, du wüsstest nicht, dass der Ringfinger im Lateinischen Digitus anularis genannt wird? Werter Heiratsphobiker, ist dir das wirklich nicht geläufig?

„Nein.“ Freddie schüttelt seiner Knochen Mark.

„Lol. Solch eine Phobie hätte ich zu Lebzeiten auch hegen und pflegen sollen. Du hast Gertrud auf der Beerdigung ja selbst erlebt.“

„Jawohl“, äußert Freddie sein Beileid. „Bedauernswertes Früchtchen. Aber was heißt hier Phobie? Mich nimmt nur keine. Au Backe, dein 14.00-Uhr-Termin.“

Beflügelt vom Ostwind, flattere ich zu meiner Couch, um meinem nächsten Patienten guten Tag zu sagen. Von Irren darf ich um keinen Preis mehr sprechen, sonst gibt mir Jesus eins auf die Fingerchen. Zu Recht, muss ich ihm zugestehen.

Kapitel 15

„Es heißt, der Tod sei das Ende, aber für uns Trauernde ist er der Anfang, der Anfang vom Ende und vielleicht, irgendwann ja ein Neubeginn, auf Erden oder in der Ewigkeit“, wispert mir meine Muse unter Tränen zu.

„Du bejammernswerte Schutzgöttin der Künste“, schluchze ich.

Von einer gans gravierenden Gänsehaut dirigiert, spielt ein Schauer auf meinen Rippen Mahlers *Auferstehungssymphonie*.

Was mich heute wohl erwarten mag?

Was mich erwartet, ist ein Häufchen Elend, getauft auf den klangschönen Namen Barron. Dies verrät mir seine zum Plaudern aufgelegte Initiale, welche es sich auf seinem grob gestrickten Wollpullover im Ton eines schwermütigen, über seinen schmalbrüstigen Oberkörper mäandernden Baches gemütlich gemacht hat. Barron, der edle Herr, der Adlige, all dies gelobt sein Vorname. Mein Patient jedoch windet sich auf der Couch wie ein Gemeiner Regenwurm in der Seifenblasenlauge. Mein Kennerblick vermutet eine ausgewachsene Gastritis, weshalb ich es mir nicht nehmen lasse, Barron in der praxiseigenen Teeküche einen starken Süßholzwurzeltee zuzubereiten, in dem sich justament Tautropfen einer Rosenblüte ihr Frühschwimmerabzeichen, das Seepferdchen, erkämpfen. How sweet ist das denn?

„Barron, die Legende vom Seerosenmädchen besagt: Des Teewassers süßer Niederschlag trüge Tränen hinfort“, eröffne ich eloquent die Therapiesitzung. So ein Quatsch, das habe ich mir gerade ausgedacht, aber FABELhaft klingt es schon.

„Ob der Tee hilft?“, verhört mich mein Patient mit Skepsis im Unterton.

„Ja, unbedingt. Barron, wenn ich da meiner Magenverstimmung im Jahre 1954 gedenke: Ölsardinen und ein Korb waren im Spiel. Noch heute wird mir schwindlig zumute.“

„Ein Proviantkorb?“ Ein Schimmer von Neugierde glimmt in seiner rechten Pupille auf, indes sich die linke der Melancholie verschreibt.

„Nein, Barron, kein Picknickkorb mit Käsesandwiches und edlem Schaumwein à la Crémant de Tristesse, der zum Schwelgen verführt, sondern ein Korb voller ungenießbarer Früchte. Ein Korb, von dem selbst der einst über den Jordan gehende Michael Jordan nur albträumen kann ..."

„Ah, ein Mädchen zeigte dir die kalte Schulter, gab dir einen Korb, war durch keinen Bestechungsversuch für dich zu erwärmen ..." Wider Erwarten legt Barron an Tempo zu. „... hatte das zarte Näschen gestrichen voll von dir, die Flirtfaxen im Voraus dicke ..."

Ich fühle mich geringfügig gekränkt. Mein beleidigtes Mundwerk drängelt sich in Richtung Protest vor, sodass meine Verteidigung Barron warnend ein Vorfahrtsschild vor den Mund hält. *Plopp*, das sitzt. „Verschone mich mit weiteren verbalen Ohrfeigen", bitte ich ihn, „obwohl du es durchaus auf den blamierten Punkt bringst."

„Ha!" Barrons erbärmlicher Mix aus Konsonant und Vokal drückt Selbstgefälligkeit aus.

„Mir schwant, der Süßholzwurzeltee kann sich dorthin trollen, wo Karnickel und Minztee längst im Pfeffer miteinander schlafen."

„Wie bitte?", fragt mein Patient.

„Quält dich Herzeleid, Barron?", rate ich ohne Umschweife drauflos.

„Willst du wissen, ob ich im Heartbreak Hotel eingecheckt habe?" erkundigt er sich zögerlich.

„Yep. Jetzt knowst du what I mean!", antworte ich emsig nickend.

Mein Patient gibt Rodins Denker. Sein milchweißer Schneidezahn funkelt sentimental im Glanz des Selbstmitleids.

Überraschend gesellt sich Elvis zu uns, um uns mit einer eigenwilligen Soloeinlage zu verwöhnen. Seine Neuinterpretation „Always in your stomach" klingt verstörend. „Wäre ich ein Verdauungsapparat, würde ich sofort kapitulierend die Magenschleimhaut werfen. Ein Handtuch hätte ich ja nicht", kritisiere ich ihn. „No, thank you." Ich winke ab, als er mit einer Zugabe droht. „Hier oben sind die meisten Geister so schrecklich edelmütig“, gebe ich ihm mit auf den Heimweg. Nun hüllt sich meine Zunge vorsätzlich in Schweigen. Mylady, kann *Ihr* länglicher, von Schleimhaut überzogener Muskelkörper so etwas? Barron ist mir noch eine Erwiderung schuldig. Um ihn zu ermutigen, rucke ich mit dem Köpfchen vor wie ein hungriges Täubchen, das einen Krümel Marmorkuchen aufzupicken versucht. Zumindest bin ich bemüht.

„Mittlerweile bin ich seit sechs Jahren hier oben zugange, aber heimisch fühle ich mich nicht“, gesteht er.

„Ui, das ging bei mir unwesentlich flotter“, vertraue ich ihm an.

„Wie könnte es auch anders sein, wenn meine Seele in jeder Sekunde auf Erden bei meiner geliebten Frau sein will. Verstand und Seele messen ihre Kräfte. Sie veranstalten ein Seilziehen, das keiner von ihnen gewinnen kann“, seufzt Barron.

„Alle Achtung, du wanderst philosophisch durch die Wölkchen. Wer ist denn deine geliebte Frau?“

„Celeste.“

„Celeste? Die Himmlische? Die Himmlische auf Erden? Das entbehrt ja nicht einer gewissen Tragikomik.“

Dies findet Barron ganz und gar nicht. Entrückten Blickes studiert er das tolle Treiben auf meiner linken Ohrmuschel, auf der sich seit Neuestem Terminalhaare mit dem Prozess der Fortpflanzung verlustieren. Bei diesem Schauspiel würde selbst ich davon Abstand nehmen, sanguinisch vor mich hin zu pfeifen. Einsicht zeigend nicke ich. „Sorry, manchmal überfordert mich Tragik, Barron. Zugegebenermaßen fällt es mir persönlich federballleicht, meine Frau zu entbehren, würdest du Gertrud bereits kennen … Aber ich werde versuchen, mich in deine Lage zu versetzen. Mmh, die schnellste Lösung wäre Celestes Ableben. Soll ich Gevatter Tod mal ausquetschen, ob sie schon in seinem Auftragsbuch steht?“

Überraschend gelenkig springt Barron von der Couch auf. Offensichtlich liebäugelt er damit, mir einen saftigen Kinnhaken zu verpassen. „Bist du wahnsinnig?“, fragt er.

„Nö, ich denke nein. Aber zu gütig, dass dir die Gesundheit meines Geistes am Herzen liegt.“

Barron setzt sich wieder. Meine Couch sieht mich angewidert an. „Zwei gegen einen. Wie unfair!“, jammere ich.

Um eine Erklärung ringend, fleht mein Patient: „Celeste soll nicht sterben. Ich wünsche ihr ein … neues klitzekleines Glück. Solange, bis wir uns irgendwann, in ferner Zukunft, im Himmel in die Flügel sinken.“

„Ah, anscheinend hinkt deine Eifersucht auf etwaige Nachnebenbuhler noch deinem gesunden Untotenverstand hinterher. Hier gibt es das Verkürzungshinken, das Schmerzhinken, das Versteifungshinken und das ...“

Barron grummelt.

„Ja, richtig ...“

„Ich habe doch nichts gesagt!“, wundert sich mein Patient.

„… das Lähmungshinken hätten wir gerade noch im Angebot. Im Grunde wartet auf mich eine Karriere als Vertreter. Prothesen hätte ich zu Lebzeiten prima an oder eher unter die Konsumenten gebracht“, zolle ich mir selbst Respekt. „Potz-Blitz“, rufe ich aus, freudig erregt ob meines wachen Verstandes. Es blitzt und donnert gewaltig. Thor schleudert mir einen warnenden Blick zu. Dazu führt er diese einprägsame Ich-behalte-dich-im-Auge-Nummer durch, jene mit Zeige- und Mittelfinger. „Potz-Blitz“, rufe ich aufständisch. „Na klar, ich bin tatsächlich auf dem falschen Dampfer und das über den Wolken. Halt, ich hab’s, dein Leiden ist seelischer Natur. Halleluja! Mein Gott jetzt hab ich es, mein Gott jetzt hab ich es.“ Gänzlich unmelodisch verunstalte ich Leonards Hymne.

Barron hält sich die Sehwerkzeuge zu. Besonders clever scheint er mir nun nicht mehr unterwegs zu sein, die Lauschlappen ergäben eindeutig mehr Sinn. Ich schäle sein Leiden heraus wie ein Totenkopfäffchen das Fruchtfleisch aus einer aromatischen Navelorange. Allmählich geraten meine Geistesgaben in Hochstimmung. „Good to have you!“, heiße ich sie herzlich willkommen. Barron klappt seinen Mund auf und zu.

„Nur Mut“, ermuntere ich ihn. Bei seinem Namen muss ich zwangsläufig an einen Barren Gold denken, aber dies tut jetzt wenig zur Sache.

„Celeste leidet wie ich“, klagt er.

„Das mag ja sein, aber hat sie versucht, sich das Leben …?“, insistiere ich.

Abermals springt Barron, als piesacke ihn eine aufsässige Sprungfeder, von der Couch.

„Summa summarum ist dies trotz depressiver Züge eine überaus aktive Therapiesitzung“, lobe ich mich.

„Bist du verrückt? Nein, selbstverständlich ...“

„Ja?“, frage ich.

„... nicht.“

Ich grunze zufrieden. „Meinst du nicht, dass ergo tief in ihr ein ungebrochener Lebenswille schlummert?“ Logik liegt mir. Ein wenig gelöster lehne ich mich zurück.

Eigensinnig beharrt Barron auf seinem Kummer. „Sie weint, so wie ich, jeden Nachmittag.“

„Regelmäßig zur Teezeit?“, vergewissere ich mich.

„Ja, weshalb fragst du?“

„Na, weil ich mich frage, was für scheußlich schmeckenden Kuchen ihr zwei da bloß verzehrt. Seid ihr Gluten-Gegner? Nee, Weizen beiseite. Wie gesagt, solch eine Trauer ist mir fremd, hättest du mit meinem Eheweib Ostern 1962 verbracht ... Ich verrate nur: heuriger Hase, Steinschleuder und literweise im stillen Bad gepanschter Eierlikör. Halt, stopp, zurück zu dir.“ Allmählich bleibt sogar mir nicht verborgen, dass ich mich nach wie vor mit Empathie ähnlich schlecht auskenne wie mit der Herstellung von Schnürsenkeln. Nämlich gar nicht. „Barron, beinahe jeder von uns trägt völlig gedankenlos Schnürsenkel spazieren, ohne sich jemals mit deren Herkunft auseinanderzusetzen. Weißt du vielleicht, dass Schnürsenkel durch die Art und Reihenfolge, wie sie so geschmeidig durch die niedlichsten Schnürösen gefädelt werden, gigantischen Einfluss auf die Präsentation deines Schuhwerks nehmen?“

„Ich trage Sandalen, jahreszeitenübergreifend.“

„Hm.“ Erneut greife ich auf die Logik zurück. „Mein lieber Barron, wenn ich dich so nennen darf?“

Barron zuckt betrübt mit seinen Schultern, womit auch sonst, ihm ist alles egal.

„Die Zukunft malt golden.“ Nun bin ich wieder beim Goldbarren angelangt.

„Wieszoo?“ Nuschelnd siedelt er das O in Hagenbecks Tierpark an.

„Bislang steht es 2:1.“

„Wieszoo?“

„Ja, wieso eigentlich?“ Meine Ideen gehen stiften. Sie vorsichtig am Schopfe packend, fange ich sie wieder ein. „Euch, dir und Celeste, gehört die Vergangenheit, right?“

„Jaaa.“ Barron schluchzt.

„Euch gehört die Zukunft, right?“

„Vermutlich, ja.“

„Und, das ist jetzt der Clown für die Tragikomödie: Die Gegenwart wird ja zur Vergangenheit und die Zukunft wird zur Gegenwart.“

„Echt jetzt?“

„Na guck, schau einer an. Ich kann geradezu sehen, wie sich deine Gedanken im Kriechtempo einer Bananenschnecke auf des Rätsels Lösung stürzen.

4 1/2 Minuten später:

„Ergo, gehört uns ... alles?“

„Mein Gott, jetzt hast du es, mein Gott, jetzt hast du es!“ Zehn Zehen führen ein Freudentänzchen auf. Meine Couch lächelt zufrieden.

„Celeste und du seid die Gewinner vor dem Herrn. Führe dir folgendes Ambiente vor deine sehnsuchtsvollen Augen, mein Freund: du in deiner Lieblingskonditorei. Deine Speicheldrüsen gelüstet es nach drei dir verführerisch zupinkelnden, nee, zuplinkernden Tt.“

„Iiii, mich soll es nach Dexters Toilettentauchern gelüsten?“

„Was? Nein, nein, nein. Meine Tt sind Tortenteilchen.“

„Ah.“ Mein Patient presst seine oktopusblauen Lippen fest aufeinander.

„Du lechzt also nach, sagen wir Agnes-Bernauer-Torte, blauer Hund und kalter Enzian, nee, der Hund ist kalt und der Enzian ist blau ... Na, egal.“

Barron reißt seinen Mund auf. „Pah, Enzian ist keine Torte.

Enzian ist eine Pflanze mit trompetenförmigen Blüten, ein Symbol der Treue ..."

„Ja, guck, wie hübsch das passt. Jetzt sei doch bitte nicht so pingelig, deine Therapiestunde ist fast um. Ich transpiriere mehr, als dass ich therapiere." Unauffällig klemme ich mir von Wilma angereichte Taschentücher unter meine Achseln. „Also, du und die drei Köstlichkeiten und, hör zu, zwei davon darfst du gleich genießen und die dritte flattert dir in ein paar Jahren ins offene Mündchen. Na, klingelt es?" Barron runzelt die Stirn, als wolle er die Antwort aus seinen Denkerfalten schütteln, wie Frau Holle Milben aus Pechmaries Bettlaken.

Thomas Mann klatscht Beifall und grölt: „Prima, show, don't tell."

„Dass hier fast always irgendwer zuhört, ist im Himmel eine absolute Sicherheitslücke. Ruhe!", fauche ich das genialische Thömmchen an, das ich kein Jahrhundert später auf ewig ins Herz schließen werde.

„Du meinst also", überlegt Barron, „Celeste ist so verführerisch wie ein exquisiter Kuchen mit herrlichster Cremefüllung, verziert mit Aprikosen und Kirschen? Verfolgst du den Plan, sie mir auszuspannen? Schreibst du ihr Liebesbriefe? Ist es das, was du vorhast? Das ist so was von niederträchtig." Barron wimmert und hält nurmehr wenig von meinem dämlichen Herumgehampele.

„Nein!!!!!!" Immer mehr aufgeschreckte Ausrufezeichen gesellen sich meiner vehementen Verneinung hinzu. „Nein! Ich möchte dir lediglich vorführen, dass du mit Celeste das marzipanrosa Los gezogen hast."

„Du hast dich doch in sie verguckt", insistiert Barron. „Waren es ihre fein modellierten Nasenlöcher?"

„Hey, nun hör mir mal ausreichend zu: Euch gehört die Vergangenheit, euch gehört die Zukunft, und auf die Gegenwart müsst ihr bloß temporär verzichten, da sie in der Zukunft die eure sein wird. Ich gerate zwar langsam durch den Tüdel, bin aber zugleich rasant beeindruckt von meiner geistigen Klarheit."

Bei Barron scheinen die Groschen zu fallen, etwas so Neumodisches wie Cents traue ich ihm nicht zu. Aus dem Faltenhund wird ein scheu lächelnder, betulich die Fährte aufnehmender Deutscher Wachtelhund. „Pi mal Daumen stehe ich demnach so schlecht nicht da, meinst du das?“

„Jawohl! Und in der Zwischenzeit lebt jeder von euch sein eigenes Dasein und sammelt wunderhübsche Anekdötchen an, die ihr euch später auf Wölkchen fünf erzählen könnt. Nun, wie klingt das?“

„Ua! Nach ’nem faulen Kompromiss klingt das, nach ’nem ganz faulen Kompromiss klingt das ...“ Desillusioniert starrt Barron instinktiv Richtung Wattebausch Nummer fünf. Sir, die Erklärung folgt später. Lassen Sie sich nicht verwirren. „Aber besser als nichts ist es. Wenigstens hast *du* dir Mühe gegeben“, sagt er einlenkend. „Freud hat gemeint, ich möge meine anale Phase Revue passieren lassen. Das war keine Freude, das flüster ich dir.“

„Mein lieber Herr Proktologenverein, nein, Gesangsverein“, empöre ich mich, während die Englein sich gerade für die Chorprobe einstimmen, „der macht sich das Leben als Schatten seiner selbst aber auch leicht.“

„Bin ich unterzuckert? Mir ist so schwindelig zumute. Oooh, mir ist, als greife eine Hand nach meiner Leber ... Yes, mir wird schummrig vor den Augen.“ Ich greife nach Barrons Ganglion und halte mich an ihm fest. „Wie wehmütig wird mir ums Herz, nein, Barron, dies ist kein Scherz.“ Wenn mir früher einmal jemand gesteckt hätte, ich würde so geschliffen daherreden, hätte ich diesen jemand aber tüchtig verhauen. Nun aber kullert eine Träne Richtung Erde. Verflixt, ich scheine eine Botschaft zu empfangen. „Jesus Christ, ich bin ein Medium!“ Wie von Geisterhand verlassen sinnstiftende Umbrüche bedeutsamer Zeilen meinen Mund, die nicht die meinen sind:

„Die Totenflüsterin verliebt
sich in ein Herz, das es nicht gibt.
Es schlug vor Hunderten von Jahren,
besiegte Kriege, Pest, Gefahren,
es schlug für die Gerechtigkeit,
für Liebe, Stolz und Tapferkeit.“

„Ich bin erst vor sechs Jahren verstorben“, quengelt Barron. „Ich bin kein Dinosaurier.“

„Ssshhh“, zische ich, um den Kunstbanausen zum Schweigen zu bringen, und fahre fort:

> „Sie hört es klopfen in der Nacht,
> wenn sie am Meeresstrand hält Wacht,
> wo sie mit treuen Seelen spricht,
> Kerzen schenken helles Licht.“

„Für Bäder hatte Celeste schon früher etwas übrig“, flüstert Barron. Die Gänsehaut auf seinen Stimmbändern vibriert ergriffen.

„Ssshhh.“ Ich bitte um Ruhe. „Ein Poet bist du leider gar nicht.“

> „Leis’ flüstert sie den Wellen zu,
> Gewissheit schenkt ihr Kraft und Ruh!
> Zur andren Zeit, an andrem Ort,
> gehen wir gemeinsam fort,
> werden uns finden,
> in Liebe verbinden,
> Dein Herz wartet auf mich,
> ich weiß, du hörst mich,
> in neuer Gestalt,
> jahrhundertealt.“

Meine Körperbehaarung richtet sich auf. Unter den Fußsohlen gedeiht Erpels Pelle prächtig. Auf die wäre sogar ein oller Ganter neidisch. Um ehrlich zu sein, vernahm ich nie zuvor solch lyrische Zeilen.

Zu meinem Bedauern geht Barron sehr prosaisch an diese Offenbarung heran. „Das ist Celeste, sicherlich ist sie das. In Mathematik war sie noch nie eine Albertine.“

„Einsteins geheimnisvolle Schwester?“

„Ja. Deshalb hat Celeste das mit den Jahrhunderten komplett durcheinander addiert. Aber von Rechts wegen hat sie doch geschworen auf mich warten zu wollen, oder?“

„Selbst von Links wegen. Oh, Barron.“

„Echt?“

Mit Schmackes haue ich mir auf den linken Oberschenkelknochen.

„Autsch! Mensch, Barron, das ist ein 1-A-Liebesversprechen für die Ewigkeit.“ Insgeheim frage ich mich, ob der Esel dieses überhaupt verdient hat.

„Iah. Ja.“ Endlich dringt die Bedeutsamkeit in all ihrer Imposanz zu ihm durch. Es schüttelt und rüttelt ihn. „Danke, Früchtchen, danke, vielmals. Für alles!“ Er fällt mir um den Hals.

„Machs besser, Barron.“ Ihm verlegen auf die Schulterblätter klopfend, trolle ich mich von dannen.

Ab aufs Wölkchen und die Flügel hochgelegt. An die Sache mit den Flügeln über den Händen muss ich mich erst noch gewöhnen. Unsere Flügel sind wunderschön gefiedert, wie die eines kostbaren Pfaus. Wobei, ich halte inne, jedes Geschöpf Gottes ist kostbar. Mehr oder weniger, fügt mein kränkelnder Zynismus hinzu. „Ua.“ Herzhaft gähnend ertappe ich mich in flagranti, wie ich fix und fertig einnicke. „Zsss.“

Kapitel 16

„Mit Zuckerguss überzogene Probleme sind die tückischsten, oder?", horcht mich meine Muse aus.

„Todsicher", pflichte ich ihr bei.

„Dass ich damit keine Süßigkeiten meine ..."

„... dämmert mir zeitnah", vollende ich ihre Ergänzung.

Die Liste meiner Patientinnen und ja, die meiner Patienten, – Sir, soll ich Ihnen vielleicht einen Kollegen auf Erden empfehlen? – wächst und gedeiht. Wenn auch gemächlicher als die Magnolienbäume in Petrus' heimischem Vorgärtchen. Ganz gleich wann ich mit ihnen plaudere, schwächelt mein Ego. „Ach, hätte ich doch so viele Härchen, ich meine Trichome, wie ihr", schmeichele ich den bezaubernden Wundern. Mitleidig tätschele ich meine mit Spucke am Haupthirn festgeklebten Haarsträhnen. Es sind weiterhin drei, Mylady. Immerhinque! Beherzt spreche ich uns vieren Mut zu. Der ist unbedingt vonnöten, denn gleich geht es ans Eingemachte. Mercelchen, der cleverste Götterbote aller Zeiten, und meine Wenigkeit wurden von der flexiblen Kaltmamsell des Himmels abkommandiert, in ihrer pistaziengrün gekachelten Küche Sommers Früchte einzukochen. Flugs beamt er uns dorthin. Früchtchen kocht Früchtchen. Wie passend. „Ich bin wirklich ein ziemliches Früchtchen, gelobe aber Besserung", versichere ich der Sterneköchin Maggie Strawberry. „I can see das", sagt sie. „Auf meinem himmlischen Speiseplan steht heute folgendes Dessert high up im Kurs: Kondensstreifenschnitten auf Pfirsichkompott unter Erdbeerherzen."

„Uargh!" Es ekelt mich, denn ich vertrage doch keine Pfirsiche, leider. „Betrüblicherweise bekomme ich davon einen flotten Otto."

„Für dich gibt es Stachelbeeren. Passend zu deinen Waden. Apropos Otto." Maggie grinst. „Otto Eduard Leopold von Bismarck-Schönhausen schnippelt fleißig mit. Right over there, gleich da drüben. Hier hat jeder mal Küchendienst."

„Smart, ich mag seine Küchenschürze", beteuere ich erfreut.

Auf der Küchenschürze ist die sagenumwobene Elbe abgebildet. Sie kennen die Elbe, Sir? Das freut mich zu hören. Die Elbe ist ja eigentlich ein nebensächlicher Nebenfluss der Nordsee, behaupte ich als britischer Nordfriese jetzt mal rotzfrech. Nein, – laughing out loud – die Elbe ist wirklich irisierend, vitalisierend und unbedingt erbadenswert, führt sie doch an so pittoresken Plätzchen wie Wittenbergen, bei den sieben Zwergen – stopp, ich schweife ab – Finkenwerder Fähranleger (dort regnet es besonders nachdrücklich Sternschnuppen vom Himmel; jeder, der dort vor Anker geht, sollte sich etwas Hübsches wünschen), Teufelsbrück und Blankenese vorbei. Ja, Mylady, von Blankenese aus kann man tatsächlich astrein nach Wedel wedeln. Alles zu Lebzeiten auf eigenen Fußsohlen ausprobiert. Aber zurück zu Otto. Frisch wie die frisch gepflückten Pfirsiche palavern wir drauflos, und er versichert mir glaubhaft, nicht im Mindesten als mein Patient enden zu wollen.

„Heda!“, schmettert Otto mir entgegen.

„Unterlief mir gerade ein Schnitzer?“, frage ich. Otto kneift mir nämlich mit Schmackes in mein linkes Schlüsselbein. „Aua.“

„Nicht so plumpe Pfirsichschnitze schneiden, wir sind hier nicht bei Goliath.“

„Wie Sie meinen, Herr Kanzler“, sage ich besänftigend.

„Nenn mich ruhig Otto, min Jung.“

„Geht klar, Herr Kanzler.“

Otto rollt mit den Augen, während er mich unter seinen buschigen Brauen hervorblinzelnd mitleidig zu mustern scheint.

„Manchmal bin ich schwer von Kapee“, vertraue ich Otto an.

„Wieso eigentlich Kapee?“, möchte Herr Kanzler wissen. „Und ist Kapee etwas Gutes oder etwas Schlechtes? Wird es etwa abgeleitet vom Kap der Guten Hoffnung oder von Ka-pa-zi-täts-stei-ge-rung?“

Mylady, Sir, Blitzumfrage. Auf gehts, munter mitgeraten. Na? Keine Idee? Schämen Sie sich nicht. I will help you. „Well, Otto, die Endung soll französisierend sein. Man munkelt, das lateinische capere sei mit an Bord. Jedoch: alles Käse! Tückische Kapern sind des Rätsels Lösung. Kapern sind für Untote, Zombies, Vampire etc. übrigens schwerer verdaulich als Blumenkohl- oder Zwiebelfondue. Blinzel, blinzel, du weißt, von welchem Verdauungsproblem ich spreche?“

„Und ob!“ Otto brummt zustimmend. „Min Jung, vermutlich sind sie ja deshalb so unbekömmlich, weil *ich* sie roh zu verschlingen pflege. Wirklich bei Trost bin ich aber auch selten oft“, weiht er mich ein.

„Wer ist das schon?“, tröste ich ihn.

Wenig später, gerade male ich schiefe Herzen auf die Gläser für die Erdbeer-Milchshakes, tippt Herr Kanzler mir fordernd auf den Brustkorb. Er scheint ein Anliegen zu haben. „Verrühre bitte mal den Puderzucker mit dem Rote-Beete-Saft, mein Spezialrezept für süße Sauce. So ist es akzeptabel. Du, ich habe die Demokratie nie und nimmer ins Stolpern gebracht, hab' ich nich', echt nich'.“ Flehentlich guckt Otto mich an.

„Wie meinen Sie?“ Verwundert halte ich im Rühren inne.

„Du.“

„Wieso ich?“

„Du darfst du zu mir sagen.“

„Ach ja. Wie meinen ... was meinst du?“

Otto schluckt schwer an einem Kartoffelkloß im Hals (Spätfolgen des Mittagsmahls), das sehe ich ihm an seinen rubinrot geäderten Nasenflügeln an. „Einst mehrten sich in Deutschland die Stimmen, mein Kaiserreich sei eine obrigkeitsgläubige Fehlkonstruktion gewesen.“

„Du wirfst mit Xenismen um dich, ich mit Schnitzen ... Och nö, jetzt sind Sie, jetzt bist du drauf gelatscht. Heb bitte mal den Fuß. Den anderen“, fordere ich ihn auf.

Otto raunt mir mit einem Abglanz von nichts als Düsternis zu: „Ich soll die Demokratie auf dem Gewissen haben. Ich!“

„Was für ein Humbug“, echauffiere ich mich. „Da kann ich dich beruhigen. Das Fräulein Demokratie liegt im Leben nicht auf deinem Gewissen, es ruht höchstens auf meiner Couch. Wann war das doch gleich … Ach ja, das war vorgestern. Und ja, die Demokratie leidet unsäglich, aber – halt – bestimmt nicht deinetwegen, sondern wegen politischer Gauner, die mit Brachialgewalt an ihr herumzerren. Alles Weitere unterliegt der Schweigepflicht. Im Übrigen haben dir die Fischköppe in Hamburg ja sogar ein Ehrendenkmal gesetzt. Mit allem Drum und Dran. Seit 1906 thronst du im Alten Elbpark, zum Vergnügen der Möwen. Die keckern und kleckern, dass es eine wahre Freude ist, ihnen dabei zuzusehen oder das Gegenteil. Je nachdem, wo man selbst gerade herumsteht."

„Nicht geflunkert?" Otto errötet geschmeichelt.

„Ich schwöre! Das Denkmal zeigt dich als hanseatischen Donald ..., nein, Roland, ein Symbol städtischer Freiheit. Tolle Sache. Du bist dort 34,3 Meter groß und stehst unter Denkmalschutz. Proper, was?"

„Dass ich das nicht erleben durfte!" Otto vergießt Tränen.

„Davon weißt du nichts?", wundere ich mich. „Na, up to date seid ihr hier oben aber nicht."

Otto berappelt sich erstaunlich schnell. „Ach, was wird das für ein feiner Ausflug an meinem nächsten Todestag. Du bist eingeladen. Es gibt Pumpernickel mit Emmentaler Käsemäuschen und Weinträubchen", verspricht mir Otto. „Wir kucken uns eine Lücke in der Wolkendecke aus und bejubeln Walter Ego."

„Dein altes Ego?"

„Das natürlich auch", sagt Otto.

„Politische Prinzipien … Ein zu weites Feld", mischt Theodor, sich offenbar noch auf die Nachrichtensperre beziehend, unaufgefordert ein.

„Ganz Recht, du Herr Fontane." Sie, du, ich komme komplett durch den Tüdel.

„Min Jung, da bin ich ja besänftigt, da fällt mir Weltraummüll vom Herzen und der Kartoffelkloß rutscht ebenfalls. Endlich!" Otto wischt sich mit dem Geschirrtuch Tränen aus dem Gesicht. *Plopp*!, das war der Kloß.

„Min Jung, ich verrate dir jetzt noch ein vertrauliches Geheimnis." Otto hüstelt. „Übrigens wiederhole ich mich manchmal vor Rührung oder Aufregung."

„Ich ebenso", gestehe ich frei heraus.

„Eine Gemeinsamkeit, wie hübsch." Otto schaut zufrieden.

„Ja, überraschend. Otto, das mit der Offenlegung muss aber nicht unbedingt sein ...", versuche ich ihn vergebens zu bremsen.

„Doch! Ahnst du vielleicht, weshalb ich in meinen wilden Jahren der Eiserne Kanzler gerufen wurde?"

„Öh? Ist deine Lieblingszahl vielleicht 26?", rate ich hurtig drauflos.

„Bitte? Was hat denn jetzt das Alter meines Ur-Ur-Ur-Enkels damit zu tun?"

Leicht überheblich male ich mit Rote-Beete-Saft eine Zwei und eine Sechs auf Ottos Schürze.

„Wie schmuddelig das aussieht!" Unzufrieden beäugt sich Otto im spiegelblanken Geschirr. „Was soll das?"

Zuvorkommend liefere ich ihm den Grund für meine Vermutung. „26 ist die Ordnungszahl von Eisen, unserem vierthäufigsten Element in Mutters Erde Kruste ..." In der Rolle des Oberlehrers gefalle ich mir ungemein.

Otto dreht sich um, als erwarte er eine Attacke des FBI. „Ssshhh, Mumpitz. Ich verrate es dir, aber nicht herumtratschen."

„Wie bei der britischen Variante der stillen Post, unglaublich", kritisiere ich.

„Ich litt als Kind unter Eisenmangel, war ein kränkliches Bürschlein, hatte Herzrasen, Haarausfall, ein seltsames, nahezu unstillbares Verlangen nach Tontöpfen ..." Otto verliert seine Gegenwart an sentimentale Erinnerungen.

Ihn wieder einsammelnd, versuche ich, an des Rätsels Lösung Entdeckerfreude vorzugaukeln. Es gelingt mir nur mit Mühe. Ich kürze seine nostalgische Reise in die Vergangenheit ab. „Du musst bis heute Eisen schlucken. Ich, Fürchtegott Dot, bringe es auf den anämischen Punkt."

„Ja!" Otto staunt Pfirsichkerne, Bauklötze sind gerade Mangelware.

„Und die Pointe, Otto?"

Herr Kanzler swingt verlegen mit den Augenbrauen. „Das ist die Pointe."

„Armer Pflaumenaugust! Mach dir nichts draus", tröste ich ihn teilnahmsvoll.

„Wenn schon Pfirsich", kontert Otto.

Kapitel 17

„Wo Engel Dämonen umarmen, wird Hoffnung zur Seiltänzerin auf dem Regenbogen." Stolzerfüllt blickt mich meine Muse an.

„Ui! Bisher hast du nur in meinem Köpfchen zu mir gesprochen, nun aber hast du holdes Geschöpf dich materialisiert, sonst könntest du mir ja nicht so betörend den Kopf verdrehen. Ob du mir wohl jemals das Geheimnis enthüllen wirst, wie dies vonstattengeht?"

„Dein gereifter Verstand wird es dir dermaleinst vorführen", gelobt meine Muse.

„Sch-sch-schön. Irrational, aber sch-sch-schön", stottere ich.

„Ist das ein Lob?", klopft sie auf den blühenden Busch. Gartenwärtig oder eher gegenwärtig sitzen wir nämlich unter einem, konkreter gesagt unter einem himmi-jimmi-farbenen Rhododendron.

„Ja! Und was für eins."

Wenig später tröste ich mich selbst mit einem Kuddelmuddel-Märchen. „Es ist der Regenbogen, der die Erde mit dem Himmel vermählt. Auf dem Weg in die Wolken verwandeln sich Tränen der Trauer in feingespinstige Regentropfen, die irgendwann zu Pfützen werden, durch welche alle kleinen und großen Kinder fröhlich hindurchpatschen ... Weiter!", fordere ich mich auf. How rührend ist das denn bitte? Mein Herz und ich vermissen unsere geliebte Pfütze, die Nordsee. Wir vermissen es, zu hören, wie die Wellen am Strand schlecken, derweil meine Zunge mühelos vier Kugeln Marillenschnapseis mit Geleebananen zu Leibe rückt. „Im Himmel mag es ja durchaus himmlisch sein, aber ein Meer gibt es wohl nicht, oder?" Wen ich hier interviewe? Na, die Ankunftshalle, die ich gerade mutterseelenallein durchschlendere. In regelmäßigen Abständen zieht es mich hier her. Vermutlich flirte ich mit der irrigen Annahme, sie könne zugleich die Abreisehalle sein. Getragen stimme ich ein nordfriesisches Seemannslied an: „Geleebananen am Meeresstrand, rechte Hand hält linke Hand. Die Möwe muss, die dumme Kuh, und, wen trifft sie? Mich und du." Beim Poetisieren muss Mann auf die Grammatik nicht zwangsläufig Rücksicht nehmen.

„Nanüchen, nanüchen. Was geschieht mit mir?" Ich werde im wahrsten Sinne des Wortes getragen. Urplötzlich heben mich vier Englein durch die Lüfte und legen mich und mein *Egg*toplasma eilfertig auf einem Wasserbett ab. Kümmern tun sie sich ja. Sir, stolpern Sie über *Egg*toplasma? Und ich habe Sie für plietsch gehalten. Listen: Mr. Dot, wie der Dotter vom Ei. Ah, jetzt fällt es, das Cent-Stück. *Egg* wie Ei, eine unschuldige Wortspielerei. Ektoplasma nennen wir hier oben unsere Geisterverkleidung. Das plätschernde Wasserbett verstärkt meine Sehnsucht nur noch, sodass ich nun rezitiere: „Es war einmal ein schmaler Aal, dem war das Jenseits piepegal. Sorgenfaltig und geknickt, er diesen Brief nach Hause schickt: Und käm' ich jetzt in eine Suppe, so wär' selbst das mir völlig schnuppe." Ich bin ein Dichter. Sogar die Englein schluchzen. Das war nicht meine Intention. Allesamt bilden wir ein Trauergrüppchen, das prompt Mercelchen auf den Plan ruft.

„Komm, Früchtchen, Otto schnippelt den Rest allein."

„Oh, Otto habe ich glatt vergessen. Der schnippelt schon ein Weilchen allein. Wohin soll ich mitkommen?"

„Ich werde dich jetzt huckepack nehmen und dir unser Meer zeigen", verspricht mir der Götterbote.

„Meer, hier?"

„Mehr Meer, als du dir erträumen kannst."

Jetzt weckt Mercurius aber meine Neugierde auf. „How are you?", fragt sie noch schläfrig in die Runde.

Otto nickt aus der Ferne großmütig herüber. „Geht mit Gott, aber geht."

Ah, der Vater unser schließt sich uns an. *Wuuuuusch.* Nun ja, dieses Wagnis ruft in mir vage Erinnerungen an Nils Holgersson hervor. Bloß die Wildgänse fehlen. „Schnatter, schnatter." Hätte ich bloß meinen Schnatterschnabel gehalten.

*

Zögerlich meine Sinnesorgane zur Wahrnehmung von Lichtreizen aufschlagend, ertappe ich die Mutter der Nordsee mitten bei der Flut. Ach, was rede ich denn da, die Mutter aller Meere überhaupt. „That is fairytalemäßig. Würklich, wie im Märchen!"

„Da staunst du, was?" Mercelchen erfreut sich an meiner kindlichen Begeisterung, während unser Herrgott ihn freundlich korrigiert. „Wie bitte, nicht was."

„Was? Ach so." Mercelchen nickt verständig.

„Oh! Mir ist, als habe das Universum eine samtene Decke ausgebreitet, um uns willkommen zu heißen. Silberne Fischlein jumpen durch der Sonne güldne Strahlen", rede ich geschwollen daher – die Lutschbonbons in der Geschmacksrichtung rote Grütze verbeulen justament meine aristokratisch blutleeren Wangen. Wo ich die plötzlich herhabe, Mylady? Empfinden Sie diese In-Kenntnis-Setzung jetzt tatsächlich als relevant für den weiteren Verlauf meiner überirdischen Geschichte? Ah, stattgegeben. Ears open! Sobald dem Morgen das Sonnenlicht dämmert, pflegt uns Persephone Leckereien auf die Kopfkissen zu legen. Eine nette Sitte, wie ich finde. Und nein, mit silbernen Fischlein meine ich keineswegs Silberfische. Wie es in Ihrer Nasszeile wohl aussehen mag, wenn Sie gleich an flügellose, lichtscheue Insektchen mit silbergrauschuppigen stromlinienförmigen Körpern denken, möchte ich ja lieber nicht wissen. Well, die anmutigen silbernen Fischlein jumpen vergnügt hin und her und her und hin – die Fortsetzung könnten Sie beim Putzen Ihres Bades selbst schreiben – während Chöre aus Muscheln das Walfischquintett zum Besten geben. Dirigentin ist eine zierliche, anmutige – ich darf mich jetzt nicht an Adjektive verramschen, sonst schimpft später die Lektorin, die mag Eigenschaftswörter nämlich überhaupt nicht – Meerjungfrau mit saphirblauen Augen. „Lovely", seufze ich. Ein Haifisch mit lässiger Föhnwelle überm urwüchsigen Revolvergebiss zupft den Kontrabass, als wäre dieser junger Blattspinat. Sie sind ein unverkrampft eingespieltes Team, das realisiere ich sofort. Auf einer Mole aus Herzmuscheln, die sich wie eine unternehmungslustige Zunge dem frischen Nass entgegenstreckt, steht eine Angel mit einem Mummelgreis. Ein potenzieller Patient, wie ich insgeheim vermute. Die lese ich hier überall auf. Der

Patient in spe fischt ohne vernünftigen Köder. Dass ich das noch mal erleben muss. You need more Information? No problem. Er fischt mit einer am Süden der Angel baumelnden Kopfbedeckung, also ohne Schirm und Charme, dafür aber mit Melone.

„... Daddy“, rufe ich aus und laufe peinlich berührt auf meinen ergrauten Herrn zu. „Was tust du unserem betagten braven Bowler an?“

„Alles im Lot, mein Junge. Alles ausgehandelt mit der Gewerkschaft.“

„Hä?“

„Wie bitte“, verbessert mich der liebe Gott automatisch.

„Wie bitte? Ach so, wie bitte. Also die spontane Meinungsäußerung bleibt hier ein wenig auf der Strecke. Papachen, was wurde aus der traditionellen Fischerei mit der herrlich soliden Handangel samt Köder?“

„Mein Sohn, Fische schwimmen hier so gut wie nie unterm Naturschutz durch. Trau mir über den Weg. Das mit unserem Bowler war schon eine Mordssache, absolut prekär, aber da er so wasseraffin ist ...“

„Wer, der Bowler?“, hake ich nach.

„Jawohl, weil er so gern schwimmt, hat die Hutmacher-Gewerkschaft mein Gesuch durchgewinkt.“ Der triefnasse Bowler quietscht zufrieden und plinkert mir verschwörerisch zu. „Hat er etwa auch einen an der Marmel?“ Hach, wie rede ich denn über Papachen.

„Marmel? Hast du Appetit auf Marmelade, Früchtchen?“ Mercelchen ist ja hilfsbereit, aber momentan steht er auf dem Schlauch, wie sein Insistieren beweist. Genauer gesagt auf einem, grob geschätzt, 1.000 Kilometer langen, der im flammenfarbigen orangeroten Nirwana mündet. Welches feurige Örtchen hier oben wohl mit Wasser versorgt werden muss? Ich tippe mal auf den Klassiker, den unwirtlichen Ort der Bestrafung. Sir, gehen Ihnen die Verniedlichungen mit -chen auf den Wecker? Beschweren Sie sich bitte nicht beim Verleger. „Du, Mercurius, Marmel ist ein böses Substantiv für Verrücktheiten“, kläre ich meinen neuen Kumpel naseweis auf.

Mercelchen kichert amüsiert. „Hier oben vergöttern wir Verrücktheiten. Wirst schon noch sehen."

Mylady, nun mag Sie durchaus das Warum triezen. Warum ist Papachen so verrückt nach Bowlern? Ich kläre Sie auf: Als Veterinärmediziner war mein Vater auf Erden intellektuell gesehen unterproportional ausgelastet. Deshalb spezialisierte er sich bereits in seinen Flegeljahren nach einem stark verkürzten Studium – believe me, eine Spritze möchte Ihr Papagei von ihm *nicht* bekommen – klammheimlich auf Hutmacherei. Ei, ei, ei. In Liverpool, wo ich aufwuchs, stehen Schießereien auf Bowler, und was sich sonst noch so als Kopfbedeckung anbiedert, nämlich bis heute auf der Tageskarte. Daher ist die Kauflaune ungebremst groß. *Peng! Knall!* Das hat Wumms, bis heute. Dies mag die beruflich bewunderungswürdige Flexibilität meines Vaters hinreichend illustrieren. Mein Mummelchen, meine Mummy, war mir, kaum war ich des Sabberns überdrüssig geworden, abhandengekommen wie anderen Leutchen der Humor. Sie war mit einem Tulpenhändler aus Amsterdam nach Apeldoorn abgerauscht. Ab und an schickte sie mir zum Jahrestag ihrer Flucht oder zu sonstigen Festivitäten Tulpenzwiebeln, versehen mit drolligen nostalgischen Grußkärtchen. Mein loyaler Vater zerstückelte diese jedes Mal unter Zuhilfenahme eines Fleischermessers wutentbrannt zu einer ungewöhnlich deftigen Zwiebelsuppe. Nicht ausgeschlossen, dass mein Charakter deshalb so ... vielschichtig ist. Sir, ich hoffe, der Zwiebelwitz bleibt Ihnen nicht verborgen. Eine Zwiebel hat doch so viele Schichten. Haha.

Gott ergreift das Wort. „Mein Sohn …"

„Jippie, ich habe jetzt zwei Väter."

„… du durchläufst ja noch das Eingewöhnungsprogramm. Üben wir also Nachsicht mit deiner zeitweiligen verbalen Entgleisung."

„Oh Herr, nimmst du auf die ‚Marmel' Bezug?" Ich schlucke. Nun klingt unser aller Vater aber ein klein wenig herablassend, finde ich. Versonnen applaudieren wir surfenden Delfinen. Sie sind die Cheerleader beim Über-Wasser-Lauf-Wettbewerb, angeführt von Jesus himself, wem sonst. „Schön ist es hier oben, wirklich schön", rühme ich anerkennend. Zufrieden lächelt Mercelchen.

Kapitel 18

„Morgenröte, elysisches Rouge des Himmels“, poetisiert die Muse mir in die schlaftrunkene Seele.

Ihr Odem duftet nach … Croissants, Maracujakonfitüre und Milchkaffee. „Oh, wie aufmerksam“, bedanke ich mich wohlerzogen. Was für ein Service. „Yummy!“ Wie schade, dass mir diese Leckereien nur im Traum serviert werden.

„Zsss, glucks, zsss.“ Wohlig ratze ich vor mich hin. *Ka-Boom!* Um 5.00 Uhr morgens versucht mich etwas mit einem markerschütternden „Heda!“ aus den Federn zu schubsen. *Plumps.* I love Comic-Sprache. Do you too? Ein nach Blumenpotpourri wohlduftender Mittelfinger lüftet mein Plumeau. Berühmt als Göttin der Rosenfinger erlebe ich Aurora als eher unerquicklich gelenkigen Langfinger. Es ist wie im Krankenhaus. „Much to early!“, quengele ich müde. „Fehlt noch, dass du mich wie die sadistische Narkoseschwester fragst, was ich denn zum Frühstück zu verspeisen wünsche … unmittelbar *vor* der Milz-OP! Eine Retraumatisierung ... Well, just in diesem Moment ist mein hauseigener Verdauungsapparat allerdings noch vollends damit ausgelastet, dem veganen Hering in Sahnesoße meine der enzymatischen Zersetzung von Nahrung dienenden Sekrete auf den dürren Leib zu hetzen.“

„Hinfort!“, befiehlt die unerbetene Besucherin in gestrenger Tonlage meinem Wölkchen.

„Geht klar.“ Mein obrigkeitshöriges Wölkchen trollt sich ohne mich gen Osten.

„Liebes Bett, du gehst stiften? Aber fürsorglich, dass du mir meine Boxershorts auf die Stirn legst.“ Ansonsten liege ich nackt, wie Gott mich schuf, da.

„Bäba bäääh.“

„Wow! Das Etwas namens Aurora führt weitere Worte in seinem Sprachschatz.“ Dem Morgen und mir dämmert so einiges. Ich bin derjenige, der es couragiert zusammenfasst. „Oha! Für eine Göttin der Morgenröte bist du aber verflixt schlecht gelaunt. Hast du keine gefälligeren Interjektionen im Handtäschelchen als ‚heda' und ‚bäbä'?", taste ich mich energisch vor.

„Was findest du an ‚heda' verkehrt? Ich bin eine Eule, keine Lerche", verteidigt sich meine Besucherin. „Im Grunde bin ich überhaupt keine Frühaufsteherin. Wer mich als personifizierten Wecker bucht, darf die Konsequenzen nicht fürchten."

„Wecker?", frage ich.

„Petrus muss das Abend*b*rot …"

„Haha, das „b" gehört da weder am Morgen noch am Abend hin. Haha."

„… und mich irgendwie verwechselt haben. Da haben wir den Salat." Erbost kaut sie auf einer Gurke herum.

„Abseits dessen denkst du an deinen Mineralstoffhaushalt", bekomplimentiere ich sie.

„Ja. Was glaubst du, wie viele Bewerbungen ich jede Woche schreibe, um einen adäquaten Job zu finden?" Mit Abscheu mustert Aurora mein in Rente befindliches Fortpflanzungsorgan.

„Uaaa, zehn?" Mich ausgiebig streckend, greife ich nach meinen Boxershorts und gähne herzhaft. „Für welchen Job könntest du dich denn erwärmen, meine Holde?" Eine glänzende Erscheinung ist sie ja.

„Von wegen Holde! Soll ich deinem schlaffen Kinn meinen rechten Haken vorstellen? Riecht nach Friedhof", blafft sie uns, mein nunmehr verhülltes Fortpflanzungsorgan und mich, an. Verneinend schüttelt mein Kinn sein Grübchen.

„Danke, aber nein danke", erwidere ich, „der Witz ist total out of date. Besser hübsch höflich bleiben, ja?" Mein Kinn geht in Deckung, ich folge. Vorschnell klein beigeben möchte ich aber nicht. „Aus deiner schlagkräftigen Ansage schließe ich, dass deine Hände einer Kampfsportart, bei der sich maximal zwei Kontrahenten mit Fäustlingen nähertreten, zugeneigt wären."

„So ein Quatsch. Bist du vielleicht ein in der Mauser befindlicher Clown?" Angewidert bespöttelt Aurora meine drei Haupthaare.

„Nein, ich bin Fürchtegott Dot, ehemaliger Ureinwohner Nordfrieslands Schrägstrich Great Britain, geboren am ..."

„Stopp. Hat dir jemals jemand anvertraut, dass du über ein extrem hohes Nervpotenzial verfügst? Mach was draus“, rät mir Aurora.

„Ist das jetzt ein Lob? K. o. in der ersten Runde? Habe ich in dir meine Meisterin gefunden?“

Nachdenklich legt Aurora ihr grapefruitfarbenes Gesicht in anmutige Porzellanfalten. Sir, glauben Sie mir bloß nicht ALLES. Porzellan ist kein Shar-Pei. Es wirft keine Falten. Niemals. Generös lässt mich Aurora an ihren Gedanken teilhaben. „Mein inniger Wunsch ist es, Botschafterin des Himmels zu sein. Unerklärlicherweise erhalte ich aber eine ver*****e Absage nach der anderen. F***!“

Ich zucke zusammen. Nunmehr erinnert mich mein Fortpflanzungsorgan nurmehr an ein frittiertes Stäbchen aus mehligen Kartoffeln: geriffelte Pommes frites. Alarm! „Völlig unverständlich“, säusele ich und schmiere ihr Honig um ihr alles andere als schüchterne Damenlippenoberbärtchen.“

„Lecker! Ist das Lavendelhonig?“ Auroras Zunge erschleckt sich den Blütennektar.

„Ja, Eure Ladyschaft. Schleime ich etwa gerade? Auf jeden Fall schreit dein mildes Temperament geradezu nach solch einer diplomatischen Betätigung.“

„Exakt!“ Verdrossen boxt Aurora auf die vorüberziehende Wolke Sieben ein, die sich gekränkt hinter den Horizont zurückzieht.

„Ist das dein Ernst? Du ironisierst doch“, hake ich amüsiert nach. „Gibt es dieses Wörtlein überhaupt? Konrad!“ Ich rufe um Hilfe. Dieser Blick ...

„Das ist mein Ernst, natürlich, warum auch nicht?“, fährt Aurora mir gekränkt über den Mund.

„Ja, warum nur? Du wärest DIE Top-Kandidatin“, lispele ich mit verwirrend zärtlichem Stimmchen. Ich scheine die Lage befrieden zu wollen. „Nichts liegt näher. Nur würde ich an deiner Stelle Himmel durch Hölle ersetzen. Luzifer könnte sich keine markantere Markenbotschafterin als dich wünschen.“ Glücklicherweise setzt an dieser Stelle mein natürlicher Fluchtreflex ein und ich flattere wohin auch immer, Hauptsache weg. „Das war knapp“, stöhnt mein Kinn.

*

„Yeah! Couchtime!", rufe ich übermütig aus.

Mein Kalender enthüllt mir: „Dein nächster Patient heißt … Mr. Fainting."

„Herr Ohnmacht? Puuutzig. Was für schräge Namen hier oben en vogue sind." Zur Einstimmung wärme ich meine Augendeckel an. Nach einem Minütlein reißen mich meine Gucker alarmiert aus dem Powernapping. Ich werde geblendet. „Heiliger Strohsack!", entfährt es mir.

Der Allgütige steht mir vis-à-vis. Sein Heiligenschein eilte ihm voraus. Der Allgütige, ein wahrer Meister im Beamen, wirkt trotz der Anreise gefasst und mitnichten so derangiert wie ich nach dem mysteriösen Vorgang der Teleportation. Was solls, ich bin ja noch ein Lehrling. Was er wohl für ein Anliegen hat? Hoffentlich rügt er mich nicht wieder. „Grüß dich Gott, aber wo bleibt mein Patient?", heiße ich ihn verhalten willkommen.

Ohne Umschweife macht es sich unser Herrgott auf der Couch gemütlich. „Tagchen Wilma."

„Ich scheuche dich ja nur ungern wieder hoch, darf aber keine Unterscheidung zwischen Kassenpatient und Privatpatient machen müssen. Sorry, Vater im Himmel, aber mein Mr. Fainting wird hier gleich aufkreuzen."

„Was tun, spricht Zeus, die Götter sind besoffen", witzelt der himmlische Vater.

„Eine Paartherapie mit Zeus, dem obersten olympischen Gott, und Friedrich Schiller zusammen? Nö, das klingt jetzt irgendwie unpassend", erhebe ich Einspruch.

Der liebe Gott lächelt milde. Zwei seiner Grübchen nehmen mich für ihn ein. „Früchtchen, ich bin Mr. Fainting."

„Da brat mir aber keiner 'n Storch", befördere ich meine Verwunderung an die Frischluft.

„Genau, bitte keinen Schreitvogel! Wir tendieren hier oben zum Veganismus."

„Deshalb auch die Neu-Floskel mit dem ‚k', will keinem Adebar auf die Zehenspitzen treten." Meinen Humor sollte ich unbedingt nachsitzen lassen. „Wo drückt denn der ... mailändische Herrenschuh? Bravo, molto elegante", lobe ich sein Schuhwerk, welches mit klassischer Eleganz und zeitlosem Design auftrumpft.

„Ein Geschenk von Michelangelo, grazie." Ohne Ziererei weiht mich der liebe Gott in seine missliche Situation ein. „Früchtchen, mein Früchtchen, ich fühle mich so ohnmächtig", kommt er schnurstracks zur Sache.

„Daher also Fainting. Nomen est omen." Mir ein Wollknäuel schnappend, sperre ich die Lauscher auf. „Von solch einer Situation hätte ich mir nie träumen lassen. Unbelievable!"

„Weißt du, Früchtchen, ich mag mir all diese Vorwürfe nicht mehr länger bieten lassen."

„Welche Vorwürfe, V. i. H., ich meine: Vater im Himmel."

„Nenn mich ruhig Dexter, når vi er blant oss selv, das heißt: wenn wir unter uns sind. Jeg liker Norge. Ich liebe Norwegen."

„Gleichfalls", stimme ich ihm begeistert zu. „Diese margaritenweißen Strände unter leuchtturmhohen Palmen mit goliathkleinen Kokosnüssen, das atlantikblaue Meer ..."

„Ogottogott. Lass das ja nicht Mutter Geografie hören", unterbricht Dexter meine Schwärmerei.

„Nicht? Schlamm drüber. Großartig. Du sprichst ja akzentfrei Norwegisch. Aber ... Dexter?" Instinktiv erwählen meine Stimmbänder die schrille Singstimme eines überschnappenden Blaukehlchens. „Gibt es da nicht diese gleichnamige Serie? Police Department, Forensiker, Blutspurenanalyse, Selbstjustiz sind Schlagworte, die mir blutig wie ein Steak durch den Sinn tropfen. Bütte, nicht Dexter", wiegele ich entsetzt ab. „Wie wäre es stattdessen mit Augustin, der Erhabene?"

Mein Patient wird hellhörig. „Serie? Die Serie ist mir noch unbekannt. Sehenswertes Stöffchen? Geeignet zum Runterkommen? Ich suche noch etwas zur Entspannung, fühle mich keinesfalls über alles erhaben", klagt unser Vater im Himmel aufseufzend.

„Nun ja, auf den Vornamen wärest du anschließend wohl nicht mehr so versessen, oder vielleicht gerade?"

„Er klingt so pläsierlich, so selbstbewusst."

„Oh! Dexter, was genau hat es mit welchen Vorwürfen denn auf sich?“, nehme ich den knalligen Faden wieder auf. „Gerate ich in Wallung, greife ich neuerdings zur Stricknadel“, teile ich mich mit. „Justament werkele ich an einem kuscheligen Kaschmirpullover für Freddie-Maus.“

„Ach ja?“

„Noch ’n halbes Jahr bis Weihnachten, Tempus fugit“, verklickere ich Dexter, vielsagend auf die mir von Thanatos empfohlene Wolle in Orchideenpink deutend, „das wird ein rattenscharfes Geschenk für Freddie.“

„Da wird unser Gevatter Tod sich aber wie verrückt drüber freuen. Aaaach“, stöhnt mein Patient.

„Gefällt dir die Farbnuance etwa nicht?“, erkundige ich mich aufgeschreckt und stricke wie kein irrer Ire. „Magst du keine bedecktsamigen Blütenpflanzen? Dazu gehören nämlich die Orchideen. Übrigens waren die hodenförmigen Wurzelknollen der Knabenkräuter, gefürchtet als Orchis, Namensgeber für diese liebreizende Pflanzenfamilie.“

„Zu schön. Doch, doch, ich mag sie, aber sag mal, kennst du dieses Gefühl, für alles verantwortlich zu sein?“, möchte der Herrgott von mir wissen.

„Nö. Da muss ich passen.“ Im Geiste rufe ich mir Freddieleins Maße ins Köpfchen. Ja, der Pulli dürfte passen und kleidsam für ihn sein. „Magst du vielleicht lieber Freud konsultieren? Der ist allen Unkenrufen zum Trotz noch richtig auf Zack“, schlage ich Dexter vor. „Stünde ein Zick-Zack-Muster Freddielein vorteilhaft zu Gesicht? Vielleicht würde es von der Kantigkeit der Knochen ablenken?“

„Früchtchen, ich konsultiere dich, keineswegs Freud.“

„Oh, welch eine Freude, wenngleich ich mich schwerst überfordert fühle.“

„Dann verstehst du mich ja doch.“

„Wohlmöglich.“ Ja, womöglich passt hier meine Wortschöpfung sehr vorzüglich. „Ich bin ganz Ohr, schieß mal los, Dexter. Och nö, nun malt meine Vorstellungskraft Blutspritzer auf das unschuldige Wollknäuel.“

„Früchtchen, meine berufliche Situation ist schlichtweg verfahren, niederträchtig, gemein, könnte mieser nicht sein, du machst dir ja keinerlei Vorstellung."

„Wie das? Du thronst doch in der Hierarchie über allem …"

„Ja, ja, irgendwie bin ich mein eigener Chef. Selbstverständlich hat das Vorteile, aber die Nachteile! Pro Sekunde werde ich hundert Trillionen Mal angefleht, bitte, bitte zu helfen."

„Du spielst auf dich ereilende Gebete an?", vergewissere ich mich.

„Exakt. Eine Stellenausschreibung würde in Stichworten etwa so lauten: *24-Stunden-Dienst, mieseste Bezahlung, Kommunikationsgenie, Helfersyndrom.* Im Grunde bin ich die personifizierte Telefonhotline des Himmels."

„Nun …"

„Übrigens sind adäquat ausgebildete Helfer praktisch nicht mehr zu bekommen. Momentan herrscht absoluter Fachkräftemangel. Mein Tinnitus erinnert Thor von Tag zu Tag mehr an sein Donnergrollen. Unser Gewittergott fürchtet bereits, er könne arbeitslos werden. Was ich bräuchte, ist ein Sabbatical oder besser noch: eine Umschulung. Ich werde mich bei der Berufsberatung anmelden müssen. Ja, das werde ich." Der liebe Gott redet Tacheles, während er zeitgleich dem vor ihm in der Vase abhängenden Röschen Wasser gibt. Ein Allrounder. „Leider habe ich keinen Stellvertreter ..."

„Jesus, was ist mit Jesus?", falle ich ihm aufgewühlt ins Wort.

„Jesus ist ein prächtiger Sohn. Ein predigender Tischler, dem ich ein unbeschwertes Sein wünsche, nach allem, was er der Menschheit zuliebe hat durchleiden müssen. Das Kreuz mit dem Kreuz, du verstehst?"

Bejahend wiege ich mein Haupt hin und her und her und ... Mylady, das kennen Sie ja zur Genüge. Plötzlich haut mein Patient mit seinem kleinen Finger auf den Tisch, dass das Röschen bang erzittert.

„... der Tisch kann ja in keiner Weise etwas dafür, ich weiß. Eigenverantwortung ist das Stichwort, Früchtchen. Weshalb verlassen sich die Menschen ständig auf andere? Und weshalb schieben sie ihre Unzulänglichkeiten anderen in die Schuhe?

Wann werden sie für ihre Taten endlich einmal selbst die Haftung übernehmen? Und pausenlos soll *ich* das Böse ausmerzen: Kriege, Krankheiten, sogar Liebeskummer. Ich bin aber nicht die pensionierte Dornenhecke aus Dornröschens Märchenbuch."

„Die Fee?"

„Ach herrje! Sehe ich so aus? Nein, die bin ich gleich gar nicht. Das überfordert mich kolossal." Er fasst sich an sein Herz.

„Dexter, ist alles im granny-smith-grünen Bereich, wie wäre es mit eben solch einem Äpfelchen voller Kalium, Phosphor, Kalzium ...? Soll ich Asklepios herbeirufen?"

Müde winkt mein Patient ab. Hierbei verhilft er einer Stubenfliege ganz nebenbei zu einem überraschend rasanten Start. Ab saust sie.

„Bei meinem Stress sind Herzrhythmusstörungen nur der Zylinder des Kardiologen."

„Ah, Spitze des Eisberges, verstehe."

„Weißt du, würde ich den Menschen sämtliche Entscheidungen aus der Hand nehmen, gäbe es auf Erden nirgendwo mehr Demokratie. Darüber sollte Morpheus meine Schützlinge in ihren Träumen mal gründlichst aufklären."

„Oh. Da ist was dran! Sogar meine Nebenmilz fühlt sich mehr als elendig, dich so leiden zu sehen. Über dein Gefühlsspektrum hatte ich mir zu Lebzeiten ja nie wirklich das Hirn zermartert. Nun leg doch mal den Heiligenschein ab. Wie viel wiegt der eigentlich? Vielleicht einen Zentner?", spekuliere ich.

„Weiß nicht ... Ich fürchte, der ist angewachsen." Dexter schnaubt resigniert.

„Ach was, papperlapapp, irgendwie bekommt ein nordfriesischer Brite alles abmontiert", spreche ich ihm und mir Mut zu. „Wenn ich da an Dicky Dickster denke."

„Charles Dickens?"

„Nein, nur Dicky. Dicky futterte ja so schrecklich gern Pancakes. Und eines verregneten Tages, ich weiß noch wie heute, dass die Regenwürmer den Frühling herbeiklagten, klemmte Dicky in seinem Dreirad fest. Unvorstellbar fest."

„Ach so?" Dexter staunt.

„Die anderen Gassenjungen witzelten, fortan gäbe es die Zwei nur noch im Doppelpack. Als Tandem sozusagen, haha. Well, um die Story abzukürzen. Ich wettete mit Rufus, einem wilden Bürschlein mit 'ner Schwäche für Pelzmäntel, soll jetzt übrigens Veterinärmediziner sein, so wird gemunkelt, um einen Penny, ich würde Dicky da rausholen."

„Und?", fragt der liebe Gott mit verho*h*lenem Interesse, während er den Bezug der Couch streichelt. Genüsslich rekelt sich Wilma. Sir, dies ist kein Rechtschreibfehler! Sein Wissensdurst ist recht *hohl*, weil er ja noch immer in seiner Lethargie verweilt.

„Yeah, was soll ich sagen." Keine drei Sonnenuntergänge später drückte Dickys Mutter das Dreirad überglücklich an ihre wogenden Brüste und meine Wenigkeit war um ein paar Pennies ärmer."

„Ärmer, wieso ärmer?"

„Mein Mitleid mit Dicky verführte mich zu einer spendablen Rettungsaktion. Kaum zu glauben, aber wahr."

„Aber wie hast du ihn bloß gerettet? War das Dreirad hinterher noch zu befahren?", möchte Dexter wissen.

„Einwandfrei in Ordnung das Teil, quasi fabrikneu. Heimlich habe ich ein Fläschchen Läuse-Shampoo aus dem Waisenheim mitgehen lassen und es tüchtig schäumen lassen. Mutter Oberin schäumte später auch, vor Wut, aber Dicky flutschte nur so heraus, dass es eine helle Freude war, ihm dabei zuzusehen. So einen Affenzahn haben er und seine Läuse nie wieder drauf gehabt. Das hat mich allerdings mein Taschengeld gekostet. Strafe musste eben sein."

„Tadellose Geschichte", spendet mir der Herr im Himmel Beifall. „Gefällt mir gut. Applaus für deine Eigeninitiative."

„Verbindlichsten Dank." Ich setze mich neben Dexter. „So, jetzt werde ich mir mal deinen Heiligenschein zur Brust nehmen. Ist der aus Platin?" Die Gloriole verdunkelt sich. Meine Inspektion ist ihr wohl nicht so geheuer.

Der liebe Gott reflektiert. „Ich vermute, mit Platin könntest du richtig liegen, nee, sitzen, gespart wurde an ihm bestimmt nicht."

„Doll, der schwebt ja wirklich über dir. Also von Öl und Butterfett, ja selbst von handelsüblichen Haarwaschmitteln würde ich mir hier abraten."

„Siehste, unmögliches Unterfangen." Dexter scheint endgültig die Segel in Gevatter Tod huldigendem Schwarz streichen zu wollen.

„Nicht so schnell! Nicht so schnell! Lass mich mal nachdenken. Ich hab's, ich hab's, ich hab's!" Dexters Optimismus scheint aufzuhorchen. „Sag mal etwas wirklich Böses", fordere ich ihn heraus. Heimlich überlege ich, ob mir wohl das orch*ideen*pinke Wollknäuel auf die Sprünge geholfen haben mag.

„Nein, das möchte ich nicht", lehnt Dexter entschieden ab.

„Nun los, sag schon", ermuntere ich ihn. „Wem willst du mal ordentlich die Meinung geigen?"

„Da fiele mir der eine oder die andere ein ..., aber gehört sich das für ein Vorbild wie mich?" Dexter ringt mit seinen Skrupeln wie die Ästhetik mit Donald Trumps hanffarbener Haartolle.

„Willst du das Ding loswerden oder nicht?"

Mein Patient knickt ein. „Ein Päuschen von ihm, ein Päuschen wäre angenehm."

Im Gegensatz zu meinem himmlischen Chef kämpfe ich nicht länger mit meinen Vorbehalten wie Tante Heddy in den 40ern mit dem Vertreter von der Telefonkabelgesellschaft. Doch das ist eine andere Geschichte und soll ein anderes Mal erzählt werden.

„Leg los!", ermuntere ich ihn.

„Norbert, du undankbarer Germknödel, jeden Tag nörgelst du an deinem Leben herum und drangsalierst deine Mitarbeiter."

„Who ist denn Norbert?", erkundige ich mich leicht irritiert.

„Der leitet eine Fabrik für Kartoffelpüree-Trockenpulver in Heidenierehausen und ist wahrlich kein Sonnenschein."

„Ah, prima, prima, weiter so." Angeregt mache ich mir Notizen.

„Kuki, du schäbige Diktatorin, bringst Leid über dein Land. In der Hölle Schnellkochtopf sollst du schmoren, du dämliche Warmduscherin."

„Kuki rennt? Die lütte Reinigungstablette für meine Dritten? Ist die wirklich so übel unterwegs?"

„Nein, bloß Kuki. Eine hässliche Herrscherin im Süden der Erde."

„Ah, prima, prima, weiter so."

„Ach was, das hier geht jetzt raus an jeden Gauner: Ihr seid allesamt verblödete Märzochsen, ihr Po-Geigen, ihr Halbpfosten, ihr Tt ..."

„Tt?", hake ich verwundert nach.

„Tt wie Toilettentaucher, ihr ..."

Mein Schamgefühl errötet. „OMG, das geht zu weit!" Beruhigend lege ich, symbolisch betrachtet, meine rechte Hand auf Dexters Gewissen.

„... Abschaum aller Kellerasselnschwiegertöchter ... Hach! Das tat ja mal ausgesprochen gut."

„Da war ja auch richtig Kawumm dahinter. Schiele mal nach oben, Dexter! Fällt dir irgendetwas auf?", fordere ich ihn auf.

„Nö."

„Vermisst du nicht etwas Rundes, Schweres, Helles?"

„Meinen Heiligenschein vielleicht?"

„Tja, den wirst du dir jetzt erst wieder verdienen müssen. Ich wünsche dir verdiente Erholung."

Mylady, wenn Sie nun vermuten, Dexter würde wie ein vergnügtes Fohlen herumtollen und sich an den Sommertagen seines Lebens erfreuen, vermuten Sie falsch. Nein, traurig lässt er seinen Kopf hängen und bläst in eine Panflöte, seine Methode, Trübsal zu blasen.

„Du hast einen Burn-out, jawohl, den hast du, Dexter. Endlich, eine Diagnose."

Dexter weint. „Und was schlägst du mir vor?"

„Huch! Vor einer Sekunde habe ich dir so gewandt den virtuellen Ball zugespielt und prompt landet er wieder bei mir. Herrje! Hast du es schon einmal mit Autogenem Training probiert? Aurora schien heute Morgen ihrem inneren Frieden ein Stückchen nähergerückt zu sein, nachdem sie einem Wölkchen ordentlich ins Bäuchlein gepufft hatte."

„Keine Gewalt, bitte." Vorsichtig nähert sich der Heiligenschein dem lieben Herrgott wieder an. Die unbeschwerte Leichtigkeit dürfte nicht lange währen.

„Das verstehe ich. Wie wäre es stattdessen mit etwas Schabernack? Als Liverpooler Gassenjunge habe ich des Öfteren verbotenerweise „Rr“ veranstaltet. Ich kann mit Fug und Recht behaupten, dass mir dies in harten Zeiten den einen oder anderen Schmunzler entlockt hat.“

„Rr?“ Der liebe Gott schaut mich tränenüberströmt an.

„Rattenrennen, Dexter. Wie der Rattenfänger mit den einstmals kurzen Hammelbeinen. Wollen wir? Wir kleben auf jede Ratte eine Nummer und lassen sie dann gegeneinander antreten.“

„So etwas Niederträchtiges lehne ich strikt ab.“ Dexter mustert mich konsterniert. Der Heiligenschein pirscht sich näher und näher.

„Ich auch, ich auch. War nur so ein übles Gedankenspiel. Ein ziemlich miserables.“ Nun schäme ich mich ob meiner Vergangenheit. Was war ich für ein verdorbenes Bürschlein.

„Hat es den Ratten denn gefallen?“ Dexter scheint ins Wanken zu geraten.

„Na und ob, die waren erwartungsgemäß gierig danach. Hintenan gab es Speck und Käse ... Ein nettes kleines Büfett.“

„Ach ja? Hier oben erhielten sie Tofu, Bohnenquark, Bohnenkäse …“

Prompt reguliere ich seine Erwartungshaltung nach unten. „Bei Soja kann ich allerdings nicht die Bestleistung garantieren.“ Ich jage einer neuen Idee hinterher. „Was ist denn dein Hobby, Dexter?“

„Ruhe!“

„Ich dachte, du wartest auf Vorschläge?“ Ich schnappe leicht ein. „Wo ich mir so viel Mühe gebe, soll ich jetzt einfach meine Luke halten?“

„Ruhe! Ruhe ist mein Hobby.“

„Ruhe ist kein Hobby, Dexter. Ruhe ist ... ja, was ist Ruhe denn eigentlich?“

„Die Abwesenheit von Sorgen und Nöten. Das ist mein Hobby.“ Dexter kann unerwartet stur sein.

„Vielleicht meinst du Ruhestand?“

„Zur Not sogar den. Ach ja, an den Sonntagen werkele ich übrigens gerne an meinem himmelblauen, zum Wohnwagen umfunktionierten Bauwagen herum."

„Das erinnert mich an ..."

„Na?"

„Egal. Wann genau hat deine Arbeit denn aufgehört, dir Freude zu bereiten?" So schnell gebe ich nicht auf.

„Nach Adam und Eva. Nach den beiden Quälgeistern war Schluss mit lustig. Aber so was von."

„Ach je, doch so schnell?"

„Wahrhaftig. Ja. Und als ich mein Oval Office bezog ..."

„Bezog? Sorry, dass ich dich unterbreche, aber hast du vorher anderswo residiert, regiert ..."

„Selbstredend. Vor meiner Amtseinführung war ich telegener Süßwarenfabrikant. Jene wunderbaren, nach Regentropfen duftenden Lollipops mit Glücksaroma, die in der Ankunftshalle verteilt werden, stammen allein aus meiner Ideenschmiede. Du erinnerst dich sicherlich noch an diese köstlichen Bonbons über kondensstreifenweißen Stielen? Unverwechselbar in ihrem Geschmack. Möchtest du einen Lutscher in Löwenzahngrün?" Dexter greift tief in die vordere Tasche seiner wolkenblauen Latzhose.

„Ja, da sage ich nicht nein. Danke. Zur Chloroformierung meiner aufgewühlten Nerven. Tja, ich dachte bis heute, es gäbe ausschließlich einen Gott bis in alle Ewigkeit und für vorher und nachher natürlich."

„Ach Gottchen", spöttelt Dexter liebevoll. „Du bist ja herrlich gottgläubig. Einer! Weißt du vielleicht, so Pi mal Daumen, wie viele Päpste es allein schon in der Menschheitsgeschichte bis heute gibt? Na, irgendeine Ahnung? Rate!"

„Öh." Meine überrumpelten Gehirnzellen geben ihr Bestes, um mit dieser kuriosen Situation fertig zu werden. „Ich tippe mal auf 10.000 aufwärts?"

„Mein lieber Junge, das ist ja absurd." Pikiert blickt der Herrgott mich über seine Nickelbrille hinweg an. „Nein, bis zum heutigen Tage sind es seit Petrus 307, fünf davon in Avignon. Warst du mal auf Stippvisite in Avignon, mein Sohn? Dort wartet ein wunderschönes Karussell mit anmutigen Hoppepferdchen ..."

„Sorry für die Unterbrechung, aber wie lange wirst du nun deines Amtes walten dürfen/sollen/müssen?", ächze ich atemlos.

„Auf solch eine elementare Frage aufrichtig zu reagieren, ist mir untersagt, liebes Früchtchen. Das liegt allein in des Schöpfers Hand", gesteht der Allmächtige.

„Du, du, du bist der Schöpfer! Du, nur du." Ich gerate völlig aus dem Atempäuschen.

„Ts." Dexter rümpft seine aristokratische Nase. „Hier oben leben wir in keiner Diktatur, sondern in einer sich ständig erneuernden Demokratie. Kissinger beispielsweise gehört zum inneren Zirkel, denn, wie Giovanni Sartori so hübsch zu verdeutlichen pflegt: „Demokratie ist die Macht des Volkes über das Volk."

„Giovanni wer?"

„Italienischer Politikwissenschaftler und begnadeter Philosoph. Ist sein wichtiger Beitrag zur Demokratietheorie etwa deiner Aufmerksamkeit entgangen? Heute wohnt er keine siebzehn Wölkchen weiter Richtung Norden in einer WG mit Sokrates", werde ich leicht tadelnd aufgeklärt.

„Oh. Da fehlen mir glatt die Buchstaben."

„Nun aber back to the fruitroots, zurück zu Adam und Eva. Jedenfalls mochte ich die mit fauligen, wurmstichigen Äpfeln übersäte Tapete meines Vorgängers keine Minute länger ertragen. Zu sehr erinnerte sie mich an die Problemschlange im Paradies. Grauenvoll! Heute bin ich in meinem Oval Office von Pusteblumen, Magnolien, Freesien, Blauregen und Hyazinthen in melancholieverneinendem Pink umgeben."

„Pretty in Pink."

„Lehrreicher Film!", lobt Dexter. „Und ja, viel besser. Flora hat sich bei der Umgestaltung wirklich selbst übertroffen. Sie hat unübersehbar zwei Händchen fürs Tapezieren." Dexter reicht mir ein Foto von Floras vollbrachtem Wunder. „Sieh dir das Kunstwerk an."

„Oh ja, göttlich. Du lobpreist Flora, Göttin aller Blumen und Blüten?", vergewissere ich mich überflüssigerweise.

„Genau diese verehrenswerte Person *und* Raumausstatterin. Hier, ihre Karte."

Ich staune, mit allem hadernd, was ich jemals gehört oder geglaubt habe, versuche aber, mich wieder auf die Therapiestunde zu konzentrieren. „Berichte mir gern weiter von deinen Kümmernissen, werter Vater im Himmel."

„Wo waren wir liegengeblieben?", fragt Dexter in die Atmosphäre hinein. Er scheint nach etwas zu suchen. „Ah, da ist er ja, der Pluto zugetane Faden."

„Sind wir etwa beide unter die Stricknadeljünger gegangen", wundere ich mich erneut.

„Häkelnadeln, mein Sohn. Ich häkele für den lieben Pluto Kniestrümpfe in einem nicht gänzlich düsteren Rabenschwarz. Er feiert im November Geburtstag und soll ab kommendem Winter nie mehr wieder frieren müssen. Erst kürzlich hat sich eine Mottenfamilie versehentlich an seiner gesamten Garderobe verlustiert. Lustig war das keine Spur. Jedoch, zurück zu *meinen* Sorgen. Also, ich kann diese irdischen vermaledeiten Gauner und Ganoven mit ihren ungestalten Visagen und Leibern nicht mehr sehen. Zwischenzeitlich war ich derentwegen schon zu pfingstrosaroten Kontaktlinsen gewechselt. Ach, ich mag einfach nicht mehr allein für Friede, Freude und Butterkuchen die Schirmherrschaft übernehmen. Unter uns: Eierkuchen schmecken mir nicht, nicht einmal bei Regen."

„Uiii. Gott sei Dank bist du in den Vorhöfen deines Herzens noch der stets das Positive im Menschen sehende Philanthrop geblieben", versuche ich mich aufzumuntern.

„Von wegen. Allesamt Jammerlappen, nie zufriedene Tagelöhner. Ständig wird so viel Fritteuse um nichts gemacht."

„Getöse, Dexter? Viel Lärm um nichts?"

„Du hast richtig gehört. Zukünftig steht Fritteuse für höllisch frittierte irdische Problemchen, deren Verursachern Hottie nur allzu gern Feuer unterm Gesäß machen wird."

„Wer ist Hottie?", quizze ich.

„Später."

„Das eigentlich zum Ausbacken von Lebensmitteln in heißem Öl gedachte Gerät klingt hart, Dexter. Ausnahmen sind natürlich davon ausgenommen, oder?" Meiner Stimme Fiepen ängstigt mich.

„Ja, ja, versteht sich von selbst." Dexter winkt etwaige Sonderfälle unwirsch durch. „Ständig ist irgendetwas. Entweder sind sie zu dick, zu dünn, zu klein, zu groß, zu arm, zu reich, zu dumm, zu klug ..."

„Na, über 'ne Portion Intelligenz wird sich niemand beschweren", wage ich einen Einspruch.

Der Heiligenschein scheint über einen erneuten Fluchtversuch nachzudenken.

„Doch, weil er durch seiner Gedanken Karussell schlecht schlafen kann. Dann grübelt er zu viel nach, rund um die Uhr. Elende Nörgler ..." Der Heiligenschein ist nicht mehr zu sehen.

„Werter Dexter, bei meiner Ankunft erlebte ich dich noch so jovial und hochherzig", seufze ich.

„Ich habe mein Antipossessivpronomen soeben geschluckt . . ."

„Dein was?"

„. . . mein fliederfarbenes Pillchen. Ich will aufhören, mir etwas vorzugaukeln, muss der Wahrheit in die hässliche Fratze sehen, erkläre mich für *nicht* mehr zuständig ...", gesteht mir der liebe Gott. „Endlich Schluss mit ‚mein Problem'."

Kerzengerade sitze ich auf der Couch, seiner Beichte lauschend. „Ich unterbreche dich ja nicht ungern, aber es muss irgendjemanden geben, der dein Herz höherschlagen lässt, bei dem deine Netzhäute ihr lebendiges Funkeln zurückerhalten, bei dem du ohne Unterlass *yippie* ausrufen möchtest. Du weißt doch, wo Dämonen Engel umarmen, wird Hoffnung zur Seiltänzerin auf dem Regenbogen. Wie schön ich poetisieren kann. Applaus für meiner Musen Wiederholung. Oder war das andersrum?"

„Doch, solch einen sympathischen Engel-Bengel gibt es."

„Meine Lyrik wird einfach unter Wilma gekehrt? Wie schade. Na, wer ist es? Wie heißt er? Heraus damit."

„Er trägt den gefälligen Vornamen Morten! Yippie!" Dexter strahlt über beide fairhavenpfirsichfarbenen Wangen.

Ich denke nach. „Der marmorne Jüngling von I-Hi? Der ist wirklich anziehend."

„a-ha."

„Wieso aha?"

„Er ist der Leadsänger von a-ha", schließt Dexter meiner Bildung Lücke.

„Aha. Oh Dexter, unsere Konversation droht auf ein extrem niedriges Bildungsniveau herabzusinken. Zwei kultivierten Erwachsenen sollte es mühelos gelingen, mehr als drei müde Buchstaben vor sich her zu stammeln."

„Wie bitte?"

„Wo ist das Problem? Zitiere ihn her und lass ihn *Ehre sei dem Herrn* singen."

Dexter sinniert. „Halleluja, lieber Halleluja. Er klingt so rein wie ein andalusischer Gebirgsquell."

„Jetzt wirbelst aber selbst du Mutter Geografie ganz gehörig durcheinander. Egal. Ja, wie Erzengel Gabriel vor dem Stimmbruch", mische ich kräftig mit.

„Morten wird aber auf der Erde gebraucht, er ist ein so anständiger Mensch und zudem bei der irdischen Damenwelt überaus beliebt", wirft der Herrgott ein. „Wie gern würde ich ihn adoptieren. Jesus wünschte sich ja von Kindheit an ein Brüderchen."

„Na, siehste mal, Dexter, du bist doch ein waschechter Philanthrop." So ungläubig wie unentschlossen führt der Heiligenschein ein kubanisches Tänzchen auf. Ein Schritt vor, ein Schritt zurück, Cha-Cha-Cha. „Gibt es hier oben keine CDs?", versuche ich zur Lösung beizutragen.

„Die gibt es, aber live ist um Längen besser."

„Kannst du deinen *Astral*leib denn nicht einfach auf die Erde beamen?"

„Hey, ich bin Abstinenzler, trinke kein Bier und nein, das wäre gegen das Naturgesetz. Da müsste ich bis an den obersten Gerichtshof der Sterne. Darauf verzichte ich. Ich möchte nicht wolkenflüchtig werden."

„Und Morphie? Könnte Morphie Morten vielleicht im Traum heimsuchen, ihn hierher lotsen, dir deine Hymne trällern lassen und ihn anschließend in good old Norway wieder zwischen den Hornhechten und Heilbutten am Fjord absetzen? Wäre das 'ne Lösung?"

„Da muss ich erst noch drüber nachfühlen. Kennst du a-has munteren Song *Blaue Bluse*? Mhm, mhm, mhm ..."

„Dexter, du summst, dass die Apiformes direkt neidisch werden und die Bienen gleich mit."

„Apiformes sind doch Bienen", belehrt mich unser Herr Gott.

„Ja, ja."

„Auf jeden Fall kullern Tropfen unserer salzhaltigen Körperflüssigkeit bei der blauen Busenbluse von ganz allein", (v)erklärt mir Dexter, „da stimmen sogar abgebrühteste Waldkäuzchen mit ein. Schööön. Und seine Bandkollegen mag ich auch sehr. Der eine nennt sich so ähnlich wie PayPal und der andere wie dieser bärtige Detektiv mit dem Hawaiihemdtick." Der Allmächtige lächelt selig.

„Oh, du meinst den Song *Blues of Blue*?" Wie einst Magnum, gehe ich der Melodie auf den Grund.

„Oder auch den. Tja, eines mir wohlgesonnenen Tages werde ich sie ja leibhaftig in meine Arme(e) (auf)nehmen dürfen. Oh, hör her, Fürchtegott! Wie gefällt dir mein Vorhaben, mit den Dreien eine himmlische Boygroup, selbstredend mit mir als Choreograf und Hafernist zu gründen? Das wäre ein Spaß, was?"

„Ähm … Hafernist?"

„Yes darling, I love Porridge", juchzt Dexter.

„Apropos Spaß! Prima, Dexter, du schmiedest Zukunftspläne. Dann habe ich dir wohl ein wenig helfen können, aber die liebe Zeit, sie rennt." Tatsächlich joggt Mademoiselle Zeit gerade im kleinen Schwarzen vorbei. Ob sie ein Rendezvous hat? Sie wird doch hoffentlich nicht fremdgehen? Mein Patient reicht mir seine Hände.

„Ich bin so froh, dich hier zu haben, liebes Früchtchen. Nun sieht des Himmels Spülwasserblau gleich viel zuversichtlicher aus. Im Grunde mag ich ja meine Berufung. Es gibt so viele liebe Schäfchen auf Mutter Erde, warmherzige, kluge, hilfsbereite und tapfere Menschen. Musste nur mal tüchtig Dampf ablassen."

Ich nicke verständig. „Und in Kladde gesprochen, hast du doch selbst die Krawall-Böcke irgendwie gern, oder?"

„So ist es." Unser aller Vater seufzt. „Tatsächlich ist mein Herz rahmenlos. Es hört nicht auf zu lieben."

„Guck, schon leuchtet der Heiligenschein wieder über deinem weisen Haupt."

„Da ist ja mein Haarreif, nein, Hirnreif." Herr Gott kichert. „Mir ist trotzdem viel leichter ums Herz." Er winkt zum Abschied.

„Ach, du lieber Gott, selbst du kommst nicht ohne eine Auszeit aus. Auf bald."

Kapitel 19

„Königsbräute bitten Schlawiner um Hilfe“, raunt mir meine Muse zu und schon bricht eine Flut aus poetischen Zeilen über mich herein.

„Königsbraut der Scherben,
Tränenreiche erben
Amseln, Täubchen, Tod und Star.
Märchen enden wunderbar,
wenn mein Liebender sie dichtet,
Trauerflore sanft verlichtet,
Sonnenstrahlen kunstvoll lenkt,
schwarzes Pech mit Glück zerdenkt.
Bräutigam, schenk Neubeginn!
Kühnheit, Treue, Irish Gin
sind der Scherben schönster Tod,
Zuversicht, küss Morgen Rot!

„Und?“, möchte Venus atemlos von mir wissen, „wie gefällt dir meine Liebeslyrik?“

„Applaus, Applaus.“ Ich zeige mich ehrlich beeindruckt. „Holla, die Himmelfee. Da hat dich aber die Muse geknutscht, mein Kind. Komm, reich mir bitte mal den Gin herüber. Her damit! Dafür bist du viel zu jung. Komm, komm!“ Ich verstaue die Spirituose unter meiner Therapiecouch.

„Guck mal, Früchtchen.“ Venus legt mir ihren eben vorgetragenen Post auf die Kniescheiben. Seit Kurzem ist sie ja als Bloggerin auf Stargram aktiv, dem himmlischen Pendant zu Earthgram, einem sozialen Netzwerk, auf dem Homines sapientes, sich in Pose werfend, ihre literarischen Ergüsse posten.

„Wundersam poetisiert“, protegiere ich sie. „Mein Kind, ein Alkoholproblem haben wir aber nicht, oder?“

„Mensch, Früchtchen, der Gin ist zum Desinfizieren meiner wund gelaufenen Füße gedacht.“

Ich haue mir gegen die Stirn. „Klar, weil du ständig Ashley hinterherdackelst."

Venus zieht eine Schnute. „Gin reimt sich so edel auf -inn von Neubeginn."

„Tolle Sache, dieses Stargram", sage ich ehrfürchtig.

Venus schaut skeptisch. „Hach, ich weiß ja nicht. So optimal kommt mein aktueller Post gar nicht an. Die Amseln, meine beiden Täubchen, Delfin Lucki, die Stare und natürlich Freddie-Maus haben ihn tüchtig gehypt, allen anderen ist er anscheinend eine Spur zu düster."

„Dürfte IHM somit gefallen", versuche ich Venus aufzumuntern.

„Genau. Das ist der Plan. Leider weiß ich aber nicht einmal, ob er mir folgt."

„Folgt?"

„Na, ob er mein Follower ist, mein Abonnent, mein Verehrer … Offiziell ist er es nämlich nicht. *Er* hat ja einen privaten Account. Sein Profilbild aber darf jede Frau bewundern."

„Was trägt er denn darauf? Ein festlich-gravitätisches Kleidungsstück?"

„Nein, keine Richterrobe, vielmehr eine aufreizende Bundfaltenhose mit superengem Schnitt und einen lässigen Schwalbenschwanz …"

„Schwalbenschwanz? Etwa die Flügel eines unschuldigen Schmetterlings?", hake ich entsetzt nach.

„Früchtchen, ich spreche von einem Frack mit knielangen Schößen am Rückenteil, ansonsten taillenkurz, sexy."

„Ja, jetzt dämmert mir, was du meinst."

„… und ein Goldkettchen mit dem Schriftzug *Property of Medusa*, falls er mal verloren gehen sollte. Jammerschade, dass er so viel Plünnen trägt. Seine wohlproportionierten Oberschenkel könnten sich sicherlich sehen lassen. Vermutlich hat seine eifersüchtige Ehefrau ihn kurzerhand in diesem prickelnden Frack verstaut."

Ich nicke. „Verschlossenheit passt zu ihm." Meine Gedanken sind noch mit seinem privaten Account beschäftigt.

„Höchstwahrscheinlich stellt er mir heimlich nach.“ Venus schaut mich, meine Zustimmung erbettelnd, an.

„Hätte ich Dussel bloß nicht von Saturn angefangen. Du geknicktes Dingeling, jetzt fängst du an, zu fantasieren. Deine blutige Drohung, seine Ratio zu erdolchen, war also kein Erfolg?“, erkundige ich mich mit wenig Takt im Gefühl.

„Eher nicht. Selbst darauf folgte keinerlei Reaktion von seiner Seite. Daher werde ich künftig eine leichte Kursänderung vornehmen müssen. Aktuell habe ich über die unschuldige Liebe an sich gedichtet, so gänzlich ohne Mord und Totschlag.“

„Wohlmöglich ein Fortschritt. Great, starke, nicht mehr neue Wortkreation. Das ‚l‘ hat sich wieder einmal dazwischen gemogelt. Ist dir das aufgefallen, liebe Venus?“

„Ja, mag ich.“

„Danke, aber hör lieber damit auf, dich ihm auf dem Silbertablett hinterherzutragen. Das vertragen Männer wie Ashley überhaupt nicht. Echte Männer wollen eine Frau erobern“, verrate ich ihr. „Was dresche ich denn hier für Phrasen?“

„Ja, was nur?“, wundert sich die Schaumgeborene.

„Wirklich, so ein Unfug“, korrigiere ich mich. „Gertrud hat mich damals am Mülleimer aufgegabelt. Mich in der einen und eine Gabel in der anderen Hand, um noch die verkümmerten Reste der Pizza Margherita aus selbigem herauszufischen. Keine acht Wochen später nötigte sie mich zur Heirat.“

„Du armes Früchtchen.“

„Ja. Anyway, du entwickelst dich zu einer Schnecken, nee, Schrecken verbreitenden Stalkerin. Was macht mein Vorsatz, dir ein neues Hobby auszusuchen? Oh, durchdacht ausformuliert ist das weniger.“

Venus lächelt gequält. „Dem Vorsatz geht es blendend, der stolpert so vor sich hin. Übrigens schreibe ich jeden Tag ein Gedicht für Saturn und eigentlich auch über ihn.“

„Ah.“ Allmählich erlahmt mein Interesse. „So im Sinne: Saturn, du Wurm, mein Herz im Sturm erobert dich, warum auch nich’?“

„Früchtchen, eine verbale Entgleisung ersetzt keinen Esprit. Hier, schau mal, das sind all meine Gedichte auf Stargram.“

„365 Posts? Grundgütiger!“ Ich bin baff. „Und keine Reaktion? Nada, niente, ingen, nothing, nichts? Der Mann hat ein Herz aus Eisen, dürfte sich bestens mit Otto vertragen. Obwohl ... gegen ihn wirkt Otto wie Weicheisen, ebenfalls beliebt als Magneteisen.“

„Wie bitte?“

„Wovon rede ich denn da? Habe ich etwa einen weichen Keks?“

„Wohl/möglich.“

„Na klar, wenn ich ihn auch immer in den Milchkaffee tunke.“ Versonnen lasse ich mir das matschige Pistazienplätzchen auf der Zungenspitze zergehen. Sir, gelingt Ihnen solch ein Kunststück? „Hm, die Königsbraut der Scherben aus deinem Gedicht ... die bist du, nicht wahr?“

Gottergeben zuckt Venus mit ihren jüngst von Rubens porträtierten Schultern. In ihrer vornehmen Blässe lassen sie mich von Löffelbiskuits schwärmen. „Vielleicht, aber wen kümmert's?“, fragt sie mich.

„Mich kümmert's, und zwar gewaltig.“ Meine Empathie meldet sich zu Wort. „Hast du dich etwa an Ashleys Kälte geschnitten?“ Ich deute auf Venus schmale Unterarme.

„Neeeein.“

„Aber geritzt hast du dich, oder?“

„Vielleicht ja, vielleicht nein.“

„Mit tragischer Selbstzerstörung gewinnst du keinen Ruhrpott, geschweige denn das tiefgekühlte Herz eines Saturns. Wie kann ich dir dabei helfen, dass du dich nicht mehr verletzen musst?“

„Nun sei mal nicht so melodramatisch, Früchtchen. Das passiert meiner Haut ... ungefähr einmal im Quartal.“ Venus lächelt, ein schiefes Lächeln, welches anzusehen mich schmerzt. „Sobald ich mit Ashley Händchen halte, schwebe ich auf rosaroten Aschewolken in sein geordnetes Happy Beginning, ich schwöre.“

„Nichts kommt so in Ordnung. Du kannst dich nicht solange selbst bestrafen, bis er dich erhört, das ist Irrsinn.“

„Du bist gemein." Venus' Lächeln mündet im Tal der Zähren. „Es liegt ja an mir."

„Genau, dein Glück liegt in dir." Das klingt ja jetzt wenig hilfreich, eher nach einer Binsenweisheit aus einem preiselastischen Arztroman.

„Ja, genau", pflichtet Venus mir bei.

„Das war ja einfach." Misstrauisch beaugapfel ich ihre bebenden Nasenflügel. Gibt sie etwa so leicht auf? Weit gefehlt.

„Wenn ich mir genug Mühe gebe, wird sich Saturn endlich in mich verlieben."

„Wie bitte?" Mein Verstand geht flöten, Zeit für die Orchesterprobe.

„Ich muss nur himmelsgleicher, zum Sterben schöner, klüger und erfolgreicher werden. Geht meine Poesie in die Annalen ein, wird sogar er mich nicht länger ignorieren wollen. Ein paar Millionen Follower mehr und alles wird gut ..."

„Mo-ment! Das ist jetzt aber nicht dein Ernst, oder?" Schockiert halte ich inne.

„Doch, warum?"

„Du, äh, äh, würg", vor Entsetzen verschlucke ich mich an einem Krümel des Kekses, „bist die römische Göttin der Liebe, des erotischen Verlangens schlechthin und nicht zuletzt der vollendeten Schönheit. Du bist der Glanzpunkt der Welt (oh, wie ich Punkte liebe), das Beste überhaupt", rede ich mich in Ekstase. „Klinge ich hysterisch?"

Venus bremst mich. „Jetzt mal Tacheles, Früchtchen, ich bin ein Mädchen mit einer unkorrigierbaren Zahnfehlstellung, guck hier, das keine Frau sein möchte. Obwohl ... Frau in Ausnahmesituationen schon, nur mit Erotik habe ich so gar nichts an den Flügeln, einen Hut trage ich ja eher selten. Ich bin bloß niedlich, schlau, kreativ, eben alles andere, nur eben nicht erotisch."

„Soeben hast du hervorragend Mercelchen charakterisiert."

Nun müssen wir beide lachen.

„Was hast du gegen Eros ... Ramazzotti?"

Venus grinst, müde, aber sie grinst. „Ach, Früchtchen, ich liebe mehr mit dem Herzen als mit den Genitalien. Nicht nur deshalb passe ich so überragend famos zu Saturn. Weißt du, manchmal überwältigen mich meine unerwiderten Gefühle einfach, dann ist das Ritzen wie ein Ventil für mich. Übrigens ist Saturn ebenso prüde. Gemeinsam könnten wir diese Prüderie durch eine Wonnigkeit verheißende Umärmelung von ihrem Leid erlösen."

„After all, du hast einen Schlachtplan."

„Ja. Mein Herz schläft jede Nacht mit ihm, wenngleich sich in Wirklichkeit unsere Fingerspitzen kaum mehr als versehentlich jemals sanft berührt haben", poetisiert Venus.

Mein Herz verschluckt sich. Grammatikalisch stimmt es hier an aller Ecken Kanten nicht, aber ... Rührend klingt es und romantisch ... Ja, irgendwie romantisch, auf eine fremdartige, aus der Mode gekommene Weise. „Bitte verwende das nie in einem Liebesbrief."

„Zu starker Tabak?"

„Tobak! Ja! Venus, bist du einverstanden, wenn wir uns von jetzt ab einmal pro Woche sehen? Lass mich dir zeigen, wie wundervoll du bist, du sugar-coated Problem."

„Du …". Venus schneidet empört eine Grimasse.

„Ernsthaft, ein jeder darf sich glücklich schätzen, dich zur Freundin oder zur Frau, ähm, zum Mädchen zu haben, so er dich denn zur Freundin oder zur Frau, ähm, zum Mädchen hat", versichere ich ihr.

„Hast du dich verheddert? Na schön, überredet. Danke, Früchtchen. Bist ein Hauptgewinn für uns."

Über mir wird es helle. „Wächst da etwa ein personalisierter Heiligenschein heran?"

„Na, wir wollen mal nicht gleich übertreiben", ertönt eine belustigt klingende Stimme.

„Du schweres, schmales, goldenes Ding, du."

Über mir gluckst es heiter. Vergnügt schwebt die Gloriole weiter.

Kapitel 20

„PhantomscHmERZ. Ich spüre dich, wenngleich du nicht hier bist."

„Liebe Muse, ob du dich wohl verliebt hast, oder sehne gar *ich* mich nach Liebe?"

Ich gehe die Bestellliste durch. „Wiesu denn bluß muss ich das machen?", piesacke ich anklagend die liebe Sonne. Schweigend verschwindet sie hinter den Wolken. „Eismaschinen, Iglus, Luftkühler, (H)Apparaturen zur Herstellung von Eiswürfeln (Zitroneneis, mmh, happa, happa), Chinesische Fächer ..." Ach, Sir, klar darf man Chinesische Fächer großschreiben, das ist nämlich ein Eigenwort. Sie sind aber auch kleinkariert in Ihrer Karoweste, die Ihnen im Übrigen vorzüglich zu Gesicht steht. Ach guck, die Fächer verursachen durch Hin- und Herschwenken einen angenehmen Luftzug. Ich führe mich auf wie Puccinis Madama Butterfly. „... Kühlschränke, Tiefkühlgeräte, Ventilatoren, Klimaanlagen ..." Alles im Plural, versteht sich. Ich untersuche das aufmerksame Thermometer, welches angenehme 22 Grad Celsius anpreist. Not too hot, not too cold, möchte ich mal behaupten. Diese brandeilige *Bitte um Hilfe* vom lieben Gott wurde mir heute früh von den Störchen überbracht. Sir, meinen Schreck können Sie sich vorstellen, fürchtete ich doch für ein Momentchen, ich könne mich in gesegneten Umständen befinden. Aber, weit gefehlt, ich soll lediglich für Kurt Cobain einspringen, der mit einer Grippe das Wolkenbett hüten muss. Hoch konzentriert hake ich alle von Rentieren gelieferten Geräte penibel auf meiner Liste ab. Vorwitzig teste ich die Eis(h)apparatur. Sie erinnert mich an Call-Ida, die schlaue, vorlaute virtuelle Assistentin des Himmels. Ich flüstere: „Gelato" und subito werde ich gefragt: „Welche Sorte darf es denn sein?"

Meine Wahl fällt mir kinderleicht. „Waldmeister mit Johannisbeerfröschen und Holundergeistern, kollidierend mit Lakritzstreuseln an Sommersprossen aus Nougat", quake ich schadenfroh. „So etwas gibt es selbstredend gar nicht." *Platsch.*

„So etwas gibt es sehr wohl, du Denkzwerg!", neckt mich die Eismaschine.

„Ich Narr!" Ich vergaß, vorsichtshalber den Eisbecher zu ordern. Nun klebt der Kladderadatsch allüberall auf den Tannenspitzen, nein, allüberall auf meinen Flügelchen. „Ach, wie sehe ich denn aus. Mmh, schmecken tut die Pampe aber vorzüglich." Die Eismaschine säuselt: „Guten Appetit, bon appétit, god appetit (das ist Dänisch) und toivotan teille hyvää ruokahalua (das muss eine Verwandte aus Finnland sein)." Sie, die verflixte Eismaschine, scheint sich diebisch über ihren Schelmenstreich zu freuen.

Etliche Stunden später, nicht der Rede wert, habe ich meine Arbeit vollbracht. „Wer um Himmels willen hat bloß diesen Nordpol im Baukastenformat geordert?", rufe ich aus. „Es fehlen nur noch die Polarbären. Ahoi, da kommt ihr ja schon angelatscht. Ja soll denn die Hölle zufrieren?" Ein gewaltiges Rauschen erfüllt die Luft. Rauschgoldengel allerdings sind keine zu sehen.

„Ey, is meene Lieferung da?", recherchiert eine Stimme, auf die Louis de Funès neidisch würde.

„Grundgütiger!", wispere ich, vor Ehrfurcht erstarrend.

„Jungspundchen, die Anrede passt nich so jut. Wer bist'e überhaupt?", versucht die vor mir stehende Erscheinung in Erfahrung zu bringen.

„Fürchtegott Dot aus Nordfriesland, gebürtiger Liverpooler Waisenjunge, ehemaliger Schlaf ...", bete ich hingebungsvoll meine personenbezogenen Eckdaten herunter.

„Jroße Tüten-Infos, ey!", bekomme ich zu hören.

„Sorry, wenn ich erst mal Interna auspacke, finde ich kein Ende", sage ich. „Aber wer bist denn du? Ich tippe mal auf Sonnenfanatiker der vorletzten Stunde. Du konkurrierst mühelos mit einer aus dem klassischen Altertum immigrierten Frikadelle. Warte …, oder brachten Hugenotten diese saftigen Fleischbällchen aus dem siebzehnten Jahrhundert mit nach Berlin? Bestimmt. Es geht auch noch die Mär um, Napoleon habe seine Fingerkuppen im Spiel gehabt ..."

„Willste mir etwa ne Bulette ans Ohr quasseln?"

„Nö. Aber wer bist du denn? Der Vertreter für Sonnenbänke in luftigen Sphären?“

„Jungspundchen …“, setzt er an.

„So hat mich seit meinem dreißigsten Lebensjahr niemand mehr genannt.“ Ich spüre, wie meine Gedanken von Sentimentalitäten überflutet werden.

„… icke bin der Hottie“, fährt er fort, „einfach Hottie. Sagt alles, wa?“

„Sorry, aber du erscheinst mir eher wie ein waschechter Ottie aus Ostfriesland. Bist du eine Hommage an Otto Waalkes?“

Ottie mit H scheint nun den dringenden Wunsch zu verspüren, die Weichheit meiner auf dem Hals platzierten Birne testen zu wollen, vermutlich eher nicht, um sie freundlich zu tätscheln.

„Pass ma uff, du Spaßjockel.“

„Beine wie ein Vogelstrauß habe ich tatsächlich.“

„Icke bin Luzifers Erstgeborener!“

„Diese Verkündung hat unbedingt Wumms.“ Krachend fällt das repräsentative, mit Jugendstilelementen verzierte Tor zum Fegefeuer ins Schloss. Will es Hotties Prahlerei etwa dramaturgisch in Szene setzen? „Daher also diese verbrutzelte Epidermis“, komme ich auf seinen gealterten Punkt. „Epidermis nennen Dermatologen die oberste Hautschicht.“ Nee, was bin ich gebildet.

Ottie mit H sieht mich geknickt an. „Haste schon ma eenen quarkweißen Deiwel jesehen? Wie sähe das denn bitte aus? Leida is Sonne nich so meen Ding. Meene Birne verträgt dit Sonnenlicht nich so jut. Immazu muss ick drum uffn Selbstbräuner zurückgreifen. Seit Jeburt leide ich nämlich unter einer Sonnenallärschij. Besonders mein Po is übelst davon betroffen. Wie een jepiesackta Berliner Krapfen mit Streuseln. Willste da ma jucken?“ Hottie öffnet bereitwillig den obersten Knopf seiner feuerroten Cargohose.

„Oh weia, ich verzichte. Nicht gucken und erst recht nicht jucken.“ Dankend winke ich ab. „Ich glaube dir auch so. Und die Hörner, müssen die nicht an und für sich auf der Stirn kleben, ich meine wachsen?“

„Du kritisierst mich ruff un runner. Det jeht mir inne Knochen! Meene Hörna sind versteckt unter dem Kopfventilator mit integrierter Kühlhaube."

„Entschuldigung. Respekt, darauf wäre ich erst morgen gekommen. Wollen wir noch mal von vorne anfangen? Die Vorstellung lief ja irgendwie nicht so rund", schlage ich versöhnlichere Töne an.

„Ja, jern. Juten Tach, icke bin Hottie."

„Hellooo, ich bin Fürchtegott ... Ach, ich fasse mich jetzt lieber kurz." Kurz wie ein Welsh Corgi Pembroke steht Hottie vor mir. Ihn nicht mit einem Hirtenhund zu verwechseln, fällt nicht leicht. How helpful, dass er den aparten Kopfschmuck trägt.

„Du guckst immernoch uff meen Kopp. Wat stimmt damit nich?"

Soll oder besser will ich mich mit des Teufels Sprössling anlegen? Nö, lieber nicht. „So 'nen Vibrator, nee, Ventilator wünsche ich mir ebenfalls zum Geburtstag", offeriere ich ihm mein gediegenes Kompliment.

„Du lachst mir doch nur uffn Schlüpper?"

„Beim Mann heißt das ‚Slip', und nein, ich mache mich nicht über dich lustig."

Hotties schielende Augäpfel versuchen, die nördliche Seite seines Kopfes zu inspizieren. Schwefel dampft aus seinen Nüstern ... Nein, zum Glück sind es nur seine Nasenlöcher. Diesen lässigen Satz muss ich mir wohl aus irgendeinem Western abgeguckt haben.

Anklagend zeigt Hottie mit seinem verrußten Zeigefinger auf mich. „Du musst nich jeden Tach für eure warmen Treter ranklotzen, du nich." Hotties Stimme bricht. Dies klingt in etwa so, als würde eine Blutbuche zu Brennholz verarbeitet werden. Er ist ein Tausendsassa. Nebenbei hackt er Holz.

„Wieso warme Füße?"

„Na, wat globst denn du, weshalb ihr es im Himmel so himmlisch mollig habt? Sei doch nich so blauäugig! Ick maloche für euch."

„Bist du zu einem Viertel Berliner? Wirklich perfekt klingt dein Dialekt nicht."

„Richtig raden. Ick verleugne meene Haarkunft nich und hör uff, mir am Fell zu gehen."

„Ich soll aufhören, dich zu kritisieren? Jetzt vermischst du aber munter diverse Mundarten zuzüglich Substantive. Raden heißt eindeutig Raten auf Plattdeutsch. Meinst du Herkunft?"

„Sag ick ja. Wenn ick mir uffreech, denn passiert so etwas", gesteht Hottie.

Ach herrje. Der liebe Gott hat sich auf die friedenstäubchenweiße Flagge geschrieben, einen Philanthropen aus mir zu machen und ich treibe sogar des Teufels Sohn zur Verzweiflung. „Weshalb hilft dir denn niemand?"

„Dat is ja dat Unsägliche. Nur icke kann die Hitze janz jut vertragen. ‚Jut' natuurlich in Anführungszeichen. Icke bin trainiert wie een Tier. Alle anderen machen eenfach schlapp, fallen um wie een Döner ohne Kebap. Fred Feuerstein greift mir aber manchmal unter die Arme. Dafür wiederum umarme icke ihn allatag, er friert jerne mal. Extra 'ne Heizdecke habe icke für ihn jestrümpelt. Kiek ma!" Bewundernd beäuge ich die quittenfarbene Wolldecke.

„Kompliment. Hüstel", ich räuspere mich. Unsicher blickt Hottie mich an. „Ottie ..."

„Halt!" Hottie gebietet meinem Vokal Einhalt. „Niemals ohne H, das klingt sonst wirklich nach Otto W. aus Ossifriesland. Icke bin abba een Indiviolinist. Jib mir ne H."

„Ja, du bist ein Individualist. Sorry, Hottie mit H, dass Fred Feuerstein eine von William Hanna, Alan Dinehart und Joseph Barbera erdachte Comicfigur ist, ist dir aber klar, oder?"

„Von det kenn ick keenen eenzijen. Du Schlaufuchs. Er is aber eene hilfsbereite Comicjestalt. Is prompt zur Stelle, wenn et brennt."

„Hottie, Fred Feuerstein ist eine Zeichentrickfigur, kein Gespenst, Zombie oder was wir sonst so sind."

„So een fieset janz Gemeines habe icke im Leben noch nich jehört." Hottie schluchzt.

„Und zwischendrin sprichst du plötzlich passabel Hochdeutsch", lobe ich ihn aufmunternd. „Das Substantiv *Gemeines* hast du eben einwandfrei akzentuiert."

„Bin ick jeheilt?“

„Oh. Kurzatmige Rückfälle sind erlaubt. Übrigens ist mir deine Quästion, hihi, unverständlich. Von solch einem fantastischen Dialekt – deen find ick knorke – muss doch niemand geheilt werden.“

„Ja, ja. Machst hier een uff Graf Duden un hast keene Peeling, äh, Peilung und keene Wörtabuch inne Täschen.“

„Ähm. Pardon?“

„Na, du oberschlauer haarloser Brite, wie würdest du denn jetzt die Type dort drüben nennen. He?“

Mein belämmerter Blick bleibt an der sogenannten Type hängen, die mir Tränen der Rührung in die Augäpfel treibt: blondes Toupet, Polyester-Tigerfell, Teigrolle in Ermangelung einer echten, abgenagten Hammelkeule, türkisfarbener Fransenschal und dat janze barfuß. „Freddie-Maus, mein Freund, das ist ja Freddie-Maus.“

„Yabba Papa Kuh“, schreit die Type und schwingt zur Begrüßung ihre Teigrolle.

„Wer ist Freddie-Maus?“, fragt Hottie verwundert. „Ist dit seine Familienname?“

Gevatter Tod erblasst, wenn das in seinem Zustand überhaupt noch möglich ist.

Bedeutungsschwanger schickt er mir ein „Ssshhh“ rüber. Er möchte wohl inkognito bleiben. Much too late, wie wir Engländer souverän anzumerken pflegen. „Dass ich so etwas noch erleben (oder was auch immer) darf. Gevatter Tod greift dem Teufel unter die Arme.“ Mein harmloser Ausruf des Jubels sorgt für tumultartige Turbulenzen. Jut aufjepasst. Freddie schreit, Hottie schreit und ich schreie, der Solidarität wegen, am lautesten.

„Du bist der Tod?“, wimmert der Teufel.

„Du bist der Teufel?“, ächzt der Tod.

„Kinder, Kinder, ihr wollt mir ernsthaft weismachen, hier die Unwissenden zu sein? Hottie, ist dir durch die höllisch heißen Maschen geschlüpft, wie mager Freddielein ist? Du hast dich nicht dabei ertappt, wie du in einer ruhigen Minute klammheimlich seine Knochen durchgezählt hast? 214 an der Zahl, um wenigstens die Grundlagen der Biologie kurz für dich aufzufrischen."

„Det schon, aber ..."

„Nun zu dir, Freddie, dir ist tatsächlich der Schürhaken verborgen geblieben, von den Hörnern ganz zu schweigen. Ernsthaft?"

„Ich hielt das niedliche Drumherum für 'ne recht passable Karnevalsverkleidung", rechtfertigt sich der Tod.

„Ick ooch", ruft Hottie.

„Na, einig seid ihr euch ja. Ist es nicht egal, wer ihr seid, solange ihr euch so fabelhaft versteht und einander helft, wie es sonst nur Primeln im Frühling vermögen, wenn sie sich vor des Frostes Eisblumen Geborgenheit schenken?" Oh, wie mir meine blumige Sprache gefällt. Ich liebe es, meinem Stimmorgan zuzuhören. „Gebt euch die ... Hände?"

Beide reichen einander bedachtsam das Greiforgan ihrer oberen Extremitäten.

„Icke hab dir jern", gesteht Hottie, befangen zu Boden blickend.

„Icke dir ooch", ruft Freddie-Maus erregt aus. Seine Knochen klappern, dass mir janz anders wird.

„Und mich, wer mag mich?", löchere ich die zwei.

„Na wir!"

„Dann ist ja alles jut. Das Trio Infernale sind wir aber nicht. Mercelchen gehört ja unbedingt auch in unsere Mitte. Mercelchen!"

Mercurius fliegt ein und umärmelt uns lachend. Ich habe Freunde gefunden! How wertvoll das ist, brauche ich wohl niemandem zu erklären.

Kapitel 21

„Seelenliebe!
Wo tosende Wellen
am Nebel zerschellen,
ruht Poseidons Schloss;
mutig, hoch zu Ross,
sieht er Perseiden
mitleidsvoll leiden,
brav mit Pluto Seelen erkunden,
samtig blaue Meeressalzwunden.
Blauwals Chöre jubilieren,
wo sie Balsam komponieren.
Einst in der Septembernacht,
wenn das Schicksal schüchtern lacht,
küsst mein Wunder Deine Wange
und Dein Herz klopft nimmer bange“,

… flüstert es aus der Tiefe meiner Seele. Sir, die Grammatik wäre Ihnen in einem solch bedeutsamen Moment sicherlich auch völlig schnuppe. Ergriffen nickend winkt mir die Königin der Perseiden mit ihrem Taschentuch zu.

Mein Herz klopft bis zum Hals. Vermutlich trage ich es deshalb so oft auf der Zunge.

„Halleluja! Halleluja!“ Ja, was wispert mir meine Psyche denn da Wunderschönes über Meeressalzwunden mitten in meine Seele hinein? „Herr Geheimrat“, wende ich mich an den im Verborgenen dichtenden Goethe, „Sie können Ihr Schreibmäppchen einpacken. Ich bin hier der Poet.“ Und dieses Sehnen! Nie vernahm ich ein schmerzhafteres Sehnen. Vor wenigen Wochen noch waren Sehnen für mich der bindegewebige Teil eines Muskels, der diesen mit einem einwandfreien Knochen verbindet. Well, an sich ist mir Poesie ja schnuppe, aber nun ... „Entschuldige bitte, Mathilda.“ Die jüngste Sternschnuppe am Himmelsgewölbe blickt mucksch auf mich herab und verwehrt mir vorerst jeden Wunsch oder vielmehr die Erfüllung desselben.

Zufrieden betrachte ich mein mehrere Plätzchen umfassendes, überaus bequem gepolstertes Sitzmöbel. Ja, allmählich gewinne ich meine Couch lieb. Erst kürzlich taufte ich sie ja kühn mit drei Spritzern kostbaren Quellwassers – Otto von Bismarck ist spendabel – auf ihren Wunschnamen Wilma und sie, die Couch, scheint damit rundum zufrieden zu sein, gibt sie mir doch des Öfteren einen vorwitzigen Klaps auf mein Hinterteil, wann immer ich mich ohne Einladung hinsetze. Da staunen Sie, Mylady, was? Hier – im Himmel – leben sogar die Möbel, jawohl. Daran muss ich mich erst noch gewöhnen. Sir, stellen Sie sich folgende Szenerie vor: Betrete ich morgens meine Praxis, okay, mein winziges Sprechzimmer, klinge ich wie mein eigener heikelster Patient. „Guten Morgen hochverehrter Teppich, ich grüße dich, liebe Wilma, hoffe, fein geruht zu haben. Ja, wen haben wir denn da? Ja, da ist ja unsere Kommode, ei, ei, ei. Ja, wie du wieder glänzt. Nein, werter Spiegel, dich habe ich natürlich nicht übersehen, du bist ein wahres Schmuckstück. Was macht das Rheuma, geschätzter Schrank, noch krank? Wie wäre es mit ein paar Schlückchen von der edlen Möbelpolitur? Ja? Na, sehr gern und selbstverständlich verwende ich kein Mikrofasertuch, möchte ich doch unbedingt vermeiden, dass vorwitzige Staubpartikel als Schleifkörper üble Kratzer in dein Holz bringen. So, alles sorgsam verrieben. Ich wünsche rasche Besserung." Früher wäre ich vor mir selbst davongelaufen oder hätte mich schnurstracks eingewiesen, in dieser schmal geschnittenen, figurbetonten, aufreizenden Jacke, you know what I mean, wenn Sie ähnlich skurril unterwegs sind, aber als Verblichener wird man milde. Oha, ich schweife ab, zurück zur Poesie. Wo meine Psyche das wohl herholt? Bisher war ich mir selbst nie als Literat aufgefallen, geschweige denn als Dichter.

*

Siehe da, etwas sitzt in den Vorhängen aus feinstem grapefruitfarbenen Himmelssamt, gesäumt von Nebelschwaden und marzipanfarbenem Brokat. „Moin, moin liebe Vorhänge, ja, wer kommt denn da zu Besuch?" Das Schmetterlingfräulein, ein hauchzartes, noch unerfahrenes Ding, lächelt verhalten, ohne jeden Blickkontakt. „Bist du ein göttlichblauer Morphofalter? Bist du schüchtern?“, rate ich. „Du, du, du.“ Wäre ich sie, bekäme ich es jetzt gehörig mit der Angst zu tun. „Wenn ja, wärest du Morpheus’ Augenstern. Well, deine göttlichblaue Farbe entstünde dann durch den Lichteinfall, dessen Lichtwellen an den unterernährten Schichten deiner Flügelschuppen (mit Schuppen kenne ich mich leider nur allzu gut aus) in seine Farbbereiche aufgespalten und im Aufeinanderprallen von Wellenberg und Wellental ausgelöscht werden, *zack*, sodass nur-mehr die Lichtwellen des bergseeblauen Farbspektrums gesichtet werden können.“ Meine Güte, wieso mutiere ich so en passant zum verwirrten Wissenschaftler? „Guck, guck.“ Werde ich senil? Entweder ist die bildhübsche Flatterdame eingenickt, oder aber sie stellt sich tot – miserabler Witz, hier sind wir ja alle so was von hinüber – damit ich von ihr ablasse. Schwatzhaft referiere ich weiter. „Du Himmelsfalter ernährst dich, Überlieferungen zufolge, von vergorenen Birnen oder Bananen. Prost Mahlzeit! Mo-ment. Früher verzehrte ich in der Mittagspause regelmäßig ein Pausenbrot mit mürber Birne, ein P. m. m. B. quasi.“ Keine Reaktion. Emsig referiere ich weiter. „Am Boden saugst du, einem Staubsauger ähnlich, mit der Feuchtigkeit Mineralsalze auf. In der Mittagshitze, ab 25 °C etwa, kommst du in Schwung. Tja, deine Geschwister dürften recht schmal sein, und bei den Räupchen – wie puppig das klingt – ist die vor Kraft strotzende Kopfbehaarung wohl das Erkennungsmerkmal schlechthin.“

Applaus, Applaus. Meine Besucherin klatscht mir mit ihren gespenstisch fragilen Flügeln Beifall. Mit resoluter Stimme resümiert sie: „Soeben hast du dich als Sachkundiger auf dem Gebiet der Lepidopterologie hervorgetan. Ist dir dieses aus dem Altgriechischen herbeigereiste Wort überhaupt vertraut?“

„Na klar und ob. Das ist eine Unterform der Geriatrie …“

„Stopp!“ Die resolute Stimme gebietet mir Einhalt. „Deine Krankenversicherungskarte kannst du getrost wieder in die Tasche deines Morgenmantels stopfen und bitte, achte auf den Gürtel, der sich lümmelhaft lockermachen will. Zeig ein bisschen Respekt!“

„Pardon. Wieso trage ich noch mein einteiliges Bekleidungsstück aus saugfähigem Gewebe? Maybe because I love Frottee. Yes, das mag der Grund sein."

„Aha. Ungeachtet dessen dürfte tierliebenderen Gemütern als dir Lepidopterologie auch als Schmetterlingskunde vertraut sein. Alles, worüber du vorhin palavert hast, gehört in mein Spezialgebiet. Du redest und redest, ohne die Überschrift zu kennen? Puuutzig."

„Liebe Blaublüterin", mit dieser Titulierung kann ich nichts falsch machen, denn blau ist das selbstbewusste Dingeling ja, „herzlich willkommen in meiner Praxis. Ich bin Fürchtegott Dot und hatte allen Indizien nach eine göttliche wissenschaftliche Eingebung." Endlich komme ich zum Dot, ähm Punkt. „Wie ist denn dein Vorname, du überirdisches, flatterhaftes Wesen?" Das Schmetterlingsfräulein flattert durch die Lüfte. „Nun baumelst du an der Gardine. Vorhang, Gardine, Vorhang, Gardine, entscheide dich mal", murmele ich in meinen Morgenmantelkragen aus feinster veganer Seide hinein. „Mir wird schwindelig."

„Psyche", flüstert das Dingeling.

„Ja, meine Psyche ist auf Zack, das Gedicht vorhin hat dir wohl mächtig imponiert, was? Ist mir gar nicht aufgefallen, dass ich es vertont habe. Ich wähnte es in meinen geringfügig verkalkten Gedanken verborgen. Weißt du vielleicht, was Meeressalzwunden sind?"

„Psyche."

„Heda, du blaublütige junge Dame scheinst mir einen soliden Sprung zu haben. Na klar, einen Sprung in der Schüssel, deshalb bist du ja hier. Das kriegen wir wieder hin", versuche ich ihr und mir Mut zuzusprechen.

„Nein, mein Vorname ist Psyche, er stammt aus der griechischen Mythologie und ..."

„Ja, ja, was Psyche bedeutet, weiß ich." Vorsichtshalber verbarrikadiere ich mich hinter meinem Schreibtisch. „Da brat mir einer bloß keinen Storch."

„Ja, genau, lieber nicht, ich bin strikte Veganerin."

„Vielleicht ein Tofusteak?"

„Sogar das wird hier oben nicht gern auf dem Teller gesehen."
„Psyche bei mir auf der Couch. What a surprise! How nice."

*

„Mercelchen! Zu Hilfe!" Mercelchen ist schnell wie der Wind und nett und schlau und ... ach, einfach ein Pfundskerl. „Propere Landung, die du hier aufs Parkett legst", begrüße ich ihn. „Ich bin beeindruckt."

„Ahoi liebes Parkett, wie fühlen wir uns heute?", erkundigt er sich gentlemanlike.

„Mercelchen, dafür ist jetzt keine Zeit." Einsichtig quietscht das Parkett mit seinen Dielen.

„Bin ich dabei, dem Wahnsinn anheimzufallen, klapst die Mühle schon oder kannst du das Schmetterlingswesen mit dem Sprung in der nicht existenten Schüssel vielleicht ebenfalls sehen? Sei unauffällig, vielleicht ist sie bewaffnet", flüstere ich.

„Grüß dich, werte Psyche. Von Diskretion hat unser Früchtchen wohl noch nie was gehört. Patientenschutz, Schweigepflicht ..."

„Mercelchen, du schäkerst mit haltlosen Anschuldigungen wie die Reinigungsfachkraft vom Drive-in-Restaurant mit den Milchshakes der Gäste. Warte, du kannst meine Psyche sehen?", sage ich erstaunt.

„Geht es dir gut, Früchtchen?", reagiert mein lieber Freund mit einer Gegenfrage. „Du blinzelst so anämisch aus deinem Morgenmantel mit dem schlauchartig geschnittenen überhöhten Kragen hervor."

Ich bleibe verunsichert, stumm wie ein Hering auf seinem Totenbett aus Tomatensud.

„Wieso eigentlich *deine* Psyche?", erkundigt sich Mercelchen neugierig. „Habt ihr da was am Laufen, ein Techtelmechtel mit deiner Patientin? Du bist wirklich ein Früchtchen ...", rügt mich mein Freund.

„Die Psyche an sich gibt es nicht. Es gibt nur meine und deine und, meinetwegen, ihre", platze ich heraus. Leicht exaltiert deute ich auf den Schmetterling.

„Früchtchen, *leicht* und *exaltiert* widersprechen sich mit Sicherheit. Da geistert eine Wirrnis durch deine Gedanken", korrigiert mich mein Innenleben.

Zwei meiner drei Haare stehen wie Antennen ab. Gänsehaut. „Ich sehne mich nach Hause. Ich vermisse Nordfriesland, die Wellen ...", klage ich.

Mercelchen mustert mich ungläubig. „Hast du wirklich noch nie etwas über die Personifikation der menschlichen Seele in der griechischen Mythologie gelesen, nie von der nach Glückseligkeit duftenden Göttin gehört?"

„Sprichst du von dem ollen Nachtfalter, der stümperhaft einen auf Marilyn Monroe macht?", sage ich lauthals. Oh, das hallt selbst in meinen Ohren grässlich hässlich nach. Dafür setzt es von meiner eigenen Psyche unsichtbare Ohrfeigen: „Aua!"

„Du wirst doch nicht gaga werden, Früchtchen?" Mercelchen scheint sich ehrlich um mich zu sorgen. „Psyche heißt auf Griechisch sowohl Schmetterling als auch Seelenvogel und, nicht zu vergessen, Seele. Bist du sicher, dass du an der Liverpooler University studiert hast, mit Abschluss und allem Brimborium? Saß die imaginäre Studentenmütze vielleicht *zu* fest?"

Ich bin den Zähren nahe; den Tränen.

„Yes, aber ja doch. Nur ohne Brimborium." Ich fühle mich hilflos. „Mit allen anderen Untoten komme ich mehr oder weniger solide zurecht", verklickere ich Mercelchen. „Gevatter Tod ist mittlerweile my best Buddy und sogar dir habe ich verziehen, dass es dich eigentlich nur in der Mythologie geben darf, aber eine Psyche außerhalb der Psyche des Menschen, die Mutter aller Psychen, das ist mir zu viel." Ich knicke ein und versinke in einer psychischen Hilflosigkeit. Ich absolviere einen Knicks und falle in Ohnmacht.

In meiner Bewusstlosigkeit flaniere ich lässig am Blankeneser Elbstrand, genieße, wie Mütterchen Flut meine Zehen liebkost, schlichte mühelos einen Streit zwischen einem sein Terrain verteidigenden Hai und einem rüpelhaften Butt und fasse die Geschehnisse beredt in einer Ode an die Monogamie zusammen. Die Kurzversion möchte ich Ihnen keineswegs vorenthalten, Mylady, Sir:

In Blankenese schwimmt Hein Butt,
sein Credo heißt: Wat mutt, dat mutt.
In der Tugend reichlich lose,
heuert er als Leichtmatrose
kühn auf der Hai-die-da an,
robbt sich an Miss Thunfisch ran.
Dann passiert, was ihn brüskiert,
Hein wirkt ziemlich deprimiert.
Smutje Kurt versalzt die Suppe:
„Schuppen weg von meiner Puppe,
backfischjagender Genosse,
sonst gibts Chili auf die Flosse!"
Zögerlich macht Hein 'nen Knicks,
und der zählt im Meer nicht nix.

Als ich das Bewusstsein zurückerlange, liege ich bäuchlings auf meinem Wölkchen. Asklepios hält mir ein Riechfläschchen mit Nordseeluft unter meinen gierig die Salzluft inhalierenden Zinken. Es duftet nach Fisch und Meer. Miss Thunfisch, Kurt und ja, Hein auch, winken mir ermutigend zu.

„Seht, er schlägt die Äuglein auf. Huhu, Früchtchen", begrüßt mich das begehrte Thunfischfräulein Es*meer*alda.

„Mehr Meer, bitte", ächze ich. Leidend halte ich mir meinen rechten Handrücken vor meine Nasennebenhöhlen. Dies habe ich aus einem klassischen Hollywoodschinken abgekupfert.

„Imitierst du etwa Doris Day? In *Bettgeschichten* wirkte es irgendwie weniger ausdrucksstark", wundert sich Es*meer*alda. „Toll."

„Er kommt zu sich, oder zu dem, was hier oben noch von ihm übrig ist", freut sich Mercelchen.

„Och nö, wie taktlos", seufze ich. „Werde ich mich je an mein Zombie-Dasein gewöhnen? Ich vermisse, dass der Puls mich schlägt. Wie das klingt. Nee, meinen Pulsschlag, meine ich, und mein Blut. Stolze 5,5 Liter nannte ich mein Eigen." Teilnahmsvoll blickende Augen ruhen auf mir. „Autsch! Why are you doing this, bitte?" Eine Maid mit Krönchen auf güldener Föhnfrisur sticht mir in die Fingerkuppe und ich ... blute. Fürwahr, ich schwöre bei Gott, ich blute. „Hurra! Der Saft des Lebens, wie ich ihn früher genannt hätte, ist nicht versiegt. Ja, hat denn Dornröschen meine Gedanken lesen können?“

Lächelnd nickt Dornröschen, die Wangen rosenrosig, die Äuglein grau wie die Nordsee, das windpockenrote Mündchen gespitzt ...

„Yes Sir, I can Gedanken lesen“, spricht es zu mir mit amerikanischem Akzent. „Es freut mich übrigens sehr, dass *Bettgeflüster* einer deiner Lieblingsfilme ist.“

„Doris Mary Ann Kappelhoff Day?“, vergewissere ich mich atemlos.

„Yes, Sweetheart.“

„Doris Day, juchhu!“ Ich gerate ins Schwärmen. Mir ein Autogramm vom Dorisröschen erbittend, schwärme ich aus, um Daddy die freudige Botschaft zu verkünden. „Hurra!“

Während ich anmutiger als ein Rehbock, welcher gerade den Chef de Cuisine abgehängt hat, vor mich hinspringe, fällt mir auf, wie unkritisch Regisseure an das vielschichtige Thema Verstorbene und ihre Wiederauferstehung herangehen. Die Menschheit sitzt gravierenden Fehlinformationen auf. Da müsste doch wer was machen. Aber nicht heute, morgen ist auch noch ein Tag. Vom Jägersitz her droht mir Scarlet mit ihrem Jagdgewehr, ich solle nicht ihren Lieblingssatz klauen. „Gebongt, Darling.“

*

Am Meer angekommen, fühle ich mich unliebsam an den Film mit dem ewig grüßenden Murmeltier erinnert. Daddy hängt unverändert am Wasser ab und fischt mit seinem Bowler nach ... rein gar nichts. Fast schäme ich mich für ihn. Früher war er so tippitoppi in Form und nun das.

„Nun genieße ich das überlebte Leben, mein Sohn“, klärt mein Vater mich auf.

„Ja, kann denn hier jeder meine Gedanken lesen?“

„Nur heute, mein Sprössling. Heute ist der Tag des Gedankenlesens. Lehre deine Gedanken Freundlichkeit, so mag sich jeder an ihnen erfreuen.“

„Wie fromm du klingst, Daddy! Früher warst du kein Kind von Traurigkeit und jetzt ist unser vormals so eleganter Bowler dein einziger Trost, oder?"

„Das denkst *du*."

Eine Waldnymphe surft auf einer schelmisch grinsenden Monsterwelle heran und drückt meinem alten Herrn einen dicken Schmatzer auf beide Wangen. Ich halte ihr meine gleich mit hin.

„Der Apfel fällt nicht weit vom Stamm", lobt sie uns lächelnd.

Ich winke unserem Familien-Bowler zu, der mächtig viel Spaß zu haben scheint, und widme mich meiner Horizonterweiterung.

„Daddy, wohin entschwand unser liebenswerter Pulsschlag? Vermisst du ihn auch? Zugegeben, an manchen Tagen des hohen Blutdrucks fühlte ich mich wie eine tickende Zeitbombe – erinnerst du dich, wie ich während meiner Aufenthalte in der Notsprechstunde der Tierärztin für Aufruhr gesorgt habe? –, aber irgendwie very lebendig."

„Hast du dich noch nicht an seine veränderte Tonlage gewöhnt?", erstaunt sich mein Vater.

„Veränderte was?"

„Tonlage!"

„Tonlage?" Frappierend, ich mache dem Echo Konkurrenz.

„Sei jetzt mal still und lausche dem Glöckchen", fordert mich Daddy auf.

„Sprichst du von meinem Tinnitus? The whole story mit der Beerdigung und Wiederauferstehung war wohl ein wenig üppig für meiner Gesundheit Nerven."

„Das ist kein Tinnitus, das ist dein Puls. Er hat aufgehört zu schlagen."

Ich schüttele mich. „Wie mordlüstern das klingt."

„Nicht klingt, klingelt. Er schlägt fein brav nimmermehr, dafür klingelt er jetzt sehr. Brutalität lehnen wir hier oben strikt ab."

„Erzählst du mir, dass ich tagein tagaus an Christkindkleins – schmales, kleines Wesen – Klingglöckchen denken muss?“, mosere ich herum.

„So ist es! Mir persönlich gefällt es ausgezeichnet.“

„Was für eine krasse Schicksalsmelodie.“

„Jooo, Bro.“ Der Bowler feixt sich eins.

Kapitel 22

„Dich nicht zu lieben, ist eine Fremdsprache, die zu erlernen mein Herz sich ungestüm weigert."

Keine Muse in Sicht. Meine Vorahnung hat gereimt. Mir schwant Romantisches.

Auf dem Heimweg begleitet mich Psyche. Eine Therapie im Gehen und Fliegen. Dass ich keine Psychose habe, begreife ich nur allmählich. Es widerstrebt mir daher weniger und weniger, mir mit einem Schmetterling ein den Intellekt anregendes Wortduell zu liefern: „Für den ollen Nachtfalter entschuldige ich mich herzlich." Kultiviert deute ich einen Diener an. *Pling, pling, pling, pling.* Mylady, *pling* läutet hier eine magische Verwandlung ein. „Weiß wer, wie mir geschieht?", ersuche ich das Universum um Beistand. Der Schmetterling verwandelt sich in das wundersamste Geschöpf Gottes – oder der Hölle? Nein, ob Hotties Erzeuger hier seine Samen im Spiel hat, darüber mag ich lieber später nachdenken –, das ich je gesehen habe, meine Narkosenachwirkungen inklusive. Sir, stellen Sie sich vor, ein stattlicher König zeugt mit der apartesten Schwester Aphrodites ein Töchterchen. Na, kann ich Sie von Psyches überwältigender Anmut überzeugen?

„Wie kann ich dir helfen?", lisple ich mit buttermilchweichen Kniescheiben und wüsste derweil sehr wohl, wie sie mir bei der Umgewöhnung helfen könnte. Nicht das, woran Sie jetzt denken, Sir. Ich bin enttäuscht von Ihnen und Ihre Mutter wäre es auch.

„Allein die Großmutter wäre möglicherweise hellauf begeistert. Nämlich dann, wenn sie ganz eine Wilde wäre", kichert Psyche.

„Oh, habe ich etwa laut gedacht?"

„Nö."

„Sicherlich vermisst du Amor", überspiele ich meinen Fauxpas. „Das ist dein Gatte. Guck, über wichtiges Hintergrund-Know-how verfüge ich durchaus." In den entlegenen Winkeln meines überstrapazierten Hirns krame ich nach weiterem mythologischen Wissen. Wie Akazienhonig tropft es vor sich hin.

Angewidert winkt Psyche ab. „Ach Amor ..., die Überlieferungen sind lückenhaft. Unser kränkliches Pflänzchen der Liebe hatte schon vor der vermaledeiten Sache mit dem Öl einen gehörigen Knick im Stängel."

Für eine überirdische Schönheit drückt sich Psyche aber salopp aus, denke ich.

„Ich vermag mein Vokabular auch so auszuwählen, dass dir die Sinne schwinden und du mir intellektuell nicht mehr zu folgen in der Lage bist. Wäre dir das lieber?"

„Herrjemine, du kannst ja meine Gedanken lesen, hören oder sehen." Ich klopfe mir gegen meine Stirn. „Achtung, merken, heute ist Gedankentag. Ach, ich Emporkömmling muss noch viel über himmlische Sphären lernen."

Mylady, wenn Sie gut aufgepasst haben, werden Sie jetzt eventuell auf der Textstelle mit dem Öl ausgerutscht sein. Na? Von der öligen Sache haben Sie in diesem Leben noch keinen Wind bekommen, oder? Nun, ich kläre sie auf. Psyche hat zwei Schwestern, die vor *Uhr*zeiten – viele Stunden flossen seither den Ganges hinunter – verflixt neidisch auf ihr Liebesgeplänkel mit Amor waren, weshalb sie ihr einen Floh ins Ohr setzten. Sir, hatten Sie mal einen solchen in Ihrem Gehörgang? Selten unangenehme Geschichte ... Ich schweife ab? Recht haben Sie. Also, Amor wohnte Psyche nur in der Dunkelheit bei, wenn der Mond sich peinlich berührt hinter Hera verzog. Er mochte diesen Akt der Liebe nicht mitansehen. Wieso? Ja, bin ich das Orakel des Gottes Apollon? Ganz klar: nein! Die von Missgunst zerfressenen Schwestern, im Übrigen selbst im Mottenlook eine sagenhafte Augenweide, verklickerten also Psyche, ihr Mann sei ein Monster, weshalb sie ihn nicht in der Sonne hellem Schein anschmachten dürfe. So ein Outing könne ungewollte Konsequenzen haben. Was sollte Psyche nun glauben? Beherzt wartete sie ihm mit einer Öllampe und einem Ananasschneider auf. Wer würde da nicht lieber nicht in Amors sportlichem Schuhwerk stecken? Ach ja, vorher hatte ihr Amor noch das Versprechen abgeschmeichelt, niemals hinter sein Geheimnis mit der maskulin-femininen Attraktivität kommen zu wollen. Können Sie mir noch folgen? Ich kann Sie beruhigen, Mylady, die mit einer Schneide versehene Klinge wartete vergeblich auf ihren Einsatz, dafür hatte die verschriene Öllampe den Auftritt ihres Lebens. Mit selbiger leuchtete Psyche ihrem Liebhaber nämlich ins holde Antlitz, schockverliebte sich in seine edlen, gar nicht monstergleichen Gesichtszüge, auf die sogar ein Araber und ein Hengst erst recht neidisch würden, und kleckerte unachtsam mit dem heißen Öl auf seinen heißen Schenkeln herum. Selbst Amors Alabasterschultern sparte sie nicht aus. Amor schrie, fühlte sich hintergangen und aus war die romantische Sause. Meine Schilderung mag etwas bruchstückhaft klingen und in der Logik der Wahrheit hinterherschleichen, aber im Grunde hat es sich so abgespielt. Götter haben's auch nicht leicht. Ehrlich bewegt wende ich mich meiner anmutigen Gesprächspartnerin zu. „Oh, was wurde aus eurem goldigen Kindelein?"

Psyche lächelt. „Meine quakende Leibesfrucht ist diesen Monat bestens bei Oma aufgehoben. In diesen Minuten backen sie gemeinsam einen Quarkkuchen mit Kirschkernen und Avocados." Lieblich lächelnd rückt sie ihr Diadem aus Gänseblümchen zurecht.

„Avocado? Ja, die Großeltern müssen häufig ran, im Himmel wie auf Erden. Liebe Psyche, wenn ich mich so artikulieren darf." Oje, jetzt fühlt sich meine eigene Psyche angesprochen. „Nein, Liebes, nicht du, die andere Psyche." Neuer Versuch. „Liebe Psyche, wo drückt dich denn die edle Riemensandalette, dich denn die Riemensandalette, dich denn die Riemensandalette ..."

„Hat deine Schallplatte einen Defekt oder ist es das aus dem Ruhestand zurückbeorderte Testosteron, welches dich wie ein kontaktscheuer Vorschulklässler stottern lässt?", horcht Psyche mich aus. Flowerumflort studiert sie meine amaryllisroten Wangen. Blumen scheint sie zu mögen, wenn ich mir so ihre schmale Stirnbinde zum Bändigen der Haarfülle betrachte. Unauffällig versuche ich herauszufinden, mit welcher Augenfarbe ihre Iris mühelos bei mir punktet. „Moos, Meer, Zartbitterschokolade, Bernstein weniger, Orangenlikör schon eher", sind die verknallten Nomen, die mein Herz umschwirren. „Zau-ber-haft!"

„Legst du eigentlich Wert auf dieses bei Autoren so beliebte Show-don't-tell-Ding?", fragt sie mich wissbegierig.

„Sehe ich aus wie Fitzgerald?", antworte ich perplex.

„Eher wie eine in der Mauser befindliche Bowlingkugel", scherzt Psyche unter heiserem Gelächter.

„Och, wie verletzend! Mhm, ob ich lieber showe als sabbel, möchtest du wissen? Nicht unbedingt. Wenngleich ich seit meinem Dahinscheiden tatsächlich an meiner Autobiografie herumbastele, gehören Ratespiele auf keinen Fall zu meinen favorisierten Freizeitbeschäftigungen, du Göttin meiner schwindenden Sinne", entgegne ich reizüberflutet.

Erleichtert atmet Psyche aus. Ihr Atem duftet wunderbar dufte; nach purer Glückseligkeit mit einer Prise ... Weihrauch, nee Lakritz. „Mhm, yummy, köstlich." Sogar meine Menisken, meine Möndchen, werden da schwach. Sie wissen schon, meine scheibenförmigen Knorpel in den eher weniger sportlichen, südlich gelegenen Kniegelenken. Gespannt wie einst Pfarrer Svensen beim Schweine-Klau-Prozess harre ich ihrer geheimnisvollen Beichte. Selten hat mich eine Patientin so sehr in ihren Bann gezogen. Leider spannt sie mich auf die Folter, „Autsch".

„Fürchtegott, weißt du vielleicht, weshalb alle Welt so versessen darauf ist, vorgeführt zu bekommen, was Liebe ist? Verstehe mich nicht falsch, ich liiiiiiiebe (schamlos übertreibt sie es mit dem eher introvertierten Buchstaben i) Zärtlichkeiten, was aber ist so verkehrt daran, Gefühle offen und unverblümt zu artikulieren? Was könnte an einem ehrlichen *Ich liebe dich!* verkehrt sein?"

„Oh, ist das eine Liebeserklärung?", fühle ich ihr verlegen auf die schneewittchenweißen Hollywood-Zähne. Gespannt mustere ich meine Zehen. Meine Zehen grinsen und erteilen meinem Hoffen eine Abfuhr. „Apropos Abfuhr, ob es hier oben wohl eine Müllabfuhr gibt? Liebe Psyche, du merkst, ich versuche, die Contenance zu wahren, indem ich mein Gehirn mit nicht aphrodisierenden Themen konfrontiere."

„Fürchtegott?"

„Oha, ich bin dir noch eine themabezogene Entgegnung schuldig."

„Und nein, es ist keine Liebeserklärung", lautet ihre Abfuhr.

„Verflixt, auf Erden gibt es ein Briefgeheimnis, weshalb gibt es hier droben keinen Secret Service für Gedanken? Ich stehe vor dir wie ein aufgeschlagenes Buch. Welches Buch ich dann wohl wäre?"

„Fürchte..."

„Schon gut, ich muss mich erst noch sammeln, das tat ich einst auf Erden mit den schnuckeligen Joghurtgläschen ja auch. Verflixt! Jedem reibe ich diese lächerliche Geschichte mit den Pfandgläsern unter die Nase. Aber daran ist null komma null falsch, nein gar nichts ist daran falsch, also falsch daran ist nun wirklich nichts." Ich strecke meine Arme nach vorn, drehe die Handflächen nach oben, hüpfe auf meinem linken Bein und gebärde mich wie ein vertrotteltes Honigkuchenpferd.

„Alles sugar bei dir?" Psyche mustert mich besorgt.

„Ich absolviere den FAST-Test, den man bei Verdacht auf einen Schlaganfall anwendet. Schau, ich bitte mich selbst, zu lächeln, und lasse meine einfühlsamen Finger erleichtert feststellen, dass keiner der beiden Mundwinkel herabhängt."

„Das ist jetzt dein Normalzustand?", wundert sich Psyche.

„Aber gewiss. Nun strecke ich abermals – doppelt hält besser – meine Arme nach vorn und drehe hierbei die Handflächen erneut nach oben, schwups, kein Ellenbogen sinkt oder wendet sich von mir ab, und tippe mir bei geschlossenen Augen, weit mit den Armen ausholend, mit dem rechten Zeigefinger auf meine Nasenspitze, um danach die gleiche Prozedur mit dem linken Zeigefinger zu wiederholen. Treffer. Hurra!"

„Wie schön für dich."

„Aber wirklich. Puh!" Ich pruste. „Nun lasse ich mich einen einfachen Satz nachsprechen: ‚Ja, an dieser Übung ist alles hundertprozentig im Sollbereich. Ja, an dieser Übung ist alles hundertprozentig im Sollbereich.' Meine Stimme klingt nicht verwaschen – kein Wunder bei den schmuddeligen Gedanken. Test bestanden. Hurra!" Mein Gestottere hat tatsächlich meine Ängste aufgeschreckt. „Legt euch wieder hin, Jungs", beruhige ich sie.

Psyche lacht. Ihr Lachen klingt wie die Melodie von ‚Sweets for my sweet', nur wesentlich verführerischer und süßer, so als würde Nussnougattorte auf meinen Schneidezähnen zerschmelzen. „I love Nussnougat und Torte sowieso. Jetzt habe ich einen Ohrwurm."

„Darf ich dich Dottilein nennen?" Keck flirtet Psyche mit meiner Schüchternheit.

„Darf ich darüber in Ruhe nachdenken?" Entsetzt räuspere ich mich. „Herrje, das klingt so nach betulicher Zofe." Da mein Nachname Dot eine viel zu steile Vorlage ist, als dass ich sie ungenutzt vorüberziehen lassen möchte, komme nun ich auf den Punkt (viel zu oft, wie ich fürchte): „Psyche, du redest offenbar um den heißen Porridge herum. Apropos Brei, was gäbe ich jetzt für einen mit warmen Himbeeren und Vanillesoße. Du bist verliebt, unglücklich, so true, poor you. De plus, tu es un peu inhibé et tu préfères de loin verbaliser ton affection plutôt que de la montrer. N'est-ce pas? Neuerdings liebe ich das Reimen und bin dem stolprigen Französischen zugeneigt. Komisch. Verdanke ich das Marcel Prousts Lektüre?"

Stille.

Psyche wirkt auf mich, als würde sie die Segel ihres Love Boats apfelblütenrosa streichen wollen. You feel bestimmt what I mean, wenn Sie schon mal Amors Pfeilspitze durchbohrt hat, Sir.

„Mon dieu, Dottilein! Du meinst also, ich sei ein bisschen körpergehemmt und verbalisiere meine Zuneigung lieber, als sie offen zu zeigen?" Begeistert haut sich Psyche auf die durchtrainierten Schenkel. „Ey, Seelenklempner, du hast ins Regenwurmrosa getroffen, voll auf die Zwölf rauf, Alter."

„Ins Schwarze?" Konsterniert zucke ich zusammen. „Dieser Jugendslang." Wie alt mag Psyche sein?

„Jo, ihm ist es egal, dass ich existiere. Empörenderweise muss ich ihn siezen", vertraut sie mir ergriffen an.

„Hier oben wird *noch* öfter gesiezt? Old school, aber so was von", sage ich verwundert.

„Rate mal, wer er ist?" Psyche ist und bleibt in ihrer Seele ein Schmetterling, ein flatterhaftes Dingeling. Jetzt soll ich doch tatsächlich versuchen, ohne weitere Kenntnis eine stimmige Lösung auf ihre Preisfrage zu finden.

„Einer von den Gebrüdern Grimm vielleicht?", rate ich. „Der Schlankere schnaubt neuerdings so grimmig, wenn er mich sieht."

„Nope!"

„Sprichst du Englisch, meine Muttersprache? I am amused", feiere ich sie.

„Weiter", fordert Psyche mich auf.

„Womöglich Ringelnatz, mein Schatz?" Ein Späßchen sorgt zur rechten Zeit für ausgelass'ne Heiterkeit.

„Nope."

„Vier schnöde Buchstaben machen noch keine Britin aus dir, mein hübsches Kind."

„Weiter."

„Einverstanden. Das ist aber der letzte Wurf für heute. Clumsy?", rate ich leicht geschwächt drauflos.

„Wer zum *Teufel* ist Clumsy?", wundert sich Psyche.

„Nüscht jetze, ihr Lieben, brate mir gerade eine Soja-Bulette", grölt es von irgendwoher. Hottie scheint seine Mahlzeit vorzubereiten.

„Du kennst Clumsy nicht?", klopfe ich auf den magnolienweißen Busch. „Das ist ja 'n Ding. Mensch, Clumsy!"

„Nope."

Dein Zukünftiger muss aber ein Faible für Einsilbigkeit haben. „Oops, du kannst ja meine Gedanken lesen, sorry", bitte ich mein Schmetterlingsfräulein um Verzeihung.

Psyche rennt eine Träne über ihre rechte Wange. Wirklich, sie rinnt nicht, sondern joggt vielmehr, und meine Entschuldigung walkt der Träne mit ausgebreiteten Armen hinterher. Nun halte noch die linke Wange hin. Oh jemine, das passt jetzt miserabel. „Also, Clumsy ist ein echter Tollpatsch und Schlaubis bester Freund", kläre ich sie auf.

„Du denkst wirklich, ich sei in einen Schlumpf verliebt?" Mein wunderhübscher Schmetterling mustert mich angesäuert.

„Nope, wollte nur die Stimmung ein wenig auflockern. Obwohl ich nichts gegen Schlümpfe habe. Wenigstens nichts Wirksames."

„Chronos, es ist Chronos." Psyche bricht im Kreuzverhör zusammen. Ich setze mich zu ihr auf die Couch, während sie unverkrampft ihren Kopf in meinem Schoß zur Ruhe bettet. Ich denke an eisgekühlte Getränke, an Polarbären, an Eiskristalle, an mein früheres Eheweib Gertrud, das komplette Programm. Jetzt nur nicht durch unziemliche körperliche Regungen unmanierlich aus der professionellen Rolle fallen. Psyche bricht in Gelächter aus. Sie hat Schluckauf. Immerhinque.

„Chronos, Grundgütiger, Chronos", wundere ich mich.

Der Schnelltest auf Schlaganfall wiederholt sich vor Schreck von allein. Psyche setzt meinem Herumgehampel überraschend ein Ende. Mit einem schiefen Lächeln wickelt sie mich um ihren schmalen linken Ringfinger. Liebäugelt sie mit dem Gedanken an eine Verlobung? Kapitulierend denke ich: Chronos, Grundgütiger, Chronos. Endlich geht mir ein Uhrzeiger auf. „... aber Chronos ist die Zeit, du bist in Mademoiselle Zeit verliebt? Warum eigentlich nicht."

Psyche korrigiert mich. „Chronos ist der Vater von Mademoiselle Zeit, aber dies wissen die wenigsten."

Ich jetzt allerdings schon. Mein Gehirn staunt. „Aaah, du meinst Kronos, den Vater von Zeus, mir besser vertraut als ... Saturn." Au Schweinebäckchen, jetzt nur nicht an Venus denken, von wegen Schweigepflicht und so. „Tirilirili." Ich pfeife.

„Weshalb denkst du an Venus?", fragt Psyche.

Ein Blick auf die Himmelsuhr zeigt mir an, dass die Stunde um ist.

„Liebe Psyche, nun muss sich meine Psyche aber erst einmal von dem Schreck, nein, von der Freude, von der Freude ... fürwahr, erholen." Väterlich schiebe ich das Schmetterlingswesen zur Tür hinaus, während mein Unterleib den Latin Lover imitiert. „Feuer frei!", rufen meine glühenden Lenden.

Fürchtegott, Fürchtegott! Nichts als Fisimatenten.

Kapitel 23

„Und wer liebt mich gar inniglich?“, wispere ich den Schäfchenwolken zu.

Alles schweigt, sogar meine Muse bleibt mir heute eine Erwiderung schuldig.

„Venus liebt Saturn, Psyche liebt Chronos ... Ob mit „Ch“ oder „K“ ist mir schnurzpiepegal. Fakt ist, sogar Psyche verknallt sich in Ashley, die apfelschimmelgraue Staubsocke. Menno, wer liebt Saturn eigentlich nicht?“ Meine Frage an Mercelchen ist mitnichten *rhein* rhetorischer Natur. Wie zwei Sandkastenfreunde sitzen wir gemütlich auf einem Wölkchen über Mainz, unter uns fließt der *Rhein*, und lassen die Fersen baumeln. Das muss Mann erst mal schaffen.

„Hier.“ Mercelchen hält mir seinen Zeigefinger vor die linke Linse. „Ich kann mit Chronos alias Saturn alias Ashley wenig anfangen. Er ist viel zu ernst und distinguiert und streng und mächtig alt, fast so alt.“ Verstohlen zeigt Mercelchen auf Methusalem, den Urvater vor der Sintflut. Methusalem lächelt uns so ahnungslos wie zahnlos zu und hebt seine rechte Hand zum Gruße. Es wirkt befremdlich, so, als würde ein sympathischer Dinosaurier ohne Schauspieltalent die Queen nachäffen.

Ich winke zurück. Lieber freundlich bleiben. „Hast du ein Foto von dem Burschen? Ich habe erfolgreich verdrängt, wie er aussieht. Muss ja wirklich Mr. Unwiderstehlich sein, wenn ihm selbst Psyche verfällt.“

„Das ist dir ein Dorn im Herzen, nicht wahr?“ Mercelchen gluckst vergnügt. „Es gibt wenige echte Fotos von Saturn, dafür viele Gemälde und Zeichnungen.“

„Bis auf das eine auf Stargram“, merkel ich an.

„Goldrichtig. Dabei fällt mir ein: Menschen haben Fotos von unserem Ringplaneten, wie sie ihn nennen. Darauf sehen sie aber lediglich den sechsten Planeten ihres Sonnensystems und keine distinguierte Gestalt.“

„Ringe ... plural? War er denn schon so oft verliebt, verlobt, verheiratet?“

„Nö, das hat bloß irgendetwas mit den Teilchen zu tun, die Saturn umschwärmen. Physik ist nicht so meins, deins etwa?"

„Nope, gar nicht. In Physik habe ich gern mal ein Mützchen Schlaf nachgeholt."

Mercelchen lacht fröhlich auf.

Ich bin geschmeichelt. „Ich mag dich wirklich Mercelchen, wenngleich du das Enkelkind meines noch ungeborenen Enkelkindes sein könntest. Na ja, fast." Drei überrumpelte Tränen rollen über meine verdutzten Wangen.

„Ich dich auch, Früchtchen. Du bist schwer in Ordnung für einen Erdling. Und ja, ich mag länger untot sein als du, aber als ewiger Jüngling sieht man es mir eben nicht gleich an der Nasenspitze an. Übrigens könntest du für Mr. Unwiderstehlich, sprich Ashley, durchaus zu einem ernst zu nehmenden Konkurrenten werden."

„Wie das?"

„Du wirkst, deine Haarreminiszenzen mal ausgenommen, ebenfalls sehr vornehm und, nicht böse sein, very, very old. Bist du jetzt böse?"

„Ach, komm her." Ich knuddele meinen neuen Freund. „Was für ein seltsames Kompliment."

Mercelchen grinst. „Übrigens munkeln meine Sternenfreunde, Psyche habe auf deinem Schoß gesessen."

„No comment, ärztliche Schweigepflicht."

„Andeutungen sind aber erlaubt, oder?", insistiert Mercelchen neugierig.

„All right, mein Plätzchen, welches beim Sitzen durch Unterleib und Oberschenkel kreiert wird, ist bei der holden Weiblichkeit offensichtlich beliebt. Ihr Kopf …"

„Ui, ui, ui, Früchtchen. Bei normalen Damen …"

„Was du so unter normal verstehst", falle ich ihm grinsend ins Wort.

„… mag das ja angehen", fährt er fort, „aber nicht bei einer wie Psyche. Sie ist verschlossener als ein versiegelter Brief an das Christkind. Ist sie vielleicht gestolpert und auf der Suche nach Halt auf deinem special place gelandet? Hat sie jemand geschubst, gestoßen, gedrängt, gestupst?"

„Ausgeschlossen, das wäre mir aufgefallen. Da war nix mit Stolpern oder gar Schubsen, nix als freier Wille."

„D. h. e. V., d. h. e. V., d. h. e. V. ...!", ruft Mercelchen enthusiastisch aus.

„Ich unterbreche ja nur ungern dein verkümmertes Alphabet, aber du hörst dich an wie ein stotternder Motor. Fehlen da nicht ein paar Buchstaben?"

„Du hast eine Verehrerin, du hast eine Verehrerin, du hast ..."

„Ist ja schon gut, ist ja schon gut. Da liegt vermutlich ein Irrtum vor. Guck mich an! Diese verlegene grashüpfergrüne Jogginghose, eine Stunde habe ich nach ihr suchen müssen, und den nektarinenfarbenen Sweater. Bei Psyches Besuch verunstaltete mich übrigens ein Morgenmantel, der auch nicht mehr Herr machte. Frag nicht, wie der aussah."

„Hermachte, hi, hi. Ich mag deine Wortspielereien."

„Das freut mich."

„Ui", ruft Mercelchen aus, „steht auf deinem Sweater *The sky is the limit*?"

„Genau. Den hat mir heute früh bereits ein goldiger Sonnenstrahl abschwatzen wollen."

„Früchtchen, Psyche steht aber definitiv auf Oldtimer, warte ab, bis du Saturn näher kennengelernt hast."

„Na, gesehen habe ich ihn ja schon ein-, zweimal." Von der Therapiestunde sollte ich jetzt lieber nichts ausplaudern. „Psyche mag Oldtimer?", sage ich ungläubig. „Na, da muss sie psychisch aber schwer durch den Wind sein, das verstörte Kind oder tischst du mir hier ein Märchen auf? Soll ich dich fortan Märchelchen nennen?", flachse ich nervös.

Mercelchen grient. „Alles wahr. Ich schwöre. Jedem das Seine, Früchtchen. Vielleicht bahnt sich zwischen euch ja eine echte Lovestory an. Stündest du dafür zur Verfügung?"

Ich wiege mein ergrautes Haupt, als wäre ich Metzgers Frau und vollends damit ausgelastet, einer Lammkeule ihren Preis abzuringen. „Bin ich für so etwas nicht zu greisenhaft?", möchte ich zaghaft wissen.

„Nein, Früchtchen, dafür ist man nie zu betagt", beteuert der Götterbote.

„Ist es ein Trugschluss der Jugend, das Alter frei von Begierde zu sprechen?"

„Ja, das ist es wohl." Mercelchen kichert.

„Oh, ich bin lyrisch ausgesprochen poetisch unterwegs. Ich bin talentiert, ich bin ein Poet."

„Ja, du bist hier oben wirklich eine Bereicherung, und ich habe so ein wohliges Gefühl, dass du von ganz vielen Himmelslichtern inniglich gemocht wirst. Das ist doch was, oder?"

„Oh ja, das ist was", seufze ich erleichtert auf und greife dankbar nach einem Handflügel meines jungen Freundes.

Kapitel 24

„Wo das Schicksal dir zulächelt, wird sich dein Herz im Brautstrauß verfangen."

„Very romantisch und originell", lobe ich meine Muse.

„Lieben Dank. Hach, wie drängt es mich danach, jetzt ein Ausrufezeichen hinter verfangen zu setzen, aber die Himmelslektorin hält dies für zu marktschreierisch", gesteht sie mir mit affektgeladenem Augenaufschlag.

„Ach, dir geht es da wie mir? Vielleicht tröstet es dich zu hören, dass unser kritisches Zeilengenie derzeit mit Elvis Presleys Memoiren komplett ausgelastet ist", spreche ich uns Mut zu.

„Das mag sein", pflichtet mir meine Muse bei. Den Presley Elvis mag ich übrigens sehr."

„Ich auch. Notabene erscheint mein Tagebuch ‚Let's enjoy Jenseits' ja erst im Sommer übernächsten Jahres. Vielleicht wird sie bis dahin, vom Juniregen weichgespült, etwas milder unterwegs sein. Weißt du was, wir gönnen uns jetzt einfach mal unsere eigene Rechtschreibreform: Ausrufezeichen, hört mich an, schmust euch an die Muse ran. Abrakadabra ..."

„Blutleerer Anfänger!" Uns zu Hilfe eilend, schüttet Goethes Zauberlehrling modelschlanke Interpunktionszeichen aus seinen buschigen Augenbrauen.

„Bist du etwa ein Vorfahre Theo Waigels?", rate ich beherzt drauflos.

„Solide entschlüsselt", bekomplimentiert er mich.

Glückbeseelt schnuppert die Muse an dem magischen Brautstrauß aus Gänseblümchen, Libellen, Pyjamatulpen, himmelhochjauchzenden Hortensien und, natürlich, jubelnden Ausrufezeichen. „Dufte!!!!!!!"

Mylady, Sir, während Sie meine Licht ins Dunkel bringenden Zeilen goutieren, könnten Sie den Eindruck gewinnen, ich sei aus dem Ruhestand zurückgekehrt. Hat mich die Arbeitswelt etwa endgültig wieder? Yep, so ist es. Wie es scheint, guten Morgen, lieber Sonnenstrahl, hat der Herrgott kein Faible für Müßiggänger. Wilma, meine Couch, erwartet unseren nächsten Patienten in ... ein Blick auf meine vorsintflutliche Armbanduhr –

welch Glück, dass Klempner Ulf die nicht gemopst hat – untermauert meine Vorahnung, exakt sieben Minuten. Tja, noch stehe ich vor dem Badezimmerspiegel, eine Leihgabe von Schneewittchens Stiefmutter, und versuche, das Beste aus mir herauszuholen. In diesem Fall handelt es sich um ein vorwitziges Kaugummi, welches sich am Oberkiefer festklammert. Geschmacksrichtung? Wer will das denn jetzt wissen? Sir, Sie haben vielleicht Wünsche. Pfefferminze mit einer Note Verknalltheit, getarnt als Kirschgeschmack. „Uiiii, uiii, uiii." Endlich gelingt es meinem rechten Daumen und Zeigefinger, diese leicht verformbare klebrige Masse, auf der ich seit Mitternacht herumkaue, zu entfernen. Das babbt famos, das Zeugs. Auf „Spieglein, Spieglein an der Wand, wer ist der Beau im Himmelsland?" verzichte ich selbstkritisch.

Einschub: Mylady, sollten Sie nun der Meinung sein, diese Anekdote sage nicht viel über mich aus und trage zudem nichts zur Handlung bei, möchte ich widersprechen: I just love anec*dot*es.

„Yawn!" Herzhaft gähne ich. Eine weitere schlaflose Nacht liegt hinter mir, beinahe wie im Leben. Weshalb nur erfindet Albert – Herr Einstein und ich sagen jetzt du zueinander – nicht mal einen nebenwirkungsfreien Schlaftrunk für herumstreunende Gedanken? Gütigerweise erhalten wir Himmelsbewohner jeden Monat einen Beam-Gutschein. Eigentlich ist dieser ja für Notfälle gedacht. „Uah." Ich recke und strecke mich, als würde ich für den Bundestag kandidieren wollen. Ach was, ich beame mich jetzt auf die Couch. „Huch!" Bei meinem Jungfernflug unter Eigenregie lande ich unbequemer als erwartet.

„Autsch, Autsch, Autsch, wer wirft sich auf mich auf der Couch?" Ein versnobt aus den Wollfasern guckender, mit Asche übersäter kohlrabenschwarzer Anzug erhebt unter mir liegend das Wort.

„Reimen für Anfänger?", erkundige ich mich spöttelnd. „Da fehlen nicht nur mir ein paar Silben bis zu Heinrich Heine. Tagchen, in dir hätte ich an meinem Todestag eine very geschniegelte Figur abgegeben."

„Setzen"

„Der Anzug erteilt Befehle. Auweh, jetzt habe ich auch noch Hallo-, Hallo-, Halluzinationen."

„Setzen!" Abermals ertönt die tiefe Stimme wie aus dem Mausoleum von Hadrian.

„Ich sitze bereits." Die Asche ist vielleicht doof.

„Sit somewhere else!"

„Ich soll mich anderswo hinsetzen? Warum sagst du das nicht gleich!" Wie ein trotziges, überaus akrobatisches Kindergartenkind lasse ich mich im Schneidersitz auf den Teppich gleiten. „Du bist ja kühn, mir einfach Anweisungen zu erteilen." Mein Gehorsam hält ganze zwei Minuten an, dann erobere ich mir einen Platz auf der Couch zurück.

„Aus der Asche auferstanden, Sternlein glänzen in Vierlanden ... Spatzenwerder Prinzen leiden, wo Gefühle sie vermeiden."

„Hört, hört, wer kennt sich denn da so prächtig in Hamburg-Bergedorf und auf der ehemaligen Elbinsel aus?"

„ICH." Der Donner grollt in Großbuchstaben und der Blitz blitzt, andersherum wäre es deutlich weniger imposant. Ich erahne eine Silhouette, die sich gemächlich auf der Couch in eine Gestalt verwandelt. Es staubt wie beim Frühjahrsputz. „Prust." Ich niese. „Hatschi."

„Nicht Proust, der fühlt sich sonst so schnell angesprochen", ermahnt mich die Bassstimme.

„Verstanden. Soll ich jetzt ungehemmt drauflos raten, wer du bist?", taste ich mich waghalsig vor.

„Nein!"

Nun, eine eigene Meinung hat die psychiatrische Fürsprache suchende Spukgestalt. „Ouch, my eyes! Asche auf allen Pupillen. Gottlob, dass ich nur zwei davon habe." Ich genehmige mir zwanzig Tropfen vom Bestseller aller künstlichen Tränenflüssigkeiten und blinzele. „Mensch, Ashley, du bist es! Hey, ich bin doch kein Schornsteinfeger. Überall Asche." Ich schimpfe wie kein Rohrspatz es je freiwillig täte. Die Spukgestalt ist tatsächlich Saturn alias Ashley. Nomen est omen. „Die Stimmlage kam mir gleich so unangenehm vertraut vor."

„Ruhe, Neuankömmling. Jetzt spreche ich."

„Wie unhöflich!", mosere ich wehrhaft.

„Bist du als Psychiater so akzeptabel, wie die Queen es überall herumposaunt?“, fragt mich Saturn.

„Oh, ist sie jetzt doch, meinem Rat folgend, dem Posaunenchor beigetreten? How nice, wenn das mal nicht very friendly von ihr ist. Unbezahlte Werbung, yippie. Erst neulich habe ich ihr ans Herz gelegt, sich mit ihrer königinnenlichen Farbberatung auf eigene Flügelsandaletten zu stellen. Sogar die Corgis bellten zustimmend. Als preisgekrönte Stylistin ist sie very zufrieden mit der Wendung ...“

„Bist du nun so … fantastisch? Ja oder nein?“

„Also: ja“, stimme ich zu. „Worum gehts denn immer so?“ Unauffällig sondiere ich, ob Saturn meine Pro bono-Beratung überhaupt verdient. Heimlich raten meine grauen Zellen, wie antik dieser Schildkrötenflugsaurier neben mir – ich lasse mich nicht von meiner eigenen Couch vertreiben – wohl sein mag. Attribute wie verwittert, altmodisch, streng, Furcht einflößend, altertümlich (ich wiederhole mich gern) und das Idiom *Nüchternheit auf zehn Zehennägeln* klettern mir durch den Sinn. „Dass du Saturn sein musst, dachte ich mir beinahe gleich.“ Wie vorausschauend, dass ich die Neckerei mit *Boring Turtle goes Dinosaur* für mich behalten habe.

„Ssshhh.“

„Ssshhh.“

Beide legen wir aus den unterschiedlichsten Motiven unsere rechten Zeigefinger auf die Lippen. Seine sehen aus wie Pergament, als liefen sie für die Wüste Gobi Reklame. „Ob ich dir ein Kaugummi anbieten sollte? Der Kauvorgang würde deine Speichelproduktion zu einer noch nie da gewesenen Höchstleistung anspornen.“

„Ssshhh. Ich halte nichts von Bubblegums. Ich bin unserer Schaumgeborenen wegen hier ...“

„Ashley, antikes Haus, hats dich endlich auch erwischt“, sprudelt es aus mir hervor wie Fürst Bismarcks reinstes Quellwasser am Rande des Sachsenwaldes. Saturns „Silentium!“ ringt meinen erschrockenen Lippen ein weiteres „Silentium!“ ab. Belletristische Feinkost produzieren wir zwei im Moment gewiss nicht. Oh, mir fällt mein Schweigegelübde wieder ein.

„Erwischt?" Saturn kaut noch auf meinem vorletzten Satz herum. Er schleudert mir sein Fragezeichen geradezu ins Gesicht. „Wieso sollte es mich auch erwischt haben? Treibt etwa ein Grippevirus sein Unwesen? Was soll dein infantiles Grinsen verheißen?" Seiner Stimme Klang wäre der Stolz einer Mumienmutter.

„Gaaa … gaaa … gar nichts", stottere ich. „Venus lag nur neulich mit einem Schnüpfchen danieder und ich dachte mir, wie verschnupft du doch aussiehst." Puh, gerade noch mal so die Kurve gekriegt. „Ich bin ganz Ohr."

Streng unterzieht mich mein Gesprächspartner einer Musterung. „Eines vorab. Ich bin der einzig wahre Richter, der Vollstrecker, der Hüter der Zeit, der Zensor ..."

„Und so hübsch bescheiden." Ich nicke wohlwollend.

„Und mag es nicht ..."

„Unterbrochen zu werden? Verstehe."

„... wenn man mir auf der Nase herumtanzt."

„Hö, hö, da wäre höchstens Platz für 'ne Bartmücke." Saturns mit Kohle flirtendes Näschen ist überraschend ästhetisch geformt, wenngleich keinerlei Konkurrenz für Cyranos Zinken.

„Ssshhh."

„Ssshhh." Wieder legen wir beide unsere Zeigefinger auf unsere Lippen. „Noch ein wenig Feinarbeit und wir können mit dieser Nummer im Varieté auftreten. Great. How can I help you denn nun?", frage ich leutselig, um allmählich etwas Zug in die verfahrene Chose zu bringen. Saturn räuspert sich, ich zähle mit, über sechzehnmal!

„Hüstel, hüstel ..."

„Möchtest du vielleicht ein Hustenbonbon, ein Gutsle, wie die Schwaben zu schwäbeln pflegen?"

„Nein." Endlich kommt er zur Sache. „Wie du vielleicht bereits vernommen haben wirst, betätigt sich die Namensgeberin unseres fünften Wochentages …"

„Unsere hochverehrte Venus."

„… neuerdings als Bloggerin auf Stargram. Nichts, was mich erfreut."

„Das wundert mich keineswegs. Es ist schwer vorstellbar, dass überhaupt etwas dein gefriergetrocknetes Herz erfreuen könnte, aber: pst!“

„Grrr!“

„Im Grunde ist es doch nett, dass sie ein erfüllendes Hobby ihr Eigen nennt, nicht wahr?“, tue ich meine Meinung wider besseren Wissens kund. Siehste mal, Saturn, du oller Stinker, nicht nur du verstehst es, dich gewählt auszudrücken.

„Nein, nein, nein. Mir allein obliegt es, hier im Himmel für Disziplin und geregelte Zustände zu sorgen ...“

„Pardon?“

„... sowie für einen ehrerbietigen Umgangston untereinander.“

„Hö?“

„Bitte erspare mir dein ‚Hö‘!“ Nervös nestelt Saturn an seiner grabesgrauen Krawatte herum.

„Ich überlege, ob die wohl vom Discounter sein mag. Besonders hochwertig sieht sie mir nämlich nicht aus“, sage ich. „Ist das etwa Polyester? Lass mich mal fühlen.“ Beherzt nehme ich Ashleys Krawatte zwischen meine Fingerspitzen. „Yep, autsch, wie mir scheint, hat sie ein Faible für elektrostatische Aufladung. Solltest du also mal unvorsichtigerweise eilig über eine kaum kompatible Auslegware huschen, stünde deine prahlerische Haarpracht elektrisiert zu Berge. Hi, hi. Ich will dich nur warnen.“

„Wie ich hörte, sollst du an der Liverpooler University studiert haben. Ein Gerücht, wie ich annehme“, argwöhnt mein Patient, die Skepsis fest in der Pupille verankert.

„Allmählich kränkt dieser Kalauer mein Selbstwertgefühl enorm.“ Traurig vibriere ich mit meiner Augen Deckeln. „Worum geht es denn genau?“, forsche ich nach.

„Es geht mir um den Missbrauch der Kommentarfunktion.“

„Wie meinen?“

„Sieh hier!“ Saturn hält mir sein nagelneues, frisch von Uranus spendiertes Mobilfunktelefon hin und tippt auf Venus’ vor einer Stunde hochgeladenen Post auf Stargram.

„Ich kann und werde aus meiner ehrlichen Meinung keine Mördergrube machen“, warne ich meinen Patienten vor. „Wer buddelt schon gern? Du vielleicht?“

„Hör auf herumzukaspern!“, ruft Saturn mich zur Räson.

„Ein sehr anziehendes Foto von unserer Schaumgeborenen. Trauerflorartige Wimpern, rosenblättergleicher, zum Verweilen einladender Kussmund, Augen, die zwei flirtenden Sternlein nacheifern ...“ Mein Herz verliert die Orientierung Richtung Schwärmerei.

„Stopp!“, ruft Saturn aus, indes sich sein Gesichtsausdruck verfinstert.

„Pardon?“

„Sprich nicht so vom drittlüttsten Planeten unseres Sonnensystems!“

„Lütt heißt sehr klein, oder? Wie süß norddeutsch. Wie denn – so?“

„Na so, als wäre sie dein Dessert.“

„Nachtisch? Später soll es in der Kantine Vanilleeis auf Karamellsoße unter Himbeerschaum an Meersalzkrokant geben …“

„Stopp. Es geht hier um ernste Vergehen.“

„Los! Meine Lauscher sind gespitzt“, fordere ich ihn heraus.

Nun spielt sich Ashley gehörig auf. „Als Hüter der Ordnung missfallen mir zutiefst gewisse Kommentare unter Venus’ Posts.“

„Show me!“ Ich setze meine Lesebrille, Modell Pink Flamingo, auf meinen Höcker und schmökere laut vorlesend in liebreizenden Lobeshymnen.

Dein Foto ist ein echter Hirngucker. Du bist so psychopathisch, wie ich attraktiv bin.

„Was für eine spezielle Anerkennung …“, wundere ich mich. „Meint er sympathischer Hingucker?“

Bellissima, ich bin Herz über Kropf verknallt in deine Augäpfel.

„Hi, hi. Die Italiener! Sempre feurig unterwegs.“

Deine Poesie verführt zum Füllen ...

„Oh, philosophiert Venus Verehrer hier etwa über ein junges Hoppepferdchen oder über das seelische Empfinden an sich?“

„Ich hoffe inniglich Letzteres“, versetzt Saturn angewidert.

Text und Foto bilden eine unwiderstehliche Verfügung.

„Ah, Juristen tummeln sich gleicherweise unter Venus Verehrerschaft?"

Seni tanimak isterim.

„Die Japaner lassen sich nicht lumpen und mischen kräftig mit. Wie aufmerksam. Länderübergreifende Avancen tragen zur Völkerverständigung bei", bemerke ich anerkennend, bevor ich den Versuch starte, weiterzulesen.

Ashley schnippst mir Denker gegen die Stirn.

„Autsch. Was soll das?"

„Das ist türkisch, du Banause und bedeutet: *Ich würde Sie gern kennenlernen*, klärt er mich auf.

„Lieb, wie du das sagst, aber wir lernen uns doch gerade näher kennen."

„Du ... Lies weiter!"

Meine Holde, du bist zum Anknuspern. Wünsche dir ein friedfertiges Wochenende. Bitte, lies meine DM.

„Was hat es mit einer DM auf sich?", möchte ich wissen.

„Das sind die berüchtigten Direktnachrichten", klärt Saturn mich auf. „Damit steht der Täter praktisch schon mit einem Zeh in der Haustür."

„Was du nicht sagst." Ich fahre fort.

Du bist die Klügste des Universums.

„Angenehm wertschätzend, tadellos in der Grammatik. Das muss ich, egal wem, offen zugestehen."

Bitte, erhöhe mich!

„Als würde einer Königin gehuldigt, hach, wie romantisch."

Hab einen schamanten Freitag. Heirate mich! Ich will ein Kind von Dir. Sofort.

„Sind Freitage schamhaft unterwegs und haben wir denn heute überhaupt schon wieder Freitag?", erstaune ich mich, einen Blick auf meinen Mondkalender werfend.

„Darum geht es jetzt überhaupt nicht", mäkelt Saturn.

„Sei's drum, das sind sehr freundliche, wohlgesonnene Kommentare", merke ich an.

„Wohlgesinnte", verbessert mich mein Patient.

„Meinetwegen. Sonne, Sinne, nett sind sie."

„Nein, das sind sie nicht. Sie sind allesamt *grenzüberschreitend.*“ Aufgebracht, den rechten Ringfinger auf seine Unterlippe gepresst, schreitet Saturn auf und ab und ab und auf ..., die Fortsetzung können Sie selbst schreiben, Sir. Lesen Sie ruhig zwischen den Zeilen. Sie mit Ihrem verkühlten Herzen und den betörend grün-braunen Augen.

„Und die widerlichen Herzen …“, meckert Saturn prompt. „Nächtlings jage ich längst keine Schafe mehr, nein, ich jage Herzen bis weit über meine ScHmERZgrenze hinaus. Das ist eine gnadenlose Unverfrorenheit“, entsetzt er sich. „Und morgens beim Kaffee jage ich …“

„Weiter? Aufschlussreiche Freizeitbeschäftigung“, pflichte ich ihm bei. „So schmeckt die je nach Röstgrad rehbraune oder schwarze psychotrope, diuretische, koffeinhaltige Plörre, die aus gerösteten und gemahlenen Kaffeeböhnchen sowie kochendem Wasser kreiert wird, gleich bedeutend besser.“

„Dies zu behaupten, gliche einem deftigen Meineid“, fährt mir Saturn aufgebracht über den Mund. „Ich wette, du gehörst zur Fraktion der Teebeutelplanscher.“

„Mitnichten. Mitnichten“, korrigiere ich ihn. „Ab und an gönne ich mir meinen Malzkaffee mit Sahnehäubchen.“

„Mir egal, aber was genau darf ich mir eigentlich unter *diuretisch* lieber nicht vorstellen?“

„Gern helfe ich deiner Allgemeinbildung auf die lernbegierigen Fußsohlen“, verspreche ich ihm und richte mich stolz wie eine Kerze auf. „Ein Diuretikum, zum Beispiel enthalten in deinem morgendlichen Kaffee, ist ein Wirkstoff, der eine vermehrte Ausschwemmung deines Urins aus deinem Korpus bewirkt. Gelingen tut dem Diuretikum solch ein Wunder über eine verstärkte Harnerzeugung in deinen Nierchen …“

„Halt! So genau wollte ich das jetzt überhaupt nicht wissen. Kehren wir zurück zu unserer sachlichen Lösungsfindung.“

„Na gut, aber soll ich dir nicht doch noch auf die Schnelle die Bedeutsamkeit psychotroper Substanzen erklären?“, biete ich ihm an.

„Nein, um Gottes willen!“

„Okay. Ja regt sich Venus denn eigentlich ebenso herzhaft auf wie du?", interviewe ich ihn zusehends verwundert. „Sie schien mir zufrieden zu sein, auf der Woge aus Sympathie surfen zu dürfen. Wie viele Herzen das wohl sein mögen ... Hundert, zweihundert, dreihundert ..." Neugierig fange ich an zu zählen.

„Hör sofort damit auf!", fährt mir Ashley echauffiert in die Herzparade. „Sie ist ein naives Mädchen, das keinen Schimmer von der Welt da draußen hat. Weiß nicht, worauf sie sich hier einlässt."

„Dann sprich mal mit ihr", schlage ich ihm vor.

„Nein, das werde ich nicht tun. Wir müssen anders für Ordnung sorgen. Das ist unsere Pflicht."

„Wir?" Weder mein Herz noch mein Hirn zeigen sich übermäßig begeistert von seinem Vorschlag.

„Fürchtegott, sprich du mit ihr und führe ihr vor Augen, wie ihre Günstlinge sie vom Pfad der Tugend fortlocken wollen. Allein zu diesem ihrem Foto hier …" Saturn weist mich auf ein G(l)anzkörperfoto hin.

„Wie eine Milchreistorte aus dem Paradies, yummy", lobe ich, aufrichtig entzückt.

„… schreibt ein und derselbe indische Follower *täglich* neue anrüchige Unverschämtheiten. Lies!"

Gehorsam lese ich. *DARjeeLING, you have the perfect classic jam.*

„Meint er glam? Jam ist in Great Britain ja Marmelade."

We can dream about you, bluetiful darling.

„Holpriges Englisch, nun ja, bemüht ist er aber", kommentiere ich das Ersuchen um Gunst.

„Lies weiter", faucht Saturn mich an.

As a timeless bluety, everything looks marvelous on you.

„Och, das hat er jetzt aber wirklich fein geschrieben. Scheint eine Schwäche für die Farbe Blau zu haben, der nette Junge."

Bluetiful as you are, my god, I don't think I know any other women on Stargram as bluetiful as you.

„Für seinen Elan plus Gottesfürchtigkeit gibt es eine Eins mit Sternchen, wenngleich es auch hier geringfügig an der Grammatik hapert", lobe und kritisiere ich in einem Atemzug.

The sun always shine on a bluety and you are one of the most lovely of fall.

„Herbst? Das ‚f' gehört da nicht hin, oder? Der junge Mann braucht dringend einen English Native Speaker. Und diese wahnhafte Fixierung auf Blautöne bereitet mir nun doch allmählich Magengrummeln. Hm, er schreibt wirklich jeden Tag? Wie ausdauernd Mann doch ist, wenn die Lenden Feuer gefangen haben …"

„Ssshhh! Ich dulde keinerlei Attacken auf die Sittsamkeit Stargrams." Saturns Stirnfalten knittern vor sich hin. „Auch nicht von dir."

„Proust." Ich muss prusten. „Dein Ernst?"

„Bonjour!" Marcel Proust erscheint auf der Bildfläche, mehr als geneigt, uns bei unserem Problemchen mit Rat und Tat zur Seite zu stehen. „J'aimerais proposer mon aide."

Saturn verscheucht ihn mit einem knappen „Au revoir." Marcel macht die Flatter, aber erst, nachdem er Venus' neuem Post ein Herzchen und sein „très jolie" geschenkt hat.

Saturn mutiert zum Wüterich. „Justament arbeite ich an einem Programm, welches die verfluchte Kommentarfunktion dahin gehend einschränkt, dass User nurmehr ein Kreuz drücken dürfen, um ihrer zustimmenden Gesinnung Ausdruck zu verleihen."

„Du meinst ohne Herzen, Kussmünder, Heiratsanträge, Ehegelübde, Kinderwünsche ...", insistiere ich.

„Genau."

„Na, das wird ja bestimmt der Brüller, was für ein genialer Schachzug. Den würde ich mir unverzüglich patentieren lassen. Ab zum *Patent*anten*amt*."

„Meinst du wirklich?" Geschmeichelt spitzt Saturn sein Mündchen.

„Ein Scherz, Ashley, ein Scherz. Ich nehme an, du hast noch weitere Reformen im Gebäck, äh, Gepäck. Noch 'nen Spitzbuben mit Stachelbeerwade, nee -marmelade? Ich futtere während meiner Therapiesitzungen Unmengen an Plätzchen, mein Spätzchen, echte Nervennahrung."

„Ja, gib mir bitte gleich drei. Danke."

„Bitte. Welche Accounts bringen dein Oxytocin denn sonst noch so in Wallung?"

Entschieden winkt Saturn ab. „Für die Ochsenfarm erkläre ich mich nicht zuständig. Darum kümmert sich unsere römische Göttin Fauna. Nichtsdestominder unterstütze ich sie, indem ich Spenden eintreibe."

„Wie bitte?"

„Zuverlässige Tiere. Aber zurück zum Thema: Ich konzentriere mich auf nur einen Account. Reiner *Zufall*, dass sich der *Generator* Venus ausgesucht hat."

Meine Zehen rollen bedeutsam mit ihren Hühneraugen. „Der Generator? So, so. Du verfolgst also aufmerksamst jeden einzelnen von Venus' Posts und damit nicht genug, du stalkst zudem ihre Stalker, die im Grunde gar keine Stalker, sondern harmlose Kommentatoren sind? Allerhand, lieber Saturn, allerhand." Ich händige ihm einen wolkenförmigen Zettel mit seinem nächsten Termin aus. „Den hast du dringend nötig."

Erblassend zu Staub zerfallend, flüstert Saturn, bevor er sich ungentlemanlike aus selbigem macht: „Aus der Asche auferstanden, Sternlein glänzen in Vierlanden ... Finkenwerder Prinzen leiden, wo Gefühle sie *nicht* meiden."

„Ja, sind denn hier alle verrückt geworden?", fragt mich Wilma. „Was für ein anarchisches Hin und Her."

Im Hinauswehen hören wir Saturn poetisieren: „Dem Fels in der Brandung träumt, eine saphirblaue Welle trüge oder trage?, verfluchte Grammatik, seine Sorgen fort."

„Hm. Das kommt mir vertraut vor, Wilma. Zitiert er mich? Seine Leichtigkeit nimmt das Dasein scheinbar auch schwer." Teilnahmsvoll klimpert Couch Wilma mit ihren textilen Wimpern.

Kapitel 25

„In unserer Verletzlichkeit sind wir alle Nackedeis“, weissagt mir meine Muse.

„Liebe Freundin, du sch(n)ürst meine Neugierde und dein Mieder zur gleichen Zeit? Zähle mich zu den Bewunderern deines Multitaskings.“

„Verbindlichsten Dank.“

Mylady, Sir: Szenenwechsel. Folgen Sie mir nun in das Personalrestaurant des Himmels, unserer Kantine Mensa.

„Ich bin die Krone der Schöpfung, ich bin der Knüller, ich bin das Nonplusultra, das Optimum, das Highlight, der Knalleffekt, das i-Tüpfelchen, die Kirsche auf eurer allerletzten Nuss-Sahnetorte ...“

„Was für ein Gelärme!“ Erbost versuche ich, meine Ohrmuscheln aus diesem Krach herauszuhalten. „Ja, wer grölt denn hier so herum? Ist das etwa Freddie?“, mutmaße ich.

In der Mensa ist die Hölle los. Selbst Hotties Vadder Luzifer hat seinem Altenteil den Rücken zugekehrt, um zu sehen, was oder besser wer hier so für Furore sorgt. An und für sich hatten Mercelchen und ich lediglich vorgehabt, einen schnellen Snack zu uns zu nehmen, bevor wir uns der Vorbereitung auf den jährlichen Jahrmarkt widmen. *Und im Himmel ist Jahrmarkt* ist ja mitnichten nur eine Kritik äußernde Redewendung, Mylady.

„Freddielein, was veranstaltest du denn hier?“, stelle ich Gevatter Tod zur Rede. Nackt, wie der verehrte Thanatos ihn erschuf, flitzt Freddie durch die Mensa und triumphiert: „Ich bin die Krone der Schöpfung, ich bin das ...“ und so weiter, steht alles am Kapitelanfang, werter Sir. Als er uns wahrnimmt, legt er einen Boxenstopp ein. „Früchtchen, ich bin ja so froh, dass du mir die Augenhöhlen gereinigt hast, nicht existente Augen konntest du ja leider nicht öffnen, aber ...“

„Bäh, das klingt nach einem chirurgischen Eingriff aus der Sparte Schweinkram“, tadele ich ihn.

„… dank dir bekommt mein Selbstwertgefühl Muckis. Ich muss dann mal weiter, meine frohe Botschaft verkünden."

„Mo-ment." Ihn energisch am linken Schulterblatt packend, ziehe ich ihn zu mir heran. Es knackst gewaltig.

„Ey, nicht handgreiflich werden", beschwert sich der Tod.

„Freddie, du weißt, wie lieb ich dich habe."

„Und ich dich." Verknallt guckt er mich an. Mein Groll versinkt in Freddies abgrundtief leeren Augenhöhlen.

„Aber was du hier veranstaltest, ist ein Totenkopfaffenzirkus. Übst du für den Jahrmarkt der Eitelkeit? Hat William Makepeace Thackeray schon davon Notiz genommen?"

„Du bist ein gemeiner Stänkerer." Genosse Nackedei schmollt.

„Krone der Schöpfung, Freddie, ich bitte dich. Du bist doch unser aller Gevatter Tod und kein übergeschnappter Flitzer."

„Ich wollte nur mal vor versammelter Mannschaft mein neues Image präsentieren", rechtfertigt sich Freddie. „Ich möchte endlich nahbarer wirken."

„Na, das dürfte dir gelungen sein", pflichte ich ihm bei.

Um uns herum sperrangelweit offene Münder, welche mich an vor Sansibar gestrandete Nordfriesland-Butte gemahnen. Thanatos, der Totengott, wirkt derangiert, wie er ein mit Narzissen besticktes Geschirrhandtuch zur Augenbinde aufrollt, um es sich vor seine Sinnesorgane zur Wahrnehmung von Lichtreizen zu binden.

„Spielst du etwa Blinde Kuh?", hänsele ich ihn.

„Ach, ich wünschte, ich könnte Fred eine Entlassungsurkunde aufnötigen", stöhnt er. „Freddie ist eine wahre Schande für unsere Zunft. Er macht uns zum Gespött der gesamten Bagage." Dramaturgisch ausgereift greift der Totengott sich ans Herz. „Leider hätte ich durch eine fristlose Kündigung den Beirat am Hals. Das tue ich mir nicht an."

„In Wirklichkeit bin ich gar kein Flitzer, so gänzlich ohne ... Pünktchen, Pünktchen, Pünktchen", versucht uns Freddielein zu beschwichtigen.

„Was sollen die Pünktchen bedeuten? Bei *dots* denke ich sofort an meinen Familienstammbaum."

„Nuschel, nuschel, nuschel." Mit gedämpfter Stimme spricht mir Freddie unverständliches Zeugs ins linke Ohr.

„Tennis? Sprichst du von diesem berühmt berüchtigten Rückschlagspiel mit dem fischfanglosen Netz? Freddie, ich verstehe nothing, so rede deutlicher, lauter, akzentuierter."

Rege Anteilnahme zeigend, ermuntert Mercelchen ihn ebenfalls.

„Pst", zischt Gevatter Tod überraschend schamhaft. „Nich' sooo laut." Nun aber, eine halbe Oktave höher, buchstabiert Freddielein, weshalb er gar kein Flitzer im herkömmlichen Sinne sein kann. „Mir fehlt doch das B-e-g-a-t-t-u-n-g-s-o-r-g-a-n! Klicke di klick."

„Das was?" Mercelchen und ich rätseln.

„Das B-e-..."

„Du parlierst vom Penis?", vermute ich Cleverle vorlaut. „Präziser formuliert davon, dass du als Skelett deines Penis verlustig gehst, stimmt das?"

„Lustig geht sich da gar nichts." Freddie guckt düster an sich herab.

„Nein, lustig geht sich da nichts", haucht Mercelchen erschüttert.

Oje, jetzt tut Gevatter Tod mir mächtig leid. „Ja, was machen wir denn da?", fühle ich meinem Verstand auf den Zahn.

„Ich fürchte, Freddie hat recht." Mercelchen wirft das nicht vorhandene Handtuch. „Einen Flitzer zeichnet ein vernünftig schaukelndes Begattungsorgan aus. So steht es zumindest fest verankert in den Statuten. Das ist praktisch deren Berufsethos, die Voraussetzung für die Berufsausübung, wenn du so willst. Ohne kann Mann sich den Weg zu den Vorstellungsgesprächen gleich sparen."

„Jaaa. Da kann Mann wenig bis überhaupt nichts machen, eine Banane zeigt einfach nicht die gleiche Wirkung", schluchzt der Tod. „Alles schon ausprobiert."

Aus heiterem Himmel mischt sich die Wiener Koryphäe in unseren Gedankenaustausch ein. „Eine Gurke vielleicht oder eine Zucchini, oder besser noch ein Cornichon?"

„Also, geschätzter Kollege Freud, deine freudlosen Vorschläge lassen zu wünschen übrig. Freude kommt hierbei keine auf", wende ich mich an den Wiener Tiefenpsychologen. „Ich wünsche deinen Einfällen gute Besserung."

Freddie kaut weiter auf seinem prekären Thema herum. „Blöderweise fehlen Penissen Knochen, ergo fehlt mir als Gerippe ein P-e-n-i-s. Ansonsten wäre ich ein zufriedener Mann."

„Du bist dermaßen schnell herumgesaust. Dieses Manko fiel nur geringfügig auf", tröstet ihn Mercelchen. „Hier, ein Lendenschurz, dürfte fürs Erste als Sichtschutz genügen."

„Hast du den eben aus einer Serviette gebastelt?", möchte ich wissen.

„Ja."

„Sackerment. Toll!", lobe ich.

„Ihr könnt gut daherreden", wettert Freddie. „Ihr habt ja wohl alle Penisse, oder etwa nicht? Los, zeigt mal her!"

Angewidert wendet sich Marie Antoinette von uns ab. „Heureusement, non. Quel peuple simple." Dass sie uns als simples Volk abtut, behalte ich lieber für mich.

„Warte, bis du auf meiner Couch liegst!", drohe ich ihr halb im Scherz.

Leider dreht Gevatter Tod jetzt erst so richtig auf. Mit den rechten Fußknochen aufstampfend schreit er: „Ich will meinen eigenen Penis! Ich will meinen eigenen Penis! Ich will meinen ..."

Ich versuche, ihn zur Räson zu bringen. „Freddielein, hältst du diese unsere Unterredung für ein angemessenes Tischgespräch?"

„Schluchz, hicks, schluchz, hicks." Den Leidenden quält Schluckauf.

„Wo ist denn dein mir unerklärliches Selbstbewusstsein geblieben?"

„Das hast du", mein Intimus der Tod zeigt mit seinem knochigen Zeigefinger auf meine Wenigkeit, „mir weggenommen." Er scheint es mir übel zu nehmen, dass ich seinem Siegeszug durch die Mensa den Spiegel vorgehalten habe. „Du bist ein komischer Psychiater."

„Aua, das tut weh."

„Siehste mal, wie das ist."

„Weshalb hast du dich denn deines Jogginganzugs von neulich wieder entledigt? Ich meine den, der wie ein errötendes Johannisbeerbonbon daherkam, mit dem Käppi in Barbie-Pink“, erkundige ich mich behutsam. „Der sah total … gothicmäßig puppig aus. Wirklich, der war ein gruseliger, deiner vornehmen Blässe galant die Show stehlender Blickfang.“

„Das Geschenk von Ruth Handler, Barbies Erfinderin?“, vergewissert er sich. „Na, weil ich nun einmal so angenommen werden möchte, wie ich bin: Weg mit der Maskerade, du verstehst? Dass ich dies einem nordfriesischen Psychiater verklickern muss, finde ich ko...“

„... komisch, ich weiß“, beende ich gekränkt seinen Satz.

Mittlerweile ähnelt unser Dialog einem Theatersketch. Wir sind umzingelt von sensationsgierigen, an unseren Sprechblasen hängenden Zuschauern. Wer uns zusieht? Na, da wären: Siegfried Lenz, William Somerset Maugham, Jane Austen, Hermann Hesse, Jupiter, Jean-Paul Sartre, Frida Kahlo, Jesus und Carlchen Jung, der keinen Pieps von sich gibt. Derweil rinnen Tränenbächlein aus des Totenkopfs Höhlen.

Jetzo mischt sich Siegfried Lenz in die Diskussion ein, ein Philanthrop wie aus der Deutschstunde. „Mein Sohn, ich verstehe dich. Ich möchte schlankweg behaupten, dass ein jeder von uns um seiner Selbst willen geliebt werden möchte ohne Wenn und Aber. Ja?“

„Ja!“ Der Tod wirft sich ihm an den Hals, sodass seine Knochen aufgewühlt vor sich hin klappern. Ich meine, eine Melodie zu vernehmen. „Ist es ...? Ja, es ist ‚I shot the sheriff‘.“ Eric Clapton stimmt mit ein. „Freddie, trägst du eine Waffe?“, argwöhne ich. „Ist Siegfried Lenz dein Vater?“ Unklarheiten, die mich zunehmend verwirren. Vorsichtig versuche ich, seine Vernunft anzustupsen. „Denkst du nicht, eine Therapiesitzung wäre der geeignetere Ort für solch ein vertrauliches Gespräch?“

„Schon möglich, aber nur, wenn es Rote Grütze mit wirklich vielen Brombeeren und Himbeeren satt gibt!“

Oje, bei der von ihm heraufbeschworenen Szenerie läuft es mir arktisch mein Rückgrat hinunter. Immerhin, Freddie scheint einlenken zu wollen. Nun ja, er hat seine Prinzipien und von denen rückt er auch keinen Zentimeter ab. „Natürlich, versprochen." Mich schüttelt es durch, wenn ich an den blutroten Saft denke, der dann wieder ungebremst aus seiner Luke tropfen wird. „So, liebe Leute, die Vorführung ist vorüber!" In die Hände klatschend verscheuche ich das sich nur widerwillig von dannen trollende Publikum. Solch ein Spektakel wird dem Himmel sonst nur am 32. Juli, dem internationalen Tag des Adamskostüms geboten.

Kapitel 26

„Ich wünschte, Sehnsucht könnte die Vergangenheit mit der Gegenwart vermählen“, wehklagt die Schutzgöttin der Künste.

„Liebe Muse, heute so melancholisch zu Fuß?“

„Es geht noch melancholischer. Horch her, Fürchtegott!

Du bist tot, mein Ich nicht da.
Hier und dort, an keinem Ort
leb ich richtig. Nicht so wichtig,
denk ich leise. Lüge geht
auf Nordkapreise.
Mai in mir verstarb auf dir,
atemlos in Hades Armen.
Reut Thanatos je Erbarmen?
Worin findet Leere Halt?
Wer küsst Frühling auf Asphalt,
wenn nach dem finalen Sterben
Testamente Pech vererben?
Märchenwind in Kronos Linden,
schwör mir,
Trauer wird erblinden.“

„Liebe Muse, bist du etwa verwitwet?“ Ich schluchze. No, I do not weep um meine zurückgelassene Witwe, Eheweib Gertrud. Ich weine, weil es niemanden auf Erden gibt, den *ich* schmerzlich vermissen darf. Wie schrecklich schön muss es sein, einen Menschen so inniglich zu lieben, dass einem solch wunderbare Poesie über die Lippen fließt. „Liebe Muse, darf ich erfahren, wem deine Zeilen gewidmet sind? Sie klingen sehr persönlich.“

„Ja, das sind sie. Ich weine um … Das möchte ich für mich behalten, ein Schwur, du verstehst?“

„Ich verstehe nicht, aber ich fühle. Oh ja und wie ich fühle.“ Ich heule auf wie mein melancholischster Seelenwolf.

„Eilauftrag – Eilauftrag – Eilauftrag.“ Ja, was ist denn das? Aus meinem verdienten Mittagsschläfchen wird wohl nichts.

Gevatter Tod steht – angezogen! – vor mir, um mir als Drill Instructor Instruktionen zu erteilen. Sein Dasein als FKK-Parodist fand ein textiles Ende, nunmehr wartet er mit einem knochenschwarzen Smoking auf, der früher offenbar mal Napoleon Bonaparte unterstand. Ich sage nur: Hochwasseralarm, salutierend vor einer Armbinde in den Farben der französischen Flagge, der drapeau tricolore.

„Fürchtegott." Freddie klingt geschäftlich. Er scheint wieder ausgeschnappt zu sein. „Du wirst mich heute auf die Erde begleiten."

Ich kann mein Glück kaum in Worte fassen. „Wie auf…, auf…, aufregend, juchhe, good old mother earth, I am coming. Nein, ein Homecoming-Spiel wird es eher nicht werden ..."

Der Tod fährt mir in die Parade. „Guck mich an, wie sehe ich aus?"

„Öh! Süperb, mehr als passabel, ehrlich, so stattlich." Meine Lüge treibt mir die Schamesröte ins Gesicht.

„Sag die Wahrheit!"

„Nee, nee, nee, darauf falle ich nicht mehr herein."

„Früchtchen, gefällt dir mein Aufzug im Anzug?"

„Du wirkst wie ein Bestattungsunternehmer, der für die Spanplattenklasse wirbt", platzt es aus mir heraus. „Oh, ich verfluche mein loses Mundwerk." Ich gebe mir selbst einen Klaps auf meine vorlaute Schnute.

„Das lasse ich dir jetzt mal durchgehen."

„Warum?"

„Mademoiselle Zeit drängt. Wir sollen auf Erden ein unverbrauchtes Mädchen abholen."

„Oh!" Auf den Ringelsocken kehrtmachend, lege ich mich wieder auf mein Wölkchen. Ich trete in den Streik. „Ach du liebes Herrgöttle, das kannst du vergessen. Das erledige mal schön alleine." Bei diesem Gedanken fühle ich mich indisponiert. Adjektive wie reif, gebrechlich, betagt, hinfällig und so weiter und so fort hätten mir möglicherweise ein qualvolles „Ojay" abgeschmeichelt. Keinesfalls aber die Worte *unverbrauchtes Mädchen*. „Oh nein!"

„Jesu Wahl fiel aber auf dich und mich, also mich und dich. Alles ist, wie es sein soll“, beteuert Freddie.

„Nein, mitnichten. Schon die Theorie geht mir gewaltig an die Nieren und ans Herz, von den Milzen darf ich gar nicht erst anfangen – tatsächlich flattere ich ja mit zweien durch die Lüfte. Was müsste ich denn – rein theoretisch – für dieses Unterfangen alles einpacken?“

„Nichts.“ Meine Hände ergreifend, summt Freddie irgendetwas von „Heaven is *no* place on earth.“

Mir wird duster vor Augen, meine sieben Sinne verabschieden sich „Bye, bye“, Belinda Carlisle blinzelt mir zu, und wir reisen in wenigen Sekunden durch das Weltall. Während sich alles um meinen Magen herum dreht, sinniere ich tatsächlich über Schicklichkeit. „Ich bin unpassend gekleidet“, jaule ich auf. Ich trage Shorts, ein geripptes Unterhemd, Ringelsocken, Badelatschen; war ich doch gerade noch im Garten Eden, um die duftenden *dot*tergelben Floribundarosen zu düngen.

„Egal.“ Resolut ringt der Tod meine Zweifel nieder und weiter wirbeln wir Richtung Erde.

Als ich meine verschüchterten Äuglein wieder zu öffnen wage, stehen wir in Zimmer 7 der Palliativstation eines kleinen Krankenhauses, nirgendwo in Nordfriesland. Meinen Heimatbesuch hatte ich mir weniger dramatisch ausgemalt. Im Bett vor uns liegt ein mageres Mädchen. Wie es aussieht, träumt sie. Ihre limonenblonden Haare erinnern an Capri, aber diese meine Eingebung ist jetzt mehr als unpassend. Als sie sich auf die andere Seite dreht, erwärmt mich ihr Lächeln für sie, als wolle es mir die Vorfreude auf einen wolkenlosen Sommertag schenken. Offenbar gefällt ihr der Traum. Morpheus scheint solide Arbeit zu leisten.

„Sie sieht mir recht tadellos aus“, raune ich Freddie ins Ohr.

„Sprich ruhig lauter, sie kann uns nicht hören.“

„Was fehlt ihr denn?“ Unnatürlich laut hallt meine Stimme in dem karg möblierten Krankenzimmer. „Wir hätten ihr einen Strauß verschiedenfarbiger Löwenmäulchen mitbringen sollen, die finde ich sehr niedlich.“

„Rote Blutkörperchen, die fehlen ihr. Marga leidet unter Leukämie.“

„Nein!“, rufe ich panisch aus. „Daran wird sie aber nicht sterben, richtig? Ich spende ihr Knochenmark. Meine Stammzellen sind in optima forma. Ich lasse mich stante pede testen. Wo finde ich die Oberkrankenschwester?“

„In deinem Zustand?“ Ungläubig zieht Freddie seine betonweiße Stirn kraus.

„Und sollte sie ja sterben, dann frühestens im hohen Alter. So in etwa sechzig, siebzig Jährchen, ja?“, dränge ich bedrückt auf eine akzeptable Antwort.

Der Tod wirft einen Blick in sein Auftragsbuch. „… in genau zwanzig Minuten.“

Ich fühle mich einer Ohnmacht nahe. Jetzt nicht schlappmachen. „Aber, das ist ja gruselig, fürchterlich, schrecklich, eine absolute Katastrophe“, würge ich hervor, mich vorsichtig auf dem Rand des Bettes absetzend.

Freddie stutzt. „Wiesooo? Gefällt es dir etwa nicht bei uns im Himmel? Gibt es Grund zur Klage?“ Er zückt ein donnergraues Beschwerdebuch, nimmt einen geflügelten Kugelschreiber in die Hand.

Ich werde anämisch weiß wie das Laken. „Freddie“, hauche ich, „natürlich gefällt es mir bei euch.“

Gerührt greift der Tod nach meinem Entsetzen. „Das freut mich.“

„Aber darum geht es hier doch gar nicht.“

„Wieso?“

„Freddie, wie alt mag Marga sein? Was schätzt du?“

Erneut konsultiert er sein allwissendes Büchlein, eingeschlagen in dohlenschwärzestem Samt. „Marga ist 17 Jahre alt.“

„17 Jahre jung?“ Meine Stimme klingt schrill. So ähnlich muss sich Feuerwehralarm anhören.

„Gebongt, also 17 Jahre jung“, räumt Freddie ein.

„Das ist kein Alter, um zu sterben.“ Mir bricht die Stimme. „Da fehlen noch ein paar Jahrzehnte voller ... Leben.“

Freddie strahlt. Dafür könnte ich ihn wie einen Fußball-Wimpel zum Fenster raushängen.

„In ein paar Monaten feiern wir im Himmel Jahrmarkt, das wird ihr gefallen, da bin ich mir sicher." Mein knochiger Gefährte probiert, mir seine Mission schmackhaft zu machen.

„Ist das schwarzer Humor?" Ich schüttele den Kopf. „Das ist selbst unter deinem Niveau! Sie *muss* weiterleben dürfen." Ich bemerke nicht, wie sehr ich weine. Erst als mich der Tod, mein geripptes Unterhemd auswringend, tröstend in seine klapprigen Arme schließt, werde ich gewahr, dass ich die Fassung verloren habe. Welches Fundbüro sie wohl für mich aufbewahren mag? „Hat Marga denn keine Verwandten?", forsche ich atemlos nach.

Freddie blättert ein paar Seiten vor. „Die erwarten sie im Himmel. Vater, Mutter, Onkel Knud." Freddie studiert eine mitternachtsblaue Notiz. „Außerdem noch Tantchen Wilhelmine, genannt Winnifred. Das wird ein fröhliches Wiedersehen geben."

„Was weißt du sonst noch über sie?" Ich versuche, Gevatter Tod das Auftragsbuch zu entwenden.

„Weg da, verdien dir selbst eins. Hm, mal sehen. Ach ja, ihr Wunsch *war* es, Cheerleaderin an einer amerikanischen Highschool zu werden und Journalismus zu studieren. Sicherlich wird sie im Himmel bei der Sternschnuppenpostille ein Praktikum machen dürfen."

„Oh, Freddie, bitte sprich nicht in der Vergangenheitsform von ihr." Neben Margas Bett auf einem schlichten Holzstuhl liegt eine Mappe, aus der Bewerbungsunterlagen für Harvard hervorgucken. Kleeblätter in zuversichtlichem Grün umrahmen das Logo VE. RI. TAS. „OMG, Freddie, tu was, nein, halt, bitte tu bloß nichts. Marga muss weiteratmen dürfen. Sie ist gerade erst den Kinderschuhen entwachsen. Was waren denn ihre bisherigen Highlights im Leben?"

Laut liest der Tod aus seinem Auftragsbuch vor.

„Zahnspange, Hündchen Fridolin, Preis für die hübscheste Kurzgeschichte."

„Kurzgeschichte?"

„Das war ein Preisausschreiben, letztes Jahr an Weihnachten."

„Und?"

„Wie – und?"

„Das war es? Keine Irrungen und Wirrungen in der Liebe, keine verwegenen Pippi-Langstrumpf-Geburtstagspartys, keine Schulstreiche mit Wasserbomben und Konfettikanone ...?“, möchte ich wissen.

„Zu wenig?“ Grüblerisch lässt mein Freund seiner Schädel Strukturen knacken.

„Hätte ich dich nicht so fürchterlich liebgewonnen, würde mir jetzt ganz gehörig der auf meinem Wölkchen hängende Frack sausen.“

„Wirklich?“

„Ja. Das ist nicht zu wenig, das ist viel zu mager für Marga, das ist gar nichts. Wie können wir nur intervenieren? Was ist bloß aus den verlässlichen goldenen Wundern geworden, aus den Spontanheilungen, aus den Märchen, die ihren mit glutenfreien Knäckebrotkrumen übersäten Weg in die raue Wirklichkeit finden?“

Jetzt muss Freddie ebenfalls schluchzen. „Viel zu harte Realität, oder? Zu starker Tobak, gell? Wobei der Himmel wirklich himmlisch ist, denk an dein eigenes Wölkchen, Früchtchen.“

„Aber nicht jetzt! In 60 Jahren vielleicht.“

„Hier steht aber ... Oh Schreck, ich bin viel zu abgebrüht. Oh Schreck!“

„Gibt es keinen Paragrafen, der Ausnahmen vorsieht?“, schreie ich verzweifelt heraus.

Erneut runzelt Freddie die Stirn, bis die Knochen ‚Every breath you take‘ knacken. „Wie makaber das klingt“, jammert er. „Hm, wir könnten ... Nein, oder vielleicht doch? Ja, wir könnten den Joker ziehen. Dabei ist mir aber deutlich mulmig zumute, das könnte mächtig Scherereien mit dem Schicksal geben.“

„Wer ist der Joker?“, bestürme ich ihn aufgewühlt.

„Der nebulöse Joker gewährt uns Himmelslichtern die Erfüllung eines einzigen Wunsches. Das Schicksal reagiert aber unwirsch, wenn man ihm in die Karten spielt.“

„Die Konsequenz ist mir egal, ich ziehe meinen Joker für Marga.“ Nie zuvor in meinem Leben war ich mir meiner Sache so sicher wie in diesem einen Moment als Verstorbener.

„Dann hast du aber keinen mehr für dich übrig, Früchtchen", gibt der Tod zu bedenken. „Es gibt für jeden nur einen einzigen."

„Ich verschenke meinen Joker an Marga und wünsche mir, dass ihr hier auf Erden noch Zeit verbleiben möge. Zeit, um ihre Träume verwirklichen zu können, Zeit, um sich verlieben zu dürfen, Zeit, um fühlen zu dürfen, wie das Leben in ihren Wünschen pulsiert ... oooh." Mütterchen Ohnmacht fängt mich sänftiglich auf.

Mit einer auf dem ausgezogenen Betttisch liegenden Bananenschale fächert Freddie mir fürsorglich Frischluft zu. Dabei wiegt er mich sanft in seinen knochigen Händen. Der Gute. Ob ich wohl Hämatome davontragen werde?

*

„Huch!" Weshalb vernehme ich Jubellaute? Langsam komme ich wieder zu mir. „Wo bin ich? Was ist denn los? Warum sitzt Marga aufrecht im Bett und trinkt aus einer Schnabeltasse ... Granatapfeltee?"

„Magst du keinen Granatapfeltee?"

„Freddie!", tadele ich ihn.

„So tauftest du mich. Früchtchen, du warst ein strammes Weilchen bewusstlos", klärt mich Gevatter Tod auf.

Fassungslos umringen Ärzte die verloren geglaubte Patientin, in den Händen die aktuellen Blutbefunde.

Sorgenvollst dreinblickend klopft mir Freddie anerkennend auf das Köpfchen.

„Dein ausgespielter Joker hat ihr Sauerstoff transportierende rote Blutkörperchen beschert. Ihre Reservierung ist aus meinem Auftragsbüchlein verschwunden. Sieh her, keine Vormerkung mehr." Zum Beweis wedelt der Tod mit leeren lilienweißen Seiten. „jedenfalls nicht für die nächsten ... sechzig Jahre. Dein Werk, Früchtchen."

„So einfach ist das?"

„Nein, so einfach ist das mitnichten, aber das soll dir besser unser Allgütiger erklären."

Während wir über Marga schweben, um uns zu verabschieden, beglückt mich ihr liebliches Lächeln. Blass, aber voller Lebensmut strahlt sie mich an. Natürlich bilde ich mir nur ein, sie könne mich sehen, oder? Der Oberarzt murmelt ergriffen von einem Wunder. Ihm ist absolut unbegreiflich, weshalb sich Margas Blutwerte stündlich weiter stabilisieren. Drei Tage später wird sie auf die Intensivstation verlegt, um zwei Wochen darauf als geheilt entlassen zu werden.

„OMG, habe ich etwa Gott gespielt?“, dränge ich meinen Freund kribbelig zu einem Freispruch.

Vor Nervosität lässt Freddie seine Hüften wie einen Hula-Hoop-Reifen kreisen. „Jein. Erst musste das Schicksal noch Gnade walten lassen, dann der Oberste Gerichtshof, Jesus, der liebe Gott, nicht zu vergessen das Blaue Wunder, das heute sein eigenes blaues Auge, nee, Wunder erdulden durfte und, und, und. Du machst dir keine Vorstellung, welche Maschinerie dein verschenkter Joker in Windeseile in Gang gesetzt hat.“

„Eine klarere Vorstellung von den Folgen meiner Lebensrettungsaktion werde ich mir wohl erst nach unserer Rückkehr machen dürfen. Was auch auf mich zukommen mag, ich fühle mich bereit, die Konsequenzen für mein Handeln zu tragen“, erwidere ich mit fester Stimme.

Kapitel 27

„Für dich heißt Liebe Nüchternheit,
gepaart mit spröder Frömmigkeit.
Keine Flamme, die rot lodert,
nein, nur Asche, die vermodert,
lautlos um die Chancen weint,
recht vergebens, wie mir scheint.
Jahrzehnte vergehen,
kein Narr kann nicht sehen,
wie dein Herz um Wärme fleht,
den Verstand nicht mehr versteht.
Gestatte mir, in deiner Pein,
für dich die Feuerfee zu sein."

„Bravissima! Oh! Heute bist du, liebe Muse, aber hitzherzig unterwegs." Meine Testosteron-Beach-Boys johlen zustimmend, obwohl es mir schwerfällt zu glauben, Asche könne in der Lage sein zu vermodern, oder vielleicht doch? „Liebe Muse, schriebst du diese Abmahnung, nein, Poesie etwa für Saturn? Bist selbst du in meinen ärgsten Konkurrenten verliebt?"

„Ssshhh." Meine Muse schweigt.

„Weihrauch, Gold und Myrrhe!" Staunend sehe ich mich den Heiligen Drei Königen gegenüberstehen, und das im Juni, einem meiner absoluten Lieblingsmonate. Pfingstrosen und Hortensien wetteifern mit niedlichen Löwenmäulchen samt Rittersporn um die göttlichste Blüte. Lovely, very lovely, und mittendrin Caspar, Melchior und Balthasar. OMG! Ja, der auch noch. Der Herrgott gewährt mir eine Audienz in seinem Allerheiligsten. Im Schatten des Mondes thront ein exzellent hochwertiges Himmelbett. Elysischer hätte ich es mir in meinen kühnsten Hirngespinsten selbst unter dem Naschens von Haschplätzchen nicht ausmalen können. Aufmunternd strahlt mich die Regenbogentapete an, welche christopher-street-day-mäßig den Balkonaustritt einrahmt. „Unvergleichlich schmuck", rühme ich den Meister dieses atmosphärisch-optischen Phänomens. Zusammen mit Flora hat Marcello Bacciarelli hier als Maler ein wahres Wunderwerk vollbracht. Apropos Wunder.

„Fürchtegott, mein Sohn", heißt mich unser aller Herr Vater willkommen.

„Die Ansprache mit dem Sohnemann ist hier oben very beliebt", weiß ich zu vermelden. „Die vernehme ich an jeder dritten Wolke." Ich stutze. „Oooh!" Mir schwant nichts Gutes, wenn ich des Teufels Sprössling als Zeichen deute. Hinter dem lieben Gott ausharrend, lässt Hottie verschämt seine Däumchen kreisen. „Dieser Ausdruck der Verlegenheit ist mir von Geburt an vertraut", rufe ich zu ihm herüber. „Als möhrengesichtiges Baby wurde ich ständig von einer der schusseligen Ordensschwestern verlegt. Wie oft wurde Little-Fürchtegott erst am darauffolgenden Sonnenuntergang vom Reinigungsfachpersonal des Waisenheims aufgestöbert. Trauer beiseite, das mit den Däumchen mache ich auch des Öfteren."

„Ja, Bruder", flüstert des Teufels Sprössling.

„Heiliger Strohsack, ach nein, Heiliger Vater im Himmel, geheiligt werde dein Name ..."

Energisch unterbricht mich der liebe Gott. „Calm down, calm down, setz dich zu mir. Luzifer berichtete mir von deiner Mission auf Erden."

„Der war als blinder Passagier dabei? Ich glaube es ja nicht. Diese abgehalfterte Petze! Sorry, Hottie. Ich muss lernen, meiner Zunge Zaumzeug anzulegen."

„Ähem." Unser aller Vater räuspert sich.

Ich hebe den Finger, wie einst in der Liverpooler Internatsschule für schwer erziehbare Gassenjungen.

„Ja?" Abwartend schaut mein Chef mich an.

„Ich nehme jede Strafe auf mich, ehrwürdiger Vater. Ich hätte wohl erst Rücksprache halten müssen. Freddie trifft keine Schuld, ebenso wenig wie den Joker, das Violette Wunder ..."

„Das Blaue Wunder", verbessert mich der Allmächtige.

„Gegen sein Alkoholproblem sollten wir dringend etwas unternehmen, aber ja, genau, das möchte ich auch freisprechen und all die anderen spookygen Geister ebenso. Me, moi, io, jeg, ich alleine zeichne dafür verantwortlich." Meine Courage rührt

Mutter Courage und mich zu Tränen. „Vorschlag zur Güte: Wie wäre es, wenn ich Hottie in der Hölle zur Hand gehen würde? So für die nächsten hundert Jahre vielleicht. Selbstredend ohne Ventilator, ohne Kühlakkus, ohne die Lebensgeister weckende Piña coladas ..."

„Sprich weiter", ermuntert mich unser Herr Gott.

„Was rede ich denn da? Ich komplimentiere mich selbst hinaus in die Bouillabaisse, nee, Knurrhahn mit Soße, das ist ja das provenzalische Fischgericht, ich bringe mich selbst in die Bredouille."

Lautes Klatschen ertönt.

„Hö? Ich dachte, Fliegen hätten hier oben Narrenfreiheit. Wer schlägt denn da so herzhaft mit der Klatsche zu?" Saturn, natürlich. Und er tut keiner Fliege etwas zuleide, nein, er klatscht Beifall. Augenscheinlich gefällt dem Vollstrecker, dem Hüter der Zeit, dem größenwahnsinnigen Richter meine mir selbst auferlegte Strafe. Na prima, wenigstens einem. „Wer ist denn sonst noch alles da? Unter privater Audienz verstehe ich aber etwas anderes", lästere ich. Irgendwie scheint hier the whole sky, also der gesamte Himmel, auf den Beinen zu sein. „Huhu", rufe ich. Rege winke ich Otto zu. Na ja, weniger rege als zappelig.

„Fürchtegott, möchtest du vielleicht zuvörderst mich zu Wort kommen lassen?"

„Was heißt denn ‚zuvörderst'?", frage ich nach. Ich muss ja wissen, worauf ich mich einlasse.

„Zuerst."

„Soso. Ein weiser Vorschlag, ein absolut hervorragender Vorschlag, ein Vorschlag, der tatsächlich von mir hätte stammen können. Heiliger Vater, mir schlottern die Kniescheiben. Das muss Mann erst einmal managen können. Probiere dies ruhig mal in einem stillen Minütchen aus, wenn deine Gattin gerade wegsieht. Bist du überhaupt verheiratet?"

„Silentium!", ertönt es aus aller Munde.

„Sonst fleißig am Zanken, aber nun einen auf 3. Oktober machen. Wenig loyal", schimpfe ich.

Der himmlische Vater bittet um mein Gehör. „Mir kam zu Ohren, du habest den Joker aus dem Sommerurlaub zurückbeordert." Es blitzt und donnert, dass die Sternschnuppen erzittern.

„Jaaa."

„Übrigens geht es Marga ausgezeichnet, schau!"

„Was für ein Gedankensprung", flüstere ich.

Der liebe Gott hält mir ein Fernrohr vor die Pupillen.

„Great." Ich sehe Marga in Massachusetts, gesund, glänzende Augen, Arm in Arm mit einem Popper, einem gestriegelten Harvard-Absolventen. Mein linkes Auge tränt und mein rechtes Auge ist ihm in dieser Tätigkeit dicht auf den Netzhautfersen. „How beautiful! Massa... Was für ein zungenbrecherischer Name für 'nen Bundesstaat! Warum kann das undankbare Mädchen nicht in Florida studieren? Florida rollt leicht über der Zunge Sprunggelenk, nicht so heimtückisch wie Massa..." Vor lauter Mühe, diesen Bundesstaat in Neuengland einigermaßen verständlich auszusprechen, spucke ich weiter als ein Lama. Es regnet Speicheltröpfchen und das ohne das winzigste Nimbostratus-Wölkchen.

Ist Ihnen noch mein Prolog gegenwärtig, Sir? Dort kam diese meine Unart erstmalig unverhohlen zur Sprache. Verschämt bette ich mein greises, keineswegs weises Haupt auf meinen Menisken.

„Iiii!" So manch ein Zeuge hat seine Dusche abbekommen. Dennoch: Erneut brandet Applaus auf.

„Du dämlicher Stänkerer", mosere ich, indes ich versuchsweise mein rechtes Oculus aufschlage. „What is this denn bitte?" Saturn alias Ashley schleicht eingeschüchtert, die Schultern hochgezogen, von dannen. Er ist nicht der Applaudierer. Schwer zu glauben, unser aller Vater himself klatscht gütig in seine Hände. „Ja darf denn this be true-true sein?" Lieber innerer Zensor, nicht meckern. In solch einem Moment ist es absolut erlaubt, ein Verb zu substantivieren.

„Fürchtegott, ich bin stolz auf dich." Der liebe Gott lächelt jovial.

„Mit einem ‚sehr' davor klänge das Ganze noch wesentlich er*sprieß*licher, aber wir befinden uns ja nicht im Botanischen Garten in Hamburg. Moment mal, stolz?"

„Ja, stolz. Jedem von uns gebührt nur ein einziger Joker und du hast den deinen Marga vermacht. Und damit nicht genug, du hast ihr das kostbarste Geschenk überhaupt offeriert: das Leben."

Mir liegt die Sorge auf der Zunge, was denn das gutherzige Früchtchen, also ich, ohne den winzigsten Joker machen soll beziehungsweise welche Konsequenzen meine edle Tat denn so nach sich zieht, aber ich verkneife mir meine selbstsüchtige Wissbegierde. „Gern geschehen. Marga und der Popper sehen unfassbar glücklich aus", seufze ich.

„Als du noch auf Erden fürbass schrittest, ich weiß, von Trompeten hältst du bis heute sogar am Heiligabend nichts, erregtest du zuweilen meinen Zorn."

„Au ja, ich war eine echte Kanaille."

„Das nun nicht ..."

„Puh, Glück gehabt, das war auch als Gag gemeint. Ein jeder von uns hat hier oben wohl seine Lektion zu lernen."

„Die deine hast du bravourös gemeistert." *Raschel, raschel.*

„Ach je, unbelievable. Ich bekomme eine Urkunde überreicht? Ach, das wäre nicht nötig gewesen. Jetzt fehlt nur noch die Studentenmütze. Oh, ich danke dir, sehr mitdenkend." Mercelchen, den hatte ich ja bis eben gar nicht wahrgenommen, setzt mir eine besonders schmucke auf meine vom Bluthochdruck gezeichnete Rübe. Behutsam rolle ich das Pergament auseinander, Julius Cäsar von quer gegenüber guckt mich auffallend scheel an.

„Bist wohl ein wenig eifi, was?", foppe ich ihn. „Herr im Himmel, das ist die Koseform von eifersüchtig." Jesus nickt.

„Oooh", mache ich. Drei Os, wenn nicht noch mehr, mit und ohne h, hallen durch das Gemach des lieben Gottes. Andächtig studiere ich mein vorläufiges Zeugnis.

Fächer	**Noten**
Respekt	3 -
Freundlichkeit	2
Hilfsbereitschaft	2
Empathie	1*
Folgsamkeit	5 +

In Windeseile faltet mein Ego das mir verliehene Zeugnis zu einer Ziehharmonika zusammen, sodass die Fünf mit beleidigter Miene auf die Rückseite rutscht. Ich knobele noch eifrig am getunten Durchschnitt herum, da schenkt mir Gott höchstpersönlich seine Lorbeeren von anno dazumal. Er gratuliert mir aufs Herzlichste. „Lieber Fürchtegott, well done, um es in deiner Muttersprache zu formulieren."

„Halleluja". Der Posaunenchor samt Engelein stimmt in den Lobgesang mit ein.

„Ach, was ist das herzig. Dass ich das noch mal erleben darf." Moment! Erleben? Wie erlebt man etwas in meiner Position? Die Flut meiner Gedanken erliegt der Versuchung, mir meinen Ehrentag verderben zu wollen. „Hinfort mit euch."

„Wie bitte?" Dem lieben Gott entgleiten seine edlen Gesichtszüge.

„Nicht du, ehrwürdiger Vater, sondern meine miesepetrigen Gedanken. Du weißt schon." Verschwörerisch blinzele ich ihm zu. Nun muss er offenbar an seine Therapiestunde auf meiner Couch denken, so wissend, wie er jetzt schmunzelt.

„Du hast dich zu einem wahren Menschenfreund entwickelt", hebt er mich in den Himmel.

„Das freut mich riesig. Dann gibt es jetzt sicherlich eine nette Sause? Ich plädiere auf Rum, Kokosmilch und Ananassaft, vielleicht ein Dutzend Schaumküsse …"

„Eine was?"

„Eine Sause, eine Feier, zur Not auch ohne fruchtige Früchtchen möglich, eine Zechtour durch die Gemeinde ... Im Grunde ein gesellschaftliches Ritual. Nein?"

Amüsiert schüttelt mein Chef sein tipp-ex-weißes Haupt. „O nein, tut mir leid. Erinnerst du dich? Du hattest so zuvorkommend deine Hilfe angeboten, du tapferer Träger geballter Konsequenzen."

„Hilfe? Ich?" Anscheinend hatte ich das instinktiv verdrängt.

Hottie nähert sich mir mit einem Haufen Textilien unter den Armen. Kiebig daraus hervor linsen ein isolierender Taucheranzug, ein Ventilator, ein Schutzhelm und jede Menge Kühlaggregate.

„Ei der Daus, meine verbale Inkontinenz."

Feixend hängt mir Melchior eine Goldmedaille um den wettergegerbten Hals. „Hihi, damit siehst du aus wie Trudy Truthahn auf dem Siegertreppchen, das überraschenderweise ins Inferno führt."

Mit gequälter Mimik schlüpfe ich in den Schutzanzug.

*

Mich in mein Schicksal fügend, folge ich Hottie in sein trautes Heim und traue meinen Sinnen kaum.

„Heiliger Bimbam! Eine Hölle wie aus dem Bilderbuch!", rufe ich anerkennend aus.

„Lieb, dette det sagst." Hottie klingt geschmeichelt. „Abba fix, komm weiter." Er schubst mich durch ein Flammenmeer. Lodernde Zünglein strecken sich nach meinem untoten Corpus aus. In Erwartung saftiger Verbrennungen hüpfe ich umher wie ein von der Mistgabel gepiesackter Heuballen. „Einwandfreier Schutzanzug, ich verspüre keinerlei Hitzewallungen", lobe ich höchst verwundert mein neues Outfit.

„Schnell noch dit Türchen, so, und schon sind wa bei mir zu Hause. Schwipp dich jemütlich, Früchtchen. Leg die Waden hoch!"

„Aye, aye, Käpt'n!" Ächzend plumpse ich in den nächstbesten samtenen Ohrensessel im saftigen Ton einer Blutorange. Derweil serviert mir Hottie zuvorkommend einen Strammen Max aus Rußbrot, Paprikaschinken und veganem Spiegelei.

„Yummy! Duftet verblüffend dufte. Schmeckt höllisch lecker, danke. Eine echte Gaumenfreude. Well, nobel gehen die Vorurteile zugrunde." Ich staune mit kauendem Mündchen. „Das soll die Hölle sein? Das ist ja der Himmel auf Erden. Ist der Himmel vielleicht der Vorgarten zur Hölle? Wurden Himmel und Hölle in den Überlieferungen verwechselt?"

Stolzer als Oskar badet Hottie in meinen Komplimenten wie Vivaldi in den Klängen seiner geliebten Violine. Seine Augen funkeln mit der luxuriösen Raumausstattung um die Wette. „Det lass ick ma so stehn."

„Boah! Ey!“ Ergriffen verfalle ich in einen völlig überholten Jugendslang.

„Ick weeß, ick weeß, abba bitte plauda nich rum, sonst will selbst Jedermann hierher“, beschwört mich Luzifers Ableger mit teuflisch ernster Miene.

„Ts, der soll sich mal brav mit Hugo in Bayreuth langweilen.“

„Kecke Antwort.“

„Yeah. Ich fühle mich wie neugeboren.“ Todesmutig lasse ich mich auf dieses nervenzerfetzende Abenteuer ein. Durchlebe ich etwa einen rasanten Cliffhanger? „Was war denn das eben mit den Flammen, Hottie? Die ähnelten ja eher einer angenehmen Brise.“

„Janz jenau.“ Sich diebisch über meinen Wissensdurst freuend, reibt Hottie sich die Hände. „Allet Lüge und Betrug! Ick komm hier neuerdings janz ohne Kaminabzug jut klar. Det Feuer is künstlich, eine Mischung: jefuchselte Licht- und Dampftechnik. Albert janz persönlich hat mir beim Bau ordentlich unter de Arme jegriffn und mit den Feuergöttinnen einen brandheißen Deal jemacht. Sie sind vorerst umgezogen und machen den Schneggen Feuer unta ihre Hintern. Die sind dafür janz doll dankbar.

„Ah, Schneggen sind Schnecken. Sprichst du von Einstein Albert?“

„Jo, ursprünglich war det hier nämlich tatsächlich nich auszuhalten. Elende Hitze! Kiek ma Früchtchen, für diesen Elektrokamin hier sind lediglich jede Menge Steckdosen mit Stromanschlüssen erforderlich. Janz jutet Ding, wa?“

„Weiß der liebe Gott um dieses Paradies direkt vor seiner Fußmatte?“, frage ich neugierig.

„Klaro, an manchen Tagen, wenn es in seinem Oval Office jar zu heiß hergeht, ist es einer seiner geliebten Rückzugsorte, abba pst.“

„Pst.“

„Dit Ding da, wo er sich reinknall'n kann, is stets für ihn reserviert.“

OMG steht auf der glänzenden Hängematte in Weißgold zu lesen.

„Wie zuvorkommend. Also ist die Hölle nur bloße Illusion?"

Hottie zögert. „Ick will ja keenen Ärger mit die Kirche kriegen, abba unter uns: Bei meiner Hölle is das so. Das künstliche Feuer is übrigens von Vaddern Morgana."

„Irritierend, dein Spagat zwischen Berlinerisch und Hochdeutsch …"

„Keen Meckere wieder, ick bitt dir."

„Sorry. Du meinst Fata ..."

„Nein! Vaddern Morgana is en jebildeter Ingenieur, en Mirakel …"

„Ein Genie?"

„Jo und mein Berater. Dieses Fata Dingens muss nach ihm benannt worden sein, det schätze ick ma. Bei die von uns kreierten, hoch modernen Elektrokaminen verdampfen Ultraschallvernebler von oben reintropfende Nässe."

„Regenwasser?"

„Jenau. Det jeschieht in einem im Kamin ruhenden Waschbecken. Abjeschaut hab ick mir die Methode von schnöden Luftbefeuchtern. Galant jeleiten Ventilatoren Frischluft nach außen."

„Fast perfektes Hochdeutsch. Druckreif!"

„Danke dir janz doll. Etwa zeitgleich erwärmt sich kalter Dampf, indem er von diesen piekfeinen Verkehrspolitessen hier", stolz deutet Hottie auf seine Mitarbeiterinnen, „sicher über todschicke Halogenlampen geleitet wird."

„Wie einst im Bredtstedter Straßenverkehr! Die sind ja schmuck!", jubele ich anerkennend. Ein knapp sitzendes bauchnabelfreies Kostüm in Signalgelb, unerschrocken kombiniert mit maracujafarbenen Overknees südlich eines pfefferminzgrünen Käppis verfehlt nicht seine Wirkung. „Respekt, meine Damen." Ich deute einen gepflegten Diener an.

„Meine Lämpchen hier", führt Hottie seine Ausführungen fort, „sind farblich überaus flott uff'nander abjestimmt. Durch emsige Konvektion steigt der Wasserdampf nach oben und durch diese farbige Beleuchtung hier wird ein stilvolles 3-D-Bild mit Raucheffekt von den Flämmchen erzeugt."

„Es flackert und lodert wie in einer Bilderbuchhölle", stelle ich fest und bekomme den Mund nicht mehr zu.

Zufrieden klopft sich Hottie selbst auf die Schlüsselbeine. Eins nach dem anderen arbeitet er gewissenhaft ab. „Meene Flammen sin bekannt aus Radio und Glotze sowie aus den Märchenbüchern. Jo, die Jebrüder Grimm sin bis heute fasziniert von meiner Pyrotechnik. Jeden zweiten Samstagnachmittag schlürfen wir in trauter Dreisamkeit ein Tässchen Matcha Tee zusammen. Manche meiner Installationen lassen sich mit de Fernbedienung bequemst vom Sofa aus bedienen. Kiek!" Hottie führt es mir anschaulich vor. „De Vorteile meiner Elektrokamine jejenüber altbackenen Festholzfeuerstellen liejen glasklar uff der Hand." Mit spendabler Geste überreicht mir Hottie seinen Werbeprospekt. „Meine Elektrokamine kannst du in jedem Kabuff aufstellen, in dem es einen Stromanschluss jibt. Soga im Juli könnse zum Einsatz kommen. Logo lodert dann nur ein anjenehmes romantisches Flämmchen und die Heizung bleibt einfach ausjestellt. Meine Babys hier funktionieren zuverlässig ohne Staub, ohne Dreck, ohne Rauch und ohne Asche. Ha, der Kaminfeger kann sich jezze ganzjährig 'nen faulen Lenz machen, und in der Übergangszeit können se prima als Vollheizung verwendet werden. I love you babys!" Überwältigt herzt Hottie zwei seiner Erfindungen und singt „Love is in the Feua".

„Summa summarum", führt er seinen Monolog fort, „möcht ick noch darauf hinweisen, det meine Elektrokamine zu einer überaus behaglichen Atmosphäre beitragen. Frisch Verliebte dürften ein Liedchen davon jaulen. Quatsch ruhig mit Orpheus und Eurydike. Haust du mich jetzt an, dir zu verraten, ob die künstlichen Schmuckstücke aus Gusseisen, aus Granit oder aus Marmor gefertigt werden?"

„Womöglich. Ich überlege noch."

„Joa, dies bleebt dem Geschmack der Käufer überlassen."

„Hottie, du bist ja vollkommen in deinem Element. Bist du als Vertreter tätig?"

„Mitnichten", des Teufels Sohn errötet vor Stolz, „der Laden jehört mir. Ick bin keene Protzer-Natur, aber seit jeraumer Zeit schreib ick keene roten Zahlen mehr. Ein sicheres Zubrot. Ick muss ja ooch irjendwat den lieben langen Tach tun, nicht wahr doch?"

„Aber ja doch. Weißt du, woran mich dein Zuhause hier erinnert?“, frage ich ihn.

„Na?“

„An diese hübsche, im westlichen Mittelmeer gelegene spanische Insel. Malle, genau. Nur Strand, Dosenbier und Schlagerinterpreten glänzen durch Abwesenheit.“

Hottie hält inne. „Babbelst du von Louis Malle, dem französischen Filmregisseur? Der is irre talentiert.“

„Nein, ich spreche von Mallorca. Gewählt habe ich mich eben wirklich nicht ausgedrückt. Sorry.“

„Fehlen, sachste?“ Mit Siegerlächeln zieht Hottie einen mit Kokosnüssen beklebten Duschvorhang zur Seite.

„Hoppla.“

„Gerhard, so Roy Blacks bürgerlicher Name, konnte ich exklusiv für mich verpflichten.“

„Tagchen.“ Ein blendend aussehender und überaus sympathischer Herr, schwungvoll in blutarmes Weiß gekleidet, schlendert mit strahlendem Lächeln auf mich zu, um mir seine Hand zu reichen. „Neuankömmling?“

„Ja, sozusagen“, gestehe ich ein. „Mehr oder weniger frisch eingetroffen aus Nordfriesland, genauer gesagt aus Rainbüll. Ländliches Fleckchen. Kühe, Schafe, eine Unmenge an Ferkeln … Mal da gewesen?“

Roy überlegt. „Nein, noch nicht, vielleicht gucke ich nach meiner Wiederauferstehung mal vorbei.“

„O wei, o wei, die gibt es wirklich?“, frage ich. „Hand aufs Herz und ungelogen? Damit rechnet auf Erden ja fast niemand.“

Roy bejaht. „Davon gehen die Pessimisten unter uns stark aus. Tschüss, bis bald.“

„Tschüss, mach's besser, Roy.“

Eine der zahlreichen Hängematten ausprobierend, hänge ich meinen in der Selbstkritik fischenden Gedanken nach.

„Hottie, einen ausgefeilten verbalen Schlagabtausch, der Konrad zum Jubilieren brächte, liefere ich mir mit dir hier ja nun nicht. Malle ...“

„Du meenst Konrad Duden?“, vergewissert sich Hottie.

„Ja, gewiss."

Hottie beruhigt mich. „Konrad is seit Jahren nich mehr so penibel. Er bedient sich jetzt Adjektiven wie *cool*."

Ich muss kichern. „Total oldschool, aber irgendwie gerade deshalb ziemlich *cool*."

Hottie wiehert. „Hüa, det is es."

„Sag, Hottie, wobei genau soll ich dir eigentlich helfen?"

„Jeh, vergiss det. Dexter hat nach deiner Abbitte nur zum Schein auf einer Buße bestanden. Er suchte nach einem Vorwand, dich hierher zu locken. Chill ma! Du hast dir deene Belohnung redlich verdient. Guck dir deen jutes Zeugnis an. Und wenn dir gar zu langweilig werden sollte, kannste mir ja helfen, Mannequins für meinen Versandhauskatalog auszusuchen."

„Du weißt vom Kosenamen unseres Herrgotts?", recherchiere ich überrascht.

„'türlich", bestätigt Hottie.

„Tja, es mag machomäßig klingen, aber ich bevorzuge nicht nur bei Mannequins Körbchengröße 75 B. Eine hübsche Handvoll rechts, eine hübsche Handvoll links, das reicht mir, mehr braucht es nicht. Please, nicht weitertratschen", bitte ich Hottie.

„Du bist mir vielleicht ein Früchtchen. Na, denn viel Vergnüjen mit meenen Schaufenster-Dolls. Tatatata!" Feixend zieht Hottie dieses Mal einen walfischblauen Duschvorhang zur Seite und ich staune Gestirne. Mylady, Bauklötze sind hier oben ja eher Mangelware. In einem unvorteilhaft stark ausgeleuchteten Swimmingpool kraulen Feuerwehrmänner, Bademeister, Spitzensportler aus dem Schwimmolymp, Neptun himself, Pyrotechniker, Rainer Maria Rilke, Astronauten und Luzifer, der Meister der Hölle, mit vor Stolz geschwellter Brust ihre Bahnen. „Iih!" Erschrocken jaule ich auf wie ein nordfriesischer Knorpelfisch bei seinem Rendezvous mit einem Rechaud (Fondue, Gaskocher, you understand what I'm talking about?). „Iih! Wieso hast du mich nicht vorgewarnt? Der Anblick Rilkes, unserem Poesiemeister, in strammen Badehosen trifft mich leider unvorbereitet."

„Wieso?" Hottie gibt das Unschuldslamm. „Haste nich von MANNEquins jesprochen?"

„Sehr lustig. Was soll denn eigentlich diese aberwitzige Modenschau bezwecken?", möchte ich von ihm wissen.

„In wenigen Minuten schwebt Karlchen L. ein, um ästhetische Fotos für meenen Herbstkatalog zu knipsen", klärt Hottie mich auf. „Zu ummesonst Werbung sag icke nich nee. Karlchen hat ja bereits für Chloé, Fendi und die Schnelle jejobbt ..."

„Die Rede ist nicht etwa von Chanel?", verbessere ich ihn.

„Hm?"

„Sprichst du von der außergewöhnlich begabten Näherin, die im Jahre 1909 in Las Vegas ihr Hutatelier eröffnet hat, bevor sie ihren Siegeszug durch Afghanistan angetreten ist?"

„Jau. K. verfügt über akzeptable Referenzen. Tja, *er* mag fotografieren können, aber det is *meen* Spiel mit de Elemente Feuer und Wasser. Eine Verführung der Sinne, die den Himmelsbewohnern offenbaren wird, wie ebergut Mann sich bei ejal welcher Temperatur mit Hotties „heißen" Öfen, heißen logischerweise in ausjewachsenen Gänsefüßchen, fühlen darf."

„Natürlich, das leuchtet mir ein. Wann schweben die weiblichen Models ein?", erkundige ich mich erwartungsvoll.

„Det jiebt keene. Ick hab' nur Kerls jebucht. Die Damenwelt soll auch ma etwas jeboten bekommen. Letztendlich haben ja sowieso die Frauen die Büxen an und entscheiden, ob die Himmelsgulden für eines meiner Objekte ausjejeben werden oder lieber für die neue Haut-Kuvertüre von der schnellen Coconut, nee, von Coco Schrapnell."

„Haut-Kuvertüre statt Haut Couture? LOL. Starke Wortkreation", lobe ich anerkennend. „Tja, GLEICHBERECHTIJUNG wird selbst in der Hölle jroßjeschrieben."

„Jenau, det stimmt."

Kapitel 28

„Chronische Anorexie,
thronst mir satt vis-à-vis,
labst dich an Ecken und Kanten:
Hungers engsten Verwandten.
Wo die Seele Schrecken sah,
Trauriges mit ihr geschah,
straft sich selbst durch den Verzicht,
Gutem dient sie eher nicht.
Disziplin gewährt ihr Würde,
tapfer nimmt sie jede Hürde,
Schmerzen quälen unvergessen,
Lebens Härte ward gemessen.
Zeig dich, holde Weiblichkeit,
schüchtern noch im weißen Kleid,
jungfräulich der Lebensliebe,
sanft erkundend Eros Triebe."

„Liebe Muse, heute überraschst du mich aber mit besonders gewichtiger Lyrik. Jedes Kilo ward gemessen? Wie es dir wohl geht, du überschlanke Schutzgöttin der schönen Künste?"

In Melancholie gehüllt, nippt meine Muse an einer kalorienarmen Johannisbeersaftschorle.

Der Lenz und ich faulenzen in der Hölle. Im Sommer hat der Lenz nämlich frei. Wer hätte dieses Dolcefarniente von mir wohl erwartet? Nun ja, vermutlich einige meiner ehemaligen Schulkameraden, die bis dato unwissend auf Mutter Erde umherirren. In der Hängematte mir gegenüber schaukelt ein schmalgesichtiges, altersloses Mädchen, während zur selben Zeit Molières eingebildeter Kranker Argan vor Neid in seine Schlafmütze beißt. „Bon appétit!", wünsche ich zuvorkommend. Er streckt mir seine widerlich gesund aussehende Zunge heraus. Sir, wussten Sie eigentlich, dass der erbarmungswürdige Monsieur Molière, selbst die Rolle seines Titelhelden verkörpernd, im Februar 1673 auf der Bühne an einem Blutsturz verstarb? Nichts da, von wegen eingebildeter Kranker! Sogar im Kostüm steckte er noch drin. Für diese bitterböse Ironie wurde das Schicksal vom lieben Gott ernsthaft gerügt. Jean-Baptiste Poquelin – so Molières bürgerlich lautender Name – findet sich hier oben übrigens blendend zurecht. Zur Stunde schreibt er mit William Makepeace Thackeray an einem kurzweiligen Theaterstück und Gleichgesinnte hat er auch gefunden. Ich hörte unlängst Regentropfen tratschen, die Chronische Bronchitis habe sich unsterblich in ihn verliebt und an den Sonntagen frühstücke er mit den Leukozyten und Édouard Manet im Grünen. Abermals bleibt mein Blick an dem schmächtigen weiblichen Wesen in der Hängematte hängen. Ob ich mich anbiedern soll, ihr einen Kamillentee zu bringen? Dazu ein Stückchen lauwarmer Streuselkuchen? Yummy. Vielleicht später.

Nonverbal ein Kommunikationspäuschen andeutend, träume ich von der Nordseeküste. (Ich schließe meine Augen, Sir.)

Es stürmt das Meer
wie Neptuns Heer,
die Wellen schlagen Kapriolen,
woll'n den Hintern mir versohlen

… und die Möwen machen, was Möwen gewöhnlich so tun. Normalerweise krakeelen sie ja mordsmäßig. Meine Möwen aber verzichten auf dieses nervtötende Geräusch und ahmen, keine zehn Minuten später, äußerst talentiert den Habitus eines Föhns nach. Föhn?

Mit einem putzigen „Huch!“ aus meinem kurzen Nickerchen aufschreckend, blicke ich einem Haartrockner in die Pupillen. Ein Albtraum! Hier im Himmel wirkt selbst ein Föhn very lebendig.

„Na, Früchtchen, wieder wach?“ Diese kiebige Stimme aus dem sich öffnenden Off kommt mir irgendwie vertraut vor.

„Venus! Weshalb föhnst du meine Haarreminiszenzen?“ Die Erklärung folgt auf ihrem hübschesten Fuße, dem rechten, mit dem in der Hauptrolle sie anmutig auf ihrem Standbein eine schnelle Drehung um die eigene Achse aufs Parkett legt. Jetzt müsste sie sich nur noch eine Spieluhr unterschnallen und schon würde sie binnen kürzester Zeit zum Verkaufsschlager avancieren. Die Melodie, Mylady? Wie wäre es mit ‚Ganz in Weiß'?

„Früchtchen, du döstest so unruhig, da wollten Morpheus und ich dich in den Tiefschlaf wiegen."

„Mit 'nem handelsüblichen Föhn?", frage ich perplex

Entnervt rollt Morphie mit den Augen. „Nicht nur. Unterstützend kamen meine Chineseballs zum Einsatz …", möchte mir der Gott des Traumes auseinanderklamüsern.

„Darunter stelle ich mir jetzt lieber nichts Genaueres vor", falle ich ihm pikiert ins Klamüsern.

„Ruhig Blut", besänftigt mich Venus „das sind asexuelle, handelsübliche Klangkugeln zur Stabilisierung der inneren Balance."

„Ah, deshalb fühlte ich mich wie die Prinzessin auf der Erbse. Wozu greift der Gott des Traumes denn zu solchen Kunstgriffen? Das ist keine achtunggebietende Eigenwerbung", vertraue ich meiner Umgebung in schnodderigem Tonfall an.

„Eigentlich sollte der Föhn dich an deine Zeit im Mutterleib erinnern, als der Fluss des Blutes durch ihren weichen Körper rauschte."

„Mummy", seufze ich mit bibbernder Sehnsucht auf den Stimmbändern. „By the way: Mummelchen vermisse ich täglich very arg. Hoffentlich disst sie mich nicht …"

„Hör doch, Früchtchen! Dieses trauliche Rauschen verbinden Babys mit ihrer Stippvisite in der Gebärmutter. Dort ist es schön mollig, richtig kuschelig und der regelmäßige Herzschlag lässt das Baby seine Vorahnungen von der arglistigen Umwelt vergessen. Es wähnt sich in Sicherheit."

„Wie hinterhältig. Pah! Nach der Geburt wird es dann mit der schnöden Wirklichkeit konfrontiert und zack, ist die erste Traumasitzung fällig", bringe ich mich ins Gespräch mit ein.

„Oh! So siehst du das? Na ja, bei dir hat es leider auch nicht wie erhofft wirken wollen", gesteht Venus ein.

„Ach, Mummelchen, wo bist du nur?", jammere ich Halbwaise.

„Alarm!" Plötzlich zerreißt ein herzzerreißender Hilferuf das traute Ambiente. Wie von der Ta(ra)nte(l) gestochen, springe ich auf und laufe tollkühn auf die Quelle der Verzweiflung zu. „Wer wehklagt da?", frage ich Venus. Ist das Hottie? „Hooottieee!" Dass meine Sprechstimme sich so schwindelerregend in höchste Lüfte zu schrauben vermag, darauf hätte ich mein Leben nie verwettet. „Hooottieee!" Mein Herz regt sich auf und, dear Sir, Sie wissen, wie unbekömmlich solch eine Erregung ist. Wenn Sie da der Rote-Grütze-Flecken auf Ihrer kirschfarbenen Krawatte im Jahre 19.. beim Heringsmahl des Anwaltsvereins gedenken. Zusammengekauert hockt Hottie auf dem Fußboden und schwitzt wie ein finnischer Torero beim Krampf seines Lebens. „Ja, bin ich denn der einzige Empath hier oben?", ereifere ich mich. „Warum hilft ihm denn nur Jedermann? Der jagt ihm doch nur Angst ein. Weg mit dir! Rauf auf die Bayreuther Bühne."

Gelassen zu einer Nagelfeile greifend, poliert Venus an ihren Fingernägeln herum, Roy feilt eifrig an seinem neuen Song und Vincent, ja, Vincent van Gogh lauscht Hotties wirrem Kauderwelsch und malt drauf los wie ein Versessener. Als wäre er Sekretär beim Wettbewerb der Pinselmeister. Mylady, inquirieren Sie mich jetzt bitte nicht, wie sein versehrtes Ohr aussieht. Verbindlichsten Dank.

„Quadrate, Dreiecke, *Alarm*, Blitze wechseln sich ab mit ..." Kreuzunglücklich um Sinnhaftigkeit ringend, diktiert Hottie, was er sieht. „... Punkten und Zickzacklinien."

„Pünktchen?", stimme ich gefesselt mit ein. „Pünktchen sind kleine Punkte. I love Dots, also Punkte, mein Nachname ist Zeuge ..."

„Ssshhh!" Aufgebracht bittet Van Gogh um Ruhe.

„Du zum Niederknien talentierter Künstler, brauchst dich gar nicht so aufzuspielen", fahre ich ihn an. „Hottie, ist dir nicht wohl? Kann ich etwas für dich tun?"

„Früchtchen, flink, schwirr ab zu Asklepios", ruft Venus aus, „und hole Hottie ein nichtsteroidales Antiphlogistikum aus der Gruppe der Arylpropionsäure-Derivate."

Guck, unsere Schaumgeborene kramt ihre krankenschwesterlichen Züge hervor. Nun wird sich zeigen, ob ich im Chemieunterricht aufgepasst habe oder ob ich überwiegend mit Unfug beschäftigt gewesen war. „Du sprichst von der Summenformel

C13H1802?“, errate ich konzentriert. „Die molare Masse dürfte dann 205,28 g/Mol sein?“

„206,28 g/Mol“, verbessert mich Venus. „Gut, Früchtchen.“

„Fast richtig“, freue ich mich und flattere grazil davon, von leichten Startschwierigkeiten einmal abgesehen, um das gewünschte Medikament herbeizuschaffen. Dieses Schmerzmittel würde ich irgendwo auftreiben können. Hach, im Himmel bleibt aber auch selten etwas geheim. Pralle ich doch auf halber Strecke mit Asklepios zusammen, der mir Lightprofen 800 und ein Arztköfferchen um den Truthahnhals hängt. Auf Erden bedarf es hierfür eines Rezepts. Für Lightprofen, für den Hals, erstaunlicherweise nicht. Tja, als Kollege bin ich eben vertrauenswürdig, selbst als Zugereister. Zurück in der Hölle, krame ich aus dem Köfferchen die gewünschte Tablette, außerdem einen 1a-Säureblocker und zwei Fläschchen Sprudelwasser hervor.

„Gib, gib!“, bittet Hottie.

„Trink, mein Freund, trink!“

Trinken ist selten verkehrt. Sicherlich mundet das Quellwasser köstlich. Ich genehmige mir ebenfalls einen Schluck von dem kühlen Nass. Venus fächelt Hottie Frischluft zu, indes Van Gogh weiter an einem seiner gewöhnungsbedürftigen Sternenhimmel herumwerkelt. Muss man mögen. Ein Stündchen später relaxt Hottie in seiner höllisch behaglichen Hängematte und gibt Döntjes zum Besten. Nö, er leidet in keiner Weise unter Blähungen, Mylady. Er schildert mir nur weitschweifig sein Leiden.

„Gewitter, Früchtchen. Stell dir ein mathematisch begabtes Gewitter inmitten deines Gehirns vor, flankiert von malerischen Rot- und Schwarztönen.“

„Was ist mit Blau? Blau wie der Enzian auf Heidis sonniger Alm?“, möchte ich wissen.

„Ja, richtig, Blau spielt ooch seine Rolle und Gold, ein Gold, leuchtend wie unsere Sonne.“

Ich krame in meinen Hirnwindungen nach einer möglichen Diagnose. „Epilepsie? Leidest du unter dieser neurologischen Erkrankung?“

„Ach nö. Nischt unter sonner 08/15-Jeschichte. Icke leide unter die janz neue Hirnstamm-Aura, darunter leide icke“, seufzt

Hottie mit vor Stolz geschwellten Hosenträgern. „Oftmals hab ick dann Schwierjkeiten, uff meene kognitiven Fähigkeiten zurückzugreifen. An nich juten Tagen kann ick nur torkeln, wenn dit Jleichjewichtsorgan ausfällt und, und, und."

„Das ist ja ein Ding", setze ich mein Erstaunen an die Luft. „Tatsächlich wurde die Hirnstamm-Aura erst vor etwa vierzig Jahren entdeckt. Darunter leiden höchstens, lass mich nachdenken, 0,04 % der Bevölkerung. Kurioserweise fast ausschließlich pubertierende Mädchen …"

Hottie mustert mich bitterböse. Offensichtlich empfindet er diese Tatsache als wenig amüsant. „Hey, icke bin kerniger als deene Vollkornschrippe, du Früchtchen, du. Pass lieber uff, was de sagst."

„Ich habe dich gern und wollte dich damit nicht kränken", versichere ich ihm schleunigst. „Zudem erinnerst du mich tatsächlich an Arnold Schwarzenegger …"

„Daaanke" Hottie fliegt mir an den Kehlkopf und ruft: „Ick hab' dir ooch jern."

… an Arnold Schwarzeneggers noch ungeborene Enkeltochter hatte ich eigentlich sagen wollen, aber Gott sei Dank lerne ich dazu.

„Hier, ich bin ebenfalls malade", mischt sich Van Gogh in die Anamnese ein. „Auch mir erstattet die Hirnstamm-Aura regelmäßig Besuche. Dann schwindeln meine Sinne, Zeilen auf dem Papier tanzen Cancan und Sterne in allen Farben des Regenbogens applaudieren, direkt vor meinen Augen. Regarde, guck, wie auf meinem Gemälde Sternennacht." Aufdringlich konfrontiert er mich mit seinem Kunstwerk.

„Darf ich mich höflich erkundigen", frage ich „ob du dir während eines solchen Kaffeekränzchens mit Tante A. Teile deines gequälten Sinnesorgans, sprich Ohr, abgeschnitten hast?"

„Excusez-moi?" Bestürzt blickt Vincent zu Boden.

„Weshalb französelst du eigentlich? Du bist doch ein Niederländer wie aus Rembrandts Bilderbuch."

„Früchtchen, Früchtchen", rügt mich Venus. „Lass Vincy in Frieden."

„Wenn einer eine Krankheit hat, sind gleich alle hinter ihr her. Das kennt man ja von der Erde. Ihr leidet also beide unter dem draufgängerischsten Töchterchen der Migräne?“, ziehe ich das Fazit.

„Jau.“

„Oui. Wir müssen dann immer Mademoiselle Temps im Blick behalten“, macht Vincent sich wichtig.

„Ah, die Zeit …“

„Oui, trauert der Anfall länger als eine Stunde, heißt es, ab in die Notenaufnahme. Wir haben ein erhöhtes Risiko für Schlagrahmanfälle …“

„Hee, hee, darauf wartest de ja rejelrecht, Vincy“, unterbricht Hottie fröhlich prustend van Goghs holpriges Drama. „Vincent ist in Airmid verknallt, Vincent ist in Airmid verknallt.“

„Zudem sollte er dringend die Deutschstunde bei Siegfried aufsuchen“, lästere ich. „Na, Hottie, dir scheint es ja wieder besser zu gehen. Wer ist denn Airmid?“, möchte ich verwundert wissen.

„Airmid ist die keltische Göttin der Heilung. Sie gehört den sagenumwobensten Gottheiten überhaupt an, und meine wundervolle Freundin ist sie außerdem“, klärt Venus mich stolz wie Oscarinchen auf.

Seine Schüchternheit lässt Vincent holdselig erröten. „Wenn mich die Aura heimelig sucht, hilft mir Airmid eben aus dem psychischen Mief. Da ist nichts dabei“, tut er kund.

„Ah, verstehe, aus dem Tief.“

Plötzlich errötet selbst der Hölle Himmel. Und yes, das klingt komisch. Aurora, die Göttin der Morgenröte, schwebt ein. „Spooky!“, rufe ich aus. Offensichtlich möchte sie uns etwas mitteilen.

„Mir klingeln meine Hörschnecken, sie sind schon fast blutig. Sprecht ihr von mir, ihr Ausgeburten der Hölle?“, miaut sie angriffslustig wie ein Mäusebussard drauflos.

„Prächtig gelaunt sieht anders aus. Da werden noch zahlreiche Therapiesitzungen fällig“, pariere ich forsch. Entgegenkommend wedele ich todesmutig mit meinem Terminkalender.

„Ne-e-ein." Vincent zittert wie Espenlaub. „Nous parlons von der anderen Aura, dem neurotischen Wildfang der Migräne."

„Wann endlich werdet ihr sie umbenennen? Sie hat nichts mit mir gemein, ihr Torfdeppen."

„Was sind Torfdeppen?", forsche ich wissbegierig nach. „Etwa in Mooren hausende Gestalten, vielleicht im Schottischen Hochland? Hat Watson sie bereits Holmes unter die Lupe gelegt?" Leider schenkt mir Aurora, Namensgeberin aller Auren, keinerlei Beachtung.

Heulend zieht Vincent sein bislang noch unversehrtes Ohr in die Länge.

„Herrje, nun schaust du aus wie meine ehemalige Gymnastiklehrerin Mrs. Floppy-Ear", schelte ich ihn. „Ich mag da gar nicht hinsehen. Werden Teile deines zweiten Horchlappens ebenfalls den Weg alles Vergänglichen beschreiten müssen?" Kurz vorm Ohr-Exitus fängt Vincy an, sich seinen verängstigt dreinschauenden Zehennägeln zu widmen. Erleichtert wünsche ich den Launen der römischen Stressorin Aurora zum Abschied gute Besserung.

*

Szenenwechsel. Erst jetzt habe ich die Muse, – ja, die auch, mir ist nach herrlichen Versen zumute, die Schillers schillernden Sinn für Poesie jubilieren ließen –, also die Muße, mich Venus zuzuwenden. Sie will sich unbedingt meiner Yoga-Weiterbildung widmen. Wie gern höre ich ihr vergnügt klingendes „Früchtchen". Die Göttin der Liebe verweilt im Schneidersitz auf dem mit Rosenblüten übersäten Teppich, derweil sie sich im Sonnengruß versucht. „Guck, Früchtchen, so erweisen wir der Göttin Sol unsere Ehrerbietung." Ihren Verrenkungen nach zu urteilen, liegt ihr Yoga leider überhaupt nicht im Blut. Goraksha, dem weltberühmten indischen Yogi, rinnen vor Scham Tränen in seinen ayurvedischen, mit Kräutern aufgepeppten Gewürztee. „Sie übt seit dreihundert Jahren", vertraut er mir fassungslos an. „Den Sonnengruß aber kann selbst Frau schlecht im Schneidersitz hinbekommen."

„Stimmt, dafür müsste sie ihre birnenförmige Sitzfläche gen Norden strecken“, pflichte ich ihm bei.

Tröstend werfe ich drei Stücke Würfelzucker in seine Plörre – für jedes Jahrhundert eins – und wende mich Venus zu.

„Wie wäre es stattdessen mit Tai Chi? Ist ’ne prima Sache, um Stubenfliegen aufzuscheuchen“, schlage ich ihr hilfsbereit vor.

„Nee, Früchtchen ...“

„Da ist es wieder, dein süßes Früchtchen.“

„... Kampfsport ist nüscht für die Mutter von Amor.“

„Ach ja, du bist ja Mutter. Wie geht es Amor, ist er eigentlich schon flügge oder noch lindenbaumgrün hinter seinen unverschämt attraktiven Ohrmuscheln? Psyche wusste mir ja Übles zu berichten.“

Venus lächelt müde. „Er hat es schwer. Die Menschen bringen sich lieber um, als sich zu verlieben. Ständig kämpft er mit einem Burn-out, und sein Sabbatical wird höchstwahrscheinlich nicht bewilligt werden können, weil es während seiner Auszeit noch mehr Hass auf Erden geben würde. Alles suboptimal. Mein armer Junge. Übrigens mag ich Psyche wirklich gern, aber sie war nicht Mrs. Right für ihn.“

„Oha, wenn man erst einmal hinter die Fassaden schaut, spürt man sofort: Jeder von uns hat sein Päckchen zu tragen“, pflichte ich ihr mitfühlend bei. Verglich ich mich etwa mit Amor, dem halbwüchsigen Gott der Liebe? Wohl eher nicht.

„Oh, ist das heiß hier.“ Venus ächzt während ihres missglückten Sonnengrußes. Am Horizont geht derweil die Sonne unter.

„Heizung ist aus“, schreit Hottie von der Hängematte herüber. Entspannt schlürft er seinen Vanillemilchshake mit Kokosraspeln. „Soll ick dir nen Koppventilator rüberbringen?“, erkundigt er sich zuvorkommend bei unserer Schaumgeborenen.

„Wir haben Juli“, wage ich einzuwenden. „Da müssen weibliche Schweißdrüsen transpirieren dürfen.“

Venus guckt nach links und nach rechts, nach oben und unten, Sir, machen Sie ruhig mit. Justament erinnert sie mich an die matte Hari auf der Jagd nach dem ockerfarbenen Krokodil. Jetzt bringe ich aber irgendetwas gehörig durcheinander.

„Suchst du wen?“, erkundige ich mich hilfsbereit.

Verneinend wackelt Venus mit ihren großen Zehen. „Ich möchte nur keine Voyeure um mich herum haben, wenn ich mich gleich meiner Kleidung entledige." Sir, zu Ihrer Information: Venus trägt einen Turnanzug, das ist alles.

„Tja, welchen Senf soll ich als antiker Connaisseur der vorletzten Stunde dazugeben? Als dein Erziehungsberechtigter allerdings würde ich dir von solchen Mätzchen klipp und klar abraten. Tu es nicht!"

„Zu spät." Venus schält sich aus dem wenig feschen Turndress und ich erstarre zu, nein, nicht zur Salzsäule, ich bin ja nicht Lots Frau, zu nichts Bestimmtem also. Ich beglotze einfach rindsäugig die Göttin der Schönheit. Was ich sehe, versetzt meine Tränendrüsen in Alarmbereitschaft. Mühelos imitiere ich die frühere Dot'sche Beregnungsanlage und flenne hemmungslos drauflos.

„Was für ein freundliches Kompliment, Früchtchen. Danke." Venus beherrscht einwandfrei die Kunst des Zynismus. Verflucht sei meine Spontaneität.

„Fatsuit", platze ich heraus. „Du trugst einen Fatsuit."

„Noch ein wenig lauter, Früchtchen, damit es Beethoven auch mitbekommt."

Vor mir steht ein altersloses, mageres Dingeling im geblümten Hängerchen, für das ich sofort Oma Hansens Hühnerbrühe mit extra viel Geflügel und süßer Sahne kochen würde.

„Du bist das Mädchen aus der Hängematte! Auf deinen Rippchen kann Radetzky ja seinen Trauermarsch klimpern, so er denn des Klimperns noch mächtig ist. Uaaa." Ich schluchze ungehemmt. Alle Dämme brechen.

„Du Kunstbanause, der ist von Chopin", füllt Venus mit sauertöpfischer Miene meiner Bildung Lücke. Apropos füllt. Füllig ist an ihr überhaupt nichts, höchstens ihre großen Zehen. „Sind deine Zehen größer als meine?", schluchze ich. Mein untalentiertes Nachahmen wilder Käuzchen ruft Hottie auf den Plan.

„Wat is'n hier jetze los, wa?"

„Früchtchen macht einen auf Dramaqueen", lästert unsere Schaumgeborene, mir abfällige Blicke zuwerfend.

Ich gehe in die Verteidigung. „Hottie, wusstest du um Venus' Fatsuit?"

„Jo." Schuldbewusst blickt Hottie zu Boden, als suchten seine feurigen Augen nach Kuchenkrümeln, die er unserem ewigen Mädchen in das wohlgeformte Mündlein stecken könnte.

„Früchtchen, soll ich dir einen Vortrag über Verletzungen der Schweigepflicht halten? Ist es das, was du möchtest?" Jetzt packt Venus mich bei meinem Berufsethos.

„Meinetwegen schwärze mich ruhig beim himmlischen Gerichtshof an", ermuntere ich sie entsetzt. „Wie viel wiegst du?", frage ich Venus frank und frei.

„Mit oder ohne dieses Hängerchen? Nicht so viel, aber mehr als manch eine Sternschnuppenpuppe."

„Oooh, solch eine törichte, liebenswerte Verteidigung ist mir noch nie zu Ohren gekommen." Um Venus zu trösten, ziehe ich sie mitleidig an meine magerquarkweiße männliche Brust.

„Nix da." Venus wehrt sich mit Händen und Flügeln, stampft mit dem rechten Fuß auf und zieht ein Schmollmündchen. „Süßer Versuch, aber nicht mit mir." Ich greife vehement durch. „Therapiesondersitzung, hier, sofort, Fräuleinchen."

„Abe…"

„Nein, nicht fünfzig Minuten, sondern satte hundert Minuten. Keine Widerrede. Hottie, lässt du uns bitte kurz alleine!"

„Ick bin wech." Hottie spurtet in seine geheime Rumpelkammer, um liegengebliebenen Schreibtischarbeiten an den bürokratischen Hemdkragen zu gehen.

*

Widerstrebend nimmt Venus neben mir auf einem höllisch gemütlichen Sofa in Gestalt einer glühenden Flamme Platz. Sir, stellen Sie sich eine nektarinenfarbene Flamme vor, die gerade so viel Wärme oder Kühle ausstrahlt, je nach Jahreszeit und Wunsch, wie es braucht, um sich geborgen zu fühlen.

„Der ideale Ort für Liebespärchen", bemerkt Venus mit einer Prise Zynismus auf ihrer niedlichen grapefruitfarbenen Zungenspitze. „Ich wünschte, du wärest Saturn. Leider bin ich Saturn ja völlig gleichgültig."

Dass ich dies nach Saturns Therapiesitzung anzuzweifeln wage, behalte ich lieber für mich. Beichtgeheimnis oder so ähnlich. „Ich ziehe es vor, Früchtchen zu sein. Ein Eiszapfen wie Ashley alias Saturn möchte ich überhaupt nicht sein", stelle ich vehement klar.

Venus seufzt. „Er wirkt nur so unterkühlt. In Wirklichkeit ist er gaaanz anders."

„Woher beziehst du diese deine Weisheit?", erkundige ich mich verblüfft.

„Ist dir nicht aufgefallen, was für ausdrucksstarke, warmherzige, moosgrüne Augen er hat? Mir ist völlig unverständlich, dass ihm nicht alle Göttinnen auf Anhieb verfallen. Würdest du ihn auch so schrecklich gern aprikosen, Früchtchen?"

„Pfui Deibel. Ich bitte dich, betreibe keine Aufklärung bezüglich des Verbs ‚aprikosen'."

„Soll ick jetzt wechbleibn oda nich?", ruft Hottie gekränkt aus dem Hinterzimmer.

„Sorry, Hottie. Liebe Venus, ihn liebkosen? Niemals! Im Leben nicht und als Zombie erst recht nicht. Dass Athene und all die anderen holden Weiblichkeiten ihm nicht den sachlichen Popo tätscheln wollen, ist mir keineswegs unverständlich. Ich halte den Hüter der Zeit für einen der talentiertesten Langweiler überhaupt; für einen tadellosen Stinkstiefel, dem Pflichterfüllung und Disziplin über alles gehen. Tatsächlich haben mein Herz und mein Hirn ihn flink vortrefflichst analysiert. Wir drei gelangten unweigerlich zu der Erkenntnis, es handele sich bei ihm um einen gehemmten Schuljungen, der die Rebellion der Hormone schlichtweg mit Paragrafen niedergemetzelt hat. *Zack.* Anstelle eines Herzens schlägt in ihm ein Gesetzbuch, das für jedes Problem eine eigene Seite aufschlägt. *Zack.*"

„Hinreißend, ich weiß." Venus gerät ins Schwärmen.

„Hast du etwa nicht zugehört?", frage ich sie verdattert.

„Sind dir seine wohlgeformten weichen Lippen noch in Erinnerung, sein männlicher Körperbau, sein dichtes, dunkles Haar, die apart angegrauten Schläfen ..."

„Der färbt, was Udos Friseursalon hergibt“, falle ich ihr aufgebracht in die Lobhudelei. „Und diese Pomade …“ Beim Thema Haare bin ich empfindlich. „Niemand trägt im fortgeschrittenen Semester so dichtes dunkles Haupthaar.“

„Medusa färbt, das hat Udo unlängst verraten, sie schon, aber Saturn nicht, er ist einfach von Natur aus Mr. Perfectly Fine.“

Hottie krakelt aus dem Flammenmeer hinter uns: „Sie ist ein Swiftie.“

Wieder seufzt Venus. „Hottie, du weißt aber schon, was man sich von dem Lauscher an der eigenen Wand so erzählt? Übrigens werde ich demnächst meine eigene Version von Mr. Perfectly mine schreiben.“

„Bin jetzt still, versprochen. Diese Buchhaltung bringt mich noch um.“ Dem Geräuschpegel nach zu urteilen, wirft des Teufels Sohn mit seinen Kassenbüchern um sich.

Bestürzt wiege ich mein weder weises noch weißes Haupt in meinen Händen. Am liebsten würde ich dieses magere ewige Kind, das einfach nicht auf mich hören möchte, an den knochigen Schulterblättern packend kräftig durchschütteln. „Weiß Saturn denn, wie krank du vor Liebeskummer bist?“

„Ich glaube ... Erst neulich bin ich ihm auf dem Rememberme-Boulevard direkt gegen die verschränkten Unterarme gelaufen. Was für tolle Radialismuskeln er hat …“

„Und?“

„Ich habe mich mehrmals höflich nach seiner Gesundheit erkundigt.“

„Mehrmals?“, unterbreche ich sie. „Wieso denn gleich mehrmals? Füttert er etwa multiple, an diversen Gebrechen leidende Persönlichkeiten durch? Das erklärte so einiges.“

Venus gluckst. „Nein, das nicht, aber seine Antworten sind so kurz angebunden. Er hält sie an einer extrem kurzen Leine. Gebetsmühlenartig sagte er nur ‚gut‘ und wollte weiter eilen. So musste er dreimal hintereinander ‚gut‘ sagen, sodass wir beinahe eine Art Unterhaltung geführt haben. Eigentlich war es fast … nett.“

Mich schüttelt es. „Hat er denn nicht wissen wollen, wie es dir geht, mein liebes Kind?“

„Früchtchen, lass die dusseligen Sentimentalitäten“, ermahnt mich Venus.

„Okay.“

„Nein, leider nicht. Allerdings war ich so offenherzig, ihm von alleine anzuvertrauen, wie es um mich steht. O-Ton ich: Mir geht es leider gar nicht gut!!! Mit drei Ausrufezeichen.“

„Und? Wie hat der selbsternannte Richter darauf reagiert?“

„Bedauerlicherweise überhaupt nicht. Was ich wiederum unverzüglich zum Anlass nahm, ihn erneut zu interviewen, wie es ihm denn *jetzt* so gehe.“

„Zwei Sekunden später?“, möchte ich ungläubig wissen.

„Drei Sekunden, Früchtchen, drei Sekunden. Da kann gefühlsmäßig viel passieren. So konnte er nicht gleich türmen.“

„Unglaublich!“

„Unglaublich einfallsreich? Das finde ich auch.“ Venus strahlt stolz wie ein Eichhörnchen, das nach ’nem Schläfchen seine verbuddelte Walnuss wieder aufgespürt hat.

Ich ächze erschüttert. „Nein, unglaublich, dass er sich nicht nach dem Grund für deine Unpässlichkeit erkundigt hat.“

Venus reflektiert. „Eventuell mag dies daran liegen, dass ihn meine ihm gewidmete Songkreation verärgert hat.“

„Verflixt! Du nimmst ihn ja permanent in Schutz. Deine was?“

„Mein neues Songbaby *Konventionen auf dem Scheiterhaufen.* Lalalilalalo.“

„What?“ Vor Schreck rutscht mir das Sehgestell vom Näschen.

„Wurde erst kürzlich von Stars & Sisters auf Vinyl gepresst, herrlich oldschool“, lobpreist Venus. „Der Song verkaufte sich in der ersten Woche prächtig, nun liegt er wie Ich-weiß-nicht-wer im Regal herum und setzt Edelschimmel an. Ist das nicht schade?“

„Oh ja. Worum geht es in deinem Werk denn?“, hake ich neugierig nach.

„Ach, darin schildere ich bloß detailverliebt, was ich, rein platonisch natürlich, alles Hübsches mit Saturn anstellte, würde er mich doch nur endlich an seine penibel gebügelten Kniestrümpfe lassen.“

„Üargh. Du bist ja eine richtige Venusfliegenfalle."
„Nein, ich bin und bleibe Veganerin."
Vor Schreck verschlucke ich mich beinahe an meinem eigenen Kehlkopf. Ich muss kräftig würgen. „Wie riskant. Was, wenn er dich verklagt?"
„Ausgeschlossen. Ich habe seinen Namen einfach durch einen anderen Namen ersetzt. Im Rapssong ..."
„Im Rapsong, mein Kind. Raps ist eine Pflanzenart aus der Familie der Kreuzblütengewächse."
„Schön, dann eben Rap. Dessen ungeachtet, um mit seinem juristischen Jargon anzubändeln, nenne ich ihn in meiner Liebeshymne Celibacy!"
„Zölibat auf Englisch?"
„Jawohl! Clever, was?"
„Absolutely. Und warum denkst du, dass er deine geschliffene Leibesliebeserklärung bereits goutiert haben könnte?"
„Oh, von der Veröffentlichung habe ich selbst ihm ja brühwarm berichtet", gesteht Venus, „und er ist ja so extrem neugierig. Er schien ehrlich angetan, sogar glückliche Zuhörer hat er mir gewünscht, woraufhin ich wiederum keck geschäkert habe, ‚*der* eine richtige Zuhörer' würde mir schon genügen. Schwer vorstellbar also, dass er sich solch einen musikalischen Leckerbissen entgehen lässt, oder?"
Aus dem Off heraus erschallt Hotties schluckaufartiges Gelächter. Unmittelbar darauf ist ein lautes Schluchzen zu vernehmen. Hottie, ein Mann mit breitem Gefühlsspektrum, im Gegensatz zu Saturn. Ich versuche mich in einer Zusammenfassung des Desasters. „Und nun fürchtest du also, er könne dir deine vor Liebe …"
„… abzüglich Triebe", ergänzt Venus.
„… triefenden Zeilen übelnehmen und dich deshalb ignorieren."
„Möglich ist das." Verzweifelt zerknüllt Venus ein mit Kleeblättern besticktes Taschentuch. „Irgendwie habe ich mir das anders vorgestellt. Weiß auch nicht, um einiges romantischer. Plan war, dass er sich, mich in einem völlig neuen, intellektuellen Scheinwerferlicht sehend, prompt in mich verliebt. Er bildet sich

ja so viel auf seine Bildung ein. Hier, guck dir mal den Songtext an. Er ist würklich geistreich geschrieben. Co-Produzenten sind die Ghostbusters." Venus reicht mir ein staubgraues Cover, auf dem ein mit Blüten von Ochsenzungenstauden ausgekleideter gebrechlich wirkender Sarg widerwillig die Hauptrolle spielt. Im Sarg ruhend, verkündet Venus als Comicfigur per Sprechblase tapfer eine mir bislang unbekannte Weisheit: „Nüchternheit ist etwas Schönes. Sie überlebt uns alle."

Bis auf ärmliche Vokale bin ich sprachlos. „Öööh."

„Sag doch was, Früchtchen."

„Öööh."

„Nicht das, was anderes."

„Wieso hast du denn bloß dein Konterfei aufs Cover drucken lassen?"

„Ich dachte mir, falls mein Schatz in spe ein wenig schlafmützig sein sollte, trudelt das bestimmt nicht an einer Wirkung vorbei", erläutert mir Venus. „Er hat ja ein Faible für das Morbide. Entgegen jeder Empfehlung habe ich mich deshalb für verkühlte Blautöne entschieden. Dachte, die würden sein Herz höherschlagen lassen. Meine Freundin Selene war ja eher für die feurige Latina-Variante. Sie meint, mit dem leichten Stich ins Violette sehe ich aus wie aufgetaut. Aber ich hatte Sorge, die Flammen könnten zu aufreizend für Ashley und sein empfindsames Herz sein."

Vorsichtig wage ich einen Einwand. „Welches Herz? Und fürchtest du wirklich keinerlei rechtliche Konsequenzen?"

„Nein, ich habe mich da ausführlichst von Pluto beraten lassen. Auf seinen kostspieligen Rat hin, habe ich so einiges am Songbook verändert. Übrigens habe ich aus Ashleys Ehefrau Medusa im Song ein weltberühmtes Top-Model gemacht." Venus hält sich ihr eingesunkenes Bäuchlein vor Lachen.

„Das ist ja ein waschechter Schildlausstreich. Nein, -bürger, ich meine Schildbürgerstreich. Deine Tragikomödie bringt mich völlig aus dem Konzept." Ich würde lächeln, stimmte mich die magersüchtige Venus nicht so traurig. „Saturn, Ashley, da muss Mann ja durch den Tüdel kommen. Und weil er sein Herz nicht an dich verlieren will, hast du deinen Appetit verloren, richtig?"

„So ungefähr. Das Tragische an der verflixten Misere ist nur, dass Saturn eindeutig die fülligere Weiblichkeit bevorzugt, aber mich selbst im Fatsuit keines Blickes würdigt. Dabei hat mir Gianni von Versace extra fiese Speckrollen hineingenäht. Diese dusselige Vorliebe hat Ashley wohl seinem Mond im Jungbullen, ich spreche von seinem Geburtshoroskop, zu verdanken. Als ich vor Jahren mal ein Kilo mehr wog, lobte er mich doch tatsächlich. ‚Wissen Sie, wie gut Ihnen ein Kilo mehr zu Gesicht steht?', fragte er mich allen Ernstes. Allerdings garnierte er seine arrogante Frage mit dem Geständnis, dass er gewöhnlich seltener als nie lobe, worauf er auch noch ungeheuerlich stolz zu sein schien."

„Ach ja, ihr siezt euch ja. Immerhin, ihm sind die zwei Pfündchen aufgefallen", versuche ich Trost zu spenden.

„Ja, das schon. Außerdem hat er meine Namensschwester in der Waage herumtänzeln. Das wiederum spräche dafür, dass er zu einer von Hitchcocks kühlen Blondinen schwer nein sagen könnte. Obwohl ich fürchte, er hält sich für Teflons Urgroßvater." Venus hält andächtig inne. „Früchtchen, sehe ich wirklich aus wie Grace Kellys schwer zu ignorierende Schwester?"

„Nein, nein und nochmals nein. Wer so etwas behauptet, will dich verkohlen", antworte ich so nachdrücklich wie perplex.

„Oh … Und auf Stargram liked er im Übrigen rein gar nichts. Guck." Venus hält mir ihren kunterbunten Blogger-Account unter mein staunendes Näschen. „Wenn ich Glück habe, recherchiert er klammheimlich, was ich so poste."

„Glück nennst du das? So viele Follower hast du inzwischen? Unbelievable. Hassan, Hussein und Hast-du-nicht-gesehen folgen dir ja auf Schrift und Schritt."

„Nicht nur meine türkischen Follower wachsen mir minütlich mehr ans He-e-e-rz. Ich mag auch die Inder und die Mongolen sehr. Nur die Kanadier können offensichtlich nicht viel mit mir anfangen, leider. Die liken eher selten. Oje, weshalb möchte *er* denn nichts von mir wissen?" Venus weint, ich weine und Hottie wackelt tränenüberströmt o-beinig auf uns zu, um uns inniglich zu umklammern. Selbst das unter dieser Last ächzende Flammensofa vermag seine Emotionen kaum mehr länger zurückzuhalten. Nicht wenig erleichtert mich, dass die hundert Minuten jetzt um sind. Taufrisch fühle ich mich nicht mehr. Hinzu kommt meine neu erworbene Empathie, die sich wohl erst noch an mich gewöhnen muss. Permanent versetzt sie mir emotionale Herzhaken.

Kapitel 29

„Dich nicht zu lieben, ist eine Fremdsprache, die zu erlernen mein Herz sich ungestüm weigert. Dich nicht zu lieben, ist eine …"

„Geschätzte Muse, hast du dich etwa in mich verknallt?", frage ich. „Weshalb wiederholst du so nachdrücklich dein poetisches Aufgebot? Oder habe ich mich verliebt?"

„Fragen, deren Ursprung nur das verschwiegene Schicksal kennt", wispert meine Muse.

„Das klingt ja rätselhaft."

Wenn ich meinen Gefühlen Glauben schenke – ansprechend verpackt mit einer ferkelrosafarbenen Schleife um die Taille, sehen sie verführerisch anmutig aus – lässt mich Psyche nicht kalt, nein, in keiner Weise. Mylady, die Rede ist hier nicht etwa von meiner eigenen Psyche, sondern von der einzigartigen, betörend originellen, unwiderstehlichen Psyche, die mir noch mehr am Herzen liegt als mein gut verstecktes Schnuffeltuch. Mein Puls showed, dass ich keine Lügen vertelle. Sie merken, Fürchtegott Dot fürchtet abermals um seine bereits kräftig lädierte emotionale Unberührbarkeit. Mag sein, dass König Drosselbarts ausgebüxte Fee mir Psyche in meine Wünsche zaubert, mag sein, dass das Schicksal Bedeutsames mit uns zwei Vollblütern vorhat. Fakt jedenfalls ist, dass sie meine Gedanken lenkt wie ein Rennpferd seinen Jockey. So ist es wenig verwunderlich, dass ich mich vor der nächsten Therapiesitzung zunehmend nervös gebärde. Ich absolviere Stimmübungen „mimimimimi" – um keinesfalls *zu* piepsig zu klingen. Ich greife zu einem vielversprechenden Trockenshampoo, das meinen Haarresten die Mähne eines Hengstrappens verleihen soll – nee, kein Wallach, Sir, der arme Klepper ist doch kastriert – und bade in kostbarem Rasierwasser, das verführerisch nach Plumeria duftet, der teuersten Parfümpflanze überhaupt. Ja, Sir, klingt nach Plumeau, aber soll unwiderstehlich in seiner Wirkung sein. Probieren Sie es gern selbst mal aus. Um duftmäßig nicht zu aufdringlich aus dem Rahmen zu fallen, bitte ich die himmlische Porzellanblume um Beistand, eine liebliche, dienstbeflissene Pflanze mit veneerweißen Blüten in Sternenform. Sie verbreitet einen very angenehmen Duft in der Praxis, der mir dennoch nicht die Show stiehlt.

„How long muss ich denn noch warten?", bedränge ich meine vorsintflutliche Armbanduhr.

„Noch acht Minuten!", teilt sie mir mit.

„Thank you."

Acht Minuten, in denen ich mich mit der unangenehmen Frage konfrontiere, weshalb Venus glaubt, the whole Damenwelt müsse sich in Saturn verlieben. Ach weh, ach weh, möglicherweise behält Venus mit ihrer Vermutung recht. Umgarnt die holde Weiblichkeit Saturn wie die Wolle das Schaf? „Määäh!" Ich öffne die Fenster weit, weit, so weit wie mein Herz. Wem ich wohl meine poetische Ader zu verdanken habe? Außer meiner Muse fällt mir in meiner direkten Verwandtschaft niemand ein. Ich grase sie alle ab. Vielleicht von Dreamer, dem Großonkel mit dem schwachen Nervenkostüm, der sein Dasein als Metzger an den veganen Nagel hängen musste? Fortan malte er als Straßenkünstler nur noch glücklich grinsende Kälber. Adrett setze ich mich auf Wilma, meine Couch. Sir, wenn Ihnen Worte wie „Wilma und Couch" auf die Nerven gehen sollten, dann helfen Sie mir bitte bei meiner Ausdrucksweise. Verzeihung, aber ich bin aufgeregt. Stürmisch pochenden Herzens schwelge ich in Erinnerung an Psyches letzten Besuch. *Schwirr.* Ich könnte natürlich auch schreiben, dass sich ein schwirrendes Geräusch meinem Corpus nähert. Oh, da taucht sie auf, meine wunderliebsame Schmetterlingsdame. „Du Täubchen der Unschuld, du süßeste Versuchung aller Lendenwirbel."

Psyche gluckst vor Vergnügen und peilt mein linkes Knie an. Links wie Rosa Luxemburg, wie ... Sir, Sie merken, ich versuche erneut, vom eigentlichen Thema abzulenken. Hätte nie gedacht, dass meine sechs Zwetschgen, die siebte zeigt noch einen Rest von Anstand und Würde (sie wehrt sich standhaft), mal einem Schmetterlingdingsda den Hof machen würden.

Simsalabim! Oh, endlich verwandelt sich die Flattermännin in Psyche, um erneut anmutig auf meinem Schoß Platz zu nehmen.

„Liebe Jungs, ruft euch in Erinnerung, wie betagt ihr seid“, fordere ich meine Testosteronnachkommen auf, aber too late. Alles an und in mir eifert einem pubertierenden Kachelofen nach. Ich bin entflammt.

„Ich mag dein antikes, verwittertes Gesicht, deiner Falten Leben.“ Psyches rechter Zeigefinger malt liebevoll meine Zornesfalten nach, um mir anschließend einen zustimmenden Stupser auf meine Nasenspitze zu geben.

„Wohin mit der Glut?“, frage ich anklagend meine Hormone. „Hottiiiie, bring Kühlpads“, schreie ich.

„Hottie ist anderweitig beschäftigt. Augenblicklich macht er Beduinen das künstliche Feuer schmackhaft.“ Wohlig rekelt sich Psyche auf meinem Schoß.

Mein bestes Stück – wieso eigentlich bestes Stück? – zwischen meinen Schenkeln einklemmend, hoffe ich, nicht anzüglich zu wirken.

Psyche küsst mir meine Schamesröte einfach hinfort. „Es schmeichelt mir, dass du mich so attraktiv findest“, flüstert sie.

„OMG. Nun wäre ein wenig ‚Show, don’t tell‘ deinerseits doch angemessen sittsam“, bemerke ich verlegen. „Meine Reaktion hingegen dürfte jedem Romancier Tränen der Rührung in die Sehorgane treiben. Sieh, ich showe nur noch und telle so rein gar nichts mehr.“

„Niedlich! Magst du mich vielleicht küssen?“, schlägt meine Holde mir vor.

„Why not, Fräulein Psyche.“

Ihre Lippen nähern sich meinen Lippen. Ein nie geträumter Traum marschiert unaufhaltsam Richtung Wirklichkeit und nun haben vier Lippen aneinander angedockt und der kümmerliche Rest meiner Sachlichkeit übergibt den Stab dieses Staffellaufes übereifrig an die Romantik. Nein, Mylady, das ist jetzt wirklich nur eine sittsame Metapher. Nicht mehr und nicht weniger. Ich bin im siebten Himmel. Die Täubchen juchzen, die Sternlein prangen (Claudius, das Lyrikgenie, ist hier Choreograf), sie glänzen in achtunggebietender Schönheit und Roger Whittaker, dieser verkannte Schwerenöter, gibt Gas und musiziert mit den Englein. Wow!

„Finde ich auch, mein Liebling“, sagt Psyche.

„Ach ja, du meine Geliebte bist ja an jedem Tag des Jahres des Gedankenlesens mächtig.“

„Gewiss.“ Psyche nickt. „Mächtig prächtig, die Chose um die Hose.“

„Rutscht mein Herz in die Büx, ist es Liebe“, gestehe ich. Kapitulierend verliere ich mich in ihren stachelbeergrünen Augen; die Farbe wechselt halbstündlich.

„Du hinreißender Poet“, zischelt sie in mein ungläubiges rechtes Ohr. Selten zuvor war ich dem Hörgeräteakustiker aus Husum so dankbar, dass mein Audifon tipptopp in Hochform ist, sonst würde ich das Beste verpassen.

„Wir pfeifen auf die Theorie“, murmelt Psyche lasziv „und zeigen der Praxis jetzt mal, was eine verliebte Harke ist.“

*

Was sonst noch so im Himmel los ist, fragen Sie mich, Mylady? Ich bitte Sie, seien Sie mal zufrieden mit dem Gebotenen. Sir, haben Sie aufgepasst? Heißt es grammatikalisch korrekt „sein“ oder „seien“? „… Konraaad!“ Egal. Nicht so ungeduldig. Nicht so hastig mit den bejahrten Kleppern. Obwohl, dieses Sprüchlein sollte ich lieber für mich behalten. Genießt hier oben doch so manche in die Jahre gekommene Mähre ihr Gnadenbrot.

Kapitel 30

„Liebt Diogenes der Sonne allerschönste Sommerwonne?“, flötet mir meine Muse zu.

„Liebe Freundin, darüber muss ich nicht lange nachdenken. Ja, unbedingt und nicht nur Diogenes.“

„Mysteriös, mysteriös!“, raune ich vor mich hin. Dabei führe ich mich auf wie Marlow, der Prototyp aller Privatdetektive. Sir, nun fragen Sie sich und mich höchstwahrscheinlich, ob ich auf der Suche nach Mabel bin. Nein, denn das ist ja ein Song von Heinz-Rudolf und in keiner Weise der heutige Programmpunkt. Apropos Punkt. Der Punkt also ich, Fürchtegott Dot, sitze mit Hohlkreuz auf einer Parkbank, geflissentlich in der Broschüre einer Blümchenschule blätternd, dem himmlischen Pendant zur Baumschule. Diese Broschüre lag einfach so da. Wie für mich dort hingelegt. Hierher gelotst hat mich ein stiefmütterchenblauer Wunschzettel auf meinem Kopfkissen. Was darauf vermerkt ist? Ort, Datum und geheimnisumwitterte Zeilen feinster FL: Frage-Lyrik, aber lesen Sie selbst, Mylady.

„Ehren Götter Dämmerung?
Altert Hebe ewig jung?
Beißt der Floh sich in die Wade?
Finden Flore Trauer schade?
Riechen Nierchen gern Pasteten (oder umgekehrt?)
wie das Feuerwerk Raketen?
Dankt Diogenes der Tonne
wie das Abendrot Frau Sonne?
Feiern Gummibärchen Märchen
wie der Honeymoon uns Pärchen?
Wirst du dich in mich vergucken
wie der Scharlach in das Jucken?
Bitte, lass es Liebe sein,
lieber ...
(Pst! Bleibt vorerst geheim :-)
... ich bin Dein.“

Das ist alles. Keine weiteren Hinweise, Euer Ehren. Ob es sich um eine neue Patientin handelt? Womöglich ja um eine, die es bevorzugt, inkognito zu bleiben. Vielleicht ist sie ein echter Star. Wobei, Sterne haben wir hier oben ja reichlich und was für welche. Ich aber spreche hier von einer prominenten Persönlichkeit inklusive starker medialer Präsenz. Mylady, jetzt dürfte Ihnen dämmern, von welcher Art Star die Rede ist. Tja, gegen Ava Gardner beispielsweise hätte ich nichts einzuwenden, mein Feinsliebchen Psyche hingegen eventuell schon. Ob sie eher die eifersüchtige Gespielin ist oder die personifizierte Toleranz, muss ich erst noch eruieren. Wie das klingt. Das ist wie ein Weckruf für meine Blase. „Hellooo." Wie erleichternd, dass ich eben noch Kontakt zu der Toilettenbrille hatte. Too much information, Sir? Da haben Sie aber recht. Das verstehe ich bestens. Hoffentlich schrieb diese poetischen Zeilen keine Stalkerin. Zu Lebzeiten hätte ich für Eheweib Gertrud und mich gebetet, mit dem geheimnisvollen „du" möge ich gemeint sein. Heute jedoch bin ich die Treue in Person.

Well, widmen wir uns nun der floralen Broschüre. Als Stiefmütterchen bezeichnet unser ortsansässiger Obergärtner Carl Bioschreck in der Regel ein scheues Grüppchen aus der Gattung der Violen. Familienoberhaupt ist, wenn ich es denn richtig interpretiere, ein Veilchengewächs. Mein Spezialgebiet allerdings sind Löwenzähne. Alles andere ist für mich undurchdringliches Dickicht. Ich lese und staune. Also jene Veilchen tun sich durch die gegenseitige Bedeckung schönster Blütenblätter hervor. Das pummeligste unterste Kronblatt, gefürchtet als die Stiefmutter der Stiefmütterchen, bedeckt teilweise die seitlichen Blätter, im Volksmund gelobt als die Töchterlein, und diese wiederum die beiden obersten, also die Stieftöchter. Beim Zählen gerate ich schnell durcheinander. Was für ein Kokolores! Das klingt ja, als unternähme Aschenputtel einen Ausflug in die Botanik der Mathematik. Gottfried Wilhelm Leibniz mischt hier tüchtig mit, was die Gebrüder Grimm aber nicht weiter stört. Sir, wissen Sie eigentlich, dass dieses unser Märchen seine Wiege in Neapel stehen hat? Ja, ja oder eher sì, sì. Als weiteres gemeinsames Merkmal besitzen die Stiefmütterchen geräumige Nebenblätter.

Die seltenere Koseform Pensee wird vom französischen (herbe de la) pensée, „Pflanze des Gedenkens“, abgeleitet. Das Stiefmütterchen gilt allüberall als Symbol des Andenkens, möchte es doch sagen: Vergiss mein nicht! Rührend, ganz rührend. Weshalb ich hier auf der Parkbank sitze und mich dem Studium dieses Pflänzchens hingebe, weiß ich allerdings noch immer nicht. Unangenehmerweise ruft sich mein verschüttet geglaubter Tinnitus in Erinnerung. Ich höre ein Sopranstimmchen, welches mich an meiner Vernunft zweifeln lässt. Seit wann ist Schröders Tinnitus, nee, schnöder Tinnitus, in der Lage, überraschend korrekt formulierte Sätze von sich zu geben und dann noch auf Französisch? Nun interessiert es Sie sicherlich überhaupt nicht, Sir, was genau ich da vernehme, nicht wahr? Dachte ich es mir doch.

„C'est moi, Viola, c'est moi, Viola, ...“ Mein Ohrensausen macht einen echten Sprung während seines Streamings. „Wiesuuu denn bluß französisch? Sprich deutsch“, ranze ich den ungebetenen Gast an.

„D'accord. Ich bin es, Viola.“

Ich hüpfe auf der Bank auf und ab, als hätte sich der Christopher Street Day der Hummeln verbündet, meinen Hosenboden auf Trab zu bringen. So sehr stehe ich unter Strom. „Was ist denn hier wieder los?“, rufe ich in die Leere hinein.

„Bonjour, dreh dich mal um! Bonjour“, ermuntert mich das Stimmchen.

„Ich weiß, dass ich darauf verzichten sollte, das anzumerken, aber der Himmel scheint sehr dringend seine eigene Nervenheilanstalt zu gebrauchen. Meine Wenigkeit allein wird die ausgebüxten Vernünfte – gibt es überhaupt eine Pluralform von Vernunft? – schwerlich in den Griff bekommen können.“

„I wo! Die gibt es natürlich nicht. Wie unhöflich, mir seit einer halben Stunde den Rücken zuzukehren.“

„Nun beschwert sich mein Tinnitus, fast so, als sei er das Opfer“, wundere ich mich lauthals.

„Pah.“

Oh, die Tonlage des Tinnitus klingt abschätzig.

„Bist du sicher, dass du an der Liverpooler University studiert hast?“

„Du …“

„Ich machte meinen Abschluss ja einst an der Université Sorbonne in Paris. Anschließend sorgte ich als Dozentin in Oxford für Furore. In der Pflanzenbiotechnologie wären die im Jahre 1810 ohne mich komplett aufgeschmissen gewesen.“

„Ah, wieder dieser abgedroschene Liverpooler Kalauer“, fauche ich verärgert. „Weshalb traut mir hier niemand ein solides Psychologiestudium zu? Der schlaffe Witz scheint mittlerweile die Runde gemacht zu haben, was? Bodenlose Unverschämtheit!“ Ich drehe mich um und versinke in den azurblauesten Fenstern zur Seele, die Sie sich vorstellen können, Mylady. Wahrlich, das typische Oxford Blue, die offizielle Farbe der University of Oxford. Die Mutter aller dunklen Blautöne spricht zu mir. Une petite echauffiertes Stiefmütterchen, das ich wahrlich stiefmütterlich behandelt habe.

„Wenn ich mich nicht auf die Couch legen kann, muss die Couch eben zu mir kommen. Du bist Früchtchen, der Seelenheiler, n'est-ce pas? Dass du Wilma vergessen hast, verzeihe ich dir. Bestell schöne Grüße.“

„Och, das hast du jetzt aber nett gesagt. Ich bin gerührt. Ja, das bin ich. Was kann ich denn für dich tun?“

Das Stiefmütterchen runzelt seine Blätter.

„Bitte nicht verwelken“, rufe ich aus. „Wir finden eine Lösung.“ Nachdenklich rollt es mit den violetten Pupillen. Irgendwie ist das ansteckend. Ich mache mit. Hätte ich mich noch vor einem Jahr hierbei ertappt, hätte ich mir einen tüchtigen Klaps auf meinen Hirnstamm verpasst. Viola denkt ausgiebig nach. „Wir sollten unbedingt an meinem Selbstwertgefühl schrauben. Ich bin so wundervoll, so liebreizend, so neun-mal-klug, von meinen zahlreichen Talenten darf ich gar nicht erst anfangen zu erzählen, das würde Tage und Nächte füllen.“

Neunmalklug, hihi. Ich räuspere mich. „Ähem, excusez-moi, das hört sich für mich aber eher nach Prahlhänsin Küchenmeisterin an, wenn du mir meine Offenheit verzeihen mögest.“

„Von dieser Magd habe ich noch nie etwas gehört“, erwidert meine Gesprächspartnerin verwundert.

Ich sorge für Klarheit. „Damit möchte ich lediglich meinen Eindruck Signalrot anstreichen, dass es dir an Selbstbewusstsein nicht mangelt, liebes Stiefmütterchen. Aua, allmählich erleide ich Genickstarre. Ob es hier oben wohl Osteopathen gibt?“

„Leg dich flach auf den Bauchnabel, dann schmerzt der Hals weniger“, empfiehlt das Pflänzchen mir. Empathisch ist es ja.

„Einverstanden.“ Bäuchlings robbe ich mich vorsichtig an das resolute Wunder heran und bewundere wieder einmal, was Mutter Natur so alles auf den Stängel stellt.

„Buenos días, ich heiße Carmen.“

„Potz Blitz, ich denke, du heißt Viola.“

„Jetzt nicht mehr. So lautet lediglich der trutschige Familienname meiner Tante. Davon möchte ich mich distanzieren. Wer will denn heute noch Viola heißen?“

„Mir gefällt er.“

„Meines heißblütigen Temperaments wegen habe ich mich gerade eben auf Carmen taufen lassen. Der Tautropfen da ist Priester, der darf das.“ Carmen deutet auf einen verschlagen wirkenden Niederschlag aus flüssigem Wasser, der, wie auf frischer Tat ertappt, scheel zur Seite guckt. „Übrigens ist Carmen komischerweise ein Opa mit vier Aktentaschen von Georges Bizet ...“

Gewohnt unhöflich falle ich ihr ins Wort. „Hi, hi, Oper, nicht Opa. Und ja, den frankophilen Georges werde ich irgendwann auch noch mal auf meiner Couch begrüßen müssen. Wenn ich mir so seine Vita anschaue.“

„Sehr diskret bist du aber nicht“, tadelt mich das Stiefmütterchen.

„Doch, doch! Worüber magst du denn mit mir sprechen, liebe Carmen?“ Ich liege im Gras und spreche mit einer Pflanze. Ungewöhnlich, höchst ungewöhnlich. Hoffentlich ist das hier keine Reality Show, die auf Erden zur malträtiertesten Sendezeit ausgestrahlt wird.

Carmen offenbart sich mir. „Ich wundere mich zutiefst über das Wunder, das mir tagtäglich widerfährt.“

„Aber ein Wunder ist wunderschön, wie die erste Silbe es schon verspricht. Worüber wunderst du dich denn?“, forsche ich verblüfft nach.

„Ich wundere mich, warum eine Schönheit wie ich nicht längst verheiratet ist, ein Prunkstück von Weißgoldring am Stängel inklusive“, mokiert sich Carmen.

„Oh.“

„Siehste, du wunderst dich mit.“

„Nun ja, ich habe nicht damit gerechnet, dass ein Stiefmütterchen ...“

„Ich bin Carmen, die vor Leidenschaft kochende. Sag nicht noch mal Stiefmütterchen zu mir, du Möchtegern-Freud.“

Wäre ich jugendlicher und stünde ich noch im Saft des Lebens, wäre jetzt der Moment gekommen, gekränkt aber hurtig wie ein Hirsch während der Anhörung des metallischen Klanges eines Jagdhorns von dannen zu springen. Da das Mich-vom-Boden-Aufklauben aber eine satte Viertelstunde meiner Nachlese in Anspruch nehmen würde, wäre die gesamte Dramatik für die Katz, und die hat schon genug mit den Mäuslein zu tun. „Mhm, verblüffend k(r)atzbürstig für ein Acker-Stiefmütterchen. Pass bloß auf, dass der Gaul nicht nach dir schnappt“, witzele ich. Jetzt habe ich es Carmen aber gegeben. Fast tut sie mir ein bisschen leid.

„Glucks, glucks.“

„Ja, fließt denn hier ein Bächlein?“ Mitnichten, es ist Carmen, die sich vor Gepruste ihre Milz hält.

„Touché, der Punkt geht an dich, Fürchtegott Dot. Hervorragend pariert. Ich weiß, was du sagen möchtest. Dir ist nicht klar, dass ein Stiefmütterchen etwas mehr vom Leben erwartet als den lieben langen Tag die Radieschen von oben anzugucken. Obgleich diese Monatsrettiche verdammt fesche Bürschlein sind.“

„Ja, so in etwa.“ Verlegen lasse ich mein rechtes Däumchen um mein linkes Däumchen kreisen und singe dazu: „Im Juli liebt der Greis das Eis.“ Ganz bei Trost bin ich längst nicht mehr.

„Kannst du schweigen wie ein Grab?", flüstert Carmen im Flüsterton, in welchem Tonfall sollten Stiefmütterchen auch sonst flüstern.

„Ah. Ah. Ah." Ich erleide eine Panikattacke.

„Musst du mal zur Toilette?" Unverblümt hat Carmen meinen wunden Punkt getroffen, direkt auf die Zwölf.

„Seit der Sache mit dem Sarg und der Wiederauferstehung reagiere ich empfindlich auf Substantive der düsteren Subkultur wie Sarg, Einbalsamierung, Grab und so weiter. Diese Flashbacks sind ein Gräuel."

„Sorry, das war jetzt wenig bedachtsam von mir. Jetzt sind wir quitt, okay?"

„Einverstanden." Versöhnlich teilen wir uns eine Madeleine mit Quittenmus. Dieses deliziöse französische Feingebäck aus Mehl, Puderzucker, Ei, Zitronenschale, Butter und Rum liegt hier auf jeder Parkbank für den kleinen Hunger bereit. Nette Gepflogenheit. Carmen schmeckt es. Appetit hat das zarte Fräuleinchen für vier.

„Wo drückt denn nun der Schuh, ähm, der Stängel?" Nichts in meinem früheren Leben hat mich auf diese Therapiestunde vorbereitet. Nichts.

„Ich sehne mich nach Zweisamkeit", gesteht Carmen, „nach Liebe und Geborgenheit. Ein verzückter Blick in deine Augen und mein Herz packt seine Koffer aus."

Dieser feurige Augenaufschlag, ein Glück, dass ich liegend therapiere. „Oh!"

„Du sagst gern oh, stimmt's?"

„Horch auf, dem ausgeleierten Oh folgt wer Kluges auf dem Fuße: Liebe Carmen, wenngleich ich ehrlich gerührt bin, dass dein Herz bei mir seine Koffer auspacken möchte und ich absolut davon überzeugt bin, dass wir den Inhalt problemlos auf meinem Wölkchen verstauen könnten, muss ich dir anvertrauen, dass sich eine ernste Liebesgeschichte, ja, tatsächlich, nicht bloß eine Liebelei zwischen ..."

„Stopp! Du bist völlig auf dem falschen Dampfer", unterbricht mich Carmen.

Erleichterung bemächtigt sich meines erstarrten Corpus Delicti.

„Ich wünsche mir einen stattlichen Mann, in den ich mich verlieben kann. Der diese meine Worte mag, wenn ich sie denn zu ihm sag."

„Donner und Doria ..." Es blitzt und donnert. Zornig ermahnt mich … Schiller, keineswegs immerfort die Naturgewalten heraufzubeschwören. „... seid ihr hier denn alle Poeten? Venus dichtet ebenfalls, was ihr Herz hergibt."

„Venus und ich folgen uns gegenseitig auf Stargram. Sie ist eine meiner besten Freundinnen. Ja, wir sind hier oben eine freundliche, sich gegenseitig wertschätzende Community. Eine unterstützt die andere. Auf Neid verzichten wir", erwidert Carmen.

„Schön."

„Definitiv." Carmen nickt. „Aber was schlägst du zur Lösung meines Problems vor?"

„Gehst du zu Dates?"

„Machst du Witze? Habe ich Füße? Seit wann krabbelt der Prophet zum Berg?"

„Wirbelst du da gerade irgendetwas durcheinander?"

„Hm?"

„Egal. Gibt es denn keine verliebten, dir leidenschaftliche Ständchen darbringenden Minnesänger?", hake ich wissbegierig nach.

„Die verfallen alle den Dornen, da drüben. Sieh!" Enttäuscht verweist Carmen auf die prachtvollsten und wohlduftendsten Rosen, die mein Wesen je wahrgenommen hat.

„Betörend", preise ich die florierenden Gewächse.

„He!"

„Sorry, ich stelle meine Lauscher auf Empfang", entschuldige ich mich.

Vor Zorn bekommt die heißblütige Carmen glühende Wangen.

„Wir Stiefmütterchen kämpfen mit unserem verflixt schlechten Image", gesteht sie, „welches wir größtenteils den Märchen zu verdanken haben, Aschenputtel vorneweg. Weshalb musste das Mädchen seinen Schuh verlieren? Mich wollen nur Kandidaten daten, die sich bereits nach kurzer Zeit als Schuhfetischisten entpuppen. Diese blöde Persönlichkeitsbesonderheit ist ja rein gar nichts für mich. So etwas erregt mich sexuell überhaupt nicht. Jedem das Seine, aber die Suffragetten haben bestimmt nicht für unsere Frauenrechte gekämpft, damit wir einen auf ‚Zeig-her-deine-Füßlein-Stängel-und-ich-weiß-nicht-was-sonst-noch' machen. Was für ein Blödsinn, unablässig an den Schuhen herumzuschnüffeln. In meinen Augen ist solch ein Fetisch wenig fesch. In der Zeit kann Mann Frau so viel Vernünftigeres tun lassen. Selbst umgekehrt wird ein Schuh daraus."

„Da stimme ich dir absolut zu, wenngleich ich das Märchen wesentlich unschuldiger in Erinnerung behalten habe." Ich rucke mit dem Schädel, was sich schwierig gestaltet, wenn Mann bäuchlings im Gras liegt. Probieren Sie es ruhig mal aus, Sir. „Hat ein Stiefmütterchen nicht viel eher Ähnlichkeit mit der Stiefschwester oder Stiefmutter von Aschenputtel? Deine Logik erschließt sich mir leider gar nicht."

„Möchtest du vielleicht meine Doktorarbeit zu diesem Thema lesen? 500 dicht beschriebene Seiten lassen keine Fragen mehr offen."

„Oh, nein danke", lehne ich ab. „Wie sollte er denn nun sein, dein Märchenprinz?"

Carmens Köpfchen qualmt. „Er sollte dem Verreisen zugeneigt sein."

„Verstehe, fort vom Ort, unabhängig, selbständig, nicht an Mutters Rockzipfel hängen, dir nicht auf die Knatter gehen ...", stimme ich mit ein.

„Was bitte ist eine Knatter?", fragt mich meine neue Patientin verdutzt.

„Ich bin mir unsicher, tippe aber auf ein Etwas, das kraftvolle Laute von sich gibt, während es sich mutwillig fortbewegt. Was rede ich denn da?"

„Ja, was nur?", wundert sich Carmen. „Nein, im Gegenteil. Ich wünsche mir einen Mann, der mir die Welt zu Füßen legt."

„Oops!"

„Nein, nicht UPS, die sind komplett ausgelastet mit ihrem himmelsgrößten Logistikunternehmen."

„Reisen? Wie soll das gehen, du bist doch hier fest verwurzelt, im wahrsten Sinne des Wortes?", wage ich einzuwenden.

Mitleidig betrachtet mich Carmen. „Du musst noch viel lernen! Ich bin ohne Weiteres transportfähig, solange Mann mich ein halbes Stündlein am Tag ins Wasser stellt. Das sollte nicht einmal in der Wüste Gobi unmöglich sein."

Ungläubig wiege ich mein greises Haupt und befinde es für zu unerfahren. „Are you sure? Nicht, dass es Kollateralschäden gibt."

Carmen beruhigt mich. „Alles schon ausprobiert. Bin etliche Male neu eingepflanzt worden. Voriges Jahr kontaktierte ich über eine Datinghotline einen recht passabel aussehenden Raben, eine Krähe wie aus Eddys 108 schwarzfedrigen Versen."

„Edgar Allen Poe?"

„Ja."

„Und?" Meine Neugier ist geweckt.

„Nichts und, ein absoluter Reinfall, flüstere ich dir." Carmen seufzt bühnenreif. „Aber wenigstens die Wasserversorgung war gewährleistet."

„Wieso Reinfall? Kamst du denn nicht rum auf der himmlischen Welt?", insistiere ich.

„Doch! Von einer schwarzen Messe zur nächsten. Er ist 'ne pseudomystische Gothic-Type. Die Hölle tut er als Pillepalle ab. Hottie ist ihm viel zu weichgespült. Seine schaurige Subkultur langweilte mich schon nach einer gemeinsam verbrachten Nacht auf dem Friedhof. Selbst die Grablichter aus dem Supermarkt waren nichts für meine romantische Ader. Wir sind einfach nicht füreinander vorherbestimmt. Deine Abneigung gegen Särge teile ich."

„Klingt suboptimal", bejahe ich.

„Hallöööchen." Ein Bariton unterbricht unsere Plauderei. Gevatter Tod schlendert herbei. Seinem erschrockenen Gesichtsausdruck nach zu urteilen, brennt ihm die Erkundung auf den fehlenden Lippen, ob ich den Gong nicht gehört habe.

Ich komme ihm zuvor. „Freddie, mein Freund, darf ich vorstellen: Das ist Vio..., nein, Carmen, Carmen, das ist Gevatter Tod, von mir umgetauft auf Freddie-Maus."

„Wie ungalant, ihr Lieben, andersherum wäre es gentlemanliker gewesen. Die Dame zuerst ...", mokiert sich mein Stiefmütterchen.

„Ersuchen wir später unseren Freiherrn um Antwort", schlage ich versöhnliche Töne an.

Freddieleins schnelle Auffassungsgabe verhindert ein Desaster. „Aaah, du palaverst mit Fräulein Unwiderstehlich. Die Schönheit hat übrigens immer recht, Früchtchen. Ich hatte schon gefürchtet, du hieltest Zwiesprache mit einem Grashalm. Speziell die Süßgräser meiden wir zurzeit, weil sie schlichtweg unhaltbare Forderungen stellen. Sie möchten jede Woche gemäht werden, um ausreichend in Schuss zu bleiben. Dazu hat selbst Jesus keine Lust. Hallööööchen Carmen."

„Hal-hal-lö-lö-chen." Carmen scheint der Saft auszugehen. Aufmunternd klopfe ich ihr aufs violette Blütenblatt. „Genau mein Typ", raunt sie mir aufgeregt ins linke Ohr.

„Der Tod?" Ich staune. „Was hast du mit deiner Abneigung gegen Särge gemacht?"

„Nicht so laut. Ich bin wohl gefühlsflexibel."

„Ja, ich bins, der Oberkellner", sagt Freddie.

„Oberkellner?", fragt Carmen. „Wieso Oberkellner?"

„Lange Geschichte. Erkläre ich dir später", verspreche ich ihr.

„Was tuschelt ihr zwei denn da? Stimmt etwas nicht mit mir?" Freddies Verletzlichkeit meldet sich zu Wort. Unsicher zupft er an seinem neuen eleganten Zweireiher herum. Aufgewertet wird dieses Prachtexemplar durch eine samtene Weste in mit der Morgensonne kokettierenden Purpurtönen.

„Alles Roger", beruhige ich ihn.

„Roger? Welchen Roger meinst du jetzt? Moore, Whittaker, Federer?" Der Tod rollt seine To-do-Liste auseinander. „Habe ich irgendwen übersehen, droht ein Neuankömmling?"

Wie makaber! „Nein, nein, auf Erden bedeutet *alles Roger* lediglich *kein Grund zur Aufregung*!"

„Himmel, Früchtchen, wir sind im Himmel. Allmählich solltest du dich hier oben aber etwas eingewöhnt haben.“ Freddie geht in die Hocke und guckt mich mitleidig an. Dabei führen seine klappernden Knochen ein passables Konzert auf.

„Klappern deine Knochen etwa *Love is a wild bird that no one can tame*?“, fragt Carmen voller Bewunderung.

„Jetzt, wo du es ansprichst.“ Freddie überlegt. „Ja, das tun sie wohl. Gefällt dir das?“

„Ja, ich bin verzückt“, jubelt Carmen leidenschaftlich. „Hast du vielleicht auch *I will always love you* von Dolly Parton im Fundus?“

„Jawohl. Das ist nichts, was ich dir nicht binnen weniger Stunden präsentieren könnte“, verspricht mein Freund mit vor Stolz geschwelltem Brustkorb, dessen Knochen sich bereitwillig dem Du entgegenwölben.

Ich fühle mich ein wenig überflüssig, drehe mich auf den Rücken und betrachte versonnen die Wölkchen. Indessen nimmt die Flirterei zwischen Gevatter Tod und Mrs. Ich-glaube-ich-bin-verknallt gehörig an Fahrt auf.

„Tut einfach so, als sei ich überhaupt nicht da-a-a“, rate ich den beiden Turteltäubchen. Was für eine überflüssige Bemerkung, haben sie doch längst nur noch Augen für sich. Obwohl … Freddie verfügt ja lediglich über Augenhöhlen.

Unerwartet startet Carmen einen Frontalangriff auf meine Lachmuskeln.

„Freddie, dein Wespenknopfloch ist wie gemacht für eine außergewöhnliche Blume, wie ich es bin. Wusstest du das?“

Der Tod betritt hier für ihn völlig neues Terrain, weshalb seine Avancen etwas vor sich hin holpern, nicht unähnlich einem Feldhasen, der einem Salatkopf nachspürt.

„Jetzt, wo du es erwähnst, denke ich, dass dieses Knopfloch meiner Weste fabelhaft prädestiniert ist, eine Blume durch die Weltgeschichte zu tragen. Es ist die Sorte von Knopfloch, die ihresgleichen sucht und niemals finden wird.“

„Das hast du aber wonnig formuliert.“ Carmen schmilzt dahin. Die Sonne scheint aber auch heiß heute.

„Macht ruhig weiter, ich bin gar nicht hier“, plärre ich eingeschnappt. Keine Beachtung vorzufinden, ist ja nicht nach meinem Geschmäckle.

„Möchten wir uns vielleicht mal verabreden?“ Jetzt geht Freddielein aber ran wie Blücher, der diesem Spektakel aus sicherer Entfernung beiwohnt und anerkennend applaudiert.

„Ja“, juchzt Carmen überglücklich. „Um die Sache mit dem Wasser weißt du aber, oder?“

Freddie glänzt mit seinem Wissen. „Einmal am Tag eine halbe Stunde und sonntags eine dreiviertel Stunde mit einem Schuss Milch, in welchem Reis, Mandeln, Zimt und Orangensaft herumpaddeln?“

„Jaaa! Du kennst ja mein spanisches Lieblingsgetränk.“

„Jaaa!“

„Geschliffene Dialoge, ich muss schon sagen“, lästere ich.

Der Tod verabschiedet sich mit einem Diener, bei dem sich seine Kniegelenke so einfallsreich ineinander verhaken, dass mir angst und bange wird. Er wackelt und schwankt, fängt sich aber wieder und spaziert munter pfeifend von dannen. Sachen gibts.

Kapitel 31

„Wann weiß ich, ob es Liebe ist?", fragt der Verstand den Gott der Träume.

„Dann, wenn du mich nicht länger herbeisehnst", entgegnet dieser lächelnd.

Oha, meiner Muse Repertoire ist unerschöpflich.

Wenn ich mich meinen sich traulich auf der Couch räkelnden Patienten und ja, Mylady, auch meinen Patientinnen widme, laufe ich Gefahr, wie ein verliebter Pennäler Herzklappen in meinen Notizblock zu kritzeln. Psyche, meine Psyche, du gehst mir nicht mehr aus dem Sinn und aus meinen Herzkämmerchen schon gleich gar nicht mehr.

*

Übrigens pfeifen es die Spatzen vom Himmelsdach, dass Saturn uns die Hölle noch heißer machen will. Justament hilft er Hottie ja bei der Gründung seiner GmbH. Saturn alias Ashley rät ihm zu einer Gesellschaftsform mit beschränkter Haftung. Mich dünkt, es ist nicht nur Hotties Geschäftssinn, den er für beschränkt hält. Hier ein Mitschnitt des Gespräches zwischen den beiden Unterhaltungskünstlern. Besser als das Theaterstück mit dem Mops und dem Grashüpfer, versprochen.

Originalton Saturn: „Hottie, die Ein-Personen-GmbH ist *deine* Rechtsform. Du wärest Gründer, alleiniger Gesellschafter und Geschäftsführer zudem …"

„Drei in Einem? Ick bin keen Überraschungsei ..." Hottie scheint Bedenken zu pflegen.

„… und dein privates Vermögen wäre wunderbar geschützt", verspricht Ashley.

„Wat für'n privates Jeld?", erkundigt sich Hottie verdattert. „Hat wer für mich gespart? Gibt es ein geschlitztes Ferkelchen, ein rosa Sparschwein? Hab' ick Jeldgeber, die nich jenannt wissen woll'n?"

Saturn lässt sich nicht beirren. „Gesetzt den Fall, du gingest pleite, krähte kein Hahn nach deinem Privateigentum."
„Nur 'ne Henne? Warum boykottiert mir der Jockel?"
„Oh, Hottie, du musst noch viel lernen."
Scheinbar hat selbst Saturn seine geduldige Seite. In exakt zwei Minuten erwarte ich ihn übrigens auf Wilma, meiner Couch. Ob er sich herbeamen wird? Ah, da verdunkelt sich der Himmel bereits. Ich vernehme ein wildes Schnauben über galoppierenden Hufen. Pegasus, das geflügelte Pferd, oftmals als Dichterross gepriesen, wirft mir Saturn zu Füßen. Dieser rappelt sich mit einem bärbeißigen Gesichtsausdruck vom Teppichboden auf, verzichtet auf jedes Dankeschön und schmeißt sich wutentbrannt auf die Couch. Es staubt gewaltig.
„Pegasus ist wohl den Poeten vorbehalten", wage ich vorsichtig anzumerken. „Das Pferdchen wirft den ab, der nicht zu ihm gehört." Was nun passiert, erschüttert meine mythologischen Kenntnisse in ihren Grundmauern. Saturn richtet sich auf, salutiert vor, ich weiß nicht wem, vor mir sicherlich nicht, und proklamiert und rezitiert folgende Dichtkunst. Mylady, Sir, Äuglein und Öhrchen aufgesperrt, es lohnt sich.
„Oh, du meine Königin."
„Haltet ein, werter Saturn, ich bin es, Fürchtegott!", unterbreche ich seinen Lobgesang. „Hast du etwa bewusstseinserweiternde Substanzen zu dir genommen? Spuck sie lieber wieder aus. Am besten hier ins Taschentuch."
Saturn macht „Pst."
Ich mache „Pst."
„Oh, du meine Königin", beginnt Saturn von vorn.
„Liebesglück schmolz einst dahin,
als mein Stolz mir streng verwehrte,
was mein Herz zutiefst begehrte.
Überholte Konventionen
können mir kein Leid entlohnen,
das mir nachts den Atem raubt,
mir zu lieben nicht erlaubt.
Bitte, hab Geduld mit mir,
bin auf meinem Weg zu dir.

Glaub an uns, an deinen Schneid,
gib mir nur ein wenig Schneid, nee, Zeit,
du allein bist meine Braut,
Amor uns're Seelen traut."

Die Couch, der Teppich, die Vorhänge, die Türen, ja sogar Pegasus jubeln und wiehern, werfen mit Konfetti (wo sie das wohl herhaben?) und verneigen sich ehrfürchtig vor Saturn. Nun hat er aber sein Image enorm aufpoliert.

„Wenngleich es mich schmerzt, es dir so kaltschalenherzlos servieren zu müssen, aber ich, Fürchtegott Dot, werde niemals deine Königin sein. Niemals!" Zum Schwur meine Hände in die Lüfte werfend, wedele ich melodramatisch nach Norden, nach Süden, nach Osten und, na, Sir, möchten Sie mitraten? Prima! Klasse aufgepasst! Nach Westen, als wolle ich mein Sprechzimmer beweihräuchern.

„Dummes Zeug, du redest dummes Zeug, Fürchtegott. Niemand will dir an deine verwaschene Wäsche gehen, ich schon gar nicht."

„Wie unhöflich. Psyche tut exakt dies sehr wohl."

„Selbst schuld. Hör mir zu, du Seelenklempner, ich habe ein ernstes Problem."

„Ha, das glauben wir", stimmen meine kleinen grauen Zellen im Chor mit ein, sich ihre lachsfarbenen Ohrmuscheln zuhaltend. „Lalalalala."

„Bin ganz bei dir, nimm wieder Platz, lieber Patient", sage ich würdevoll.

„Grrr." Saturn platzt widerwillig auf der Couch, während ich recht guter Dinge und ja, auch ein wenig hochnäsig, ihm gegenüber auf einem bequemen Drehstuhl abwartend ein paar Runden fahre. Ein Karussell ist nichts dagegen. Herrlich, der Chef zu sein. Oops, das darf der liebe Gott jetzt aber nicht hören. Nicht, dass er fürchtet, mir würde meine Kompetenz zu Kopfe steigen. Das tut sie nämlich nicht. Nö, gar nicht.

Mein Patient hüllt sich in Schweigen.

„Donnerwetter, Ashley, das ist ja wirklich ein starkes Stück Poesie, das du da von dir gabst", lobe ich ihn, um seinen Redefluss zu ermuntern. Allmählich fängt sein verstocktes Schweigen an, mich zu sehr auf die Folter zu spannen. „Wo drückt der Kieselstein im klassischen Herrenschuh, lass hören. Zu solch einer lyrischen Schmuserei wäre ich mein Lebtag, nein, Todestag, nein, du weißt, was ich meine ..."

„Weiß ich das?", entgegnet Saturn patzig.

„... nicht in der Lage gewesen."

Endlich gesteht Saturn, es gibt kein Halten mehr. „Irgendwer hat mir einen Floh ins Ohr gesetzt. Einen sehr poetischen noch dazu, zugegebenermaßen."

„Ja, wer denn bloß?", insistiere ich. Hochuninteressant, diese Nummer mit der Geheimnistuerei. Vielleicht kämpft er mit einer leichten Persönlichkeitsabspaltung. Wer tut das nicht, fragen Sie mich, Mylady? Da sagen Sie etwas Wahres.

„Auf dem Absender ..."

„Es gibt einen Absender?", falle ich ihm ins Substantiv wie Meister Ede ins Fenster.

„Nun lass mich doch mal ausreden. Auf dem Absender steht *dein Herz*."

„Mein Herz? Unmöglich. Davon wüsste ich."

„Mein Herz", faucht mich Ashley zornig an.

„Dein Herz? Wieso dein Herz?" Ich bin irritiert. „Schreibst du dir selbst Liebesbriefe? Nun ja, dann wüsstest du wenigstens, was drinsteht. Gar nicht so doof."

„Weißt du was, Fürchtegott? Im Gegensatz zu allen anderen hier bin ich mir absolut sicher, dass du an der Liverpooler University for Funny Owls studiert haben *musst*. Du bist praktisch deren Aushängeschild." Jetzt wird mein Patient aber unangebracht zynisch.

„Bissig wie ein Husumer Pinscher! Lieber ein komischer Kauz als ein Staublappen. Erzähle weiter!", fahre ich ihn an. Haha, das ist durchaus wörtlich zu nehmen, fährt mein loyaler Drehstuhl doch glatt über seinen kleinen rechten Zeh.

„Aua!" Ashley fährt fort. „Heute, beim Frühstück, 5.00 Uhr morgens, spürte ich ein leichtes Ziehen in der Gegend nordwestlich meines Magens und was dann geschah, ist mir zutiefst unangenehm." Seine Stimme senkt sich zu einem Flüstern herab. „Du arbeitest an deinem Problem mit der Verschwiegenheit, oder?"

Ich nicke eifrig. „Aber ja, sprecht weiter, werter Patient."

„Grrr." Sein Grollen klingt eher wie ein ausgeleierter Schluchzer. „Ein weißes Täubchen aus dem Jenseits, also unserem Diesseits, brachte mir einen Liebesbrief, pflanzte ihn in mein muskuläres Hohlorgan, mein Herz verschluckte sich an den vor Liebreiz nur so triefenden Zeilen, und nun rezitiere ich ständig diese hübsche Lyrik, ob ich will oder nicht."

„Unternimm was dagegen", rate ich ihm.

„Bin ich ein Magier?" Saturn scheint gerade die Nerven zu verlieren.

„Nein. Hm, wir bekommen, was uns zusteht, wer predigt das noch gleich immer?"

„Irgendein Klugscheißer. Hilf mir, Fürchtegott! Halt stopp, es geht schon wieder los. Oh, du meine Königin ..."

Tatsächlich, er kann nicht mit dem Poetisieren aufhören. Der Arme.

„Sag mal richtig schnell hintereinander: Ich bin verliebt, ich bin verliebt, ich bin verliebt. Los!", fordere ich ihn heraus.

Saturn schüttelt sich angeekelt. „Nein, auf keinen Fall. Ich bin nämlich noch bei Trost. Oh, du meine Königin …"

Jetzt hängt der arme Kerl im Text.

Keine halbe Stunde später und ich klinge wie der Papagei aus dem Taka-Tuka-Land.

„Los, gib dir einen Ruck, los, gib dir einen Ruck", fordere ich meinen Patienten in Dauerschleife auf.

Saturn sieht mich verzweifelt an, wie eine auf der Straße vom Laster gefallene Essiggurke den herrlich knackigen Salat im Schaufenster des Fischereifachgeschäfts und lispelt: „Ich bin verliebt, ich bin verliebt, ich bin verliebt. Schwirr ab ... nein, schwirr herbei, ei, ei." Ein brautschleierweißes Täubchen flattert herbei, schnappt sich behutsam die Zeilen aus seinem Herzen und macht die Flatter. Der Gefühlsschluckauf ist vorüber. Großes Kino.

„An welches Märchen erinnert mich dieses feingeistige Schauspiel nur?", sinniere ich.

Saturn strengt seine Gehirnzellen an. „An die sieben Geißlein?"

„Nein.“
„An Frau Holle?“
„Nein.“
„An Räuber Hotzenplotz?“
„Oh! Jetzt habe ich es.“ Begeistert klatsche ich in die Hände. „Es erinnert mich an Saturn und die Macht der Liebe. Jawohl, an ein Märchen, welches erst noch geschrieben werden möchte. Amors Pfeil hat dich getroffen, alter Haudegen! Ich gratuliere dir aufs Herzlichste.“
„Ja, wozu denn bloß?“, jammert Saturn. „Ich bin ein verheirateter Mann. Wenn Medusa hiervon Wind bekommt, werde ich zu japanischen Essstäbchen verarbeitet. Mutti kann manchmal unangenehm aggressiv werden.“
„Mutti? Du nennst deine Frau Mutti?“
„Nur wenn ich vorher ein böser Junge gewesen bin.“
„Und du bist wie alt?“, staune ich.
„Steinalt, aber ich nasche gern und leide an den Sonntagen an einem Mutterkomplex. Die längste Zeit, die ich mit meiner leiblichen Mutter verbracht habe, war nämlich die Zeit zwischen meiner Geburt und dem schmerzhaften Durchschneiden meiner Nabelschnur.“ Seine kummervolle Erinnerung rüttelt ihn hin und her. „So, jetzt weißt du Bescheid und kannst es überall herumtratschen. Wehe dir!“
Ich schüttele den Kopf oder schüttelt der Kopf mich? Mein wenig stattlicher Körper bebt vor Mitgefühl. „Das tut mir sehr leid.“ Das tut es wirklich. „Ich hatte ja keine Ahnung.“
„Woher denn auch? Ich tu ja alles, um als harter Knochen dazustehen. Dabei sehne ich mich einfach nur nach ... ihr.“
„Nach deiner leiblichen Mutter?“, hake ich entsetzt nach.
„Selbstverständlich nicht. Wo denkst du hin? Ich fröne eher selten dem Meschuggismus. Ich sehne mich nach ...“ Saturn macht ein Päuschen.
„Du hast also tatsächlich jemand Bestimmten im Augenwinkel?“
„Ich bin verheiratet mit ...“
„Ich weiß, mit der Schlangenmadonna, aber hier sind wir ja chez nous.“

Ashley birgt sein überraschend attraktives Haupt in seinen maskulinen Händen. Mir dämmert, ihm dämmert, sogar den Möbeln dämmert, vom Abend ganz zu schweigen, dass die geheimnisumwitterten Zeilen wohl kaum von Medusa handeln dürften. „OMG, ich kann das nicht. In so was bin ich nich' gut. Ich bin treu", nuschelt mein Patient.

„Du könntest dich scheiden lassen", schlage ich ihm vor.

„Selbstverständlich … nicht!"

„Hast du im vorigen Jahrhundert nicht Jura studiert? Justitia plauderte neulich so etwas aus", hake ich nach. „Du bist Staranwalt für Scheidungsrecht, oder? Ist ein solider Neustart nicht dessen Aushängeschild? So ein Separieren von Tisch und Schlafsofa dürftest du demnach also locker hinbekommen."

„Das nennt sich Separation", klärt Saturn mich hilfsbereit auf.

„Schau, du bist tatsächlich ein Experte auf diesem Gebiet."

Konsterniert schaut mir Ashley ins Gesicht, wohin auch sonst, habe ich doch nicht gerade das, was Mann eine Wespentaille sein Eigen nennen würde. „Das würde Mutti nie im Leben dulden", schluchzt Saturn.

„Hör mal auf mit Mutti, du bist ausgewachsen. Mensch, Ashley." Aufmunternd klopfe ich ihm auf sein staubiges Jackett. „Wie heißt denn die Glückliche, die dein Herz erobert hat?" Ich versuche es unbedingt aus ihm herauszukitzeln, bin ich doch felsenfest davon überzeugt, dass erst dann die Ablösung von ‚Mutti' erfolgen kann. Ausgiebig niesend, blickt Saturn gequält zu Boden. Er scheint allergisch auf emotionale Geständnisse zu reagieren. Ein weitverbreitetes Leiden. Nicht wahr, Sir? Sie wissen genau, wovon ich spreche. Sie mit ihrem unterkühlten Winterherz. „Das ist ja das Dilemma", klagt Ashley. „Meinem Herzen fehlt die Traute, es mir anzuvertrauen, und mein Verstand injiziert mir immerzu fünf beliebige Buchstaben aus dem Alphabet in die Blutbahn."

„Was für Buchstaben sind es denn?"

„S. U. N. E. V.", vertraut mir Saturn frei heraus an.

„Ähem!" Ich räuspere mich. Ach je, besonders helle erscheint er mir in diesem Moment aber nicht unterwegs zu sein. Ich bin erschüttert. Saturn gerät ins Plaudern. „Ich habe SUNEV mal in

Gottes Suchmaschine eingegeben und erfahren, dass es ein Teilchen vom Planeten Erde ist, welches sich traurigerweise löste, um mutterseelenallein seine eigene Umlaufbahn zu suchen. Herzerweichend." Ashley schluchzt.

Mein Entsetzen flüstert mir ins linke Ohr – das rechte ist in Streik getreten: Wie kann er nur so begriffsstutzig sein? „Ähem!" Ich räuspere mich again and again. „Und du bist dir sicher, dass es nichts anderes zu bedeuten hat?"

„Wieso?"

„Nur so." Wie schlicht darf Mann sein? Würde er Sunev rückwärts lesen, käme er schnurstracks bei Venus an, aber dies wird er allein herausfinden müssen. „Und, wie sieht deine weitere Vorgehensweise jetzt aus? Magst du Sunev vielleicht kennenlernen?"

„Kennenlernen? Ich interessiere mich nur wenig für Teilchenphysik, zudem fehlt mir die Zeit, ich bin mordsmäßig damit beschäftigt, auf Stargram aufzuräumen."

„Ach ja, deine fixe Idee, oder soll ich es lieber Besessenheit nennen, dort für Ordnung zu sorgen."

„Ja, an Venus' Account möchte ich ein Exempel statuieren."

Klingeling, klingeling.

„Hö?"

„Obacht! Das Niveau deiner Artikulation lässt augenblicklich stark zu wünschen übrig", rügt mich Saturn.

„Ich weiß, aber mir klingeln meine Öhrchen, oder ist es das Kling*löckchen*, welches schlichtweg sechs Monate zu früh auf der Walz ist?"

„Du hast sein lockiges ‚g' vergessen."

„Much to early", rufe ich dem vorbeihuschenden Glöckchen zu. Es lächelt verschelmt. „Zurück zu dir, werter Ashley, wieso Venus?" Meine bestens unterrichtete Milz hält sich die Nebenmilz vor Lachen. Ja, Sir, so etwas gibt es tatsächlich. Sollten Sie einmal einen Spender nötig haben ..., aber das ist eine andere Geschichte und soll kein anderes Mal erzählt werden.

Ashley redet sich in Rage. „Venus' Account, ursprünglich dazu gedacht, erlesene Poesie mit intellektuellen Untoten zu teilen, verkommt mehr und mehr zu einem Escort-Service."

Unverzüglich ergreife ich für unsere Schaumgeborene Partei. „Was du nicht sagst. Sie macht also tatsächlich einen auf Irma la Douce? Steht sie mit der unergründlichen Marlene Dietrich im aufreizend kurzen Röckchen an der Milchstraße? Das ist mir neu. Schwer zu glauben, deine Anschuldigung."

„Nicht in der Praxis, Fürchtegott, aber in der Theorie, aber in der Theorie, aber in der ..." Nun hakt es bei dem gehemmten Kerl wieder, er stottert.

„Ein tüchtiger Klaps auf einen deiner Steißbeinwirbel wird gleich Wunder wirken. Pass mal auf."

„Aua! ... Theorie. So schaut's aus."

„Was ich alles kann. Mehr Details, Ashley, please", bitte ich ihn.

„Hast du mal in ihre Kommentare geschaut?"

Ashleys Frage disst jede Antwort. Wie Niki Lauda rast er durch seinen Vortrag. „Hussein, Hassein und Hast-du-nicht-gesehen schreiben ihr Gott weiß was unter ihre Fotos. Weshalb nur stellt sie diese lächerlich hinreißenden Portraits von sich ein?"

„Guck an, du empfindest sie also als hinreißend?"

„Mitnichten. Ein Freudscher Versprecher ist das nicht, Fürchtegott."

„Lieber Ashley, das Warum haben wir bereits ausgiebig in der letzten Stunde besprochen. Sie ist Autorin und Bloggerin. Da tut Frau so etwas eben."

„Halt! Eigentlich ist sie Justizfachangestellte."

„Ach, das ist mir neu. Für wen arbeitet sie denn?"

„Perfekt ..."

„Das glaube ich, dass Venus ihren Job perfekt erledigt ...", unterbreche ich Ashley.

„Perfekt im Sinne von: Es gehört der Vergangenheit an", unterbricht er wiederum mich. „Ihre ehemaligen Staatsanwälte haben vor über dreihundert Jahren hinter sich die Pforten schließen müssen. Venus' Ausbildungszeit hat die werten Kollegen sämtliche Nerven gekostet. Bis heute rekonvaleszieren sie. Seit 1924 in Thomas Manns Davoser Sanatorium."

„Ach! Dreihundert Jahre ist das her? Und noch heute reduzierst du unsere umwerfend talentierte Autorin auf drei mickrige Jugend-Jahr-Sünden samt Nachgeschmäckle? Ashley, Ashley. Ts.“ Ungläubig drohe ich ihm mit Nachsitzen. „Und was genau hast du gegen Venus' einwandfreie internationale Follower?“

„Nichts, na ja, wenigstens nichts Wirksames. Ihre südländischen Follower sind so feurig, so temperamentvoll, so herzlich, so gefühlvoll und ich bin so ...“

Hilfsbereit eilt mein Vokabular ihm entgegen. „Kühl, nüchtern, sachlich, rational, diszipliniert, pflichtbewusst, argwöhnisch, gehemmt ...“

„So vernünftig und distinguiert.“ Beleidigt wirft Saturn meinen Stimmbändern seinen berüchtigten Richter-Blick zu. „Manchmal wünschte ich, meine Mutter wäre Türkin, Italienerin, Spanierin oder wenigstens Süddeutsche.“

„Och, du bist neidisch auf die Südländer, deren leidenschaftliches Blut direkt mit der Tür ins Herz fällt, habe ich recht?“

„Schon möglich, aber pst, bitte behalte es für dich.“

„Keine Sorge, ich halte dicht. Was lassen denn die Sternlein zu deiner geplanten Revolution von Stargram verlautbaren? Die haben doch wohl ein Mitspracherecht?“, hake ich nach.

„Sind allesamt dagegen. Haben sich mit Venus solidarisch erklärt und auf jeden einzelnen Sternschnuppenschweif ‚Venus goes Turkey‘, geschrieben, mit zahllosen entflammten Herzen.“

„Vernünftige demokratische Himmelskörper“, kommentiere ich diese Aktion in lobendem Tonfall.

„Du bist auf ihrer Seite? Wechsel zu mir!“, bekniet mich Saturn geknickt. Tatsächlich kniet er vor mir wie einst der Knabe vor dem Röslein.

„Ja, das bin ich“, bejahe ich, „und nein, ich möchte nicht wechseln. Magst du dir nicht vielleicht lieber eine andere Freizeitbeschäftigung zulegen, als allen Himmelsbewohnern Stargram zu verleiden?“, schlage ich ihm vor. „Worin bist du denn sonst noch so richtig auf Zack?“

„In Mathematik, Grundrechenarten, Algebra, und das Himmlische Bürgerliche Gesetzbuch kenne ich in und auswendig. Das liegt auf meinem Nachttischkästchen.“

„Donnerwetter, darauf wäre ich im Leben nicht gekommen. Mein Tipp wäre die Kunst der Diplomatie gewesen. Na, dann dürftest du dich mit Ehescheidungen ja wirklich bestens auskennen."

„Oh ja. § 007 beispielsweise besagt, dass meine herausfordernde Ehe allein durch richterliche Güte auf Antrag eines oder beider Ehegatten geschieden werden kann, oder …"

Saturn hält inne und grinst, was ähnlich neckisch aussieht wie eine Hyäne, die sich ihre Lefzen nach Beute leckt.

„Alles nach dem *Oder* möchte ich jetzt lieber nicht hören", bitte ich ihn.

*

Plingelingeling. Plingelingeling. Plingelingeling. „Früchtchen? Bist du vorrätig?" Venus' Ouvertüre oder Ankunftsmelodie erinnert mich normalerweise an Ziegenglöckchen auf der Alm, hier und jetzt jedoch viel eher an *Spiel mir das Lied vom Tod.*

„Das ist meine ... ähem, deine Venus," murmelt Saturn ergriffen, sich hektisch nach einem Versteck umschauend.

Ich versuche, ihn aufzumuntern. „Nichts zu machen, Ashley. Da musst du jetzt durch, alter Knabe. Unter die Couch passt du nicht, höchstens dein aschgrauer Mantel. Apropos Mantel, was trägst du eigentlich darunter? Ist das eine die Waden spielerisch umschmeichelnde Überfallhose mit langen Beinen, besser bekannt als Knickerbocker im unschuldigen Rosé einer scheu erblühenden Pfingstrose?"

„Nein! Nur über meine Leiche!" Ashley verneint entsetzt.

„Früüüchtchen." Auftritt Venus.

„Liebe Venus, ich habe gerade einen ..."

„... Nachhilfelehrer für Algebra an meiner Seite", geht Saturn in Vorleistung, während Venus hereinspaziert. „1 plus 1 ergibt 2", flüstert er, „und damit ist die 2 gleichzusetzen mit LIE…" Saturn stockt der Atem.

„Du rechnest mit Unbekannten, Früchtchen?", fragt Venus. „Guck an, wen haben wir denn da?" Sie erstarrt.

Muttis Liebling, würden meine Gedanken am liebsten herausprusten, aber ich empfehle ihnen die abgegriffenere Nummer mit dem Schweigen ist Gold. Fahrig versucht Saturn, seine Verbotsagenda für Stargram in einem Briefumschlag zu verstauen, ist allerdings zu unbeholfen. Papiere segeln durch die Lüfte. Er zittert, als habe sein Ziegenpeter Schüttelfrost.

„Guck an." Nicht nur mir erscheint Venus erbost. Die Sternlein halten sich mit ihren Schnuppen die Äuglein zu. „Pfuschen Sie noch immer an einem Gesetz herum, das Stargram verbieten möchte, Herzen und Freundschaftsanfragen zu gestatten?", fragt sie Saturn.

Überraschenderweise fängt Ashley an, die Fransen vom gebauchpinselten Perserteppich in Form zu kämmen. „Mhmmm", schnurrt dieser wohlig. Der Teppich beim Friseur, ich staune. Ashley hüstelt. „Öhö. Wer will das wissen?"

„Na ich, wer denn sonst, Meister Spielverderber", sagt Venus.

Ich versuche, die Lage zu befrieden. „Kinners, Kinners, macht mal sutsche."

„Dich hat keiner um deine, verschiedene Dialekte vermengende Meinung gebeten", ertönt es im Chor. Die zwei sind einer Meinung, auf die meine verzichten zu können. Juchhe!

Feurig startet Venus ihre Offensive. Wenn sie doch ein klein wenig zurückhaltender wäre. Wenn ich da an meine geliebte, in Diplomatie geübte Psyche denke, meinen magischen Schmetterlingshauptgewinn, mein ...

„Sag mal, Herr Saturn ..." Jetzt klingt Venus genau wie die Kassiererin von Kasse drei, die ihre Kollegin von Kasse zwei des Öfteren mit folgender Quizfrage quält: „Du, Frau Meier, was kostet heute der Heringssalat?"

„… kann es sein, dass Sie eifersüchtig auf meinen Erfolg bei Stargram sind?" Sie? Ach ja, die Dösköppe siezen sich ja mitunter. In Gänze zurechnungsfähig erscheinen sie mir jetzt aber beide nicht. Regungslos wohne ich der Tragikomödie bei.

„Nein, Fräulein Venus, da, da, da, das (wie würde ich dem Armen jetzt gern auf den Rücken klopfen) das bin ich ni…, ni…, ni…, nicht."

Oh, ich kann da gar nicht hinsehen. Genant wende ich meinen Blick ab.

„Und warum dann dieses Regelwerk?"

„Zu dei…, ei…, ei…, ei…, zu I-i-ihrem Schutz." Nun hätte es ihm aber schon gefallen, sie vertraulich duzen zu dürfen. Der Mann hat doch ein Herz.

„Ich kann sehr gut alleine auf mich aufpassen", fährt Venus ihm in die Parade. „Wissen Sie eigentlich, Sie gefühlskältester Ringplanet, den das Universum jemals geboren hat, wissen Sie, Sie, Sie eigentlich ..." Hoffentlich fängt sie nicht ebenfalls zu stottern an, „... wie sehr ich in Sie verliebt bin?" Es blitzt, es donnert, es hagelt, es regnet Hochzeitsdeko: Gästebuch, Tortenstecker, Platzkärtchen, Luftballons, himmelblaue Strumpfbänder, Reis, Herzseifenblasen, alles dabei. Ich fange den Brautstrauß aus Frühlingsblumen im Vintage-Stil. Es windet ... Stürzt etwa der Himmel ein?

„Venus, Venus, Venus, please show nur, don't tell so deutlich! Los!" Ach, hätte ich mein vorlautes Mundwerk gehalten, aber ich bin ja neuerdings ein Poet. Und selbst in der Engelspostille mit dem einprägsamen Titel „Schreib mir!", Ausgabe Juli 2024 wird dieses vermaledeite „Show, don't tell" gehyped wie die sixtinische Madonna von Raffaello Santi in den Jahren 1512/1513.

Venus stürmt auf Ashley alias Saturn zu und presst ihre wunderschönen, wohlgeformten Lippen auf sein sprödes, blutleeres, paarweise vorkommendes Organ, auf seinen Mund eben. Man glaubt es nicht, ich kann gar nicht mehr wegsehen.

Saturn ringt nach Luft. Sein sachliches Gehirn schiebt Venus reflexartig von sich. Der Mann hat vielleicht Nerven. „Ich liebe Me…, Me…, Me…, Me …"

„…dusa?" Ich eile ihm zu Hilfe „Nicht wirklich, Ashley, oder? Nach allem, was du mir soeben anvertrautest."

Er wirft mir aufgebrachte Blicke zu. „Das kann ich alleine! Ja, ja, ja, ja. Me…, Me…, Me…"

„Scheinbar nicht."

„Ha!" Nun steigt Venus die Zornesröte in die fein modellierten Wangen. „Du bist ja überhaupt nicht in der Lage, den Namen dieses grauenvollen Weibsbildes geschmeidig auszusprechen. Sag einfach ‚überlagerte, vierschrötige, feuerrote Schlangengrube'. Dann wissen wir alle, wer gemeint ist. Ihr tragt ja noch nicht einmal denselben Nachnamen. Wenn das nicht aussagekräftig ist."

„In Zeiten der Gleichberechtigung empfinde ich diesen Tatbestand als vollkommen akzeptabel, liebe Venus", wage ich vorsichtig den Einwand. „Weshalb soll ein Mann nicht seinen eigenen Zunamen behalten dürfen?"

Erstaunlich hurtig rafft Saturn seine Akten zusammen. Sein Mündchen gespitzt, tritt er den Rückzug an.

„Ich wünsche dir noch ein schönes Leben als unwiderstehlicher Rechtswissenschaftler", schreit ihm Venus hinterher.

Keinerlei Reaktion.

„Ich wünsche dir wirklich noch ein richtig schönes Leben." Venus gibt nicht auf.

„Tschü-ü-üss, bis dann", ertönt es aus der Ferne.

Seine gestrenge Kinderstube hat er nicht gänzlich vergessen.

Allein meinem Herzen entgeht nicht, dass Saturn sein Tschü-ü-üss gerappt hat. Wow!

*

Zwei Minütchen göttliches Schweigen, dann fängt Venus an, die Revue Revue passieren zu lassen. „Früchtchen, meinst du wirklich, ich habe ihn von meinen Qualitäten lückenlos überzeugen können?"

„Wie, was, wo?" Mein Kopf rotiert auf dem Hals, fährt Karussell. „Haben wir beide eben dasselbe Drama erlebt? In welchem Film saßt denn du?"

„Wieso?", erkundigt sich Venus.

Mein Sarkasmus würde jetzt gern „Gute Besserung" wünschen, meine Empathie hingegen schubst mich in Venus' Arme. Ist das jetzt ein Rollentausch? Sie fängt an, bitterlich zu schluchzen. Allmählich wird dem mageren Dingeling bewusst, wie verfahren einspurig ihre Liebe ist.

„Uaaa, uaaa, uaaa."

Ich schweige wie ein Grab, wobei mich dieser Vergleich innerlich enorm aufwühlt. Tröstend tätschele ich ihr Köpfchen. „Du wirst dich neu verlieben oder eher nicht?“

„Uaaa. Ich bin so gerührt“, schluchzt sie, „dass er meinen Kuss so inniglich quittiert hat. Es war noch bedeutend romantischer als in meinen lieblichsten Träumen. Wir verschmolzen zu …“

„Er hat was?“, hake ich schockiert nach.

„Mein Liebesversprechen genossen, mich zurückgeküsst, unsere Lovestory besiegelt ...“

Mich aus der Umarmung lösend, taumele ich drei Schritte rückwärts. „Das ist jetzt nicht dein Ernst. Das ist dein Ernst? O weh, du fehlgeleitetes Kind. Ich muss mit dir das ABC der Liebe üben und bei der Mutter des Buchstabens A anfangen. Was solls, ich habe Zeit.“ Vorsichtig taste ich mich zu ihrem Verstand vor. „Du hast aber schon registriert, dass Saturn dich von sich gestoßen hat?“

„Ja klar. Natürlich hatte er Sorge, sich sofort zu mir zu bekennen und vor Zuschauern …“, ihr dünner rechter Zeigefinger weist anklagend auf mich, „… schickt sich das nun einmal nicht. Wieso hast du dich nicht diskret subtrahiert, Früchtchen?“

„Woher der plötzliche Sinneswandel? Neulich warst du noch felsenfest davon überzeugt, er würde dich nicht leiden können“, wundere ich mich.

Venus strahlt. „Seine moosgrünen Augen sprachen soeben ‚Ja, ich will!‘“

„Du meine Güte, der Mann hat gestottert wie eine Funktionsstörung beim Stottermotor. Sein Ja bezog sich eindeutig auf ... wie nennst du sie noch gleich?“

„Feuerrote Schlangengrube?“

„Exakt. Wieso staubt das denn so?“ Kaum kann ich meine Hände vor den Augen sehen, Asche schwängert die Luft. „Ashley! Hast du etwas vergessen?“, rufe ich der Luft zu.

„Eher verloren! Meine reine Unschuld und meinen Hut zudem“, brummt Saturn. Sprichts, setzt sich seinen Deckel aufs Hirn und peilt die Tür an. Da hat er aber die Rechnung ohne unsere Schaumgeborene gemacht, die vor Enttäuschung und

Empörung nur so schäumt. Chapeau, ihrem Namen macht sie alle Ehre. Schon fürchte ich, sie könnte ihrem Objekt der Begierde einen saftigen Tritt in den Allerwertesten verpassen, da greift sie zur weiblichen Waffe schlechthin. Nein, nicht, was Sie jetzt denken, Sir, auch rhetorisch ist sie gut bewandert.

„Ashley, sogar wenn du mich links liegen lässt, liebe ich dich. Zur Not schummele ich mich eben von re-e-echts ...„ Ashley entschwindet durch die Praxistür. „... in deeein He-e-e-rz", schreit ihm Venus hinterher. Sie weint wieder. „Uaaa, uaaa, uaaa. Er scheint tatsächlich nicht ganz so viel für mich übrig zu haben, wie gehofft. Ein Penny würde mir ja für das Happy Beginning genügen. Ah, hieraus bastele ich einen hochwertigen Post. Ashley wird staunen, wenn er sich ihn ansieht. Aber nicht mehr heute, ich verschubse es auf ... morgen."

Vivien Leigh beamt sich auf den Perserteppich, der heute ja so einiges geboten bekommt, stampft mit beiden Sprunggelenken gleichzeitig auf, ein Kunststück, Mylady, macht einen Satz auf Venus zu und mehr als deutlich klar, dass sie allein Urheberin dieses geschichtsträchtigen Zitates ist. Das hat Wumms und Venus schluchzt weiter. „Glaubst du, Früchtchen, schluchz, dass Ashley in meinen Rapssong hineingehört hat?"

„Rapsong, Liebes, Rapsong. Wieso hineingehört? Wenn, wird er ihn doch gleich am Stück goutiert haben."

Mein Einwand scheint Venus zu erheitern, sie gluckst. „Alle 365 Strophen? Er arbeitet sehr viel. Ob er so viel Zeit dafür findet?"

„Du hast ihm für jeden einzelnen Tag des Jahres eine Strophe gewidmet?"

„Ich konnte nicht anders, es ist ... Liebe." Sie schluchzt auf. Mylady, Sir, merken Sie was? Nun hält sich Venus vorzüglich an die allseits beliebten Schreibratgeber. Sie showt und tellt, was ihr Herz so hergibt. Rüüührend.

Kapitel 32

„Sehnsucht ist der Liebe anmutiges Vorspiel", wispert mir meine Muse ins Herz.

„Und der Liebe verlässlichste Souffleuse wird wohl die Sehnsucht sein", seufze ich.

„Wohl wahr, wohl wahr", singen wir beide im Kanon.

Gerade sinniere ich über die in ihrem Liebeskummer badende Venus, da schwebt mir doch glatt der Rührkuchen durch den Magen, nein, Sinn. Habe ich doch versprochen, mich für den im Herbst stattfindenden Poetry-Slam-Wettbewerb im Backen von Leckereien zu üben. Jawohl, Sir, richtig gehört. Poetry-Slam! Rührkuchen nach Großmutters Art, genauer gesagt nach Mercelchens Oma. Die Zutatenliste habe ich griffbereit in meinen Gehirnwindungen links unten, gleich neben der Amygdala aufbewahrt.

„Where are you?", frage ich in die Stille hinein, gespannt einen der jahrhundertealten Küchenschränke öffnend. „Ach, da seid ihr ja, ihr Süßen. Butter, Zucker, Vanillezucker, Eier, Mehl, Backpulver, Milch, Kuvertüre und Puderzucker." Och, das klingt ja wirklich altbacken. Damit werde ich nicht den gutmütigsten Stichling hinter der Seerose hervorlocken, und dabei wollen wir nachher noch zum Pseudoangeln gehen. „Wie wäre es mit ein paar Früchten des Sommers?", schlage ich dem Puderzucker vor. „Früchtchen, also meine Wenigkeit, mag ja süße Früchtchen." Das klingt jetzt irgendwie leicht anzüglich. „Nein, Vladimir, hinfort mit dir. Go home!" Nabokov schielt um die Ecke und schäkert mit dem Gedanken, in meinem Terrain zu wildern. In welchem Terrain ich gerade wildere? Na, in der schmucken Himmelsküche. „Weg, weg!", jage ich Vladimir hinfort. „So, ich korrigiere: Früchtchen mag, nein, liebt nur Psyche." Das ist das Stichwort, auf das meine Verlobte, unsere Zuneigung ist ja noch frisch wie jungfräulicher Eischnee, nur gewartet hat. Mein *saga*hafter Schmetterling – hauptberuflich engagiert sie sich für soziale Wohnprojekte – schwebt ein. „Ja, was trägst du denn unter den Achselhöhlen?", begrüße ich sie.

„Ein Körbchen mit Kirschen, Pfirsichen, Himbeeren und ... Sprühsahne“, säuselt Psyche.

„Du lieber Schatz, daran habe ich eben gedacht.“ Begeistert haue ich mir aufs Hirn. „Autsch“, das hat Schmackes. Unverzüglich verwandelt sich Psyche in ... Psyche und umärmelt mich so liebevoll wie der Mistral den Lavendel, sodass meine Knie, weich wie Buttercreme, jedem Knicks Konkurrenz machen. Sir, stellen sie sich jetzt nicht *zu* viel vor, wir sind noch frisch verknallt und haben es in keiner Weise eilig mit dem Koitus, der Kopulation, der Kohabitation oder einfach nur dem Beischlaf.

Mylady, sicherlich sind Sie angetan von meiner poetischen Ader, nicht wahr? Well, wir – nicht Sie und ich, nein Psyche und ich – werden uns dann lieben, wenn unsere Seelen bereit sind, miteinander zu verschmelzen. Das habe ich jetzt aber einfühlsam in Worte gekleidet, ich Nachwuchspoet. Hoffentlich wird es Minerva gefallen. Wer Minverva ist? Na, das bleibt mein sonniges Geheimnis. Auch ich bin auf Stargram und ja, Mann hat so seine Lieblinge. Da gerate ich ja geratewohl – die Rechtschreibung kommt mir gerade völlig abhanden – ins Schwärmen. Wenn ich da an die süchtig machenden Sympathieträger denke: Hera, zugleich Gattin und Schwester von Zeus, ein absolutes Universaltalent, Papageno und sein Psychotick mit dem magischen Glockenspiel, Arthur Schopenhauer, der optimistischste Philosoph des Himmels, Aschenbrödel und ihr unterschätzter Prinz, Neu-Tabak-Abstinenzler Helmut Schmidt und und und ...

Mylady, Sir, sollten Sie Ihren Namen hier noch nicht aufgeführt finden, verrate ich Ihnen ein Geheimnis: Pst! Werfen Sie einen Blick in den unsichtbaren Anhang, in das Herz meiner Geschichte, dort habe ich für Sie alle ein warmes Plätzchen reserviert. Versprochen. Jetzt schmelzen Sie dahin, stimmt's? Hach, ja, Stargram. I like it. Meine Füße gehen überraschend konform mit dem Fortschritt.

Aber zurück zur verführerischen Sprühsahne. Eigentlich eine total lieblose Lösung, so aus der Dose und so, aber Psyche und ich haben Besseres zu tun, als uns mit der Zubereitung von echter Schlagsahne zu befassen. You know what I mean? Sollten

Kinder mithören: Paeddington Bear für scheue Gemüter, nur ohne a, d, d, und ton, dafür mit tt nach dem e. Ich kleiner Schelm? Ja, ich weiß. Keine drei Stunden später sondert der Backofen sonderlichen Dampf ab. Der Früchtekuchen hält mehr, als die Zutaten versprochen hatten. „Psyche, my Darling, mit diesem unserem Wurfgeschoss hier könnten wir problemlos die Glasscheiben des Himmelsdoms einwerfen, aber warum sollten wir?“

„Ja, warum? Schenk mir noch einen Kuss, mein rasanter Beau.“ Vier Arme, vier Beine, zwei Nieren, drei Hüften nebst einer Hüfttotalendoprothese, drei Milzen (Sie wissen ja, dass ich zwei besitze), zwei Nasen, machen Sie gern mit, Mylady, und vor allem zwei hochkarätige Herzen veranstalten, was sie im Zustand unbeschwerter Verliebtheit eben so veranstalten. Na, geht das Kopfkino bei Ihnen los, Sir? Kopfkino pur, nicht wahr?

„Darling, das Küchlein hätte nicht über zwei Stunden lang bei 220 Grad stumpf in Hotties Höllenofen vor sich hin backen dürfen“, sagt Psyche. Betrübt klopft sie mit der Gabel auf dem verbrannten Klumpen herum, aber nicht lange, denn ... Pst!, ein Geheimnis. Nun jauchzet sie froh, bis die Englein singen. Übrigens, dass die ermattete Sprühsahne nach zehn Minütlein nichts mehr für den verkohlten Kuchen übrighat und des Sprühens absolut nicht mehr mächtig ist, kann ich wohl unkommentiert lassen, oder? Zu unser aller Freude fand sie einen angenehmeren Verwendungszweck, grins. Ich Früchtchen werde eben auf ewig ein Früchtchen bleiben.

Kapitel 33

„Sonne, Mond und Sterne haben Früchtchen gerne“, singt meine Muse zärtlich.

„Hach, werte Muse, wie aufmerksam von dir, mir von der himmlischen Gemeinde liebe Grüße auszurichten. How friendly ist das denn bitte?“

„Sieh her, Konrad!“ Stolz präsentiere ich dem ehemaligen preußisch-deutschen Gymnasiallehrer, dem Erschaffer des beliebten und zugleich gefürchteten Rechtschreibwörterbuches, den literarischen Hochgenuss. Ich sinniere: „Werter Konrad, ist ein ‚e‘ hinter gern des Rhythmus’ wegen ausnahmsweise erlaubt? Gilt es als eine verzeihliche Rechtschreibsünde?“

„Ernsthaft?“ Lässig locker lachend, setzt Konrad prompt sein *Ausgezeichnet* unter die Ergüsse meiner Muse. „Fürchtegott, das ist nicht nur keine Sünde, das ist ein Seelenschmeichler vor dem Herrn“, antwortet er freundlich. „Gib dies ruhig so an etwaige Nörgler weiter.“

„Aber mit Vergnügen. Jawohl. Verbindlichsten Dank“, sage ich mit einer angedeuteten Verbeugung.

„Verbindlichstes Gerne.“

„Wieder zwei Seelen, die sich anfreunden.“ Der Herrgott lächelt zufrieden.

*

„Mimimimi.“

„Was tust du da meinen Ohren an, Früchtchen?“ Mercelchens Sinnesorgane scheinen augenblicklich nicht sehr strapazierbar zu sein.

„Mimimimi ...“

„Stop it, Früchtchen, please, stop it“, fleht er mich an.

„Na gut, weil du du bist und ich dich lieb habe.“ Mein früheres zynisches Ich schüttelt sich bei diesem Gesäusel. Das Jenseits hat mich weichgespült wie ein Merinowollknäuel. Vergnügt formt Mercelchen mit seinen Händen ein Herz, das er beben lässt. Talentiertes Bürschlein.

„Wo ist eigentlich Freddie?“, erkundigt er sich forsch, vermutlich, um seine Rührung zu verbergen.

„Freddie-Maus ist noch bestens mit Carmen beschäftigt.“

Mercelchen ist baff. „Er liegt also noch immer auf dem Bauch beziehungsweise auf dem, was bei einem Skelett davon noch übrig ist, und palavert mit dem Stiefmütterchen? Muss übrigens seltsam aussehen, wenn sich das Gras in seinen Eingeweiden häuslich einrichtet.“

„So sieht's aus! Hat ihn schwer erwischt“, sage ich.

Wir sehen uns verständnisvoll in die Augen.

„Warum mimimimist du, Früchtchen?“, möchte mein neuer bester Freund wissen.

„Ich trainiere meine Stimme, damit sie beim Wettbewerb der Poeten in Bestform ist. Bist du nicht mit von der Partie?“

„Doooch.“

„Das klingt ja wenig überzeugend, aber ich weiß, dass du mitunter mit Unsicherheit zu kämpfen hast, nicht wahr?“

„Jaaa. Wird der verstaubte Stotterer uns mit seiner Kunst beehren?“, fragt mich Mercelchen kess.

„Du sprichst von Ashley, alias Saturn? Ja, ist mit dabei, so viel ich weiß. Lass dich überraschen. Ich verrate lieber nichts, die Schweigepflicht …“

„Da bin ich ja mal gespannt.“

„Ich auch. Sag, Mercelchen, wie wäre es, wenn du mir zu Übungszwecken dein lyrisches Werk vorträgst? Meine ehrliche Meinung und mein wohlgemeinter Rat sollten so verkehrt nicht sein, oder?“

„Ja, warum eigentlich nicht.“ Mercelchen stellt sich aufrecht vor mich hin und wirkt so anrührend wie ein Streichhölzchen mit seinem prächtig durchbluteten Köpfchen im Rot einer frisch gepflückten Erdbeere. Los legt er:

„Regengeister schicken leise
Perlentränen auf die Reise,
wo die Möwendame Frieda
sinnlich schnürt ihr Rosenmieder.
(‚Ach, klingt das wonnig. Damit hast du mich schon für deine Kunst eingenommen', ich juble begeistert.)
Sommerwind trägt Launen fort,
und im Heute wohnt der Ort,
Daseins Irrsinn zu genießen,
Wolken sehen Wehmut fließen,
sich mit Leichtigkeit vermählen,
Thanatos den Schatten stehlen.
Wir, des Himmels Bruchpiloten,
twisten zu Fortunas Noten,
locken Glück zurück ins Sein,
Mutes Hüter, wir sind dein."

„Mein lieber, lieber Freund, bist du etwa Rilkes Sohn? Sollte er einen Vaterschaftstest durchführen lassen?" Überschwänglich applaudiere ich dem frisch gebackenen Poeten.

„Wohl eher nicht. Liebes Früchtchen, das habe ich für uns zwei geschrieben. Ich finde uns einfach fabelhaft, wie wir versuchen, das Beste aus jeder noch so prekären Situation zu machen. Welch ein Glück, dich zum Freund zu haben. Gefällt es dir denn wirklich ein klein wenig?"

Kein Wort des Dankes tritt vorerst über meine wie Wellen im Sturm erzitternden Lippen. Überwältigt ergreife ich Mercelchens rechten Handflügel und schüttele diesen, bis ihm ein Billardarm droht. Wir verstehen uns ohne Worte. Eine gefühlte Ewigkeit später taste ich mich in Richtung Vokabular vor: „Ich danke dem lieben Herrgott für dich, mein Gottesgeschenk von Freund."

„Huhu, huhu." Jetzt fließen bei uns beiden Tränen der Rührung.

„Nun noch einmal zu deinem poetischen Werk."

Mercelchen merkt auf. „Ja?"

„Ich glaube ernsthaft, ich habe noch nie zuvor solch feine, kluge und tiefsinnige Poesie vernommen."

„Ehrlich?"

„Hand aufs Herz und keine zwei Finger hinter den Rückenwirbeln gekreuzt. Ein Platz auf dem Siegertreppchen dürfte dir mit deiner Poesie sicher sein."

„Daaanke." Der Götterbote lächelt selig.

„Tach." Konrad Duden kommt um die Ecke spaziert. „Sprühende Wortgefechte, da ist ja kaum noch Luft nach oben", foppt er uns belustigt, während er sich eifrig Notizen für seine Rechtschreibreform macht.

„Ja, wundert dich das, wo wir doch hoch über Mutter Erde schweben? Wer ist dir denn über die funktionsuntüchtige Leber spaziert, lieber Konrad?", necke ich ihn zurück.

„Die Herausforderungen, Früchtchen. Die Umwandlung meines Bestsellers zur geschlechtergerechten und gendergerechten Sprache bereitet mir übles Kopfzerbrechen", gesteht er uns stirnrunzelnd. „Wie mag meine geliebte Sprache mit dem durchaus gerechtfertigten Genderstern wohl klingen? Hättest du rein theoretisch noch ein Plätzchen auf deiner Couch für mich frei, Fürchtegott?"

„Aber ja. Für dich immer. Melde dich, wann immer dir danach zumute sein sollte", biete ich ihm wohlwollend an. „Reden hilft."

„Verbindlichsten Dank." Mit geschmeichelter Miene beamt sich Konrad erleichtert Richtung Marcel Reich-Ranicki davon.

Achtung hier kommt ein Geständnis: Mercelchen und ich spucken *beide* beim Sprechen. Womöglich sind wir ja eineiige Zwillinge. Zwischen Mercelchen und mir stimmt einfach die Chemie, so etwas merken der Leser oder ja, Mylady, die Leserin direkt, gelle?

*

Ich strecke und recke meine ermatteten Glieder. Mit Sicherheit sehe ich hierbei verdammt niedlich aus. Meinen Leib umarmt ein Pyjama, auf dem sich das gesamte Planetensystem die elysischen Beine in den Bauch steht. Ein Geschenk vom lieben Mond. Gerade hockt Jojo, der Mond, aufrecht neben mir im Bett. Die Therapiestunde läuft unter dem Motto *Inkognito bleibt's länger geheim.* Daher ersetzt mein gemütliches Möbelstück, das an und für sich zum Schlafen dient, kurzerhand mein Sprechzimmer. Wilma hat heute ihren freien Tag. Der einzige natürliche Satellit der Erde klagt mir sein Leid. Er hadert mit seinem Sein. Wer nicht?

„Früchtchen, mein Früchtchen" – (ich mochte den glänzenden alten Mond schon in Waisenkindertagen) – „dieses ständige Zu- und Abnehmen macht mir doch sehr zu schaffen."

„Ja, das glaube ich dir sofort", versichere ich ihm tröstend. „Wie genau schaffst du das denn eigentlich? Dir geht es ja so ähnlich wie dieser aparten Schauspielerin mit den hübschen abwasserblauen Äuglein, die mit Vorliebe Schokoladentorten zum Frühstück schnasselt und gewichtsmäßig pausenlos zwischen Kate Sägebrecht und Marianne Moss hin- und herpendelt. Rauf, runter, rauf, runter. Schlimm."

„Ja, eine Leidensgenossin. Ihre Selbstkasteiung für die schauspielerische Darbietung hilft mir durchzuhalten."

„Absolut verständlich. Darf ich dir eine hottie-heiße Schokolade anbieten?"

Kurz überlegt der gute Mond, um mich sodann dankbar anzustrahlen. „Ja, warum eigentlich nicht. Heute befinde ich mich in der Phase des Zunehmens. Also her damit. Nächste Woche ist ein Rubens-Mond nicht nur in der Vogue en vogue."

„Ah, daher erinnerst du mich gerade an den vierten Buchstaben unseres Alphabets."

„Ja, genau. Du bist ja bestens unterrichtet", freut sich Jojo.

„Danke. Unmöglich, dass du so mit dem Trend aufgehen musst. Wer hat den bloß erfunden? Du bist doch kein fashionverrückter Hefeteig", mokiere ich mich.

„Dafür mag heute keiner mehr geradestehen", nuschelt der Mond mit vollem Mündchen. „Zeus munkelt bisweilen etwas von den Gezeiten, von Ebbe und Flut (ganz zuverlässig unterrichtet ist er wohl nicht). Seine haltlose Anklage bringt Poseidon jedes Mal in Rage. Ich mag niemandem die Schuld in die Birkenstocksandalen schieben – die meisten latschen hier ja eh barfuß umher – ein Minenfeld. Es hat wohl etwas mit Licht und Schatten zu tun."

„Und es lässt sich nicht per Dekret ändern?", frage ich ihn verwundert.

„Nein! Mademoiselle Zeit negiert das entschieden. Das stellte gegebenenfalls den gesamten Himmel auf den Kopf."

„Höhö. Nicht von schlechten Eltern, der Witz." Wir wiehern beide. „Dann würde es nach oben regnen. Und du beschäftigst tatsächlich zwei Diätassistentinnen?"

„Jawohl, ein Gemeinschaftsgeschenk von Twiggy und Dieter Pfaff, dem sympathischen Schauspieler. Die zum Abnehmen habe ich von ihm übernommen."

Die Tür öffnet sich und ohne Vorwarnung betritt Freya, die Göttin der Fruchtbarkeit, mein Schlafgemach. „Huuu." Schnell ziehe ich die Bettdecke über Jojo, mich und unsere modisch verhüllten delikatesten Körperteile. „Von Anklopfen hast du wohl noch nichts gehört, was?", fahre ich sie barsch an.

„Waaas?" Völlig untalentiert äfft sie mich nach. Sie ist wohl keine Bewunderin von mir, noch nicht. „Hier", harsch die Bettdecke zur Seite zerrend, reicht sie meinem zurzeit extrem schlanken Freund einen Turm aus Butterstullen. Die Butter kann ich wohl erkennen, das Brot darunter kaum.

„Iiii! What is this denn Ekliges?", frage ich sie angewidert.

„Das ist nicht eklig, das ist vonnöten, möchte der Mond nächste Woche rund sein", entgegnet sie verärgert.

Ich falle ihr vehement in ihren Diätplan und keinesfalls um ihren mageren Hals, ist sie doch gar nicht mein Typ, habe ich doch meine Psyche. „Ja, genau da liegt das Schäfchen im Wölkchen – mit einem Hasen im Pfeffer kann ich nicht aufwarten – der liebe Jojo möchte genau das nämlich nicht mehr mitmachen."

„Lass gut sein, Früchtchen." Der Mond erblasst. Mich spöttisch musternd, murmelt Freya etwas von „Neuling." Ein abfälliges „Pfff" gesellt sich als Epilog hinzu. Wie herabsetzend.

„Unmöglich, die Thusnelda …"

„Oh. Bitte trivialisiere nicht den melodiösen Namen unserer Fürstentochter. Sie ist eine liebe Seele."

„Entschuldigung, lieber Jojo, aber eventuell gäbe es eine Lösung für dein Problem. Venus trägt ja einen ..." Jetzt hätte ich um Haaresbreite Venus' Geheimnis preisgegeben.

„Schweig fein still!" Der Mond lächelt wehmütig. „Das mit dem Fatsuit soll niemand wissen. Wenn ich das nachahme, droht Venus' Tarnung aufzufliegen."

„Ja, das könnte passieren. Lass mich nachdenken. Und wer ist die andere Diätassistentin?"

„Das ist Selene, eine der Mondgöttinnen. Wir sind heimlich verlobt und sie ist so lieb zu mir. Selene ist zuständig für das Abnehmen. Damit ich nicht zu ‚dick' erscheine, schiebt sie bei Neumond, also immer dann, wenn ich erbärmlich mager, wie ein C aussehend durch die Lüfte schleichen müsste, Dickie-Otto, das pummeligste Kumuluswölkchen in gewitterschwarzer Gewandung, vor mein Bäuchlein, um mich schlanker aussehen zu lassen. Das sorgt für eine optische Täuschung auf der Erde. So verdient sich Dickie-Otto ein nettes Taschengeld dazu und ich falle nicht rundum vom Fleisch."

„Wie überaus helpful. Sie muss dich würklich sehr mögen." Wühlt mich etwas auf, spreche ich das i nach wie vor gern wie ein ü aus. Wäre Ihnen das von alleine noch eingefallen, Sir? Hatte ich das bereits erwähnt, Mylady? Moppele ich etwa wieder doppelt? „Dickie-Otto heißt das Wölkchen? Heißt das Wölkchen würklich Dickie-Otto?" Jetzt drohe ich dem geduldigen Mond mit meiner Insistiererei – dieses Wörtlein gibt es überhaupt nicht – auf die Nerven zu gehen, aber mir schwant so einiges.

„Otto von Bismarck ist sein Taufpate", klärt Jojo mich auf.

„Nur Taufpate?"

Verschwörerisch plinkert mir der Mond zu. „Meine Lippen sind versiegelt."

„Nach nur einer Stunde Therapie habe ich erstaunliche Arbeit geleistet", teile ich meinem Patienten mit. „Du siehst jetzt deutlich unglücklicher aus als zuvor, lieber Jojo! Das dürfte zweifelsohne an meiner wahnwitzigen Idee mit der Maslowschen Pyramide liegen."

„Ägypten war mir noch nie geheuer", gesteht Jojo.

„Eine volle Stunde habe ich dir von der Bauform mit der quadratischen Grundform vorgefaselt."

„Zugegebenermaßen klang dies, als wolle mir eine Sphinx Furcht einflößen."

„Hm, lass mich die Essenz meines Vortrages noch einmal auf einen einfachen Nenner bringen: Der Pyramide zufolge ist dein Leben unnatürlich arm an lichtdurchfluteten Facetten, du darfst dich in gewisser Weise ja nicht selbst verwirklichen. Du musst ab- und zunehmen, ob du nun willst oder nicht."

„Ja, das ist so", stöhnt Jojo.

„Ich sollte besser mein Plappermäulchen halten. Das klingt ja nicht nach einem mit fünf Sternchen rezensierten Lehrbuch."

Jojo bläst seine Wangen auf, als wolle er mir den Marsch trompeten.

„Warte", bitte ich ihn, „also, an der Befriedigung deiner Individualbedürfnisse scheiterst du ebenfalls ausgiebig, würdest du doch liebend gern mal urlauben und den einen oder anderen Quälgeist von deinem Mondbauch herunterschießen, richtig? Mich zum Beispiel." Gerade jetzt liege ich bewaffnet mit einem Maßband auf Jojo, um seine Daten in das Diättagebuch einzutragen. OMG, hätte ich bloß nicht diese vermaledeite Pyramide ins Spiel gebracht. „Aber guck mal einer guck, Jojo, bei den sozialen Bedürfnissen liegst du recht solide da. Du thronst inmitten der Sternlein, sie leuchten so helle und jetzt hast du ja auch noch Selene an deiner Seite, somit erhält die Habenseite zwei Punkte. Noch einen Punkt gibt es für deine Sicherheit. Du fühlst dich am Firmament nur selten in Gefahr, stimmt's?"

„Ja, höchstens dann, wenn Fritz Wepper als Assistent des Weihnachtsmanns im Schlitten auf mich zurast, sonst ist alles roger", pflichtet Jojo mir bei.

Vom Nachbarwölkchen her höre ich Roger Moore herübergrüßen. Lauscher hat der wie ein Jungspund.

Verstört blickt Jojo auf seine Fußnägel herab. Eine optimistisch gestimmte Sternschnuppe lackiert ihm diese in einem zuversichtlich leuchtenden Granny-Smith-Grün.

„Früchtchen, wie schaut es mit dem letzten Punkt aus? Los, sag schon. Rück raus damit. Wie schaut es aus?"

Ich verstecke die dusselige Pyramidenzeichnung unter dem Bett.

„Es gibt keinen weiteren Punkt. Es steht 2:2. Überhaupt nicht unübel, nein, übel, möchte ich meinen."

Ich bringe es wirklich nicht übers Herz, mit ihm zu erörtern, ob er seine physiologischen Bedürfnisse nun befriedigt sieht oder nicht.

„Ich fühle mich nicht würklich glücklicher." Jojo schnupft in sein Taschentuch.

„Och, jetzt fängst du an, mein ‚ü' zu übernühmen."

„Also als erstes werfen wir jetzt mal diese widerlich feisten Butterbrote weg. So, da, für die Vögel." Auf meine ausladenden Bewegungen aus den Armgelenken wäre Claudio Abbado, der Engel Dirigent, stolz. Fünfzehn Himmelsmöwen freuen sich über ihr Frühstück. Lovely.

„Ich muss aber zunehmen, und ein Fatsuit würde Freya sofort auffallen." Jojo weint.

Ich spreche mir Mut zu. „Du bist nicht auf den Kopf gefallen, Du bist nicht auf den Kopf gefallen, du bist nicht ... Her mit der genialen Idee", fordere ich mich geradewegs heraus. Ich nötige mir selbst Respekt ab.

Jojo sieht sorgenvoll zu. „Geht es dir schlecht?", fragt er mich ängstlich.

„Ich hab's gleich, mein Gott, ich hab's gleich."

„Lass hören!" Jojo scheint neuen Mut zu schöpfen, seine Wangen röten sich hoffnungsfroh, oder ist es das Werk der uns hämische Blicke zuwerfenden Morgenröte? Unleidliches Weibsbild! Kein Wunder, dass die nieMannd gern um sich hat. Immer so zänkisch, immer so schlecht gelaunt. Ich strecke ihr die Zunge heraus.

„Lass uns mal ein Brainstorming machen", schlage ich dem Mond vor.

„Ein was?"

„Wir stecken die Köpfe zusammen und jagen cleveren Einfällen hinterher wie 007 hinter Bronzedaumen. Wir suchen eine Vertretung für dich. Ich mache den Anfang. Was ist rund und golden und glänzend?"

„Eines der Schäfchen hat einen Furunkel am Hinterlauf, der deinem Jobangebot vielleicht entsprechen könnte, aber der Schäfer und Asklepios medizinieren schon kräftig drauflos", philosophiert Jojo. „Wir müssten uns also beeilen. Du kommst vielleicht auf Ideen."

„Hm, Pfannkuchen, Sonne ..." Unser Brainstorming stolpert vor sich hin.

Der Mond bremst meinen Elan. „Früchtchen, die liebe Sonne hat nun wirklich weiß Gott genug zu tun. Lassen wir sie bitte außen vor."

„Frisbee-Scheiben, Hüpfbälle. Weißt du, Jojo, auf Erden gab es an meinen Geburtstagen die putzige Tradition, mit Gas gefüllte elastische Hohlkörper an meinen Kniescheiben zu befestigen, kunterbunte Luftballons. Meine Zwillinge näherten sich mir dann mit Stecknadeln und mein Tinnitus schrie, so laut er konnte. Mit diesem Späßle versuchte mein Eheweib Gertrud mich darüber hinweg zu enttäuschen, wie trist mein Leben an ihrer Seite ansonsten war."

„Du Armer."

„Schwamm drüber. Lang ist es her, kehrt nimmer zurück, der Straßenbahnunfall beschert mir dies' Glück."

„Wie makaber."

„Ja. Gibt es hier oben solcherlei Scherzartikel aus Gummi oder Naturkautschuk?"

„Hm, es gibt einen einzigen Heißluftballon, der sich hinter die scheue Gewitterwolke Esmerelda zurückgezogen hat. Jupiter munkelt, er möchte ihr den Hof machen. Zählt der?", will Jojo wissen.

„Na, und ob der zählt. Jetzt ist Schluss mit dem Jo-Jo-Effekt. Du nimmst nur noch ab oder zu, wenn du allein das so entscheidest. Otherwise not at all. Schluss, Ende, aus die Maus."

Jojo staunt, wie resolut ich sein kann.

„Selene und ich werden das rocken. Die Mondgöttin und Dickie-Otto lassen dich schlanker aussehen, nein, doch ... Ist das so richtig? Allmählich gerate ich durch den Tüdel. Hallöchen, wen haben wir denn da?"

Ein Heißluftballon nähert sich uns schüchtern. Er bietet seine Hilfe an. „I can help. Yes, I can. Meine Öhrchen klingelten, als ihr von mir sprachet."

„Oh, ein Brite, so wie ich."

„Yes, aber ich bin much runder than you."

„Great, thank you, my dear", danke ich ihm. „You are looking very, very big. Prima, prima! Du kommst zum Einsatz, wenn Jojo praller aussehen muss. Jojo, im Grunde kannste dich jetzt entspannt auf deinem Wohlfühlgewicht ausruhen. Dickie-Otto und ... wie heißt du?", frage ich den sanftmütigen Ballon.

„Leopold, my name is Leopold."

Oha, anscheinend hat Fürst Bismarck so einiges an Nachwuchs auf dem Kerbholz. Otto, Leopold, das kann kein Zufall sein. „Wie dem auch sei. Dickie-Otto schiebt sich im gewitterschwarzen Gewand vor dich, wenn du schlanker aussehen sollst, während Leopold im strahlenden Neoprenanzug komplett das Ruder übernehmend einen auf *Hey, jo, ich bin der pralle Jo* macht, wenn du dicker aussehen musst. Beide supporten dich also verlässlich, sodass deine physiologischen Bedürfnisse, jetzt hake ich doch noch das hinterrückse letzte Pünktchen auf der verflixten Pyramide ab, künftig nicht mehr zu kurz kommen dürften."

„Bin dabei." Als Zeichen der Zustimmung verformt sich das Wölkchen zu einem Herzen.

„Bin dabei." Der Heißluftballon jubelt über seine neue Aufgabe – die einseitige Konzentration auf sein Umwerben Esmereldas bekam seiner Herzbalance überhaupt nicht gut.

Unser geliebter Jojo wischt sich vor Rührung Tränchen aus den Augenwinkeln. „Was täte ich ohne euch, meine Lieben", schluchzt er herzergreifend.

Ich wundere mich zwar über das wenig logische Kuddelmuddel, das ich gerade in die himmlischen Wege geleitet habe, freue mich aber dennoch über die zufriedenen Gesichter.

Mission impossible? Die gibt es für einen Fürchtegott Dot not. Mylady, Sir, sollte Ihnen jetzt irgendetwas, irgendetwas, übertrieben albern erscheinen, dann möchte ich Ihnen ans Herz legen: Warten Sie ab, bis Sie selbst in der Ankunftshalle des Himmels eintreffen. Vier Wochen später und Verständnis ist ihr zweiter Vorname. Believe me. Malt sich da etwa Furcht in Ihre sympathischen Gesichtszüge? Oh, sorry, die vier Wochen beziehen sich natürlich auf die Zeit *nach* Ihrem Eintreffen hier oben. Nicht, dass Sie jetzt glauben, Sie würden dort bereits in vier Wochen erwartet werden. Immer schön langsam mit den wackeren Schindmähren. Wenn Sie es wünschen, frage ich Freddie aber, ob Sie bereits vorgemerkt sind ... Nein? Zu makaber? Wohlan, kann ich wirklich einwandfrei nachvollziehen. Leider bin ich manchmal etwas taktlos, ich Banause.

Kapitel 34

„Ewigkeit liebkost die Stirn, ich die Zwille, du der Zwirn. Du und ich nie mehr entfernt, Herz hat neues Glück erlernt."

„Huch, liebe Muse, danke. In dieser deiner Lyrik erkenne ich mein himmlisches Spiegelbild."

Sir, lasse ich meine ollen Erdenjahre Revue passieren, muss ich zugeben: Der Homo sapiens ist durchaus in der Lage, sich zu wandeln. Jawohl. Wobei ich nicht allzu strenge Maßstäbe jenen Zweibeinern anlegen möchte, die noch *unter* den Wölkchen herumwandeln. Vielleicht darf ich meine Ausforschung konkretisieren? Als Misanthrop sollte man sich vorbeugend damit konfrontieren, dass Fräulein Empathie der Miesepetrigkeit im Himmel unschicklich dicht auf die Pelle rücken wird. Eher früher als später werden selbst Sie so aus ihrer griesgrämigen Rolle geschubst. Was Freundlichkeit angeht, war ich als irdischer Psychiater mit reichlich gutem Willen eine 4-. Hier oben allerdings darf ich mit einer 2+ glänzen, welche ich neuerdings als Button am gerippten Unterhemd trage. Mann muss sich selbst loben dürfen. Zuweilen raune ich mir mit verschwörerischer Miene zu: Well done, old boy. In solchen Momenten pflegt Psyche mir liebreizend schmunzelnd ins Herz zu flüstern: „Gemessen an *meinem* Geburtsjahr, bist du ein Jüngling, aber glücklicherweise schleichst du verwitterter umher als der Schildkrötenurgroßvater aus dem Märchen Turtle goes Mars." Früher wäre mein Ego bei einem solchen Affront ausgeflippt, nun flippe ich höchstens vor Freude ein bisschen um Wilma, meine Couch, herum. Weiß ich doch, dass meine Psyche mich very, very sexy findet, innen wie außen. Deshalb verwende ich auch keine Cremes oder ähnliches Gedöns. Ich darf so sein, wie ich bin. Hurra. Sogar als Model könnte ich, wenn ich wollte, noch eine Karriere starten. Gerade sichtet Psyche erste Anfragen. Mal sehen ...

*

Im Augenblick lustwandele ich mit meiner Geliebten auf dem Wölkchen 5 1/2 herum. Dieses Wölkchen hat es in sich, ist es doch den frisch Verliebten vorbehalten. Ein verführerischer Duft nach Zuckerwatte spielt mit unseren Pheromonen Volleyball. Charmant sportlich. Zärtlich zieht mich Psyche an meinen Ringfingern zu sich. Frei von den Lebern weg – weil Gott es so wollte, gehören uns insgesamt zwei – vertrauen wir einander unsere Lebensgeschichten an. Mir ist klar, dass meine in einer Viertelstunde auserzählt sein dürfte, während ihre myriadenalte Vita uns die nächsten Jahrhunderte blendend unterhalten wird. „Bitte plaudere aus deinem Leben, mein Schatz", fordert Psyche mich heraus.

„Abgemacht," stimme ich zu.

„Jede Ziererei wäre auch sinnlos", säuselt sie.

„Das glaube ich dir. Listen to me: Liverpool – Nordfriesland – Schlafschule – Heidelberger Straßenbahn – Himmel. Das sind die bedeutenden Stationen meines Erdenlebens." Wie sich das anhört.

„Und wo und vor allem *mit wem* hast du dich pudelwohl gefühlt, Schätzelchen?", insistiert Psyche, indes sie prüft, ob meine drei Lockenwickler noch akkurat sitzen. Ist es doch ihr Wunsch, mich zum Geburtstag ihrer Frau Mama mit einer Dauerwelle ausgestattet zu sehen. Ob sie ein wenig eifersüchtig ist auf, wie war noch mal der Name meines Eheweibs, ah ja, Gertrud. „Also mit Gertrud not really, ich sollte nicht lügen. Summa summarum war der matschige Zwischenstopp unter der Heidelberger Straßenbahn nicht der schlechteste, meine Liebe. War er doch der entscheidende Faktor für mein Dahinscheiden und meine Wiederauferstehung in deinen Armen", antworte ich stante pede. Ein Zährenmeer rinnt meine eingefallenen Wangen hinunter. Wie gigantisch romantisch. Ich rühre mich zu Tränen. Nun erwarte ich aber Applaus, Purzelbäume und ähnlich Euphorisches von meiner bezaubernden Partnerin. Ihre Reaktion hingegen überrascht mich.

„Du bist nicht wiederauferstanden, du bist bloß nicht mehr komplett tot." Zack, das schallt wie eine Ohrfeige. Manchmal ist selbst Psyche reichlich gefühllos.

Ich werde deutlich. „Das klingt psychologisch ungeschult. Dafür gibt es von mir ein Ungenügend."

Unhold errötend, versucht sich meine Psyche in Wiedergutmachung. „Du bist der skurrilste, wundervollste Untote, der mir je unter mein Negligé schlüpfen darf. Tröstet dich das über dein Eingeschnapptsein hinweg?"

Ich überlege. „Deine Offenheit mutet ein wenig plump an, oder? Was meinst du?"

„Wirklich?"

„Ja, früher hätte ich ‚jawohl' ausgerufen, heute frage ich dich: …"

„Empfindsam wie eine Mimose auf ihrem Debütantinnenball." Psyche amüsiert sich.

„… Starte ich denn auch bei der Umärmelung deiner Seele in der Poleposition?"

„Du fährst außerhalb jeder Konkurrenz!", versichert mir Psyche, mich liebevoll beruhigend.

„Oh. Jetzt fühle ich mich, als sei die Seligkeit direkt in meine Nachbarschaft gezogen, meine Liebe. Alles Plumpe ward verschwunden, deine Worte mir sehr munden. Schööön!!!" Es rauscht und … Amor lässt Blumensträuße, gebunden aus meinen zweitliebsten Satzzeichen auf unser Glück regnen.

„Sooo viele Ausrufezeichen?", wundert sich Psyche. „Geliebter, do you like Ausrufezeichen?"

„Yes, I love them und halte sie keineswegs für zu marktschreierisch."

Eine halbe Ewigkeit küssen sich unsere wie Fliegenflügel vibrierenden Lippen, dann zieht die Nacht den Vorhang zu.

*

Well, ich bin ja generell ein solider Zuhörer – angegreist läuft es sich nicht mehr so schnell davon, Sir –, aber aufrichtig gern lausche ich, wenn mir Psyche von ihrem frischesten Schreibprojekt vorschwärmt. Ja, ja, der Poetry-Slam-Wettbewerb rückt näher und näher. Hier im Himmel gibt es so viele begnadete Autoren und damit meine ich mitnichten ausschließlich die Verstorbenen, nein, sondern auch die Götter, die Planeten, die Milchstraße, der Sterne Staub und so weiter. Wobei einige Himmelsbewohner bei der Firmierung unter ‚und so weiter' tödlich beleidigt reagieren können. Verständlich. „Ich möchte auch nicht unter ‚und so weiter' als Mitläufer beim Contest mitlaufen. Nö." Hemingway mustert mich geringschätzig bei dieser von mir laut ausgesprochenen Feststellung. Wir sitzen nebeneinander auf dem Regenbogen und lassen die Unterschenkel baumeln. Frisch trägt er seine Ode an das Wasser des Lebens einem Sonnenstrahl vor. „Tja, Ernest, nimm dich in acht. Platz da, Psyche kommt!"

„Worüber poetisiert sie denn?", möchte Ernest mich ausspionieren.

„Na, über Schmetterlinge, denen Schmetterlinge in den Bäuchen herumsausen, weil sie sich in Werwölfe verknallen …"

„Darauf muss Frau erst einmal kommen." Ernest wirkt schwer verunsichert. Sein sicher geglaubter Platz auf dem Siegertreppchen zieht sich behänder Zehe hinter Ernests Selbstzweifel zurück.

„Übrigens verkleidet mich meine Holde in Vollmondnächten gern mal als Werwolf, um …" Meine Geheimnisse haben heute ihren Tag der offenen Tür.

„Halt. Das ist mir viel zu geriatrie-intim", unterbricht mich Ernest.

„Aber von meinen Kompressionsstrümpfen wollte ich doch gar nichts erzählen …"

„Schweig!" Entsetzt beamt sich Hemingway Richtung Kilimandscharo

„Dann eben nicht", sage ich beleidigt. „Ahoi! Da saust ja schon meine Schmetterlings-Femme-Fatale herbei."

Nach einer innigen Begrüßung ist es heute an Psyche, aus ihrem Schmuckkästchen der Erinnerungen zu plaudern.

„Mein Schatz", säuselt sie, „es gab eine Zeit, da verschönerte ich mit meiner Farbenpracht Norwegen, ein nydeliges Land. Dort flatterte ich Morten Harket über den Weg, einem makellosen Adonis, der den leibhaftigen Adonis wie das Bübchen aus der Hustensaftwerbung abschmieren lässt, haha, aber egal. Um es kurz zu machen: Morten fand an mir als Schmetterling Gefallen und so verbrachten wir einen hyggeligen Nachmittag zusammen ..."

„Dir in deine Lobeshymne zu grätschen ist ungalant, ich weiß, aber ‚hyggelig' ist dänisch, nicht norwegisch", mokiere ich schmallippig.

„Sei bitte nicht so kleinkariert. Punkte stehen dir viel besser zu Gesicht. Hyggelig ist international und heißt so viel wie gemütlich, glaube ich. Um 16.16 Uhr jedenfalls machte mir Morten folgendes Geständnis: ‚Jeg har sommerfugler i hjertet, nar jeg ser deg.' Geliebter, …"

„Meinst du jetzt mich oder Morten?"

„… über dem a von nar musst du dir noch einen Kringel vorstellen, eine Art Bagel. Über good old Germany bekommen wir den leider not so einfach hin. Andere Computertastatur, du verstehst?"

„Ach so?" Ein bisschen fühle ich mich wie auf dem Abstellgleis.

Psyche schwelgt weiter in ihren noch zu schreibenden Memoiren. „Jetzt musst du zügig hinterfragen, was denn dieser Satz bedeutet. Es fehlt nämlich noch die romantische Pointe. Los!"

Ein wenig verschnupft erweise ich ihr den Gefallen. „What, what, what does it mean?"

Psyche jubiliert. „Ich habe Schmetterlinge im Herzen, wenn ich an dich denke. Ist das nicht hinreißend passend? Selbst als Poet ist Morten Harket ein wahrer Knüller."

„Denkst du oft an Morten, die Harke?", hake ich gekränkt nach.

„Gerade jetzt denke ich nur an dich, dich, dich", versichert mir meine Angebetete.

„Und nachher?"

„Dann auch."

„So bekommst du einen Kuss, meine Geliebte."

Sir, wie Sie unschwer erkannt haben dürften, ist Morten Harket hier oben All über All angesagt. Unlängst gründete sogar das Weltall seine eigene Fanbase. Ich muss gestehen: Ich mag den faszinierenden Mann ja ebenfalls sehr; solange er die Finger von meiner Psyche lässt.

*

Hellauf begeistert bin ich von Psyches literarischen Ergüssen. Wohlwollend unterstütze ich sie hierbei, beispielsweise in der Platzierung der Kommata. Mit der Zeichensetzung hat sie es nicht so. Überaus generös, setzt sie quasi nach jedem dritten Wort ein Komma, damit sich kein Wort zu kurz gekommen fühlt. Putzig. Ergänzen wir uns nicht wundervoll? Mylady, haben Sie mich jemals so rundherum glücklich erleben dürfen? Da muss ich erst als Zombie herumspazieren, um mein himmelblaues Wunder erleben zu dürfen. Dafür gibt es einen weiteren feuchten Knutscher auf die bonbonrosaroten Wangen meiner Geliebten.

Piiiep, piiiep, piiiep.

„Darling, do you have a Meise under your Pony?“, fragt mich Psyche besorgt.

Doesn't she have a lovely accent? „No, not really, sweetheart“, versichere ich wahrheitsgemäß.

„Lass mal überprüfen.“ Fürsorglich lüftet Psyche meinen lichten Pony und ... nix zu sehen außer Stirnfalten, die sie in pure Verzückung versetzen. „Wonderful.“

Piiiep, piiiep, piiiep.

„Was für ein Gelärme!“, wundert sie sich.

„Ah, mir schwant kein Schwan, vielmehr der Grund, weshalb es so impertinent piept. Hat mir doch der Allmächtige einen Piepser umgehängt, über den er mich rufen lässt, wann immer Not am Mann, am Mond, an der Sonne und so weiter ist“, erkläre ich meiner Holden. Den Taschenpiepmatz auf lautlos stellend, klamüsere ich meiner Geliebten zerknirscht auseinander, dass ihr Zugewinn, also ich, sich zum Dienst auf die Couch, nein, neben die Couch beamen muss. „Quickly.“ Sie hält mich für einen erfolgreichen Psychotherapeuten und hat absolut Verständnis, wenn ich jetzt die Flatter mache. „Schmatz.“

„Schmatz.“

„Auf bald, mein Schatz.“

Kapitel 35

„Du lieber Herr Gesangsverein, hätte ich mir doch nur den Trailer zum Epilog meines Lebens vorher ansehen dürfen. Auf eine bissige Tragikomödie wären meine Mandelkerne gern vorbereitet gewesen“, flüstert mir meine Amygdala konsterniert zu.

„Hat meine Muse heute ihren Ausgang? Liebe Amygdala, was wirfst du mir denn vor?“, frage ich sie.

Dieses Beamen hat was für sich, aber es hat auch etwas in sich. Wie heißt das noch mal, Sir, wenn die Eiskunstläufer sich hinhocken und einem Kreisel nach*wett*eifern? Gefällt Ihnen meine aktuellste Wortkreation? Und sehen Sie dieses Sportereignis vor Ihren geistreichen Pupillen? So sehe ich aus, wenn ich mich im Beamen versuche. Genau so, nur mit Schutzbrille, Knieschützern, Ellenbogenschützern und ... Helm? Sir, Sie sind so fürsorglich, jawohl der Helm darf nicht fehlen. Lange Rede, wo ist der Sinn? Jedenfalls hat der Peilsender heute einen ungeheuerlich schlechten Tag, weshalb ich mit einem Rumms bäuchlings auf dem Schreibtisch meiner Praxis lande. Man weiß nicht, wer erschrockener ist, der Sekretär oder ich. „Aua. Ein Bauchklatscher der primitiven Art und wofür das alles?“, beklage ich mich lautstark.

„Für mich“, piepst ein kindliches Stimmchen von der Couch her.

Widerwillig rapple ich mich auf, vorsichtig meine Knochen abtastend, ob sie noch heile sind. Mylady, natürlich könnte ich jetzt „heil“ sagen, aber „heile“ klingt um einiges tröstlicher. Sie verstehen, harte Liverpooler Kindheit und so weiter, weshalb ich mich der Babysprache an den Hals werfe.

„Ja, wen haben wir denn da? Guck, guck.“

Auf der Couch hocken eine zum Päckchen verschnürte Sternschnuppe und ihre Nanny. Dem Kindermädchen ist die gediegene Garderobe der Kleinen sichtlich peinlich. Streng auf den Scheitel der Schnuppe herabstarrend, könnte ihr verkniffener Mund nicht klarer als die schmallippige Queen verdeutlichen, dass sie not amused ist, und zwar ü-ber-haupt nicht.

„Ich bin Felicitas“, stellt sich das Schnüppchen artig vor.

„Die Glückliche? Na, besonders happy siehst du mir aber nicht aus“, merkel ich an. „Möchtest du verreisen? Sollen wir dich bei der Himmelspost aufgeben?“

Auf meine harmlose Anteilnahme setzt es ein Donnerwetter von der Nanny. „Siehst du, du ungezogenes Mädchen, das denken die Leute, wenn sie dich in diesem Aufzug sehen, selbst das Alterchen hier.“

„Ich muss doch sehr bitten ...“, mische ich mich entrüstet ein.

Genervt zupft das Kindermädchen an der hautfarbenen Paketschnur aus Organza herum.

„Nein, huhu, ich mache nur Ludmilla nach.“ Schnüppchen schluchzt.

„Ludmilla?“, sage ich.

„So heißt meines Vaters Tochter.“ Wie in der Schule hebt die Nanny ihren rechten Zeigefinger gen Sonne. „Sei bloß still, sonst setzt es was“, droht sie Felicitas mit erhobenen Handflächen.

„Genug ist genug“, rufe ich „und keinesfalls nur ein erstklassiger Thriller mit der lieben Jennifer Lopez. Es reicht!“ Meinen nirgends gefürchteten *Sie-sind-mir-zuwiderer-als-eine-Kellerassel-Blick* aufsetzend, greife ich eisenhowerhart durch. „Mein unliebsames Fräulein, gleich setze ich *Sie* an die frische Luft.“

„Haha, frische Luft ist ja dämlich. Hier oben weht ja unentwegt eine erquickende Brise, Sie seniler Seelenklempner. Aua, aua!“

Am wasserstoffblonden Haarschopf geleite ich Ludmilla nicht gänzlich ungalant nach draußen.

„So, jetzt zu dir, meine Kleine. Wollen wir dich erst einmal auswickeln?“

„Bloß nicht, dann mag mich ja niemand mehr!“, ruft Felicitas entsetzt aus.

„Wie bitte?“, frage ich.

„Nur als Päckchen habe ich Chancen, echte Freunde zu finden.“

Ich halte inne. Würde ich jetzt die Paketschnur entzweischneiden, würde dies unter Umständen einen seelischen

Schock heraufbeschwören. „Das musst du mir bitte mal näher erklären." Vorsichtig setze ich mich zu ihr auf die Couch. Mitleidig reicht Wilma ein mit Tierkreiszeichen besticktes Stofftaschentuch. Die Schnuppe schluchzt herzerweichend. Fürsorglich putze ich ihr das Näschen, bevor der glitzernde Schnodder noch auf Wilmas edlen Samtbezug tropft. Wilmas Blick schwankt zwischen „Ich-bin-so-angewidert" und „Mein-Mutterinstinkt-wird-geweckt".

„Also", nimmt Felicitas schluchzend Anlauf. „Die Ludmilla, die ja meine Nanny war, hat vier Freunde", die Schnuppe nickt vielsagend, „und ich habe null Freunde. Das sind mindestens ... ein, zwei, drei, vier weniger." In Mathematik passt sie scheinbar prima auf.

„Und wieso hat sie vier Freunde, während du vier weniger zu beklagen hast?", frage ich.

„Na, weil sie sich wie ein Paket verschnüren lässt. Ist sie eingewickelt, schließt ihr Besuch schnell die Tür. Ich kann aber hören, dass gespielt wird. Wobei Ludmilla scheinbar häufig hinfällt, so oft wie sie aua schreit."

Mir wird schwindelig. Die kleine Sternschnuppe wird doch nicht vom Bandagieren sprechen? Wie unschicklich! Mylady, Sir, sollten Sie dieser erotischen Spielart frönen, verzeihen Sie mir bitte meine Aversion. Ich konnte dieser Verschnürerei noch nie etwas Positives abgewinnen. Nennen Sie mich ruhig konservativ oder spießig. Schnüre gehören an Pakete oder Päckchen oder meinetwegen an Schuhe. Sir, wenn Sie sonst noch jugendfreie Ideen haben, her damit.

„Äh ...", äußere ich mich wortkarg.

„Da staunst du, was?"

„Wie jung bist du denn eigentlich, liebe Schnuppe?", frage ich besorgt, mich von der Couch erhebend.

„So alt wie die Zeit", kräht Felicitas stolz.

Ludmilla vor dem Fenster nickt zufrieden und zetert: „Wieso Sie machen so n' Handstand um die Sache, hä?"

Sir, nun könnten Sie vermuten, Ludmilla könnte Aufstand meinen, aber weit gefehlt. Tatsächlich absolviere ich 'nen einwandfreien Handstand, eine meiner Lieblingsübungen aus dem

Yoga-Unterricht bei Whitney. Das laszive Weibsbild ignorierend, wende ich mich an Felicitas. „Wenn ich dir versichere, dass du auch ohne wie ein Paket auszusehen Spielkameraden finden wirst, darf ich dich dann auswickeln?"

Schnüppchen zögert. „Okey-dokey, allmählich juckt die blöde Paketschnur. Gleich muss ich mich erst einmal ausgiebig schubbern."

What a story, unbelievable. Mich wieder auf solide Fußsohlen stellend, drücke ich kurz meinen Piepser, um Mercelchen herbeizuordern. Leise raune ich ihm zu: „L. m. u. g. w." Mercelchen ist clever genug, um bei seiner Ankunft sofort zu wissen, dass dies „Ludmilla muss unverzüglich ge*feuer*t werden" heißt. Wir alle, selbst Ludmilla – mit reichlich Nachhilfe von Adolph Knigge – sind der Ansicht, dass sie bei Hottie wesentlich besser aufgehoben ist. Bei den Mengen Paketen, die er täglich zu packen hat, wird sie eine recht passable Mitarbeiterin abgeben. Mit vorbildlicher Eigeninitiative bittet Mercelchen Jupiter, Zeus, Freud und die Queen darum, Kinder, Enkel und Corgis einzuladen. Im Nu ist Felicitas umringt von vergnügten Gleichgesinnten. Ihr Vorschlag, Gummitwist zu spielen, wird unter fröhlichem Beifall bejubelt. Dass Felicitas nach zwei Stunden zur unangefochtenen Königin gekrönt wird, verwundert mich gar nicht.

Zur Belohnung wende ich mich erschöpft den Caramelletten zu, schön wärs, den Suffragetten. Diese demonstrieren auf einem mit ihnen sympathisierenden Wölkchen für die Freiheit aller Sternschnuppen. Hinter den Frauenrechtlerinnen schleicht ein verstaubter Schatten umher. Natürlich ist es Saturn alias Ashley, der mumiengraue Stänkerer. Ich versichere den aufgebrachten Demonstrantinnen, Felicitas werde nunmehr von Mary P. behütet (Mary P. ist nicht allein für Bert unentbehrlich) und Ludmilla packe in der Hölle unter Hotties Aufsicht Päckchen. Eine Grimasse ziehend, die nicht wesentlich von seinem üblichen Gesichtsausdruck abweicht, lotst Saturn seine Jünger herrisch Richtung Hölle. Hottie wird seine Freude haben.

Kapitel 35 1/2

„Anmut betört mit lieblichen Zügen, die NieMannd ohne Wehmut vorüberreisen lässt, schon gar nicht Gevatter Tod."

„Oh, liebe Muse, du weckst meine Neugierde auf, sprichst du doch in Rätsellyrik."

Während ich noch vor mich hin knobele, *spielt* sich unter der Regie Amors ein liebliches Schau*spiel* ab. Ich lustwandle im Garten Eden umher und wer spaziert mir direkt in mein Blickfeld? Das neue Romantikpärchen der himmlischen Hippieszene: Freddie und Carmen, oder sollte ich Carmen zuerst nennen? Scarlet und Rhett können ihre Vintage-Koffer packen, um auf ihrem Altenteil am Gnadenbrot herumzuknabbern. Petrus munkelt, Zeus habe F. und C. bereits für einen Independent-Film verpflichten können. Carmen hat Freddie mit ihrem Charme tüchtig um ihren Stängel gewickelt, einen oder gar zwei kleine Finger hat sie ja nicht. Modisch tut sie ihm leider keinen Gefallen. Seit Kurzem kleidet Freddie eine viel zu knapp sitzende Nadelstreifenweste, die das Markante seiner Statur unschön herausarbeitet. Eine Geschmacksdurchquerung, würde er mich fragen. Dazu kombiniert er furchtlos eine seinen kantigen Hüften nur geringfügig schmeichelnde quittengelbe Jogginghose. Und von den Hosenträgern im morbiden Roséton einer verendenden Rose der Sorte „Heavy Beauty" sollte er lieber seine Fingerknöchelchen lassen. Ach hätte er besser unsere Stilberaterin, Queen Lizzy, konsultiert. Was solls. Zum Glück trägt er ja die rassige Carmen im Knopfloch spazieren. Mit ihrer Grazie und ihrer Kontaktfreudigkeit verleiht sie meinem Best Buddy das gewisse Etwas, das sonst niemand hat. Grim Reaper, so der Kosename von Gevatter Tod in meiner Heimat aus Kindertagen, goes Flower Power. Der Tod flaniert stolz wie ein Popstar durch den Himmel und schmettert: „I wear flowers in my hair." Was ja totaler Blödsinn ist, da Freddielein ohne Toupet keinerlei Hornfäden sein Eigen nennt. Mercelchen war aber so friendly, ihm jede Menge blühendes Grünzeug mit Tesafilm auf dem kahlen Schädel festzukleben. Im Grunde fehlt bloß noch die Grützwurst und Freddie-Maus kann, wenn auch recht verfrüht, als Testimonial für Grünkohl Werbung machen. Sei es wie es sei, in Carmen scheint er seine Seelengefährtin aufgespürt zu haben. So oft, wie er das Peace-Zeichen macht und dazu wie ein geripptes Honigkuchenpferd lächelt, muss ich mich einfach für das originelle Pärchen freuen.

Kapitel 36

„Erröten ist der Seele Ruf, den Liebesgunst verschämt erschuf. Entblößt wird so dem Du erklärt, nurmehr die Ratio sich wehrt“, poetisiert meine Muse.

„Wonderful, absolutely wonderful“, werte Muse.

„Mmm, mmm, mmm ...“ Saturn der olle Stinkstiefel suhlt sich auf meiner porentief reinen, smaragdfarbenen Couch in Selbstmitleid. Zu gleicher Zeit absolviert er sein Stimmtraining für den Poetry-Slam Wettbewerb.

„Bist du etwa multitaskingfähig?“, frage ich ihn.

„Mmm, hossa, mmm, hossa, mmm ...“

„Ashley, altes Haus, lass mal hören, was du dir hast einfallen lassen.“

Saturn wirft mir einen seiner vernichtenden Blicke an den Schädel, ist aber zu selbstverliebt, als dass er die Gelegenheit passieren lassen möchte, mir seine Kunst vorzuführen. Er räuspert sich, stellt sich kerzengerade hin und wirkt mit einem Mal imposant, fürwahr. Und ... ja, er hat wirklich wie Diamanten funkelnde salbeigrüne Augen, jetzt, wo die Sonne zum Fenster hereinschaut und ihre Strahlen ihm auf der Nase herumtänzeln. Eine eigenwillige Ode an das Moos, wenn Sie so wollen.

Saturn niest und ... ich glaub es ja nicht, lächelt. Gegen Frau Sonne hat er scheinbar nichts einzuwenden. Sein Lächeln wirkt, als habe es sich in seinem Gesicht verlaufen. Will es seiner ernsthaften Miene etwa den Platz am Stammtisch zurückgeben? Oh nein, es verweilt. Ich fürchte, ein neuerliches „Mmm“ könne mir den Morgen verderben, da legt er los wie Walther von der Vogelweide oder wie Cyrano de Bergerac. Sprachlos, meine Luke wenig vorteilhaft geöffnet, lausche ich seinen literarischen Ergüssen.

„Oh, du meine Königin,
Liebesglück schmolz einst dahin,
als mein Stolz mir streng verwehrte,
was mein Herz zutiefst begehrte.
Überholte Konventionen

können mir kein Leid entlohnen,
das mir nachts den Atem raubt,
mir zu lieben nicht erlaubt."

Nun rollt eine Armee aus Seelenwassertropfen über seine pausbäckigen Wangen – gerade bekaut er einen Zahnpflegekaugummi, Geschmacksrichtung Stachelbeere. Ribes grossularia duftet bis hierher. Wie hypnotisiert starre ich auf seinen Mund und lästere: „Olle Kamellen, lieber Ashley. Dieses poetische Werk kenne ich doch bereits!"

„Gar nicht wahr, habe den Refrain in ein Happy Beginning umgeschrieben", fährt mir Saturn über mein vorlautes Mundwerk.

„Bitte, hab Geduld mit mir,
bin längst auf dem Weg zu dir,
glaub an uns, an *meinen* Schneid,
gib mir nur ein wenig Zeit.
Du allein bist meine Braut,
FRÜCHTCHEN uns're Seelen traut."

„Mir ist, als hörte ich himmlische Chöre", rufe ich aus. „Ashley, ich soll euer Trauzeuge sein?" Meine linke Glandula lacrimalis öffnet ihre Schleusen. „Huhu." Dem Comic-Slang huldigend, schäme ich mich nicht meiner Rührung. Ich flenne, Ashley flennt, die Wolken flennen, selbst Billy the Kid flennt und, Sir, Sie wissen ja, was für eine harte Bittermandel der Kerl ist. Im Grunde konjugieren wir hier oben das aussagekräftige Verb ‚flennen' komplett durch. „Ui." Diese Neuigkeiten lassen mich überrumpelt auf die Couch plumpsen. Ashley und ich fallen einander pitschepatschenass um die Hälse und während ich seinen faltigen Schildkrötenhals tätschele, wird mir kristallklar, wie sehr Saturn mich in sein Herz geschlossen haben muss. Ergriffen zitiere ich die Zeile: „... Früchtchen uns're Seelen traut" und fange erneut an zu heulen. Ich lasse jeden Heuler am Nordseestrand wie einen ausrangierten Oldtimer aussehen. Wir halten jetzt Händchen.

„Ashley, lieber Freund", seufze ich, „reden wir Tacheles. Du liebst Venus. Ich sage nur: Show, don't tell! Und das hast du ja im

Hier und Jetzt mit Bravour gemeistert. Die Neuinterpretation deines berüchtigten Werkes ist ein Knüller. Da wäre ja jedes Auto hin und weg vor Rührung."

„Wie bitte?" Ashley verliert den Balladen-Faden und wendet sich nüchtern der abtrünnigen Logik zu.

„Öh, dem Auto fehlt das r. Ashley, stell dir das r vor, ich meine, da wäre ja jeder Autor hin und weg vor Rührung, von dem Verleger will ich gar nicht erst anfangen."

Saturn nickt geschmeichelt. „Wusstest du, dass Venus eigens für mich einen poppigdüsteren Rapssong geschrieben hat? Mit Sarg und Grabschmuck und allem Pipapo. Rapshonig mochte ich seit Jahr und Tag gern. Ich bin verliebt, unbändig verliebt, aber ... Wohin mit ..."

„Medusa?" Ich helfe ihm auf die Sprünge.

„Ja."

„Oh, da sind sie wieder, die Zweifel, geschätzter Freund. Jetzt kommst du aber schnell auf den schwer zu ignorierenden Punkt."

Ashley zittert wie meine Wenigkeit nach einem Liter Malzkaffee. Ja, ich bin empfindsam, Mylady.

„Tatsächlich stehe ich wohl unter ihrer Fuchtel", räumt er ein, während ich aufstehe, um der neuesten Fachliteratur „Psychiatrists for future" einen Platz im Bücherregal freizuräumen. (Sir, können Sie das erste Wort aussprechen?) Ich mag einfach nicht nur untätig danebensitzen und mich von meinen Emotionen umärmeln lassen.

Ashley sinniert. „Wir sind bereits ... ich weiß nicht mehr wie lange verheiratet, ich verdränge das immer, und sie raubt mir mit ihrer zänkischen Art jeden Lebensfunken. Ich möchte diese überlebte Beziehung nicht länger miterleben müssen. Sie bedarf entschieden einer resoluten Lösung. Medusa erinnert mich zunehmend an eine Tiefkühltruhe und mich ... mich verlangt es nach Wärme. Ich bin kein Tiefkühl-Spinat."

„Oh." Erneut bemühe ich meinen Lieblingsvokal. Zurückkehrend zu Wilma und Ashley, ergreife ich abermals seine Hand. Das muss jetzt einfach sein.

„Aber mich plagen Ängste, Früchtchen. Wenn Venus erst einmal dahinterkommt, wie trocken und spröde ich wirklich bin, möchte sie mich vielleicht gar nicht mehr ... küssen." Ashleys Stimme klingt herzzerreißend verzagt.

Mir Venus' letzten Auftritt ins Gedächtnis rufend, versuche ich, ihn temperamentvoll vom Gegenteil zu überzeugen. Ich werfe mit Herzkonfetti um mich. Oops, wo kommt das denn plötzlich her? Amor schmunzelt und entschwindet auf leisen Sohlen, seine Flügel riefen wohl nach einem Päuschen.

„Oh, sei dir gewiss, dass dem nicht so ist, mein lieber, lieber Ashley. Die Geier pfeifen es vom Dach ..., halt, quatsch, die Sterne funkeln es vom Himmelszelt herab. Ihr seid füreinander bestimmt. Wie lange macht sie dir nun schon den Hof?"

Ashley überlegt: „Seit der Antike. Damals, in Griechenland, versuchte sie mich mit ihrem selbstgemachten Zaziki zu verführen. Von den ungeschälten Knoblauchzehen wurde ich des Öfteren ohnmächtig. Ja, sie ist sehr treu und ausdauernd wie ein Drillbohrer. Das muss ich ihr lassen. Sogar von meiner Herbheit lässt sie sich nicht abschrecken. Das imponiert mir ungemein. Erst neulich beschlich mich der nach trauter Zweisamkeit duftende Verdacht, ihre gefühligen Posts könnten allein mir gewidmet sein. All das Magische ist aber noch absolut neu für mich."

„Allmählich werde ich melancholisch. Diese Irrungen und Wirrungen sind so gar nichts für meine vom Schlafentzug malträtierten Nerven", stöhne ich.

„Wieso Schlafentzug?", fragt Ashley.

„Versuche du mal, zu schlummern, wenn über dir der Posaunenchor probt. Ashley, weißt du noch, wie wir kürzlich über dein Jurastudium sprachen? Du bist ein Experte auf dem Gebiet der Rechtswissenschaft, nicht wahr?"

„Na und ob. Meine wissenschaftliche Abhandlung über die Scheidung Neptuns von Persephone hat mit summa cum Reineclaude abgeschnitten. Ich mag Pflaumen ..."

„Die waren mal verheiratet?" Ich staune. „Sachen gibts! Dann lass dich doch von Medusa scheiden, damit das Elend endlich sein Ende hat."

„So einfach ist das nicht, Früchtchen."

„Och, jetzt sagst du wieder Früchtchen zu mir. Das rührt meine übermüdeten Äuglein erneut zu Tränen. Du und ich, ich und du, Freunde fürs Dasein als Zombie, oder was immer ich jetzt sein mag.“

Ashley holt weit aus. Schon fürchte ich, er wird mir eine Backpfeife verpassen, aber weit gefehlt, er fleht bloß den Himmel an. „Medusa benötigt jemanden zum Herumkommandieren, sonst geht sie ein wie eine Primel, und außerdem heißt es doch: in guten wie in schlechten Zeiten, nicht wahr? Übrigens warte ich bis heute auf die guten. Der Logik halber hätten sie irgendwann mal um die Ecke linsen müssen ... Aber den Schwur nehme ich todernst.“

„Ja, Ashley du bist diszipliniert bis in den kleinsten Knochen hinein“, pflichte ich ihm bei. „Der kleinste Knochen ist übrigens der Steigbügel, ein Gehörknöchelchen im Mittelohr. Aber was wäre, wenn Medusa sich verlieben würde? Dann wärest du frei wie ein Maikäfer im Frühling und könntest mit Venus Schäferstündchen im Abonnement planen.“

„Bitte sprich nicht so frivol von ihr!“, weist Saturn mich empfindsam zurecht.

„Zweideutigkeit war früher ein Hobby von mir.“ Ich bin wirklich müde und recke und strecke mich gähnend.

Ashley wiegt sein verstaubtes Haupt in seinen Bürokratenhänden.

„Und wer darf nachher wieder Staub wischen?“, frage ich.

„Du?“, rät Ashley.

„Ja, ich.“

„Den schlafenden Schäfer mag ich lieber nicht dabeihaben“, verschafft sich mein Patient Gehör. „Ich halte rein gar nichts von einer kräftezehrenden Menage à trois. Wobei ... Venus, ich und Frühlingsgefühle? Bonjour, da wäre ich dabei!“

„Wie nett, Venus ist ebenso manierlich. Ich hörte sie euphorisch von wahrer Seelenliebe sprechen. Das passt“, ermutige ich ihn. Innerlich rolle ich mit meiner Augen Äpfeln. Er nimmt alles so wortwörtlich, wenngleich ich seinen Anflug von Humor nicht nicht würdigen möchte.

Saturn runzelt die Stirn. Thank God, dass meine Psyche ihn nicht so sieht. Tatsächlich hat er noch mehr Falten als ich.

„Wer sollte sich denn deiner Meinung nach in Medusa verlieben können?“, fängt er den Reißaus nehmenden Faden wieder ein. „Ihr Schlangenhaupt hält selbst den Figaro auf Abstand und dabei müssten ihre Haarlängen dringendst mal mit dem Skalpell bearbeitet werden. Dieser unappetitliche Spliss!“

„Im Zweifel ein Masochist?“, schlage ich vor.

„Wo finden wir den?“ Nervös kaut Ashley auf seinen Fingernägeln herum. Sein rechter Ringfinger scheint ihm hierbei besonders ein Dorn im Auge zu sein.

„Ashley! Nun reiß dich aber mal zusammen, ich kann dir unmöglich die gesamte Arbeit abnehmen. Mhm?“

„Nicht?“ Zerknirscht blickt Saturn zu Boden.

„Du könntest einem leidtun, jawohl, das könntest du.“ Ich fahre zur Hochform auf, schraube mich nach oben und drehe ’ne Inspirationsrunde auf meinem Drehstuhl. „Was hältst du von der tragischen Figur mit dem geschwollenen Fuß?“

„Was? Ich meine: Wie bitte?“ Saturn zeigt geringfügig Interesse.

„Na, die aus der griechischen Mythologie mit den ausgestochenen Augen und dem freudlosen Mutterkomplex.“ Das müsste ihm jetzt den Mund wässrig machen.

„Ah“. Bei Saturn fällt hörbar der antiquierte Groschen. „Du sprichst von Ödipus! Ist der nicht liiert, vergeben, verheiratet? Übrigens hat Pluto ihm erst kürzlich neue Augen eingesetzt. Ganz passable Gucker, wenn du mich fragst.“

„Pluto ist Chirurg?“

„Der ist alles Mögliche.“

„Hör zu Ashley! Good News. Neulich vernahm ich in der Sky Show, dass Ö. und Mütterchen seit einem Jahr getrennt von Tisch und Bett leben. Das ist your Chance, my dear friend. Jetzt musst du die beiden Zuckerschnuten Ödipus und Medusa nur noch in ein Bett legen, der Rest wird ein Kinderspiel. Begehrst du denn eigentlich wirklich deine eigene Mutter, Ashley?“ Gespannt halte ich mir die müden Äuglein zu.

„Um Gottes willen nein“, echauffiert sich Ashley, während der liebe Gott fröhlich herübergrüßt. Fällt sein Name, schaut er vorbei, um zu sehen, ob alles gechillt ist. Sehr zuvorkommend.

„Nein, nein, nein! Medusa hat sich mich in einem schwachen Moment geschnappt, und du musst wissen, dass sie früher auch mal irgendwie apart und um einiges freundlicher gewesen ist. Ihr mütterliches Wesen kam meinem Mond im Jungbullen durchaus gelegen“, rechtfertigt sich Saturn entrüstet.

„Mond im Jungbullen?“ Ich horche auf. „Muss unser tapferer Mond in die Arena, muss er kämpfen? Gehts nach Spanien? Etwa nach Barcelona? Soll Jojo noch mehr leiden?“ Ich rede mich richtig in Rage, während ich Jojos düstere Zukunft vorüberziehen sehe.

Ashley winkt beruhigend ab. „Nein, in meinem Geburtshoroskop steht der Mond im ewig jungen Bullen, was bedeutet, dass ich weibliche Wesen mag, die Großmütter verfüttern, Moment, die mich füttern wie nur Mütter, heilig's Blechle, ich komme durch den Tüdel.“

Oh, welch ein Graus. Wenn ich da an Venus minus ihren Fatsuit denke … So frisch von der Leber weg, räume ich der bedauernswerten Venus nun keine übermäßig geräumigen Chancen ein, aber wer weiß schon, was die Sternlein mit uns vorhaben?

Saturn redet sich jetzt so manches Gallensteinchen von der Seele.

„Mir geht es aber auch mehr um die inneren Werte“, gesteht er.

„Ach ja?“, hake ich nach.

„Je älter ich werde, desto wichtiger erscheint mir die Schönheit der Seele.“

„Mo-ment, was redest du denn da?“, sage ich entsetzt. „Medusa ähnelt von innen einer faulenden Schlangengrube, dessen ist sich Venus zu hundert Prozent sicher.“

Ashley scheint Venus' Ansicht zu teilen. „Die bedauernswerte Medusa. Mit ihren inneren Werten ist auch kein Schweinetrog zu gewinnen. Da gebe ich meiner Zukünftigen Recht. Obwohl … klug ist M. schon. An der Börse kennt sie sich aus. Erst gestern erstand sie Aktien der Firma HHK.“

„Ah, Medusa investiert in Hotties Himmlische Kamine?“, frage ich nach. „Verstand hat sie also.“

„Ja.“

Energisch gibt sich Saturn selbst einen Klaps auf die linke Wange. „Ich sollte nicht so schlecht von meines Vaters Schwiegertochter reden. Das schickt sich nicht.“

Schnurstracks bugsiere ich ihn zurück auf den Pfad unseres Brainmildbreeze, von Brainstorming kann keine Rede sein.

„Was jetzt?“, will ich von ihm wissen.

„Ich würde gern der Schnapsidee mit Ödipus näher auf den Fusel rücken, Früchtchen. Noch ein Likörchen?“, zwitschert Saturn. „Alkohol vertrage ich haarsträubend schlecht. Uranus munkelt, meine Vorfahren sollen Chinesen gewesen sein.“

„Ersteres hört sich nach einem potenziellen Fluchtweg mit angeknabbertem Rosamunde-Pilcher-Happy-End an“, ermuntere ich ihn.

„Wo genau finden wir diesen ominösen Ödipus eigentlich?“, brummt Saturn. Nun genehmigen wir uns beide einen Marillenlikör, den er für schwere Fälle wie diesen in seinem geräumigen Brustbeutel verwahrt.

Meine Müdigkeit in ihre Schranken verweisend, glänze ich mit einem Insidertipp. „Ich könnte mir vorstellen, dass er in den Seniorenwohnheimen herumlungert oder den Pflegedienst belästigt. Haben wir hier zwischen den Wolken Seniorenwohnanlagen?“

„Nein, hier oben sind sogar die Ältesten quietschfidel und solide integriert. Vorbildlich. Es schaudert mich, blicke ich auf Mutter Erde herab.“ Ashley schüttelt sich. „Wie lieblos, die eigenen Eltern oder Großeltern aufs Altenteil zu verfrachten.“

„Oh!“ Ich muss schlucken. Es ist nicht so, dass ich sonst nicht schlucke, irgendwo muss der Speichel ja hin, aber nun schlucke ich hart an der Wahrheit, die Ashley mit der Haut eines Ganters kundtut.

„Ach, für old mother earth wünsche ich mir wirklich, Jung und Alt würden lernen, einander mehr wertzuschätzen“, sagt er. „Denn waren nicht die Alten mal jung und werden nicht die Jungen mal alt sein?“

„Wahrhaftig, so eine simple Rechnung, mit der doch kein Mensch zu rechnen scheint", stimme ich ihm zu.

„Blamabel, höchst blamabel."

„Wenngleich es Situationen gibt", gebe ich zu bedenken, „in denen es den Kindern unmöglich ist, sich mit eigenem Körpereinsatz um das Wohl ihrer Eltern zu kümmern. Wenn ich da an meine frühere Patientin Sole, eine liebenswürdige Signorina in Nordfriesland, denke, die sich ihr halbes Leben überaus liebevoll um ihren mittlerweile im Himmel eingetroffenen Mann John gesorgt hat … Irgendwann waren selbst ihre Kräfte aufgezehrt und nun muss sie sich dringend um sich selbst kümmern. Trotzdem hilft sie mit den ihr zur Verfügung stehenden Mitteln allen, denen sie zugetan ist. Oh ja, sie ist eine tapfere Seele." Ich verliere mich in, an, aber niemals auf Sentimentalitäten.

Saturn beordert mich in die Wirklichkeit zurück. Von wegen Wirklichkeit. Lauwarmer Witz. Alles Mausetote hier oben. Ich fühle mich geknickt.

„Hey, Früchtchen!"

„Hier. Anwesend", maunze ich.

„Ausnahmen gibt es durchaus."

„Oh ja."

„Wo sollen wir denn mit unserer Suche nach Ödipus starten?", möchte er wissen.

„Hm, lass mich mal kurz überlegen. Wo würden wir uns herumdrücken, wenn wir ein Faible für greise Mütterchen hegen und pflegen würden? Wo hat Medusa dich aufgelesen?"

„Vielen Dank auch." Saturn denkt nach. „Mich hat Medusa in der Grundschule rekrutiert, aber das ist ja ein Gruselmärchen von vorvorgestern. Hm, vielleicht bei Hänsel und Gretel?"

„Ashley, keine schlechte Eingebung. Wo die Geschwister sind, kann die ‚Knusper-knusper-Mäuschen-Ruferin' nicht weit sein."

„Oder beim Raben Abraxas?"

„Aah, du spielst auf die kleine Hexe vom Preußler Otfried an? Klasse, auch eine Möglichkeit."

Der zurückhaltende Saturn scheint allmählich Fahrt aufzunehmen, anders ist es nicht zu erklären, dass er nun anfängt, mit Substantiven zu jonglieren, wie manch maskierter Clown mit

Tränen. „Gruft, Mausoleum, Kreuzfahrtschiffe, Geriatrie ..." Er ist kaum zu bremsen.

Beherzt machen wir uns auf den Weg und klappern nach und nach alle infrage kommenden Ortschaften ab, aber kein Ödipus ist in Sicht. Der Rabe Abraxas krächzt lediglich, die kleine Hexe sei Ödipus viel zu jung. Wie stolz er wirkt. Auch im Westen gibt es nichts Neues.

„Komm, Früchtchen, lass uns Bahn fahren, meine Flügel werden allmählich lahm und das Beamen verbraucht zu viele Kalorien. Guck dich Hering nur an. Du bist jetzt schon viel zu schlank. Weiter abzunehmen, kannst du dir nicht leisten."

„Jo, da sag ich nicht nein. Sehr rücksichtsvoll. Ich fahre gern Bahn."

Saturn ruft: „*Töff Töff*, bitte hilf uns!" und schwups sitzen wir in einem herrlich archaischen Abteil. Die Himmelsbahn *Töff Töff* ist eine echte Attraktion mit überaus komfortablen Sitzen. Auf halber Strecke im Zug nach Nirgendwo fallen Ashley Schuppen in die Augen. „Autsch."

„Ashley, mein neuer Freund, du solltest auf ein pH-neutrales Shampoo umsteigen. Ich kann dir da meine neueste Erfindung auf die Rübe schmieren."

„So?"

„Ja, mein Anti-Rieselshampoo geht weit über den üblichen Reinigungseffekt für Haare und Kopfhaut hinaus. Es entfernt nicht nur herumlungernde Hautschüppchen von deiner Denkerstirn, oh nein, bei Daueranwendung verhindert es die Bildung sichtbarer Newcomer-Schuppen. Solch ein Geriesele ist ja höchstens beliebt, wenn man es Salz rufen darf, Ashley. Auf der Kopfhaut, vor allem aber auf Anzügen gilt es als unästhetisch, wenn nicht gar als ein grobes Zeichen mangelnder Hygiene. Willst du das?"

„Äh … Nein!"

„Dachte ichs mir doch, du Pomadenhengst. Erst kürzlich konnte ich durch einen innovativen Laborversuch über einen Anwendungszeitraum von vierundsechzig Minuten einwandfrei belegen, dass insbesondere die wachstumshemmende Wirkung gegen Pilze …"

„Fliegenpilze?", fragt Ashley. „Das sind Fortunas liebste Glücksbringer. Die tragen Punkte. Dürftest du eigentlich mögen, Fürchtegott Dot, haha."

„… die Ursache der Verringerung der Schuppengenerierung durch Antirieselshampoos ist. Nee, Ashley, keine Fliegenpilze."

„Du, Früchtchen, generieren ist ein schwächliches Verb, das kannst selbst du schwerlich einfach mal eben so substantivieren."

„Nun sei bütte nicht so pomadig, bitte ich ihn. „Die Chemie meiner Pampe unterscheidet sich kaum von einem Shampoo für gewöhnliches Haar. Allerdings verwende ich zusätzliche Wirkstoffe wie Climbazol oder Selensulfide und selbstverständlich Bienenhonig."

„Bienenhonig?", fragt Ashley staunend.

„Yes, kennst du vielleicht eine Biene mit Schuppen? Ich nicht. Außerdem stellt Honig jede Brillantine in den Schatten. Die Konzentration liegt …"

„Erkläre mir das bitte später. Ich bin ein Genie, Früchtchen", unterbricht Saturn meinen Vortrag, „nächste Station steigen wir aus. Schnell, zieh am Notgriff." Gesagt, getan. Wir verlassen *Töff Töff*, und ich spurte Ashley hinterher.

„Wohin des Weges? Ich kann kaum mit dir Schritt halten."

„Wir besuchen W. E. K."

„Wen?", frage ich. „Ob das wohl ein Warenhaus ist, in dessen Kantine wir uns einen warmen Apfelstrudel mit Vanillesoße unter Schlagrahm gönnen? Ein kleiner Schmaus, Applaus, darf sein, wie fein."

„W. E. K. Wechselwarme Eier legende Kriechtiere", klärt Saturn mich auf.

„Wen?"

„Mensch Fürchtegott, mit der Fauna kennst du dich aber miserabel aus, was? Nichts als Schuppen im Kopf. Deine unappetitliche Geschäftsidee muss warten."

„Besser als auf dem Kopf, und was heißt hier auch? Wir werfen uns die Vokale an die Köpfe wie Graf/Becker einst die Tennisbälle."

„Verbal sportlich sind wir wenigstens", lobt uns Ashley.

Endlich, eine Verschnaufpause. Ashley bremst, ich pralle auf sein in die Jahre gekommenes Rückgrat und wir beide purzeln durch eine versehrte, knarrende Holztür mitten hinein ins hässlichste Terrarium der Weltgeschichte. Aber, pst, über Geschmack lässt sich ja bekanntlich eine neue Freundschaft entzweien.

„Ist das dein Zuhause?" Ich bin entgeistert.

„Staub, eine antike Einrichtung, Spinnweben sowie der Geruch nach Zerfall legt dir diese Vermutung ans Herz?" Saturn mustert mich bitterböse und spitzt sein Mündchen, als wolle er „Scheiterhaufen" ausrufen.

„Sorry, ich sollte ein besserer Hüter meiner taktlosen Entgleisung sein."

„Bei mir zu Hause sieht es aus wie im edelsten Auktionshaus und blitzblank ist es zudem. Schäm dich, Fürchtegott! Was für gemeine Vorurteile."

„Oh, jetzt bist du vorübergehend wieder bei Fürchtegott angelangt; welch ein Rückschritt."

*

„Wollt ihr zu uns, meine Liebchen?" Eine gütige Stimme, die klingt, als habe sie soeben in warmer, mit Holunderblütensirup gesüßter Brausepulversahne ein belebendes Schaumbad genommen, bietet uns ihre Hilfe an. Ich ergreife die Initiative, während Ashley einen auf schüchternes Burgfräulein macht.

„Ahoi, du bist eine Europäische Sumpfschildkröte, habe ich recht? Dich kenne ich aus Nordfriesland."

„Guuut." Mein Wissen scheint ihr zu imponieren. Unauffällig beobachte ich, wie sich weitere Reptilien auf den Weg machen, um uns zu begrüßen.

„Ihrem Tempo nach zu urteilen, dürften sie zum Heiligabend an unserem jetzigen Standort für ein freundliches ‚Ahoi' eintreffen", raune ich meinem Kameraden zu.

Zaghaft übernimmt Saturn das Ruder. „Ich grüße dich, werte Selma. Wir sind auf der Suche nach Ödipus. Wisst ihr vielleicht, wo wir ihn finden können?"

Selma zerbricht sich den schrumpeligen Kopf. Dieser Vorgang dauert kein Sekündchen länger als ... eine halbe Stunde, in der

Ashley und ich uns einen Wettbewerb im Däumchen-kreisenlassen liefern.

„Ha, gewonnen!", rufe ich aus. „Drei Runden mehr."

Selma prustet und pustet auf der Suche nach einer Antwort. „Puh! Ja, wo mag das Jüngelchen stecken? Ei ..."

„Ei?" Sofort fühle ich mich persönlich angesprochen. Sir, wenn Sie sich daran erinnern wollen, dass Dot die führende Silbe vom Dotter ist.

„Hach, vermutlich wird er sich bei Agatha, der Schlangenhalsschildkröte herumdrücken. Er macht ihr Avancen und Komplimente, dass ihr und mir, ja, uns allen angst und bange wird. Sie kann mit dem Bübchen rein gar nichts anfangen. Könnt ihr ihn nicht eintüten und mitnehmen?" Schelmisch kniepäugelt uns Selma zu. „Ihr Liebchen, ich bin ja die Vorletzte, die kein Verständnis für Komplexe hat, aber er rückt uns allen viel zu dicht auf unsere Panzer."

„Oha, ein unbescholtener braver Bürger scheint mir Ödipus ja nicht zu sein. Der Geschichte nach soll er seinen eigenen Daddy um die Ecke gebracht haben", teile ich mich Selma mit. „Die meisten von uns geleiten ihren Daddy ja bisweilen zuvorkommend, aber doch nur bis zur Ecke vom Supermarkt, Zeitungsladen, Schuster oder Friseur. Selma, mach gern mit."

„Bis zur Ecke vom … Zooladen." Selma schmunzelt.

„Unbedingt! Aber keineswegs um die Ecke. Das ist ein kleiner, aber lebensentscheidender Unterschied."

Zustimmend nickt Selma. „Ödipus ist ein unangenehmes, hyperaktives Bürschlein." Angeekelt schüttelt sie sich.

„Wir sehen, was wir tun können, werte Selma", verspricht Saturn dem wechselwarmen, Eier legenden Kriechtier. Während wir so angeregt miteinander plaudern, schreitet ein Hals auf uns zu. Mylady, Sir, um Sie mal wieder mit einzubeziehen: Ein Hals ohne erkennbaren Kopf und Fuß, von Oberarmen, Bizeps und Trizeps will ich gar nicht erst anfangen, ist selbst über den Wölkchen eine Rarität. Wie gebannt starren wir diesen verschrumpelten Hals an, atemlos auf sein dickes Ende wartend. Eine halbe Ewigkeit später hat der grauenvolle, schlammfarbene Rumpf seinen Gala-Auftritt. Dass eine Schlange für dieses Reptil Taufpatin ist, glaube ich Selma aufs Wort. Ein Bengel scharwenzelt dem Rumpf hinterher. Fünf Sträußlein aus teerschwarzen Rosen in den feisten Patschehändchen, ein Liebeslied auf den von Speichelsekret glänzenden Lippen, biedert er sich an wie Hannibal Lecter dem Schweigen der Lämmer.

„Diese desgleichen als Kara Gül gerühmte Rosensorte muss er wohl aus der Türkei, vermutlich aus Halfeti, importiert haben lassen", flüstert mir Saturn gebannt zu.

„Ah", flüstere ich gebannt zurück.

„Oh Turtle mein, oh Turtle mein, lass mich doch bitte Dein ganz sein", fleht der Bengel in Dauerschleife.

„Ih!" Ashley und ich verziehen unsere Unterlippe wie zwei Breitmaulfrösche bei ihrer Morgengymnastik.

„Die Nerven der Umworbenen scheinen mir blitzeblank zu liegen", raune ich Saturn zu.

„Lass mir meine Ruhe, Kleiner", bittet Agatha. „Burschi, geh' mir aus der Sonne."

Das klingt selbst in meinen gutmütigen Öhrchen nicht nach einer Liebelei, die darauf drängt, ihr Potenzial gänzlich entfalten zu dürfen.

„Hast du eigentlich ein Foto von Medusa dabei?", zische ich Ashley diskret zu.

„Ja, aber warum nur?" Saturn schaut verblüfft aus.

„Zeig her!"

Saturn kramt und kramt und befördert ein Fakir-Kästchen zum Vorschein. Unzählige längliche, dünne Werkzeuge stecken in dem Nadelkissen, das im Grunde nichts anderes als ein mit einem Foto beklebtes, aus Filz hergestelltes Kissen ist. „Ach ja", seufzt er. „Ich erinnere mich wieder an den Grund."

„Oh." Ich staune. Mich hypnotisieren Schlangenhaare, eine bandwurmlange lavendelfarbene Zunge und glühende, chlorreinigerblaue Äuglein, die mich zu einem Urinalstein verwandeln würden, wenn ich sie denn ließe. „How happy can I be, dass das only ein Polaroid ist."

„Das kannst du laut sagen." Ashley lacht trockener als der dröge Brandy, den ich mir an meinem letzten Silvesterabend auf Erden neben die Kiemen geschüttet habe.

„Du leidgeprüfter Ashley, mit jeder Minute, die wir uns an Ödipus' Fersen heften, verstehe ich besser, was du tapferer Pfundskerl so alles hast erdulden müssen.“
„Danke.“
„Das ist ohne Zweifel eine astreine, wenngleich etwas eigenARTig gestaltete Voodoo-Puppe, oder?“
„Möglich.“
„Und du bist dir sicher, dass du Medusa wieder in Umlauf setzen möchtest?“, vergewissere ich mich unnötigerweise.
„Soll das ein makaberer Scherz sein?“, fragt mich Ashley entsetzt. „Absolut sicher! Ich habe für Weihnachten schon völlig andere Pläne, wenn du verstehst, was ich meine.“ Seine Wangen röten sich wie Rosenblätter im Heckenrosen-Sirup.
„Nicht so wirklich, aber das macht ja nichts“, erwidere ich. „Ein Schritt nach dem anderen. Gib mir mal das Fahndungsfoto, flink.“
„Haha, Fahndungsfoto trifft es gut.“
Ruckzuck klebe ich das Antlitz Medusas mit meiner Spucke, die ersetzt jeden Kleber, so dickflüssig ist sie, auf Agathas Panzer fest. *Zack*. „Fortan wird Schwellfuß Ödipus bei seiner Verfolgung von Turtle unweigerlich in Medusas brennende Augäpfel starren *müssen*. Der Mensch ist ein Gewohnheitstier, das sollte bei Untoten nicht anders sein.“
„Ich ahne, worauf du hinauswillst.“
„Früher oder später wird sein Verlangen allein deiner Quasi-Ex, der Gorgonin mit dem Schlangennest über der gruseligen Visage gelten.“
„Genial“, pusht mich Ashley.
„Ich liebe dich, Agatha, du Mutter aller Schildkröten, lass mich dein Baaaby sein“, krakeelt Ödipus.
Enttäuscht guckt Saturn aus seinem leichenhallengrauen Hemdkragen hervor.
„Well, ich habe nicht versprochen, dass es sofort wirkt“, rechtfertige ich mich vehement.
Agatha rennt um ihr Leben, das heißt, sie schleicht Richtung Futtertrog, um sich für ihre Gegenwehr zu stärken.

Kapitel 37

„Selten legt sich ein Corgi allein auf die Couch", verspricht mir meine Muse augenzwinkernd.

Mylady, Sir, sicherlich wird Sie die Frage piesacken: Was genau macht eigentlich die Queen? Wie ergeht es ihr in unseren himmlischen Gefilden? Wird sie Diana über die zarten Senk- und Spreizfüßlein stolpern? Wird es eine Versöhnung geben? Brennen Ihnen nicht genau diese Themen seit Beginn dieser herausfordernden Lektüre unter Ihren brüchigen Fingernägeln? Und nein, da hilft es leider nicht, in der Regenbogenpresse nach billigen Antwortattrappen zu blättern. Gell, das habe ich doch schnell erkannt? Um Sie nicht länger auf die Folter zu spannen, lassen Sie uns einen Blick auf meine Therapiestunde mit der Queen werfen. Gerade weht sie um die Ecke, himmelblau wie ein Kumuluswölkchen an einem aufgewärmten Sommermorgen. Die fliederfarbenen Knöpfe des Kostüms glänzen mit ihrer prächtigen Laune um die Wette und, sieh an, sogar die echten Walking-Kekse bringt sie als Präsent mit. Das sind die mit der herrlich nach saftigen Weiden schmeckenden Butter aus Cornwall. No, das ist keine Schleichwerbung. I love diese cookies einfach über alles. Für den Darjeeling-Tee sorgen Diana und ich. Ja, richtig gehört, Diana ist mit von der Partie sowie jede Menge Corgis. Es ist eine Gruppentherapie. „Nehmt Platz und fühlt euch bitte wie zu Hause, ihr lieben Ladys … und Corgis", begrüße ich meine Jünger.

Hier oben sind wir so sympathisch ungezwungen. Gleich setzt sich Lady Di vertraulich bei der Queen auf den Schoß und fängt an, ihr Rastazöpfe zu flechten. Das wirkt irgendwie rührend und bizarr zugleich. Als Untermalung brennt auf meinen Lippen eine unerhört passende Melodie von den Pilzköpfen. She loves you, yeah, yeah, yeah. Zeitlos schön. Ich schlucke die Töne mit einem Tässchen Darjeeling, fourth flush, herunter. „Förchterlik", beschwert sich meine Speiseröhre.

„What did you say, Darling?", merkt die Queen auf.

„Das heißt mouth-watering auf nordfriesisch", lüge ich munter drauflos. „Too good, dass ihr zueinandergefunden habt", applaudiere ich meinen britischen Landsmänninnen.

„Well, die Kammerzofe war schuld an unseren Animositäten", fasst Diana die vermaledeite Vergangenheit kurz und bündig zusammen.

„Not the gardener!", resümiert die Queen mit fester Stimme, während sie mehr und mehr wie Bob Marley aussieht. Lady Di gluckst zufrieden und flicht weiter. So kann der Adel Probleme auch lösen.

„Great, einem Neuanfang steht also nichts mehr im Wege. Liebe Diana, ich hörte, der Kindergarten für die Sternenbabys laste dich intellektuell nicht aus. Würdest du lieber Hairstylistin werden?" Gespannt warte ich auf ihre Reaktion.

„No, thanks, nur Granny frisiere ich gern."

Queen Lizzy ist not amused, verdaut mit lärmenden Magengeräuschen die fragwürdige Auszeichnung und zeigt ihr gefürchtetes Wachspuppenlächeln. Allerdings verzichtet sie dabei zuvorkommend auf die Entblößung ihrer Frontzähne.

„Lizzy, du bist aber zufrieden mit deiner florierenden Stilberatung, oder ist da noch ein Wunsch offen?", forsche ich ohne Umwege nach.

„Yes, Darling, but ..."

„Great." Ich seufze erleichtert.

„... wenigstens als Zombie möchte ich Diana ja mal in einem Kleidungsstück sehen, das Klasse hat", säuselt die Queen schmallippig. „Frei nach dem Motto: Lass dich überraschen."

Das sitzt. Lady Di zuckt zusammen und reißt Grannylein ein paar Haarsträhnen aus. „Sorry, totally verfilzt."

Beide lächeln angestrengt.

„Und ich möchte dich als Blumenkind erleben, Granny." Diana juchzt. „Weniger verkniffen, lass uns einen kiffen." Spricht's und widmet sich ihrem mit feinstem Cannabis gefüllten Papierröllchen. Munter pafft sie drauflos.

Yes, Sir, so etwas gibt es hier oben auch. Mit ihrer freien Hand greift Diana in die linke Tasche ihres lässig-luftig flatternden Overalls im Farbton einer erblühten hitzköpfigen Mohnblume; offensichtlich um eine Sprühdose zu zücken.

„Diana!" Der warnende Klang meiner Stimme verrät dem Kenner eine Vorstufe der Hysterie. „Du wirst doch jetzt nicht etwa einen auf Graffiti-Princess machen wollen?"

„Why denn not, Mr. Dot? Granny, jetzt ist Schluss mit britischem Understatement. Flower-Power pur! Yeah!" Diana sprüht und erinnert mich dabei durchaus an den jungen Edvard Munch.

„Aaah!" Ich schreie, wiege meinen Kopf, wie der Metzger seine Hammelkeule und flüstere nur: „Kinners!"

Leider nimmt niemand Notiz von mir. „Well, begabt bist du ja, liebe Lady Di, das muss ich dir lassen." Die Queen wirkt gleich um einiges jünger, fröhlicher, optimistischer und agiler, wie sie so auf der Couch auf und ab hüpft und mich stark an Tom Cruise und seine weltberühmte Sofaszene bei der noch heute gezeichneten Oprah Winfrey erinnert.

„Thank you so much." Mit herausgestreckter Zunge spurtet Diana sprühend der Vollendung ihres Werkes entgegen. „Lizzys Kostüm macht jeder im Sommer schwelgenden Alpenwiese Konkurrenz, isn't that right?"

Binnen kürzester Zeit erweckt Diana Bärtige Glockenblumen, Fieberklee, Kuhschellen, Türkenbund-Lilien (damit wird ihre Schwiegermutter bei unseren feurigen Freunden für Furore sorgen) und Leberblümchen zum Leben.

„You are unvergleichlich talented!", lobe ich sie.

„Du kuhäugige Mitgiftjägerin. My poor little boy Charly. This is not the only bill we still have to pay." Nun wird Granny handgreiflich. Beide ringen sie auf Couch Wilma um die Vormachtstellung.

„Von wegen poor. He was fooling around with the Rottweiler", ächzt Diana.

„Unbelievable", klage ich. „Würden das Freud und Jung sehen, regnete es wohl hämische Bemerkungen über meine Eignung als Psychiater."

*

„Da werden noch einige Therapiesitzungen fällig werden, um euch zwei von überholten Konditionierungen zu erlösen“, werfe ich als Leckerli in den Ring. Aktiviert durch mein Alarmglöckchen, eilt Mercelchen herbei. Er serviert Portwein und Schokoladenscones, die verzehrt die Queen so gern. Die armen Walking-Cookies liegen zerbröselt auf Wilma.

„Me and scones will brake your bones“, keucht die Queen, während sie sich erstaunlich behände aus Dianas Würgegriff befreit, indes sie ihr zeitgleich die Augenbrauen langziehen. Das würde ich nicht schaffen. Die Corgis staunen. Mylady, all dies geschieht, während ihre linke Kniescheibe vertraulich zu dem Lendenwirbel ihrer ungeliebten Schwiegertochter Kontakt aufnimmt.

Sich nicht lumpen lassend, zischt diese: „Bacon roll müsstest du heißen.“

Speckröllchen? „Na, na, Kinners, Kinners“, mische ich mich aus sicherer Entfernung in die ungepflegte Unterhaltung ein.

Strahlend verkündet Mercelchen: „Diana führt mit ... zehn Punkten.“

Da ich nicht weiterweiß, fange ich an, eine Weise zu trällern. „Alt und Jung, welch ein Schwung, gemeinsam meistern wir a-a-alles. Jung und Alt, heiß und kalt, wir sind alle nur Z-o-o-ombies.“

Beide Raufbolde halten inne, mustern einander, als würden sie aus einem Traum(a) erwachen, setzen sich sittsam aufs Sofa und verfallen in eine mittelschwere Depression. Wie im Chor singen sie einstimmig: „Du hast re-e-echt. Alles egal, total eg-a-a-al, hier oben sind wir alle nur Zombies. Nichts spielt mehr eine Rolle. Uaaa!“

„Wo sind die Taschentücher?“, schluchzt Diana.

Die Queen zückt ein mit ihrem Monogramm besticktes Stofftaschentuch, reißt es in der Mitte durch und schenkt satte dreißig Prozent davon ihrer Schwiegertochter.

„Thank you, Mum.“

Uns gebannt musternd, scheint Mercelchen mit der lästigen Quizfrage zu liebäugeln, ob ich noch alle Porzellanteetassen der Marke Royal Stafford im Schränkchen habe. Lethargisch liegen die beiden Kampfhühner auf dem Sofa und geben talentiert die weibliche Variante von Hans-Guck-in-die-Luft.

„Da waren mir eure Temperamentsausbrüche aber bedeutend lieber“, sage ich.

„Was tun?“, spricht Zeus vom Gang her und flüchtet.

„Das ist jetzt wenig hilfreich“, rufe ich ihm nach. Oje, möge der Olymp von Trunksucht verschont bleiben.

*

„Test, Test, Test“, dröhnt es urplötzlich aus sämtlichen Ecken des Zimmers. Mein Tinnitus ist alarmiert. „Test, Test, Test.“

„Autsch.“ Ich halte mir meine malträtierten Lauscher zu.

„Test, Test, Test.“ Hoch erhobenen Hauptes tritt Gottes Sohn auf mich zu, umarmt mich und verkündet liebevoll: „Ich gratuliere dir von Herzen. Den Belastungstest hast du bestanden.“

Ich komme mir vor wie ein unterschätzter Oldtimer beim Kaltstart, dessen defekte Batterien den Streik ausgelöst haben. „Wie, wo, was?“

Jesus klärt mich auf. „Fürchtegott, dein früheres Ich hätte sofort Partei für the very beautiful Diana ergriffen, …“

„Thank you, Honey“, bedankt sich Diana.

„… allerdings nicht, ohne vorher Witze über ihren wahrlich tadellosen Intellekt zu reißen. Die Queen wäre für dich eine federleichte Beute gewesen.“

Just in diesem Moment betrachtet Lizzy selbstkritisch ihre Rundungen, in der nicht gänzlich irrigen Annahme, ich hätte mir bei meinem Beutezug an ihr den einen oder anderen Hüftbruch zugezogen.

„Und dein Zynismus“, ergänzt Jesus, „hätte die an und für sich altbackene Therapiesitzung erst so richtig gerockt.“

„Welchen Intelle...? Altbacken? Nein, nein, schon klar.“ Irgendwie bin ich wohl aus dem Schneider. Die zwei Streithennen grinsen mich an und haben den Schalk im Nacken sitzen. Yes, Sir. Hier droben ist der Schalk tatsächlich keineswegs bloß eine müde Redewendung, sondern ein putzig aussehender Kobold, der begeistert beim Klamauk mitmischt. Diana setzt den Schalk vorsichtig neben sich auf die Couch und reibt sich ihren Nacken. Der Schalk mag zwar sehr klein sein, wiegt dafür aber so viel wie eine Regentonne voll Holunderbeersaft; in einer solchen haust er nämlich, der Schalk. Auch die Queen macht Dehnübungen und drapiert ein von Jesus gereichtes wärmendes Körnerkissen auf ihrer Schulterpartie. Jesu Worte stimmen mich nachdenklich. Mein früheres Ich hätte die Situation tatsächlich ins Lächerliche gezogen. Mein jetziges Ich betrachtet über die Maßen gerührt die Szenerie und erfreut sich an der Harmonie. So etwas nennt Gottes Sohn gern Läuterung. Wie bestellt läuten die Glöckchen der St. Paul's Cathedral wirklich entzückend vor sich hin und dabei ist das segensreiche Weihnachtsfest ja erst in vier Monaten. Well, komplett zum Spüllappen bin ich nun doch noch nicht mutiert. Spitzbübisch rolle ich mir Strähnen von Jesu Dreadlocks um meinen rechten Zeigefinger, um meinen kleinen Finger wickele ich ihn aber nicht, und habe da noch ein paar nach Füllung drängende Wissenslücken.

„Lieber Jesus, trägst du eigentlich Extensions?“

Jesus bricht in wieherndes Gelächter aus.

So schnell gebe ich nicht auf. „Diese beneidenswert attraktive Mähne kann unmöglich echt sein. Wurden Tressen eingearbeitet?“

Diana zeigt Forschergeist. „Damit meinst du mehrere Haarsträhnen gleichzeitig, oder?“

„Yes.“ Ich bejahe. „Wurden beim Anmodellieren unter Hitze Wärmezange, Hot Pod, Hot Gun, Shrinkies, haha, das sind Schrumpfschläuche und keine Shrimps, haha, Wachs und thermoplastischer Kunststoff verwendet?“

„LOL! Durch deine fachkundige Terminologie lässt du vor versammelter Mannschaft die Hosen runter, Fürchtegott.“ Lizzy lacht. „Verrät sie doch unleugbar, dass du seit geraumer Zeit damit liebäugelst, deiner Glatze zum Christfest neue Hornfäden zu schenken, right?“ Die Queen schäkert mit meiner Eitelkeit.

„Right.“

„Nein“, versichert mir Jesus. „Meine Haarpracht habe ich von meinem Vater geerbt, alles echt. Darfst gern mal daran ziehen. Früchtchen, ich finde ja, dass deine Beinahe-Bowlingkugel aber durchaus Charmeappeal versprüht. Ich assoziiere sie auch gern mit Weihnachtsschmuck."

„Jesus, du bist freundlich und witzig." Jetzt lache ich auch. Wahrscheinlich mache ich mir völlig unnötige Sorgen darüber, dass mein Look meiner geliebten Psyche, meinem Schmetterling des Herzens, nicht gefallen könnte.

„By the way, kannst du tatsächlich übers Wasser laufen?", insistiere ich weiter. „Ich habe heute meinen indiskreten Tag, wie mir scheint, aber wann hat ein britischer Nordfriese wie ich denn schon die Gelegenheit, solche Geheimnisse zu entlarven?" Welch ein Glück, dass Jesu Geheimnisse heute ihren Tag der offenen Tür haben.

„Tja, ich gehe tatsächlich über das Wasser."

„Unbelievable, ich glaube wieder an Wunder."

„Allerdings nur, wenn ein uneigennütziges Heer aus Blauwalen eine Unterwasserbrücke bildet, auf der ich dann entspannt von Ufer zu Ufer spaziere", verrät mir Jesus. „Das ist eine fabelhafte Darbietung, jedes Jahr im September. Übrigens sind Blauwale wundervolle, hilfsbereite Wesen, sie werden bis zu 33 Meter lang."

„Och, biologisch bist du auch noch versiert und so ehrlich. Du bist ja ohne Fehl und Tadel. Wer wirft den ersten Stein? Oops, apropos werfen, jetzt werfe ich aber ganz gehörig die Bibel durcheinander. Hier wird höchstens mit Komplimenten geworfen", berichtige ich mich schleunigst.

„Ich habe auch meine Schwächen", gesteht mir Jesus.

„Vermutlich sind diese äußerst liebenswert."

„Um Mitternacht pflege ich regelmäßig ein Tässelchen heiße Schokolade mit Sahne zu genießen und eine Vorliebe für Tests habe ich zudem", verrät Gottes Sohn.

„Ach Gottchen, sprichts Lottchen, wenn das Schwächen sein sollen. Bist du eigentlich sehr enttäuscht, dass die Menschen sich gegenseitig bekriegen und für so viel Trouble sorgen?", frage ich traurig.

Gottes Sohn hält inne. Er weicht meiner Frage aus. „Ich glaube an sie. Vielleicht besteht mein Fehler in den Augen einiger Erdenbürger ja darin, beständig das Nette in ihnen zu sehen.

Tatsächlich habe ich jede Kreatur Gottes ins Herz geschlossen, ob gut, ob böse ... Das wurde mir in die Wiege gelegt."

„Ach, könnten wir alle wenigstens ein klein wenig wie du, lieber Jesus, sein."

„Ich glaube ja, lieber Fürchtegott, dass Schwächen schwächer werden, wenn wir ihnen mit Liebe begegnen. Du selbst bist doch ein sehr schönes Beispiel hierfür."

Schon wieder bin ich gerührt und ziehe eine zitternde Schnute. „Wiesu?"

„Ich glaube, das weißt du, Früchtchen."

„Ach je, bist du ein Goldstück, Jesus! Jetzt nennst du mich auch noch Früchtchen, obwohl ich mich manchmal fühle wie überlagertes, vertrocknetes Dürrobst. Eigentlich heißt das Dörrobst, aber da ich recht dünn bin, ziehe ich das ü dem ö vor. Sinn ergibt das nicht wirklich."

Jesus tröstet mich. „Dörrobst besteht aus ausgesprochen appetitlichen getrockneten Früchten, oder besser Früchtchen, die besonders im Winter zu punkten wissen."

Nun fühlt sich selbst mein Nachname geschmeichelt.

Jesus lobt weiter. „Dörrobst verleiht Kraft, sättigt und enthält außerdem kaum Fett. Der Fruchtzucker schleicht sich vorbildlich langsam ins Blut, sodass der Stoffwechsel nicht überrumpelt wird. Auch ist es reich an natürlichen Antioxidantien und erfreut somit besonders den Darm mit einer tadellosen Gesundheitsprophylaxe."

„Mein Rückgrat richtet mich auf. Ich kann direkt fühlen, wie ich mindestens 1,3 Zentimeter wachse. Danke, hicks." Ich schluchze mit Schluckauf. Sir, schaffen Sie so etwas?

„Neulich, auf Erden, huldigtest du ja noch dem Zynismus", sagt Jesus. „Eine Zeit lang hatte ich mir gewaltige Sorgen um dich gemacht."

„Ah, war das, als ich einem meiner Zwillinge Blaubeeren an den Schädel, ich meine Kopf geschnipst habe?" Meine Neugierde ist geweckt.

„Unter anderem. Und nun sieh dich an: freundlich, empathisch, hilfsbereit, ein wahrer Philanthrop."

„Yes Sir." Ergriffen salutiere ich. „Zu weichgespült bin ich aber nicht, oder?", hake ich ängstlich nach.

„Nicht doch, nein." Jesus amüsiert sich absolut wonniglich. „Deine natürliche Ironie wirst du niemals verlieren, sei unbesorgt."

Erleichtert atme ich aus, hatte ich doch ehrfürchtig die Luft angehalten und fühle mich wie ein Luftballon, aus dem jeder Argwohn entweichen darf. „Argwohn ist solch ein hübsches Wort. Weshalb neigt hier oben selbst Jedermann zum Poetisieren?"

Hugo von Hofmannsthal kichert aus dem Off heraus.

Jesus hilft mir auf die Sprünge. „Das ist das Werk der Wölkchen, das animiert die Musen zu verbalen Lufthopsern."

Kapitel 38

„Nicht selten ist das Ende ein verkleideter Anfang." Meine Muse glänzt mit philosophischen Aphorismen aus der Edelboutique. Zeitgleich shoppt Schopenhauer einen wie angegossen sitzenden Gedankensplitter.

In der Ankunftshalle des Himmels ist der Teufel los. Luzifer hat extra sein Altenteil verlassen, um Hottie und Freddie unter die Arme zu greifen. Die Neuankömmlinge, also die Verstorbenen, die frisch eintreffen, stehen aufgebracht in der Schlange, unschlüssig, wohin mit sich, ihrem Gepäck und vor allem mit ihren Emotionen. Einerseits können sie ihr Glück gar nicht fassen, dass es eine Fortsetzung gibt, andererseits weicht die Freude rasch der Enttäuschung, nicht unverzüglich von ihren lieben, vorausgeeilten Seelenpartnern, Verwandten oder Freunden in Empfang genommen zu werden. „Die Himmelsbürokraten leisten erstaunlich propere Arbeit, sind aber auch keine Zauberer. Ordnung muss sein", stellt Helmut Schmidt klar und zündet sich eine M-Zigarette an, ein nach Melonen duftender Genuss.

Elvis und die sieben Geißlein trällern frisch von der Leber weg ihren Willkommensgruß:

„Wonnetränen weinen Lachen,
Elfenhirten hüten Drachen,
Nebel, weiche Leichtigkeit,
Regen, schreib an Sonnenmaid:
Ob im Himmel, ob im Leben,
Gott wird Glück in Wunden weben,
Schmerz verheilt im Glanz der Zeit
und der Sommer näht sein Kleid
stolz aus feinsten Mohnkristallen,
die in Schwärmerei verfallen,
wo sich Lippen sanft liebkosen
und der Spatz träumt von Mimosen."

Als erfahrener Haudegen applaudiere ich begeistert. „Bravo, bravo, bravo." Nun küssen sich Elvis und Pretty, das kurzgewachsene, hundert Jahre junge Geißlein, auf den Mund und auf die Schnute, oder was ein Geißlein eben sonst so um die Zähne herum im Angebot hat. Immerhin lenkt diese originelle Pseudoromanze die Neuankömmlinge für ein paar Minuten von ihrem inneren Tohuwabohu ab.

Tja, wenig später ist Psyches und meine Hilfe mehr als gefragt. Wir sind en vogue. Gelingt es uns doch recht vorbildlich, die erhitzten Gemüter zu beruhigen und die Familienzusammenführung voranzutreiben. Ein bisschen fühle ich mich wie ein gütiger Hirte, der sich um seine Schäfchen, darunter auch den einen oder anderen angegrauten Bock, kümmert. Einige blöken, nein schluchzen besonders kläglich. Sie fürchten, Luzifer in die Hölle folgen zu müssen.

„Wenne die wüssten, wie schnieke et hier bei mir is, ick würde Probleme kriejen, den Ansturm wegzubügeln", raunt mir Hottie mit beleidigter Miene zu. Luzifer nickt und zuckt verärgert mit seinen verrußten Schultern. „Vorjestaubte Vorurteile."

Ich versuche, beide aufzuheitern. „Tief durchatmen, Jungs. Wir können jederzeit an eurem Image arbeiten. Hottie, melde dich, wenn du Unterstützung bei einer Kampagne brauchst."

Mylady, es ist anrührend zu beobachten, wie der Himmel einen jeden Neuankömmling freudestrahlend willkommen heißt. Da gibt es den Sohn, der inniglich (auch so ein kuscheliges Wort) von seiner Mutter in den Arm genommen wird, die Ehefrau, die nach Jahren der Trauer und des Überwartens endlich von ihrem Ehemann so überschwänglich ans Herz gedrückt wird, dass ich mir vorstelle, wie sie sich nicht einmal zum mitternächtlichen Sternenflug loslassen, den knorrigen Einsiedler, der entgegen aller Vorurteile durchaus tolerable Verwandte kennenlernt, und natürlich auch Vierbeiner, Sechsbeiner und Achtbeiner, die ihre Herrchen und Frauchen umspringen oder umflattern, dass mir das Herz aufgeht.

Gerade umschwirrt ein plietscher kiwigrüner Wellensittich namens Bibo aufgeregt zwitschernd meinen Kopf. „Ist mein ehemaliges Frauchen Sole unter den Reisenden?", möchte er von mir wissen. Ich verweise ihn an Freddie. Akribisch die Anmeldeliste durchgehend, schüttelt Gevatter Tod verneinend seine Knochen.

„Bitte“, zwitschert Bibo, „könnt Ihr Sole von mir ausrichten lassen, dass ich ihr längst nicht mehr böse bin?“

„Böse?“, wundere ich mich.

„Ja, mitunter hat sie übersehen, mir frisches Wasser zu geben und als ich mir beim Turnen ein Kniegelenk gebrochen habe, das war kurz bevor der Tierarzt mich auf meine Reise schickte, war sie so verliebt in ihren zukünftigen Mann, dass sie alles um sich herum vergaß. Übrigens steht ihr Mann John dort drüben.“ Bibos Schnabel zeigt auf einen charismatischen Mann mit einnehmenden Lachfältchen und vollem, weißen Haar. „Huhu, John, bis gleich. Ja, inzwischen sind wir Freunde und treffen uns sonntags regelmäßig zum Tontaubenschießen. Nun denn, wenigstens sorgte sich Soles empathische Mutter damals rührend um mich.“

„Und du möchtest Sole tatsächlich großmütig verzeihen?“, frage ich ihn.

„Unbedingt! Oftmals gedenkt sie meiner, sehr lieb, mit Tränen im Bedauern, und ich spüre, wie sie ihre Nachlässigkeit aufrichtig bereut.“

Freddielein zückt sein Taschentuch und drückt es tief in seine Augenhöhlen. „Lieber Bibo, vor seinem nächsten Besuch auf Erden werde ich den Gott des Traumes bitten, Sole deine Botschaft zu überbringen.“

Vor Erleichterung jubilierend, wünscht uns Bibo „Einen gutmütigen Tag“ und flattert zum Tontaubenschießen. Aus meinen Augen tränen Herzen. „Welch schöne Seele mir dieser kiwigrüne Wellensittich voraushat.“

Tatsächlich sind unsere Herzen im Himmel weit geöffnet. Wahrhaftig, sie öffnen ihre Fensterläden (Herzklappen), wenn wir uns freuen oder gerührt sind. Wann immer wir geliebte Wesen willkommen heißen, regnet es lächelnde, nach Zufriedenheit duftende Rosenblätter. Ein berührendes Brauchtum, wie ich finde. Mir fällt auf, dass es keinen einzigen Anreisenden gibt, der im Regen stehengelassen wird. Der britische Schauspieler Leslie

Howard verteilt überaus aufmerksam von ihm designte *I'm in heaven-Regenschirme.* Tadelloser Werbeslogan. Jeder, wirklich ausnahmslos jeder, findet hier ein ihn liebendes Herz. Dass es so viel Fürsorge gibt, hätte ich mir zu Lebzeiten nicht träumen lassen. Gottes Sohn warnt unermüdlich, dies müsse ein wohl gehütetes Geheimnis bleiben, damit hier keiner vor der Zeit ans Himmelstor anklopft. Passiert so etwas Tragisches tatsächlich einmal, ist dies der einzige Zeitpunkt, zu dem Jesus verzweifelt die Fasson verliert. Dann verzehrt er vor lauter Frust Schaumküsse über Schaumküsse. Das Fatale ist, dass viele dieser den Freitod wählenden Menschen unmittelbar nach ihrer Himmelfahrt wieder zurück zur Erde wollen. Und dies nicht nur, weil dort so viele wertvolle Strophen noch ungesungen sind. Aber leider gibt es vorerst nichts, was das Unwiderrufliche ungeschehen machen könnte. Hypnos und Morpheus verschicken zwar Traumbotschaften an die trauernden Hinterbliebenen, aber die Zeit ist die Zeit. An ihren Zeigern darf der Mensch niemals drehen, sonst geraten Welten durcheinander.

Ein Leben dauert, solange ein Leben dauert.

„Ein weites Feld." Fontane zwinkert zu mir herüber. Wie ein Heißsporn diskutiert er mit seinem Ur-Ur-Großenkel über seine geliebte Effi.

Carmen ... Mylady, schätzungsweise erinnern Sie sich an das Temperamentbündel von Stiefmütterchen, welches Freddie-Maus im Sturm der Gefühle erobert hat? Carmen jedenfalls ist sichtlich in ihrem Element. Von Freddies Revers aus spricht sie den Angereisten Mut zu und tröstet mit sanftmütigen Worten, wo es des Trostes bedarf. Selbst Jupiter räumt ein, er habe den Tod nie zuvor so springlebendig und optimistisch in die Zukunft blicken sehen. Da haben sich zwei gefunden, die sich im gewöhnlichen Leben wohl nie gesucht hätten. Ich möchte Ihnen aber nicht verschweigen, Sir, dass sich hier auch tragische Szenen abspielen. Da drüben entdecke ich Malte, einen sechsjährigen Jungen, der sein Leben bei einem Fahrradunfall verlor. Furchtsam, die Augen weit aufgerissen, steht er da. Gustav, sein Plüschschaf, fest an seine Brust pressend, murmelt er unentwegt: „Ruhig, Gustav ruhig, ein tapferes Schaf weint doch nicht." Wie schmerzlich vermisst er Mutter, Vater und Schwesterchen Judith. Seine Großeltern beruhigen ihn, so gut es eben geht. Sie versichern ihm, dass er seine Lieben in ein paar Jahren wiedersehen wird. Das ist so sicher wie das Atmen in der Kirche. Mitfühlend vor ihm niederkniend möchte Hottie wissen, ob er sich vielleicht die neuesten Höllenkamine ansehen mag. Da hört Gustav beinahe auf zu schluchzen und Malte antwortet kläglich mit: „J-a-a-a." Als dann noch König Ludwig Malte zum Trost einen ofenfrischen Krapfen in die linke, sich sacht lösende Faust drückt und die wunderbare Sängerin Melanie Thornton ihn mütterlich an die rechte Hand nimmt, belebt Hoffnung Maltes bleiche Wangen und sogar Gustav hört auf zu blöken.

Psyche und ich verhalten uns an diesem Abend außergewöhnlich still. Einander in die Augen schauend danken wir dem Schicksal. Wie gesegnet wir doch sind. Wir haben zueinanderfinden dürfen.

*

Mitternacht! Unweit meines Schlafgemachs wirbt ein verschmähter Troubadour in Kooperation mit dem sekündlich heiserer soufflierenden Cyrano um Rapunzels Gunst. Das aufgekratzte Partygirl feiert lediglich einen Wolkenkratzer weiter. Das kann ja eine unruhige Nacht werden.

Whats this? Mein Herz küsst mir eine Frage auf die Zungenspitze, die ich vor dem Schlaf nicht herunterschlucken möchte. Ui, klingt das gestelzt. Die Stelzen zur Seite legend, wende ich mich aufgewühlt meiner Geliebten zu:

„Psyche?"

„Ja, Shrinky."

„Ist das dein neuer Kosename für mich?"

„Ja."

„Definiere mir die Liebe,
ist sie Verführung, Charme, Chemie,
Sehnsucht, Schicksal oder Triebe,
Utopie oder Genie?", frage ich sie atemlos.

„Cupido führt hier Regie", seufzt sie ergriffen, den Liebespfeil, der sie unlängst vor Wochen traf, liebkosend an ihrem wogenden herznahen Busen verwahrend.

„Verliebst du dich, Herz über Kopf",
„wie Frau Manschette in den Knopf",
„ist deiner Seele sonnenklar",
„hier ist wohl nichts verhandelbar …"

„Yes, das empfinde ich ebenso", stimme ich ihr zu.

„Imperativ, so intensiv,
verwirrend, lieblich, obsessiv,
unumgänglich, überschwänglich,
ein Gefühl, das lebenslänglich
vorbestimmt in Sternen steht,
nie mehr wieder von mir geht", gestehe ich ihr hold errötend.

„Amors Pfeil öffnet uns Türen,
frühlingshafte Ouvertüren
Ratio verliebt berühren,
Zweifel auf den Mond entführen,
Eis ums Herz zum Schmelzen bringen,
höchste Berge sanft bezwingen", haucht Psyche.

Nun singen wir, uns an den Hand-/Schmetterlingsflügeln haltend, im Duett:

„Unvermeidlich wie der Mai*,
wie die Henne für das Ei,
will mein Herz auf Glück plädieren,
alte Welt illuminieren.
Unvergänglich wie Gezeiten,
wird die Liebe uns geleiten."

**Im Übrigen ist der Mai ja mein Sterbemonat oder eher mein himmlischer Geburtsmonat.*

Überwältigt versinken wir in einem happy kiss, welcher unverzüglich Kurs auf unsere farbenfrohe Zukunft nimmt.

Mylady, Sir, sollten Ihnen im obigen Gedicht Sprecherverben fehlen, bitte ich Sie inniglich um Verständnis, keinen Einspruch beim Gerichtshof für Lyrik einzureichen. Das würde der Romantik bitter aufstoßen und das möchte doch niemand, oder?

Bitte unterdrücken Sie Ihr Hicks, Sir. Verbindlichsten Dank.

*

Nicht nur Hera, Schutzgöttin gebärender Frauen, zeigt sich fasziniert von der mythischen Gestalt Hermes Trismegistos. Auch die Sterne applaudieren seinen Vorträgen, die er, stets zweistimmig, mit der Weisheit „wie oben, so unten" zu beginnen pflegt. Ihren Wahrheitsgehalt habe ich selbst überprüfen dürfen. Dass sich hinter dem Brimborium Mercelchen und der Ägypten verehrende Gott Thot verstecken, ahnt kaum niemand. Warum ich Ihnen das erzähle? Vielleicht weil weder auf Erden noch im Himmel alles Friede, Freude, Eierkuchen ist. Wenn ich da an Napoleon und seine Eigelbunverträglichkeit denke. Paul Bocuse, unser begnadeter Spitzenkoch, lief sich neulich seine Fußsohlen wund, um Zutaten für einen schmackhaften Eigelbersatz zusammenzurühren. Rührend, glauben Sie mir ruhig. Napoleon ist ein Süßmäulchen vor dem Herrn. Paulchen versuchte, mit Apfelmus Nappis Geschmacksnerven zu umschmeicheln. Dreißig Gramm Apfelmus und ein Teelöffel Rosenöl (Darjeeling war auch mit von der Partie) ergaben einen tadellosen Hefezopf, dessen kaum wahrnehmbarer Eigengeschmack nicht weiter ins Gewicht fiel. Denkste! Der Dank?

Nappi verzog sein Gesicht und krakeelte: „Igg, igg, igg", was in Paris so viel wie „igitt" bedeutet. Pour Paul, das arme Paulchen. Danach hatte Paul Bocuse das vegane Kichererbsenwasser am Wickel. Dabei ließ er außer Acht, dass Napoleon gegen Eiweiß an sich ja nichts hat, schon gar keine Allergie. Aus der kichernden Pampe bereitete unser Meister Baisers zu. Alles roch nach ... Mylady, das möchte ich jetzt lieber für mich behalten. Pour Paul. In seiner gesamten irdischen Karriere war es ihm noch nicht unter den Kochlöffel gekommen, dass er einen Gast nicht hatte zufriedenstellen können. Er wirkte überaus engagiert und echauffiert und alles Mögliche, was sonst so mit „e" anfängt, wie er da mit seiner Schürze von einer kulinarischen Baustelle zur nächsten eilend, „Maudit" rief. Halten Sie sich Ihre Ohren zu, Mylady, das ist ein Fluch.

Jeanne d'Arc, ein Hausmütterchen, wie es niemals im Bestseller-Kochbuche steht, schlug resolut Bananen vor. „Regarde,

Paul, du musst diese überreifen Bananen mit einer Gabel zu Mus zermatschen. Tu m'as compris? Vier Bananes ersetzen mühelos ein Ei. Sie binden très belle und sind ein wundervoller Feuchtigkeitsspender für deine Baisers. Lediglich ihr Eigengeschmack ist etwas dominanter. Mais qui s'en soucie?" Wen es kümmert, wollte Jeanne wissen. Na, Nappi.

Napoleon kostete und schrie: „Igg, igg, igg!" Unter uns: Ein reichhaltiges Vokabular hat der nicht. Die Heilige Jungfrau schlug dann, sämtliche Hemmungen fallen lassend, noch Kürbispüree vor. Wo sie diese Gewächse auftrieb, blieb uns allen ein Rätsel. Nur so viel: Mit Blessuren heimkehrend, hackte und zerstückelte Jeanne den gesamten Nachmittag Kürbis, sodass Paul kränklich blass um seine Nez, seine Nase, wurde, und Napoleon schrie ... Na, irgendeine Idee? Richtig! „Igg, igg, igg!"

Als ich mit Tomatenmark um die Ecke bog, welches in herzhaften Backlingen relativ geschmacksneutral sein soll und zuweilen als Eiersatz herhält, gedachte Napoleon der Schlacht bei Waterloo, seinem verlorenen Spiel um die Macht, und verlor bei all dem roten Ketchup vollends seine Contenance. Die Kochshow eskalierte complètement, als Nappi Paulchen mit dem Kochlöffel aufs Sprunggelenk schlug, „fin, fin, fin" jammerte, und ich für kurze Zeit das Bewusstsein verlor. Jeannes robuste Mund-zu-Mund-Beatmung wirkte zum Glück wahre Wunder. Hold errötend, wie es sonst nur Rotbäckchen vorbehalten ist, dankte ich dem lieben Gott, dass Psyche nicht von dem Kuss Wind bekam; war sie doch gerade mit Hannibal Lecter und ihrer Schmetterlingszucht beschäftigt. Übrigens ist Hannis geistiger Erzeuger Thomas Harris nach wie vor begeistert von dem Gedanken, dass sein Sprössling sich im Pensionsalter endlich dem Naturschutz zuwendet. Vorsichtshalber hat Hotties Vater Luzifer aber ein Auge auf Wirken und Wirkung.

*

Trotz gelegentlicher Differenzen eint uns hier oben das Wir-Gefühl: Es ist himmlisch, im Himmel unser blaues Wunder erleben zu dürfen. Well, unser Bemühen, diese unverhoffte Chance zu nutzen, ist unendlich mal unendlich groß. Das ursprüngliche Zeichen für Infinity ist ja ein eigens von Einstein weiterentwickeltes mathematisches Zeichen, welches die Unendlichkeit als Untoter symbolisiert. Es hat die Form einer horizontalen Acht, aus der Blut tropft. Zu schön! Yes, wir geben unser Bestes. Bei jeder Läuterung läuten die Klingglöckchen so lieblich wie zu Weihnachten, und sie läuten häufig, dear Sir, das pfeifen die Zombie-Spatzen von den Dächern.

*

„Splish, splash!" Lucas Cranach der Ältere, ein Kraniche liebender Maler der Renaissance, pinselt unermüdlich klecksend an seinem Traum vom Bad im Jungbrunnen herum.

„Spitzenmäßige Technik, Luci", bejubele ich ihn. Fröhlich klopfe ich ihm aufs Rückgrat. Es ist Sonntag und wir üben uns im Müßiggang. Apropos „splish, splash". Sir, wundern Sie sich heimlich, ob wir hier im Himmel der Reinlichkeit huldigen? Habe ich Sie erwischt? Ich kann Ihre Gedanken lesen. So eine profane Frage! Aber keine Wertung. Selbstverständlich wird hier oben Hygiene gebührend gewürdigt. An jedem Sonntag ist Waschtag. Petrus öffnet die Schleusen und ruft: „Alle Untoten machen jetzt mal einen auf Freikörperkultur. Wer sich geniert, trägt ein Baaadehöschen." Ja, wir lassen es uns nicht nehmen, uns von allen Sünden reinzuwaschen. Das klingt Ihnen nun doch etwas zu pathetisch? All right, aber das mit dem Waschtag ist nichts als die reine Wahrheit. Ich möchte Ihnen mitnichten die blendende Laune verderben, aber ist Ihnen womöglich aufgefallen, wie oft es an einem Sonntag regnet? Und wie graugesichtig der Regen herabströmt? Ein Schmuddelwetter, wie die Norddeutschen zu wettern pflegen. Well, kein Wunder, wenn ich mir die Schmutzfinken hier oben so betrachte. „Ja, Räuber Hotzenplotz, Ilja Iljitsch Oblomow, Ronja Räubertochter, ihr seid gemeint, um nur einige Namen zu nennen", rufe ich foppend. Ist aber alles biologisch abbaubar und völlig ungiftig. Da der Regen auf der gesamten Welt möglichst gerecht verteilt werden soll, kommt uns auch niemand so leicht auf die Schliche.

Also pst, nicht weiter verraten, sonst komme ich noch in Teufels Küche und muss Ludmilla bei der Zubereitung vegetarischer Buletten zur Hand gehen.

Apropos Regen und Gerechtigkeit: Leider üben selbst wir vorausgeeilten Gotteskinder auf Mutter Natur einen äußerst üblen Einfluss aus. Durch den höchst gefährlichen Klimawandel, der besonders dem Himmlischen Vater schwitzige Sorgenfalten auf seine Denkerstirn zeichnet, nehmen Extremwetterereignisse sogar in luftigen Sphären stetig zu. Mein Wölkchen transpiriert täglich mehr und klagt mir, es fühle sich wie Klosterfrau Kamillengeist im düstersten Klimakterium. Sämtliche Naturgottheiten, darunter die griechische Göttin Persephone samt ihrer Frau Mama Demeter – gesundheitsbewussten, nahrungsmittelaffinen Erdenbürgern wie Ihnen, Mylady, Sir, dürfte ihr Name nicht unvertraut sein – versammeln sich vierteljährlich im Vereinshaus der Musen, um empfängnisbereiten Kreativköpfen den Sinneswandel für eine Gesundung der Atmosphäre auf poetische Weise näherzubringen. Abgesandter ist, wie so oft, Hans-Christian Ströbele. Der frühere Grünen-Politiker hat wirklich einen überquellenden Terminkalender. Auf der Agenda stehen u. a. folgende Sprecher und Themen:

- Freiheitsliebende Naturgeister, welche vehement für ein Bebauungsverbot natürlicher Überflutungsflächen eintreten.
- Flussgeister, die sich für ein striktes Korsettverbot für Flüsse aussprechen. Sie schultern Plakate, auf denen geschrieben steht: *Flüsse lieben Schleifen*. Jawohl. Flüsse sollen nach Herzenslust fließen dürfen, ohne jedwede Begradigung. Ansonsten würde ihr Fließtempo nämlich gefährlich an Fahrt aufnehmen. Negativbeispiele hierfür gibt es auf Erden bereits genug.

- Poseidon, als hoch emotionaler Sprecher für den Meeresspiegel. Dieser steigt durch den rasanten Klimawandel stetig an, sodass er befürchten muss, alsbald endgültig seine Fasson zu verlieren. Mehr und mehr Küstengebiete haben bereits unter den Flutwellen zu leiden.

- Elfen, welche federleicht die Rednerbühne betreten, um vom besorgniserregenden Zustand ihrer Auen zu berichten. Diese anämischzarten Wesen bewohnen ja bekanntlich flache Gebiete, ihre Auen eben, die mit Wiesen und Büschen bewachsen, nahe an einem Gewässer liegen. Der Elfen Auen leisten Großartiges, da sie nicht nur uns Himmelsbewohnern von Mutter Natur als natürliche Überschwemmungsgebiete geschenkt wurden. Elfen beklagen, dass allein über good old Germany in den vergangenen Jahrzehnten über 70 % der Auen durch Trockenlegung für Landwirtschaft verloren gingen. Die verstorbenen Landwirte hier oben pflegen in solch einem Fall sogleich hitzköpfig zu argumentieren, wie wichtig ihre Berufe doch für das Gemeinwohl seien. Die Milchtrinker unter uns nicken dann eifrig und ja, auch den Genießern von Soja- und Hafermilch ist sehr wohl bewusst, wovon die Rede ist. Als feinsinniger Empath verstehe ich die Argumente beider Seiten.

- Kühe und Schafe, die ich aufopferungsvoll trösten muss, haben sie doch mit ihrem schlechten Gewissen zu kämpfen. Bei der Verdauung ihres Futters scheiden sie durch das unabwendbare Rülpsen gewaltige Mengen an Methan aus. Diesen Tieren ist nichts Menschliches fremd. Da sie aber mitnichten Klimavandalen sein wollen, nagt diese natürliche Reaktion ihres Körpers zur Reduzierung der in den Mägen herumrumorenden Gasmengen kräftig an ihrer Selbstliebe. Seit Kurzem sorgt eine Diätassistentin dafür, dass sie sich nicht überfressen und den Konsum kohlensäurehaltiger Getränke wie Albdusel deutlich reduzieren. Tatsächlich ist im Gespräch, der Gülle Zauber-Granulate beizumischen, um die Aktivität besonderer Mikroorganismen im Wirtschaftsdünger zu hemmen. „Ein weites Feld“, klagt Theodor Fontane, bestürzt seine Hände ringend.

- Waldkobolde, die flehentlich vor einer weiteren Abholzung ihrer Wälder warnen. Ihre geliebten Bäume tragen durch Aufnahme von Kohlenstoffdioxid immens zur Regulierung des Weltklimas bei, Sir.

- Nicht zuletzt Luzifer und Hottie, die sich engagiert gegen die Verbrennung von Kohle, Erdöl und Erdgas einsetzen, um die Entstehung von Kohlendioxiden und Stickoxiden zu vermeiden. Sie erinnern sich an die künstlichen Feuerstellen, Mylady?

Dem lieben Gott ist absolut schleierhaft, weshalb seine Erdenkinder – ob tot oder lebendig – so erpicht darauf sind, sich ihre eigene Lebensgrundlage unter dem Popo wegzuwirtschaften. Wir rätseln und rätseln, aber bloße Profitgier als Grund hierfür zu benennen, erscheint uns allen nicht plausibel genug. Sie erinnern sich vielleicht, Sir, dass im Himmel jeder das gleiche Taschengeld erhält und jeder Zugewinn in ein riesiges Porzellan-Sparschwein fließt. Am Ende eines Jahres entscheidet die Gemeinschaft darüber, für welches Projekt das Ersparte ausgegeben werden soll. Tja, Raubbau an der Umwelt … Selbst Scheherazade, Expertin für *alle*s *Schleier*hafte, fehlt hier der Durchblick. Am Heiligabend werden wir alle gemeinsam eine Petition erarbeiten, aus der Morpheus im Jahre …. den verständnisvollsten Erdenbewohnern vorlesen wird. Realisiert werden soll das Ganze durch einen Traum mit der Wirkung einer Retard-Kapsel, damit die Botschaft möglichst lange in den Gehirnwindungen verweilen darf und erst nach und nach an das Herz weitergegeben wird. Diese famose Idee stammt übrigens vom Ältestenrat, dessen Vorsitz diesjährig Artemis, die Göttin der Jagd und des Waldes bekleidet. Himmel und Erde werden hier an einem grünen Strang ziehen müssen.

*

Jeden Tag, den der liebe Herrgott aus dem Schlafe erweckt, fühle ich mich als himmlischer Psychiater erheblich überlastet, öhm, ausgelastet. Welch Glück, weitestgehend mein eigener Chef zu sein. Wenn ich da an meinen früheren zänkischen Vorgesetzten Barry Q. aus dem Militärkrankenhaus im nordfriesländischen Stormbüll denke, verspüre ich Genugtuung. Oh ja. Wie oft schlich er mir hinterher, jede zweite Diagnose und jedes einzelne kunterbunte verschriebene Pillchen infrage stellend. Zugegebenermaßen war damals eher ich der Misanthrop und die Diagnose *komplett plemplem* rutschte mir mehrmals täglich über meine schmalen, jede Liebkosung entbehrenden Lippen. Das sieht ja heute völlig anders aus, wesentlich freundlicher. In den Nächten schmuse ich mit Psyche, um selig in ihren Armen einschlummernd von unserer gemeinsamen Zukunft zu träumen. (More information, Sir? Ist das Ihr Ernst? Nööö, das bleibt privat.) Well, wenn ich an Psyche denke, sehe ich den Garten Eden voller Polka Dot Begonien vor mir. I love Dots. Mercelchen zieht mich gern mit meiner Verliebtheit auf.

Übrigens lungert Barry Quarrelsome gerade jetzt in diesem Augenblick auf meiner Couch herum. Deshalb komme ich überhaupt erst auf diese schmerzliche Erinnerung. Meinem früheren Peiniger fällt die Eingewöhnung in unsere paradiesischen Gefilde nicht leicht. Aufgrund einiger prekärer Vorfälle, psychisch angeschlagene Grashalme sollen seinem Geständnis nach involviert gewesen sein, wurde er auf Erden kurz vor Gevatter Tods Ankunft vom Dienst suspendiert. Hier im Himmel hätte es wegen einkeimblättriger, krautiger Pflanzen eher keine Kündigung gegeben, aber auf der Erde verzichtet man vorsichtshalber lieber auf einen Nervenarzt, der versucht, dem mangelnden Selbstwertgefühl Tausender Grashalme mit glitzerndem Nagellack wieder auf die Wiese zu helfen. Wochenlang widmete sich Barry seiner Pinselei. Er lebte seinen Nitrozellulosefetisch rücksichtslos aus. Hinter vorgehaltenen Grashalmen munkelten nicht nur die Krankenschwestern, Barry leide unter Schizolackie. Well, auf jedwede Häme verzichtend, gebe ich mir wirklich aufrichtig Mühe, dem zänkischen Griesgram eine baldige Rehabilitation im Jenseits zu ermöglichen.

Barry eröffnet das Feuer: „Ich will wieder als König der Neurologen arbeiten.“ Ein kräftiger Geruch nach Nagellack untermalt aufs Unschönste seine Forderung.

Merken Sie etwas, Sir? Würden Sie diese seine Anmaßung durchwinken?

„So, wie du die Sternschnuppen abgekanzelt hast, dürfte das noch ein hübsches Weilchen auf sich warten lassen“, schieße ich zurück. „Mechthild und Suse vertrauten mir tränenüberströmt an, du habest sie als Lügenbolde und billige Attrappen beschimpft. Du seist außer Rand und Band gewesen, habest dich selbst vergessen und schriest ...“

Aufgebracht fällt Barry mir ins Wort: „Ich habbe only the Verdacht ausgesprochen, dass sie völlig verblödete Staubteilchen sind, die in der Hochatmosphäre ohne Gegenwehr verglühen. To believe in them, ist pure Bauernfängerei.“

„Dein ‚habbe‘ ging mir schon früher auf den Zentralnerv“, rufe ich. „Oh, Barry, das nennst du ‚nur‘? Läuterung, Barry, wie sieht es mit deiner Läuterung aus?“

„Mein Tinnitus reicht mir.“ Wutentbrannt tritt Barry gegen Wilmas Schienbein, die wiederum schlägt ihm eines ihrer Kissen links und rechts um die Horcher.

„Well done, Wilmchen“, lobe ich meine Couch.

Zu meiner eher schlanken Freude tritt Freud freudig zur Tür herein, um sich mit Schmackes in meine Therapiesitzung einzumischen.

„Deinem Wutausbruch liegt ein Kindheitstrauma zugrunde, Larry“, wendet er sich ohne lange Vorrede an Barry.

Ich helfe der Wiener Koryphäe aufs Sprunggelenk. „Barry, er heißt Barry!“ Elendiger Wichtigtuer! Eingeschnappt nuckele ich an meinem linken Daumen.

„Orale Phase“, schreit Freud und zeigt mit seinem rechten Zeigefinger auf mich. „Aber zu dir, Harry! Einst hat der pubertierende Larry, …“

„Bist du noch ausreichend bei Trost, Freud?“

„… wie mir deine Fenster zur Seele leutselig anvertrauen, wohl am Fenster gesessen und sich einen Esel namens Tiny Tin gewünscht.“

„Right.“ Barry staunt. „Wie macht er das bloß?“, fragt er mich verblüfft.

Beleidigt zucke ich schweigend mit meinen Schlüsselbeinen.

Überheblich diagnostiziert Freud weiter. „Um die tragische Story eine Abkürzung nehmen zu lassen … Du erblicktest eine Sternschnuppe, rissest die Augen auf, ranntest zu deiner Mum, die gerade Wacholderbeerenkompott einkochte, und flehtest sie an: Ich wünsche mir einen Esel, der Tiny Tin heißt und mein Freund sein soll. Nun rate mal, Fürchtegott, was Harry in dieser einen Minute alles falsch gemacht hat. Na? Ich greife dir einfach mal unter die Achselhöhlen."

„Aua, weg da. Handgreiflichkeiten mag ich gar nicht." Ich schubse die Wiener Zumutung von mir. „Hörst du nicht gut, Freud? Er heißt Barry. Und nein, ich verzichte aufs Raten."

„Ich verrate es euch trotzdem. Nichts zu danken." Mein Kollege wirkt sonderbar euphorisch. „Harry, du hättest die Äuglein schließen müssen wie ein Baby, das zufrieden vor sich hin glucksend an seiner Nuckelflasche saugt, siehe Fürchtegott."

„Hey! Einspruch!", rufe ich verärgert aus und gönne meinem Daumen ein Päuschen zum Luftschnappen.

„Hey! Einspruch!", schließt sich Barry mir unerwartet an.

„Du Esel hättest dir das Eselchen still und heimlich wünschen müssen, damit der Wunsch in Erfüllung geht", führt Freud seinen Monolog fort. „Unter keinen Umständen hättest du deine überforderte Mutter mit deiner schrill hervorgebrachten Forderung derart aufschrecken dürfen, dass der gesamte Wacholderbeerenkompott überläuft. Tsts, kurzum, du hättest den Wunsch einfach für dich behalten müssen. Von wegen Verschwiegenheitsklausel und so. Außerdem …, aber dafür werden wir in der Therapie noch genügend Zeit haben." Freud verordnet sich eine Verschnaufpause.

Mir ist sofort klar, dass Barrys Mutter diese Vorhaltungen Freud ins Ohr geflüstert haben muss. Freud grinst.

„Was für ein Esel!", stimme ich ihm aus tiefstem Herzen zu.

Barry erblasst.

„Tiny Tin? Ist das nicht der brave Esel, der in der Krippe steht und an Weihnachten ein überaus beliebter Statist ist?", erkundige ich mich überrascht.

Freud nickt. „Er wurde bereits von mir persönlich darüber informiert, dass ihn in Kürze ein echauffierter Neurologe heimsuchen wird, um sein Trauma aufzuarbeiten. Das wird ein fröhliches Iah geben. Ich weiß, wer sich mehr freuen wird."

„Hihi", mache ich. Freud hat Humor. „Na, zuerst aber muss Barry, der Esel, verstehen, weshalb ihm dieser Wunsch aus Pubertätstagen langfristig verwehrt wurde. Hier oben schiebt er allen anderen die Schuld in die geflügelten Schuhe. Das hat er früher bei mir nicht anders gehandhabt.“ Anklagend zeige ich auf BarryLarryHarry. „Bei unseren empfindsamen Sternschnuppenfreundinnen hat er sich nur widerstrebend mit den Worten ‚Sorry, ich bin auch bloß ein Untoter‘ entschuldigt. Das ist ja gar nichts, nicht empathisch, nicht freundlich, nicht reuevoll, gar nichts. Da liegt noch ein hartes Stück Arbeit vor dir, Freud. Schön, dass ich aus dem Schneider(n der Zwangsjacke) bin.“ Nach soeben erfolgter Rücksprache mit dem lieben Gott, darf ich den alten Zausel an die Kory*fee* aus Wien durchreichen. Das ist eine Freude ..., ob für Freud, wird sich noch zeigen.

Kapitel 39

„Chronische Anorexie,
thronst mir satt vis-à-vis,
labst dich an Ecken und Kanten:
Hungers engsten Verwandten.
Wo die Seele Schrecken sah,
Seltsames mit ihr geschah,
straft sich selbst durch den Verzicht,
Gutem dient sie eher nicht.
Disziplin gewährt ihr Würde,
tapfer nimmt sie jede Hürde,
Schmerzen quälen unvergessen,
Lebens Härte ward gemessen.
Zeig dich, holde Weiblichkeit,
schüchtern noch im weißen Kleid,
jungfräulich der Lebensliebe,
sanft erkundend Eros Triebe.“

„Liebe Muse, das hört sich schockierend traurig an. Ob ich dir wohl irgendwie helfen kann?“

Meine Muse hüllt ihr Schweigen in feinste Nebelschwaden aus Brüsseler Spitze.

Heute ist ein besonderer Tag. Juchhe! Venus hat mich bezirzt, sie zum Shopping zu begleiten. Ja, Sir, richtig gehört, nicht die Queen, nicht Diana, nicht Kalle Lagerfeld, nein, ich in höchst eigener Person werde ihr beratend zur Seite stehen dürfen. Allerdings habe ich mir erbeten, dass meine geliebte Psyche sich uns anschließen darf. Da klopft Venus schon an mein Wölkchen. Psyche und ich verkneifen uns ein Schmunzeln. Dass Venus so höflich ist und anklopft, ist ein absolutes Novum. Ich schreite zur Tür und stehe vor einem Mädchen, dem selbst der gütigste Zombie eine gewisse Verwandtschaft mit Gevatter Tod, unserem lieben Freddie, nicht absprechen könnte.

„Heda, Früchtchen, huhu, Psyche, können wir los?“, begrüßt uns die Schaumgeborene quirlig.

„Venus, Liebes, ich gratuliere dir herzlich“, flötet meine Geliebte an mir vorbei. Ihrer Stimme Klang erinnert mich an gezuckerte Himbeeren mit Schlagsahne, serviert auf einer Mandoline. Verträumt zucke ich zusammen. Das schaffe ich nicht oft. Hat Venus Geburtstag? Ach herrje, wozu gratuliert ihr Psyche denn?

„Wo?“, bringe ich die Konversation auf Kurs.

„Wie bitte?“ Venus blickt mich erstaunt an.

„Wo“, hebe ich die heruntergefallene Taktlosigkeit wieder auf, „ist dein Fatsuit abgeblieben? Hast du ihn verlegt? Wollen wir ihn gemeinsam suchen gehen?“

„Ssshhh, Darling, Venus ist so schön, wie sie das Schicksal erschaffen hat, oder doch unser Herrgott? Na, da sind sich sogar die Ureinwohner nicht einig“, bremst mich meine Psyche.

„Genau“, bekräftigt das milchblasse Kind, dem Himmel vertrauter als die Schaumgeborene mit den eigentlich unwiderstehlich erotischen Fatsuit-Rundungen, die selbst Brigitte Bardot wie einen schmalbrüstigen Knaben aussehen lassen müssten. „Ich stehe zu meinen Kanten“, legt Venus forsch nach.

„Mutig“, hauche ich und bekomme direkt einen gewischt. „Mehr.“

Psyches Handgreiflichkeiten fühlen sich an wie ein zärtlicher Lufthauch.

„Mehr davon.“

Meine Geliebte ignoriert mich. „Ich bin stolz auf dich und gratuliere dir zu deinem Coming-out“, ermuntert Psyche Venus.

Mich räuspernd, erinnere ich mich daran, dass ich ja nun ein wahrer Empath bin und ein Menschenfreund noch dazu. Trotzdem wage ich anzumerken: „Und du hoffst wahrhaftig, Saturn in diesem, deinem Aufzug verführen zu können?“

„Verunsichere das Kind nicht“, maunzt Psyche mich an.

„Wieso Kind? Ich bin absolut erwachsen, ausgewachsen und hochgewachsen“, berichtigt Venus sie gekränkt.

„Du bist beinahe so hochgewachsen wie Saturn“, stelle ich erstaunt fest. „Im Fatsuit warst du mir wesentlich kürzer und rittersportähnlicher erschienen.“

„Quadratischer?“, fragt Venus.

„Ja.“

„Wunderschön mutest du an", flunkert Psyche munter drauflos.

„Wie Gemutter Tod siehst du aus", platzt es aus mir heraus. „Wie viele Kalorien nimmst du am Tag zu dir? So Pi mal Däumchen? Hast du auch im Gesicht einen Face-Fatsuit getragen? Wie lange bist du schon anorektisch?"

Venus verdrückt einen Bach aus Tränchen. Sie schluckt hart an meinen unterernährten *takt*vollen Fragen. Beethoven jault im Hintergrund empört auf.

„Das Schicksal hat mir anvertraut, dass Saturn und ich würklich (sie scheint üs auch zu mögen) füreinander vorherbestimmt sind. Da dürfte seine Vorliebe für Rundungen kein Hinderungsgrund sein", rechtfertigt sich Venus. „Tatsächlich esse ich ja auch regelmäßig."

„Ja, was denn? Salatblätter, wie Roger Rabitt?", rate ich. So dramatisch hatte ich mir Venus Anorexie nicht vorgestellt. Hatten neulich in Hotties Hölle Flammen allzu harte Konturen gnädig verschluckt?

Liebevoll nimmt Psyche Venus in ihre Arme. Dabei wickelt sie ihre Schmetterlingsflügel fünfzigmal um unsere Schaumgeborene herum. Fünfzigmal, Sir! Das zeigt alles. Ich schnäuze ins Taschentuch. Egoistischerweise hatte ich mich wie verrückt auf einen entspannten Einkaufsbummel mit meinen Lieblingsdamen gefreut, und nun sehe ich mich erneut in die Rolle des Psychiaters hineinkatapultiert, der sich entsetzlich überfordert fühlt. Ich vermag mir einfach keinen entflammten Saturn vorzustellen. Wobei dieser ja definitiv verknallt ist. Verknallt in eine Venus im Fatsuit. OMG. Nachdem die Tränchen getrocknet sind, beschließen wir, uns ins Kaufhaus Magnolia zu beamen, um einfach mal mit der Stilberatung anzufangen. Ich kann nur hoffen, dass die Queen hiervon keinen Wind bekommt. Ihren verletzten Gesichtsausdruck, wenn sie erfährt, dass wir ohne sie loslegen, möchte ich mir lieber nicht vorstellen. Mittlerweile bin ich würklich nahe am Wasser gebaut. Kurios, dass ich schon früher gern am Meer gewohnt habe. Wenn ich da an Rainbüll in Nordfriesland denke ... nomen est omen, der Name ist ein Zeichen.

*

Mylady, das Kaufhaus Magnolia dürfen Sie sich als eine prachtvolle Magnolienblüte mit einem Treppenhaus aus feinstem italienischen Marmor und Vorhängen aus Blütenstaub vorstellen. Das Personenbeförderungsmittel zur Überwindung einer distanzierten Höhe, Erdenbürgern als *die Rolltreppe* vertraut, duftet herrlich floral. Juchhei, eine parfümierte Sensation. „Smells delicious!“, rufe ich. Allmählich taucht mein positives Denken wieder aus der Trübsal Fluten auf. „Ab in die KKA – Kleinkinderabteilung“, schlage ich meinen Begleiterinnen enthusiastisch vor.

Psyche setzt ein Gesicht auf, das mir nachdrücklich zu verstehen gibt, dass eine Hochzeit, ja selbst eine Verlobung soeben in weite, weite Ferne gerückt ist. Mein Vertrauen in unsere gemeinsame Zukunft dient mir derzeit als Fernrohr.

„Oder wir stöbern in der Karnevalsabteilung. Wie wäre es mit einem walküreartigen Hummel-Kostüm? Dann sähest du aus wie eine HWB – Hummelwuchtbrumme mit Rettungsringen. Das könnte dem miesepetrigen Saturn, den ich zugegebenermaßen inzwischen recht gern gewonnen habe, durchaus gefallen und seinem Mond im jungen Bullen tüchtig einheizen.“

„Brr, deine Vorschläge ähneln Schlägen, die das ‚Vor‘ zur Adoption freigegeben haben“, weist mich Psyche mit abweisender Miene zurecht.

Schließlich landen meine Grazien und ich in der Damenoberbekleidung. Oberfachverkäuferin ist Cleopatra. So verführerisch liebreizend ist die allerdings nicht. Mir liegt die freche Erkundung auf der Zungenspitze, weshalb sie nur aufgehört habe, in Eselsmilch zu baden. Ich schlucke sie, die Erkundung, keineswegs Cleopatra, aber lieber herunter, weshalb sie, die Erkundung, nicht Cleopatra, mir nun schwer im Magen herumpoltert. Heimlich schicke ich der Queen eine WhatsApp, dass wir ohne sie verloren, totally aufgeschmissen, am Ende mit unserem Latein sind: Lizzy, we want *you*! Kurzerhand empfiehlt Cleo Venus kurze Shorts – haben Sie schon mal lange gesehen, Sir? –, dazu ein Bikini-Top. Auf meine entsetzte Frage „Wiesu denn bluß?“ weiß sie keine vernünftige Erklärung. Unter Umständen, weil wir in der Ecke für Bademoden gestrandet sind. Bereitwillig schlüpft Venus in die vor Scham errötenden Textilien und faselt irgendetwas von Urlaubsfreuden.

„Zieh das sofort wieder aus. Das ist ja das völlig falsche Outfit“, poltere ich drauflos. „Darin siehst du aus wie Zahnseide, die sich nach Tahiti verschiffen lassen möchte.“

Cleopatra geht das Problem unwesentlich diplomatischer an. „Sie haben solch eine hübsche, knabenhafte Figur. Wie wäre es, wenn Sie sich bei den Knaben umsehen würden?“

„Was für ein unterirdisch schlechter Rat“, ruft Hades uns zu. Gerade rät er seiner Gemahlin zu einem Bikini mit appetitlichen Kokosnussmotiven. Wie es scheint, möchte er endlich seine von langer Hand geplante Reise nach Ägypten antreten.

„Knaben?“ Venus schluchzt vor sich hin. „Na ja, Westen finde ich recht … adrett.“

„Im Westen ’was Neues? Ach nee, das darf doch die Lösung nicht sein“, wage ich anzumerken. Vorübergehend wird unser unterernährter Siegesfeldzug von der Schildkröte und Ödipus gestört. Sie vorneweg, er *hintern*dran. Unter uns, Sir, ich fürchte, diese Begrifflichkeit gab es bis eben noch nicht, aber der Bengel klebt dermaßen an ihrem Hintern, dass es mir in diesem Kontext mehr als passend erscheint. Wird mein Verkupplungsplan aufgehen?

„Was für ein anmutiges Antlitz verschönert deinen Rücken, meine Holde“, schleimt sich Ödipus ein.

„Der ist auch zu schlicht“, flüstere ich Psyche zu. „Merkt rein gar nicht, dass es sich auf dem Foto um Saturns Noch-Ehefrau Medusa handelt. Ich sag’s ja: Im Himmel ist Jahrmarkt. Wie auf der Kirmes.“

Mir geheimbündlerisch zuzwinkernd, macht sich die Schildkröte Richtung Rolltreppe vom Acker.

„Kann Medusa nicht einfach auf die Erde verbannt werden?“ Venus fängt an zu quengeln.

„Allmählich fehlt nur noch der Lutscher und du mischst jeden Kindergarten auf.“ Ihren Vorschlag ignorierend, lenke ich ihr Augenmerk auf ein Plakat, auf dem das Wandern mit Übernachtung im Zelt angepriesen wird. „So ein Zelt verhüllt so manches“, sage ich.

„Du …“ Psyche droht mir mit bitterböser Miene. Heute Abend wird wohl eher mit dem Wölkchen gekuschelt.

„Frag mal das Schaf da vorne, ob es dir etwas von seiner Wolle abtreten mag. Möööl“, schlage ich meiner Schutzbefohlenen vor. Das so angesprochene Schaf trottelt nun direkt auf Venus zu. Eine Verkäuferin im Schafspelz. Why denn not? Je näher das Hausschaf auf uns zu tänzelt, desto blümeranter wird es mir in meiner Magengegend und gerade dort bevorzuge ich keinerlei Botanik. Ja, ich komme nicht umhin festzustellen, wie tigerlilienblass ich aus meiner geruchsneutralen Wäsche gucke.

„Dem armseligen Tier fehlen jegliche Innereien“, stellt Psyche staunend fest.

Genauer hinsehend, vermisse ich noch mehr. „Wo sind sie nur hin? Dein Magen, dein Herz, deine Lunge, deine Leber?“, frage ich frisch von der Leber weg das Schaf.

„Mööö, und mein Nierenfett?“, fragt mich das Säugetier aus der Gruppe der Ziegenartigen.

„Ja, das auch. Lediglich Wolle und Knochen scheinen dich noch zusammenzuhalten. Wer tut denn so was?“, klage ich mit schriller Stimme die Menschheit an, in einer Tonlage, die Anna Netrebko sicherlich missfallen dürfte.

„Mööö, du, mööö.“

„OMG, will sagen Oh mein Gott! Was meinst du Rippenschaf nur damit?“

„Mööö, sieh genau hin. Ich bin's, Beeke!“

„OMG!“ Unser früheres Hausschaf steht mir anklagend vis-à-vis, mich verbal zum Duell herausfordernd. Erinnerungen an ein Weihnachtsfest werden wach – „Happy Christmas“ –, an dem Weib Gertrud und ich Haggis gekocht haben. Ein typisch schottisches Gericht, welches auch ein Brite, wie ich es bin, war, wie auch immer, gern mal verzehrt hat. Haggis aus den Innereien Beekes. Just in diesem unpassenden Momentchen schleicht mir durch den Sinn, dass Beeke ja die norddeutsche Koseform für Bächlein ist.

„Verdammt, du bist so was von über den Jordan gegangen“, schluchze ich.

„Möóö.“

„I, I, I am, am, am, so, so, so, very, very, very sor-ry“, stottere ich vor mich hin.

„Da siehst du mal, was deine Gier angerichtet hat“, blökt Beeke.

„Tatsächlich, wir hatten dich ja zusammen mit schneematschgrauen Kartoffeln und Butterflöckchen auf feinstem friesischen Porzellan angerichtet. Yummy …“

„Geht man so mit einer Freundin um? Mööö. Hast du irgendeine Ahnung davon, was ich im Leben noch alles in meinem Timer stehen hatte? Speed-Dating, Hochzeit, Flitterwochen … und dann kamst du.“

Betreten kaue ich auf den Vorwürfen herum. „Kann ich irgendwie Wiedergutmachung leisten? Ist es ein Trost für dich zu wissen, dass ich nunmehr beinahe als Veganer herumflattere?“

„Nööö.“ Deprimiert oder eher reduziert schüttelt Beeke ihr Haupt. Wenigstens ist dies noch intakt. „Die Innereien, Schweinereien, nee, Schafereien, hast du ja bereits vor Urzeiten verdaut und ausgeschieden.“

„Wie unappetitlich.“ Angewidert lässt Venus eine mitgebrachte Salzbrezel auf die gierig nach dieser schnappenden Auslegeware fallen.

„Urgs, geklaut, verdaut“, bedankt die sich artig.

„D-d-d-darf ich dir vielleicht einen Wollmantel schenken, spendieren, übereignen, du verstehst, was ich meine?“, schlage ich Beeke verzweifelt vor.

„Nope!“

„Klare Ansage, geschieht mir irgendwie recht.“

„Deinetwegen laufe ich jetzt herum wie Schweizer Käse, mööö! Allerdings stehe ich zu meinen Wunden, die der Wolf, nämlich du, mir riss, mööö.“

Zurechtweisend zeigt mir Beeke weniger ihre kalte, als ihre durchlöcherte Schulter.

„Hatte ich die Schulter etwa mitgekocht?“

„Jaaa.“

„Ich vermag mich nicht mehr daran zu erinnern. Wenn ich einmal in Schwung war …“, gestehe ich. „Ich Satansbraten. Ich sollte bei Hotties Vater Abbitte für meine Sünden leisten.“

Sechs Augenpaare mustern mich angewidert. „Im Zweifel für den Angeklagten gilt hier leider nicht mehr, oder?“

„Nein!“, ertönt vielstimmig.

„Ich gelobe Besserung“, stöhne ich auf. Was für eine verzwickte Situation. „Plötzlich erscheint mir der Satanismus, nein, jetzt bin ich aufgeregt, der *Salat*ismus, quatsch, der Veganismus gar nicht mehr so unappetitlich. Blattsalat, ich komme.“

„Duuu.“ Beeke scheint mich Hähnchen noch weiter rupfen zu wollen.

„Ja?“ Ich bin auf der Hut, nur ohne Hut. Papachen angelt ja mit unserem Familienbowler.

„Weißt du eigentlich, wie nahezu unmöglich es für mich ist, mit meinem jetzigen Aussehen einen Heiratskandidaten zu gewinnen?“

„Och, das kann ich nicht glauben.“ Betreten trete ich auf der Stelle. Nun lüge ich auch noch.

„Is abber so.“ Nein, jetzt schluchzt Beeke auch noch, meinetwegen. Dabei soll heute über Nordfriesland doch die Sonne scheinen. Graupelschauer wurden nicht vorhergesagt. Beeke stellt die Naturgewalten auf den Kopf. „Mööö, wimmer, mööö. Beim Speed-Dating neulich habe ich schlechte Karten gehabt. Ganz schlechte Karten.“ Mein früheres Hausschaf rollt mit seinen Iriden. Sie sind veilchenblau. Vermutlich liebäugelt es mit dem Gedanken, mir ein Veilchen zu verpassen. Stetig wird mir blümeranter und nein Sir, das hat nichts mit einer anmutigen Blümchenwiese zu tun.

„Aber die inneren Werte! Es zählen die inneren Werte“, wage ich kämpferisch ins Feld zu führen.

„Die fehlen mir ja dank dir, du Verbrecher! Ah, und apropos innere Werte! Die sind bei Psyche ausschlaggebend gewesen, ja? Ist das so?“, bohrt Beeke nach.

Oh, ich sitze in der Zwickmühle. Irgendetwas zwickt mich in die Kniekehle. Etwa mein Gewissen? „Du hast solch ein hübsches Gesichtchen, Beeke. Wie wäre es mit einer Betonung deiner lieblichen Lippen.“

„Mäh.“

„Oder deiner Augäpfel. Selten so schöne gesehen. Wir könnten bei dem einzig*art*igen Visagisten Kevyn James Aucoin mal nachfragen, ob ein Lindgrün nicht mehr als passabel mit deinen funkelnden Juwelen harmonieren würde. Na? Erst neulich verhalf er Tina Turner zu einem kompletten Imagewechsel. Sogar Luzifer soll ehrfürchtig applaudiert haben."

„Mööö und nope. Für mich wirst du auf ewig Fürchtegott sein, der mordende Hobby-Koch, der zum Fürchten ist."

„Nicht so laut, ich bitte dich, Beeke. Das hört sich nicht werbewirksam an. Das ist absolut schlecht für mein Renommee, habe ich doch erst kürzlich hier meinen Einstand gefeiert." Verstohlen blicke ich mich im Kaufhaus um. Eine Fangemeinde, halt, eine – Sir, wie heißt das Gegenteil von Fangemeinde? – hat sich um uns herum versammelt.

„Ist dir bewusst, dass selbst Amors Pfeile mich nicht treffen, ja beinahe nicht treffen können, weil sie immerzu durch die Rippen hindurch sausen?", fragt mich Beeke. „Seltenst trifft der Jüngling Amor einen meiner Knochen. Ein Jammer ist das, ein riesengroßer Jammer. Und wie gern wäre ich verliebt."

Meine Empathie packt mich am Schaf-, nein, Schlafittchen, ich bin so müde. Aufs Geratewohl versuche ich mein Glück. „Hat nicht irgendwas, ich meine irgendwer, wenigstens eine Herzklappe auf dich geworfen?"

„Nope, mööö."

„Beeke, ich verspreche dir: Ich werde mir etwas einfallen lassen. Möchtest du nicht vielleicht doch ein klitzekleines Mäntelchen umgehängt bekommen?"

„Nope."

„Wie gefällt dir eigentlich der Name Barry?"

„Klingt nach einem Stummfilmstar aus dem Jahr 1920. Gegen Barry habbe ich nichts."

Ein Hoffnungsstrahl liebkost mein Gesicht. Wenn derselbe nervige Sprachfehler mal kein Wink mit dem Zaunpfahl aus der in Reparatur befindlichen Himmelspforte ist.

*

„Wenn Beeke ihre Blessuren mit Würde trägt, kann ich das auch“, verkündet Venus energisch und zieht blank. Als Himmels goldigster Nackedei stellt sie sich so, wie Uranus und Gaia sie vor Jahrhunderten erschufen, in die Mitte des Raumes, praktisch auf den Präsentierteller des Showrooms, und kräht herausfordernd:

„Voilà.“

Die Reaktion ist ü-ber-wäl-ti-gend. Aus allen Himmelsrichtungen fliegen Textilien auf sie zu: Röcke, Kleider, Mäntel, Zelte, Kostüme, Tischläufer und ... Asche. Wieso Asche? Asche auf ihr Haupt? Die Hilfsbereitschaft der Konsumentinnen rührt Venus zu Tränen, allerdings zu Tränen des Zorns. Letztendlich gelingt es Coco Chanel, sie davon zu überzeugen, dass ein hübsches Sommerkleid nichts verdeckt und ihre Vorzüge dafür umso bezaubernder hervorhebt. Schnell spannt Venus Renoirs imposanten Sonnenschirm auf, denn jetzt fangen die Leutchen an, ihr Kuchen, Kekse, Schokolade, Gummibärchen, Schokoküsse und Zuckerstangen zuzuwerfen. Das würde dem Schleckermäulchen Marie Antoinette gefallen, nehme ich an. Hilfsbereit, aber plemplem, hätte noch vor einem Jahr meine Diagnose gelautet.

Hui. Zusammen mit einem kräftigen Windstoß nimmt die Asche Gestalt an. „Ashley, alter Rationalist, du hier?“ Meine Verwunderung verhalten zum Ausdruck bringend, klopfe ich mir verstohlen seine Asche von den Schulterblättern.

Venus Blässe steigert sich ins Unermessliche. Psyche schließt die Augen. Wirklich belastbare Nerven scheint meine Geliebte nicht zu haben. Was nun passiert, schreibt Geschichte. Ashley, sich in seinem ollen staubgrauen Mantel Venus zu Füßen werfend, verkündet: „Oh holde Maid, ich sah Euch entblößt, die Schultern wie Biskuit, darf ich Eurer Ehre Ritter sein?“ Saturn holt Luft. „Liebe Sunev...., äh, liebe Venus, wie lange verschmähte ich dich, ohne dich je wirklich verschmäht zu haben.“

„Ashley, wo ist deine Logik hin? Wie soll unsere Himmelsschönheit aus deinem wirren Gestammel denn schlau werden?“, werfe ich hilfsbereit in den Ring. Keiner hört mir zu.

„Oh, Ashley, niemals habe ich dich nicht geliebt. Mein Herz schlief mit dir, wenngleich sich in Wirklichkeit unsere Fingerspitzen kaum mehr als versehentlich sanft berührten." Venus Musen schütten ihr Füllhorn über ihrem Schützling aus.

„Ich dachte, ich könne so etwas nicht", stammelt Ashley und streicht seiner Seelenliebe sanft eine espressofarbene Locke aus dem Gesicht, „aber ich muss gar nichts können, ich darf einfach lieben, wen ich möchte, und ich weiß, ich werde dich niemals nicht lieben."

Oh, welch verdreht verkorkste Annäherung. Selbst die doppelte Verneinung scheint beiden im Blut zu liegen wie Gräten den Fischlein. Womöglich passen sie auch deshalb so überraschend gut zueinander.

„Ashley."

„Venus."

Alles schluchzt, alles weint – sogar die Schildkröte – Krokodilstränen vergießt hier niemand.

„Natürlich, Ashley, mein Ashley."

„What?" Ich scheine dem Verlauf der Werbung nicht mehr folgen zu können. Ach so, Venus kehrt zurück zu der Frage, ob Saturn ihr Ritter sein darf. Zur Bekräftigung springt sie auf seine erstaunlich starken Arme.

Mylady, was gäbe ich dafür, könnte ich dieses Schauspiel hier romantisch nennen, aber, um der Wahrheit Gerechtigkeit widerfahren zu lassen, erinnert mich diese Seelenliebe an einen Totengräber, dem die unterernährte Jugend Leben auf die bleichen Wangen zu hauchen versucht. Mein Herz verabreicht mir eine Ohrfeige. „Aua! Recht hast du, wertes Herz. Hinfort mit dem Zynismus. Ein Prosit auf die Zärtlichkeit", pflichte ich meinem muskulären Hohlorgan bei.

Venus küsst wirklich rasant leidenschaftlich. Sie geht entschieden ran wie Blüchers Töchterchen. Indes gibt es im Hintergrund tumultartige Szenen. Sieh an, Vivien Leigh hat Sorge, *ihr* Ashley könne ihr weggenommen werden. Als sie sieht, dass es sich bloß um Saturn, den reifen Stänkerer handelt, schreit sie: „Herzlichen Glückwunsch zur Vermählung, Schwester. Den kannste behalten." Höre ich da eine leichte Anspielung auf den allseits beliebten Berliner Dialekt heraus? Funny, very funny. Selbst an die Ringe aus edelstem Weißgold hat Ashley gedacht.

„Oh du meine Königin …"

„Oh Ashley, diese überlagerte Kamelle schon wieder? Ist nicht dein Ernst, oder? Buh", rufe ich dazwischen. The whole sky mustert mich ersichtlich verärgert und zeigt mir die rote Karte.

„Oh du meine Königin, Baldachin, Kinn … Fürchtegott, jetzt hast du mich aus dem Konzept gebracht. Ich muss immerzu an Kamelle denken. Ob ich unterzuckert bin?"

„Ashley." Venus eilt seiner strauchelnden Lyrik zu Hilfe. „Lass mich runter, wir poetisieren gemeinsam." Behutsam stellt Saturn sein Mädchen auf die Erde, nee, auf Gottes Ackerboden.

„Mein König …", spricht Venus.

„Meine Königin …", stimmt Saturn mit ein.

„Und nun im Wechsel, meine Lieben. So wie manch nordfriesische Werkstatt Sommerreifen gegen Winterreifen austauscht", ermuntere ich großmütig.

> „Küss dem tristen Dasein Sinn."
> „Auf die nüchtern graue Stirn."
> „Selbstlos applaudiert das Hirn."
> „Wo zwei Liebende sich finden …"
> „Herzen Grenzen überwinden."

Etwas holprig, aber das wird schon noch, denke ich gerührt und bin der Erste, der den glücklich Verliebten zu ihrem Coming-out in Gänsefüßchen gratuliert. Die frisch Vermählten in spe strahlen mit Frau Sonne um die Wette.

„Ashley, ich mag nicht so unhöflich das Happy Beginning deines Antrages unterbrechen", plumpse ich in sein Werben, „aber bist du nun ein Bigamist? Bin ich denn hier der einzige Zombie, der an deine Schlangengrube von Eheweib denkt?"

„Mitnichten, Früchtchen, der himmlische Richter erklärte meine Ehe mit Medusa soeben für ungültig, hat sie doch ein falsches Alter angegeben. Guck, dort turtelt sie bereits einträchtig mit dem weizenbierblond gelockten Jüngling. Endlich frei.

Herzlichen Dank für deine nicht in Gold aufzuwiegende Unterstützung bei der Suche nach meinem Nachfolger."

„Gern geschehen", murmle ich ergriffen in meinen nicht vorhandenen Bart hinein. „Ah, Ödipus wird wohl tatsächlich das Rennen machen. Kurioserweise konkurrieren die beiden selbst auf den dritten Blick mit Elizabeth Taylor und Richard Burton. Hach, wie schön. Fügt sich so etwa ein Puzzleteil zum anderen?"

„Bei mir hast du den Frontseat sicher", schnurrt Medusa Ödipus ins Ohr.

„Sie meint wohl den Platz in der ersten Reihe." Venus lacht in sich hinein.

„Muddi, du bist die Beste", schnurrt dieser zurück.

„Das kann ja was werden." Ich halte mir die Äuglein zu.

*

Psyche und ich kuscheln. Weder im Leben noch als Zombie habe ich mich für einen weichgespülten Schmuser gehalten. Durch meine Geliebte jedoch werde ich eines Besseren belehrt. Wenn es um mein Feinsliebchen geht, bin ich der Softie vor dem Herrn. Sir, Zärtlichkeitsbekundungen wie „Schnuckelputz, Honeybunny, Amore mio, Darling und viele mehr" verlassen minütlich mein zum Kuss gespitztes Schnütchen. Psyche pflegt dann drollig aufzulachen und mich ihren crazy shrink, nein Sir, nicht shrimp, zu nennen. Unter crazy shrink versteht man etwas völlig anderes als unter einem shrimp. Ein shrimp nämlich ist eine männliche Garnele, so ein flott frei herumschwimmendes Krebstier. Wussten Sie, dass Garnelen über einen lang gestreckten, mehr oder weniger zylindrischen und seitlich geringfügig zusammengequetschten Körper mit hauchdünner Schale verfügen? Dünnhäutige Dinger! Sie tragen Lulatsch-Antennen mit einer Schuppe spazieren und punkten mit zierlichen Greiforganen. Ihre Beine sind zu Schwimmorganen umgebildet und ihr Kopf trägt meist einen nach Westen gerichteten, überlangen Fortsatz, den der Fischhändler in Husum immer Rostrum nannte. Höre ich Sie leise lachen, Sir? Alles in allem sehen diese

Tierchen aus wie ich, meinen Sie? Sir, möchten Sie das wirklich so im Raume, ich meine im Buche, stehen lassen? Soso, Sie vergleichen deren Antennen mit meinen drei Haaren, echt jetzt? Sind Sie des Zählens mächtig? Die Dingelinger haben zwei, ich habe drei, und Schuppen, richtig im Plural, habe ich auch noch im Angebot. Dass ich jetzt enttäuscht bin, überrascht Sie aber nicht, oder? Nein, nein, nein!

Ein crazy shrink hingegen ist ein überaus sympathischer, hoch intelligenter, verführerisch attraktiver, britisch-nordfriesischer Seelenflüsterer. Die ehemals erwähnte Schrumpfschlauchbedeutung ist hier als Kompliment zu vernachlässigen. Jawohl, mit dieser Personenbeschreibung könnte ich leben, wäre ich nicht bereits mausetot. Wobei, hier oben bevorzugen wir ja das Wort untot. Das klingt wie fast lebendig, fast atmend, fast noch auf Erden unterwegens. Juchhe! Ich hätte nichts dagegen, von morgens bis abends innig weiter zu schmusen, aber die Couch ruft mich aus der Ferne: „Heda, Früchtchen, die gaga ... die sympathischen Patientinnen und Patienten scharren vor der Tür mit den Hufen."

„Danke, Wilma. Ich komme gleich."

Ich werfe mich in Schale, schwups. Heute entscheide ich mich für einen Overall im kessen Grapefruitgelb. Diese seine frische Zitrusnote wirkt erwiesenermaßen belebend auf Depressive. Gespannt beame ich mich auf meine Couch.

*

„What is this denn bitte?", frage ich.

Völlig durchnässt quietscht Couch Wilma bei jeder meiner Hüftbewegungen. Unter diesen Umständen ist es ihr nicht zu verdenken, dass sie miesepetrig aus den Polstern guckt. Schon liebäugele ich damit, die Föhn-Familie zu Hilfe zu rufen, da sehe ich, wo der Hase oder wohl eher das Nimbostratus-Wölkchen nicht im Pfeffer, sondern auf dem Sofakissen sitzt. Es hat komplett die Fassung verloren. Daher also ist hier alles überflutet. „Diese Herumflennerei setzt meine gesamte hochklassige Praxis unter Wasser", murmele ich.

„Halte ein, stopp!“, versuche ich, es zu beruhigen. Leider klappt das gar nicht. *Plitsch, platsch, quatsch* sind nicht etwa die futuristischen Modewörter des Jahres 2067, mitnichten, sondern Laute, die meine konsternierte Couch von sich gibt. Sie ist angestrengt bemüht, das Wölkchen wie beim Rodeo abzuwerfen.

Das junge Ding heult weiter.

„Please, please, please. Ein Kaugummi, wenn du zu weinen aufhörst“, flehe ich es an.

„Uaaah.“

„Zwei Schokoladenkringel mit der unwiderstehlich leckeren Karamellfüllung? Was sagst du dazu?“

„Uaaah.“

„Drei Gutscheine für die Sauna?“ Auf meinen Ideenreichtum ist selbst in Krisensituationen Verlass.

„Uaaah.“

Atemlos werfe ich alles in die Waagschale: „Ein Jahresabonnement für Karpfen Carlos auf Rädern?“ Unter uns: Das ist *der* Massagetherapeut par excellence. Gespannt warte ich auf seine Reaktion.

Der Wolkenbrecher vor mir gerät ins Grübeln, flüstert zögerlich: „Jaaa.“ Ein schwächliches Ja, aber ein Ja. „Hurra!“ Dass alle so materialistisch eingestellt sein müssen, behagt mir gar nicht. „Einverstanden, das Jahresabo soll es sein. Das wird mich neun Himmelsgulden kosten“, verkünde ich.

„Ja.“

Meine eigene Psyche, nicht meine Geliebte, nur die Gesamtheit meiner geistigen Eigenschaften und Persönlichkeitsmerkmale (ja, Sir, zweifeln Sie nicht, da gibt es so einige), raunt mir zu, das Wölkchen fühle sich einsam und sei keineswegs an Materiellem interessiert. Nein, im Gegenteil, es sehne sich nach sowohl körperlicher als auch seelischer Berührung, daher auch Carlos, der Karpfen. Carlos hat nämlich nicht nur begnadete Hände, denkste, zudem singt er auch noch so lieblich, dass die Schokolade zur Kuvertüre schmilzt. Die Konditoren heuern ihn regelmäßig an, wenn Festivitäten ins Haus Gottes stehen.

„Wann kommt Karpfen Carlos?“

„Sieh an, sieh an, du kleiner Wattebausch kannst ja ganze Sätze sprechen. Well, sobald ich das Abo per PayStar bezahlt habe."

„Wann wird das wohl sein?"

„Geduld. Nun zu deiner prekären Situation."

„Was heißt prekär?" Der Wattebausch ist wissbegierig. Was es alles gibt.

„Also", hole ich weitschweifig aus, „stell dir Konrad Duden vor, wie er dringend eine Notdurft verrichten muss, aber partout kein Toilettenhäuschen in der Nähe findet. Siehst du ihn vor dir, wie er seine Beine gepeinigt verknotet?"

Das Wölkchen scheint nachzudenken, wenn man davon ausgehen darf, dass die Kondensstreifen auf seiner Stirn Falten sind. „Wer ist Konrad Duden, was ist eine Notdurft und was soll ich mir unter einem Toilettenhäuschen vorstellen?"

„Konrad Duden ist ein distinguierter, nein, vergiss es, K. D. ist ein todschick gekleideter Herr, der weiß, wie man Worte korrekt schreibt."

„Das weiß Mama auch, aber Konrad nenne ich sie nicht. Einen K. D. daten tut sie ebenfalls nicht. Dafür schäkert sie mit Petrus."

„Wie originell!"

„Und was ist mit der Not, die darf?"

„Eine Notdurft ist die Entleerung einer Blase oder auch eines Darms, nein, vergiss das wieder."

„Ein vorbildlicher Lehrer bist du aber nicht", kritisiert mich mein Patient. „Dein Rat führt mich zu den Schriften Alois Alzheimers."

„Papperlapapp! Hör mir mal zu: Wenn du musst, gehst du auf ein Toilettenhäuschen und verrichtest da deine Notdurft, und wenn du Pech hast, steht Konrad neben dir, weil er auch muss."

„Ach, du sprichst vom Pinkeln, sag das doch gleich. Nein, so etwas tu ich nicht, ich regne einfach drauflos."

„Auch gut! Einwandfrei! Tadellos." In diesem Moment wünsche ich mir, Jesus würde um die Ecke biegen und „Test, Test, Test" rufen. Tut er aber nicht.

„Willst du nicht endlich mal wissen, wie ich heiße und weshalb ich so melancholisch gestimmt bin?“, fragt mich mein Patient.

Endlich, es geht voran. Verstohlen gestehe ich mir selbst ein: Ich wäre jetzt lieber daheim bei meinem betörend magischen Schmetterling. Früher wäre ich für solch einen Satz in den Vorruhestand entlassen worden. Wie sich die Zeiten ändern. „Yes, my dear friend, raus mit der Sprache, wie heißt du und wo drückt der Schuh?“

„Welchen Schuh meinst du? Ich trage weiße Söckchen, die ...“

„Was hast du, was hast du, was hast du?“ Allmählich reißt mir mein Geduldsfaden, was an sich nicht weiter verwundert, ist dieser im Himmel doch aus köstlicher Zuckerwatte gesponnen, sodass man während eines Wutanfalls wenigstens etwas Süßes zu Vernaschen hat.

„Mercelchen meinte, du seist richtig nett, uaaah, das bist du aber nicht!“ Dem Wölkchen rinnt eine Träne über die Wange.

„Nicht weinen, bitte, denk an Carlos, den Karpfen. Ich möchte nur wissen, was dein Problem ist, damit ich dir schnellstmöglich helfen kann.“

„Nun denn. Ich bin Little Sock.“

„Korruptes, kleines Söckchen“, zischt mir Wilma mit gedämpfter Stimme zu.

Sich zurücklehnend, zückt das Wölkchen ein gewitterwolkenfarbenes Taschentuch, putzt sich ausgiebig sein Näschen und holt wolkenschweifig aus. Das kann ja eine lange Nacht werden, denke ich. „Wie viel verstehst du von Wolkenkunde?“, werde ich gefragt.

Die Zornesfalte aktivierend, spucke ich aus, was meine Stimmbänder hergeben: „Schäfchenwolken, Schleierwolken ...“

„Kindergarten“, ruft mein Patient.

„Cirrocumulus, Cirrostratus, ...“

„Vorschule“, unterbricht mich das Wölkchen.

„Altocumulus ...“

„Kinderkacke!“, schreit es laut heraus.

„Wie überaus unhöflich“, beschwere ich mich. Angestrengt krame ich weiter in meinem Gedächtnis: „Cumulus ...“

„Du hast keine Ahnung, stimmt's? Du hast keine Ahnung von der Wolkenkunde!"

„Öh." Gekränkt tätschele ich mir tröstend die Wangen.

„Hör zu und lerne." Little Sock zählt nun an seinen zehn dicken, flauschigen Wolkenfingerchen auf: „Es gibt die paradiesische Wolke 10, die luxuriöse Wolke 9, die sagenumwobene Wolke 8, die heiß begehrte Wolke 7, besonders gefragt bei Flitterwöchnern und Flitterwöchnerinnen, …"

„Hach, wie aus der romantischen Epoche!"

„… Wolke 6, auch genannt die Verlobungswolke, Wolke 5, den meisten vertraut als Kopulationswolke, Wolke 4, die Pettingwolke (ungläubig blicke ich drein), Wolke 3, die Wolke für das erste Rendezvous, Wolke 2, Treffpunkt vom Ich und Du und die namenlose Wolke 1. Geschafft!" Das Wölkchen scheint mir jetzt tatsächlich etwas geschafft. „Jetzt rate mal, zu welcher Wolkenklassifizierung ich gehöre?" Abwartend, die Beinchen lässig übereinanderschlagend, lehnt sich Little Sock auf der Couch zurück.

„Das wird doch keine Fangfrage sein?" Ich mag Fangfragen nicht, sorgt deren Beantwortung doch so häufig wie verlässlich für hysterische Weinkrämpfe.

„Los!"

„Hm, die Verlobungswolke, vielleicht?", rate ich.

„Wolke 6? Eine dufte Wahl, aber nope!"

„Hm, vielleicht Wolke 3?"

„Dir schwebt die Wolke für das erste Rendezvous durch den Sinn?", fragt mein Patient. „Eine grandiose Wolke, aber nope."

„Bitte hilf mir auf die Sprünge, mein Magen knurrt und zu Hause wartet Psyche auf mich", sage ich.

„Sehr rücksichtsvoll, mich mit meinem Näschen in deine wunderbare Partnerschaft zu schubsen."

„Oh, du magst Ironie?"

„N-e-e-e-i-n."

Wieder fängt Little Sock an zu weinen.

„So schlimm?"

„Schlimmer! Ich bin ..."

„Na?"

„… Wölkchen 1."

„Die Wolke ohne jeden Namen?"

„Ja! Huhu, huhu, uaaa, uaaa."

„In der Schule hättest du damit die Bestnote geknackt. Dort ist die 1 das Nonplusultra. Bitte frag nicht, was das Nonplusultra ist", sage ich in dem vergeblichen Versuch, für einen Stimmungsaufschwung zu sorgen. „Wofür steht denn nun die Wolke mit der 1?"

„Moment! Nonplusultra ist die lateinische Übersetzung von Herakles' Spruch, den er an gewissen Säulen anbrachte, um das Ende der Welt am Notausgang des Mittelmeeres zwischen Nordafrika und Gibraltar zu kennzeichnen", sagt das Wölkchen.

„Da bin ich baff. Applaus."

„… aber die Wolke 1 steht für rein gar nichts. Sie ist eine echte Nullnummer, hat ja nicht einmal einen Spitznamen wie Wolke 4, die auch Fummelwolke geschimpft wird", seufzt Little Sock.

„Das klingt aber wenig respektabel."

„Pah, immerhin hat sie einen Namen, sogar mehrere."

All diese sexuell aufgeladenen Begrifflichkeiten führen dazu, dass meine betagten Lenden zu glimmen anfangen. Ich sehne mich nach einem romantischen Kaminabend mit meiner Psyche. Nein, Mylady, nicht nach irgendeiner absurden Höchstleistung im Rentenalter, sondern schlicht und einfach nach Zärtlichkeit. „Puuuh." Ich bin der Psychiater, weshalb bei mir so allmählich mal eine Lösung eintrudeln sollte. Ich versuche mein Glück. „Du bist der Ursprung des Ganzen, die Quelle der Liebe, das Nest jeder weiteren Zuneigung, die erste Stufe ins Paradies."

„Ich verstehe ja kein Wort, aber hübsch klingt es, sprich ruhig weiter", sagt mein Patient.

„Das A vom ABC, der erste Ton einer Schicksalsmelodie, der Regentropfen, der das Gewitter ankündigt, du bist unverzichtbar. Ohne dich läuft in Sachen Sexualität überhaupt nichts, gar nichts, nur tote Boxershorts sozusagen." Erschöpft lehne ich mich zurück.

„Du meinst, ich bin so ähnlich wie unser lieber Schöpfer, der Eva aus einer Rippe erschuf.“

„Oh, wie kommst du denn jetzt darauf? Na ja, so ähnlich, könnte man es vielleicht, unter Berücksichtigung von ...“

„Juchhu, juchhu, juchhu.“

„Oder auch so, genau.“

Das Wölkchen führt einen Stepptanz auf. „Ich bin der absolute Beginner, wie David Bowie es in den 80ern ja so hübsch besungen hat. Danke, Sweety.“

„Ich heiße Früchtchen. Ach egal, gern geschehen.“

„Sag ich ja, thank you, sweet fruit. Wann kommt Karpfen Carlos?“

***

Epilog

Liebe wertgeschätzte Mylady,
lieber wertgeschätzter Sir,

was für ein Schlussakkord. Sie finden, meine Anrede liest sich skurril, old-fashioned, wenngleich gehoben und very emotional? Da gebe ich Ihnen recht, aber während des Schreibens meiner Memoiren sind Sie mir eben in meinen Herzmuskel hineingewachsen. Da gewährt ein Neu-Empath, wie ich es bin, seinen Jüngern durchaus mal Innenansichten seines Gefühlskaleidoskops. Well, was soll ich sagen, Gottes Vorhang erhielt durch meine Indiskretionen Gucklöcher, die Faunas gefräßige Motten nicht besser hinbekommen hätten. Ich denke, dank derer haben Sie jetzt Ihr eigenes Gemälde von der himmlischen Komödie auf dem Marktplatz der Sterne vor Augen. Und? Plagen Sie weiterhin Schweißausbrüche, saust der Frack noch, schnattern die Gänse samt Häuten „Alarm!“, wann immer Sie sich über Ihre Zukunft post mortem das Hirn zermartern, oder huscht da doch ein winziges, vorfreudiges Lächeln über Ihrer Lippen Plisseefältchen, wenn Sie sich ausmalen, wie Freddie-Maus und meine Wenigkeit Sie in ferner Zukunft als Schülerlotsen an die Hand/Flügel nehmen, um Sie durch die Galaxie zu geleiten? Ah, Sie hegen gemischte Gefühle? Yep, gemischte Gefühle kenne ich. Im Rainbüller Gemischtwarenladen habe ich einst als Spätpubertierender, den zwanzigsten Geburtstag hatte ich kaum hinter mir, Lakritz-Seesterne mitgehen lassen; an jedem zweiten Samstag im Monat. Allerdings nicht, ohne zuvor acht Groschen unter einen mit Gänseblümchen aufgewerteten Blumentopf zu schmuggeln. Der Nervenkitzel …, you understand what I mean? Der alte, scharfäugige Herr Pieper drohte mir regelmäßig scherzhaft mit einem Salmiak-Lolli. Dabei schmunzelte er. Verlegen verwegen kam ich mir damals vor. Aber zurück zu Ihrer Zukunft. Wie würde ich mich freuen, Ihnen durch meine Autobiografie Last von den Schulterblättern genommen zu haben.

Sie rufen nach einer überirdischen Fortsetzung? Na, Ihre eigene werden Sie ja, wenn die Zeit reif dafür ist, selbst schreiben dürfen. Ach, Sie fragen nach einer Fortsetzung aus meiner Feder? Sie möchten wissen, was aus dem Poetry-Slam-Wettbewerb und dem Jahrmarkt im Himmel wurde? Das rührt mich jetzt aber wirklich. Liebend gern würde ich Ihnen davon erzählen, aber vorher müsste ich mit meinem Verleger Pluto Rücksprache halten. Die ersten Exemplare meiner Real-Life-Story kamen ja gerade erst vom Drucker. Nun heißt es Däumchen drücken, dass die Welt Gefallen an meinen luftigen Anek*dot*en findet. Läuft alles famoser als zufriedenstellend, darf ich womöglich den Geschichtsfaden weiterspinnen. Heinrich Heine nickt zuversichtlich und drückt mir sämtliche Zehen. Er sitzt im Entscheidungsgremium. Seine Stimme ist nicht unerheblich. Netter Kerl.

Ein bisschen beneide ich Sie ja, liebe Mylady, lieber Sir, haben Sie meinem früheren irdischen Ich doch so einiges an Wissen voraus und können Ihr Leben auf Erden nun viel unbeschwerter und sorgenfreier genießen. Ja, Sie können leichten Herzens den Pauker verhauen, Himmel, nein, auf die Pauke hauen, denn das harte Ende wird ja lediglich ein weicher Anfang auf einem Wölkchen sein, Ihrem neuen Zuhause. Ich wünschte, mir hätte eine besonders schwatzhafte Plaudertasche mit Insiderwissen von diesem „Paradies" hier berichtet. Warum ich Paradies von Gänsefüßchen flankieren lasse, möchten Sie wissen? Na, weil es letztendlich durchwachsenem Soja-Speck nicht gänzlich unähnlich ist. Nicht alles hier ist eitel Sonnenschein (Frau Sonne besitzt ja nicht einmal einen Spiegel!), aber kurzweilig und vor allem unumgänglich ist so ein Sein nach dem Dahinscheiden allemal. Ich jedenfalls bin zum überzeugten Skyaholic geworden.

Also dann, Let's go Jenseits, aber nicht so bald. See you later, alligator (Bill Haley rockt around the clock und lässt schön grüßen), machen Sie es gut, leben Sie wohl, wir sehen uns.

In aufrichtiger Zuneigung

Ihr Fürchtegott Dot,
des Himmels heiß geliebtes Früchtchen

Und Früchtchen mögen wir doch alle, oder?